NOVEMBRO DE 63

STEPHEN KING

NOVEMBRO DE 63

Tradução
Beatriz Medina

13ª reimpressão

Copyright © 2011 by Stephen King

Grafia atualizada segundo o Acordo Ortográfico da Língua Portuguesa de 1990, que entrou em vigor no Brasil em 2009.

Título original
11/22/63

Capa
Adaptação de Barbara Estrada sobre design original de Rex Bonomelli

Imagens de capa
© Bettmann/CORBIS.

Revisão
Ana Kronemberger
Raquel Correa
Joana Milli

CIP-Brasil. Catalogação na fonte
Sindicato Nacional dos Editores de Livros, RJ

K64n
    King, Stephen
       Novembro de 63 / Stephen King; tradução Beatriz Medina. – 1ª ed. – Rio de Janeiro: Objetiva, 2013.
       728 p. ; 23 cm.

       Tradução de: *11/22/63*
       ISBN 978-85-8105-190-1

       1. Kennedy, John F. (John Fitzgerald), 1917-1963 – Ficção. 2. Ficção americana. I. Medina, Beatriz. II. Título.

13-03118		CDD: 813
		CDU: 821.111(73)-3

Todos os direitos desta edição reservados à
EDITORA SCHWARCZ S.A.
Praça Floriano, 19, sala 3001 — Cinelândia
20031-050 — Rio de Janeiro — RJ
Telefone: (21) 3993-7510
www.companhiadasletras.com.br
www.blogdacompanhia.com.br
facebook.com/editorasuma
instagram.com/editorasuma
twitter.com/Suma_BR

Para Zelda
Oi, querida, bem-vinda à festa.

Para a razão, é praticamente inassimilável que um homenzinho solitário derrube um gigante no meio das suas limusines, legiões, multidão e segurança. Se um zero à esquerda como esse destruiu o líder do país mais poderoso da Terra, um mundo de desproporção nos engole, e vivemos num universo que é absurdo.

Norman Mailer

Quando há amor, marcas de varíola são lindas como covinhas.

Provérbio japonês

Dançar é viver.

SUMÁRIO

PRIMEIRA PARTE
Divisor de Águas   17

SEGUNDA PARTE
O Pai do Zelador   91

TERCEIRA PARTE
Viver no Passado   197

QUARTA PARTE
Sadie e o General   305

QUINTA PARTE
22/11/63   497

SEXTA PARTE
O Homem do Cartão Verde   645

NOVEMBRO DE 63

Nunca fui homem de chorar.

A minha ex-mulher dizia que a minha "gama emocional inexistente" era a principal razão de ela ter me deixado (como se o sujeito que ela conheceu nas reuniões do AA não tivesse importância). Christy disse que talvez conseguisse me perdoar por não ter chorado no enterro do pai dela; eu só o conhecia havia uns seis anos e não poderia entender que homem maravilhoso e generoso ele fora (um Mustang conversível de presente na formatura do ensino médio, por exemplo). Mas depois, quando não chorei no enterro dos meus pais — eles morreram com dois anos de diferença apenas, papai de câncer de estômago e mamãe de um enfarte fulminante quando caminhava numa praia da Flórida —, ela começou a entender a coisa da gama inexistente. Eu era "incapaz de sentir os meus sentimentos", como eles dizem no AA.

— *Nunca* te vi chorar — acusou ela, falando com a voz monótona que todos usam quando exprimem a pá de cal última e absoluta de um relacionamento. — Nem quando você me falou que eu tinha que ir me tratar, senão você ia embora.

Essa conversa aconteceu umas seis semanas antes de ela fazer as malas, levar tudo para o outro lado da cidade e ir morar com Mel Thompson. "Rapaz conhece garota no encontro do AA" — é outro ditado daquelas reuniões.

Não chorei quando me despedi dela. Também não chorei quando voltei para dentro da casinha miúda com hipoteca grandona. A casa aonde nenhum bebê chegou nem chegará. Só me deitei na cama que agora era só minha, pus o braço sobre os olhos e gemi.

Sem lágrimas.

Mas não sou emocionalmente travado. Nisso Christy estava errada. Certo dia, quando eu tinha 9 anos, a minha mãe me esperava na porta quando voltei da escola. E disse que Rags, o meu collie, tinha sido atropelado e morto por um caminhão que nem sequer parou. Não chorei quando o enterramos, embora meu pai me dissesse que ninguém pensaria mal de mim se eu chorasse, mas chorei quando ela me contou. Em parte por ser a minha primeira experiência com a morte; principalmente porque era responsabilidade minha cuidar para que ele ficasse preso em segurança no quintal dos fundos.

E chorei quando o médico da mamãe ligou para me dizer o que acontecera naquele dia na praia.

— Sinto muito, mas não tinha nada a ser feito — contou ele. — Às vezes é muito de repente, e os médicos costumam achar isso uma bênção.

Christy não estava lá — teve de ficar até tarde na escola aquele dia e conversar com uma mãe com dúvidas sobre o último boletim do filho — mas chorei, sim. Entrei na nossa pequena lavanderia e tirei do cesto um lençol sujo e chorei dentro dele. Não por muito tempo, mas as lágrimas vieram. Eu poderia ter lhe contado mais tarde, mas não vi razão, em parte porque ela pensaria que eu estava mendigando piedade (essa não é uma expressão do AA, mas talvez devesse ser), em parte porque não acho que a capacidade de se desmanchar em lágrimas no momento certo deveria ser requisito para o sucesso de um casamento.

Pensando bem, nunca vi o meu pai chorar; no máximo da emoção, ele podia soltar um suspiro profundo ou dar uma risadinha relutante; para William Epping, nada de bater no peito nem gargalhar com a barriga. Ele era do tipo forte e calado e, na maior parte do tempo, a minha mãe também. Então talvez essa coisa de não chorar facilmente seja genética. Mas travado? Incapaz de sentir os meus sentimentos? Não, essas coisas nunca fui.

Além da vez em que recebi a notícia de mamãe, só me lembro de uma ocasião em que chorei já adulto, e foi quando li a história do pai do zelador. Eu estava sozinho na sala de professores da Lisbon High School corrigindo uma pilha de redações escritas pela turma de inglês do supletivo. No fim do corredor dava para ouvir o barulho da bola de basquete, o clamor da buzina do fim do intervalo e os gritos da multidão enquanto as feras do esporte lutavam: os Galgos de Lisbon contra os Tigres de Jay.

Quem consegue saber quando e por que a vida pende na balança?

O tema que passei foi "O dia que mudou a minha vida". A maioria das redações era sincera, mas horrível: histórias sentimentais sobre a tia bondosa que acolhera a adolescente grávida, o colega do Exército que demonstrara o verdadeiro significado de bravura, um encontro por acaso com uma celebridade (Alex Trebek, apresentador de *Jeopardy!*, acho, ou talvez tenha sido Karl Malden). Qualquer professor que já recebeu uns 3 ou 4 mil dólares por ano a mais para lecionar num curso supletivo sabe muito bem como esses textos são deprimentes. A questão da avaliação e da nota nem era o problema, pelo menos não para mim; eu aprovava todo mundo, porque nunca tive um aluno adulto que não estivesse se esforçando de verdade. Quem entregasse uma folha de papel com algo escrito podia ter certeza da aprovação de Jake Epping do departamento de inglês da Lisbon High School, e se esse escrito estivesse organizado em parágrafos de verdade, levava no mínimo um B-menos.

Tal trabalho era difícil porque a caneta vermelha acabou se tornando minha principal ferramenta de ensino, em vez da boca, e eu já a tinha esgotado quase completamente. E o trabalho era desanimador pois eu sabia que muito pouco daquelas lições da caneta vermelha permaneceria; quem chega aos 25 ou 30 anos sem saber ortografia (*sincero*, não *cinsero*), usar maiúsculas (*Casa Branca* e não *casa-branca*) nem escrever uma oração contendo substantivo *e* verbo, provavelmente nunca vai aprender. Mas nós insistimos, circulando corajosamente a palavra mal-usada em frases como *Meu marido me julgou depressa de mais* ou riscando *vez* e trocando por *vezes* na frase *Depois nadei um monte de vez para longe da boia.*

Era esse trabalho cansativo e desanimador que eu fazia naquela noite, enquanto logo ali do lado outra partida de basquete colegial seguia rumo ao apito final, mundo sem fim, amém. Não fazia muito tempo que Christy saíra da reabilitação, e suponho que a minha única esperança era chegar em casa e encontrá-la sóbria (e encontrei; ela aguentou a sobriedade melhor do que aguentou o marido). Lembro que estava com um pouco de dor de cabeça e esfregava as têmporas do jeito que a gente faz quando tenta impedir que um cutucãozinho se transforme num porradão. Lembro-me de ter pensado: *Mais três dessas, só três, e posso ir embora daqui. Posso ir para casa, preparar um copão de chocolate instantâneo e mergulhar no novo romance de John Irving sem essas coisas sinceras, mas malfeitas, penduradas sobre a minha cabeça.*

Não houve violinos nem sinos de alarme quando puxei a redação do zelador do alto da pilha e a pus diante de mim, nenhuma sensação de que a minha vidinha estava prestes a mudar. Mas a gente nunca sabe, né? A vida muda sem aviso.

Ele escrevera com uma caneta barata que manchara as cinco páginas em vários pontos. A letra era um rabisco grande mas legível, e ele escrevia com força, porque na verdade as letras estavam entalhadas nas folhas de caderno barato; se eu fechasse os olhos e passasse a ponta dos dedos sobre o verso daquelas páginas arrancadas, seria como ler braille. Havia uma voltinha, quase um floreio, no final de cada y minúsculo. Lembro-me disso com bastante clareza.

Lembro-me também de como a redação começava. Lembro-me de cada palavra.

Não foi um dia foi uma noite. A noite que mudou minha vida foi a noite que meu pai matou minha mãe e dois irmão e me maxucou muito. Maxucou minha irmã também, tão maxucada que ela ficou de coma. Dali três anos ela morreu sem acordar. O nome dela era Ellen e eu gostava muito dela. Ela adorava colher floris pra botar nos vazos.

A meio caminho da primeira página, os meus olhos começaram a arder e pousei a minha fiel caneta vermelha. Foi quando cheguei à parte em que ele engatinha para debaixo da cama com sangue correndo nos olhos (*também correu pela minha garganta e tinha um gosto horrível*) que comecei a chorar — Christy ficaria orgulhosíssima. Li tudo até o final sem fazer uma única correção, limpando os olhos para que as lágrimas não caíssem nas páginas que, obviamente, lhe custaram tanto esforço. Eu não tinha achado que ele era mais lento do que o resto, talvez só meio degrau acima do que se costumava chamar de "retardado educável"? Bem, por Deus, havia uma razão para isso, não havia? E uma razão para ser manco, também. Era um milagre que estivesse vivo. Mas estava. Um homem bom que sorria sempre e nunca erguia a voz para as crianças. Um homem bom que passara pelo inferno e se esforçava — humilde e esperançoso, como a maioria deles — para obter o diploma do curso secundário. Mesmo que continuasse como zelador pelo resto da vida, apenas um sujeito de calça verde ou marrom a empunhar a vassoura ou a raspar chiclete do chão com a espátula que sempre levava no bolso de trás. Talvez pudesse ter sido outra coisa, mas certa noite a sua vida mudou sem aviso, e agora ele era apenas um homem de macacão que os garotos chamavam de Harry Sapo por causa do jeito como andava.

Então chorei. Eram lágrimas de verdade, do tipo que vem lá do fundo. Pelo corredor, dava para ouvir a banda de Lisbon tocando a música da vitória — então o time da casa vencera, bom para eles. Mais tarde, talvez, Harry e alguns colegas empurrariam as arquibancadas para varrer o lixo que caíra embaixo.

Risquei um grande A vermelho no alto da redação. Olhei para ela alguns instantes e acrescentei um grande + vermelho. Porque era boa, e porque a dor dele provocara em mim, o leitor, uma reação emocional. Não é isso que textos A+ deveriam fazer? Provocar reações?

Quanto a mim, gostaria que a ex-senhora Christy Epping estivesse certa. Gostaria de ser emocionalmente travado, afinal de contas. Porque tudo o que se seguiu — cada uma daquelas coisas terríveis — veio daquelas lágrimas.

PRIMEIRA PARTE

DIVISOR DE ÁGUAS

CAPÍTULO 1

1

Harry Dunning se formou com nota máxima. Fui à pequena cerimônia de formatura no ginásio da LHS a convite dele. Ele realmente não tinha mais ninguém e fiquei contente em ir.

Depois da bênção (feita pelo padre Bandy, que raramente perde uma solenidade na LHS), abri caminho entre os muitos amigos e parentes até onde Harry estava em pé sozinho, com a sua beca preta inflada, segurando o diploma numa das mãos e o capelo alugado na outra. Peguei o chapéu dele para poder lhe apertar a mão. Ele sorriu, expondo um conjunto de dentes com muitas falhas e vários tortos. Mas um sorriso ensolarado e cativante, mesmo assim.

— Obrigado por ter vindo, sr. Epping. Muito obrigado.

— O prazer foi meu. E pode me chamar de Jake. É uma pequena regalia que concedo a alunos que tenham idade suficiente para serem meus pais.

Ele pareceu confuso um instante e depois riu.

— Acho que tenho, né? Caramba! — Ri também. Muita gente ria à nossa volta. E havia lágrimas, é claro. O que é difícil para mim é fácil para muita gente.

— E aquele A+! Caramba! Nunca tirei um A+ em toda a minha vida! Também nunca esperei por isso!

— Você mereceu, Harry. Então, qual é a primeira coisa que vai fazer como diplomado no ensino médio?

O sorriso se turvou um segundo — era uma possibilidade em que não pensara.

— Acho que vou pra casa. Tenho uma casinha alugada na rua Goddard, sabe. — Ele ergueu o diploma, segurando-o com cuidado com a ponta dos dedos, como se a tinta fosse manchar. — Vou botar isso aqui numa moldura e pendurar na parede. Depois acho que vou servir um copo de vinho, me sentar no sofá e só ficar admirando até a hora de dormir.

— Parece um bom plano — concordei —, mas será que você não gostaria de comer um hambúrguer com fritas comigo antes? A gente podia ir no Al's.

Esperei uma careta, mas é claro que julgava Harry baseado em meus colegas. Sem falar da maioria dos garotos da escola: eles evitavam o Al's a todo custo e preferiam o Dairy Queen em frente à escola ou o Hi-Hat lá na 196, perto de onde ficava o velho Lisbon Drive-In.

— Seria ótimo, sr. Epping. Obrigado!

— Jake, lembra?

— Jake, é claro.

Então levei Harry ao Al's, onde eu era o único freguês do corpo docente, e, embora na verdade houvesse uma garçonete naquele verão, Al nos serviu em pessoa. Como sempre, um cigarro (ilegal em estabelecimentos públicos, mas isso nunca fora problema para Al) fumegava no canto da boca, e o olho daquele lado se franzia com a fumaça. Quando viu a beca dobrada e percebeu qual era a ocasião, insistiu em pagar a conta (e que conta: os lanches do Al eram sempre baratíssimos, o que provocava boatos sobre o destino de alguns animais perdidos na vizinhança). Ele também tirou uma foto nossa, que depois penduraria no Muro das Celebridades da Cidade, como ele dizia. Dentre as outras "celebridades" representadas, estavam o falecido Albert Dunton, fundador da Joalheria Dunton; Earl Higgins, ex-diretor da LHS; John Crafts, fundador da John Crafts Revenda de Automóveis; e, naturalmente, o padre Bandy, da igreja de São Cirilo. (O padre estava ao lado do papa João XXIII — este último não era morador do local, mas Al Templeton, que se dizia "um bom gatólico", o reverenciava.) A foto que Al tirou naquele dia mostrava Harry Dunning com um grande sorriso no rosto. Eu estava em pé ao lado dele e ambos segurávamos o diploma. A gravata dele estava meio torta. Lembro-me disso porque me fez pensar naquelas voltinhas que ele punha no final dos y minúsculos. Lembro-me de tudo. Lembro muito bem.

2

Dois anos depois, no último dia do ano letivo, eu estava sentado naquela mesmíssima sala dos professores, lendo um lote de trabalhos finais entregues pela turma de Poesia Americana para alunos destacados. Os garotos já tinham ido embora, liberados para outro verão, e logo eu faria o mesmo. Mas, por enquanto, estava bem contente ali mesmo, gozando o silêncio incomum. Achei até que podia limpar o armário de petiscos antes de ir embora. *Alguém* tinha de fazer isso, pensei.

Mais cedo, naquele dia, Harry Dunning viera mancando até mim depois do primeiro tempo (que foi especialmente barulhento, como costumam ser os primeiros tempos no último dia de aula) e me estendeu a mão.

— Eu só queria lhe agradecer por tudo — anunciou.

Sorri.

— Acho que você já fez isso, não fez?

— É, mas hoje é o meu último dia. Vou me aposentar. Por isso, queria lhe agradecer de novo.

Enquanto eu lhe apertava a mão, um garoto que passava — um calouro apenas, a julgar pela nova safra de espinhas e uns pelos perdidos e tragicômicos no queixo que aspiravam ao grau de cavanhaque — murmurou:

— Harry Sapo não lava o pé, não lava porque não *quééééé*.

Estendi a mão a ele, na intenção de fazê-lo pedir desculpas, mas Harry me impediu. O seu sorriso era tranquilo e sem ofensa.

— Não precisa, não. Tô acostumado. São só crianças.

— É verdade — disse eu. — E o nosso trabalho é lhes dar educação.

— É mesmo, e você é bom nisso. Mas o meu serviço não é virar o... comé que se diz?, o momento de aprendizado de ninguém. Ainda mais hoje. Tomara que o senhor se cuide bem, sr. Epping. — Ele podia ter idade para ser meu pai, mas parece que *Jake* sempre seria demais para ele.

— Você também, Harry.

— Nunca esquecerei aquele A+. Botei numa moldura. Botei bem do lado do diploma.

— Que bom.

E era. Era tudo bom. A redação dele era arte primitiva, mas tão forte e verdadeira quanto qualquer pintura de arte folclórica. Sem dúvida era melhor do que as coisas que eu estava lendo agora. A ortografia dos textos da turma de alunos destacados estava quase toda correta e a dicção era clara (embora os meus cautelosos alunos do tipo "não se arrisque rumo à faculdade" tivessem a tendência irritante de abusar da voz passiva), mas o conteúdo era pálido. Chato. Eram alunos destacados do terceiro ano — Mac Steadman, chefe do departamento, reservava os do quarto ano para si —, mas escreviam como velhinhos e velhinhas, todos fazendo biquinho e *ooh, cuidado, Mildred, não vá escorregar no gelo*. Apesar dos lapsos gramaticais e da letra dolorosa de se ler, Harry Dunning escrevera como um herói. Pelo menos uma vez.

Enquanto eu ponderava sobre a diferença entre escrita ofensiva e defensiva, o interfone da parede pigarreou.

— O sr. Epping está na sala de professores da ala oeste? Por acaso você ainda está aí, Jake?

Levantei, apertei o botão e disse:

— Ainda estou aqui, Glória. Pagando os meus pecados. Em que posso ajudar?

— É um telefonema, um sujeito chamado Al Templeton. Posso transferir, se quiser. Ou posso dizer que você já foi.

Al Templeton, dono e gerente do Al's Diner, onde todo o corpo docente da Escola Pública de Lisbon, com exceção deste que vos fala, se recusava a frequentar. Até o meu estimado chefe de departamento — que tentava soar como um decano de Cambridge, e se aproximava da aposentadoria — já fora flagrado chamando a especialidade da casa de Famoso Gatobúrguer em vez de Famoso Gordobúrguer do Al.

Ah, claro que não é de gato, diziam, *ou eu acho que não, mas não pode ser carne de boi de verdade, não a um dólar e dezenove.*

— Jake? Dormiu?

— Não, tô bem acordado. — E curioso para saber por que Al me ligaria na escola. Por que me ligaria em qualquer lugar, aliás. A nossa relação sempre fora estritamente de cozinheiro e freguês. Gostava do rango dele e ele gostava da minha fidelidade. — Tudo bem, pode transferir.

— Por que você ainda está aí, afinal?

— Estou me flagelando.

— Ui! — exclamou Glória, e consegui imaginar seus longos cílios piscando. — Adoro quando você fala sacanagem. Aguenta firme e espera o telefone tocar.

Ela desligou. O ramal tocou e atendi.

— Jake? Você tá aí, parceiro?

A princípio achei que Glória tinha entendido o nome errado. Aquela não podia ser a voz do Al. Nem o pior resfriado do mundo produziria um grasnido daqueles.

— Quem fala?

— Al Templeton, ela não te disse? Cristo, aquela música de espera é uma droga. Cadê aquelas músicas boas de antigamente? — Ele começou a tossir tão forte que tive de afastar um pouco o fone do ouvido.

— Parece que você tá gripado.

Ele riu. Também continuou tossindo. A combinação era bem horripilante.

— Ah, se tô. Pode crer.

— Derrubou você de repente, hein. — Eu estivera lá ontem mesmo, para jantar. Um Gordobúrguer, batata frita e milk-shake de morango. Acredito que um homem que mora sozinho precisa sempre incluir todos os grupos alimentares principais nas refeições.

— É, foi de repente. Ou pode-se dizer que demorou um tempo. As duas coisas tão certas.

Não soube o que responder a isso. Já conversara muito com Al nos seis ou sete anos em que frequentava a lanchonete, e ele era meio esquisito — insistia em chamar o time de futebol americano New England Patriots pelo nome antigo, Boston Patriots, e falava do falecido Ted Williams, o jogador de beisebol, como se fossem amigos íntimos — mas nunca tivera uma conversa tão esquisita assim.

— Jake, preciso te ver. É importante.

— Posso perguntar...

— Espero que pergunte muito, e vou responder, mas não por telefone.

Não sei quantas respostas ele conseguiria dar antes que a voz sumisse, mas prometi que chegaria dali a uma hora, mais ou menos.

— Obrigado. Que seja menos, se der. Como dizem, o tempo voa. — E ele desligou, bem assim, sem dar nem tchau.

Consegui vencer mais duas redações e restavam apenas mais quatro na pilha, mas não adiantava mais. Eu perdera o pique. Assim, enfiei a pilha na pasta e fui embora. Passou pela minha cabeça subir até a secretaria e desejar um bom verão a Glória, mas não me dei ao trabalho. Ela ficaria lá a semana seguinte inteira, fechando as contas de mais um ano letivo, e na segunda eu viria à escola limpar o armário de petiscos — essa promessa fiz a mim mesmo. Senão os professores que usassem a sala oeste nos cursos de verão a encontrariam cheia de bichos.

Se eu soubesse o que o futuro me reservava, sem dúvida teria subido para falar com Glória. Poderia até ter lhe dado o beijo que vinha flertando no ar entre nós nos últimos meses. Mas é claro que eu não sabia. A vida muda de repente.

3

O Al's Diner estava instalado num trailer prateado do outro lado da rua Principal, à sombra da velha tecelagem Worumbo. Lugares assim costumam ter má aparência, mas Al disfarçara os blocos de concreto que sustentavam o estabelecimento com lindos canteiros de flores. Havia até um belo quadrado de grama, que ele mesmo aparava com um velho cortador de empurrar. O cortador de grama era tão bem tratado quanto as flores e o gramado; nem um pontinho de ferrugem nas lâminas giratórias pintadas de cores vivas. Poderia ter sido comprado semana passada na loja Western Auto local... quer dizer, se ainda houvesse uma Western Auto em Lisbon Falls. Antigamente havia, mas na virada do século ela foi vítima das grandes cadeias de megalojas.

Segui o caminho marcado e subi os degraus, depois parei, franzindo a testa. A placa que dizia BEM-VINDO AO AL'S DINER, LAR DO GORDOBÚRGUER! sumira. No seu lugar, havia um quadrado de cartolina dizendo FECHADO PERMANENTEMENTE POR MOTIVOS DE SAÚDE. OBRIGADO PELA PREFERÊNCIA NOS ÚLTIMOS ANOS E DEUS OS ABENÇOE.

Eu ainda não tinha entrado na neblina de irrealidade que logo me engoliria, mas os primeiros tentáculos se esgueiravam ao meu redor, e eu os senti. Não fora um resfriado de verão que causara a rouquidão que ouvira na voz de Al e aquela tosse. Nem tinha sido uma gripe. A julgar pelo cartaz, era algo mais grave. Mas que tipo de doença grave apareceria em meras vinte e quatro horas? Menos do que isso, na verdade. Eram duas e meia da tarde. Ontem eu saíra do Al às cinco e quarenta e cinco e ele estava bem. Quase maníaco, na verdade. Eu me lembro de ter lhe perguntado se bebera demais o próprio café, e ele disse que não, que só pensava em tirar férias. Pessoas que estão ficando doentes — doentes a ponto de fechar a empresa que mantiveram sozinhos durante mais de vinte anos — falam em tirar férias? Algumas, talvez, mas provavelmente não muitas.

A porta se abriu enquanto eu ainda estendia a mão para a maçaneta, e lá estava Al me olhando sem sorrir. Devolvi o olhar, sentindo aquela neblina de irrealidade engrossar à minha volta. O dia estava quente, mas a neblina era fria. Naquele momento, eu ainda poderia ter dado meia-volta e saído daquilo, voltado para a luz do sol de junho, e parte de mim queria fazê-lo. Mas fiquei paralisado de espanto e pesar. Horror também, posso bem admitir. Porque doenças graves *realmente* nos horrorizam, não é, e Al estava muito doente. Deu para notar com uma olhada só. *Mortalmente* talvez fosse mais exato.

As bochechas, normalmente coradas e agora frouxas e pálidas, não eram o pior sinal. Nem a remela que recobria os olhos azuis, que agora pareciam desbotados e muito míopes. Nem sequer o cabelo, antes quase todo preto, agora quase todo branco — afinal de contas, ele talvez usasse um daqueles produtos de beleza e, no calor do momento, decidisse lavar tudo e deixá-lo ao natural.

A parte impossível era que, nas 22 horas desde que o vira pela última vez, Al Templeton parecia ter perdido quase 15 quilos. Talvez até vinte, o que seria um quarto do seu peso anterior. Ninguém perde 15 ou 20 quilos em menos de um dia, *ninguém*. Mas era o que eu estava vendo. E foi aí, acho, que aquela neblina de irrealidade me engoliu por inteiro.

Al sorriu, e notei que, além de peso, ele tinha perdido dentes. As gengivas estavam pálidas e nada saudáveis.

— O que você acha do novo eu, Jake? — E ele começou a tossir, um barulho grosso de corrente que vinha do fundo do corpo.

Abri a boca. Nenhuma palavra saiu. A ideia de fugir voltou a alguma parte covarde e enojada da minha cabeça, mas, mesmo que essa parte estivesse no controle, eu não teria conseguido. Estava enraizado ali.

Al conseguiu controlar a tosse e tirou um lenço do bolso de trás. Com ele, limpou primeiro a boca e depois a palma da mão. Antes de guardá-lo outra vez, vi que estava riscado de vermelho.

— Entre — disse. — Tenho muito a contar e acho que você é o único que vai escutar. Vai escutar?

— Al — respondi. A minha voz estava tão baixa e sem força que eu mesmo mal a ouvia. — O que lhe aconteceu?

— *Vai escutar?*

— É claro.

— Você fará perguntas e responderei todas as que eu puder, mas tente fazer poucas. Não me resta muita voz. Merda, não me resta muita *força*. Entre, vamos.

Entrei. A lanchonete estava escura, fria e vazia. O balcão estava polido e sem migalhas; o cromado dos banquinhos brilhava; a máquina de café estava espelhada de tão lustrosa; a placa que dizia SE NÃO GOSTA DA NOSSA CIDADE, PROCURE UMA RODOVIÁRIA estava no lugar de sempre, junto à caixa registradora Sweda. A única coisa que faltava eram os fregueses.

Bom, e o proprietário e cozinheiro, é claro. Al Templeton fora substituído por um fantasma velho e doente. Quando ele girou o trinco para nos trancar lá dentro, o som foi muito alto.

4

— Câncer de pulmão — explicou ele sem rodeios, depois de nos levar a um compartimento na outra ponta da lanchonete. Bateu no bolso da camisa, e vi que estava vazio. O eterno maço de Camel tinha sumido. — Não fiquei lá muito surpreso. Comecei com 11 anos e fumei até o dia em que recebi o diagnóstico. Mais de cinquenta malditos anos. Três maços por dia até que o preço subiu muito em 2007. Aí fiz um sacrifício e reduzi para dois por dia. — Ele deu um riso chiado.

Pensei em lhe dizer que as suas contas tinham que estar erradas, porque eu sabia a idade dele. Certo dia, no último inverno, quando cheguei e lhe perguntei por que pilotava a chapa com um chapéu infantil de festinha de aniversário, ele respondeu *Porque hoje faço 57, amigo. E isso me transforma em antiguidade oficial.* Mas ele me pedira que não fizesse perguntas, a menos que fosse absolutamente necessário, e supus que o pedido incluía não interromper para fazer correções.

— Se eu fosse você, e eu bem gostaria de ser, embora nunca desejaria que você fosse eu, não na minha situação atual, eu pensaria: "Tem alguma coisa errada aqui, ninguém pega câncer avançado de pulmão da noite para o dia." Está certo?

Fiz que sim. Estava certíssimo.

— A resposta é bastante simples. Não foi da noite para o dia. Comecei a tossir os bofes para fora há uns sete meses, ainda em maio.

Para mim isso era novidade; se ele andou tossindo, não foi enquanto eu estava por perto. Além disso, ele estava fazendo contas erradas de novo.

— Al, fala sério. Estamos em junho. Sete meses atrás era dezembro.

Ele me fez um gesto — os dedos finos, o anel dos Fuzileiros Navais pendurado num dedo onde antes se firmava bem aconchegado — como se dissesse *Deixe pra lá por enquanto, só deixe pra lá.*

— No início achei que era só um resfriado forte. Mas não tinha febre e, em vez de sumir, a tosse piorou. Aí comecei a emagrecer. Bom, não sou burro, colega, e sempre soube que o grande C poderia estar nas minhas cartas... embora o meu pai e a minha mãe fumassem como malditas chaminés e os dois tenham vivido até os oitenta. A gente sempre acha uma desculpa para manter os maus hábitos, não é?

Ele voltou a tossir e puxou o lenço. Quando o ataque se reduziu, continuou:

— Não posso ficar me perdendo do assunto, mas fiz isso a vida toda e é difícil parar. Mais difícil do que parar com o cigarro, na verdade. Da próxima vez que eu começar a divagar, você passe o dedo pela garganta, pode ser?

— Claro — respondi, de forma bastante agradável. Nesse ponto eu já achava que devia estar sonhando. Se fosse isso mesmo, era um sonho extremamente vivo, com até as sombras lançadas pelo ventilador de teto marchando pelos jogos americanos que diziam NOSSO PATRIMÔNIO MAIS VALIOSO É *VOCÊ*!

— Para encurtar a história, fui ao médico, bati raios-X e lá estavam eles, grandes pra chuchu. Dois tumores. Necrose avançada. Inoperáveis.

Raios-X?, pensei, *ainda usam isso para diagnosticar câncer?*

— Fiquei um tempo por lá, mas acabei sendo forçado a voltar.

— De onde? Lewiston? Hospital Geral do Maine?

— Das férias. — Os olhos me fitaram fixamente nos buracos escuros nos quais sumiam. — Só que não foram férias.

— Al, nada disso faz sentido nenhum para mim. Ontem você estava aqui e estava *bem*.

— Dê uma boa olhada na minha cara. Comece com o cabelo e vá descendo. Tente ignorar o que o câncer está me fazendo, ele acaba com a gente pra valer, e depois me diga se sou o mesmo homem que você viu ontem.

— Bom, é óbvio que você lavou a tinta...

— Nunca usei. Nem vou me dar ao trabalho de chamar a sua atenção para os dentes que perdi enquanto estava... fora. Sei que já viu. Acha que uma máquina de raios-X fez isso? Ou estrôncio 90 no leite? Eu nem *bebo* leite, a não ser uma gota na última xícara de café do dia.

— Estrôncio *o quê*?

— Não importa. Entre em contato com o seu, sabe como é, o seu lado feminino. Olhe para mim do jeito que as mulheres olham pras outras quando tentam avaliar a idade.

Tentei fazer o que ele dizia e, embora jamais servisse de prova num tribunal, o que observei me convenceu. Havia teias de rugas a se espalhar a partir do canto dos olhos, e as pálpebras tinham as ruguinhas minúsculas e delicadamente franzidas que se vê em quem não precisa mais comprovar a idade para passar na frente da fila na bilheteria do cinema. Sulcos na pele que ontem não existiam agora traçavam ondas senoidais na testa de Al. Dois outros, muito mais fundos, deixavam a boca entre parênteses. O queixo estava mais pontudo e a pele do pescoço tinha afrouxado. O queixo pontudo e a garganta pelancuda poderiam ter sido causados pelo emagrecimento catastrófico de Al, mas aquelas rugas... e se ele não mentia sobre o cabelo...

Al sorria de leve. Era um sorriso amargo, mas não sem verdadeiro humor. O que, de certa forma, o deixava pior.

— Você se lembra do meu aniversário em março passado? Você disse: "Não se preocupe, Al, se esse chapeuzinho ridículo pegar fogo enquanto você está aí na chapa, eu pego o extintor e te apago." Lembra?

Eu lembrava.

— Você disse que era uma antiguidade oficial.

— Pois é. E agora tenho 62. Sei que o câncer me deixa com cara de mais velho ainda, mas essas... e essas... — ele tocou a testa e o canto de um dos olhos.

— Essas são tatuagens autênticas da idade. Medalhas de honra, de certa forma.

— Al... posso tomar um copo d'água?

— É claro. Chocante, não é? — Ele me olhou com solidariedade. — Você está pensando: "Estou maluco, ele está maluco ou ambos estamos." Eu sei. Já passei por isso.

Al se forçou a levantar da mesa com esforço, a mão direita debaixo da axila esquerda, como se tentasse dar um jeito de se segurar. Depois, me levou para detrás do balcão. Enquanto isso, identifiquei outro elemento desse encontro irreal: a não ser pelas ocasiões em que dividimos o banco da igreja de São Cirilo (foram raras; embora tivesse sido criado na fé, não sou muito "gatólico") ou em que nos encontramos por acaso na rua, nunca tinha visto Al sem o avental de cozinheiro.

Ele pegou um copo cintilante e me serviu água de uma cintilante torneira cromada. Agradeci e me virei para voltar à mesa, mas ele me deu um tapinha no ombro. Preferia que não tivesse feito isso. Foi como ser cutucado pelo Velho Marinheiro do poema de Coleridge, "que detém um de três".

— Quero que veja algo antes de voltarmos a nos sentar. Vai ser mais rápido assim. Só que *ver* não é a palavra certa. Acho que *viver* chega bem mais perto. Beba lá, amigo.

Tomei metade da água. Estava fresca e boa, mas nunca tirei os olhos dele. Aquela parte covarde minha esperava ser atacada, como a primeira vítima desavisada de um daqueles filmes de psicopatas que sempre parecem ter números no título. Mas Al só ficou ali parado, com uma das mãos apoiada no balcão. A mão era enrugada, os nós dos dedos grandes. Não parecia a mão de um homem de 50 e tantos, mesmo com câncer, e...

— A radiação fez isso? — perguntei de repente.

— Isso o quê?

— Você está *bronzeado*. Sem falar desses sinais escuros nas costas da mão. Ou é radiação, ou sol demais.

— Bom, como não fiz nenhum tratamento de radioterapia, só resta o sol. Tenho tomado muito sol nos últimos quatro anos.

Até onde eu sabia, Al passara a maior parte dos últimos quatro anos virando hambúrgueres e fazendo milk-shakes debaixo de lâmpadas fluorescentes, mas não disse nada. Só tomei o resto da água. Quando pousei o copo no balcão de fórmica, notei que a minha mão tremia de leve.

— Pronto, o que quer que eu veja? Ou viva?

— Venha cá.

Ele me levou pela área comprida e estreita da cozinha, passando pela chapa dupla, pelas fritadeiras, a pia, a geladeira FrostKing e o freezer que batia na cintura e zumbia. Parou diante da lava-louças calada e apontou a porta do outro lado da cozinha. Era baixa; Al teria de curvar a cabeça para passar e não chegava a um metro e setenta. Tenho um e noventa; alguns garotos me chamavam de Eppingcóptero.

— É ali — anunciou. — Por aquela porta.

— Não é a sua despensa? — Pergunta estritamente retórica; com o passar dos anos, eu o vira trazer latas, sacos de batata e sacolas de mantimentos secos suficientes para saber muito bem que era.

Al parecia não ter ouvido.

— Sabia que eu inaugurei esta birosca em Auburn?

— Não.

Al fez que sim e bastou isso para provocar outro ataque de tosse. Ele o sufocou com o lenço cada vez mais repulsivo. Quando o último ataque finalmente se reduziu, ele jogou o lenço numa lata de lixo e pegou um maço de guardanapos de papel do porta-guardanapo do balcão.

— É um Aluminaire, feito nos anos trinta, mais art déco, impossível. Quis um desde que o meu pai me levou no Chat 'N Chew, em Bloomington, quando criança. Comprei totalmente equipado e inaugurei na rua Pine. Fiquei naquele lugar quase um ano e vi que, se continuasse, faliria dali a outro ano. Havia lanchonetes demais na vizinhança, algumas boas, outras nem tanto, todas com fregueses fiéis. Eu era como o garoto recém-saído da faculdade de Direito que pendura a sua plaquinha numa cidade que já tem uma dúzia de rábulas bem-estabelecidos. Além disso, naquela época o Famoso Gordobúrguer do Al era vendido por dois e cinquenta. Mesmo em 1990, dois e cinquenta era o mínimo que eu conseguia cobrar.

— Então como consegue vendê-lo hoje por menos da metade? A menos que seja *mesmo* gato.

Al fungou, e o ruído provocou um eco encatarrado de si mesmo no fundo do peito.

— Amigo, isso que eu vendo é cem por cento pura carne bovina americana, a melhor do mundo. Você acha que eu não sei o que dizem por aí? É claro que sei. Mas não ligo. O que que se pode fazer? Proibir que falem? É o mesmo que proibir o vento de soprar.

Passei o dedo pela garganta. Al sorriu.

— É, saí dos trilhos de novo, eu sei, mas pelo menos isso faz parte da história. Eu poderia continuar batendo a cabeça contra a parede na rua Pine, mas Yvonne Templeton não criou nenhum idiota. "Melhor fugir para voltar a lutar outro dia", ela sempre dizia. Peguei o que restava do meu capital, convenci o banco a me emprestar mais cinco mil, não me pergunte como, e me mudei aqui pra Falls. Os negócios não têm sido muito bons, por causa dessa crise econômica e dessa boataria idiota sobre Gatobúrguer, Cachorrobúrguer e Gambabúrguer ou sei lá o que imaginam por aí, mas acontece que não tô mais preso à economia que nem outros. E tudo por causa do que tá atrás daquela porta da despensa. Não tava lá quando me instalei em Auburn, isso eu posso jurar sobre uma pilha de Bíblias de três metros de altura. Só apareceu aqui em Falls.

— Do que você está falando?

Ele me encarou com firmeza, com aqueles olhos aquosos e recém-envelhecidos.

— Por enquanto a falação acabou. Você precisa descobrir por si mesmo. Vamos, abra.

Eu o olhei com dúvida.

— Pense nisso como o último pedido de um moribundo — insistiu ele. — Vamos, amigo. Se é que você é mesmo meu amigo, né? Abre a porta.

5

Eu mentiria se dissesse que o meu coração não engatou uma marcha mais acelerada quando girei a maçaneta e puxei. Não fazia ideia do que poderia enfrentar (embora acho que me lembro de ter pensado rapidamente numa imagem de gatos mortos, esfolados e prontos para o moedor de carne), mas quando Al enfiou a mão ao lado do meu ombro e acendeu a luz, o que vi foi...

Bom, uma despensa.

Era pequena e tão arrumada quanto o resto da lanchonete. Havia prateleiras carregadas com grandes latas tamanho restaurante em ambas as paredes. Na outra ponta do cômodo, onde o teto se curvava para baixo, havia material de limpeza, embora a vassoura e o esfregão tivessem de ficar deitados porque aquela parte do cubículo tinha no máximo um metro de altura. O chão era do mesmo linóleo cinza escuro da lanchonete, mas em vez do leve aroma de carne cozida, ali havia cheiro de café, legumes e temperos. Havia outro cheiro, também, fraco e não muito agradável.

— Certo — comentei. — É a despensa. Arrumada e bem cheia. Você ganhou um A em gerência de suprimentos, se é que isso existe.

— Que cheiros você tá sentindo?

— Temperos, principalmente. Café. Talvez aromatizador de ambientes também, não sei.

— Isso, uso Glade. Por causa do outro cheiro. Está me dizendo que não sente mais cheiro nenhum?

— É, tem mais alguma coisa. Meio sulfuroso. Lembra fósforo queimado.

— Também me fazia pensar no gás venenoso que eu e a minha família soltávamos depois do feijão que a minha mãe fazia no jantar de sábado, mas não quis comentar isso. Será que tratamento de câncer faz a gente peidar?

— É enxofre. Outras coisas também, nada de Chanel nº 5. É o cheiro da fábrica, amigo.

Mais outra maluquice, porém tudo o que eu disse (num tom de cortesia absurda) foi:

— É mesmo?

Ele sorriu de novo, expondo aqueles buracos onde ontem havia dentes.

— O que você foi educado demais para dizer é que a Worumbo fechou quando Moisés era criança. Que na verdade queimou quase toda no final da década de oitenta, e que agora, lá fora, — ele apontou o polegar para trás por sobre o ombro —, só tem uma loja de fábrica. Uma parada básica de turistas no País das Férias, como a Kennebec Fruit Company durante o festival do refrigerante Moxie. Você também está achando que está na hora de pegar o celular e ligar para os homens de jaleco branco. É mais ou menos isso, amigo?

— Não vou chamar ninguém, porque você não está maluco. — Eu estava longe de ter certeza disso. — Mas aqui só tem uma despensa, e é verdade que a Tecelagem Worumbo não produziu nenhuma peça de pano nos últimos 25 anos.

— Você não vai chamar ninguém, nisso você está certo, porque quero que você me entregue o celular, a carteira e todo o dinheiro que tiver no bolso, inclusive as moedas. Não é um assalto, vou lhe devolver tudo. Pode ser?

— Quanto tempo vai levar, Al? Porque tenho umas redações para corrigir antes de fechar o ano.

— Vai levar o tempo que você quiser — respondeu Al —, porque só leva dois minutos. *Sempre* leva dois minutos. Você pode levar o tempo que for, e olhar tudo em volta, se quiser, mas eu não faria isso, não da primeira vez, porque é um choque para o sistema. Você vai ver. Confia em mim? — Algo que viu no meu rosto fez os seus lábios se apertarem sobre aquele conjunto reduzido de dentes. — Por favor. *Por favor*, Jake. Pedido de um moribundo.

Eu tinha certeza de que Al estava maluco, mas tinha igual certeza de que dizia a verdade sobre o seu estado. Os olhos pareciam ter recuado mais fundo nas órbitas no pouco tempo em que estávamos conversando. Ele também estava exausto. Bastaram as duas dúzias de passos da mesa numa ponta da lanchonete até a despensa na outra ponta para que Al cambaleasse. E o lenço ensanguentado, disse a mim mesmo. Não se esqueça do lenço ensanguentado.

Além disso... às vezes é simplesmente mais fácil ir em frente, não acha? "Vá em frente e entregue a Deus", gostam de dizer nas reuniões que a minha ex-mulher frequenta, mas decidi que esse seria um caso de vá em frente e entregue a Al. Até certo ponto, pelo menos. E, ora, disse eu com os meus botões, a gente tem de passar por mais complicação hoje em dia só para embarcar num avião. Ele nem está me pedindo para pôr os sapatos numa esteira.

Soltei o celular do cinto e o pus em cima de uma caixa de atum enlatado. Juntei a carteira, um pequeno maço de notas, um dólar e meio mais ou menos em moedas e o chaveiro.

— Fique com as chaves, elas não importam.

Bom, para mim importavam, mas fiquei de boca fechada.

Al enfiou a mão no bolso e tirou um maço de notas bem mais grosso do que aquele que eu depositara em cima da caixa de papelão. Estendeu o maço para mim.

— Dinheiro de maluco. Caso queira comprar uma lembrança ou coisa assim. Vamos, pega.

— Por que eu não usaria o meu dinheiro para isso? — Parecia bastante sensato, pensei. Como se essa conversa maluca tivesse algum sentido.

— Não se importe com isso agora — respondeu Al. — A experiência vai responder quase todas as suas perguntas melhor do que eu, mesmo que eu tivesse me sentindo nos trinques. E agora estou absolutamente sem trinque nenhum. Pega o dinheiro.

Peguei o dinheiro e o folheei. Havia notas de um no alto, e pareciam normais. Aí cheguei a uma nota de cinco, e ela parecia normal e anormal. Dizia **SILVER CERTIFICATE** acima da efígie de Abraham Lincoln, e à esquerda dele havia um grande 5 azul. Ergui-a contra a luz.

— Não é falsificada, se é o que está pensando. — Al parecia cansado, mas divertido.

Talvez não — no tato era tão real quanto parecia —, mas não havia imagem visível contra a luz.

— Se for verdadeira, é velha — disse eu.

— Ponha o dinheiro no bolso, Jake.

Pus.

— Tem calculadora de bolso? Algum outro aparelho eletrônico?

— Nada.

— Acho então que agora pode ir. Vire-se para ficar de frente para os fundos da despensa. — Antes que eu fizesse isso, ele deu um tapa na testa e disse: — Meu Deus, cadê os meus miolos? Esqueci o Homem do Cartão Amarelo.

— Quem? O quê?

— O Homem do Cartão Amarelo. É assim que eu chamo ele, não sei o nome verdadeiro do cara. Tome, pega isso. — Ele remexeu o bolso e me entregou uma moeda de cinquenta centavos. Não via uma dessas havia anos. Talvez desde criança.

Senti seu peso na minha mão.

— Acho que você não vai querer me dar isso. Provavelmente vale alguma coisa.

— É claro que vale alguma coisa, vale meio dólar.

Ele começou a tossir, e dessa vez a tosse o sacudiu como um vento forte, mas acenou para que eu me afastasse quando fiz menção de ir na direção dele. Ele se apoiou na pilha de caixas de papelão com as minhas coisas em cima, cuspiu no maço de guardanapos, olhou, fez uma careta e fechou o punho em torno deles. Agora o rosto emaciado estava coberto de suor.

— Tô com umas ondas de calor ou coisa parecida. O maldito câncer está mexendo com o termostato junto com o resto das minhas tripas. Bem, o Homem do Cartão Amarelo. Ele é bebum, é inofensivo, mas não é como os outros. É como se ele *soubesse* alguma coisa. Acho que é só coincidência, porque ele tá empoleirado perto de onde você vai sair, mas quero lhe explicar sobre ele.

— Bom, então não está fazendo um bom serviço — disse eu. — Não faço a mínima ideia de que merda você está falando.

— Ele vai te dizer: "Tenho um cartão amarelo da fachada verde, então me dá um dólar porque hoje é dia de grana dupla." Entendeu?

— Entendi. — O buraco ficava cada vez mais fundo.

— E ele *tem mesmo* um cartão amarelo enfiado na aba do chapéu. Talvez seja apenas um cartão de empresa de táxi, ou talvez um cupom de mercado que achou na sarjeta, mas os miolos do cara estão cheios de vinho barato, e parece que ele acha que o cartão é o Bilhete Dourado da Fábrica de Chocolate do Willy Wonka. Então *você* diz: "Um dólar não posso gastar, mas toma cinquentinha" e lhe entrega a moeda. Aí talvez ele diga... — Al ergueu um dos seus dedos agora esqueléticos. — Ele *pode* perguntar algo como "Por que você está aqui?" ou "De onde você veio?". Pode até dizer algo como "Você não é o mesmo sujeito." Acho que não, mas é possível. Tem muita coisa que eu não sei. Não importa o que ele diga, deixe ele lá no barracão de secagem, onde ele fica, e saia pelo portão. Quando você sair, é provável que ele diga: "Eu *sei* que você pode gastar um dólar, seu babaca pão-duro", mas não dê atenção. Não olhe para trás. Atravesse os trilhos e estará no cruzamento da Principal com a Lisbon. — Ele me deu um sorriso irônico. — Depois disso, amigo, o mundo é seu.

— Barracão de secagem? — Pensei ter lembrado vagamente de *alguma coisa* perto do lugar onde ficava a lanchonete agora, e supus que podia ser o barracão de secagem da velha tecelagem Worumbo, o que quer que tenha sido, não existia mais. Se tivesse uma janela nos fundos da despensinha aconchegante da Aluminaire, ela daria apenas para um pátio de tijolos e uma loja de roupa de inverno chamada Your Maine Snuggery. Ali eu já me dera de presente uma parca North Face pouco depois do Natal, por um precinho camarada.

— Deixa o barracão de secagem pra lá, é só não esquecer o que eu lhe disse. Agora se vire outra vez; isso; e avance dois ou três passos. Passinhos. Passinhos de bebê. Finja que está tentando achar o alto de uma escada com a luz apagada... com cuidado assim.

Fiz o que ele disse, me sentindo o maior pateta do mundo. Um passo... baixando a cabeça para não bater no teto de alumínio... dois passos... agora realmente me agachando um pouco. Mais alguns passos e eu teria de ficar de joelhos. Isso eu não faria, com ou sem pedido de moribundo.

— Al, isso é ridículo. A não ser que você queira que eu pegue uma caixa de coquetel de frutas ou algum desses pacotinhos de gelatina, não há nada que eu possa fazer aq...

Foi então que o meu pé caiu, do jeito que o pé cai quando a gente começa a descer uma escada. Só que o meu pé ainda estava firme no chão de linóleo cinza escuro. Dava para ver.

— Lá vai você — disse Al. O cascalho sumira da sua voz, pelo menos temporariamente; as palavras eram suaves de satisfação. — Você achou, amigo.

Mas o que eu tinha achado? O que eu estava vivendo, exatamente? O poder da sugestão parecia ser a resposta mais provável, já que, sentisse o que sentisse, conseguia ver o meu pé no chão. Só que...

Sabe como, num dia claro, a gente consegue fechar os olhos e ver a imagem daquilo que olhava antes? Era assim. Quando olhei o meu pé, vi que estava no chão. Mas quando *pisquei* — um milissegundo antes ou um milissegundo depois que os meus olhos se fecharam, não sei qual — avistei o meu pé num degrau. E também não era à luz fraca de uma lâmpada de 60 watts. Era no sol forte.

Parei.

— Continue — disse Al. — Nada vai lhe acontecer, amigo. É só continuar. — Ele tossiu com força e depois disse, num tipo de grunhido desesperado: — *Preciso que faça isso.*

Então fiz.

Que Deus me ajude, eu fiz.

CAPÍTULO 2

1

Dei outro passo à frente e desci mais um passo. Os meus olhos ainda me diziam que eu estava em pé no chão da despensa do Al's Diner, mas eu estava ereto e o topo da minha cabeça não encostava mais no teto da despensa. O que, naturalmente, era impossível. O meu estômago revirou descontente como reação à confusão sensorial, e senti o sanduíche de salada de ovos e o pedaço de torta de maçã que comera no almoço se prepararam para apertar o botão de ejetar.

Atrás de mim — mas um pouco distante, como se estivesse a quinze metros de distância e não a apenas um metro e meio — Al disse:

— Feche os olhos, amigo, é mais fácil assim.

Quando fechei, a confusão sensorial sumiu na mesma hora. Foi como desenvesgar os olhos. Ou pôr os óculos especiais num filme em 3-D, uma analogia mais adequada. Movi o pé direito e desci outro degrau. *Eram* degraus; com os olhos fechados, o meu corpo não teve dúvidas a respeito.

— Mais dois e abra — disse Al. Ele parecia mais longe do que nunca. No outro lado da lanchonete, em vez de bem na porta da despensa.

Desci com o pé esquerdo. Desci com o pé direito de novo e, de repente, ouvi um estalo dentro da cabeça, exatamente do mesmo tipo que a gente sente quando está no avião e a pressão muda de súbito. O campo escuro dentro das minhas pálpebras se avermelhou e havia calor na pele. Era a luz do sol. Nenhuma dúvida a respeito. E aquele leve cheiro sulfuroso ficara mais espesso, subindo na escala olfativa de malperceptível para ativamente desagradável. Também não havia nenhuma dúvida a respeito disso.

Abri os olhos.

Eu não estava mais na despensa. Também não estava mais no Al's Diner. Embora não houvesse porta entre a despensa e o mundo exterior, eu *estava* do lado de fora. Estava no pátio. Mas não era mais de tijolos e não havia lojas de fábrica em volta dele. Eu estava em pé no cimento sujo e esfarelado. Havia vários receptáculos imensos de metal encostados no muro branco e vazio onde deveria estar a loja de casacos. Estavam carregadíssimos e cobertos com panos de lona marrom e áspera, do tamanho de velas de navio.

Virei-me para olhar o grande trailer prateado que abrigava a lanchonete do Al, mas ele sumira.

2

Onde o trailer deveria estar havia o vasto vulto dickensiano da Tecelagem Worumbo, em pleno funcionamento. Dava para ouvir o estrondo das máquinas de tingir e secar, o *chont-HUUCH*, *chont-HUUCH* dos imensos teares que antes enchiam o segundo andar (eu vira fotos dessas máquinas, operadas por mulheres de guarda-pó e lenço na cabeça, no minúsculo prédio da Sociedade Histórica de Lisbon, no alto da rua Principal). Uma fumaça cinza-esbranquiçada se despejava de três chaminés altas que, na década de oitenta, caíram durante uma grande ventania.

Eu estava parado ao lado de um grande prédio em forma de cubo, pintado de verde — supus que fosse o barracão de secagem. Enchia metade do pátio e tinha uns seis metros de altura. Eu descera uma escada, mas agora não havia degraus. Não havia como voltar. Tive um surto de pânico.

— Jake? — era a voz de Al, muito fraca. Parecia chegar aos meus ouvidos por um mero truque de acústica, como uma voz que se propaga quilômetros dentro de um desfiladeiro comprido e estreito. — Você pode voltar do mesmo jeito que chegou aí. Sinta os degraus.

Ergui o pé esquerdo, baixei-o, senti um degrau. O meu pânico diminuiu.

— Continue. — Fraco. Uma voz aparentemente movida pelo próprio eco. — Dê uma olhada por aí e volte.

A princípio não fui a lugar nenhum, só fiquei parado, limpando a boca com a palma da mão. Parecia que os meus olhos iam saltar das órbitas. Meu couro cabeludo e uma faixa estreita de pele que descia pelo meio das costas estavam arrepiados. Eu estava com medo — quase apavorado — mas equilibrando esses sentimentos, e muito curiosamente mantendo o pânico sob controle (por enquanto). Eu via minha sombra no concreto, tão nítida como se fosse de pano preto recortado. Via flocos de ferrugem na corrente que isolava o barracão de secagem do resto do pátio. Sentia o cheiro do poderoso efluente que era despejado das chaminés triplas, forte o suficiente para fazer os meus olhos arderem. Bastava um inspetor de meio ambiente dar uma cheirada naquela merda para fechar tudo aquilo numa fração de segundo. Só que... acho que não havia inspetores de meio ambiente na vizinhança. Eu nem sabia se esse tipo de coisa já tinha sido inventada. Eu sabia onde estava: Lisbon Falls, no estado do Maine, bem no coração do condado de Androscoggin.

A verdadeira pergunta era *quando* eu estava.

3

Havia uma placa pendurada na corrente, mas não dava para ler — a mensagem estava voltada para o outro lado. Comecei a andar até ela, depois dei meia-volta. Fechei os olhos e arrastei os pés à frente, lembrando-me de dar passinhos de bebê. Quando o pé esquerdo bateu no primeiro degrau que levava de volta à despensa do Al's Diner (ou assim eu esperava com devoção), enfiei a mão no bolso de trás e tirei uma folha de papel dobrada: o memorando do meu exaltado chefe de departamento dizendo: "Tenha um bom verão e não esqueça o dia da reunião geral em julho." Imaginei por um instante o que ele pensaria se no ano que vem Jake Epping desse um curso de seis semanas intitulado *A literatura da viagem no tempo*. Depois, rasguei uma tira do alto, amassei e deixei cair no primeiro degrau da escada invisível. Caiu no chão, é claro, mas de qualquer maneira marcava o lugar. Era uma tarde quente e parada e achei que a bolinha não seria soprada, mas catei um pedaço de concreto e o usei como peso de papel, só para ter certeza. Ficou no degrau, mas também ficou no pedaço do memorando. Porque não *havia* degrau. Um trechinho de uma antiga música popular me passou pela cabeça: *First there is a mountain, then there is no mountain, then there is* (Primeiro há uma montanha, depois não há montanha, depois há.)

Dê uma olhada por aí, dissera Al, e decidi que era o que faria. Imaginei que, se ainda não tivesse enlouquecido, provavelmente continuaria bem por mais algum tempo. Quer dizer, a menos que eu presenciasse um desfile de elefantes cor-de-rosa ou um óvni sobrevoando a John Crafts Auto. Tentei dizer a mim mesmo que aquilo não estava acontecendo, *não podia* estar acontecendo, mas não adiantou. Filósofos e psicólogos podem discutir o que é real ou não, mas a maioria de nós, que levamos vidas comuns, conhecemos e aceitamos a textura do mundo à nossa volta. Aquilo estava acontecendo. Afinal, era fedorento demais para ser uma alucinação.

Andei até a corrente, que pendia no nível da coxa, e passei debaixo dela. Do outro lado estava escrito, com tinta preta e letras em estêncil: **PROIBIDO PASSAR DESTE PONTO ATÉ CONSERTO DO CANO DE ESGOTO**. Olhei para trás de novo, não vi sinais de que houvesse reparos iminentes, contornei o canto do barracão de secagem e quase tropecei no homem que tomava sol ali. Não que ele pudesse se bronzear muito. Usava um sobretudo velho e preto que se amontoava em torno do corpo como uma sombra amorfa. Havia manchas rachadas de catarro seco em ambas as mangas. O corpo dentro do casaco era magro a ponto de estar emaciado. O cabelo cinza--chumbo pendia emaranhado em torno das bochechas ásperas de barba. Era um bebum, o mais típico dos bebuns.

Meio torto na cabeça tinha um fedora imundo que parecia saído diretamente de um filme *noir* da década de 1950, do tipo em que todas as mulheres têm uma baita comissão de frente e todos os homens falam depressa em torno do cigarro pendurado no canto da boca. E, claro, enfiado na fita do fedora, como o passe de imprensa dos repórteres de antigamente, estava um cartão amarelo. Provavelmente já fora de um amarelo vivo, mas o manuseio frequente por dedos sujos o tinham deixado turvo.

Quando a minha sombra caiu sobre o seu colo, o Homem do Cartão Amarelo se virou e me examinou com olhos turvos.

— Que merda você é? — perguntou, só que saiu *Quimééda ceé?*

Al não me dera instruções detalhadas sobre como responder perguntas, e eu disse o que me pareceu mais seguro.

— Não é da porra da sua conta.

— Ora, então vá se foder.

— Ótimo — disse eu. — Estamos de acordo.

— Hem?

— Tenha um bom dia. — Parti na direção do portão, aberto sobre um trilho de aço. Além dele, à esquerda, havia um estacionamento que nunca estivera lá. Estava cheio de carros, a maioria já desgastada, e todos velhos o suficiente para estarem num museu de automóveis. Havia Buicks com escotilhas e Fords com nariz de torpedo. *Eles pertencem a operários de verdade*, pensei. *Operários de verdade que estão lá dentro agora, trabalhando para ganhar o seu salário.*

— Tenho um cartão amarelo da fachada verde — disse o bebum. Ele soava truculento e perturbado ao mesmo tempo. — Então me dê um dólar porque hoje é dia de grana dupla.

Estendi a moeda de cinquenta centavos. Sentindo-me o ator que só tem uma fala na peça, respondi:

— Um dólar não posso gastar, mas tome cinquentinha.

Então lhe dê a moeda, dissera Al, mas nem precisei. O Homem do Cartão Amarelo a arrancou de mim e a segurou junto ao rosto. Por um instante pensei que ia mesmo mordê-la, mas ele só fechou em torno dela a mão de dedos compridos e a fez sumir. Ele me espiou de novo, o rosto quase cômico de desconfiança.

— Quem é você? O que está fazendo aqui?

— Não faço a menor ideia — respondi e me virei de volta para o portão. Esperei que me lançasse mais perguntas, mas só houve silêncio. Saí pelo portão.

4

O carro mais novo do estacionamento era um Plymouth Fury, provavelmente do meio ou fim da década de 1950. A placa parecia uma versão absurdamente antiga da placa de trás do meu Subaru; a pedido da minha ex-esposa, viera com uma fita rosa da campanha contra o câncer de mama. Aquela que eu olhava agora dizia mesmo TERRA DAS FÉRIAS, mas era alaranjada em vez de branca. Como na maioria dos estados, hoje as placas do Maine têm letras — a do meu Subaru é 23383 IY — mas a placa de trás do Fury branco e vermelho quase novo era 90-811. Sem letras.

Toquei o porta-malas. Estava duro e quente do sol. Era real.

Atravesse os trilhos e estará no cruzamento da Principal com a Lisbon. Depois disso, amigo, o mundo é seu.

Não havia trilhos de trem passando diante da velha fábrica — no meu tempo não, não havia —, mas lá estavam eles direitinho. E também não eram restos de artefatos. Estavam polidos, faiscantes. E em algum lugar a distância dava para ouvir o *uuff-chuff* de um trem de verdade. Quando foi a última vez que os trens passaram por Lisbon Falls? Acho que já não passam por aqui desde a época em que a tecelagem fechou e a U.S. Gypsum funcionava noite e dia.

Só que a U.S. Gypsum está funcionando noite e dia agora mesmo, pensei. *Aposto que sim. E a tecelagem também. Porque isto aqui não é mais a segunda década do século XXI.*

Eu começara a andar de novo sem sequer perceber — andar como um homem num sonho. Agora estava na esquina da Principal com a Rodovia 196, também conhecida como Estrada Velha de Lewiston. Só que nela não havia nada velho. E, na diagonal, do outro lado do cruzamento, na esquina oposta...

Era a Kennebec Fruit Company, sem dúvida um nome grandioso para uma loja que tinha cambaleado à beira do esquecimento — ou pelo menos assim me parecia — durante os dez anos que passei dando aulas na LHS. A sua improvável *raison d'être* e único meio de sobrevivência era o Moxie, o mais esquisito dos refrigerantes. O proprietário da Fruit Company, um senhor idoso de temperamento doce chamado Frank Anicetti, me disse certa vez que a população do mundo se dividia naturalmente (e provavelmente por herança genética) em dois grupos: os pouquíssimos eleitos abençoados que punham o Moxie acima de todos os outros refrigerantes e refrescos... e o resto. Frank chamava o resto de "triste maioria deficiente".

A Kennebec Fruit Company do meu tempo é um caixote verde e amarelo desbotado com uma vitrine suja e desprovida de mercadorias... a não ser que o gato que às vezes dorme ali esteja à venda. O telhado está acanalado pela neve de muitos invernos. Há pouco à venda lá dentro, a não ser suvenires Moxie: camisetas laranja vivo que diziam ADORO MOXIE!, chapéus laranja vivo, calendários antigos, plaquinhas de lata que *pareciam* antigas mas provavelmente foram feitas ano passado na China. Durante a maior parte do ano, o lugar fica abandonado pelos fregueses, a maioria das prateleiras vazia de mercadorias... embora ainda se consigam alguns petiscos açucarados ou um saco de batatas fritas (quer dizer, se você gostar do tipo com sal e vinagre). A geladeira de refrigerantes só tem Moxie. A de cerveja está vazia.

Todo mês de julho, Lisbon Falls abriga o Festival de Moxie do Maine. Há bandas de rock, fogos de artifício e um desfile — juro que é verdade — com balões em forma de Moxie e misses locais vestidas de maiô cor de Moxie, ou seja, um alaranjado tão vivo que pode queimar a retina. O comandante do desfile sempre se veste como o doutor Moxie que aparece na latinha, ou seja, de jaleco branco, estetoscópio e um daqueles espelhos esquisitos presos na cabeça com uma faixa. Dois anos antes, a comandante foi Stella Langley, diretora da LHS, e ela nunca superou o trauma.

Durante o festival, a Kennebec Fruit Company ganha vida e vende muito, principalmente a turistas confusos a caminho das áreas de veraneio no oeste do Maine. No resto do ano, mal passa de uma casca assombrada pelo leve odor de Moxie, um cheiro que sempre me lembrou — provavelmente porque pertenço à triste maioria deficiente — do Musterole, o troço fabulosamente fedorento que a minha mãe insistia em esfregar na minha garganta e no meu peito quando eu me resfriava.

Porém, o que eu via agora do outro lado da Estrada Velha de Lewiston era uma próspera empresa na flor da idade. A placa pendurada acima da porta (BEBA 7-UP em cima, BEM-VINDO À KENNEBEC FRUIT CO. embaixo) era vistosa a ponto de refletir os raios de sol nos meus olhos. A tinta estava fresca, o telhado ainda não tinha sido curvado pelo tempo. Havia gente entrando e saindo. E na vitrine, em vez de um gato...

Laranjas, pelo amor de Deus. A Kennebec Fruit Company já vendera frutas de verdade. Quem diria?

Comecei a atravessar a rua e recuei quando um ônibus roncou na minha direção. O letreiro acima do para-brisa dividido dizia LEWISTON EXPRESS. Quando o ônibus freou num ponto no cruzamento da ferrovia, vi que a maioria dos passageiros fumava. A atmosfera ali dentro devia estar bem parecida com a de Saturno.

Depois que o ônibus seguiu o seu caminho (deixando para trás um cheiro de diesel semicozido a se misturar com o fedor de ovo podre das chaminés da Worumbo), atravessei a rua, me perguntando rapidamente o que aconteceria se eu fosse atropelado. Sumiria da existência? Acordaria caído no chão da despensa de Al? Provavelmente, nenhum dos dois. Provavelmente apenas morreria aqui, num passado do qual muita gente provavelmente sentia saudades. Talvez porque esqueceram como o passado cheirava mal, ou porque nunca tinham pensado nesse aspecto dos bacanas anos 1950.

Havia um garoto parado diante da Fruit Company, com um pé calçado de bota preta encostado no revestimento de madeira. O colarinho da camisa estava virado para cima na nuca e o cabelo penteado num estilo que reconheci (principalmente pelos filmes antigos) como Jovem Elvis. Ao contrário dos garotos que eu costumava ver nas minhas aulas, ele não usava cavanhaque, nem sequer uma mosca no queixo. Percebi que, no mundo que agora eu visitava (*torcia* que fosse só uma visita), ele seria chutado da LHS por aparecer com um único pelo no rosto. Sumariamente.

Cumprimentei-o com a cabeça. James Dean devolveu o cumprimento e disse:

— Olá, bacana.

Entrei. Um sino tilintou acima da porta. Em vez de poeira e madeira em suave apodrecimento, senti cheiro de laranja, maçã, café e fumo perfumado. À minha direita, havia uma estante de revistas em quadrinhos com as capas arrancadas — *Archie, Batman, Capitão Marvel, O Homem Elástico, Cripta*. O cartaz pintado à mão acima desse tesouro que causaria uma crise histérica em qualquer viciado no eBay dizia: QUADRINHOS 50 ¢ CADA TRÊS POR 10 ¢ NOVE POR 25 ¢ *FAVOR NÃO MEXER SE NÃO FOR COMPRAR.*

À esquerda havia um mostruário de jornais. Nenhum *New York Times*, mas havia exemplares do *Portland Press Herald* e restava um *Boston Globe*. A manchete do *Globe* trombeteava **DULLES INSINUA CONCESSÕES SE CHINA VERMELHA RENUNCIAR À FORÇA EM FORMOSA**. A data de ambos era terça-feira, 9 de setembro de 1958.

5

Peguei o *Globe*, que custava oito centavos, e andei até uma máquina de refrigerante com tampo de mármore que não existia no meu tempo. Atrás dela estava Frank Anicetti. Era ele igualzinho, até as costeletas grisalhas visíveis acima das orelhas. Só que essa versão — Frank 1.0, digamos — era magra em vez de gorducha e usava bifocais sem aro. Também era mais alto. Sentindo-me um estranho no meu próprio corpo, me sentei num dos bancos altos.

Ele indicou o jornal com a cabeça.

— Isso aí lhe basta ou deseja alguma coisa da máquina?

— Qualquer coisa gelada que não seja Moxie — ouvi a minha voz dizer.

Frank 1.0 sorriu.

— Não vendo isso, filho. Que tal uma *root beer*?

— Parece bom. — E parecia. A garganta estava seca, a cabeça quente. Eu me sentia febril.

— Cinco ou dez?

— Como assim?

— *Root beer* de cinco ou de dez centavos? — Ele falava do jeito do Maine: *biiah* em vez de *beer*.

— Ah. Dez, acho.

— Pois acho que você achou certo. — Ele abriu um congelador de sorvetes e tirou uma caneca gelada quase do tamanho de uma jarra de limonada. Encheu-a numa torneira e senti o cheiro da *root beer*, rico e forte. Ele raspou a espuma do alto com o cabo de uma colher de pau, encheu a caneca até a borda e a pôs no balcão. — Aí está. Ela mais o jornal são dezoito centavos. E mais um centavo para o governador.

Entreguei um dos dólares antigos de Al e Frank 1.0 me deu o troco.

Suguei pela espuma do alto e me espantei. Era... *completa*. Totalmente gostoso. Não sei como exprimir melhor do que isso. Esse mundo sumido há cinquenta anos cheirava muito pior do que eu teria esperado, mas o sabor era muitíssimo melhor.

— Está maravilhosa — disse eu.

— Aié? Que bom que gostou. Você não é destas bandas, é?

— Não sou não.

— De fora do estado?

— Wisconsin — respondi. Não era inteiramente mentira; a minha família morou em Milwaukee até eu fazer 11 anos, quando o meu pai arranjou emprego para ensinar inglês na Universidade do Sul do Maine. Desde então, pulei daqui para lá no estado.

— Bem, você escolheu a época certa para chegar — comentou Anicetti. — A maioria dos veranistas já se foi e, quando isso acontece, os preços caem. O que você está tomando, por exemplo. Depois do Dia do Trabalho, na primeira segunda-feira de setembro, uma *root beer* de dez centavos vai custar só cinco.

O sino sobre a porta tilintou; as tábuas do assoalho rangeram. Era um rangido amistoso. Na última vez que me aventurara na Kennebec Fruit, na esperança de encontrar um tubo de antiácido (me desapontei), elas gemeram.

Um garoto que devia ter 17 anos se enfiou atrás do balcão. O cabelo escuro estava cortado curto, mas não à moda militar. A semelhança com o homem que me servira era inequívoca, e percebi que esse era o *meu* Frank Anicetti. O sujeito que raspara o colarinho de espuma da minha *root beer* era o pai dele. Frank 2.0 não me deu nem uma olhada; para ele, eu era só mais um freguês.

— Titus botou a camionete no macaco — informou ao pai. — Disse que fica pronta às cinco.

— Ah, que bom — comentou Anicetti Pai, acendendo um cigarro. Pela primeira vez percebi que o tampo de mármore da máquina de refrigerante era decorado com pequenos cinzeiros de cerâmica. Escrito nas laterais, havia WINSTON TEM O VERDADEIRO SABOR DE UM BOM CIGARRO! Ele voltou a me olhar. — Quer uma bola de sorvete de creme na *root beer*? Por conta da casa. Gostamos de tratar bem os turistas, ainda mais quando vêm no fim da estação.

— Obrigado, assim está bom — disse eu, e estava. Mais um pouco de doçura e achei que a minha cabeça explodiria. E era *forte,* como beber um café expresso com gás.

O garoto me deu um sorriso tão doce quanto o conteúdo da caneca gelada — não havia nada do desdém divertido que sentira emanar do projeto de Elvis lá fora.

— A gente leu um conto hoje na escola — contou — em que os moradores comem os turistas que aparecem fora da temporada.

— Frankie, isso é uma coisa muito feia de se dizer a um visitante — ralhou o sr. Anicetti. Mas ele sorria ao falar.

— Tudo bem — assegurei eu. — Eu mesmo já usei esse conto nas aulas. Shirley Jackson, não é? *The Summer People*.

— Esse mesmo — concordou Frank. — Não entendi direito, mas gostei.

Dei outro gole na minha *root beer* e, quando a pousei (ela fez um barulho denso e satisfatório no balcão de mármore), não fiquei exatamente surpreso ao ver que estava quase no fim. *Eu poderia me viciar nisso*, pensei. *Deixa Moxie comendo poeira.*

O Anicetti mais velho exalou a fumaça para o teto, onde um ventilador a puxou em preguiçosas vigas azuis.

— Dava aulas em Wisconsin, sr...?

— Epping — respondi. Estava surpreso demais até para sequer pensar num nome falso. — Dou, sim. Mas esse é o meu ano sabático.

— Isso quer dizer que ele está tirando um ano de folga — disse Frank.

— Sei o que quer dizer — retorquiu Anicetti. Ele tentava soar irritado e fazia um péssimo serviço. Decidi que gostava desses dois tanto quanto gostava da *root beer*. Gostava até do candidato a rebelde sem causa lá fora, no mínimo porque ele não sabia que já era um clichê. Havia uma sensação de segurança ali, uma sensação — não sei — de preordenamento. Sem dúvida era falsa, pois este mundo era tão perigoso quanto qualquer outro, mas eu possuía um conhecimento que, antes desta tarde, acreditaria só estar reservado a Deus: sabia que o garoto sorridente que gostara do conto de Shirley Jackson (muito embora não tivesse "entendido") viveria até o fim daquele dia e ainda durante mais de cinquenta anos. Não morreria num acidente de automóvel, não teria um enfarte nem contrairia câncer de pulmão por respirar em segunda mão a fumaça do pai. Frank Anicetti estava positivo e operante.

Dei uma olhada no relógio na parede (COMECE O DIA COM UM SORRISO, dizia o mostrador, TOME CAFÉ ALEGRIA). Marcava 12h22. Para mim isso não era nada, mas fingi me espantar. Tomei o resto da minha *biiah* e me levantei.

— Tenho de ir andando, senão não encontro os meus amigos em Castle Rock a tempo.

— Então vá com calma na 117 — disse Anicetti. — Aquela estrada é uma brasa. — Fazia anos que eu não ouvia um sotaque tão forte do Maine. Então percebi que isso era literalmente verdadeiro, e quase soltei uma gargalhada.

— Pode deixar — respondi. — Obrigado. E, filho? Sobre aquele conto de Shirley Jackson.

— Sim, senhor? — *Senhor*, pois é. E sem nenhum sarcasmo. Eu estava decidindo que 1958 tinha sido um ano muito bom. Quer dizer, fora o fedor da fábrica e a fumaça de cigarro.

— Não há nada a entender.

— Não? Não foi o que o sr. Marchant disse.

— Com todo o devido respeito ao sr. Marchant, pode lhe dizer que Jake Epping disse que às vezes um charuto é só um charuto e um conto é só um conto.

Ele riu.

— Vou dizer! Terceira aula amanhã de manhã.

— Ótimo. — Cumprimentei o pai com a cabeça, com vontade de lhe dizer que, graças ao Moxie (que ele não vendia... ainda), a sua empresa estaria ali, na esquina da rua Principal com a Estrada Velha de Lewiston, muito depois que ele se fosse. — Obrigado pela *root beer*.

— Volte quando quiser, filho. Estou pensando em baixar o preço da caneca grande.

— Para dez centavos?

Ele sorriu. Como o do filho, o sorriso era fácil e franco.

— Agora o senhor está chegando lá!

O sino tilintou. Três senhoras entraram. Nada de calças compridas; elas usavam vestidos com bainhas que chegavam à metade da canela. E chapéu! Dois com pomponzinhos de véu branco. Começaram a remexer nos caixotes abertos de frutas, em busca de perfeição. Comecei a me afastar da máquina de refrigerante, depois me lembrei de uma coisa e voltei.

— Vocês saberiam me dizer o que é a fachada verde?

O pai e o filho trocaram um olhar divertido que me fez pensar numa velha piada. O turista de Chicago num carrão esporte para diante de uma casinha bem no meio da roça. O velho agricultor sentado na varanda fuma um cachimbo de sabugo. O turista se inclina para fora do seu Jaguar e pergunta: "Meu velho, sabe me dizer como chegar a East Machias?" O velho roceiro dá uma ou duas baforadas pensativas no cachimbo e depois responde: "É só ficar bem aí mesmo."

— O senhor é mesmo de fora do estado, não é? — perguntou Frank. O sotaque não era tão forte quanto o do pai. *Provavelmente ele assiste mais à TV*, pensei. *Nada como a TV para desgastar um sotaque regional.*

— Sou — respondi.

— Engraçado, eu podia jurar que ouvi uma puxada ianque no sotaque.

— É sotaque *yooper* — disse eu. — Da região da Upper Peninsula, sabe? — Só que... droga! A Upper Peninsula ficava em Michigan.

Mas parece que nenhum deles percebeu. Na verdade, o jovem Frank se virou e começou a lavar a louça. À mão, percebi.

— A fachada verde é a loja de bebidas — explicou Anicetti. — Do outro lado da rua, se quiser comprar uma garrafa de qualquer coisa.

— Acho que a *root beer* já basta para mim — respondi. — Só fiquei curioso. Um bom dia para vocês.

— Para o senhor também, amigo. Volte sempre.

Passei pelo trio examinador de frutas, murmurando "Senhoras" ao passar. E desejando ter um chapéu para cumprimentar. Um fedora, talvez.

Como aqueles que a gente vê nos filmes antigos.

6

O candidato a baderneiro deixara o posto e pensei em subir a rua Principal para ver o que mais mudara, mas só por um segundo. Seria bobagem desafiar a sorte. E se alguém perguntasse sobre as minhas roupas? Achei que as calças e o paletó esporte pareciam mais ou menos bons, mas como ter certeza? E também havia o meu cabelo, que tocava o colarinho. No meu tempo, isso seria considerado perfeitamente aceitável para um professor do secundário — conservador, até —, mas poderia provocar olhares numa década em que raspar a nuca era considerado parte normal do serviço do barbeiro e as costeletas ficavam reservadas para os roqueiros, como aquele que me chamara de bacana. É claro que podia dizer que era turista, que todos os homens usavam o cabelo um pouco comprido no Wisconsin, que era a última moda, mas cabelo e roupas — aquela sensação de se destacar, como algum alienígena do espaço num disfarce humano usado com imperfeição — eram só uma parte.

Eu estava basicamente apavorado. Não cambaleante em termos mentais, acho que a mente humana moderadamente bem-ajustada consegue absorver um monte de estranheza antes de realmente cambalear, mas apavorado, sim. Não parava de pensar nas senhoras de vestido comprido e chapéu, senhoras que ficariam com vergonha de mostrar até a beiradinha da tira do sutiã em público. E o sabor daquela *root beer*. Como fora *completo*.

Bem do outro lado da rua havia uma loja modesta com LOJA DE BEBIDAS DO ESTADO DO MAINE impresso em alto-relevo na pequena vitrine da frente. E, sim, a fachada era verde-clara. Lá dentro, consegui perceber o meu colega do barracão de secagem. O casaco preto comprido pendia dos ombros de cabide; ele havia tirado o chapéu e o cabelo se mantinha em torno da cabeça como o de um pateta de desenho animado que acabou de enfiar o Dedo A na Tomada B. Ele gesticulava com ambas as mãos para o vendedor, e pude ver o precioso cartão amarelo numa delas. Tenho certeza que o meio dólar de Al Templeton estava na outra. O vendedor, que usava um jaleco branco e curto bastante parecido com o do doutor Moxie no desfile anual, parecia singularmente imperturbável.

Andei até a esquina, esperei o tráfego e atravessei de novo a Estrada Velha de Lewiston para o lado da Worumbo. Dois homens empurravam um carrinho cheio de fardos de algodão pelo pátio, rindo e fumando. Fiquei me perguntando se saberiam o que a combinação de fumaça de cigarro e poluição da fábrica fazia com as suas entranhas, e supus que não. Provavelmente era uma bênção, embora fosse mais uma questão para professores de filosofia do que para um cara que ganhava o pão de cada dia expondo moleques de 16 anos às maravilhas de Shakespeare, Steinbeck e Shirley Jackson.

Quando entraram na fábrica, empurrando o carrinho por entre as mandíbulas de metal enferrujado das portas com três andares de altura, fui de novo até a corrente com a placa **PROIBIDO PASSAR DESTE PONTO** pendurada. Disse a mim mesmo para não andar depressa demais nem olhar em volta — não fazer *nada* que atraísse a atenção —, mas foi difícil. Agora que estava quase de volta ao ponto de chegada, a ânsia de me apressar era quase irresistível. Minha boca estava seca e a enorme *root beer* que bebera rolava no estômago. E se eu não conseguisse voltar? E se o marcador que deixei tivesse sumido? E se ainda estivesse lá, mas a escada não?

Calma, disse a mim mesmo. *Calma.*

Não consegui resistir a uma olhada rápida antes de passar debaixo da corrente, mas o pátio era inteiramente meu. Em algum lugar distante, como um barulho num sonho, escutei de novo aquele grave *uuff-chuff* de motor diesel. Ele me trouxe à mente outro verso de outra música: *This train has got the disappearing railroad blues* (Esse trem pegou a tristeza do sumiço da ferrovia.)

Andei pelo flanco verde do barracão de secagem, o coração batendo com força e bem alto no peito. O naco de papel rasgado com o pedaço de concreto em cima ainda estava lá; até agora, tudo bem. Chutei-o de leve, pensando *Por favor Deus tomara que dê certo, por favor Deus que eu consiga voltar.*

A ponta do sapato chutou o pedaço de concreto — vi-o sair saltitando para longe — mas também bateu e parou contra o degrau. Essas coisas eram mutuamente exclusivas, mas ambas aconteceram. Dei mais uma olhada em volta, muito embora ninguém no pátio pudesse me ver nesse caminho estreito a menos que, por acaso, passasse diretamente na frente dele, numa ponta ou na outra. Não havia ninguém.

Subi um passo. O meu pé conseguia sentir, muito embora os olhos me dissessem que eu ainda estava parado no pavimento rachado do pátio. A *root beer* deu outra guinada de alerta no meu estômago. Fechei os olhos e ficou um pouco melhor. Subi o segundo degrau, depois o terceiro. Eram estreitos aqueles degraus. Quando subi o quarto, o calor do verão sumiu da minha nuca e o escuro diante das minhas pálpebras ficou mais profundo. Tentei subir o quinto degrau, só que não havia quinto degrau. Em vez disso, bati a cabeça no teto baixo da despensa. Uma mão segurou o meu antebraço e quase gritei.

— Relaxe — disse Al. — Relaxe, Jake. Você voltou.

7

Ele me ofereceu uma xícara de café, mas fiz que não. O meu estômago ainda espumava. Ele se serviu e voltamos ao compartimento onde começáramos essa viagem de loucos. A minha carteira, o celular e o dinheiro estavam empilhados no meio da mesa. Al se sentou com um suspiro de dor e alívio. Parecia um pouco menos cansado e um pouco mais relaxado.

— Então — disse. — Você foi e voltou. O que acha?

— Al, não sei o que pensar. Estou abalado até meus alicerces. Você achou isso por acaso?

— Totalmente. Menos de um mês depois de me instalar aqui. Eu ainda devia ter poeira da rua Pine no salto do sapato. A primeira vez eu realmente *caí* por aquela escada, como Alice na toca do coelho. Achei que tinha enlouquecido.

Dava para imaginar. Pelo menos eu pude me preparar, um pouco que fosse. Enfim, será que existiria algum modo adequado de preparar alguém para uma viagem de volta ao passado?

— Quanto tempo fiquei lá?

— Dois minutos. Já lhe disse, são sempre dois minutos. Não importa quanto tempo fique. — Ele tossiu, cuspiu num novo maço de guardanapos, que dobrou e enfiou no bolso. — E quando você desce os degraus, é sempre 11h58 da manhã de 9 de setembro de 1958. Toda viagem é a primeira viagem. Aonde você foi?

— À Kennebec Fruit. Tomei uma *root beer*. Fantástica.

— É, tudo é mais gostoso lá. Menos conservantes ou coisa assim.

— Conhece Frank Anicetti? Eu o encontrei como um garoto de 17 anos.

De certo modo, apesar de tudo, esperava que Al risse, mas ele aceitou como coisa óbvia.

— Claro. Encontrei Frank muitas vezes. Mas ele só me encontra uma vez; naquela época, quero dizer. Para Frank, cada vez é a primeira. Ele entra, não é? Vindo do posto Chevron. Diz ao pai: "Titus botou a camionete no macaco. Disse que fica pronta às cinco." Ouvi isso pelo menos cinquenta vezes. Não que eu sempre vá ao Fruit quando volto, mas quando vou, escuto. Aí entram as senhoras para escolher frutas. A sra. Symonds e as amigas. É como ver o mesmo filme várias e várias vezes.

— Toda vez é a primeira vez — repeti devagar, pondo um espaço em torno de cada palavra. Tentando conseguir que fizessem sentido na cabeça.

— Isso.

— E toda pessoa que encontramos *nos* encontra pela primeira vez, não importa quantas vezes já nos encontramos.

— Isso.

— Eu poderia voltar e ter a mesma conversa com Frank e o pai e eles não saberiam.

— Isso mesmo. Ou você poderia mudar alguma coisa — pedir um banana split em vez de uma *root beer*, digamos — e o resto da conversa seguiria um rumo diferente. O único que parece desconfiar de alguma coisa é o Homem do Cartão Amarelo, e ele está fodido demais pela bebida para saber o que pensa. Quer dizer, isso se eu estiver certo e se ele pensar alguma coisa. Se ele pensa, é porque por acaso está sentado perto da toca de coelho. Sei lá o que é aquilo. Talvez crie algum tipo de campo de energia. Ele...

Mas Al voltou a tossir e não conseguiu continuar. Observá-lo com o corpo dobrado, segurando a lateral e tentando não me mostrar como doía, como o rasgava por dentro, já era doloroso. *Ele não pode continuar assim*, pensei. *Ele está a menos de uma semana do hospital, provavelmente a poucos dias.* E não fora por isso que me chamara? Porque tinha de passar esse segredo espantoso a alguém antes que o câncer fechasse os seus lábios para sempre?

— Achei que conseguiria lhe passar todo o rolo esta tarde, mas não consigo — admitiu Al quando recuperou o controle. — Tenho de ir para casa, tomar meu bagulho e botar os pés pra cima. Nunca tomei nada mais forte do que aspirina durante a vida inteira, e o lixo daquele Oxy me apaga feito lâmpada. Vou dormir seis horas mais ou menos e aí me sentir melhor por algum tempo. Um pouco mais forte. Você pode passar lá em casa por volta das nove e meia?

— Até poderia, se eu soubesse onde você mora — respondi.

— Uma casinha na rua Vining. Número 19. Procure o gnomo de jardim ao lado da varanda. Não dá para errar. Ele agita uma bandeira.

— Sobre o quê vamos conversar, Al? Quero dizer... você me *mostrou*. Agora acredito em você. — Acreditava mesmo... mas por quanto tempo? A minha breve visita a 1958 já assumira a textura desbotada de um sonho. Dali a algumas horas (ou dias), provavelmente eu conseguiria me convencer de que *sonhara*.

— Temos muito para conversar, amigo. Você vem? — Ele não repetiu *pedido de um moribundo*, mas li nos olhos dele.

— Está bem. Quer uma carona?

Com isso os olhos dele faiscaram.

— Estou com a picape e são só cinco quarteirões. Posso dirigir sozinho até lá.

— Claro que pode — concordei, torcendo para soar mais convincente do que me sentia. Levantei e comecei a enfiar as minhas coisas de volta no bolso. Encontrei o maço de notas que ele me dera e o tirei. Então entendi as mudanças na nota de cinco dólares. Provavelmente havia mudanças nas outras notas também.

Estendi o maço e ele fez que não.

— Não, guarde, tenho muito.

Mas deixei as notas na mesa.

— Se toda vez é a primeira vez, como é que consegue ficar com o dinheiro que traz de volta? Por que não apaga na próxima vez que você vai?

— Não faço ideia, amigo. Já lhe disse, tem um monte de coisas que não sei. Há regras, e descobri algumas, mas não muitas. — O rosto dele se iluminou com um sorriso fraco mas genuinamente divertido. — Você trouxe a sua *root beer* de volta, não foi? Ainda está se sacudindo na barriga, não está?

Na verdade, estava.

— Viu só? A gente se encontra de noite, Jake. Vou estar mais descansado e aí conversamos.

— Mais uma pergunta?

Ele me fez um gesto de vá em frente. Notei que as unhas, que ele sempre mantinha escrupulosamente limpas, estavam amarelas e rachadas. Outro mau sinal. Menos revelador do que a perda de 15 quilos, mas ainda assim algo ruim. O meu pai costumava dizer que se pode saber muito sobre a saúde de alguém apenas pelo estado das unhas.

— O Famoso Gordobúrguer.

— O que tem? — Mas havia um sorriso brincando nos cantos da boca.

— Você vende barato porque compra barato, não é?

— Capa de costela moída do Red & White — disse ele. — Cinquenta e quatro centavos o meio quilo. Vou lá toda semana. Ou ia até a minha última aventura, que me levou para muito longe de Lisbon Falls. Compro com o sr. Warren, o açougueiro. Se lhe peço cinco quilos de capa de costela moída, ele diz: "Tá saindo." Se peço seis ou sete, ele diz: "Me dê um minuto para moer uma fresquinha. Almoço de família?"

— É sempre o mesmo.

— É.

— Porque é sempre a primeira vez.

— Exato. É como a história dos pães e dos peixes da Bíblia, quando a gente pensa bem. Compro a mesma capa de costela moída semana após semana. Alimentei com ela centenas de milhares de pessoas, apesar daqueles boatos estúpidos sobre gatobúrguer, e ela sempre se renova.

— Você compra a mesma carne várias vezes. — Tentando enfiar a ideia no meu crânio.

— A mesma carne, à mesma hora, do mesmo açougueiro. Que sempre diz as mesmas coisas, a menos que eu diga algo diferente. Admito, amigo, que já me passou pela cabeça ir até ele e dizer: "Como vão as coisas, sr. Warren, seu careca escroto? Andou fodendo algum cu de galinha ultimamente?" Ele nunca lembraria. Mas nunca fiz isso. Porque ele é um bom homem. A maioria das pessoas que conheci lá atrás é gente de bem. — Com isso ele ficou meio tristonho.

— Não entendo como você consegue comprar carne lá... servir aqui... e comprar de novo.

— Bem-vindo ao clube, amigo. Estou contente pra diabo de você ainda estar aqui... eu podia ter perdido você. Aliás, você nem tinha de atender ao telefone quando liguei para a escola.

Uma parte de mim desejava não ter atendido, mas isso eu não disse. Provavelmente nem precisava. Ele estava doente, mas não cego.

— Venha à minha casa hoje à noite. Vou lhe contar o que estou pensando e aí você faz o que achar melhor. Mas terá de decidir bem depressa, porque o tempo é curto. Meio irônico, não acha, considerando para onde vão os degraus invisíveis da minha despensa?

Mais devagar do que nunca, eu repeti:

— Toda... vez... é... a... primeira... vez.

Al sorriu de novo.

— Acho que essa parte você entendeu. A gente se encontra à noite, tudo bem? Rua Vining, 19. Procure o gnomo com a bandeira.

8

Saí do Al's Diner às três e meia. O período de seis horas que esperei até as nove e meia não foi tão esquisito quanto visitar Lisbon Falls 53 anos antes, mas foi quase. O tempo parecia se arrastar e se apressar ao mesmo tempo. Voltei à casa que estava comprando em Sabattus (Christy e eu vendemos a nossa em Lisbon Falls e dividimos a grana quando nossa empresa conjugal se dissolveu). Pensei em tirar um cochilo, mas é claro que não consegui dormir. Depois de passar vinte minutos deitado de costas, duro como uma tábua, encarando o teto, fui ao banheiro dar uma mijada. Enquanto observava a urina espirrar no vaso, pensei: *Isso é root beer de 1958, processada*. Mas, ao mesmo tempo, pensava que era tudo bobagem, que Al dera um jeito de me hipnotizar.

Aquela coisa de visão dupla, sabe?

Tentei terminar a leitura da última redação do seminário e não me surpreendi nem um pouco ao ver que não conseguia. Brandir a temível caneta vermelha do sr. Epping? Fazer juízos críticos? Só rindo. Não conseguia nem conectar as palavras. Então liguei o "tubo" (velha gíria dos fantásticos anos cinquenta; os televisores *nem têm* mais tubos) e surfei os canais algum tempo. No TMC, me deparei com um filme antigo chamado *Dragstrip Girl*. E fiquei observando os carros antigos e os adolescentes angustiados com tanta atenção que me deu dor de cabeça, e desliguei. Fiz um refogado rápido e não consegui comer, embora estivesse com fome. Fiquei ali sentado, olhando o prato, pensando em Al Templeton servindo as mesmas doze libras de hambúrguer várias vezes, ano após ano. *Era* realmente como o milagre dos pães e dos peixes, e daí circulavam boatos sobre gatobúrguer e cachorrobúrguer devido ao preço baixo? Considerando quanto Al pagava pela carne, ele tirava um lucro absurdo em cada Gordobúrguer que vendia.

Quando percebi que estava andando de um lado para outro na cozinha — incapaz de dormir, incapaz de ler, incapaz de assistir à TV, um refogadinho perfeito jogado no lixo —, peguei o carro e voltei à cidade. Nisso eram quinze para as sete, e havia muito lugar para estacionar na rua Principal. Parei do outro lado da Kennebec Fruit e fiquei sentado atrás do volante, fitando a relíquia de tinta descascada que já fora uma próspera empresa de cidade pequena. Já fechada, parecia pronta para demolição. O único sinal de habitação humana eram alguns cartazes de Moxie na vitrine empoeirada (BEBA MOXIE E GANHE *SAÚDE!*, dizia o maior), tão fora de moda que podiam ter sido abandonados há anos.

A sombra da Fruit se estendia pela rua e tocava o meu carro. À minha direita, onde ficava a loja de bebidas, havia agora um prédio arrumadinho de tijolos que abrigava uma agência do Key Bank. Quem precisava de uma fachada verde se podia entrar em qualquer supermercado do estado e sair com um litro de uísque ou meia garrafa de licor de café? E nada de saco de papel; nesta época moderna usamos plástico, filho. Dura mil anos. E, por falar em supermercado, nunca ouvira falar de nenhum chamado Red & White. Quem quisesse comprar mantimentos em Lisbon Falls iria ao IGA, um quarteirão abaixo, na 196. Ficava bem na frente da antiga estação de trem. Que hoje era uma combinação de loja de camisetas com ateliê de tatuagem.

Ainda assim, mesmo naquele momento o passado parecia muito próximo — talvez fosse apenas o brilho dourado da luz do sol poente, que sempre me parecera levemente sobrenatural. Era como se 1958 ainda estivesse bem ali, só escondido debaixo de uma frágil película de anos intermediários. E, se eu não tivesse imaginado o que me acontecera à tarde, era verdade.

Ele quer que eu faça algo. Algo que ele mesmo teria feito, mas que o câncer impediu. Disse que voltou e ficou quatro anos (pelo menos achei que foi o que disse), *mas quatro anos não foram suficientes.*

Eu estaria disposto a descer de novo aqueles degraus e ficar quatro anos ou mais? Basicamente me instalar? Voltar dois minutos depois... só que quarentão, com fios brancos começando a aparecer no cabelo? Não conseguia me imaginar fazendo isso, mas também não conseguia imaginar o que Al encontrara de tão importante lá atrás. A única coisa que eu sabia era que quatro, seis ou oito anos da minha vida era pedir demais, mesmo para um moribundo.

Ainda tinha mais de duas horas antes de ir à casa de Al. Decidi voltar, preparar outra refeição e, dessa vez, me forçar a comer. Depois, faria outra tentativa de terminar as redações. Eu podia ser uma das pouquíssimas pessoas que já tinham viajado no tempo — aliás, Al e eu podíamos ser os únicos que já tinham feito isso na história do mundo —, mas os meus alunos de poesia ainda quereriam as notas finais.

Não ligara o rádio quando vim à cidade, mas liguei-o agora. Como a TV, ele recebe a programação de viajantes espaciais guiados por computadores que saem girando em torno da Terra numa altitude de 35 mil quilômetros, uma ideia que sem dúvida seria recebida com espanto arregalado (mas provavelmente não com total descrença) pelo adolescente que Frank Anicetti era naquela época. Sintonizei na Sixties on Six e captei Danny & the Juniors tocando *Rock and Roll Is Here to Stay* — três ou quatro vozes urgentes e harmônicas cantando por cima da britadeira de um piano. Foram seguidos por Little Richard gritando *Lucille* a plenos pulmões, e depois Ernie K-Doe mais ou menos gemendo *Mother-in-Law*: *Ela acha que conselho é contribuição, mas se deixasse pra lá é que seria solução.* Tudo soava tão fresco e doce quanto as laranjas que a sra. Symonds e amigas escolhiam no início da tarde.

Soava *novo*.

Eu queria passar anos no passado? Não. Mas *queria* voltar. No mínimo para ouvir como Little Richard soava quando ainda estava na parada de sucessos. Ou pegar um avião da Trans World Airlines sem ter de tirar os sapatos, fazer raios X do corpo inteiro e passar pelo detetor de metais.

E queria outra *root beer*.

CAPÍTULO 3

1

O gnomo tinha mesmo uma bandeira, mas não era americana. Não era nem sequer a bandeira do Maine com o alce. A bandeira que o gnomo segurava tinha uma listra azul vertical e duas listras horizontais largas, a de cima branca, a de baixo vermelha. Também tinha uma estrela solitária — uma bandeira texana. Dei um tapinha no chapéu pontudo do gnomo quando passei e subi os degraus da frente da casinha de Al na rua Vining, pensando numa música engraçada de Ray Wylie Hubbard: *Screw You, We're from Texas* (Dane-se, somos do Texas.)

A porta se abriu antes que eu tocasse a campainha. Al usava um roupão de banho por cima do pijama e o novo cabelo branco formava emaranhados em saca-rolha — um dos casos mais graves de cabeça desgrenhada que eu já vira. Mas o sono (e os analgésicos, é claro) tinha lhe feito algum bem. Ainda tinha cara de doente, mas as rugas em torno da boca não estavam tão fundas, e o andar, enquanto me conduzia pelo toco de corredor até a sala, parecia mais firme. Não apertava mais a mão direita na axila esquerda, como se tentasse se segurar.

— Pareço um pouco mais com o antigo eu, não é? — perguntou na sua voz rascante enquanto se sentava na poltrona diante da TV. Só que não se sentou de verdade, simplesmente se posicionou e caiu.

— Parece. O que os médicos lhe disseram?

— O que consultei em Portland diz que não há esperança, nem com quimioterapia e radioterapia. Exatamente o que disse o médico que consultei em Dallas. Em 1962, quer dizer. É bom pensar que algumas coisas não mudam, não acha?

Abri a boca e a fechei de novo. Às vezes não há nada a dizer. Às vezes a gente simplesmente se desconcerta.

— Não adianta ficar com rodeios — disse ele. — Sei que a morte é embaraçosa para os outros, ainda mais quando quem está morrendo só pode culpar os próprios maus hábitos, mas não posso perder tempo sendo delicado. Logo estarei no hospital, no mínimo porque não vou conseguir ir e voltar do banheiro sozinho. Até parece que vou ficar sentado tossindo os bofes para fora afundado na minha própria merda.

— E a lanchonete?

— A lanchonete acabou, amigo. Mesmo que eu estivesse forte como um cavalo, acabaria no final deste mês. Sabe que eu alugava aquele espaço, não sabe?

Não sabia, mas fazia sentido. Embora a Worumbo ainda se chamasse Worumbo, agora era um shopping básico de moda, e isso significava que Al pagava aluguel a alguma empresa grande.

— Está na hora de renovar o contrato e a Mill Associates quer o espaço para montar uma coisa chamada — você vai adorar — L. L. Bean Express. Além disso, dizem que o meu pequeno Aluminaire é horroroso.

— Isso é ridículo! — disse eu, e com indignação tão genuína que Al deu uma risadinha. A risadinha tentou se metamorfosear num ataque de tosse e ele a sufocou. Ali, na intimidade do próprio lar, ele não usava lenços de papel, de pano nem guardanapos para lidar com a tosse; havia uma caixa de absorventes higiênicos tamanho grande na mesa ao lado da poltrona. Os meus olhos não paravam de cair neles. Mandava que saíssem de lá, talvez para olhar na parede a foto de Al com o braço em torno de uma mulher de boa aparência, mas eles não paravam de voltar. Essa é uma das grandes verdades da condição humana: quem precisa de Maxiabsorvente Stayfree Super para absorver a expectoração produzida pelo corpo ferido está fodido e malpago.

— Obrigado por dizer isso, amigo. Poderíamos beber a isso. Os meus dias de álcool acabaram, mas tem chá na geladeira. Talvez você possa me fazer essa honra.

2

Ele usava copos genéricos e robustos no restaurante, mas a jarra que continha o chá gelado parecia cristal Waterford. Um limão inteiro boiava placidamente em cima, a casca cortada para deixar o sabor escorrer. Entupi de gelo dois copos, servi o chá e voltei à sala. Al deu um gole longo e profundo no seu e fechou os olhos com gratidão.

— Caraca, isso é bom. Neste minuto, tudo no mundo de Al é bom. Aquela droga é maravilhosa. Viciante pra diabo, claro, mas maravilhosa. Chega a tirar um pouco a tosse. A dor vai começar a voltar à meia-noite, mas isso deve nos dar tempo suficiente para falar de tudo. — Ele deu outro gole e me lançou um olhar lamentável e divertido. — Parece que as coisas humanas são tremendas até o fim. Eu nunca adivinharia.

— Al, o que acontece com aquele... aquele buraco para o passado se tirarem o seu trailer e construírem uma loja no lugar?

— Não sei, assim como não sei como consigo comprar a mesma carne várias vezes. O que *acho* é que vai desaparecer. Acho que é uma esquisitice da natureza como o gêiser Velho Fiel, ou aquela estranha pedra que balança que fica lá no oeste da Austrália, ou o rio que corre para trás em algumas fases da lua. Coisas assim são delicadas, amigo. Uma mudancinha na crosta terrestre, uma alteração da temperatura, alguns bastões de dinamite e acabou.

— Então não acha que haverá... não sei... algum tipo de cataclismo? — O que eu visualizava na cabeça era uma brecha na cabine de um avião de carreira a dez mil metros de altitude e tudo sendo sugado, inclusive os passageiros. Vi isso num filme certa vez.

— Acho que não, mas como saber? Só sei que não há nada que eu possa fazer, de um jeito ou de outro. Quer dizer, a menos que você queira que eu passe o lugar para você. Isso eu posso fazer. Aí você iria à Sociedade Nacional de Conservação Histórica e diria: "Ei, caras, vocês não podem permitir que eles ponham uma loja de roupa no pátio da velha fábrica Worumbo. Tem um túnel do tempo lá. Sei que é difícil acreditar, mas posso lhes mostrar."

Por um instante, cheguei mesmo a pensar nisso, porque provavelmente Al tinha razão: quase com certeza a fissura que levava ao passado era delicada. Pelo que eu sabia (ou *ele* sabia), podia explodir como uma bolha de sabão se o Aluminaire fosse apenas sacudido com força. Então pensei no governo federal descobrindo que poderiam mandar agentes especiais para o passado e mudar o que quisessem. Não sabia se isso seria possível, mas, se fosse, os caras que nos deram coisas divertidas como armas biológicas e bombas inteligentes guiadas por computador seriam os últimos que eu gostaria que levassem os seus vários planos para a história viva e desarmada.

No mesmo minuto em que essa ideia me ocorreu — não, no mesmo *segundo* —, soube o que Al tinha em mente. Só os termos específicos me escapavam. Pousei o chá gelado e me levantei.

57

— Não. Absolutamente não. Há-há.

Ele aceitou isso com calma. Eu poderia dizer que foi porque estava dopado de OxyContin, mas sabia que não. Ele podia ver que eu não queria ir embora simplesmente, não importava o que eu dissesse. A minha curiosidade (sem falar do meu fascínio) provavelmente estava tão eriçada quanto os espinhos de um ouriço. Porque uma parte minha *queria* saber os termos específicos.

— Vejo que posso pular o material introdutório e ir direto ao assunto — disse Al. — Isso é bom. Sente-se, Jake, e vou lhe explicar a minha única razão para não tomar todo o estoque de pílulas cor-de-rosa de uma vez. — E, como continuei em pé: — Você sabe que quer ouvir isso, e que mal tem? Mesmo que pudesse obrigar você a fazer alguma coisa aqui em 2011, e não posso, não conseguiria obrigar você a fazer nada naquela época. Quando voltar para lá, Al Templeton será um menino de 4 anos em Bloomington, Indiana, correndo pelo quintal com uma máscara de Zorro e ainda meio capenga no quesito uso do troninho. Portanto, sente-se. Como dizem os infomerciais, é sem compromisso.

Certo. Por outro lado, a minha mãe diria que *a voz do diabo é doce*.

Mas me sentei.

3

— Conhece a expressão *divisor de águas*, amigo?

Fiz que sim. Ninguém precisa ser professor de inglês para conhecer essa; ninguém precisa nem ser alfabetizado. Era um daqueles atalhos linguísticos incômodos que aparecem dia sim, dia não nos noticiários da TV a cabo. Outros seriam *somar dois mais dois* e *há dois meses atrás*. O mais incômodo de todos (investivei várias e várias vezes contra ele aos meus alunos claramente entediados) é, *há quem diga* ou *muita gente acha*, que nada significam.

— Sabe de onde vem? A origem?

— Não.

— Cartografia. Um divisor de águas é uma área de terra, em geral montanhas ou florestas, que separam rios. A história também é um rio. Não acha?

— É. Acho que sim. — Tomei um pouco de chá.

— Às vezes os fatos que mudam a história são generalizados, como as chuvas fortes e prolongadas sobre todo um divisor de águas que fazem os rios transbordar. Mas os rios podem transbordar até em dias de sol. Só é preciso um aguaceiro prolongado *numa pequena área* do divisor de águas. Também há enchentes repentinas na história. Quer alguns exemplos? Que tal Onze de Setembro? Ou a vitória de Bush sobre Gore em 2000?

— Não dá para comparar uma eleição nacional com uma enchente repentina, Al.

— Talvez não todas, mas a eleição presidencial de 2000 criou uma nova categoria. Suponha que você pudesse voltar à Flórida no outono de 2000 e gastar duzentos mil dólares mais ou menos em nome de Al Gore.

— Tem uns problemas aí — disse eu. — Primeiro, não tenho duzentos mil dólares. Depois, sou professor. Posso lhe falar da fixação materna de Thomas Wolfe, mas quando se trata de política fico perdidinho.

Ele fez um gesto impaciente que quase fez o anel do Corpo de Fuzileiros sair voando do dedo emagrecido.

— Dinheiro não é problema. Nisso você vai ter de confiar em mim por enquanto. E o conhecimento prévio costuma dar um banho na experiência. Supostamente, a diferença na Flórida foi de menos de seiscentos votos. Acha que conseguiria comprar seiscentos votos no dia da eleição com duzentos mil, se fosse preciso comprar?

— Talvez — disse eu. — Provavelmente. Acho que eu isolaria algumas comunidades onde houvesse muita apatia e o comparecimento às urnas costumasse ser pequeno — nem precisaria de muita pesquisa — e então levava a caixinha.

Al sorriu, revelando a falta de dentes e as gengivas malsãs.

— Por que não? Durante anos deu certo em Chicago.

A ideia de comprar a presidência por menos do que o custo de dois Mercedes-Benz me calou.

— Mas quando se trata do rio da história, os divisores de água mais suscetíveis a mudanças são os homicídios — os que deram certo e os que não deram. O arquiduque Franz Ferdinand da Áustria levou um tiro de um zé-mané mentalmente instável chamado Gavrilo Princip e lá começou a Primeira Guerra Mundial. Por outro lado, quando Claus von Stauffenberg não conseguiu matar Hitler em 1944 — quase, mas não deu —, a guerra continuou e outros milhões morreram.

Eu também já vira esse filme.

— Não podemos fazer nada com o arquiduque Ferdinand nem com Adolf Hitler — disse Al. — Estão fora do nosso alcance.

Pensei em acusá-lo de fazer suposições e fiquei de boca fechada. Eu me sentia um pouco como quem lê um livro muito triste. Um romance de Thomas Hardy, digamos. A gente sabe como vai terminar, mas, em vez de estragar a leitura, isso acaba aumentando o fascínio. É como ver um garoto fazer o trem elétrico correr mais e mais e esperar que descarrile numa das curvas.

— Quanto a Onze de Setembro, se quiser consertar terá de esperar 43 anos. Estará chegando aos 80, isso se conseguir.

Agora a bandeira da estrela solitária que o gnomo segurava fez sentido. Era uma lembrança do último passeio de Al ao passado.

— Você nem conseguiu chegar a 63, não foi?

A isso ele não respondeu, só me observou. Os olhos, que tinham parecido remelentos e vagos quando me fez entrar na lanchonete naquela tarde, agora pareciam claros. Quase jovens.

— Porque é disso que você está falando, não é? Dallas, 1963?

— Isso mesmo — disse ele. — Tive de desistir. Mas *você* não está doente, amigo. Está com saúde e na flor da idade. Pode voltar e pode impedir.

Ele se inclinou à frente, os olhos não apenas brilhantes; eles estavam ardentes.

— Você pode mudar a história, Jake. Entende isso? *John Kennedy pode viver.*

4

Conheço o básico da ficção de suspense — tenho de conhecer, já li suspense suficiente na minha vida —, e a regra básica é manter o leitor tentando adivinhar. Mas, se você já entendeu o meu personagem com base nos fatos extraordinários daquele dia, sabe que eu queria ser convencido. Christy Epping tinha se tornado Christy Thompson (menino encontra menina no acampamento do AA, lembra?), e eu era um homem sozinho. Nem havia filhos para disputarmos. Eu tinha um emprego e era bom nele, mas se lhe dissesse que era um desafio estaria mentindo. Viajar de carona pelo Canadá com um colega depois do último ano de faculdade foi a coisa mais próxima de uma aventura que eu já vivera e, dada a natureza alegre e solícita da maioria dos canadenses, não foi tão aventurosa assim. Agora, de repente, me ofereciam a oportunidade de me tornar o personagem principal não da história americana, mas da história do *mundo*. Portanto, sim, sim, sim, eu queria ser convencido.

Mas também estava com medo.

— E se não der certo? — Tomei o resto do chá gelado em quatro longos goles, os cubos de gelo batucando nos meus dentes. — E se, sabe Deus como, eu consiga impedir que aconteça e torne a situação pior e não melhor? E se eu voltar e descobrir que os Estados Unidos viraram um regime fascista? Ou que a poluição ficou tão ruim que todo mundo anda por aí com máscaras contra gás?

— Aí você volta de novo — disse ele. — De volta em dois minutos para o meio-dia de 9 de setembro de 1958. Cancela a coisa toda. Toda viagem é a primeira, lembra?

— Parece bom, mas e se as mudanças forem tão radicais que a sua lanchonetinha nem exista mais?

Ele sorriu.

— Aí você terá de levar a vida no passado. Mas seria tão ruim assim? Como professor de inglês, você ainda terá uma profissão no mercado, e sequer vai precisar. Fiquei lá quatro anos, Jake, e fiz uma pequena fortuna. Sabe como?

Eu tinha uma leve ideia, mas fiz que não.

— Apostas. Fui cuidadoso — não queria despertar suspeitas e claro que não queria nenhum capanga de bookmaker atrás de mim —, mas, depois de estudar quem ganhou todos os grandes eventos esportivos entre o verão de 1958 e o outono de 1963, a gente pode se dar ao luxo de ser cuidadoso. Não vou dizer que dê para viver feito um rei, porque isso é viver perigosamente. Mas não há razão para não viver bem. E acho que a lanchonete ainda estará aqui. Estava para mim, e mudei um monte de coisas. Todo mundo muda. Basta dar a volta no quarteirão para comprar uma bisnaga de pão e um litro de leite para mudar o futuro. Já ouviu falar do efeito borboleta? É uma teoria científica chiquetosa que, basicamente, se resume à ideia de que...

Ele começou a tossir de novo, o primeiro ataque prolongado desde que abrira a porta para mim. Agarrou um dos absorventes máxi da caixa, aplicou-o sobre a boca como uma mordaça e depois se dobrou. Sons horrorosos de vômito saíram do seu peito. Parecia que metade do seu mecanismo se soltara e chocalhava lá dentro como carrinhos de bate-bate num parque de diversões. Finalmente, passou. Ele olhou o absorvente, fez uma careta, dobrou e jogou fora.

— Desculpe, amigo. Essa menstruação oral é uma bosta.

— Jesus, Al!

Ele deu de ombros.

— Se não der para fazer piada, de que adianta? Agora, onde eu estava?

— Efeito borboleta.

— Isso. Significa que pequenos fatos podem ter, cumeqsediz, grandes ramificações. A ideia é que se alguém mata uma borboleta na China, talvez quarenta anos depois, ou quatrocentos, haverá um terremoto no Peru. Isso soa tão doido para você quanto para mim?

Soava, mas eu me lembrei de um velho paradoxo sobre viagens no tempo e me segurei.

— É, mas e se você voltasse atrás e matasse o seu próprio avô?

Ele me fitou, perplexo.

— Por que diabos alguém faria isso?

Era uma boa pergunta, e só lhe disse que continuasse.

— Hoje à tarde, você mudou o passado de várias pequenas formas, apenas entrando na Kennebec Fruit... mas a escada que levava até a despensa e de volta a 2011 ainda estava lá, não estava? E Lisbon Falls é a mesma de quando você partiu.

— Assim parece. Mas você está falando de uma coisa um tiquinho maior. Ou seja, salvar a vida de John Fitzgerald Kennedy.

— Ah, estou falando de muito mais do que isso, porque isso não é nenhuma borboleta na China, amigo. Também estou falando de salvar a vida de Robert Fitzgerald Kennedy, porque se John sobreviver em Dallas, provavelmente Robert não concorrerá à presidência em 1968. O país não estaria disposto a substituir um Kennedy pelo outro.

— Isso você não sabe com certeza.

— Não, mas escute. Acha que, se salvar a vida de John Kennedy, o irmão Robert ainda estaria no Ambassador Hotel ao meio-dia e quinze de 5 de junho de 1968? E mesmo que estivesse, Sirhan Sirhan ainda estaria trabalhando na cozinha?

Talvez, mas a probabilidade tinha de ser pequeníssima. Quando se punha um milhão de variáveis na equação, é claro que a resposta ia mudar.

— E que tal Martin Luther King? Ainda estaria em Memphis em abril de 1968? Mesmo que estivesse, ainda estaria na varanda do Lorraine Motel exatamente na hora certa para James Earl Ray lhe dar um tiro? O que acha?

— Se aquela teoria da borboleta estiver certa, provavelmente não.

— É o que penso também. E se Martin Luther King viver, os tumultos raciais que vieram depois da sua morte não acontecem. Talvez Fred Hampton não seja morto em Chicago.

— Quem?

Ele me ignorou.

— Aliás, talvez não haja Exército Simbionês de Libertação. Sem ele, nada de sequestro de Patty Hearst. Sem sequestro de Patty Hearst, uma pequena redução, talvez insignificante, do medo que os brancos de classe média sentem dos negros.

— Já estou perdidinho. Me formei em inglês, lembra?

— Você está perdidinho porque sabe mais sobre a Guerra de Secessão do século XIX do que sobre a guerra que dilacerou este país depois do assassinato de Kennedy em Dallas. Se eu lhe perguntasse quem estrelou *A primeira noite de um homem*, tenho certeza de que saberia responder. Mas se eu lhe pedisse que me dissesse quem Lee Oswald tentou assassinar poucos meses antes de matar Kennedy, você diria "Hem?", porque por alguma razão tudo isso se perdeu.

— Oswald tentou matar alguém *antes* de Kennedy? — Isso era novidade para mim, mas quase todo o meu conhecimento sobre o assassinato de Kennedy vinha de um filme de Oliver Stone. Seja como for, Al não respondeu. Ele estava empolgado.

— E que tal o Vietnã? Foi Johnson que começou toda aquela escalada insana. Kennedy era um guerreiro frio, disso não há dúvida, mas Johnson foi além. Tinha o mesmo complexo de meu-caralho-é-maior-que-o-seu que o Bushinho exibiu quando ficou na frente das câmeras e disse "Pode trazer". Kennedy talvez mudasse de ideia. Johnson e Nixon seriam incapazes disso. Graças a eles, perdemos quase sessenta mil soldados americanos no Vietnã. Os vietnamitas do Norte e do Sul perderam *milhões*. A conta do açougueiro seria assim tão alta se Kennedy não morresse em Dallas?

— Não sei. E você também não, Al.

— Isso é verdade, mas andei estudando bastante a história americana recente e acho que a probabilidade de melhorar a situação salvando a vida dele é muito boa. E, na verdade, não há lado ruim. Se der merda, basta voltar e consertar. Fácil como apagar um palavrão do quadro-negro.

— Ou então não consigo voltar, e nesse caso nunca saberei.

— Bobagem. Você é jovem. Se não for atropelado por um táxi nem tiver um enfarte, vai viver o suficiente para ver o que vai dar.

Fiquei sentado em silêncio, olhando o colo e pensando. Al deixou. Finalmente voltei a erguer a cabeça.

— Você deve ter lido muito sobre o assassinato e sobre Oswald.

— Tudo em que consegui pôr as mãos, amigo.

— Quanta certeza tem de que foi ele? Porque há umas mil teorias da conspiração. Até eu sei disso. E se eu voltar e o impedir e algum outro cara na colina gramada ou sei lá onde mandar Kennedy para o paraíso?

— Encosta gramada. E tenho quase certeza de que foi Oswald. Para começar, todas as teorias da conspiração são bem malucas, e a maioria delas foi refutada com o passar dos anos. Por exemplo, a ideia de que o atirador não era Oswald, mas alguém que se parecia com ele. O corpo foi exumado em 1981 e feito o teste de DNA. Era ele mesmo. O venenoso filho da mãe. — Ele fez uma pausa e depois acrescentou: — Eu o conheci, sabe.

Olhei bem para ele.

— Não acredito!

— Conheci, sim. Ele falou comigo. Foi em Fort Worth. Ele e Marina — a mulher dele, ela era russa — foram visitar o irmão de Oswald em Fort Worth. Se Lee gostava de alguém, era do irmão Bobby. Eu estava na frente da cerquinha do quintal de Bobby Oswald, encostado num poste telefônico, fumando um cigarro e fingindo ler o jornal. O meu coração parecia bater umas duzentas vezes por minuto. Lee e Marina saíram juntos. Ela estava com a filha dos dois, June, no colo. Uma isca de gente, menos de um ano. A menina estava dormindo. Ozzie usava calças cáqui e uma camisa social toda puída no colarinho. A calça tinha o vinco bem-feito, mas estava suja. Ele abandonara o corte reco dos fuzileiros, mas o cabelo ainda estava curto demais para agarrar. Marina... Jesus, que mulherão! Morena, olhos azuis brilhantes, pele impecável. Parecia uma estrela daquelas de cinema. Se for fazer, você verá com os seus próprios olhos. Ela lhe disse alguma coisa em russo quando desceram a calçada. Ele respondeu. Sorria ao responder, mas aí a empurrou. Ela quase caiu. A menina acordou e começou a chorar. O tempo todo, Oswald não parou de sorrir.

— Você viu isso. Viu de verdade. Você viu *ele*. — Apesar da minha própria viagem no tempo, estava pelo menos semiconvencido de que tinha de ser uma ilusão ou simplesmente mentira.

— Vi. Ela saiu pelo portão e passou por mim de cabeça baixa, segurando o bebê contra os seios. Como se eu não estivesse lá. Mas ele veio diretamente até mim, perto a ponto de eu sentir o cheiro do desodorante Old Spice que ele usava para tentar esconder o cheiro de suor. Havia cravos pelo nariz inteiro. Dava para dizer pelas roupas — e pelos sapatos, que estavam arranhados e arrebentados atrás — que ele não tinha onde cair morto, mas quando se olhava a cara dele a gente sabia que isso não importava. Não para ele, não mesmo. Ele se achava o máximo.

Al pensou um pouco e balançou a cabeça.

— Não, não é isso. Ele *sabia* que era o máximo. A questão era só esperar que o resto do mundo percebesse. Então ali está ele, na minha cara — distância para estrangular, e não pense que a ideia não me passou pela cabeça...

— E por que não fez isso? Ou foi logo aos finalmente e deu um tiro nele?

— Na frente da mulher e da filha? Conseguiria fazer isso, Jake?

Não tive de pensar muito.

— Acho que não.

— Nem eu. Tinha outras razões também. Uma delas era uma certa aversão à penitenciária... e à cadeira elétrica. A gente estava no meio da rua, não se esqueça.

— Ah.

— Isso, ah. Ele ainda estava com aquele sorrisinho no rosto quando se aproximou de mim. Arrogante e presunçoso, tudo ao mesmo tempo. Está com esse sorriso em quase todas as fotos que tiraram dele. Está com ele na delegacia de Dallas depois que o prenderam por matar o presidente e um policial de trânsito que por acaso atravessou o seu caminho quando ele tentava fugir. Ele me diz: "Está olhando o que, senhor?" Eu digo: "Nada, amigo." E ele: "Então vá cuidar da sua vida."

"Marina esperava por ele na calçada a uns cinco ou seis metros da gente, tentando ninar o bebê. Naquele dia fazia um calor dos infernos, mas ela usava um lenço na cabeça, do jeito que muitas europeias faziam na época. Ele foi até ela, segurou-a pelo cotovelo — como um policial em vez de marido — e diz '*Pokhoda! Pokhoda!* Ande, ande. Ela lhe disse alguma coisa, talvez para pedir que levasse o bebê um pouco. Pelo menos, é o que acho. Mas ele só a empurrou e disse: '*Pokhoda, suka!*' Ande, cadela. Ela andou. Eles foram na direção do ponto de ônibus. E foi isso."

— Você sabe russo?

— Não, mas tenho bom ouvido e computador. Pelo menos aqui, de volta.

— Você viu ele mais vezes?

— Só de longe. Mas aí eu estava ficando bem doente. — Ele sorriu. — Não há churrasco do Texas tão bom quanto o de Fort Worth, e não pude comer. Às vezes este é um mundo cruel. Fui ao médico, recebi o diagnóstico que já poderia ter feito sozinho e voltei para o século XXI. Basicamente, não havia mesmo mais nada que ver. Só um magricela agressor de mulheres à espera de ficar famoso.

Ele se inclinou à frente.

— Sabe como era o homem que mudou a história americana? Era o tipo de garoto que joga pedra nos outros meninos e depois foge. Na época em que entrou para os fuzileiros — para ser igual ao irmão Bobby, ele idolatrava Bobby —, já tinha morado em quase duas dúzias de lugares, de Nova Orleans a Nova York. Tinha grandes ideias e não conseguia entender por que ninguém lhe dava ouvidos. Ficava louco com isso, furioso, mas nunca perdeu aquele sorrisinho presunçoso dele. Sabe como William Manchester o chamava?

— Não. — Eu nem sabia quem era William Manchester.

— Um pobre vira-lata. Manchester falava sobre todas as teorias da conspiração que brotaram depois do assassinato... e depois que o próprio Oswald levou um tiro e morreu. Quer dizer, disso você sabe, não é?

— Claro — disse eu, meio incomodado. — Foi um camarada chamado Jack Ruby. — Mas com os furos que eu já exibira no meu conhecimento, acho que ele tinha o direito de perguntar.

— Manchester disse que, se a gente puser o presidente assassinado num prato da balança e Oswald, o pobre vira-lata, no outro, não zera. De jeito nenhum, não zera. Quem quiser dar significado à morte de Kennedy, terá de acrescentar algo mais pesado. O que explica a proliferação de teorias da conspiração. Como ter sido a Máfia; Carlos Marcello ordenou o tiro. Ou a KGB. Ou Fidel, para se vingar da CIA que tentou matá-lo com charutos envenenados. Até hoje há gente que acredita que foi Lyndon Johnson, para assumir a presidência. Mas no final... — Al balançou a cabeça. — Quase com certeza foi Oswald. Já ouviu falar da Navalha de Occam, não ouviu?

Era bom saber alguma coisa.

— É um truísmo básico conhecido como lei da parcimônia. "Se todos os fatores forem iguais, a explicação certa costuma ser a mais simples." Então por que você não o matou quando ele *não estava* na rua com a mulher e a filha? Você também foi fuzileiro. Quando soube que estava muito doente, por que simplesmente não matou o filho da puta?

— Porque 95 por cento de certeza não são 100 por cento. Porque, cabeça de merda ou não, ele era pai de família. Porque, depois de ser preso, Oswald disse que era um bode expiatório e eu queria ter certeza de que estava mentindo. Acho que ninguém consegue estar 100 por cento certo de nada nesta vida, mas eu queria chegar a 98 por cento. Mas não tinha a intenção de esperar até 22 de novembro e então detê-lo no Texas School Book Depository, o depósito de livros didáticos do Texas; isso seria deixar as coisas por um fio muito fino, por uma razão importante que tenho de lhe contar.

Os olhos dele não pareciam mais tão brilhantes, e as rugas do rosto voltavam a se aprofundar. Fiquei assustado ao ver como ficara rasa a sua reserva de força.

— Escrevi esse troço todo. Quero que você leia. Na verdade, quero que estude isso feito um CDF. Olhe em cima da TV, amigo. Faria isso? — Ele me deu um sorriso cansado e acrescentou: — Não estou a fim de me levantar agora.

Era um caderno azul e grosso. O preço carimbado na capa de papel era de 25 centavos. A marca era desconhecida para mim.

— O que é Kresge's?

— A cadeia de lojas de departamentos conhecida hoje como Kmart. Não ligue para o que está na capa, só preste atenção ao que está dentro. É uma cronologia de Oswald, mais todas as provas acumuladas contra ele... que você, na verdade, não tem de ler se acreditar em mim, porque vai impedir o danadinho em abril de 1963, mais de meio ano antes de Kennedy ir a Dallas.

— Por que abril?

— Porque foi quando alguém tentou matar o general Edwin Walker... só que nisso ele não era mais general. Ele foi expulso em 1961, pelo próprio Kennedy. O general Eddie distribuía literatura segregacionista entre os soldados e ordenava-lhes que lessem aquilo.

— Foi Oswald que tentou atirar nele?

— É do que você precisa ter certeza. Mesma espingarda, disso não há dúvida, a balística provou. Eu estava esperando para ver ele atirar. Não podia me dar ao luxo de interferir, porque daquela vez Oswald errou. A bala resvalou na ripa de madeira no meio da janela da cozinha de Walker. Não muito, mas o suficiente. A bala literalmente lhe repartiu o cabelo, e lascas de madeira da janela cortaram um pouco o braço dele. Foi o único ferimento. Eu não diria que o homem merecia morrer — pouquíssimos homens são tão maus que mereçam levar um tiro de emboscada —, mas eu trocaria Walker por Kennedy a qualquer momento.

Dei pouca atenção a esse final. Estava folheando o Livro de Oswald de Al, páginas e páginas cobertas de anotações. Eram perfeitamente legíveis no começo, menos no final. As últimas páginas eram os rabiscos de um homem muito doente. Fechei a capa e disse:

— Se tivesse conseguido confirmar que foi Oswald quem atirou no general Walker, isso resolveria a sua dúvida?

— Resolveria. Eu precisava me assegurar de que ele é capaz disso. Ozzie é mau, Jake — o que o pessoal lá em 1958 chamava de pulha —, mas bater na mulher e manter a coitada quase como prisioneira porque ela não fala a língua não justifica assassinato. E mais uma coisa. Mesmo que o grande C não me pegasse, eu sabia que não teria outra chance de acertar se matasse Oswald e outra pessoa atirasse no presidente mesmo assim. Quando um homem passa dos 60, a garantia já se esgotou, se é que você me entende.

— Teria de matar? Não daria para... não sei... dar um jeito de enquadrar ele?

— Talvez, mas aí fiquei doente. Não sei se conseguiria nem mesmo se estivesse bem. No total, pareceu mais simples acabar com ele, assim que eu tivesse certeza. Como trucidar uma vespa antes que ela pique você.

Fiquei calado, pensando. O relógio na parede dizia dez e meia. Al começara a conversa dizendo que estaria bem até a meia-noite, mas só era preciso olhar para ele e saber que isso fora um caso louco de otimismo.

Levei o copo dele e o meu para a cozinha, lavei e pus no escorredor. Era como se houvesse o funil de um tornado atrás da minha testa. Em vez de vacas, cercas e pedaços de papel, o que fora sugado e girava eram nomes: Lee Oswald, Bobby Oswald, Marina Oswald, Edwin Walker, Fred Hampton, Patty Hearst. Havia siglas brilhantes nesse torvelinho também, girando como enfeites cromados de capô arrancados de carros de luxo: JFK, RFK, MLK, SLA. O ciclone tinha até som, duas palavras russas repetidas várias vezes com sotaque sulista: *pokhoda, suka.*

Ande, cadela.

5

— Quanto tempo tenho para decidir? — perguntei.

— Não muito. A lanchonete fecha no final do mês. Conversei com um advogado sobre conseguir mais tempo — meter um processo neles ou coisa assim —, mas ele não se mostrou muito esperançoso. Já viu numa loja de móveis cartazes dizendo FIM DE CONTRATO, LIQUIDAMOS TUDO?

— Claro.

— Em cada dez casos, nove são só bobajada para vender mais, mas este é o décimo caso. E não estou falando de uma lojinha de 1,99 que quer o espaço, estou falando da Bean's, e quando se trata de varejo no estado do Maine, L. L. Bean é o dono do pedaço. Em 1º de julho, a lanchonete vai sumir do mapa. Mas isso não é o mais importante. Em 1º de julho, talvez *eu* já tenha ido embora. Posso pegar um resfriado e morrer de pneumonia em três dias. Posso ter um enfarte ou um derrame. Ou posso me matar sem querer com esses malditos comprimidos de OxyContin. A enfermeira que vem me ver pergunta todo dia se estou tomando cuidado para não exagerar na dose, e *estou*, mas dá para ver que ela ainda tem medo de chegar aqui um dia de manhã e me encontrar morto, provavelmente porque fiquei doidão e perdi a conta. Além disso, os comprimidos inibem a respiração, e o meu pulmão já era. Como se não bastasse, emagreci muito.

— Sério? Nem notei.

— Ninguém gosta de piadistas, amigo; quando tiver a minha idade, você vai saber. Seja como for, quero que leve isso além do caderno. — Ele me estendeu uma chave. — É da lanchonete. Se me ligar amanhã e a enfermeira disser que morri de noite, você terá de agir depressa. Quer dizer, sempre supondo que vai decidir agir.

— Al, você não está planejando...

— Só tentando ser cuidadoso. Porque isso é importante, Jake. Até onde sei, é mais importante do que tudo. Se já pensou em mudar o mundo, eis a sua oportunidade. Salve Kennedy, salve o irmão dele. Salve Martin Luther King. Impeça os tumultos raciais. Impeça o Vietnã, talvez. — Ele se inclinou para a frente. — Livre-se do pobre vira-lata, amigo, e poderá salvar milhões de vidas.

— Isso é que é papo de vendedor — disse eu —, mas não preciso da chave. Quando o sol nascer amanhã, você ainda estará neste planetinha azul.

— Noventa e cinco por cento de probabilidade. Mas não é suficiente. Leve a droga da chave.

Peguei a droga da chave e a pus no bolso.

— Agora vou deixar você descansar.

— Mais uma coisa antes de ir. Preciso lhe falar de Carolyn Poulin e Andy Cullum. Sente-se de novo, Jake. Isso vai levar alguns minutos.

Fiquei em pé.

— Nada disso. Você está esgotado. Precisa dormir.

— Vou dormir quando morrer. Sente-se.

6

Al disse que, depois de descobrir o que chamava de toca de coelho, a princípio ficou contente de usá-la para comprar mantimentos, fazer algumas apostas com um bookmaker que encontrou em Lewiston e aumentar o seu estoque de dinheiro da década de 50. De vez em quando, no meio da semana, também tirava umas férias no lago Sebago, apinhado de peixes saborosos e perfeitamente bons para comer. Todos temiam a chuva atômica dos testes da bomba A, explicou, mas o medo de se envenenar com o mercúrio dos peixes contaminados ainda estava no futuro. Ele chamava esses passeios (geralmente nas terças e quartas, mas às vezes ele ficava até sexta) de miniférias. O tempo estava sempre bom (porque era sempre o mesmo tempo) e a pesca, sempre fantástica (provavelmente alguns peixes ele pescou várias vezes).

— Sei muito bem como se sente com tudo isso, Jake, porque fiquei praticamente em choque naqueles primeiros anos. Quer saber o que dá nó na cabeça? Descer aquela escada no frio da pior tempestade de nordeste em janeiro e sair naquele sol forte de setembro. Tempo para mangas de camisa, estou certo?

Fiz que sim e lhe disse que continuasse. O pouco de cor que estivera no seu rosto quando cheguei tinha sumido todo, e ele tossia sem parar de novo.

— Mas, com o tempo, o homem se acostuma com qualquer coisa, e quando o choque finalmente diminuiu, comecei a achar que encontrara aquela velha toca de coelho por alguma razão. Foi quando comecei a pensar em Kennedy. Mas lá veio a sua pergunta me atentar: é possível mudar o passado? Eu não estava preocupado com as consequências — pelo menos, não no começo —, só queria saber se dava para fazer. Numa das minhas idas a Sebago, peguei o canivete e escrevi AL T. - 2007 numa árvore perto da cabana onde eu ficava. Quando voltei para cá, entrei no carro e fui até o lago Sebago. As cabanas onde eu ficava tinham sumido; agora há um hotel turístico. Mas a árvore ainda está lá. E também o que escrevi nela. Velho, alisado, mas ainda lá: AL T. - 2007. Aí soube que dava para fazer. *Então* comecei a pensar no efeito borboleta.

"Na época havia um jornal em Lisbon Falls, o *Lisbon Weekly Enterprise*, e a biblioteca passou todos os microfilmes para o computador em 2005. Apressa bastante as coisas. Procurei um acidente no outono ou início do inverno de 1958. Um tipo específico de acidente. Eu podia ter ido até o início de 1959, se necessário, mas descobri o que procurava em 15 de novembro de 1958. Uma menina de 12 anos chamada Carolyn Poulin estava caçando com o pai do outro lado do rio, na parte de Durham que hoje se chama Bowie Hill. Por volta das duas horas daquela tarde — era um sábado — um caçador de Durham chamado Andrew Cullum atirou num veado naquela mesma parte da floresta. Errou o veado e acertou a menina. Ela estava a quase meio quilômetro, mas mesmo assim ele atingiu a menina. Penso nessas coisas, sabe. Quando Oswald atirou no general Walker, a distância era de menos de cem metros. Mas a bala resvalou na ripa de madeira do meio da janela e ele errou. A bala que paralisou a menina Poulin percorreu 400 metros — *muito* mais do que a bala que matou Kennedy — e errou todos os troncos e galhos de árvore pelo caminho. Se tivesse resvalado num ramo, era quase certo que não pegaria a garota. Muito certo, é o que penso."

Essa foi a primeira vez que a expressão *a vida muda de repente* me passou pela cabeça. Não foi a última. Al pegou outro maxiabsorvente, tossiu, cuspiu, jogou na cesta de lixo. Depois, inspirou o máximo que podia e continuou. Não tentei impedir. Estava totalmente fascinado outra vez.

— Procurei o nome dela na ferramenta de busca do *Enterprise* e achei mais algumas reportagens. Ela se formou na Lisbon High School em 1965, um ano depois do resto da turma; mas se formou e foi para a Universidade do Maine. Administração. Virou contadora. Mora em Gray, a menos de 15 quilômetros do lago Sebago, onde eu costumava ir nas minhas miniférias, e ainda trabalha como autônoma. Adivinha quem é um dos seus maiores clientes?

Balancei a cabeça.

— John Crafts, bem aqui de Lisbon Falls. Squiggy Wheaton, um dos vendedores, é freguês da lanchonete, e certo dia, quando me disse que iam fazer a contagem anual do estoque e a "mulher das contas" estava lá examinando os livros, resolvi ir até lá e dar uma olhada. Ela está com 65 anos agora e... sabe como algumas mulheres dessa idade conseguem ser mesmo bonitas?

— Sei — respondi. Pensava na mãe de Christy, que só atingiu o ponto máximo da boa aparência depois de cinquentona.

— Carolyn Poulin é assim. Tem um rosto clássico, do tipo que os pintores de duzentos ou trezentos anos atrás adorariam, e tem um cabelo branco como neve que ela usa comprido, caindo pelas costas.

— Você parece apaixonado, Al.

Ele ainda tinha força suficiente para me dar uma banana.

— Ela está em ótima forma também. Mas isso quase seria de esperar, né, de uma mulher solteira que passa o dia subindo e descendo da cadeira de rodas e entrando e saindo da van adaptada que ela usa. Sem falar de subir e descer da cama, entrar e sair do chuveiro, o resto todo. E ela faz isso mesmo; Squiggy diz que ela é completamente autossuficiente. Fiquei impressionado.

— Então você decidiu salvá-la. Como teste.

— Voltei pela toca de coelho, só que dessa vez fiquei mais de dois meses na cabana em Sebago. Disse ao proprietário que recebi uma grana quando o meu tio morreu. Você tem de se lembrar disso, amigo: isso de tio rico é provado e comprovado. Todo mundo acredita porque todo mundo quer. Aí chega o dia: 15 de novembro de 1958. Não me meti com os Poulin. Dada a minha ideia de impedir Oswald, estou muito mais interessado em Cullum, o que atirou. Pesquisei ele também e descobri que morava a um quilômetro e meio de Bowie Hill, perto da velha sede da associação rural de Durham. Pensei em chegar lá antes que ele saísse para a floresta. Não foi assim que aconteceu.

"Saí da minha cabana em Sebago bem cedinho, o que para mim foi bom, porque eu mal tinha descido um quilômetro e meio pela estrada e o carro da Hertz que eu usava furou o pneu. Peguei o estepe, troquei e, embora tudo parecesse estar certinho, dali a outro quilômetro e meio o estepe também furou."

— Peguei carona até o posto Esso de Naples, onde o borracheiro me disse que estavam com serviço demais para sair e trocar o pneu de um Chevrolet da

Hertz. Acho que ele estava danado por perder a caçada de sábado. Uma gorjeta de vinte dólares mudou a ideia dele, mas só cheguei a Durham depois do meio-dia. Peguei a velha estrada do Contorno do Lago porque é o caminho mais rápido, e quer saber? A ponte do riacho Chuckle tinha caído na maldita água. Grandes cavaletes brancos e vermelhos; braseiros soltando fumaça; grandes placas alaranjadas dizendo ESTRADA FECHADA. Nisso eu já tinha uma boa ideia do que estava acontecendo e a sensação lenta de que eu não conseguiria fazer o que me dispusera a fazer naquela manhã. Não se esqueça de que saí às oito horas, só para garantir, e levei mais de quatro horas para percorrer menos de 30 quilômetros. Mas não desisti. Contornei pela estrada da igreja metodista, forçando ao máximo aquele calhambeque alugado, deixando um rabão de poeira atrás — naquela época, todas as estradas da região eram de terra.

"Tudo bem, aí vejo carros e caminhões estacionados nas laterais ou no início das estradas da floresta aqui e ali, e também vejo caçadores andando com as armas penduradas no braço. Todos eles acenaram para mim — o povo é mais amistoso em 1958, disso não há dúvida. Acenei de volta também, mas o que eu realmente esperava era outro enguiço. Ou pneu estourado. Provavelmente isso me tiraria direto da estrada e me jogaria na vala, porque eu ia a 90 pelo menos. Lembro de ter visto um dos caçadores dando tapinhas no ar, do jeito que o povo faz para dizer para a gente ir mais devagar, mas nem dei atenção.

"Voei pelo monte Bowie acima e, logo depois da velha igreja dos quacres, espiei uma picape estacionada junto do cemitério. POULIN CONSTRU-ÇÕES E CARPINTARIA pintado na porta. Traseira vazia. Poulin e a filha na floresta, talvez sentados nalguma clareira, almoçando e conversando do jeito que pais e filhas conversam. Ou pelo menos como imagino que conversem, já que nunca tive nenhuma..."

Outro longo ataque de tosse, que terminou com um terrível som úmido de vômito.

— Ah, *merda*, como isso *dói* — gemeu ele.

— Al, você precisa parar.

Ele fez que não e limpou com o pulso uma mancha de sangue do lábio inferior.

— Eu preciso é pôr isso pra fora, por isso cale a boca e me deixe falar. Dei uma longa olhada na picape, ainda a 90 por hora o tempo todo, e, quando voltei a olhar a estrada, vi que havia uma árvore caída atravessada. Parei bem na hora de não bater. Não era uma árvore grande e, antes que o câncer começasse a crescer, eu era bastante forte. Além disso, estava louco de raiva. Saí e comecei a brigar com ela. Enquanto fazia isso — soltando todos os palavrões do mundo —, veio um carro pelo outro lado. O homem desce, com colete de caça alaranjado. Não sei direito se é o *meu* homem ou não — a foto dele nunca saiu no *Enterprise* —, mas ele parece ter a idade certa. Ele diz: "Deixe eu ajudar com isso, meu velho." "Muito obrigado", respondo, e estendo a mão. "Bill Laidlaw."

"Ele aperta a minha mão e diz 'Andy Cullum'. Então era ele. Com toda a dificuldade que tive para chegar a Durham, mal pude acreditar. Me senti como se tivesse ganhado na loteria. Agarramos a árvore e, juntos, conseguimos tirar ela dali. Quando acabou, me sentei na estrada e segurei o peito. Ele me perguntou se eu estava bem. 'Ah, não sei', digo eu. 'Nunca tive um enfarte, mas que parece, parece.' E foi por isso que o sr. Andy Cullum nunca foi caçar naquela tarde de novembro, Jake, e por isso também não atirou em nenhuma menininha. Estava ocupado levando o coitado do Bill Laidlaw até o Hospital Central Geral do Maine em Lewiston."

— Você fez isso? Você fez mesmo isso?

— Pode apostar. Disse a eles no hospital que almoçara um sanduíche triplo de presunto, salame, queijo e salada com molho italiano e o diagnóstico foi "indigestão aguda". Paguei 25 dólares em dinheiro e eles me soltaram. Cullum esperou e me levou de volta até o meu Hertz, que tal esse exemplo de boa vizinhança? Voltei para casa em 2011 naquela mesma noite... só que é claro que voltei só dois minutos depois de partir. Merdas assim deixam a gente com jet lag sem nem entrar num avião.

"A minha primeira parada foi a biblioteca da cidade, onde olhei novamente a reportagem da formatura do secundário em 1965. Antes, havia uma foto de Carolyn Poulin. O reitor da época — Earl Higgins, faz tempo que ele partiu para o outro lado — estava se abaixando para entregar o diploma a ela na cadeira de rodas, toda vestida de beca e capelo. A legenda embaixo dizia: *Carolyn Poulin atinge um grande objetivo na longa estrada da recuperação.*"

— Ainda estava lá?

— A reportagem sobre a formatura estava, pode apostar. O dia da formatura sempre sai na primeira página nos jornais de cidade pequena, disso você sabe, amigo. Mas depois que voltei de 1958, a foto era de um garoto com um corte tipo Beatles meia-boca em pé na tribuna e a legenda dizia: *Orador da turma, Trevor "Buddy" Briggs fala à plateia na formatura.* Eles davam o nome de todos os formandos — eram só cento e poucos — e Carolyn Poulin não estava entre eles. Então fui olhar a notícia da formatura de 1964, que era o ano em que ela teria se formado se não estivesse ocupada se recuperando de um tiro na espinha. Bingo. Sem foto nem menção especial, mas ela estava ali, entre David Platt e Stephanie Routhier.

— Apenas mais uma marchando ao som da fanfarra, certo?

— Certo. Então pus o nome dela na ferramenta de busca do *Enterprise* e achei algumas coisas depois de 1964. Poucas, três ou quatro. Sobre o que se esperaria de uma mulher comum levando uma vida comum. Ela foi para a Universidade do Maine, se formou em administração de empresas e depois foi fazer a pós em New Hampshire. Achei mais uma reportagem de 1979, pouco antes de o *Enterprise* fechar. Dizia: EX-MORADORA DE LISBON VENCE CONCURSO NACIONAL DE LÍRIOS. Havia uma foto dela, em pé sobre as duas pernas boas, com o lírio vencedor. Ela mora... morou... não sei qual é o certo, talvez ambos... numa cidade perto de Albany, no estado de Nova York.

— Casada? Filhos?

— Acho que não. Na foto, ela ergue o lírio vencedor e não há aliança na mão esquerda. Sei o que está pensando, não mudou muita coisa, ela só é capaz de andar. Mas quem sabe? Estava morando num lugar diferente e influenciou a vida sei lá de quantas pessoas diferentes. Pessoas que ela jamais conheceria se Cullum tivesse atirado e ela ficasse em Lisbon Falls. Viu o que quero dizer?

O que eu via era que realmente era impossível saber, fosse como fosse, mas concordei com ele, porque queria terminar aquilo antes que ele tivesse um troço. E queria que ele fosse dormir são e salvo antes que eu fosse embora.

— O que estou lhe dizendo, Jake, é que *dá* para mudar o passado, mas não é tão fácil quanto parece. Naquela manhã, eu me senti como quem tenta abrir caminho para sair de uma meia de nylon. Ela cede um pouco e depois se fecha tão apertada quanto antes. Mas, finalmente, consegui passar.

— Por que seria difícil? Por que o passado não *quer* ser mudado?

— *Alguma coisa* não quer que seja mudado, disso tenho bastante certeza. Mas pode ser feito. Se a gente levar a resistência em conta, pode ser feito. — Al me olhava, os olhos brilhantes no rosto emaciado. — Considerando tudo, a história de Carolyn Poulin termina com "E ela viveu feliz para sempre", não acha?

— Acho.

— Olhe o lado de dentro da capa de trás do caderno que lhe dei, amigo, e talvez mude de ideia. Uma coisinha que imprimi hoje.

Fiz o que ele pediu e vi que havia um bolso de cartolina. Para guardar coisas como memorandos e cartões de visita, pensei. Havia uma única folha de papel dobrada dentro dele. Tirei, abri e olhei durante muito tempo. Era uma cópia impressa da página 1 do *Weekly Lisbon Enterprise*. A data debaixo do cabeçalho era 18 de junho de 1965. A manchete dizia: **TURMA DE 65 DO LHS SE FORMA COM RISOS E LÁGRIMAS**. Na fotografia, um careca (o capelo enfiado debaixo do braço para não cair da cabeça) se curvava para uma moça sorridente numa cadeira de rodas. Segurava uma das pontas do diploma; ela segurava a outra. *Carolyn Poulin atinge um grande objetivo na longa estrada da recuperação*, dizia a legenda.

Ergui os olhos para Al, confuso.

— Se você mudou o futuro e a salvou, como pode ter isso?

— Cada viagem é um recomeço, amigo. Lembra?

— Ai, meu Deus. Quando você voltou para deter Oswald, tudo o que fez para salvar Poulin foi apagado.

— Sim... e não.

— Como assim, sim *e* não?

— A viagem de volta para salvar Kennedy seria a última, mas eu não estava com pressa para ir ao Texas. Por que estaria? Em setembro de 1958, Ozzie Coelho — era assim que os colegas fuzileiros chamavam ele — nem estava nos Estados Unidos. Ele viajava alegremente pelo sul do Pacífico com a sua unidade, mantendo o Japão e Formosa a salvo para a democracia. Assim, voltei às Cabanas Shadyside, em Sebago, e fiquei por lá até 15 de novembro. De novo. Mas, quando chegou a hora, saí ainda mais cedo de manhã, o que foi uma excelente ideia minha, porque não furei nenhum pneu dessa vez. O maldito Chevy de aluguel bateu o pino. Acabei pagando sessenta pratas ao cara do posto de Naples para usar o carro dele durante o dia, e lhe deixei como segurança extra o meu anel dos fuzileiros. Tive outras aventuras, que não vou me dar ao trabalho de recapitular...

— A ponte ainda estava caída em Durham?

— Não sei, amigo, nem tentei ir por lá. Quem não aprende com o passado é um idiota, na minha opinião. Uma coisa que *sabia* era de que lado vinha Andrew Cullum, e não perdi tempo para chegar lá. A árvore estava caída na estrada como antes, e quando ele chegou eu lutava com ela, como antes. Logo tive dor no peito, como antes. Representamos a comédia inteira, Carolyn Poulin passou o sábado na floresta com o pai e quinze dias depois eu dei adeuzinho e peguei o trem para o Texas.

— Então como é que eu ainda tenho essa foto dela se formando na cadeira de rodas?

— Porque cada viagem pela toca de coelho é um recomeço. — Depois Al só olhou para mim, para ver se eu entendia. Dali a um minuto, entendi.

— *Eu...?*

— Isso mesmo, amigo. Você comprou uma *root beer* esta tarde. E também pôs Carolyn Poulin de volta na cadeira de rodas.

CAPÍTULO 4

1

Al deixou que eu o ajudasse a ir até o quarto e até murmurou "Obrigado, amigo" quando me ajoelhei para lhe desamarrar e descalçar os sapatos. Ele só reclamou quando me ofereci para ajudá-lo a ir ao banheiro.

— Fazer do mundo um lugar melhor é importante, mas ser capaz de ir ao troninho por conta própria também é.

— Tudo bem, desde que tenha certeza de que *consegue*.

— Agora à noite tenho certeza, e amanhã me preocupo com amanhã. Vá para casa, Jake. Comece a ler o caderno. Tem muita coisa lá. Durma com ele. Venha me ver de manhã e me diga o que decidiu. Ainda estarei aqui.

— Probabilidade de 95 por cento?

— Pelo menos 97 por cento. No geral, estou me sentindo bem animado. Eu não tinha certeza nem de chegar até aqui com você. Bastou contar e fazer você acreditar para tirar um peso da minha cabeça.

Eu não tinha certeza de que *acreditava*, mesmo depois da minha aventura naquela tarde, mas não disse nada. Dei-lhe boa noite, lembrei-o de não perder a conta dos comprimidos ("Tá, tá") e fui embora. Fiquei do lado de fora olhando um minuto o gnomo com a bandeira da Estrela Solitária antes de descer a calçada até o carro.

Não se meta com o Texas, pensei... mas talvez fosse necessário. E, dadas as dificuldades de Al para mudar o passado — os pneus furados, o motor fundido, a ponte caída —, achei que, se eu fosse em frente, o Texas se meteria comigo.

2

Depois daquilo tudo, achei que só conseguiria dormir lá pelas duas ou três da madrugada e que havia uma boa probabilidade de não dormir nada. Mas às vezes o corpo impõe os seus imperativos. Quando cheguei em casa e me servi de uma bebidinha (poder guardar bebidas em casa outra vez era uma das várias pequenas vantagens da minha volta ao estado de solteiro), os meus olhos pesavam; quando terminei o uísque e li as nove ou dez primeiras páginas do Livro de Oswald de Al, mal conseguia mantê-los abertos.

Lavei o copo na pia, fui para o quarto (deixando atrás de mim um rastro de roupas, coisa que provocaria um ataque em Christy), e caí na cama de casal onde agora dormia solteiro. Pensei em estender a mão para apagar o abajur da mesinha de cabeceira, mas o meu braço estava pesado, pesado. Agora corrigir redações na sala dos professores estranhamente silenciosa parecia algo que acontecera há muitíssimo tempo. Não que fosse estranho; todo mundo sabe que, para uma coisa tão inflexível, o tempo é maleável como ele só.

Aleijei aquela menina. Pus ela de volta na cadeira de rodas.

Quando você desceu aqueles degraus da despensa hoje à tarde, nem sabia quem era Carolyn Poulin, logo não seja imbecil. Além disso, talvez em algum lugar ela ainda esteja andando. Talvez passar por aquela toca crie realidades alternativas, ou fluxos de tempo, ou alguma meleca assim.

Carolyn Poulin, sentada na cadeira de rodas, recebendo o diploma. Lá naquele ano em que *Hang on Sloopy*, dos McCoys, estava no topo das paradas.

Carolyn Poulin, andando pelo jardim de lírios em 1979, quando *Y.M.C.A*, do Village People, estava no topo das paradas; às vezes se ajoelhando para arrancar uma erva daninha, depois se levantando de novo e continuando a andar.

Carolyn Poulin na floresta com o pai, prestes a ficar aleijada.

Carolyn Poulin na floresta com o pai, prestes a entrar numa adolescência comum de cidade pequena. Naquele fluxo do tempo, me perguntei, onde ela estaria quando os noticiários do rádio e da televisão anunciaram que o 35º presidente dos Estados Unidos levara um tiro em Dallas?

John Kennedy pode viver. Você pode salvá-lo, Jake.

E isso realmente melhoraria as coisas? Não havia garantia.

Eu me senti como quem tenta abrir caminho para sair de uma meia de nylon.

Fechei os olhos e vi páginas voando de um calendário — o tipo de transição banal que se usava nos filmes antigos. Elas voaram pelo meu quarto como passarinhos.

Mais uma ideia veio antes que eu apagasse: o calouro imbecil com o projeto de cavanhaque ainda mais imbecil no queixo, sorrindo e murmurando: *Sapo Harry não lava o pé, não lava porque não quééééé*. E Harry me impedindo quando fui chamar o garoto às falas. *Não, não precisa*, dissera ele. *Estou acostumado.*

Então apaguei, nocauteado.

3

Acordei com as primeiras luzes e o canto dos pássaros me cutucando o rosto, certo de que tinha chorado pouco antes de acordar. Eu sonhara e, embora não conseguisse me lembrar do que era, deve ter sido tristíssimo, porque nunca fui de chorar.

Rosto seco. Sem lágrimas.

Virei a cabeça no travesseiro para olhar o relógio na mesinha de cabeceira e vi que faltavam apenas dois minutos para as seis. Dada a qualidade da luz, aquela seria uma linda manhã de junho, e a escola estava de férias. O primeiro dia das férias de verão costuma ser tão alegre para os professores quanto para os alunos, mas me senti triste. Triste. E não só porque tinha de tomar uma decisão difícil.

A meio caminho do chuveiro, três palavras pularam na minha cabeça: *Kauabunga, Buffalo Bob!*, dizia a voz do boneco da TV na década de cinquenta.

Parei, nu, olhando o meu reflexo de olhos arregalados no espelho em cima da cômoda. Nisso me lembrei do sonho, e não admira que acordasse me sentindo triste. Sonhei que estava na sala de professores lendo redações de inglês para adultos enquanto, do outro lado do corredor, na quadra, outro jogo de basquete do secundário chegava ao final de mais um tempo. A minha mulher acabara de sair da reabilitação. Torcia para ela estar em casa quando chegasse lá e não tivesse de passar uma hora no telefone até encontrá-la e ir buscá-la em algum buraco local.

No sonho, eu passara a redação de Harry Dunning para o alto da pilha e começara a ler: *Não foi um dia foi uma noite. A noite que mudou minha vida foi a noite que meu pai matou minha mãe e dois irmão...*

Isso atraíra toda a minha atenção, e depressa. Ora, atrairia a atenção de qualquer um, não é? Mas os meus olhos tinham apenas começado a se encher de água quando cheguei à parte sobre a roupa que ele usava. Também fazia muito sentido. Quando as crianças saíam naquela noite especial de outono com sacolas vazias que esperavam trazer de volta cheias de pilhagem doce, as fantasias sempre refletiam a moda da época. Cinco anos atrás, parecia que metade dos garotos que apareceram à minha porta usavam óculos de Harry Potter e um decalque de cicatriz em forma de raio na testa. Na minha viagem de estreia como pedinte de balas, muitas luas atrás, eu saíra retinindo pela calçada (com a minha mãe seguindo três metros atrás de mim, por insistente pedido meu) vestido de soldado da Força de *O império contra-ataca*. Então, seria surpresa Harry Dunning usar roupa de caubói?

— Kauabunga, Buffalo Bob — disse eu ao meu reflexo e, de repente, corri para o escritório. Não guardo todos os trabalhos dos alunos, nenhum professor faz isso — a gente se afogaria neles! —, mas me acostumei a xerocar as redações melhores. São ótimas ferramentas de ensino. Nunca usaria a de Harry numa aula, era pessoal demais, mas achei que tinha feito uma cópia dela assim mesmo porque me provocara uma reação emocional muito forte. Abri a gaveta de baixo e comecei a examinar o ninho de rato de pastas e folhas soltas. Depois de quinze minutos suados, achei. Sentei-me na cadeira da escrivaninha e comecei a ler.

4

Não foi um dia foi uma noite. A noite que mudou minha vida foi a noite que meu pai matou minha mãe e dois irmão e me maxucou muito. Maxucou minha irmã também, tanto que ela entrou em coma. Dali três anos ela morreu sem acordar. O nome dela era Ellen e eu gostava muito dela. Ela adorava colher floris pra botar nos vazos. O que aconteceu foi que nem um filme de terror. Nunca vou ver filme de horror por que na noite de Halloween de 1958 eu vivi um horror desse.

O meu irmão Troy era velho demais pra travessura ou gostozura (15 ano). Ficou vendo TV com a minha mãe e disse que ia nos ajudar a comer as bala quando a gente voltasse e Ellen, ela disse não não vai, ponha a roupa e vá buscar as sua, e todo mundo riu porque todo mundo adorava Ellen, ela só tinha 7 ano mas era que nem Lucile Ball, ela fazia todo mundo rir, até o meu pai (quer dizer se tivesse sobrio quando tava bebado ficava sempre louco da vida). Ela ia como Princesa Summerfall Winterspring (olhei pra ver como é que escreve) e eu ia como Buffalo Bob, os dois do programa de HOWDY DOODY que a *gente gostava de assistir. "Digam crianças que horas são?" e "Vamos ouvir a Galeria dos Petizes" e "Kauabunga, Buffalo Bob!!!". Eu e Ellen a gente adorava aquele pograma. Ela adora a Princeza e eu adoro Buffalo Bob e a gente adora Howdy! A gente queria que o meu irmão Tugga (o nome dele era Arthur mas todo mundo chamava ele de Tugga, não lembro porque) fosse de "Prefeito Fineus T. Bluster" mas ele não quis, disse que Howdy Doody era pograma de criança, que ia de "Franquistem" mesmo depois que Ellen disse que a mascara dava muinto medo. E Tugga também falou m**da sobre levar a minha espingarda Daisy de chumbinho porque ele disse que Buffalo Bob não usava nenhuma espingarda na televizão e a minha mãe disse: "Você pode levar se quiser Harry porque não é de verdade nem atira balas e Buffalo Bob não ia ligar." Essa foi a última coiza que ela me disse e fico contente porque foi uma coisa legal porque ela era muito durona.*

Aí a gente tava se preparando pra sair e eu disse pera um poco tenho de ir no banheiro porque eu tava muito empolgado. Todo mundo riu de mim até mamãe e Troy no sofá mas ir mijar naquela hora salvou minha vida porque foi aí que o meu pai chegou com aquele martelo. O meu pai era mau quando bibia e batia na minha mãe "de vez em sempre". Uma vez quando Troy tentou impedi ele discutindo com ele ele quebrou o brasso de Troy. Daquela vez ele quase foi pra cadeia (meu pai). Aí a minha mãe e o meu pai tava "separado" nessa época que to escrevendo e ela estava querendo se divorcia dele mas isso não era fácil em 1958 como é agora.

Aí ele chegou na porta e eu tava no banheiro mijando e eu ouvi a minha mãe dizer: "Saia daqui com essa coisa, você não é pra tá aqui." E depois foi que ela começou a gritar. Então depois todo mundo tava gritando.

Havia mais — três páginas terríveis —, mas não era eu quem tinha de ler.

5

Ainda faltavam alguns minutos para as seis e meia, mas achei o telefone de Al no catálogo e digitei o número sem hesitar. Também não o acordei. Ele atendeu no primeiro toque, a voz mais parecida com um latido do que com fala humana.

— Ei, amigo, você acordou com as galinhas, hem?

— Tenho uma coisa para lhe mostrar. Uma redação. Você até conhece quem escreveu. Tem de conhecer; a foto dele está no seu Muro das Celebridades.

Ele tossiu e disse:

— Tenho muitas fotos no Muro das Celebridades, amigo. Acho que deve haver até uma de Frank Anicetti, da época do primeiro Festival Moxie. Me ajude um pouco aí.

— É melhor eu lhe mostrar. Posso dar uma passadinha?

— Se aguentar me ver de roupão, pode vir. Mas agora que você teve a sua noite de sono, vou lhe perguntar: já se decidiu?

— Acho que antes tenho de fazer outra viagem de volta.

Desliguei antes que ele pudesse fazer mais perguntas.

6

Ele parecia pior do que nunca com a luz da manhã entrando pela janela da sala. O roupão de atoalhado branco pendia em torno dele como um para-quedas desinflado. Como não fizera quimio, ainda tinha cabelo, mas estava caindo e fino como o de um bebê. Os olhos pareciam ter se afundado ainda mais nas órbitas. Ele leu duas vezes a redação de Harry Dunning, começou a baixá-la e leu de novo. Finalmente, ergueu os olhos para mim e disse:

— Jesus Cristinho de muleta numa biga!

— A primeira vez que li, chorei.

— Com razão. A parte sobre a espingarda de chumbinho é que me pegou. Na década de cinquenta, havia um anúncio dessas espingardas na contracapa de praticamente todas as revistinhas que apareciam nas bancas. Toda a garotada do meu quarteirão — todos os meninos, pelo menos — só queria duas coisas: uma espingarda Daisy de chumbinho e um gorro de guaxinim como o de David Crockett. Ele está certo, não havia balas, nem de fingimento, mas a gente derramava um pouco de óleo Johnson dentro do cano. Aí quando a gente bombeava o ar e puxava o gatilho, saía uma fumacinha azul. — Ele voltou a olhar as páginas xerocadas. — O filho da puta matou a mulher e três filhos com um *martelo*? *Jesus.*

Aí ele começou a bater com ele, escrevera Harry. *Corri de volta pra sala e tinha sangue pelas parede e um negócio branco no sofá. Eram os miolos da minha mãe. Ellen, ela tava caída no chão com a cadeira de balanso em cima das perna e sangue saindo das orelha e do cabelo. A televisão ainda tava ligada, era aquele pograma que mamãe gostava de Elery Queen, que resolve os crimes.*

O crime daquela noite não tinha nada a ver com os problemas elegantes e exangues que Ellery Queen desvelava; aquilo foi um massacre. O menino de 10 anos que parou para mijar antes de sair atrás de doces voltou do banheiro a tempo de ver o pai bêbado e enfurecido rachar a cabeça de Arthur "Tugga" Dunning quando o rapaz tentou rastejar para a cozinha. Então ele se virou e viu Harry, que ergueu a espingardinha Daisy e disse: "Me deixe em paz, papai, senão eu atiro."

Dunning correu para o menino, brandindo o martelo ensanguentado. Harry atirou nele com a espingarda de ar comprimido (deu para escutar o *cá--tchôu* que ela deve ter feito, mesmo que eu nunca tivesse atirado com nenhuma), depois a largou e correu para o quarto que dividia com o agora falecido Tugga. O pai esquecera de fechar a porta da frente quando entrou, e em algum lugar — "parecia que era mil quilômetros dali", escrevera o zelador — vizinhos berravam e crianças atrás de doce gritavam.

Dunning, quase com certeza, teria matado também o filho que restava se não tivesse tropeçado na "cadeira de balanso" virada. Caiu de cara no chão, se levantou e correu até o quarto do filho mais novo. Harry tentava se enfiar debaixo da cama. O pai o puxou e lhe deu um golpe no lado da cabeça que, sem dúvida, mataria o menino se a mão do pai não escorregasse no cabo ensanguentado; em vez de rachar o crânio de Harry, a martelada só amassou uma parte acima da orelha direita.

Não dismaei mas foi quaze. Continuei engatinhando pra debaixo da cama e mal senti ele bater na minha perna mas ele bateu e quebrou em quatro lugar.

Um homem do outro quarteirão que vinha passando pelo bairro pedindo doces com a filha entrou correndo nesse momento. Apesar do massacre na sala, o vizinho teve a presença de espírito de pegar a pá de cinza no balde de ferramentas ao lado do fogão de lenha da cozinha. Com ela, atingiu Dunning atrás da cabeça quando o homem tentava virar a cama e pegar o filho semiconsciente que sangrava.

Depois eu dismaei que nem Ellen só que tive a sorte de acordar. Os medico disse que iam ter de emputar minha perna mas no fim não emputaram.

Não, ele ficou com a perna e acabou se tornando zelador da Lisbon High School, conhecido por gerações de alunos como Sapo Harry. Será que as crianças seriam mais gentis se soubessem a razão de ele mancar? Provavelmente não. Embora emocionalmente delicados e muito fáceis de ferir, os adolescentes são escassos na empatia. Isso vem mais tarde na vida, quando vem.

— Outubro de 1958 — disse Al na voz áspera de latido. — Devo acreditar que é coincidência?

Lembrei-me do que disse à versão adolescente de Frank Anicetti sobre o conto de Shirley Jackson e sorri.

— Às vezes um charuto é só um charuto e uma coincidência é só uma coincidência. Só sei que estávamos falando de outro divisor de águas.

— E não encontrei essa história no *Enterprise* por quê?

— Não aconteceu por aqui. Aconteceu em Derry, no norte do estado. Quando teve condições de sair do hospital, Harry foi morar com os tios em Haven, uns 40 quilômetros ao sul de Derry. Eles o adotaram e o puseram para trabalhar na fazenda da família quando ficou claro que não conseguia acompanhar as aulas na escola.

— Parece *Oliver Twist* ou coisa assim.

— Não, eles foram bons com o rapaz. Lembre-se de que não havia aulas de recuperação naquela época, e ainda não tinham inventado a expressão "crianças especiais"...

— Eu sei — disse Al secamente. — Naquela época, criança especial era retardada, imbecil ou mongoloide.

— Mas ele não era isso nem é agora — disse eu. — Não mesmo. Acho que o problema foi o choque, sabe? O trauma. Ele levou anos para se recuperar daquela noite, e quando conseguiu a escola já ficara para trás.

— Pelo menos até voltar para a educação de adultos, e nisso já estava na meia-idade, quase velho. — Al balançou a cabeça. — Que desperdício.

— Bobagem — disse eu. — Uma vida boa nunca é desperdiçada. Poderia ter sido melhor? Poderia. Posso fazer isso acontecer? Com base em ontem, talvez possa. Mas na verdade a questão não é essa.

— Então qual é? Porque para mim isso parece Carolyn Poulin outra vez, e esse caso já está provado. Sim, podemos mudar o passado. E não, o mundo não explode como uma bola de encher quando a gente faz isso. Você me serviria outra xícara de café, Jake? E aproveite para se servir também. Está quente e parece que você está precisando.

Enquanto servia o café, avistei uns pãezinhos doces. Quando lhe ofereci um, ele fez que não.

— Comida sólida dói quando engulo. Mas se está decidido a me fazer engolir calorias, tem um pacote de seis garrafinhas de Ensure na geladeira. Na minha opinião, esse troço diz que é nutritivo mas tem gosto de catarro gelado. Pelo menos dá para engolir.

Quando lhe levei um deles numa das taças de vinho que vi no armário, ele deu uma gargalhada.

— Acha que assim vai melhorar o gosto?

— Pode ser. Se fingir que é *pinot noir*.

Ele tomou metade e vi que lutava com a garganta para que ficasse lá dentro. Foi uma batalha que ele ganhou, mas empurrou a taça para longe e voltou a pegar a caneca de café. Não bebeu, só a envolveu com as mãos, como se tentasse absorver um pouco do calor. Ao ver isso, recalculei o tempo que ainda lhe restava.

— Então — disse ele. — Por que isso é diferente?

Se não estivesse tão doente, ele veria por si mesmo. Era um cara inteligente.

— Porque Carolyn Poulin nunca foi um bom teste. Você não salvou a vida dela, Al, só as pernas. Ela continuou a ter uma vida boa e completamente normal em ambas as versões: aquela em que leva um tiro de Cullum e a outra em que você se intrometeu. Em nenhuma delas se casou. Não houve filhos em nenhuma das versões. É como... — Tropecei. — Não quero ofender, Al, mas o que você fez foi como o médico que salva um apêndice inflamado. Ótimo para o apêndice, mas ele nunca faz nada muito importante, mesmo que esteja saudável. Entende o que estou dizendo?

— Entendo. — Mas achei que ele ficou meio chateado. — Carolyn Poulin parecia o melhor possível, amigo. Na minha idade, o tempo é limitado mesmo quando a gente tem saúde. Eu estava de olho num prêmio maior.

— Não estou criticando. Mas a família Dunning é um teste melhor, porque não é apenas uma menina paralisada, por pior que tenha sido para ela e para a família. Estamos falando de quatro pessoas assassinadas e uma quinta aleijada pelo resto da vida. Além disso, nós o conhecemos. Depois de conseguir o diploma do secundário, eu o levei à lanchonete para um hambúrguer, e quando viu a beca e o capelo, você pagou a conta. Lembra?

— Lembro. Foi aí que tirei a foto para o Muro.

— Se eu conseguir, se eu impedir o pai dele de brandir aquele martelo, acha que aquela foto ainda estará lá?

— Não sei — disse Al. — Talvez não. Talvez eu nem me lembre que já esteve lá.

Isso era um pouco teórico demais para mim e deixei passar sem comentários.

— E pense nas outras três crianças: Troy, Ellen e Tugga. Sem dúvida algum *deles* se casará caso viva e cresça. E talvez Ellen se torne uma comediante famosa. Ele não disse aí que ela era tão engraçada quanto Lucille Ball? — Inclinei-me para a frente. — Eu só quero um exemplo melhor do que acontece quando a gente muda um divisor de águas. Preciso disso antes de brincar com algo tão grande quanto o assassinato de Kennedy. O que diz, Al?

— Digo que entendo o que está dizendo. — Al lutou para se levantar. Era doloroso vê-lo, mas quando comecei a me erguer, ele me fez um gesto para que voltasse a me sentar. — Não, fique aí. Tenho uma coisa pra você. Está na outra sala. Vou buscar.

7

Era uma caixa de metal. Ele me entregou e me pediu para levá-la para a cozinha. Disse que seria mais fácil espalhar as coisas na mesa. Quando nos sentamos, ele a destrancou com uma chave que usava no pescoço. A primeira coisa que tirou foi um envelope pardo grosso. Abriu e despejou uma grande pilha desarrumada de papel-moeda. Catei uma folha de todo aquele alface e, pensativo, a olhei. Era uma nova de vinte, mas em vez de Andrew Jackson na frente, vi Grover Cleveland, que provavelmente não estaria em nenhuma lista dos dez maiores presidentes americanos. Atrás havia uma locomotiva e um navio a vapor que pareciam destinados a uma colisão debaixo das palavras **FEDERAL RESERVE NOTE**.

— Parece dinheiro de Banco Imobiliário.

— Não é não. E há menos aí do que parece, porque não há notas de mais de vinte. Hoje em dia, quando um tanque cheio pode custar trinta ou 35 dólares, uma nota de cinquenta não chama atenção, nem mesmo numa loja de 1,99. Naquela época é diferente, e você não vai querer chamar atenção.

— Essa é a grana das apostas?

— Uma parte. São principalmente as minhas economias. Trabalhei como cozinheiro de 1958 a 1962, o mesmo que aqui, e um homem sozinho consegue economizar bastante, ainda mais quando não sai com mulheres caras. E eu não saía. Nem com as baratas, aliás. Era amigo de todo mundo e não dava intimidade a ninguém. Aconselho você a fazer o mesmo. Em Derry e em Dallas, se for até lá. — Ele remexeu o dinheiro com o dedo fino. — Tem um pouco mais de nove mil, se bem me lembro. Compram o que sessenta mil comprariam hoje.

Fitei o dinheiro.

— O dinheiro volta. Ele fica, não importa quantas vezes você use a toca de coelho. — Já tínhamos tratado disso, mas eu ainda tentava enfiar a ideia na cabeça.

— É, embora também ainda esteja lá... recomeça do zero, lembra?

— Isso não é um paradoxo?

Ele me olhou, cansado, a paciência a desgastá-lo.

— Não sei. Fazer perguntas que não têm resposta é perda de tempo, e tempo eu não tenho.

— Desculpe, desculpe. O que mais tem aí?

— Pouca coisa. Mas a beleza é não precisar de muito. Era uma época muito diferente, Jake. A gente pode ler sobre ela nos livros de história, mas só dá para entender de verdade quando se mora lá um tempo. — Ele me passou um cartão da Previdência Social. O número era 005-52-0223. O nome, George T. Amberson. Al tirou uma caneta da caixa e me estendeu. — Assine.

Peguei a caneta, que era um brinde promocional. Escrito no corpo, estava CONFIE O SEU CARRO AO HOMEM QUE USA A ESTRELA **TEXACO**. Sentindo-me um pouco como Daniel Webster ao fazer o seu pacto com o diabo, assinei o cartão.* Quando tentei devolvê-lo, ele fez que não.

O próximo item era a carteira de motorista do Maine de George T. Amberson, que afirmava que eu tinha 1,92 m, olhos azuis, cabelo castanho, peso 90 kg. Nascera em 22 de abril de 1923 e morava na rua Bluebird, 19, em Sabattus, que, por acaso, era o meu endereço em 2011.

— Um metro e noventa e dois, certo? — perguntou Al. — Tive de chutar.

— Quase. — Assinei a carteira de motorista, que era um pedaço comum de cartolina. Cor: bege burocrático. — Sem foto?

— O estado do Maine está a anos disso, amigo. Os outros 48 estados também.

— Quarenta e *oito*?

— O Havaí só vai virar estado ano que vem.

— Ah. — Senti um pouco de falta de ar, como se alguém acabasse de me dar um soco no estômago. — Então... a gente é parado por estourar o limite de velocidade e o policial simplesmente supõe que a gente é quem a carteira diz que é?

— Por que não? Se você disser alguma coisa sobre ataques terroristas em 1958, o povo vai achar que está falando de adolescentes derrubando vacas. Assine esses também.

---

* Referência ao conto "The Devil and Daniel Webster" (1937), do escritor Stephen Vincent Benét (1898-1943). Daniel Webster (1782-1852) foi um advogado e político americano famoso pela oratória e, no conto, defende um fazendeiro que vendeu a alma ao diabo. (N. da T.)

Ele me entregou um Cartão de Cortesia Hertz, um cartão de compra de gasolina Cities Service, um cartão de crédito Diners Club e outro American Express. O Amex era de celuloide, o Diners de cartolina. O nome de George T. Amberson estava neles. Datilografado, não impresso.

— Você pode receber um genuíno cartão Amex de plástico no ano que vem, se quiser.

Sorri.

— Sem talão de cheques?

— Eu poderia lhe arranjar um, mas de que adiantaria? Toda papelada preenchida em nome de George Amberson sumiria no próximo recomeço. E também todo dinheiro que eu pusesse na sua conta.

— Ah. — Estava me sentindo idiota. Tá certo.

— Não seja duro com você mesmo, tudo isso ainda é novo. Mas é bom abrir uma conta. Sugiro não mais do que mil. Mantenha a maior parte da grana em dinheiro vivo, onde você possa pegar.

— Caso eu tenha de voltar correndo.

— Isso. E os cartões de crédito só servem para reforçar a identidade. As contas reais que abri para arranjar os dois vão sumir quando você voltar. Mas podem ser úteis, a gente nunca sabe.

— George recebe correspondência na rua Bluebird, 19?

— Em 1958, a rua Bluebird não passa de um endereço num mapa de Sabattus, amigo. O condomínio onde você mora ainda não foi construído. Se alguém lhe perguntar, diga que são negócios. Vão acreditar. Os negócios são como um deus em 1958; todo mundo adora mas ninguém entende. Tome.

Ele me jogou uma carteira masculina maravilhosa. Babei.

— Isso é *avestruz*?

— Queria que você parecesse próspero — disse Al. — Procure algumas fotos para pôr nela junto com a identificação. Arranjei também algumas coisinhas para você. Mais esferográficas, uma delas na moda, com uma combinação de abridor de cartas e régua na ponta. Uma lapiseira Scripto. Um protetor de bolso. Em 1958, eram considerados necessários e não coisa de CDF. Um relógio Bulova com pulseira elástica cromada Speidel; todos os elegantes cobiçarão isso aí, amigo. Você mesmo pode examinar o resto. — Ele tossiu com força por um bom tempo, fazendo careta. Quando parou, havia grandes gotas de suor no rosto.

— Al, quando você reuniu isso tudo?

— Quando percebi que não conseguiria chegar a 1963, deixei o Texas e vim para casa. Já estava pensando em você. Divorciado, sem filhos, esperto e, o melhor de tudo, jovem. Ah, aqui, quase esqueci. Essa é a semente de onde tudo brotou. Tirei o nome de uma lápide no cemitério de São Cirilo e escrevi uma petição ao secretário de Estado do Maine.

Ele me entregou a minha certidão de nascimento. Passei os dedos sobre o carimbo em relevo. Tinha um toque sedoso e oficial.

Quando ergui os olhos, vi que ele pusera outra folha de papel na mesa. O título era SPORTS 1958-1963.

— Não perca isso. Não só por ser o seu vale-refeição, mas também porque você terá de responder um monte de perguntas se isso cair nas mãos erradas. Ainda mais quando os resultados se comprovarem.

Comecei a guardar tudo de volta na caixa e ele fez que não.

— Tenho uma pasta Lord Buxton para você no meu armário, já lindamente gasta nas bordas.

— Não preciso, estou com a minha mochila. Está na mala do carro.

Ele fez cara de riso.

— Aonde você vai ninguém usa mochila, só os escoteiros, e só quando vão acampar e acantonar. Você tem muito a aprender, amigo, mas se andar com cuidado e não se arriscar, chega lá.

Percebi que ia mesmo fazer aquilo e que ia acontecer de imediato, quase sem preparação. Fiquei me sentindo um visitante no porto de Londres, no século XVII, que descobre de repente que está prestes a virar marinheiro à força.

— Mas o que faço agora? — Isso saiu quase como um balido.

Ele ergueu as sobrancelhas — grossas e agora tão brancas quanto o pouco cabelo da cabeça.

— Salva a família Dunning. Não foi o que conversamos?

— Não é isso. O que faço quando me perguntarem a minha *profissão*? O que é que eu digo?

— O seu tio rico morreu, lembra? Diga que está gastando a herança inesperada aos pouquinhos, fazendo ela durar bastante para escrever um livro. Não há um escritor frustrado no fundo de todo professor de inglês? Ou estou errado?

Na verdade, não estava.

Ele ficou me olhando ali sentado — exausto, magro demais, mas não sem simpatia. Talvez até com piedade. Finalmente, disse, bem baixinho:

— É grande, não é?

— É — respondi. — E Al... cara... eu sou *pequeno*.

— Você pode dizer o mesmo de Oswald. Um covarde que atira de emboscada. E, segundo a redação de Harry Dunning, o pai dele é apenas um bêbado cruel com um martelo.

— Nem é mais isso. Morreu de envenenamento estomacal agudo na Penitenciária Estadual Shawshank. Harry disse que provavelmente foi maria louca. Isso é...

— Sei o que é maria louca. Vi muito disso quando fiquei estacionado nas Filipinas. Cheguei a tomar um pouco, para minha tristeza. Mas ele não está morto aonde você vai. Nem Oswald.

— Al... sei que está doente e sei que sente dor. Mas iria à lanchonete comigo? Eu... — Pela primeira e última vez, usei a forma habitual de tratamento dele. — Amigo, não quero começar isso sozinho. Estou apavorado.

— Eu não perderia isso por nada. — Ele enfiou a mão no sovaco e se levantou com uma careta que fez os lábios subirem até as gengivas. — Pegue a pasta. Vou me vestir.

8

Eram quinze para as oito quando Al destrancou a porta do trailer prateado que o Famoso Gordobúrguer chamava de lar. Todos os cromados luzidios atrás do balcão pareciam fantasmagóricos. Os bancos pareciam sussurrar *ninguém mais vai sentar na gente*. Os grandes açucareiros à moda antiga pareciam sussurrar de volta *ninguém se servirá conosco outra vez... a festa acabou.*

— Abram caminho para a L. L. Bean — disse eu.

— É verdade — respondeu Al. — A merda da marcha do progresso.

Ele estava sem fôlego, ofegante, mas não parou para descansar. Levou-me por trás do balcão até a porta da despensa. Fui atrás, passando de uma mão para a outra a pasta com a minha nova vida dentro. Era do tipo antigo, com fivelas. Se eu entrasse com ela na minha sala de aula da LHS, a maioria dos garotos riria. Alguns, aqueles com senso de estilo nascente, talvez aplaudissem a moda retrô.

Al abriu a porta para os cheiros de legumes, temperos, café. Mais uma vez estendeu a mão por trás do meu ombro para acender a luz. Fitei o chão de linóleo cinzento do mesmo modo que um homem fita uma piscina que pode estar cheia de tubarões famintos, e quando Al me deu um tapinha no ombro, pulei.

— Desculpe — disse ele —, mas você tem de levar isso. — Ele segurava uma moeda de meio dólar. Cinquentinha. — O Homem do Cartão Amarelo, lembra-se dele?

— Claro que lembro. — Na verdade, eu esquecera tudo sobre ele. O meu coração batia com tanta força que o globo ocular parecia pulsar na órbita. A língua tinha gosto de tapete velho, e quando ele me entregou a moeda, quase a deixei cair.

Ele me deu um olhar crítico final.

— Os jeans estão bons por enquanto, mas é bom você dar uma passada na Mason's Menswear, no norte da rua Principal, e arranjar umas calças sociais antes de ir para o norte. Lãzinha ou sarja cáqui são boas para o dia a dia. Ban--Lon para ocasiões sociais.

— Ban-Lon?

— Basta pedir, eles sabem. Você também vai precisar de camisas sociais. Finalmente, um terno. E algumas gravatas e um prendedor. Compre um chapéu, também. *Não* um boné de beisebol, um bom panamá.

Havia lágrimas vazando pelo canto dos olhos dele. Isso me assustou mais profundamente do que tudo o que ele dissera.

— Al? Qual é o problema?

— Só estou apavorado, tanto quanto você. Mas não há necessidade de nenhuma cena sentimental de despedida. Se voltar, estará aqui em dois minutos, não importa quanto tempo fique em 1958. É só o tempo suficiente de ligar a máquina de café. Se der certo, tomaremos uma bela xícara juntos e você pode me contar tudo.

Se. Que palavra grande.

— Você pode rezar, também. Haverá tempo para isso, não é?

— Claro. Vou rezar para tudo dar certíssimo. Não fique tonto demais com o lugar onde está e não se esqueça de que está lidando com um homem perigoso. Mais perigoso do que Oswald, talvez.

— Vou tomar cuidado.

— Tudo bem. Fique de boca fechada o máximo que puder até pegar o jeitão e a linguagem do lugar. Vá devagar. Não faça marola.

Tentei sorrir, mas não sei se consegui. A pasta parecia pesadíssima, como se estivesse cheia de pedras em vez de dinheiro e identidade falsa. Achei que ia desmaiar. Ainda assim, que Deus me ajude, uma parte minha ainda queria ir. Mal podia *esperar* para ir. Queria ver o país no meu Chevrolet; os Estados Unidos me pediam para ligar.

Al estendeu a mão magra e trêmula.

— Boa sorte, Jake. Deus te abençoe.

— George, né?

— George, isso. Agora vá. Como diziam na época, está na hora de dar no pé.

Virei-me e entrei devagar na despensa, me movendo como quem tenta localizar o alto da escada com a luz apagada.

No terceiro passo, achei.

SEGUNDA PARTE

O PAI DO ZELADOR

CAPÍTULO 5

1

Caminhei pela lateral do barracão de secagem, como antes. Passei debaixo da corrente com a placa **PASSAGEM PROIBIDA ALÉM DESTE PONTO** pendurada, exatamente como antes. Contornei o canto do grande cubo do prédio pintado de verde exatamente como antes, e então alguma coisa bateu em mim. Não sou muito pesado para a minha altura, mas tenho carne por cima dos ossos — "Você o vento não leva", costumava dizer o meu pai —, e ainda assim o Homem do Cartão Amarelo quase me derrubou. Era como ser atacado por um sobretudo preto cheio de passarinhos batendo asas. Ele berrava alguma coisa, mas eu estava espantado demais (não assustado, exatamente, foi rápido demais para isso) para ter ideia do que fosse.

Empurrei-o e ele caiu contra o barracão de secagem com o casaco se enrolando nas pernas. Ouviu-se um *bonc* quando a parte de trás da cabeça bateu no metal, e o chapéu imundo tombou no chão. Ele foi atrás, mas não tombou; caiu num tipo de colapso sanfonado. Fiquei arrependido do que fiz antes mesmo de o meu coração ter oportunidade de se acalmar num ritmo mais normal, e mais arrependido ainda quando ele pegou o chapéu e começou a escová-lo com a mão suja. O chapéu nunca ficaria limpo de novo e, com toda probabilidade, nem ele.

— O senhor está bem? — perguntei, mas quando me curvei para tocar o seu ombro, ele se afastou rapidamente de mim pela lateral do barracão, empurrando com as mãos e deslizando o traseiro. Eu ia dizer que ele parecia uma aranha aleijada, mas não. Parecia ser o que era: um pé de cana com o cérebro de úmido a encharcado. Um homem que podia estar tão perto da morte quanto Al Templeton, porque nesses Estados Unidos de cinquenta e tantos anos atrás provavelmente não havia abrigos de caridade nem centros de reabilitação para sujeitos como ele. O Departamento de Veteranos talvez o aceitasse caso já tivesse vestido farda, mas quem o levaria lá? Ninguém, provavelmente, embora alguém — um capataz da fábrica, seria de se esperar — fosse capaz de chamar a polícia contra ele. Iam deixá-lo no depósito de bêbados durante 24 ou 48 horas. Se não morresse de convulsões provocadas pelo delirium tremens enquanto estivesse lá, o soltariam para começar o próximo ciclo. Percebi que gostaria que a minha ex-mulher estivesse ali; ela encontraria uma reunião do AA e o levaria lá. Só que Christy só nasceria dali a vinte e um anos.

Pus a pasta entre os pés e ergui as mãos para lhe mostrar que estavam vazias, mas ele se encolheu e se afastou mais pela lateral do barracão de secagem. O cuspe brilhava no queixo malbarbeado. Olhei em volta para me garantir que não estávamos chamando atenção, vi que essa parte do pátio era só nossa e tentei de novo.

— Só empurrei porque o senhor me deu um susto.

— Quem diabos você *é*? — perguntou ele, a voz se rachando por uns cinco registros diferentes. Se eu não tivesse escutado a pergunta na última visita, não faria a mínima ideia do que perguntava... e, embora o jeito arrastado de falar fosse o mesmo, a inflexão não era um pouquinho diferente desta vez? Não tive certeza, mas achei que sim. *Ele é inofensivo, mas não é como os outros*, dissera Al. *É como se* soubesse *alguma coisa*. Al achou que era porque, por acaso, ele tomava sol perto da toca de coelho às 11h58 da manhã de 9 de setembro de 1958 e ficou suscetível à sua influência. Do jeito que podemos produzir estática na tela da TV se ligarmos um mixer perto dela. Talvez fosse isso. Ou então, inferno, talvez fosse só a bebida.

— Ninguém importante — disse eu na minha voz mais tranquilizadora. — Ninguém que mereça a sua preocupação. O meu nome é George. Qual é o seu?

— Filho da puta! — grunhiu ele, e se afastou ainda mais de mim. Se o seu nome era esse, era mesmo muito incomum. — Você não devia estar aqui!

— Não se preocupe, já estou indo — respondi. Peguei a pasta para demonstrar a minha sinceridade, e ele ergueu os ombros magros até as orelhas, como se esperasse que eu a jogasse nele. Era como um cachorro que apanhou tanto que não espera outro tratamento. — Sem danos nem prejuízos, certo?

— Vá embora, seu truculento! Volte para onde veio e *me deixe em paz!*

— Trato feito. — Eu ainda me recuperava do susto que ele me dera, e a adrenalina residual não se misturou bem com a pena que eu sentia — sem falar da exasperação. A mesma exasperação que senti com Christy quando cheguei em casa e descobri que ela estava caindo de bêbada outra vez, apesar de todas as promessas de se recuperar, de andar direito e de largar o goró de uma vez por todas. A combinação de emoções somada ao calor desse meio-dia de fim de verão estava me deixando meio nauseado. Talvez não fosse a melhor maneira de começar uma missão de resgate.

Pensei na Kennebec Fruit e em como fora boa aquela *root beer*; pude ver a baforada de vapor do congelador de sorvetes quando Frank Anicetti pai tirara a canecona. Também estivera abençoadamente fresco lá. Parti naquela direção sem mais delongas, a minha pasta nova (mas cuidadosamente envelhecida nas bordas) batendo no lado do joelho.

— Ei! Ei, seu seiláquem!

Eu me virei. O bebum tentava se levantar usando como apoio a lateral do barracão de secagem. Agarrara o chapéu e o segurava amassado contra o meio do corpo. Então começou a remexer nele.

— Tenho um cartão amarelo da fachada verde, então me dê um dólar, seu filho da puta. Hoje é dia de grana dupla.

Estávamos de volta à mensagem. Isso foi confortador. Ainda assim, me esforcei para não me aproximar demais dele. Não queria assustá-lo nem provocar outro ataque. Parei a dois metros de distância e estendi a mão. A moeda que Al me dera luzia na palma.

— Um dólar não posso gastar, mas tome cinquentinha.

Ele hesitou, agora segurando o chapéu na mão esquerda.

— É melhor não foder nada.

— Tentador, mas acho que consigo resistir.

— Hem? — Ele passou os olhos da moeda de cinquenta centavos para o meu rosto, depois de volta para o dinheiro. Ergueu a mão direita para limpar do queixo o fio de saliva, e vi outra diferença de antes. Nada de abalar o mundo, mas o bastante para me fazer duvidar da solidez da afirmativa de Al de que cada vez era um recomeço do zero.

— Não me importa se você vai pegar ou largar, mas decida-se — disse eu. — Tenho mais o que fazer.

Ele guardou a moeda e depois se encolheu de novo contra o barracão de secagem. Os olhos estavam úmidos e arregalados. O fio de baba ressurgira no queixo. Realmente não há nada no mundo que possa se igualar ao glamour de um alcoólatra no último estágio; não entendo por que a Jim Beam, a Seagram's e a Mike's Hard Lemonade não o usam nos seus anúncios de revista. Beba Beam e veja uma classe melhor de insetos.

— Quem é você? O que está fazendo aqui?

— Um serviço, espero. Escute, já experimentou o AA para esse probleminha que você tem com a beb...

— Foda-se, Jimla!

Eu não fazia a mínima ideia do que era jimla, mas o *foda-se* veio alto e claro. Segui para o portão, esperando que ele me fizesse mais perguntas. Não fizera antes, mas este encontro fora muito diferente.

Porque ele não era o Homem do Cartão Amarelo, não dessa vez. Quando ergueu a mão para limpar o queixo, o cartão fechado nela não era mais amarelo.

Dessa vez, era de um alaranjado sujo, mas ainda vivo.

2

Segui pelo estacionamento da fábrica, dando novamente um tapinha no capô do Plymouth Fury branco e vermelho para dar sorte. Sem dúvida precisaria de toda a sorte que conseguisse arranjar. Atravessei os trilhos da ferrovia, escutando de novo o *uuff-chuff* de um trem, só que desta vez parecia um pouco mais distante, porque desta vez o meu encontro com o Homem do Cartão Amarelo — que agora era o Homem do Cartão Laranja — levara um pouco mais de tempo. O ar fedia ao efluente da fábrica como antes, e o mesmo ônibus urbano fungou ao passar. Como desta vez eu estava um pouco atrasado, não consegui ler o letreiro, mas lembrei o que dizia: LEWISTON EXPRESS. Quantas vezes será que Al viu esse mesmo ônibus, com os mesmos passageiros olhando pela janela?

Atravessei a rua apressado, acenando para dissipar o melhor possível a nuvem azul da exaustão do ônibus. O roqueiro rebelde estava no seu posto junto à porta, e pensei rapidamente no que ele diria se eu lhe roubasse a fala. Mas, de certa maneira, isso seria tão cruel quanto aterrorizar de propósito o pé de cana do barracão de secagem; quando se rouba a língua secreta que pertence a garotos como esse, não lhes resta muito. Esse não podia sequer voltar e socar o Xbox. Então, só cumprimentei com a cabeça.

Ele cumprimentou de volta.

— Alô-ô, bacana.

Entrei. O sino tocou. Passei pelas ofertas de quadrinhos e fui diretamente para a máquina de refrigerante, onde estava Frank Anicetti pai.

— Em que posso ajudar hoje, amigo?

Por um momento fiquei perplexo, porque não fora isso que ele dissera antes. Então percebi que não seria mesmo. Da vez anterior, eu pegara um jornal na estante. Desta vez, não. Talvez cada viagem de volta a 1958 reiniciasse o odômetro todo em zero (com exceção do Homem do Cartão Amarelo), mas assim que a gente variasse alguma coisa, tudo também poderia mudar. A ideia era ao mesmo tempo apavorante e libertadora.

— Eu gostaria de uma *root beer* — respondi.

— E eu gostaria de lhe servir, logo as ideias se combinam. De cinco ou de dez centavos?

— Dez, acho.

— Pois acho que você achou certo.

A caneca coberta de gelo saiu da geladeira. Ele usou o cabo da colher de pau para limpar a espuma. Encheu-a até o alto e a colocou na minha frente. Igualzinho a antes.

— Cinco centavos mais um para o governador.

Entreguei um dos dólares antigos de Al e, enquanto Frank 1.0 pegava o troco, olhei por sobre o ombro e vi o ex-Homem do Cartão Amarelo em pé diante da loja de bebidas — a *fachada verde* —, cambaleando de um lado para o outro. Ele me fez pensar num faquir hinduísta que vira num filme antigo, tocando um instrumento de sopro para convencer uma cobra a sair do cesto. E, vindo pela calçada, bem na hora, estava Anicetti, o Jovem.

Virei-me de novo, dei um gole na *root beer* e suspirei.

— Isso é o máximo.

— É, nada como uma cerveja gelada num dia quente. Não é daqui o senhor?

— Não, sou do Wisconsin. — Estendi a mão. — George Amberson.

Ele a apertou quando o sino sobre a porta retiniu.

— Frank Anicetti. E aí vem o meu garoto. Frank Júnior. Diga olá ao sr. Amberson, de Wisconsin, Frankie.

— Olá, senhor. — Ele me deu um sorriso e um cumprimento de cabeça e depois se virou para o pai. — Titus pôs a camionete no macaco. Disse que fica pronta às cinco.

— Ora, isso é bom. — Esperei Anicetti 1.0 acender o cigarro e não me desapontei. Ele inalou e se virou de novo para mim. — Está viajando a negócios ou por prazer?

Por um instante não respondi, mas não porque não tivesse resposta. O que me espantava era o jeito como a cena não parava de divergir do roteiro original e depois voltava a ele. Fosse como fosse, Anicetti não parecia notar.

— Não importa, porque o senhor escolheu a hora certa para vir. A maioria dos veranistas já se foi e, assim que isso acontece, todos relaxamos. Quer uma bola de baunilha na cerveja? Em geral são cinco centavos a mais, mas nas terças-feiras reduzo o preço para um níquel.*

---

* A moeda americana de cinco centavos é chamada de "níquel". (N. da T.)

— Você já gastou essa dez anos atrás, pai — disse Frank Júnior amistosamente.

— Obrigado, assim está bom — disse eu. — Na verdade, vim a negócios. Uns imóveis à venda em... Sabattus? Acho que é isso. Conhece a cidade?

— Só a minha vida inteira — respondeu Frank. Ele soltou fumaça pelas narinas e me deu um olhar astuto. — É longe para vir negociar imóveis.

Devolvi um sorriso que pretendia dizer *ah, se você soubesse o que sei*. Deve ter passado a mensagem, porque ele me deu uma piscadela. O sino sobre a porta tilintou e as senhoras compradoras de frutas entraram. O relógio de parede TOME CAFÉ ALEGRIA dizia 12h28. Aparentemente, a parte do roteiro em que Frank Júnior e eu discutíamos o conto de Shirley Jackson fora cortada desse esboço. Terminei a *root beer* em três grandes goles e, quando o fiz, uma cólica me apertou o intestino. Nos romances, os personagens raramente têm de ir ao banheiro, mas na vida real o estresse mental costuma provocar reações físicas.

— Por favor, por acaso vocês dispõem de um banheiro masculino?

— Não, sinto muito — disse Frank pai. — Vivo querendo construir, mas no verão ficamos ocupados demais e no inverno parece que nunca há dinheiro suficiente para reformas.

— O senhor pode ir no posto do Titus, dobrando a esquina — disse Frank Júnior. Ele punha sorvete num cilindro de metal, preparando-se para fazer um milk-shake. Não fizera isso antes e pensei, com certa inquietação, no chamado efeito borboleta. Achei que estava assistindo àquela borboleta abrir as asas bem diante dos meus olhos. Estávamos mudando o mundo. Só aos pouquinhos — pouquinhos infinitesimais — mas, sim, mudávamos.

— Senhor?

— Sinto muito — disse eu. — Me deu um branco.

Ele não entendeu, mas depois riu.

— Nunca ouvi isso, mas é bom. — E era mesmo, e ele talvez repetisse da próxima vez que se perdesse em pensamentos. E uma expressão que talvez só entrasse no fluxo resplandecente da gíria americana lá pelos anos 70 teria uma pré-estreia. Não se poderia dizer exatamente que a estreia seria *prematura* porque, nesse fluxo do tempo, seria bem na hora.

— O posto Chevron do Titus fica logo depois da esquina, à direita — disse Anicetti pai. — Se for... hã... urgente, o senhor pode usar o nosso banheiro lá em cima.

— Não, obrigado, tudo bem — disse eu, e embora já tivesse olhado o relógio da parede, dei uma espiada ostensiva no meu Bulova com a elegante pulseira Speidel. Ainda bem que não podiam ver o mostrador, porque eu me esquecera de acertá-lo e ele ainda mostrava a hora de 2011. — Mas tenho de ir andando. Coisas a fazer. A menos que eu tenha muita sorte, vão me prender durante mais de um dia. Pode me recomendar um bom motel por aqui?

— O senhor quer dizer um hotel com garagem? — perguntou Anicetti pai, e apagou o cigarro num dos cinzeiros WINSTON TEM ÓTIMO SABOR dispostos sobre o balcão.

— É. — Dessa vez o meu sorriso pareceu bobo em vez de esperto... e o meu intestino se contraiu de novo. Se eu não desse um jeito logo nesse problema, ele se transformaria num autêntico beco sem saída. — Chamamos de motel no Wisconsin.

— Bom, eu recomendaria o Tamarack Motor Court, uns sete ou oito quilômetros subindo a 196, a caminho de Lewiston — disse Anicetti Sênior. — Fica perto do cinema drive-in.

— Obrigado pela dica — disse eu, me levantando.

— Pode apostar. E se quiser aparar o cabelo antes de alguma reunião, experimente a barbearia Baumer. Ele faz um ótimo serviço.

— Obrigado. Outra boa dica.

— As dicas são de graça, as *root beers* são vendidas em dinheiro americano. Aproveite a sua estada no Maine, sr. Amberson. E, Frankie? Tome esse milk-shake e volte para a escola.

— Pode apostar, pai. — Dessa vez, foi Júnior que piscou o olho na minha direção.

— Frank? — chamou uma das senhoras com voz cantada. — Essas laranjas estão frescas?

— Tão frescas quanto o seu sorriso, Leola — respondeu ele, e as senhoras soltaram um ri-ri-ri. Não estou fazendo gracinha aqui; elas realmente soltaram um ri-ri-ri.

Passei por elas, murmurando "Senhoras". O sino tilintou e saí para o mundo que existira antes de eu nascer. Mas agora, em vez de atravessar a rua de volta ao pátio onde ficava a toca de coelho, caminhei mais para dentro daquele mundo. Do outro lado da rua, o bebum de casaco preto e comprido gesticulava com o vendedor de guarda-pó. O cartão que brandia podia ser alaranjado em vez de amarelo, mas fora isso ele voltara ao roteiro.

Entendi isso como um bom sinal.

3

O posto Chevron do Titus ficava depois do supermercado Red & White, onde Al comprara várias vezes os mesmos mantimentos para a lanchonete. De acordo com o cartaz na vitrine, a lagosta custava 69 centavos a libra. Do outro lado do mercado, num terreno que em 2011 estava vago, havia um grande celeiro marrom de portas abertas expondo móveis usados de todos os tipos — berços, cadeiras de balanço de vime e poltronas superestofadas do tipo "cadeira do papai" pareciam ter oferta abundante. A placa sobre a porta dizia **O ALE-GRE ELEFANTE BRANCO**. Outra placa, essa numa armação em A posicionada para atrair os olhos de quem passasse a caminho de Lewiston, fazia uma declaração audaciosa: **SE NÃO TIVERMOS, É PORQUE VOCÊ NÃO PRECISA**. Um camarada que supus ser o proprietário estava sentado numa das cadeiras de balanço, fumando cachimbo e olhando torto para mim. Usava uma camiseta sem mangas e calças largas marrons. Também usava cavanhaque, o que achei igualmente audacioso nessa ilha específica do rio do tempo. O cabelo, embora penteado para trás e mantido no lugar por algum tipo de gomalina, se enrolava na nuca e me fez pensar num antigo vídeo de rock and roll que eu vira: Jerry Lee Lewis pulando ao piano e cantando *Great Balls of Fire*. O proprietário do Alegre Elefante Branco provavelmente tinha fama de ser o beatnik da cidade.

Cumprimentei-o com um sinal de dedo. Ele me retribuiu com o mais leve gesto de cabeça e continuou fumando o seu cachimbo.

No posto Chevron (onde a gasolina comum era vendida por 19,9 centavos de dólar o galão e a "super" custava um centavo a mais), um homem de macacão azul e meticuloso cabelo reco trabalhava num caminhão — o dos Anicetti, supus — que estava sobre o macaco.

— Sr. Titus?

Ele olhou por sobre o ombro.

— Hem?

— O sr. Anicetti disse que eu poderia usar o seu banheiro.

— As chaves estão dentro da porta da frente. — *Porl-ta*.

— Obrigado.

A chave estava presa numa ripa de madeira com HOMENS escrito. A outra chave tinha MENINAS escrito na ripa. A minha ex-mulher teria um filho se visse isso, pensei, e não sem alegria.

O banheiro estava limpo, mas cheirava a cigarro. Havia um cinzeiro tipo lixeira ao lado do vaso sanitário. Pelo número de guimbas lá dentro, eu apostaria que muitos visitantes desse quartinho bem-arrumado davam umas baforadas enquanto cagavam.

Quando saí, vi umas duas dúzias de carros usados num pequeno terreno ao lado do posto. Uma fila de flâmulas coloridas adejava acima deles com a leve brisa. Carros que em 2011 seriam vendidos por milhares de dólares — como clássicos, no mínimo — tinham preços entre 75 e 100 dólares. Um Cadillac que parecia em ótimo estado estava por 800. A placa sobre a barraquinha de vendas (lá dentro, uma bonequinha de rabo de cavalo mascava chiclete absorta lendo *Photoplay*) dizia: TODOS ESSES CARROS ANDAM BEM E VÊM COM A GARANTIA BILL TITUS **CONSERTAMOS O QUE VENDEMOS!**

Pendurei a chave, agradeci a Titus (que grunhiu sem se virar do caminhão no elevador) e comecei a voltar para a rua Principal, pensando que seria boa ideia cortar o cabelo antes de visitar o banco. Isso me fez lembrar o beatnik de cavanhaque e, num impulso, atravessei a rua até o empório de móveis usados.

— Dia — disse.

— Na verdade já é de tarde, mas como quiser tá bom. — Ele deu uma baforada no cachimbo, e aquela brisa de fim de verão me trouxe uma lufada de Cherry Blend. Também a lembrança do meu avô, que fumava isso quando eu era garoto. Às vezes soprava a fumaça na minha orelha para aliviar a dor de ouvido, tratamento provavelmente não aprovado pela Associação Médica Americana.

— O senhor vende malas?

— Ah, tenho algumas no meu estoque. Umas duzentas, no máximo, eu diria. Vá até os fundos e olhe à direita.

— Se eu comprar, posso deixar algumas horas aqui enquanto faço umas compras?

— Fico aberto até as cinco — disse ele, e ergueu o rosto para o sol. — Depois disso, fica por sua conta.

4

Troquei dois dólares antigos de Al por uma valise de couro, deixei-a no balcão do beatnik, depois fui até a rua Principal com a pasta batendo na perna. Dei uma olhada na fachada verde e vi o vendedor sentado atrás da caixa registradora lendo um jornal. Não havia sinal do meu amigo de sobretudo preto.

Seria difícil alguém se perder no bairro comercial: tinha apenas um quarteirão. Três ou quatro lojas além da Kennebec Fruit, cheguei à Barbearia Baumer. Um mastro de barbeiro listrado de vermelho e branco girava na vitrine. Ao lado, havia um cartaz político mostrando Edmund Muskie. Eu me lembrava dele como um velho cansado, de ombros caídos, mas essa versão parecia quase jovem demais para votar, quem dirá para ser eleito para alguma coisa. O cartaz dizia: MANDE ED MUSKIE PARA O SENADO AMERICANO,

VOTE DEMOCRATA! Alguém pusera uma faixa branquíssima embaixo. Escrito à mão, estava DISSERAM QUE NÃO DARIA CERTO NO MAINE *MAS CONSEGUIMOS!* E AGORA: HUMPHREY EM 1960!

Lá dentro, dois velhos partícipes estavam sentados contra a parede enquanto um terceiro igualmente velho aparava a tonsura. Os dois que aguardavam soltavam baforadas como marias-fumaças. O barbeiro também (Baumer, supus), com um olho franzido contra a fumaça que subia enquanto cortava. Os quatro me estudaram de um modo conhecido meu: o olhar de avaliação não tão desconfiado assim que certa vez Christy chamara de Olhar Ianque. Foi bom saber que algumas coisas não tinham mudado.

— Sou de fora da cidade, mas sou amigo — disse a eles. — Votei nos democratas a vida inteira. — Ergui a mão num gesto de que-Deus-me-ajude.

Baumer grunhiu, divertido. Caiu cinza do cigarro. Sem pensar, ele a espanou do jaleco para o chão, onde havia várias guimbas esmagadas no meio do cabelo cortado.

— Harold aqui é republicano. Cuidado para ele não te morder.

— Ele não tem mais dente pra isso — disse um dos outros, e todos caíram na gargalhada.

— De onde o senhor é? — perguntou Harold, o republicano.

— Wisconsin. — Peguei um exemplar de *Man's Adventure* para evitar novas conversas. Na capa, um tipo asiático sub-humano com um chicote na mão enluvada se aproximava de uma loura lindamente amarrada a um poste. A história que a acompanhava se chamava ESCRAVAS JAPONESAS DO SEXO NO PACÍFICO. O cheiro da barbearia era uma mistura doce e completamente maravilhosa de talco, brilhantina e fumaça de cigarro. Quando Baumer me indicou a cadeira, eu estava afundado na história sobre as escravas do sexo. Não era tão excitante quanto a capa.

— Tem viajado bastante, sr. Wisconsin? — perguntou ele enquanto punha um pano branco de raiom na minha frente e enrolava uma gola de papel no meu pescoço.

— Bastante — respondi com veracidade.

— Pois agora o senhor está na terra de Deus. Mais ou menos curto?

— O suficiente para eu não parecer... — um hippie, foi o que eu quase disse, mas Baumer não saberia o que era — um beatnik.

— Fica meio fora de controle, acho. — Ele começou a cortar. — Se deixar muito mais comprido o senhor vai se parecer com o efeminado que gerencia o Alegre Elefante Branco.

— Isso eu não quero — disse eu.

— Não senhor, aquele lá é bem esquisito. — *Bensquisit.*

Quando terminou, Baumer empoou a minha nuca, me perguntou se eu queria Vitalis, Brylcreem ou Wildroot Cream Oil e me cobrou quarenta centavos.

Por mim, negócio fechado.

5

O meu depósito de mil dólares no Hometown Trust Bank não causou espécie. Provavelmente o corte de cabelo ajudou, mas acho que foi principalmente porque estava numa sociedade de dinheiro vivo, na qual os cartões de crédito ainda estavam na infância... e provavelmente eram vistos com certa desconfiança por ianques econômicos. Uma caixa gravemente bonita, com o cabelo preso num rolo apertado e um camafeu na garganta, contou o meu dinheiro, registrou o total num livro-caixa e depois chamou o subgerente, que contou de novo, verificou o livro-caixa e em seguida preencheu um recibo que mostrava tanto o depósito quanto o total na minha nova conta bancária.

— Se não se importa que eu diga, é uma quantia grande demais para manter na conta-corrente, sr. Amberson. Gostaria de abrir uma conta de pecúlio? Oferecemos atualmente juros de três por cento, compostos trimestralmente. — Ele arregalou os olhos para me mostrar como o negócio era bom. Parecia Xavier Cugat, o maestro cubano dos velhos tempos.

— Obrigado, mas tenho alguns negócios a fazer. — Baixei a voz. — Fechamento de uma compra de imóveis. Ou assim espero.

— Boa sorte — disse ele, baixando a dele para o mesmo tom confidencial. — Lorraine vai lhe entregar os cheques. Cinquenta bastam para começar?

— Cinquenta está ótimo.

— Mais tarde, podemos mandar imprimir alguns com o seu nome e endereço. — Ele ergueu as sobrancelhas, transformando a frase numa pergunta.

— Espero estar em Derry. Entro em contato.

— Ótimo. O senhor me encontra em Drexel oito quatro-sete-sete-sete.

Não entendi nada do que ele estava dizendo até que me passou um cartão de visitas pelo vidro do guichê. Estava escrito Gregory Dusen, Subgerente, e depois DRexel 8-4777 (o telefone).

Lorraine me deu os cheques e um porta-cheques de imitação de crocodilo para guardá-los. Agradeci e guardei tudo na pasta. Na porta, parei para dar uma olhada. Alguns caixas usavam máquinas de somar, mas fora isso todas as transações eram da variedade mão-na-caneta. Passou pela minha cabeça que, com poucas exceções, Charles Dickens se sentiria à vontade aqui. Também me passou pela cabeça que viver no passado era mais ou menos como viver debaixo d'água, respirando por um tubo.

6

Comprei as roupas que Al recomendou na Mason's Menswear, e o vendedor me disse que sim, teriam o máximo prazer em aceitar um cheque, desde que fosse de um banco local. Graças a Lorraine, pude atendê-lo nesse aspecto.

De volta ao Alegre Elefante Branco, o beatnik observou em silêncio enquanto eu transferia o conteúdo de três sacolas de compras para a mala nova. Quando a fechei, ele finalmente me deu a sua opinião.

— Jeito engraçado de comprar, meu chapa.

— Acho que sim — respondi. — Mas esse é um mundo velho e engraçado, não é?

Com isso ele abriu um sorriso.

— Na minha opinião, é um grande pode-apostar. Bate aqui, Zé. — Ele ergueu a mão com a palma para cima.

Por um instante, foi como tentar descobrir o que era a palavra *Drexel* junto de alguns números. Então me lembrei de *Dragstrip Girl* e entendi que o beatnik queria a versão anos cinquenta de um cumprimento jovem. Arrastei a palma da mão pela dele, sentindo o calor e o suor, pensando de novo: *Isso é real. Isso está acontecendo.*

— Está aí, meu chapa — respondi.

7

Atravessei a rua de volta ao posto Chevron do Titus, balançando a mala recém-enchida numa das mãos e a pasta na outra. Era apenas o meio da manhã no mundo de 2011 de onde eu viera, mas eu me sentia cansado. Havia uma cabine telefônica entre o posto de gasolina e o pátio adjacente com os carros à venda. Entrei, fechei a porta e li o aviso escrito à mão sobre o telefone de moedinhas à moda antiga: LEMBRE-SE TELEFONEMAS AGORA DEZ CENTAVOS CORTESIA DE "MA" BELL.

Folheei as páginas amarelas do catálogo telefônico local e achei a Lisbon Taxi. O anúncio mostrava um carrinho com olhos em vez de faróis e um grande sorriso na frente do capô. Prometia SERVIÇO RÁPIDO E CORTÊS. Soava bem. Procurei uns trocados, mas a primeira coisa que encontrei foi algo que deveria ter deixado para trás: o meu celular Nokia. Era antiquado pelos padrões do ano de onde viera — estava querendo trocá-lo por um iPhone —, mas não servia para nada ali. Se alguém o visse, faria centenas de perguntas que eu não saberia responder. Enfiei-o na pasta. Achei que por enquanto ficaria bem ali, mas eu teria de me livrar dele logo. Guardá-lo seria como andar com uma bomba não detonada.

Encontrei uma moeda de dez centavos, enfiei-a na fenda e ela desceu direto para o recipiente de devolução de moedas. Pesquei-a e bastou uma olhada para identificar o problema. Como o meu Nokia, a moeda viera do futuro; era um sanduíche de cobre, na verdade pouco mais de um centavo com pretensões. Tirei todas as minhas moedas, examinei-as e encontrei uma de 1953 que, provavelmente, recebera de troco pela *root beer* que comprara na Kennebec Fruit. Comecei a enfiá-la e tive uma ideia que me deixou gelado. E se a minha moeda de 2002 ficasse presa na garganta do telefone em vez de cair até a devolução de moedas? E se o homem da AT&T que cuidava dos telefones públicos de Lisbon Falls a encontrasse?

Ele teria pensado que era uma piada, só isso. Só alguma peça bem-armada.

Duvidei um pouco disso; a moeda era perfeita demais. Ele a mostraria aos outros; talvez até saísse uma notinha sobre isso no jornal. Tivera sorte desta vez, mas da próxima talvez não tivesse. Precisava tomar cuidado. Pensei de novo no celular, com inquietação que se aprofundava. Então pus a moeda de 1953 na fenda e fui recompensado com o sinal de discar. Liguei devagar e cuidadosamente, tentando lembrar se já tinha usado um telefone com dial rotativo antes. Achei que não. Toda vez que o soltava, o telefone fazia um cacarejo esquisito enquanto o dial voltava para o lugar.

— Lisbon Taxi — disse uma mulher —, onde quilometragem é sempre sorrisometragem. Em que posso lhe servir?

8

Enquanto esperava o táxi, dei uma olhada nos carros do pátio de Titus. Fiquei especialmente atraído por um Ford 54 conversível vermelho — um Sunliner, de acordo com o emblema debaixo do farol cromado no lado do motorista. Tinha pneus faixa branca e um teto de genuína lona, do tipo que os gatos antenados de *Dragstrip Girl* chamariam de *ragtop*.

— Esse não é ruim, senhor — disse Bill Titus atrás de mim. — Anda como uma casa em chamas, isso posso lhe garantir pessoalmente.

Eu me virei. Ele limpava as mãos num trapo vermelho que parecia quase tão sujo de graxa quanto as mãos.

— Alguma ferrugem no painel do estribo — disse eu.

— É, pois é, esse clima. — Ele deu de ombros, fazer o quê. — O principal é que o motor está em ótima forma e os pneus são quase novos.

— V-8?

— Bloco em Y — disse ele, e concordei como se tivesse entendido perfeitamente. — Comprei de Arlene Hadley, de Durham, depois que o marido dela morreu. Uma coisa que Bill Hadley sabia era cuidar de carro... mas o senhor não deve ter conhecido porque não é daqui, certo?

— Não, sou do Wisconsin. George Amberson. — Estendi a mão.

Ele balançou a cabeça, sorrindo um pouco.

— Muito prazer, sr. Amberson, mas não quero sujar o senhor de graxa. Considere a mão apertada. O senhor quer comprar ou só está olhando?

— Ainda não sei — disse eu, mas fui insincero. Estava achando o Sunliner o carro mais legal que já vira na vida. Abri a boca para perguntar a quilometragem que fazia e então percebi que essa pergunta quase não tinha sentido num mundo onde se podia encher o tanque com dois dólares. Em vez disso, lhe perguntei se era câmbio manual.

— Ah, claro. E quando engatar a segunda, cuidado com a polícia. Isso aí voa num segundo. Quer dar uma volta?

— Não posso — disse eu. — Acabei de chamar um táxi.

— Isso não é jeito de andar — disse Titus. — Se o senhor comprar esse aí, pode voltar ao Wisconsin botando banca e nem se incomodar com o trem.

— Quanto quer? Esse aí não tem o preço no para-brisa.

— Não, chegou só anteontem. Inda nem consegui fazer a placa. — *Praca.* Ele puxou o maço de cigarros. — Tô vendendo a 350, mas vou lhe dizer, eu regateava. — *Regatchava.*

Trinquei os dentes para impedir que o queixo caísse e lhe disse que ia pensar. Se o meu pensamento fosse pelo caminho certo, disse também, voltaria amanhã.

— Melhor vir cedo, sr. Amberson, esse aí não vai ficar muito tempo por aqui.

Mais uma vez me senti confortado. Tinha moedas que não funcionavam nos telefones públicos, os bancos funcionavam quase só à mão e os telefones faziam um cacarejo esquisito no ouvido quando a gente discava, mas algumas coisas não mudavam.

9

O motorista de táxi era um gordo de chapéu surrado com um emblema que dizia MOTORISTA AUTORIZADO. Fumava Lucky Strikes um atrás do outro e a estação WJAB tocava no rádio. Escutamos *Sugar-time* com as McGuire Sisters, *Bird Dog* com os Everly Brothers e *Purple People Eater* com uma criatura chamada Sheb Wooley. Esse eu dispensaria. De duas em duas músicas, um trio de moças desafinadas cantava: "Quator-ze *qua*-renta, *WJA*Beeeee... o Grande *Jab!*" Soube que a Romanow's estava fazendo a liquidação anual de verão e a F. W. Woolworth's acabara de receber uma remessa novinha de bambolês, uma pechincha a 1,39 dólar.

— Essas malditas coisas só servem para ensinar as crianças a mexer o quadril — disse o taxista, e deixou o quebra-vento sugar a cinza da ponta do cigarro. Foi a sua única tentativa de conversa entre o posto Chevron e o Tamarack Motor Court.

Abri a minha janela para me livrar um pouco da névoa de cigarro e observei um mundo diferente passar. A extensão urbana entre Lisbon Falls e o limite da cidade de Lewiston não existia. Além de alguns postos de gasolina, da lanchonete Hi-Hat e do cinema ao ar livre (a fachada anunciava um programa duplo com *Um corpo que cai* e *O mercador de almas*, ambos em Cinemascope e Technicolor), estávamos no puro campo do Maine. Vi mais vacas do que gente.

O hotel ficava afastado da estrada e era sombreado não por alerces, como o nome faria supor, mas por olmos imensos e majestosos. Não era como ver uma manada de dinossauros, mas foi quase. Fiquei boquiaberto enquanto o sr. Motorista Autorizado acendia outro cigarro.

— Precisa de ajuda com as malas, senhor?

— Não, tudo bem. — O preço no taxímetro não era tão majestoso quanto os olmos, mas ainda foi uma surpresa. Dei dois dólares ao camarada e pedi cinquenta centavos de troco. Ele pareceu satisfeito: a gorjeta era suficiente para um maço de Luckies.

10

Fiz a ficha (nenhum problema aqui; dinheiro no balcão e nenhuma identidade exigida) e dei um longo cochilo num quarto onde o ar-condicionado era um ventilador no parapeito da janela. Acordei renovado (bom) e depois descobri que era impossível dormir naquela noite (nada bom). Praticamente não havia tráfego na autoestrada depois do anoitecer, e o silêncio era tão profundo que inquietava. O televisor era um modelo Zenith de mesa que devia pesar uns cinquenta quilos. Em cima, havia um par de orelhas de coelho. Encostado nelas havia uma plaquinha dizendo AJUSTE A ANTENA À MÃO *NÃO USE "PAPEL ALUMÍNIO!"* A GERÊNCIA AGRADECE.

Havia três canais. A afiliada da rede NBC tinha chuvisco demais para assistir, por mais que eu mexesse nas orelhas de coelho, e na CBS a imagem rolava; o ajuste vertical não adiantava nada. A ABC, que pegava nítida e clara, exibia o seriado *A vida e a lenda de Wyatt Earp*, estrelado por Hugh O'Brian. Ele atirou em alguns fora da lei e veio um anúncio de cigarro Viceroy. Steve McQueen explicou que os Viceroy tinham o filtro do homem que pensa e o sabor do homem que fuma. Enquanto ele acendia o cigarro, levantei da cama e desliguei a TV.

Então só ficou o som dos grilos.

Fiquei de cueca, me deitei e tentei dormir. O meu pensamento voltou para o meu pai e a minha mãe. Papai estava agora com 6 anos e morava em Eau Claire. Mamãe, com apenas 5, morava numa casa de fazenda em Iowa que pegaria fogo daqui a três ou quatro anos. Então a família dela se mudaria para o Wisconsin e para mais perto da interseção de vidas que finalmente produziria... eu.

Estou maluco, pensei. *Maluco e tendo uma alucinação terrivelmente complexa num hospício em algum lugar. Talvez algum médico escreva sobre mim numa revista psiquiátrica. Em vez de O Homem que Confundiu a Mulher com um Chapéu, eu serei O Homem que Pensou que Estava em 1958.*

Mas passei a mão sobre o tecido em relevo da colcha, que ainda não tirara, e soube que era tudo verdade. Pensei em Lee Harvey Oswald, mas ele ainda pertencia ao futuro e não era quem me perturbava nessa peça de museu que era o quarto do hotel.

Sentei-me na beira da cama, abri a pasta e tirei o celular, um aparelho de viagem no tempo absolutamente inútil aqui. Ainda assim, não resisti a abri-lo e apertar o botão de ligar. FORA DE SERVIÇO apareceu na telinha, é claro — o que mais eu esperaria? Cinco barrinhas? Uma voz queixosa dizendo *Volte para casa, Jake, antes de provocar danos que não pode desfazer?* Ideia estúpida e supersticiosa. Se causasse danos, eu *poderia* desfazer, porque cada viagem era um recomeço. Dava para dizer que a viagem no tempo vinha com trava de segurança embutida.

Isso era confortador, mas ter um telefone desses num mundo onde a televisão colorida era a maior inovação tecnológica da eletrônica de consumo não era nada reconfortante. Eu não seria enforcado como bruxo se o encontrassem comigo, mas poderia ser preso pela polícia local e mantido na cadeia até que um dos rapazes de J. Edgar Hoover chegasse de Washington para me interrogar.

Coloquei-o na cama e depois tirei todos os trocados do bolso direito da frente. Separei as moedas em duas pilhas. As de 1958 ou antes voltaram para o bolso. As do futuro foram para um dos envelopes que encontrei na gaveta da escrivaninha (junto com uma Bíblia dos Gideões e um cardápio para viagem da Hi-Hat). Então, me vesti, peguei a chave e saí do quarto.

Os grilos eram muito mais altos do lado de fora. Um pedaço quebrado de lua pendia no céu. Longe da sua claridade, as estrelas nunca tinham sido tão brilhantes nem tão próximas. Um caminhão zumbiu pela 196, e depois a estrada ficou quieta. Ali era o campo, e o campo dormia. A distância, um trem de carga assoviou um buraco na noite.

Só havia dois carros no pátio, e as unidades a que pertenciam estavam às escuras. A recepção também. Sentindo-me um criminoso, andei até o campo atrás do pátio. O capim alto bateu nas pernas da minha calça jeans, que no dia seguinte eu trocaria pelas novas calças sociais de Ban-Lon.

Havia uma cerca de arame comum marcando a borda da propriedade do Tamarack. Além dela havia um laguinho, o que o povo rural chama de açude. Ali perto, meia dúzia de vacas dormia na noite quente. Uma delas ergueu os olhos para mim enquanto eu passava por debaixo da cerca e andava até o açude. Depois, perdeu o interesse e baixou a cabeça de novo. Não a levantou quando o meu celular Nokia caiu no lago. Fechei o envelope com as moedas dentro e o mandei atrás do telefone. Depois, voltei por onde tinha vindo, parando atrás do hotel para me assegurar de que o pátio ainda estava vazio. Estava.

Entrei no meu quarto, me despi e dormi quase instantaneamente.

CAPÍTULO 6

1

O mesmo chofer de táxi e fumante inveterado me buscou na manhã seguinte e, quando me deixou no posto Titus, o conversível estava lá. Eu esperara por isso, mas mesmo assim foi um alívio. Eu usava um paletó esporte cinza genérico que comprara numa arara da Mason's Menswear. A minha nova carteira de avestruz estava a salvo no bolso interno, forrada com quinhentos dólares do dinheiro de Al. Titus veio me receber enquanto eu admirava o Ford, limpando as mãos num trapo que parecia o mesmo que usara na véspera.

— Dormi com a ideia e quero — disse eu.

— Isso é bom — disse ele, e fez uma cara de tristeza. — Mas eu também dormi, sr. Amberson, e acho que lhe contei uma mentira quando disse que haveria espaço para pechinchar. Sabe o que a minha mulher me disse hoje de manhã enquanto a gente comia panqueca com bacon? Ela disse: "Bill, você é um rematado idiota se vender aquele Sunliner por menos de 350." Na verdade ela disse que eu era um rematado idiota por cobrar tão pouco assim.

Concordei como se não esperasse outra coisa.

— Certo — disse eu. Ele pareceu surpreso.

— Eis o que posso fazer, sr. Titus. Posso lhe dar um cheque de 350 — cheque bom, do Hometown Trust, o senhor pode ligar para conferir — ou lhe dou 300 em dinheiro bem aqui da minha carteira. Menos papelada se fizermos assim. O que o senhor acha?

Ele sorriu, revelando dentes de espantosa brancura.

— Olha, vocês sabem fazer negócios lá em Wisconsin. Se chegar a 320, ponho um adesivo e uma placa provisória e o senhor já sai dirigindo.

— Trezentos e dez.

— Ai, não me faça sofrer — disse Titus, mas ele não estava sofrendo, estava se divertindo. — Ponha mais cinquinho e está feito.

Estendi a mão.

— Trezentos e quinze está bom para mim.

— Sim, senhor! — Dessa vez ele me apertou a mão, sem ligar para a graxa. Depois, apontou a barraquinha de vendas. Hoje a bonequinha de rabo de cavalo lia *Confidential*. — Pague ali à mocinha, que por acaso é minha filha. Ela vai preencher a papelada. Quando acabar, volte e porei o adesivo. Encho o tanque também.

Quarenta minutos depois, atrás do volante de um Ford 1954 com capota de lona que agora me pertencia, segui para o norte, rumo a Derry. Aprendi a dirigir com câmbio manual, logo não havia problema, mas esse era o primeiro carro que dirigia com o câmbio na coluna de direção. No início foi estranho, mas assim que me acostumei (também teria de me acostumar a controlar os faróis com o pé esquerdo), gostei. E Bill Titus tinha razão quanto à segunda marcha: em segunda, o Sunliner voava. Em Augusta, parei o suficiente para baixar a capota. Em Waterville, arranjei um belo jantar de torta de carne que custou 95 centavos, torta de maçã à moda da casa incluída. Fez o Gordobúrguer parecer caríssimo. Cantarolei junto dos Skyliners, dos Coasters, dos Del Vikings, dos Elegants. O sol estava quente, a brisa despenteava o meu novo cabelo curto e a estrada (apelidada de "Uma Milha por Minuto", de acordo com os outdoors) era praticamente toda minha. Parecia que eu tinha deixado as dúvidas da noite anterior afundarem no açude das vacas junto com o celular e os trocados futuristas. Eu me sentia bem.

Até que vi Derry.

2

Havia algo errado naquela cidade, e acho que soube disso desde o princípio.

Peguei a rodovia 7 quando a estrada Uma Milha por Minuto se reduziu a duas pistas de asfalto remendado e, uns trinta quilômetros ao norte de Newport, dei com uma elevação e vi Derry assomar na margem oeste do Kenduskeag, sob uma nuvem de poluição de sabe Deus quantas fábricas de papel e tecido, todas funcionando a pleno vapor. Havia uma artéria verde correndo pelo centro da cidade. A distância, parecia uma cicatriz. A cidade em volta daquele cinturão verde denteado parecia consistir apenas de pretos e cinzentos fuliginosos debaixo de um céu manchado de amarelo-urina pela fumaça que subia de todas aquelas chaminés.

Passei por várias barraquinhas de hortaliças nas quais as pessoas que cuidavam do balcão (ou só ficavam à beira da estrada e abriam a boca quando eu passava) mais pareciam caipiras de *Amargo pesadelo* do que agricultores do Maine. Quando passei pelo último deles, VERDURAS DE ESTRADA BOWERS, um grande vira-lata saiu correndo de trás de várias cestas de tomate empilhadas e me perseguiu, babando e mordendo os pneus traseiros do Sunliner. Parecia um buldogue bastardo. Antes que o perdesse de vista, vi uma mulher magricela de macacão se aproximar dele e começar a surrá-lo com um pedaço de pau.

Essa era a cidade onde Harry Dunning crescera, e a odiei desde o princípio. Nenhuma razão concreta; só odiei. A área comercial do centro da cidade, situada no pé de três morros íngremes, parecia um poço claustrofóbico. O meu Ford vermelho-cereja parecia a coisa mais viva nas ruas, um perturbador respingo de cor (e malvisto, a julgar pela maioria dos olhares que atraía) em meio aos Plymouths pretos, Chevrolets marrons e caminhões de entrega imundos. Pelo centro da cidade corria um canal cheio de água negra até o alto das paredes de contenção de concreto salpicado de limo.

Encontrei vaga para estacionar na rua do Canal. Um níquel de cinco centavos me pagou uma hora de compras. Esquecera de comprar um chapéu em Lisbon Falls e, duas lojas mais acima, vi uma chamada Derry Dress & Everyday, o Armarinho Mais Jovial do Centro do Maine. Duvidei que houvesse muita concorrência nesse aspecto.

Eu estacionara diante da drogaria e parei para examinar o cartaz na vitrine. De certo modo, ele resume melhor do que tudo o que eu sinto sobre Derry — a desconfiança azeda, a sensação de violência malcontida —, embora eu ficasse lá quase dois meses e (com a possível exceção de algumas pessoas que conheci por acaso) não gostasse de nada ali. O cartaz dizia:

FURTAR EM LOJAS NÃO É "BACANA", NÃO É UM "COLOSSO", NÃO É "BATUTA"!
FURTAR EM LOJAS É *CRIME*, E CHAMAMOS A POLÍCIA!
NORBERT KEENE
PROPRIETÁRIO & GERENTE

E o homem magro, de óculos e guarda-pó branco que me olhava tinha de ser o sr. Keene. A sua expressão não dizia *Entre, estranho, olhe tudo e compre alguma coisa, talvez tome uma soda com sorvete.* Aqueles olhos duros e a boca virada para baixo diziam *Vá embora, aqui não há nada para gente como você.*

Parte minha achou que eu estava inventando; parte maior sabia que não. Como experiência, ergui a mão num gesto de alô.

O homem de guarda-pó branco não ergueu a dele.

Percebi que o canal que vira devia correr bem debaixo desse centro da cidade afundado e peculiar e que eu estava em cima dele. Dava para sentir com os pés a água oculta batucando na calçada. Era uma sensação vagamente desagradável, como se esse pedacinho do mundo tivesse ficado mole.

Havia um manequim masculino de smoking na vitrine da Derry Dress & Everyday. Estava de monóculo, com uma flâmula escolar na mão de massa. A flâmula dizia OS DERRY TIGERS VÃO MASSACRAR OS BANGOR RAMS! Embora eu fosse fã do espírito escolar, isso me pareceu um pouco exagerado. Vencer os Bangor Rams, tudo bem — mas massacrá-los?

É só uma figura de linguagem, disse a mim mesmo, e entrei.

Um vendedor com uma fita métrica no pescoço se aproximou. A roupa dele era muito melhor do que a minha, mas as lâmpadas fracas do teto deixavam a sua pele amarela. Senti uma vontade absurda de perguntar: *Pode me vender um bom panamá ou é melhor eu só ir me foder?* Então ele sorriu, perguntou em que poderia me ajudar e tudo pareceu quase normal. Ele tinha o item pedido e tomei posse dele por meros três dólares e setenta centavos.

— Uma pena que o senhor tenha tão pouco tempo para usá-lo antes que o tempo esfrie — disse ele.

Pus o chapéu na cabeça e o ajeitei no espelho ao lado do balcão.

— Talvez tenhamos um bom veranico.

Com gentileza e como se pedisse desculpas, ele inclinou o chapéu para o outro lado. Foi uma questão de cinco centímetros ou menos, mas parei de parecer um roceiro em visita à cidade grande e comecei a parecer... bem... o mais jovial viajante do tempo do centro do Maine. Agradeci.

— Não foi nada, sr. ...?

— Amberson — respondi, e estendi a mão. O aperto dele foi curto, mole e empoado com algum tipo de talco. Controlei a vontade de esfregar a mão no paletó esporte quando ele a largou.

— Em Derry a negócios?

— Isso. O senhor é daqui mesmo?

— Morador a vida inteira — disse ele, e suspirou como se fosse um fardo. Com base na minha primeira impressão, adivinhei que era. — Qual o seu ramo, sr. Amberson, se me permite perguntar?

— Imóveis. Mas, enquanto estou aqui, pensei em procurar um velho amigo do Exército. O sobrenome dele é Dunning. Não me lembro do primeiro nome, todo mundo o chamava de Skip. — Isso de Skip foi invenção, mas era verdade que eu não sabia o primeiro nome do pai de Harry Dunning. Harry citara os irmãos e a irmã na redação, mas o homem com o martelo sempre fora "meu pai" ou "papai".

— Sinto não poder ajudá-lo, senhor. — Agora ele parecia distante. O negócio fora feito e, embora a loja estivesse vazia de fregueses, ele queria que eu fosse embora.

— Bom, talvez você possa ajudar com outra coisa. Qual é o melhor hotel da cidade?

— Esse é o Derry Town House. É só virar na avenida Kenduskeag, pegar à direita e subir o morro Milha Acima até a rua Principal. Procure os lampiões na fachada.

— Morro Milha Acima?

— É assim que dizemos, sim, senhor. Se o senhor não deseja mais nada, tenho várias alterações para fazer lá nos fundos.

Quando saí, a luz começara a escorrer do céu. Uma coisa de que me lembro vivamente da época que passei em Derry em setembro e outubro de 1958 foi que a noite sempre parecia cair cedo.

Uma loja mais abaixo da Derry Dress & Everyday era a Machen's Produtos Esportivos, onde a LIQUIDAÇÃO DE ARMAS DE OUTONO estava em andamento. Lá dentro, vi dois homens examinando espingardas de caça enquanto um vendedor idoso de gravata fininha (e um pescoço fininho para acompanhar) observava com aprovação. O outro lado do canal parecia forrado de bares para operários, do tipo onde se toma uma cerveja com aguardente por cinquenta centavos e todas as músicas da vitrola automática Rock-Ola são country music. Havia o Cantinho Feliz, o Bons Votos (que, soube mais tarde, os frequentadores chamavam de Balde de Sangue), o Dois Irmãos, o Raio Dourado e o Sonolento Dólar de Prata.

Em pé, na frente deste último, um quarteto de operários tomava o ar da tarde e fitava o meu conversível. Estavam equipados com canecas de cerveja e cigarros. O rosto ficava sombreado debaixo de bonés com abas de tweed e algodão. Os pés calçavam as grandes botas de trabalho sem cor definida que os meus alunos de 2011 chamavam de "chutadoras de bosta". Três usavam suspensórios. Observavam-me sem expressão no rosto. Pensei um instante no vira-lata que perseguira o meu carro, mordendo e babando, depois atravessei a rua.

— Pessoal — disse eu. — Qual é o babado?

Por um instante nenhum respondeu. Assim que achei que ninguém responderia, o sem suspensórios disse:

— Bud e Mick,* o que mais? Você é de fora?

— Wisconsin — respondi.

— Parabéns — murmurou um deles.

— Meio tarde pra turistas — disse outro.

— Vim à cidade a negócios, mas achei que poderia procurar um antigo colega do Exército enquanto estou aqui. — Nenhuma resposta a isso, a menos que se possa chamar de resposta um dos homens jogar a ponta do cigarro na calçada e depois apagá-la com um pigarro e uma cusparada do tamanho de um mexilhão pequeno. Ainda assim, continuei. — O nome dele é Skip Dunning. Algum de vocês conhece um Dunning?

— É, que tal uma beijoca no porquinho? — disse Sem Suspensório.

— Como é?

Ele ergueu os olhos e baixou os cantos da boca, a expressão impaciente que se faz ao encontrar alguém estúpido sem esperanças de jamais se tornar inteligente.

— Derry está cheia de Dunnings. Vá olhar na lista telefônica. — Ele se dirigiu para a porta. O grupo o seguiu. Sem Suspensórios abriu a porta para eles e depois se virou de novo para mim.

— O que esse Ford tem por dentro? — *Pudentro* em vez de *por dentro.* — V-8?

— Bloco em Y. — Com esperança de parecer que eu sabia o que era isso.

— Anda bem?

— Nada mau.

— Então era bom você entrar nele e ir até o alto do morro. Tem uns bares bacanas por lá. Estes aqui são pra operário. — Sem Suspensórios me avaliou de um jeito frio que passei a esperar em Derry mas com que nunca me acostumei. — Aqui vão ficar olhando você. Ou pior, quando os onze-às-sete saírem do Striar's e do Boutillier's.

— Obrigado. É muita gentileza sua.

A avaliação fria continuou.

— Você não sabe de nada, não é? — ele observou e entrou em seguida.

Voltei ao meu conversível. Naquela rua cinzenta, com o cheiro de fumaça industrial no ar e a tarde se esvaindo em noite, o centro de Derry só parecia levemente mais encantador do que uma prostituta morta num banco de igreja. Entrei, engatei a marcha, liguei o motor e senti uma vontade forte de simplesmente ir embora. Voltar a Lisbon Falls, subir pela toca de coelho e dizer a Al

---

* Bud: cervejas Buddweiser; Mick: cigarros Maverick. (N. da T.)

Templeton que achasse outro garoto. Só que ele não podia, não é? Estava sem forças e quase sem tempo. Como se diz na Nova Inglaterra, eu era o último tiro do caçador.

Subi até a rua Principal, vi os lampiões na fachada (eles se acenderam para a noite assim que os avistei) e parei na entrada de automóveis diante do Derry Town House. Cinco minutos depois, estava hospedado. O meu período em Derry começara.

3

Quando desembalei as minhas novas posses (parte do dinheiro que restava foi para a minha carteira, o restante para o forro da mala nova), eu estava bem faminto, mas antes de descer para jantar verifiquei a lista telefônica. O que vi fez o meu coração se apertar. O sr. Sem Suspensório talvez não fosse muito receptivo, mas estava certo a respeito de haver Dunnings a dar com o pau em Derry e nos quatro ou cinco povoados circundantes também incluídos na lista. Havia quase uma página inteira cheia deles. Não era tão surpreendente assim porque em cidades pequenas parece que alguns sobrenomes brotam feito mato no gramado durante o verão. Nos meus últimos cinco anos de aulas de inglês na LHS, acho que tive umas duas dúzias de Starbird e Lemke, alguns irmãos, a maioria primos em primeiro, segundo e terceiro graus. Casavam-se entre si e faziam mais.

Antes de partir para o passado eu deveria ter aproveitado para ligar para Harry Dunning e lhe perguntar o primeiro nome do pai — teria sido tão simples. Teria feito isso se não tivesse ficado tão absolutamente abstraído com o que Al me mostrara e que me pedira para fazer. *Mas*, pensei, *será que é tão difícil assim?* Não seria necessário um Sherlock Holmes para achar uma família com filhos chamados Troy, Arthur (aliás, Tugga), Ellen e Harry.

Com essa ideia a me alegrar, desci até o restaurante do hotel e pedi o jantar de frutos do mar, que veio com mariscos e uma lagosta mais ou menos do tamanho de um motor de popa. Troquei a sobremesa por uma cerveja no bar. Nos romances policiais que leio, os barmen costumavam ser excelentes fontes de informação. É claro que se o que trabalhava no bar do Town House fosse como as outras pessoas que eu já conhecera nesse burgozinho carrancudo eu não iria muito longe.

Não era. O homem que largou o serviço de enxugar copos para me servir era jovem e troncudo, com um rosto alegre de lua cheia debaixo do corte reco.

— O que deseja, amigo?

A palavra começada com A soou bem e lhe devolvi o sorriso com entusiasmo.

— Tem Miller Lite?

Ele pareceu confuso.

— Dessa nunca ouvi falar, mas tenho High Life.

É claro que nunca tinha ouvido falar da Miller Lite; ainda não tinha sido inventada.

— Seria bom. Acho que por um segundo esqueci que estava na Costa Leste.

— De onde o senhor é? — Ele usou um abridor de lata e garrafa para tirar a tampinha e pôs um copo gelado na minha frente.

— Do Wisconsin, mas ficarei algum tempo por aqui. — Embora estivéssemos sozinhos, baixei a voz. Parecia inspirar confiança. — Imóveis. Vim dar uma olhada.

Ele concordou com respeito e me serviu antes que eu o fizesse.

— Boa sorte. Deus sabe que há muita coisa à venda por aqui, a maioria barata. Eu mesmo vou dar no pé. No fim do mês. Vou para algum lugar um pouco menos áspero.

— Ela *não* parece muito receptiva — disse eu —, mas achei que fosse só coisa de ianques. Somos mais amistosos no Wisconsin, e só para provar eu lhe pago uma cerveja.

— Nunca bebo em serviço, mas aceitaria uma Coca.

— Fique à vontade.

— Muito obrigado. É bom ter alguém aqui numa noite vazia. — Observei-o preparar a Coca bombeando o xarope num copo, acrescentando água com gás e mexendo. Deu um gole e estalou os lábios. — Gosto dela doce.

A julgar pela barriga que cultivava, não me surpreendi.

— Mas essa coisa de os ianques serem metidos a besta é bobagem — disse ele. — Passei a infância em Fort Kent e é a cidadezinha mais amistosa que alguém já visitou. Ora, quando os turistas saem de Boston e sobem o Maine até lá, só falta a gente beijar eles. Fiz o curso de barman lá depois vim pro sul tentar a sorte. Este aqui parecia um bom lugar para começar, e o salário não é ruim, mas... — Ele olhou em volta, não viu ninguém, mas ainda assim baixou a voz. — Quer saber a verdade, amigo? Esta cidade fede.

— Sei o que quer dizer. Todas essas fábricas...

— É muito mais do que isso. Olhe em volta. O que vê?

Fiz o que ele pediu. No canto, havia um sujeito com cara de vendedor que tomava um uísque com limão e gelo, e só.

— Pouca coisa.

— É assim a semana inteira. O salário é bom porque não há gorjetas. Os bares do centro da cidade fazem bons negócios e recebemos alguns fregueses nas noites de sexta e sábado, mas fora isso é assim. Acho que a freguesia bebe em casa. — Ele baixou ainda mais a voz. Logo estaria cochichando. — Tivemos um verão ruim aqui, amigo. O pessoal local fica calado o mais que pode, nem o jornal fez muita grita... mas houve coisas muito feias. Assassinatos. Meia dúzia, pelo menos. Garotos. Encontraram um nos Barrens há pouco tempo. Patrick Hockstetter, era o nome dele. Todo podre.

— Os Barrens?

— É aquele terreno pantanoso que passa bem pelo centro da cidade. Provavelmente o senhor viu quando sobrevoou.

Eu viera de carro, mas mesmo assim sabia do que ele estava falando. Os olhos do barman se arregalaram.

— Não é em imóveis que o senhor está interessado, é?

— Não posso dizer — confidenciei. — Se a notícia circular, terei de procurar outro emprego.

— Entendo, entendo. — Ele tomou metade da Coca e depois reprimiu um arroto com as costas da mão. — Mas espero que sim. Eles deviam pavimentar aquela maldita coisa. É só água fedorenta e mosquitos. O senhor faria um favor a esta cidade. Melhoraria ela um pouquinho.

— Outros garotos achados por lá? — perguntei. Um assassino de crianças explicaria boa parte da tristeza que eu sentia desde que atravessara a fronteira da cidade.

— Não que eu saiba, mas dizem que é lá que estão alguns desaparecidos, porque é lá que ficam todas as estações de esgoto maiores. Ouvi dizer que há tantos canos de esgoto debaixo de Derry — a maioria instalada na Grande Depressão — que ninguém sabe onde estão todos eles. E você sabe como são as crianças.

— Aventureiras.

Ele concordou enfaticamente.

— Bem na mosca. Tem gente que diz que foi algum vagabundo que depois foi embora. Outros dizem que era um morador que se fantasiava de palhaço para não ser reconhecido. A primeira vítima — foi no ano passado, antes que eu chegasse — eles encontraram no cruzamento da Witcham com a Jackson com o braço arrancado. Denbrough era o nome dele, George Denbrough. Coitadinho. — Ele me deu um olhar expressivo. — E acharam ele bem do lado de uma dessas bocas de lobo. As que vão dar nos Barrens.

— Jesus Cristo.

— É.

— Você está usando o pretérito em toda essa história.

Estava preparado para explicar o que queria dizer, mas parecia que esse camarada tinha prestado atenção nas aulas de inglês, não só nas de barman.

— Parece que parou, bata na madeira. — Ele bateu os nós dos dedos no balcão. — Talvez quem estava fazendo isso tenha feito as malas e ido embora. Ou talvez o filho da puta tenha se matado, às vezes eles fazem isso. Seria bom. Mas não foi nenhum maníaco homicida fantasiado de palhaço que matou o pequeno Corcoran. O palhaço que cometeu *esse* assassinato foi o próprio pai do garoto, nem dá para acreditar.

Isso era tão próximo da razão para eu estar ali que pareceu destino e não coincidência. Dei um gole cauteloso na cerveja.

— É mesmo?

— Pode apostar. Dorsey Corcoran era o nome do garoto. Quatro anos só, e sabe o que o maldito do pai fez com ele? Bateu nele com um martelo de nylon até matar.

Um martelo. Ele fez aquilo com um martelo. Mantive o ar de interesse educado — pelo menos, tentei manter —, mas senti um arrepio subir pelos braços acima.

— Isso é horrível.

— É, e não foi o pi... — Ele se interrompeu e olhou por cima do ombro. — Quer outro, senhor?

Era o homem de negócios.

— Eu, não — disse ele, e estendeu uma nota de um dólar. — Vou para a cama, e amanhã caio fora desta espelunca. Espero que em Waterville e Augusta se lembrem de como se encomendam ferragens, porque aqui com certeza não sabem. Guarde o troco, filho, para comprar um DeSoto. — Ele saiu arrastando os pés, de cabeça baixa.

— Viu? Eis o exemplo perfeito do que recebemos neste oásis. — O barman olhou com tristeza o freguês que partia. — Uma bebida e cama, e amanhã é adeus, jacaré, até mais, crocodilo. Se continuar assim, este burgo vai virar uma cidade-fantasma. — Ele se endireitou e tentou deixar os ombros retos — tarefa impossível, pois eram tão redondos quanto o resto dele. — Mas quem dá a mínima? Antes de outubro chegar, vou embora. Pego a estrada. "Até loguinho, até a vista".

— O pai desse menino, Dorsey... ele não matou nenhum dos outros?

— Não, ele tinha um álibi. Pensando melhor, acho que ele era padrasto do garoto. Dicky Macklin. Johnny Keeson, da recepção — provavelmente foi ele que fez a sua ficha —, me disse que ele costumava vir aqui beber às vezes, até que foi expulso por tentar pegar uma garçonete e engrossou quando ela mandou ele se enxergar. Depois disso acho que ele foi beber no Raio ou no Balde. Tem de tudo naqueles lugares.

Ele se inclinou o bastante para eu sentir o cheiro da Aqua Velva do seu rosto.

— Quer saber o pior?

Não queria, mas achei que devia. Por isso, fiz que sim.

— Havia também um irmão *mais velho* naquela família fodida. Eddie. Sumiu em junho passado. Só *puf*. Sumiu sem avisar, se entende o que quero dizer. Alguns acham que fugiu para se livrar de Macklin, mas quem tem bom senso sabe que ele acabaria em Portland, Castle Rock ou Portsmouth se fosse assim — não há como um garoto de 10 anos ficar sumido muito tempo. Pode acreditar, Eddie Corcoran levou martelo igual ao irmão caçula. Macklin só não vai admitir. — Ele sorriu, um sorriso súbito e luminoso que fez o rosto de lua ficar quase bonito. — Já o convenci a não comprar mais imóveis em Derry, senhor?

— Essa decisão não é minha — disse eu. Nisso eu já estava no piloto automático. Eu já não tinha escutado ou lido sobre uma série de assassinos de crianças nessa parte do Maine? Ou talvez tenha visto na TV, com só um quarto do meu cérebro ligado enquanto o resto aguardava o som da minha mulher problemática andando — ou cambaleando — até em casa depois de outra "voltinha com as amigas"? Pensei que sim, mas a única coisa de que me lembrava com certeza sobre Derry era que haveria uma enchente em meados da década de 80 que destruiria metade da cidade.

— Não é?

— Não, sou só o intermediário.

— Pois boa sorte para o senhor. Esta cidade não é tão ruim quanto já foi — em julho passado, os cintos estavam mais apertados do que o cinto de castidade de Doris Day —, mas ainda está longe de ser boa. Sou um sujeito amistoso e gosto de gente amistosa. Vou dar no pé.

— Boa sorte para você também — disse eu, e larguei dois dólares no balcão.

— Senhor, isso é muito!

— Sempre pago um extra pela boa conversa. — Na verdade, o extra era pelo rosto amistoso. A conversa fora inquietante.

— Ora, obrigado! — Ele sorriu e estendeu a mão. — Não me apresentei. Fred Toomey.

— Prazer em conhecê-lo, Fred. Sou George Amberson. — Ele apertava com firmeza. Nada de talco.

— Quer um conselho?

— Claro.

— Enquanto estiver na cidade, tome cuidado ao falar com crianças. Depois do último verão, é provável que um estranho que fale com crianças receba uma visita da polícia se for avistado. Ou pode levar uma surra. Com certeza isso não seria impossível.

— Mesmo sem fantasia de palhaço, né?

— Bom, esse é o problema de se fantasiar, não é? — O sorriso dele sumira. Agora parecia pálido e carrancudo. Como todo mundo em Derry, em outras palavras. — Quando alguém veste uma fantasia de palhaço e põe um nariz de borracha, ninguém tem ideia de como é por dentro.

4

Pensei nisso enquanto o elevador antiquado rangia pelo caminho até o terceiro andar. Era verdade. E se o resto do que Fred Toomey dissera também fosse verdade, alguém se surpreenderia se outro pai pusesse o martelo para trabalhar na família? Achei que não. Achei que todos diriam que era apenas outro caso de Derry sendo Derry. E talvez estivessem certos.

Quando entrei no meu quarto, tive uma ideia autenticamente horrível: suponhamos que, nas próximas sete semanas, eu mudasse a situação apenas o suficiente para que o pai de Harry matasse Harry também em vez de deixá-lo manco e com o cérebro meio nublado?

Isso não acontecerá, disse a mim mesmo. *Não deixarei que aconteça. Como Hillary Clinton disse em 2008, estou nessa para ganhar.*

Só que, naturalmente, ela perdera.

5

Tomei o café da manhã do dia seguinte no Restaurante Riverview, no hotel, que estava deserto, a não ser por mim e pelo vendedor de ferragens da noite anterior. Ele estava enterrado no jornal local. Quando ele o deixou na mesa, peguei-o. Não estava interessado na primeira página, dedicada a mais sabres brandidos nas Filipinas (embora me perguntasse rapidamente se Lee Oswald não estaria na vizinhança). O que eu queria era a seção local. Em 2011, eu fora leitor do *Sun Journal* de Lewiston, e a última página do caderno B sempre se intitulava "Fatos da Escola". Nela, os pais orgulhosos podiam ver em letra de imprensa o nome dos filhos que ganhavam um prêmio, viajavam com a classe ou participavam de algum projeto de limpeza comunitária. Se o *Daily News* de Derry tivesse uma coluna assim, não seria impossível encontrar um dos garotos Dunning.

Mas a última página do *News* só continha obituários.

Tentei as páginas de esportes e li sobre o grande jogo de futebol americano do próximo fim de semana: os Derry Tigers contra os Bangor Rams. Troy Dunning tinha 15 anos, de acordo com a redação do zelador. Um menino de 15 anos poderia fazer parte do time, embora provavelmente não como titular.

Não achei o nome dele e, embora lesse todas as palavras de uma pequena notícia sobre o time de futebol dente de leite da cidade (os Filhotes de Tigre), também não achei Arthur "Tugga" Dunning.

Paguei o café da manhã e voltei ao quarto com o jornal emprestado debaixo do braço, pensando que eu dava um péssimo detetive. Depois de contar os Dunning na lista telefônica (96), outra coisa me ocorreu: eu fora atrapalhado, talvez até aleijado, por uma sociedade com internet generalizada da qual passara a depender e que considerava pressuposta. Que dificuldade teria em 2011 para localizar a família Dunning certa? Digitar *Tugga Dunning* e *Derry* no meu site de busca preferido provavelmente daria conta do recado; aperte enter e deixe o Google, esse Grande Irmão do século XXI, cuidar do resto.

Na Derry de 1958, os computadores mais modernos eram do tamanho de pequenos condomínios e o jornal local não ajudava. O que me restava? Lembrei-me de um professor de sociologia que tive na faculdade — um patife sarcástico — que costumava dizer: *Quando tudo falhar, desista e vá à biblioteca.*

Fui até lá.

6

No final daquela tarde, com a esperança frustrada (pelo menos por enquanto), subi lentamente o morro Milha Acima, parando um pouco no cruzamento da Jackson com a Witcham para olhar a boca de lobo do esgoto onde um menininho chamado George Denbrough perdera o braço e a vida (pelo menos de acordo com Fred Toomey). Quando cheguei ao alto do morro, o meu coração batia forte e eu ofegava. Não era por estar fora de forma; era o fedor das fábricas.

Estava desanimado e um pouco assustado. Era verdade que ainda tinha muito tempo para localizar a família Dunning correta, e tinha confiança de que conseguiria — se fosse preciso telefonar para todos os Dunning da lista telefônica, eu o faria, mesmo correndo o risco de alertar a bomba-relógio do pai de Harry —, mas estava começando a sentir o que Al sentira: algo trabalhava contra mim.

Andei pela rua Kansas, tão imerso em pensamentos que a princípio não percebi que não havia mais casas à minha direita. O chão agora descia acentuadamente para aquele tumulto verde e emaranhado de terreno pantanoso que Toomey chamara de Barrens. Só uma decrépita cerca branca separava a calçada do penhasco. Plantei as mãos nela, fitando o matagal indisciplinado lá embaixo. Dava para ver vislumbres de água parada e escura, touceiras de juncos tão altos que pareciam pré-históricos e vagalhões de sarças embaralhadas. As árvores ficariam atrofiadas lá embaixo, lutando pela luz do sol. Devia haver sumagre-venenoso, montes de lixo e, provavelmente, um ou outro acampamento de vagabundos. Também haveria caminhos que só alguns garotos locais conheciam. Os aventureiros.

Fiquei ali e olhei sem ver, consciente mas mal registrando o leve ritmo da música — algo com trompetes. Pensava no pouco que conseguira naquela manhã. Dá *para mudar o passado*, me dissera Al, *mas não é tão fácil quanto parece*.

Que música *era* aquela? Algo alegre, um tanto puladinho. Ela me fez pensar em Christy, nos primeiros tempos, quando estava inebriado com ela. Quando estávamos inebriados um com o outro. *Bá-dá-dá... bá-dá-da-di-dum...* Glenn Miller, talvez?

Eu fora à biblioteca com a esperança de dar uma olhada nos registros do recenseamento. O último recenseamento nacional teria acontecido oito anos antes, em 1950, e teria mostrado três filhos dos Dunning: Troy, Arthur e Harold. Só Ellen, que teria 7 anos na época dos assassinatos, não estaria lá para ser contada em 1950. Haveria um endereço. Era verdade que a família poderia ter se mudado nos oito anos desde então, mas, se assim fosse, um dos vizinhos poderia me dizer para onde tinham ido. Era uma cidade pequena.

Só que os registros do recenseamento não estavam lá. A bibliotecária, uma mulher agradável chamada sra. Starrett, me disse que, na opinião dela, sem dúvida esses registros *pertenciam* à biblioteca, mas a câmara municipal, por alguma razão, decidira que pertenciam à Prefeitura. Ela disse que tinham sido levados para lá em 1954.

— Isso não soa bem — disse a ela, sorrindo. — Como dizem por aí, não dá para ganhar da Prefeitura.

A sra. Starrett não devolveu o sorriso. Era prestativa e até encantadora, mas tinha a mesma reserva vigilante de todos os que conheci nesse lugar esquisito — Fred Toomey sendo a exceção que confirmava a regra.

— Não seja bobo, sr. Amberson. Não há nada secreto sobre o recenseamento dos Estados Unidos. O senhor vai até lá e diga à secretária que Regina Starrett o mandou. O nome dela é Marcia Guay. Ela vai ajudar o senhor. Embora provavelmente tenham guardado tudo no porão, que *não* é onde deveria estar. É úmido e não me surpreenderia se houver ratos. Se tiver algum problema, qualquer um, volte e fale comigo.

Assim, fui à Prefeitura, onde um cartaz na recepção dizia PAIS, AVISEM AOS FILHOS PARA NÃO FALAR COM ESTRANHOS E SÓ BRINCAR COM AMIGOS. Havia várias pessoas em fila nos vários guichês. (A maioria fumando. É claro.) Marcia Guay me recebeu com um sorriso sem graça. A sra. Starrett ligara antes em meu nome, e ficara adequadamente horrorizada quando a srta. Guay lhe disse o que me dizia agora: os registros do recenseamento de 1950 tinham sumido, juntamente com quase todos os outros documentos armazenados no porão da Prefeitura.

— Tivemos chuvas terríveis no ano passado — explicou ela. — Duraram uma semana inteira. O canal transbordou, e tudo lá na Cidade Baixa, é como os moradores antigos chamam o centro da cidade, sr. Amberson, tudo na Cidade Baixa inundou. O nosso porão ficou quase um mês parecido com o Grande Canal de Veneza. A sra. Starrett tinha razão, esses registros nunca deveriam ter sido trazidos, e parece que ninguém sabe por que foram nem quem autorizou. Sinto muitíssimo.

Era impossível não sentir o que Al sentira quando tentara salvar Carolyn Poulin: que eu estava dentro de um tipo de prisão com paredes flexíveis. Deveria ficar perto das escolas locais, na esperança de avistar um garoto que se parecesse com o zelador de mais de 60 anos que acabara de se aposentar? Procurar uma menina de 7 anos que não deixava os colegas pararem de rir? Esperar algum garoto berrar *Ei, Tugga, espere aí*?

Certo. Um recém-chegado rondando as escolas numa cidade onde a primeira coisa que se via na Prefeitura era um cartaz alertando os pais para o perigo dos estranhos. Se fosse possível voar diretamente *para dentro* do radar, seria assim.

Uma coisa era certa: eu tinha de sair do Derry Town House. Pelo preço de 1958, eu poderia ficar lá semanas, mas isso causaria mexericos. Decidi procurar nos classificados e achar um quarto que pudesse alugar por mês. Virei-me na direção da Cidade Baixa e parei.

Bá-dá-dá... bá-dá-da-di-dum...

Era Glenn Miller. Era *In the Mood*, música que eu tinha boas razões para conhecer bem. Curioso, andei na direção do som da música.

7

Havia uma pequena área para piqueniques no final da cerca decrépita entre a calçada da rua Kansas e a descida até os Barrens. Continha uma churrasqueira de pedra e duas mesas de piquenique com uma lata de lixo enferrujada entre elas. Uma vitrola portátil estava estacionada numa das mesas de piquenique. Um grande disco preto de 78 rotações girava no prato.

Na grama, um garoto magro e alto de óculos remendados com fita adesiva e uma menina ruiva absolutamente maravilhosa dançavam. Na LHS chamávamos os calouros que chegavam de "adorcrescentes", e era o que esses garotos eram, no mínimo. Mas dançavam com graça adulta. E não era jitterbug também; estavam dançando swing. Fiquei encantado, mas também... o quê? Assustado? Um pouco, talvez. Fiquei assustado quase o tempo todo que passei em Derry. Mas era outra coisa também, algo maior. Um tipo de espanto, como se tivesse chegado à beira de alguma vasta compreensão. Ou espiado (por um vidro escuro, entende) o verdadeiro mecanismo do universo.

Porque, sabe, eu conhecera Christy numa aula de swing em Lewiston, e essa era uma das músicas que aprendemos. Mais tarde — no nosso melhor ano, seis meses antes e seis meses depois do casamento — dançamos em competições, e uma vez ficamos em quarto lugar (também conhecido como "o primeiro dos que perderam", de acordo com Christy) na Competição de Dança Swing da Nova Inglaterra. A nossa música era uma versão mix levemente mais lenta de *Boogie Shoes*, de KC and the Sunshine Band.

Isso não é coincidência, pensei, observando-os. O menino usava blue jeans e camiseta; ela estava com uma blusa branca, com as fraldas caídas sobre calças três-quartos vermelhas e desbotadas. Aquele cabelo admirável estava puxado para trás no mesmo rabo de cavalo insolente e gracioso que Christy sempre usava quando dançava em competições. Junto com as meias soquete e a saia godê, é claro.

Isso não pode ser coincidência.

Eles faziam uma variante de Lindy que eu conhecia como Hellzapoppin. A dança deveria ser rápida — como um relâmpago quando se tinha resistência física e graça para conseguir —, mas eles dançavam devagar porque ainda estavam aprendendo os passos. Dava para ver cada movimento por dentro. Conhecia todos eles, embora não dançasse de verdade havia uns cinco anos ou mais. Eles se juntam de mãos dadas. Ele se inclina um pouco e chuta com o pé esquerdo enquanto ela faz o mesmo, ambos girando a cintura para parecer que vão em direções opostas. Afastam-se, as mãos ainda seguras, depois ela gira, primeiro para a esquerda, depois para a direita...

Mas eles erraram o giro de volta e ela caiu esparramada na grama.

— Jesus, Richie, você nunca faz isso direito! *Gah*, você não tem jeito! — Mas ela ria. Deitou-se de costas e fitou o céu.

— Sinto muito, dona Scawlett! — gritou o menino numa voz aguda de criada negra que cairia como uma bola de chumbo no politicamente correto século XXI. — Sô só um moleque da roça pensano alto mas vô aprendê essa dança aí mesmo que isso me mate!

— Vai matar é a mim — disse ela. — Ponha o disco de novo antes que eu perca a... — Então os dois me viram.

Foi um momento estranho. Havia um véu em Derry — passei a conhecer esse véu tão bem que quase conseguia vê-lo. Os moradores ficavam de um lado; gente de fora (como Fred Toomey, como eu) ficava do outro. Às vezes os moradores saíam detrás dele, como a sra. Starrett, a bibliotecária, fizera ao exprimir a sua irritação com os registros sumidos do recenseamento, mas quando se faziam perguntas demais — e, é claro, se ficassem assustados — eles recuavam de novo para trás do véu.

Mas eu assustara esses garotos e eles não recuaram para trás do véu. Em vez de se fechar, o rosto deles continuou aberto, cheio de curiosidade e interesse.

— Desculpem, desculpem — disse eu. — Não queria surpreender vocês. Ouvi a música e depois vi vocês dançando.

— *Tentando* dançar, é o que o senhor quis dizer — retrucou o garoto e ajudou a menina a se levantar. Fez uma reverência. — Richie Tozier, ao seu serviço. Todos os meus amigos dizem: "Rique-Rique, ele mora lá no dique", mas não sabem de nada.

— Prazer em conhecer — disse eu. — George Amberson. — Em seguida, me deu na telha: — Todos os meus amigos dizem "Georgie-Georgie, corre mais do que relógio", mas também não sabem de nada.

A garota despencou num dos bancos da mesa de piquenique, rindo. O menino ergueu as mãos no ar e proclamou:

— Adulto desconhecido acerta uma! Rá-rá-rá-rá-rá! Fan-tás-tico! Ed McMahon, o que temos para esse participante maravilhoso? Veja, Johnny, os prêmios de hoje no *Em quem confiar* são uma coleção completa da *Encyclopaedia Britannica* e um aspirador de pó Electrolux para chupar tudo co...

— Bip-bip, Richie — disse a menina. Ela limpava o canto dos olhos.

Isso provocou a infeliz reversão para a vozinha guinchada de moleque.

— Disculpa, dona Scawlett, num bate ni mim! Inda tô machucado da otra veis!

— E a senhorita, quem é? — perguntei.

— Bevvie-Bevvie, e moro na neve — disse ela, e começou a rir de novo.

— Desculpe... Richie é bobo mesmo, mas eu não tenho desculpa. Beverly Marsh. O senhor não é daqui, certo?

Algo que todos pareciam saber imediatamente.

— Não, e vocês dois também parecem não ser. São os dois primeiros moradores de Derry que conheço e não parecem... irritados.

— Sim, senhor, essa é uma cidade de gente irritada — disse Richie, e tirou o braço do disco. Estava batendo sem parar no último sulco.

— Entendo que o pessoal anda muito preocupado com as crianças — disse eu. — Observem que estou mantendo distância. Vocês aí na grama, eu aqui na calçada.

— Eles não estavam tão preocupados assim quando os assassinatos estavam acontecendo — resmungou Richie. — O senhor sabe dos assassinatos?

Fiz que sim.

— Estou hospedado no Town House. Alguém que trabalha lá me contou.

— É, agora que acabaram, todo mundo fica se preocupando com as crianças. — Ele se sentou ao lado de Bevvie que morava na neve. — Mas quando estavam acontecendo, ninguém ouvia nem o cuspe do peru.

— Richie — disse ela. — Bip-bip.

Dessa vez, o menino tentou uma imitação realmente atroz de Humphrey Bogart.

— Pois é verdade, querida. E você sabe que é verdade.

— Tudo aquilo acabou — me contou Bevvie. Ela era tão séria quanto um promotor da Câmara de Comércio. — Só que eles ainda não sabem.

— *Eles* significa os moradores da cidade ou só os adultos em geral?

Ela deu de ombros, como se perguntasse *qual é a diferença*.

— Mas vocês sabem.

— Na verdade, sabemos — disse Richie. Ele me olhou com desafio, mas por trás dos óculos remendados aquela faísca de humor enlouquecido ainda estava nos seus olhos. Tive a ideia de que ela nunca os deixava.

Pisei na grama. Nenhuma das crianças fugiu gritando. Beverly chegou a se deslocar no banco (dando uma cotovelada em Richie para que ele fizesse o mesmo) para abrir espaço para mim. Eram muito corajosos ou muito estúpidos, e não pareciam estúpidos.

Então a garota disse uma coisa que me deixou pasmado.

— Eu o conheço? *Nós* o conhecemos?

Antes que eu respondesse, Richie falou.

— Não, não é isso. É... Não sei. O senhor deseja alguma coisa, sr. Amberson? É isso?

— Na verdade, sim. Algumas informações. Mas como sabem? E como sabem que não sou perigoso?

Eles se entreolharam e algo passou entre eles. Era impossível saber o que exatamente, mas tive certeza de duas coisas: eles tinham sentido em mim uma alteridade que ia bem além de ser apenas um estranho na cidade... mas, diversamente do Homem do Cartão Amarelo, não ficaram com medo. Bem ao contrário, ficaram fascinados. Achei que esses dois garotos atraentes e destemidos poderiam me contar algumas histórias, se quisessem. Sempre tive vontade de saber quais poderiam ter sido essas histórias.

— Simplesmente não é — disse Richie, e quando olhou a garota ela concordou com a cabeça.

— E têm certeza de que... o mau tempo... já passou?

— Praticamente — disse Beverly. — A situação vai melhorar. Em Derry acho que o mau tempo acabou, sr. Amberson. Este é um lugar difícil em vários aspectos.

— Suponhamos que eu lhes contasse, só como hipótese, que haveria mais uma coisa ruim no horizonte? Algo como o que aconteceu com um garotinho chamado Dorsey Corcoran.

Eles fizeram uma careta como se eu beliscasse um lugar onde os nervos ficam perto da superfície. Beverly se virou para Richie e cochichou no ouvido dele. Não tenho certeza do que ela disse, foi rápido e em voz baixa, mas pode ter sido *Aquele não foi o palhaço*. Depois, ela me olhou.

— Que coisa ruim? Como quando o pai de Dorsey...

— Não importa. Vocês não precisam saber. — Era hora de pular. Esses eram os certos. Não sabia como sabia, mas sabia. — Conhecem uns garotos de sobrenome Dunning? — Contei-os nos dedos. — Troy, Arthur, Harry e Ellen. Só que Arthur é chamado de...

— Tugga — disse Beverly objetivamente. — Claro que o conhecemos, ele é da nossa escola. Estamos praticando a dança para o show de talentos da escola, é logo antes do dia de Ação de Graças...

— A dona Scawlett, ela acha báo a gente começá a treiná *cedim* — disse Richie.

Beverly Marsh não ligou.

— Tugga também vai participar do show. Vai dublar *Splish-Splash*. — Ela ergueu os olhos para o céu. Era boa nisso.

— Onde ele mora? Vocês sabem?

Sabiam, claro, mas nenhum deles disse. E se eu não lhes desse mais alguma coisa, não diriam. Deu para ver na cara deles.

— Suponhamos que eu lhes diga que há uma boa possibilidade de Tugga nunca participar desse show de talentos a menos que alguém tome conta dele. Os irmãos e a irmã também. Acreditariam numa coisa assim?

Os garotos se entreolharam de novo, conversando com os olhos. Isso durou muito tempo — dez segundos, talvez. Era o tipo de olhar comprido a que amantes se dedicam, mas esses adolescentes não podiam ser amantes. Amigos, talvez, com certeza. Amigos íntimos que já tinham passado por poucas e boas juntos.

— Tugga e a família dele moram na rua Cossut — disse Richie, finalmente. Pelo menos foi como soou.

— Cossut?

— É assim que o povo daqui fala — explicou Beverly. — K-O- S-S-U-T-H. Cossut.

— Entendi. — Agora a única pergunta era se esses garotos falariam sobre a nossa conversa esquisita à beira dos Barrens.

Beverly me olhava com olhos sérios e perturbados.

— Mas, sr. Amberson, eu conheço o pai de Tugga. Ele trabalha no Center Street Market. É um homem *bom*. Está sempre sorrindo. Ele...

— O homem bom não mora mais em casa — interrompeu Richie. — A mulher dele pôs ele pra fora.

Ela se virou para ele, com olhos arregalados.

— Tug lhe contou isso?

— Não. Ben Hanscom. Tug contou a *ele*.

— Mesmo assim ele é um homem bom — disse Beverly com voz baixa. — Está sempre contando piadas e coisas assim, mas nunca fica pegando nem agarrando.

— Palhaços também contam muitas piadas — disse eu. Os dois pularam, como se eu tivesse beliscado outra vez aquele feixe vulnerável de nervos. — Nem por isso são bonzinhos.

— A gente sabe — sussurrou Beverly. Ela olhava as mãos. Depois, ergueu os olhos para mim. — Sabe do Tartaruga? — Ela disse *tartaruga* de um jeito que parecia um nome próprio.

Pensei em dizer *Conheço as Tartarugas Ninjas*, mas não disse. Estávamos a décadas de Leonardo, Donatelo, Rafael e Michelangelo. Portanto, só fiz que não.

Ela olhou Richie com desconfiança. Ele me olhou, depois voltou os olhos para ela.

— Mas ele é bom. Tenho quase certeza de que ele é bom. — Ela me tocou o pulso. Os dedos estavam frios. — O sr. Dunning é um homem *gentil*. E só porque não mora mais em casa não significa que não seja.

Essa me atingiu. A minha mulher tinha me deixado, mas não porque eu não fosse bom.

— Sei disso. — Levantei-me. — Vou passar algum tempo em Derry, e seria bom não chamar muita atenção. Vocês podem ficar calados sobre isso? Sei que é pedir muito, mas...

Eles se entreolharam e caíram na gargalhada.

Quando conseguiu falar, Beverly disse:

— Sabemos guardar segredo.

Fiz que sim.

— Tenho certeza de que sabem. Guardaram alguns este verão, aposto.

A isso eles não responderam.

Apontei os Barrens com o polegar.

— Já brincaram lá embaixo?

— Uma vez — disse Richie. — Não mais. — Ele se levantou e limpou a traseira da calça jeans. — Foi bom conversar com o senhor, sr. Amberson. Não compre gato por lebre. — Ele hesitou. — E tome cuidado em Derry. Está melhor agora, mas não acho que algum dia será, sabe, totalmente boa.

— Obrigado. Obrigado aos dois. Talvez algum dia a família Dunning tenha também algo a lhes agradecer, mas se tudo correr do jeito que espero...

— ... eles jamais saberão — terminou Beverly por mim.

— Exatamente. — Depois, recordando algo que Fred Toomey dissera: — Bem na mosca. Vocês dois, cuidem-se.

— Cuidaremos — disse Beverly, depois começou a rir de novo. — Continue correndo mais do que o relógio, Georgie.

Esbocei uma continência na aba do meu panamá novo e comecei a ir embora. Então tive uma ideia e me virei para eles.

— Esse fonógrafo toca em 33 rotações?

— Como para LPs? — perguntou Richie. — Não. A rádio-vitrola em casa toca, mas a de Bevvie é só um brinquedo que funciona a pilha.

— Olha lá como chama o meu toca-discos, Tozier — disse Beverly. — Economizei muito para comprar. — Depois, para mim: — Só toca 78 e 45. Mas perdi aquela coisa de plástico para o buraco dos compactos, e agora só toca 78.

— Quarenta e cinco rotações serve — disse eu. — Ponha o disco para tocar de novo, mas em 45. — Reduzir o andamento para aprender os passos do swing foi algo que eu e Christy aprendemos nas nossas aulas.

— Que maluquice — disse Richie. Ele moveu a alavanca de controle de velocidade ao lado do prato e pôs o disco para tocar de novo. Dessa vez, parecia que todo mundo na orquestra de Glenn Miller tinha tomado sedativos.

— Tudo bem. — Estendi as mãos para Beverly. — Observe, Richie.

Ela segurou as minhas mãos com total confiança, erguendo para mim os olhos azuis divertidos e arregalados. Fiquei com vontade de saber onde ela estaria e quem seria em 2011. Se ainda estivesse viva. Supondo que estivesse, será que se lembraria do homem estranho que fazia perguntas estranhas e certa vez dançou com ela uma versão arrastada de *In the Mood* numa tarde ensolarada de setembro?

— Vocês, garotos, estavam treinando devagar, e isso vai fazer vocês dançarem mais devagar ainda, mas ainda dá para manter o ritmo — disse eu. — Há bastante tempo para cada passo.

Tempo. Bastante tempo. Ponha o disco para tocar de novo, só que mais devagar.

Puxei-a na minha direção pelas mãos dadas. Deixei-a se afastar. Ambos nos curvamos como pessoas dentro d'água, e chutamos para a esquerda enquanto a Orquestra de Glenn Miller tocava *bááááá... dááááá ... dááááá... bááááá... dááááá... daaaa... diii... duuuuumm*. Nessa mesma velocidade lenta, como um brinquedo com a corda quase acabando, ela girou para a esquerda sob as minhas mãos erguidas.

— Pare! — disse eu, e ela ficou paralisada de costas para mim, com as nossas mãos ainda unidas. — Agora aperte a minha mão direita para me lembrar do que vem depois.

Ela apertou e depois girou suavemente para completar a volta pela direita.

— Legal! — disse ela. — Agora tenho de ir para baixo, depois você me traz de volta. E eu viro. É por isso que estamos aqui na grama, porque se eu errar não quebro o pescoço.

— Deixo essa parte com vocês — disse eu. — Na minha idade, só dá para virar hambúrgueres.

Mais uma vez, Richie ergueu as mãos até os lados do rosto.

— Rá, rá, rá, rá, rá! Adulto desconhecido acertou *mais*...

— Bip-bip, Richie — disse eu. Isso o fez rir. — Agora experimentem. E criem sinais com as mãos para todos os passos que forem além do básico que todo mundo faz na lanchonete local. Assim, mesmo que não ganhem o concurso de talentos, farão boa figura.

Richie pegou as mãos de Beverly e tentou. Para dentro e para fora, de um lado para o outro, giro para a esquerda, giro para a direita. Perfeito. Ela deslizou com os pés para a frente por entre as pernas abertas de Richie, flexível como um peixe, e ele a trouxe de volta. Ela terminou com uma virada espetacular que a pôs em pé de novo. Richie pegou as mãos dela e eles repetiram a coisa toda. Foi ainda melhor da segunda vez.

— Perdemos o ritmo no embaixo e em cima — se queixou Richie.

— Não vão perder quando o disco tocar na velocidade normal. Podem acreditar.

— Gosto disso — disse Beverly. — É como ter a coisa toda numa vitrine. Ela fez uma pirueta na ponta dos tênis. — Estou me sentindo como Loretta Young no começo do programa, quando ela entra usando um vestido de saia rodada.

— Eu me chamo Arthur Murray, sou do MissoUUUUUri — disse Richie. Também parecia satisfeito.

— Agora vou apressar o disco de novo — disse eu. — Não se esqueçam dos sinais. E mantenham o ritmo. O ritmo é tudo.

Glenn Miller tocou de novo aquela antiga e doce canção, e os garotos dançaram. Na grama, as sombras dançavam ao lado deles. Fora... dentro... abaixa... chuta... gira para a esquerda... gira para a direita... passa por baixo... sobe... e *vira*. Não foram perfeitos dessa vez e erraram os passos muitas vezes antes de acertar (se é que acertaram), mas não foram mal.

Ah, que inferno. Eles eram lindos. Pela primeira vez desde que subi naquela elevação da rodovia 7 e vi Derry assomar na margem oeste do Kenduskeag, me senti feliz. Era um sentimento bom para levar comigo, e me afastei deles, dando a mim mesmo o velho conselho: não olhe para trás, nunca olhe para trás. Com que frequência as pessoas dizem isso a si mesmas depois de uma experiência extremamente boa (ou extremamente ruim)? Muita, acho. E geralmente não seguem o conselho. Os seres humanos foram construídos para olhar para trás; é por isso que temos essa junta giratória no pescoço.

Andei meio quarteirão e depois me virei, achando que estariam me fitando. Mas não. Eles ainda dançavam. E isso era bom.

8

Havia um posto de gasolina Cities Service alguns quarteirões mais abaixo na rua Kansas, e fui até lá perguntar onde ficava a rua Kossuth, pronuncia-se Cossut. Dava para ouvir o zumbido de um compressor de ar e um zum-zum minúsculo de música popular vindo da baia de garagem, mas o escritório estava vazio. Tudo bem para mim, porque vi algo útil ao lado da caixa registradora: um expositor de arame cheio de mapas. O bolso de cima continha um único mapa da cidade que parecia sujo e esquecido. Na frente, havia uma foto de uma estátua de Paul Bunyan excepcionalmente feia moldada em plástico. Paul levava o machado ao ombro e sorria para o sol de verão. *Só Derry*, pensei, *adotaria como símbolo uma estátua de plástico de um lenhador mítico.*

Havia uma banquinha de jornais ao lado das bombas de gasolina. Peguei um exemplar do *Daily News* como disfarce e joguei uma moeda no alto da pilha de jornais para se unir às outras espalhadas lá. Não sei se o povo era mais honesto em 1958, mas era muitíssimo mais confiante.

De acordo com o mapa, a rua Kossuth ficava no mesmo lado da cidade que a rua Kansas, e por acaso a apenas uma caminhada agradável de quinze minutos do posto de gasolina. Caminhei sob olmos ainda não tocados pela praga que atacaria quase todos nos anos setenta, árvores que ainda estavam tão verdes quanto no alto verão. Crianças passavam por mim correndo de bicicleta ou jogavam três-marias nas entradas de garagem. Pequenos grupos de adultos se reuniam nos pontos de ônibus das esquinas, marcados por faixas brancas nos postes de luz. Derry cuidava da vida e eu cuidava da minha — apenas um camarada de paletó esporte inexpressivo e chapéu-panamá um pouco inclinado para trás na cabeça, um camarada com um jornal dobrado na mão. Poderia estar procurando uma venda de garagem; poderia estar atrás de bons imóveis. Sem dúvida pareceria normal ali.

Assim eu esperava.

A Kossuth era uma rua ladeada de sebes com casas quadradas à moda antiga, típicas da Nova Inglaterra. Irrigadores giravam nos gramados. Dois meninos passaram correndo por mim, jogando de um para o outro uma bola de futebol americano. Uma mulher com o cabelo preso num lenço (e com o inevitável cigarro pendurado no lábio inferior) lavava o carro da família e, de vez em quando, molhava o cachorro da família, que recuava, latindo. A rua Kossuth parecia a cena externa de algum antigo e indefinido seriado cômico da televisão.

Duas menininhas batiam uma corda de pular enquanto a terceira dançava agilmente para dentro e para fora, pulando sem esforço enquanto cantava: "Carlitos foi à *França*! Pra ver a contra*dança*! Batendo *continência*! Pra vossa *excelência*! O meu pai dirige um sub-ma-ri-no!" A corda batia, batia, batia na calçada. Senti olhos em mim. A mulher do lenço parara a sua labuta, a mangueira numa das mãos, uma grande esponja ensaboada na outra. Ela me observava enquanto eu me aproximava das meninas que pulavam. Passei a uma boa distância delas e a vi voltar ao trabalho.

Você correu um baita risco conversando com aqueles garotos na rua Kansas, pensei. Só que não acreditava nisso. Passar um pouco perto demais das meninas que pulavam corda... *isso* seria correr um baita risco. Mas Richie e Bev eram os certos. Soubera disso quase na mesma hora em que pus os olhos neles, e eles souberam também. Vimos olho no olho.

Conhecemos você?, perguntara a garota. Bevvie-Bevvie, que morava na neve.

A rua Kossuth não tinha saída e terminava num grande edifício chamado Centro Recreativo da Zona Oeste. Estava deserto, com uma placa À VENDA PELA PREFEITURA no gramado cheio de capim. Sem dúvida um tema de interesse para qualquer corretor de imóveis de respeito. Duas casas mais abaixo, à direita, uma menina de cabelo cor de cenoura e o rosto cheio de sardas andava de bicicleta com rodinhas, subindo e descendo uma entrada de garagem asfaltada. Cantava sem parar variações da mesma frase enquanto pedalava: "Splish-splash, fez o tapa que eu dei, trish-trash, fez o tapa que eu dei, blish--blash, fez o tapa que eu dei...."

Andei na direção do Centro Recreativo como se não houvesse no mundo nada mais que eu quisesse ver, mas com o canto do olho continuei a acompanhar a Cabeça de Cenoura. Ela balançava de um lado para o outro no banco da bicicleta, tentando descobrir até onde conseguiria ir antes de despencar. Com base nas canelas raladas, provavelmente não era a primeira vez que brincava disso. Não havia nome na caixa de correio da casa, apenas o número 379.

Andei até a placa À VENDA e rabisquei informações no meu jornal. Depois, me virei e voltei por onde viera. Quando passei pelo número 379 da rua Kossuth (pela outra calçada e me fingindo de absorto no jornal), uma mulher apareceu à porta. Havia um menino com ela. Ele mastigava alguma coisa embrulhada num guardanapo e, na mão livre, segurava a espingarda Daisy de ar comprimido que, dali a não muito tempo, tentaria usar para assustar o pai enfurecido.

— Ellen! — gritou a mulher. — Desça dessa coisa antes de levar um tombo! Entre, tem biscoito.

Ellen Dunning desceu, deitou a bicicleta na entrada de garagem e correu para a casa, berrando:

"Crish-*crash*, fez o tapa que eu dei!" a plenos e consideráveis pulmões. O cabelo, de um tom de ruivo muito mais infeliz do que o de Beverly Marsh, pulava como molas de colchão em revolta.

O menino, que cresceria para escrever uma redação dolorosamente composta que me levaria às lágrimas, foi atrás. O menino que seria o único membro sobrevivente da família.

A menos que eu mudasse isso. E agora que os vira, pessoas reais levando vidas reais, não parecia haver outra opção.

CAPÍTULO 7

1

Como poderia lhes contar as minhas sete semanas em Derry? De que forma explicar como passei a odiá-la e temê-la?

Não porque a cidade guardasse segredos (embora guardasse) e não porque crimes terríveis, alguns não resolvidos, tivessem acontecido lá (embora tivessem). *Tudo isso acabou*, dissera a menina chamada Beverly, o menino chamado Richie concordara, e passei a acreditar nisso também... embora também passasse a acreditar que a sombra nunca deixou completamente aquela cidade com o esquisito centro da cidade afundado.

Foi a sensação de fracasso iminente que me fez odiá-la. E aquela sensação de estar numa prisão com paredes elásticas. Se quisesse sair, ela me deixaria ir embora (de boa vontade!), mas, se eu ficasse, me espremeria com mais força. Ela me espremeria até eu não conseguir respirar. E — essa é a parte ruim — ir embora não era opção, porque agora eu vira Harry antes de ficar manco e antes do sorriso confiante mas levemente tonto. Eu o vira antes que virasse o Sapo Harry, aquele que não lava o péééééé.

Vira a sua irmã também. Agora ela era mais do que apenas um nome numa redação escrita com esforço, uma menininha sem rosto que adorava colher flores para pôr em vasos. Às vezes eu ficava acordado pensando que ela planejara pedir gostosuras ou travessuras como Princesa Summerfall Winterspring. A menos que eu fizesse alguma coisa, isso nunca aconteceria. Havia um caixão à espera dela depois de uma luta longa e infrutífera pela vida. Havia um caixão à espera da mãe, cujo primeiro nome eu não sabia. E de Troy. E de Arthur, conhecido como Tugga.

Se eu deixasse aquilo acontecer, não via como conseguiria conviver comigo mesmo. Então fiquei, mas não foi fácil. E toda vez que pensava em passar por isso de novo em Dallas, a minha cabeça ameaçava travar. Pelo menos, disse a mim mesmo, Dallas não seria como Derry. Porque nenhum lugar da Terra seria como Derry.

Então como eu deveria lhes contar?

Na minha vida de professor, sempre insisti muito na ideia de simplicidade. Tanto na ficção quanto na não ficção, só há uma pergunta e uma resposta. *O que aconteceu?*, pergunta o leitor. *Eis o que aconteceu*, responde o escritor. *Isso... e isso... e isso também.* Mantenha a simplicidade. É o único caminho seguro.

Então tentarei, embora o leitor deva ter sempre em mente que, em Derry, a realidade é uma camada fina de gelo sobre um lago profundo de águas escuras. Mas enfim: o que aconteceu?

Aconteceu isso. E isso. E isso também.

2

Na sexta-feira, meu segundo dia completo em Derry, fui ao Center Street Market. Esperei até as cinco da tarde, porque achei que seria quando o lugar estaria mais cheio — sexta-feira é dia de pagamento, afinal de contas, e, para muita gente (ou seja, esposas; uma das regras da vida em 1958 é Homens Não Compram Mantimentos), isso significava dia de fazer compras. Muitos compradores facilitariam que eu me misturasse. Para me ajudar nesse aspecto, fui à W. T. Grant's e complementei o meu guarda-roupa com calças de brim e camisas de trabalho azuis. Lembrei-me de Sem Suspensórios e amigos diante do Sonolento Dólar de Prata e também comprei um par de botas de trabalho Wolverine. A caminho do mercado, chutei várias vezes o meio-fio até a ponta ficar arranhada.

O lugar estava tão movimentado quanto eu esperava, com filas nos três caixas e os corredores cheios de mulheres empurrando carrinhos. Os poucos homens que vi só levavam cestinhas, e foi o que peguei. Pus na minha um saco de maçãs (baratíssimo) e outro de laranjas (quase tão caras quanto em 2011). Sob os meus pés, o piso de madeira oleada rangia.

O que exatamente o sr. Dunning *fazia* no Center Street Market? Bevvie-da-neve não dissera. Não era gerente; uma olhada na cabine envidraçada pouco além da seção de hortaliças revelou um cavalheiro de cabeça branca que poderia chamar Ellen Dunning de neta, talvez, mas não de filha. E a placa na mesa dizia SR. CURRIE.

Enquanto eu andava pelos fundos da loja, depois do balcão de laticínios (achei divertido um cartaz que dizia JÁ EXPERIMENTOU "YOGHURT"? EXPERIMENTE, VOCÊ VAI ADORAR), comecei a ouvir risos. Risos femininos imediatamente identificáveis como pertencentes à variedade ah-seu-danadinho. Entrei no corredor mais distante e vi uma revoada de mulheres, vestidas mais ou menos no mesmo estilo das senhoras da Kennebec Fruit, agrupadas em volta do balcão das carnes. O AÇOUGUE, dizia a placa artesanal de madeira pendurada em correntes cromadas decorativas. CORTES À MODA DA CASA. E, embaixo: FRANK DUNNING, MESTRE-AÇOUGUEIRO.

Às vezes a vida cospe coincidências que nenhum escritor de ficção ousaria copiar.

Era Frank Dunning quem fazia as damas rirem. A semelhança com o zelador que fizera o meu curso supletivo de inglês chegava a ser assustadora de tão grande. Ele era Harry cuspido e escarrado, só que o cabelo dessa versão era quase totalmente preto em vez de quase todo grisalho, e o sorriso doce e levemente perplexo fora substituído por outro malicioso e humorístico. Não admirava que todas as senhoras se empolgassem. Até Bevvie-na-neve achava que ele era a cereja do bolo, e por que não? Devia ter apenas 12 ou 13 anos, mas era mulher, e Frank Dunning era encantador. Ele também sabia disso. Tinha de haver razões para a fina flor da população feminina de Derry gastar o dinheiro dos maridos no mercado do centro da cidade em vez de no A&P, um pouco mais barato, e uma delas estava bem ali. O sr. Dunning era bonito, o sr. Dunning usava camisa branca limpíssima (manchada de leve de sangue nos punhos, mas afinal de contas ele era açougueiro), o sr. Dunning usava um chapéu branco elegante que parecia um cruzamento de toque de chefe de cozinha com boina de pintor. Pendia até pouco acima de uma das sobrancelhas. Um lançador de moda, meu Deus.

Levando tudo em conta, o sr. Frank Dunning, com as faces rosadas e bem-barbeadas e o cabelo preto imaculadamente aparado era uma dádiva de Deus para as Mulherzinhas. Enquanto eu passava por ali, ele amarrou um embrulho de carne com um pedaço de barbante puxado de um rolo atrás da balança e escreveu nele o preço com um floreio do pincel atômico preto. Entregou-o a uma dama de uns cinquenta verões que usava um vestido confortável com grandes rosas fúcsia a se abrir, meias de nylon com costura e um rubor de menina.

— Aí está, sra. Levesque, uma libra de mortadela alemã, cortada fininha.

— Ele se apoiou no balcão como se confidenciasse, perto o suficiente para a

sra. Levesque (e as outras senhoras) sentirem o aroma cativante da sua água-de-
-colônia. Seria Aqua Velva, a marca de Fred Toomey? Achei que não. Achei que
um fascinador como Frank Dunning escolheria algo um pouco mais caro. —
Sabe qual é o problema da mortadela alemã?

— Não — respondeu ela, arrastando a palavra um pouco até virar *Nã-ão*.
As outras senhoras deram risadinhas de expectativa.

Os olhos de Dunning escapuliram rapidamente até mim e nada viram
que lhe interessasse. Quando ele voltou a olhar a sra. Levesque, os olhos recu-
peraram a cintilação patenteada.

— Uma hora depois de comer, a gente sente fome de poder.

Desconfio que nem todas as senhoras entenderam, mas todas deram gritinhos de prazer. Dunning mandou a sra. Levesque seguir feliz o seu caminho
e, quando saí do alcance da audição, ele voltava a sua atenção para uma tal sra.
Bowie. Que, eu tinha certeza, ficaria igualmente feliz de recebê-la.

É um homem bom. Está sempre contando piadas e coisas assim.

Mas o homem bom tinha olhos frios. Enquanto interagia com o seu harém fascinado, tinham ficado azuis. Mas quando voltou a atenção para mim
— ainda que rapidamente —, eu juraria que ficaram cinzentos, da cor da água
sob um céu do qual a neve logo cairá.

3

O mercado fechava às seis da tarde, e quando saí com as minhas poucas compras, eram apenas vinte para as seis. Havia uma lanchonete U-Needa-Lunch na
rua Witcham, dobrando a esquina. Pedi um hambúrguer, uma Coca de máquina e uma fatia de torta de chocolate. A torta estava excelente — chocolate de
verdade, creme de verdade. Encheu a minha boca do mesmo jeito que a *root
beer* de Frank Anicetti. Demorei-me o mais que pude e depois andei até o canal, onde havia alguns bancos. Também havia uma linha de visão — estreita,
mas adequada — para o Center Street Market. Eu estava empanturrado, mas
assim mesmo comi uma das minhas laranjas, jogando pedacinhos de casca sobre a margem de cimento e observando a água levá-los embora.

Exatamente às seis, a luz das grandes vitrines do mercado se apagaram.
Dali a quinze minutos, as últimas senhoras já tinham saído, subindo nas suas
peruas pelo morro Milha Acima ou se amontoando num daqueles postes de luz
com faixa branca pintada. Um ônibus marcado CIRCULAR PREÇO ÚNI-
CO veio e as recolheu. Às quinze para as sete, os funcionários do mercado co-

meçaram a sair. Os dois últimos foram o sr. Currie, o gerente, e Dunning. Apertaram as mãos e se separaram, Currie subindo o beco entre o mercado e a sapataria ao lado, provavelmente para buscar o carro, e Dunning para o ponto de ônibus.

Nisso havia apenas mais duas pessoas ali e não quis me juntar a eles. Graças ao padrão de ruas de mão única da Cidade Baixa, nem precisava. Andei até outro poste pintado de branco, esse perto do cinema The Strand (onde o programa duplo era *Kelly Metralhadora* e *A moça do reformatório*; o letreiro prometia AÇÃO FERVENTE), e esperei com alguns operários que falavam de possíveis jogos do campeonato de beisebol da Série Mundial. Eu poderia lhes dizer muito sobre isso, mas fiquei de boca fechada.

Um ônibus urbano veio e parou diante do Center Street Market. Dunning embarcou. O ônibus veio descendo o morro o resto do caminho e parou no ponto do cinema. Deixei os operários entrarem na minha frente para eu ver quanto dinheiro punham no receptáculo de moedas com pé ao lado do assento do motorista. Estava me sentindo como o alienígena de um filme de ficção científica que tenta se passar por terráqueo. Era estúpido — eu queria andar no ônibus urbano, não explodir a Casa Branca com um raio fatal — mas isso não mudava a sensação.

Um dos camaradas que embarcou na minha frente mostrou um passe de ônibus cor de canário que me fez pensar rapidamente no Homem do Cartão Amarelo. Os outros puseram quinze centavos no receptáculo de moedas, que clicou e tilintou. Fiz o mesmo, embora levasse um pouco mais de tempo porque a moedinha grudou na palma suada da minha mão. Pensei sentir todos os olhos sobre mim, mas quando olhei todo mundo lia o jornal ou olhava distraidamente pela janela. O interior do ônibus era uma neblina de fumaça cinza azulada.

Frank Dunning estava a meio caminho da fila da direita, agora usando calças cinzentas bem-cortadas, camisa branca e gravata azul-escura. Garboso. Estava ocupado acendendo o cigarro e não me olhou quando passei por ele e me sentei perto dos fundos. O ônibus gemeu pelo caminho fazendo o circuito das ruas de mão única da Cidade Baixa e depois subiu o morro Milha Acima pela rua Witcham. Assim que chegamos à área residencial do lado oeste, os passageiros começaram a descer. Eram todos homens; presumivelmente, as mulheres estavam em casa, guardando os mantimentos ou pondo o jantar na mesa. Como o ônibus se esvaziava e Frank Dunning continuava sentado onde estava, fumando o seu cigarro, me perguntei se seríamos os dois últimos passageiros.

Não precisava ter me preocupado. Quando o ônibus embicou na direção do ponto na esquina da rua Witcham e da avenida Caridade (mais tarde, soube que Derry também tinha as avenidas Fé e Esperança), Dunning jogou o cigarro no chão, apagou-o com o pé e se levantou. Andou com facilidade pelo corredor, sem se segurar nas barras de apoio, balançando com os movimentos do ônibus que desacelerava. Alguns homens só perdem a graça física da adolescência relativamente tarde na vida. Dunning parecia ser um deles. Teria sido um excelente dançarino de swing.

Ele deu um tapinha no ombro do motorista e começou a lhe contar uma piada. Era curta, e a maior parte se perdeu no barulho dos freios a ar, mas escutei a expressão *três crioulos presos num elevador* e decidi que não era das que contaria ao seu Harém de Donas de Casa. O motorista explodiu numa gargalhada e depois puxou a comprida alavanca cromada que abria a porta da frente.

— Até segunda, Frank — disse ele.

— Se o riacho não subir — respondeu Dunning, depois desceu correndo os dois degraus e pulou para a calçada por cima do mato do meio-fio. Deu para ver os músculos ondularem debaixo da camisa. Que chance teriam uma mulher e quatro crianças contra ele? *Não muita*, foi a minha primeira ideia sobre o tema, mas estava errado. A resposta correta era *nenhuma*.

Quando o ônibus se afastou, vi Dunning subir os degraus do primeiro prédio depois da esquina da avenida Caridade. Havia oito ou nove homens e mulheres sentados em cadeiras de balanço na ampla varanda da frente. Vários cumprimentaram o açougueiro, que começou a apertar mãos como um político de visita. Era uma casa vitoriana de três andares, no estilo da Nova Inglaterra, com uma placa pendurada na calha da varanda. Mal tive tempo de ler:

PENSÃO EDNA PRICE
POR SEMANA OU POR MÊS
QUITINETES DISPONÍVEIS
PROIBIDO ANIMAIS!

Abaixo disso, pendurado em ganchos na placa grande, havia outra alaranjada menor dizendo NÃO HÁ VAGAS.

Dois pontos além, desci do ônibus. Agradeci ao motorista, que em troca deu um grunhido rude. Eu estava descobrindo que isso era considerado discurso cortês em Derry, no Maine. A menos, claro, que por acaso a gente conhecesse algumas piadas sobre crioulos presos no elevador ou talvez sobre a marinha polonesa.

Andei devagar de volta à cidade, contornando dois quarteirões para ficar longe do estabelecimento de Edna Price, cujos moradores se reuniam na varanda depois do jantar, como o pessoal daquelas histórias de Ray Bradbury sobre a bucólica Greentown, no Illinois. E Frank Dunning não se parecia com um daqueles bons homens? Parecia, parecia. Mas também havia horrores ocultos na Greentown de Bradbury.

O homem bom não mora mais em casa, dissera Rique-do-dique, e essa era a mais pura verdade. O homem bom morava numa pensão onde todo mundo parecia achar que ele era a cereja do bolo.

Na minha estimativa, a Pensão Price ficava a menos de cinco quarteirões da rua Kossuth, 379, talvez mais perto. Frank Dunning ficava sentado no seu quarto depois que os outros hóspedes iam dormir, olhando para o leste como um dos fiéis voltado para Qibla? Se assim fosse, será que ficava com aquele sorriso olá--que-bom-te-ver no rosto? Achei que não. E os seus olhos eram azuis ou ficavam com aquele cinzento frio e pensativo? Como ele explicava o abandono do lar às pessoas que tomavam o ar da noite na varanda de Edna Price? Teria uma história, na qual a esposa seria meio maluca ou uma rematada vilã? Achei que sim. E os outros acreditavam? A resposta a essa era fácil. Não importava se falávamos em 1958, 1985 ou 2011. Nos Estados Unidos, onde a superfície sempre se passou por substância, todos sempre acreditam em sujeitos como Frank Dunning.

4

Na terça-feira seguinte, aluguei um apartamento anunciado no *Derry News* como "semimobiliado, com boa vizinhança" e, na quarta-feira, 17 de setembro, o sr. George Amberson se mudou para lá. Adeus, Derry Town House, olá, avenida Harris. Estava há uma semana morando em 1958 e começava a me sentir confortável ali, embora não exatamente um nativo.

A semimobília consistia de uma cama (que veio com um colchão levemente manchado mas sem roupa de cama), um sofá, uma mesa de cozinha com uma perna que precisava ser calçada para não bambear e uma única cadeira com assento de plástico amarelo que fazia um estranho som de *smuc* quando largava com relutância os fundilhos da calça. Havia um fogão e uma geladeira chocalhante. Na despensa, descobri o ar-condicionado do apartamento: um ventilador GE com uma tomada esfarrapada que parecia absolutamente letal.

Senti que o apartamento, diretamente abaixo da rota de voo dos aviões que pousavam no aeroporto de Derry, estava um pouco caro a 65 dólares por mês, mas concordei porque a sra. Joplin, a senhoria, se dispôs a deixar para lá a falta de referências do sr. Amberson. O fato de oferecer três meses de aluguel em dinheiro ajudou. Ainda assim ela insistiu em copiar as informações da minha carteira de motorista. Se achou estranho um corretor autônomo de imóveis do Wisconsin usar carteira de motorista do Maine, ela não disse.

Fiquei contente por Al ter me dado um monte de dinheiro. Dinheiro é muito calmante para estranhos.

E dura muito mais em 1958, também. Por apenas trezentos dólares, consegui transformar em totalmente mobiliado o meu apartamento semimobiliado. Noventa e três por cento compraram uma televisão de mesa RCA de segunda mão. Naquela noite, assisti a *The Steve Allen Show* em lindo preto e branco, depois desliguei e me sentei à mesa da cozinha, escutando um avião seguir rumo à terra num rugir de hélices. Do bolso de trás, tirei um caderno Blue Horse que comprei na drogaria da Cidade Baixa (aquela onde furtar não é bacana, não é um colosso nem batuta). Abri a primeira página e cliquei a ponta da minha esferográfica Parker igualmente nova. Fiquei assim sentado uns quinze minutos, talvez — o bastante para outro avião chocalhar rumo à terra, parecendo tão perto que quase esperei sentir a batida quando as rodas raspassem no telhado.

A página continuou vazia. A minha cabeça também. Toda vez que tentava engrenar a marcha, o único pensamento coerente que conseguia ter era *o passado não quer ser mudado.*

Não ajudava.

Finalmente me levantei, tirei o ventilador da prateleira da despensa e o pus na bancada. Não tinha certeza de que funcionaria, mas funcionou, e o zumbido do motor era estranhamente calmante. Também mascarava o ribombo incômodo da geladeira.

Quando me sentei de novo, a minha cabeça estava mais limpa, e dessa vez algumas palavras vieram.

OPÇÕES

1. *Contar à polícia*
2. *Telefonema anônimo para açougueiro (dizer "Estou vigiando você, se fizer qualquer coisa conto")*
3. *Enquadrar açougueiro por alguma coisa*
4. *Dar um jeito de incapacitar açougueiro*

Parei aí. A geladeira clicou. Não havia aviões descendo nem tráfego na avenida Harris. Por enquanto, éramos só eu, o meu ventilador e a minha lista incompleta. Finalmente, escrevi o último item.

5. *Matar açougueiro*

Então amassei a folha, abri a caixa de fósforos da cozinha que ficava ao lado do fogão para acender os queimadores e o forno e risquei um. Na mesma hora o ventilador o apagou e pensei de novo como era difícil mudar certas coisas. Desliguei o ventilador, acendi outro fósforo e o encostei na bola de papel de caderno. Quando estava em chamas, joguei-a na pia, esperei que se apagasse e lavei as cinzas pelo ralo.

Depois disso, o sr. George Amberson foi para a cama.

Mas não dormiu por um bom tempo.

5

Quando o último avião da noite passou raspando pelo telhado à meia-noite e meia, eu ainda estava acordado e pensando na minha lista. Contar à polícia estava fora de questão. Poderia dar certo com Oswald, que declararia amor imorredouro por Fidel Castro tanto em Dallas quanto em Nova Orleans, mas Dunning era um caso diferente. Era um membro amado e respeitado da comunidade. E eu, quem era? O sujeito novo numa cidade que não gostava de forasteiros. Naquela tarde, depois de sair da drogaria, vi Sem Suspensórios de novo com a sua turma na frente do Sonolento Dólar de Prata. Eu usava as minhas roupas de trabalhador, mas eles me deram aquele mesmo olhar plano de *quem é você, seu merda*.

De qualquer forma, mesmo que eu morasse em Derry há oito anos em vez de oito dias, exatamente o que eu diria à polícia? Que tivera uma visão de Frank Dunning matando a família na noite de Halloween? Sem dúvida, isso seria muito bem-aceito.

Gostei um pouco mais da ideia de dar um telefonema anônimo para o próprio açougueiro, mas era uma opção assustadora. Assim que eu ligasse para Frank Dunning — fosse no trabalho, fosse na pensão de Edna Price, onde sem dúvida ele seria chamado ao telefone comunitário da sala — eu teria mudado os fatos. A ligação poderia impedir que ele matasse a família, mas pensei que teria a mesma probabilidade de causar o efeito oposto, empurrando-o da borda estreita de sanidade onde devia estar andando por trás do afável sorriso de George Clooney. Em vez de impedir os assassinatos, eu poderia apenas conseguir que acontecessem antes. Do jeito que estava, eu sabia onde e quando. Se o avisasse, tudo seria possível.

Enquadrá-lo por alguma coisa? Poderia dar certo num romance de espionagem, mas eu não era agente da CIA; era um maldito professor de inglês.

Incapacitar açougueiro era o seguinte na lista. Tudo bem, mas como? Atropelá-lo com o Sunliner, talvez quando estivesse indo da avenida Caridade para a rua Kossuth com um martelo na mão e homicídio na cabeça? A menos que eu tivesse uma sorte espantosa, seria pego e enjaulado. Havia isso também. Pessoas incapacitadas costumam melhorar. Ele poderia tentar de novo depois. Enquanto estava lá deitado no escuro, achei essa possibilidade plausível demais. Porque o passado não gostava de mudar. Ele era obstinado.

A única maneira segura era segui-lo, esperar que estivesse sozinho e então matá-lo. Simples é melhor, estúpido.

Mas havia problemas nisso também. O maior era que eu não sabia se conseguiria realizá-lo. Achava que sim, com sangue quente — para proteger a mim ou outra pessoa —, mas a sangue frio? Mesmo sabendo que a minha vítima em potencial ia matar a esposa e os próprios filhos se não fosse impedido?

E... e se eu fizesse e fosse pego antes de conseguir fugir para o futuro, onde eu era Jake Epping em vez de George Amberson? Seria julgado, considerado culpado e mandado para a Penitenciária Estadual de Shawshank. E seria lá que eu estaria no dia em que John F. Kennedy foi morto em Dallas.

E isso nem era o fundo absoluto da questão. Levantei-me, andei pela cozinha até o banheiro de cabine telefônica, fui até o vaso e me sentei no assento com a testa apoiada na palma das mãos. Supusera que o ensaio de Harry era verdade. Al também. Provavelmente era, porque Harry estava dois ou três graus para o lado burro do normal, e pessoas assim têm menos tendência a tentar apresentar como realidade fantasias como o assassinato de uma família inteira. Ainda assim...

Noventa e cinco por cento de probabilidade não é 100 por cento, dissera Al, e era do próprio Oswald que ele estava falando. Praticamente a única pessoa que *podia* ser o assassino depois que se punha de lado todo o blá-blá-blá conspiratório, e mesmo assim Al tinha aquelas últimas dúvidas persistentes.

Seria fácil ter verificado a história de Harry no mundo computadorizado de 2011, mas nunca conferi. E mesmo que fosse totalmente verdadeira, poderia haver detalhes importantíssimos que ele recordou errado ou nem mencionou. Coisas que poderiam me atrapalhar. E se, em vez de cavalgar para o salvamento como sir Galahad, eu só conseguisse ser morto junto com os outros? Isso mudaria o futuro de várias maneiras interessantes, mas eu não estaria lá para descobrir quais.

Uma nova ideia surgiu na minha cabeça, uma que era loucamente atraente. Eu poderia me postar do outro lado da rua Kossuth, 379, na noite de

Halloween... *e só observar*. Sim, para assegurar de que acontecia mesmo, mas também para anotar os detalhes que a única testemunha viva, uma criança traumatizada, poderia ter deixado passar. Então eu voltaria a Lisbon Falls, passaria pela toca de coelho e, imediatamente, voltaria a 9 de setembro às 11h58 da manhã. Compraria o Sunliner de novo e iria para Derry outra vez, agora carregado de informações. É verdade que eu já gastara uma boa parte do dinheiro de Al, mas ainda havia o suficiente para continuar.

A ideia passou direitinho pelo portão mas tropeçou antes de chegar à primeira curva. Todo o propósito daquela viagem era descobrir que efeito a salvação da família do zelador teria no futuro, e, se deixasse Frank Dunning cometer os assassinatos, eu não saberia. E eu já enfrentava a possibilidade de ter de fazer isso de novo, porque haveria um daqueles recomeços quando — se — eu voltasse pela toca de coelho para deter Oswald. Uma vez era ruim. Duas seria pior. Três vezes era impensável.

E mais uma coisa. A família de Harry Dunning já morrera uma vez. Eu a condenaria a morrer uma segunda vez? Mesmo que cada vez fosse um recomeço e eles não soubessem? E quem diria que, em algum nível profundo, não sabiam?

A dor. O sangue. Cabecinha de Cenoura caída no chão debaixo da cadeira de balanço. Harry tentando assustar o lunático com a espingarda de chumbinho: "Me deixe em paz, pai, senão atiro em você."

Voltei arrastando os pés pela cozinha, parando para olhar a cadeira com o assento de plástico amarelo.

— Odeio você, cadeira — disse a ela e voltei à cama.

Dessa vez, adormeci quase instantaneamente. Quando acordei na manhã seguinte, o sol das nove horas brilhava na janela ainda sem cortinas do meu quarto, pássaros chilreavam cheios de importância e achei que sabia o que tinha de fazer. Simples é melhor, estúpido.

6

Ao meio-dia pus a gravata, ajeitei o chapéu panamá no ângulo correto e arrojado e me levei até a Machen's Produtos Esportivos, onde a LIQUIDAÇÃO DE ARMAS DE OUTONO ainda estava em andamento. Disse ao vendedor que estava interessado em comprar uma arma portátil porque era corretor de imóveis e às vezes tinha de levar comigo grandes quantias em dinheiro vivo. Ele me mostrou várias, inclusive um revólver Colt .38 Police Special. O preço era de 9,99 dólares. Isso parecia absurdamente baixo até eu lembrar que, de acordo com as anotações de Al, o fuzil italiano comprado por correspondência que Oswald usara para mudar a história custara menos de vinte dólares.

— Essa dá uma boa proteção — disse o vendedor, rolando o tambor e fazendo-o girar: *cliquecliquecliqueclique.* — Total precisão até quinze metros, garantido, e quem for bastante estúpido para tentar assaltar o senhor e lhe roubar o dinheiro vai estar muito mais perto do que isso.

— Vendido.

Preparei-me para um exame da minha escassa papelada, mas mais uma vez esquecera de levar em conta o clima relaxado e nada aterrorizado dos Estados Unidos onde agora vivia. O negócio foi feito assim: paguei com dinheiro e saí com a arma. Não houve papelada nem período de espera. Não tive sequer de deixar o meu endereço atual.

Oswald embrulhara a sua arma num lençol e a escondera na garagem da casa onde a esposa morava com uma mulher chamada Ruth Paine. Mas quando saí da Machen's com a minha na pasta, achei que sabia como ele devia ter se sentido: como um homem com um segredo poderoso. Um homem que possuía o seu tornado particular.

Um sujeito que deveria estar trabalhando numa das fábricas estava em pé à porta do Sonolento Dólar de Prata, fumando um cigarro e lendo o jornal. Parecendo ler o jornal, pelo menos. Não podia jurar que estava me vigiando, mas novamente não podia jurar que não estivesse.

Era Sem Suspensórios.

7

Naquela noite, ocupei posição mais uma vez perto do Strand, onde o letreiro dizia ESTREIA AMANHÃ! THUNDER ROAD — A LEI DA MONTA-NHA (MITCHUM) & VIKINGS, OS CONQUISTADORES (DOU-GLAS)! Mais AÇÃO ARDENTE em breve para os cinéfilos de Derry.

Dunning atravessou a rua mais uma vez até o ponto de ônibus e embarcou. Dessa vez não fui atrás. Não havia necessidade; sabia aonde ele ia. Voltei a pé para o meu novo apartamento, olhando em volta de vez em quando atrás de Sem Suspensórios. Não havia sinal dele, e disse a mim mesmo que vê-lo do outro lado da loja de produtos esportivos fora apenas coincidência. E nem tão grande assim. O Sonolento era o seu bar preferido, afinal de contas. Como as fábricas de Derry funcionavam seis dias por semana, os operários tinham folgas rotativas. A quinta-feira podia ter sido uma das folgas do sujeito. Na semana que vem ele podia estar no Sonolento na sexta. Ou na terça.

Na noite seguinte, fui de novo ao Strand, fingindo examinar o cartaz de *Thunder Road (Robert Mitchum à toda na estrada mais quente da Terra!)*, principalmente por não ter aonde ir; o Halloween ainda demoraria seis semanas, e parecia que eu entrara na fase mata tempo do nosso programa. Mas, dessa vez, em vez de atravessar até o ponto de ônibus, Frank Dunning desceu até o cruzamento triplo das ruas Center, Kansas e Witcham e ficou ali parado, como que indeciso. Mais uma vez estava elegante, de calça escura, camisa branca, gravata azul e um paletó esporte quadriculado cinza-claro. O chapéu estava inclinado para trás. Por um momento, pensei que se dirigiria ao cinema para verificar a estrada mais quente da Terra, e nesse caso eu andaria casualmente na direção da rua do Canal. Mas ele virou à esquerda na Witcham. Pude ouvi-lo assoviar. Era um bom assoviador.

Não havia necessidade de segui-lo; ele não cometeria nenhum homicídio com martelo em 19 de setembro. Mas fiquei curioso e não tinha mais nada para fazer. Ele entrou num bar e churrascaria chamado Acendedor de Lampiões, não tão classe alta como aquele do Town House, mas longe de ser tão miserável quanto os do canal. Em toda cidade pequena, há um ou dois bares de fronteira onde operários e colarinhos brancos se encontram como iguais, e esse parecia ser um deles. Em geral, o cardápio contém alguma iguaria local que faz os forasteiros coçarem a cabeça com perplexidade. A especialidade do Acendedor de Lampiões parecia ser algo chamado Sobras de Lagosta Frita.

Passei pelas largas vitrines, mais passeando do que andando, e vi Dunning cumprimentar todos pelo salão. Apertou mãos; deu tapinhas em bochechas; tirou o chapéu de um homem e o jogou a um sujeito de pé junto da máquina de boliche Bowl Mor, que o pegou habilmente para hilaridade geral. Um homem bom. Sempre brincando. Do tipo "ria-que-o-mundo-inteiro-ri-com-você".

Vi-o sentar-se a uma mesa perto da Bowl Mor e quase continuei andando. Mas estava com sede. Uma cerveja cairia bem agora, e o bar do Acendedor de Lampião ficava do outro lado de um salão apinhado em relação à mesa grande onde Dunning se sentara com o grupo só de homens a que se juntara. Ele não me veria, mas eu poderia ficar de olho nele pelo espelho. Não que eu fosse ver alguma coisa espantosa demais.

Além disso, se ia ficar ali mais seis semanas, já era hora de começar a *fazer parte* dali. Portanto, me virei e adentrei os sons de vozes alegres, risos levemente inebriados e Dean Martin cantando *That's Amore*. As garçonetes circulavam com canecões de cerveja e pratos cheios do que devia ser Sobras de Lagosta Frita. E havia nuvens ascendentes de fumaça azul, é claro.

Em 1958, há sempre fumaça.

8

— Vi você olhando aquela mesa lá embaixo — disse uma voz junto ao meu cotovelo. Eu estava no Acendedor de Lampiões tempo suficiente para ter pedido a minha segunda cerveja e um "prato júnior" de Sobras de Lagosta. Imaginei que, se pelo menos não experimentasse, ficaria sempre na dúvida.

Olhei em volta e vi um homem miúdo de cabelo preto alisado para trás, rosto redondo e olhos pretos e animados. Parecia um esquilo gaiato. Sorriu para mim e estendeu a mão do tamanho da mão de uma criança. No antebraço, uma sereia de seios nus agitava o rabo hippie e piscava o olho.

— Charles Frati. Mas pode me chamar de Chaz. Todo mundo faz isso.

Apertei a mão.

— George Amberson, mas pode me chamar de George. Todo mundo faz isso também.

Ele riu. Eu também. É considerado falta de educação rir das próprias piadas (ainda mais quando são infantis), mas algumas pessoas são tão envolventes que nunca têm de rir sozinhas. Chaz Frati era uma dessas. A garçonete lhe trouxe uma cerveja, e ele a ergueu.

— A você, George.

— Tim-tim — disse eu, e bati a borda do meu copo no dele.

— Conhece alguém? — perguntou, olhando a grande mesa dos fundos no espelho na parte de trás do bar.

— Ninguém. — Limpei a espuma do lábio superior. — Só parece que se divertem mais do que todo mundo aqui, só isso.

Chaz sorriu.

— É a mesa de Tony Tracker. Podia ter o nome dele gravado. Tony e o irmão Phil têm uma empresa de transporte de cargas. Também têm mais hectares nesta cidade e nas cidades em volta do que o dr. Ross tem pílulas de vida. Phil não aparece muito por aqui, fica mais na estrada, mas Tony quase não perde as noites de sexta e sábado. Tem muitos amigos também. Eles sempre se divertem, mas ninguém faz tanta festa quanto Frankie Dunning. Ele é o sujeito contando piadas. Todo mundo gosta do velho Tones, mas eles *adoram* Frankie.

— Parece que você conhece todos.

— Há anos. Conheço quase todo mundo em Derry, mas não conheço você.

— Isso porque acabei de chegar. Trabalho com imóveis.

— Imóveis comerciais, aposto.

— Acertou. — A garçonete depositou as minhas Sobras de Lagosta e saiu correndo. O monte no prato parecia bicho morto na estrada, mas o cheiro era incrível e o gosto, melhor ainda. Provavelmente um bilhão de gramas de colesterol a cada mordida, mas em 1958 ninguém se preocupa com isso, o que é tranquilizador. — Me ajude com isso aqui — disse eu.

— Não, é todo seu. Você é de Boston? Nova York?

Dei de ombros e ele riu.

— Espertinho, hem? Mas está certo. Língua solta afunda navios. Mas tenho uma boa ideia do que você pretende.

Parei com o garfo cheio de Sobras de Lagosta a meio caminho da boca. Fazia calor no Acendedor de Lampiões, mas de repente gelei.

— É mesmo?

Ele chegou mais perto. Deu para sentir o cheiro de creme capilar Vitalis no cabelo preto e lustroso e de balinhas Sen-Sen no seu hálito.

— Se eu dissesse "possível local para centro comercial", levaria um dez?

Senti um jorro de alívio. A ideia de que eu estava em Derry procurando um lugar para construir um shopping nunca me passara pela cabeça, mas era boa. Dei uma piscadela para Chaz Frati.

— Não posso dizer.

— Não, não, é claro que não. Negócios, negócios, amigos à parte, é o que sempre digo. Vamos mudar de assunto. Mas se um dia pensar em deixar um dos caipiras locais participarem de coisa boa, eu adoraria saber. E só para lhe mostrar que estou com a melhor das intenções, vou lhe dar uma pequena dica. Se ainda não deu uma olhada na velha Metalúrgica Kitchener, deveria dar. Local perfeito. E centros comerciais? Sabe o que são os centros comerciais, meu filho?

— A onda do futuro — respondi.

Ele apontou o dedo para mim como se fosse um revólver e piscou. Ri de novo, não consegui me segurar. Em parte era o simples alívio de descobrir que nem todos os adultos de Derry tinham esquecido como ser amistosos com estranhos.

— Na mosca.

— E quem é o dono do terreno da antiga Metalúrgica Kitchener, Chaz? Os irmãos Tracker, talvez?

— Eu disse que eles são donos de quase toda a terra por aqui, não de toda. — Ele olhou a sereia. — Milly, devo contar a George quem é o dono daquele terreno com excelente localização comercial a três quilômetros do centro desta metrópole?

Milly balançou a cauda escamosa e tilintou os seios semiesféricos. Chaz Frati não cerrou o punho para que isso acontecesse; parecia que os músculos do antebraço se moviam por conta própria. Era um bom truque. Gostaria de saber se ele também tirava coelhos da cartola.

— Tudo bem, querida. — Ele ergueu os olhos para mim de novo. — Na verdade, é este que vos fala. Compro o melhor e deixo o resto para os irmãos Tracker. Negócios são negócios. Posso lhe dar o meu cartão, George?

— É claro.

Ele me deu. O cartão dizia simplesmente CHARLES "CHAZ" FRATI COMPRA E VENDE. Enfiei-o no bolso da camisa.

— Se conhece todas aquelas pessoas e elas o conhecem, por que não está lá em vez de se sentar no bar com o novato? — perguntei.

Ele pareceu surpreso e depois divertido novamente.

— Você nasceu na coxia e depois caiu do trem, primo?

— Só sou novo na cidade. Ainda não aprendi o jeitinho. Não use isso contra mim.

— Nunca usaria. Fazem negócios comigo porque sou dono de metade dos motéis da cidade, dos dois cinemas do centro da cidade e do drive-in, de um dos bancos e de todas as lojas de penhores no leste e no centro do Maine. Mas não comem comigo, não bebem comigo nem me convidam para ir à casa deles nem ao clube de campo porque pertenço à Tribo.

— Agora não entendi.

— Sou judeu, primo.

Ele viu a minha cara e sorriu.

— Você não sabia. Nem quando não aceitei a sua lagosta, você não descobriu. Fico comovido.

— Só estou tentando entender por que isso faria diferença — respondi.

Ele riu como se essa fosse a melhor piada que ouvira o ano inteiro.

— Então você nasceu debaixo de uma folha de repolho e não numa coxia.

No espelho, Frank Dunning falava. Tony Tracker e os amigos escutavam com grandes sorrisos no rosto. Quando explodiram em gargalhadas, me perguntei se era a piada dos três crioulos presos num elevador ou talvez algo ainda mais divertido e satírico — três judeus num campo de golfe, talvez.

Chaz me viu olhar.

— Frank sabe animar a festa, é verdade. Sabe onde ele trabalha? Não, você é novo na cidade, esqueci. No Center Street Market. É açougueiro-chefe. Também dono de metade, embora não anuncie. Quer saber? Ele é metade da razão daquele lugar continuar aberto e lucrativo. Atrai as damas como abelhas no mel.

— É mesmo?

— É, e os homens gostam dele também. Mas nem sempre é assim. Nem todo mundo gosta do queridinho das senhoras.

Isso me fez pensar na feroz fixação da minha ex-mulher por Johnny Depp.

— Mas não é como antigamente, quando ele bebia com eles até fechar e aí jogava pôquer com eles no entreposto de carga até raiar o dia. Hoje ele toma uma cerveja, talvez duas, e depois sai pela porta afora. Olhe só.

Este era um padrão de comportamento que eu conhecia em primeira mão pelas tentativas esporádicas de Christy de controlar a ingestão de bebida em vez de parar de uma vez. Dava certo por algum tempo, mas mais cedo ou mais tarde ela sempre acabava indo até o fundo.

— Problema com a bebida? — perguntei.

— Disso não sei, mas com certeza ele tem um problema de temperamento. — Ele baixou os olhos para a tatuagem no antebraço. — Milly, já notou quantos camaradas engraçados têm um traço mau?

Milly balançou a cauda. Chaz me olhou solenemente.

— Viu? As mulheres sempre sabem. — Ele furtou uma Sobra de Lagosta e moveu os olhos comicamente de um lado para o outro. Era um camarada muito divertido, e nunca me passou pela cabeça que fosse alguma coisa além do que afirmava ser. Mas, como o próprio Chaz insinuara, eu era um tiquinho ingênuo demais. Para Derry, com certeza. — Não conte nada ao rabino Roncamuito.

— A minha boca é um túmulo.

Pelo modo como os homens da mesa de Tracker se inclinavam na direção de Frank, ele começara a contar outra piada. Era o tipo de homem que falava muito com as mãos. Eram mãos grandes. Era fácil imaginar uma delas segurando o cabo de um martelo Craftsman.

— Ele aprontou poucas e boas, algo terrível na escola secundária — disse Chaz. — Você está olhando alguém que sabe, porque frequentei a velha County Consolidated junto com ele. Mas na maior parte do tempo ficava longe do seu caminho. Suspensões para todo lado. Sempre por brigas. Ele iria para a

Universidade do Maine, mas engravidou uma garota e em vez disso acabou se casando. Depois de um ano ou dois, ela pegou o bebê e deu no pé. Provavelmente uma ideia esperta, do jeito que ele era na época. Frankie era o tipo de sujeito... lutar com os alemães ou os japas provavelmente faria bem a ele; gastaria toda aquela loucura, sabe. Mas foi rejeitado por ser incapaz para o serviço militar. Nunca soube por quê. Pé chato? Sopro no coração? Sangue quente? Não dá para saber. Mas provavelmente você não está interessado em fofocas tão velhas.

— Estou sim — respondi. — É interessante. — E era mesmo. Eu entrara no Acendedor de Lampiões para molhar o bico e tropeçara numa mina de ouro. — Aceite outra Sobra de Lagosta.

— Só se torcer o meu braço — disse, e jogou uma delas na boca. Apontou o espelho com o polegar enquanto mastigava. — E por que não? Basta olhar aqueles camaradas lá... metade deles católicos, e ainda assim não param de engolir hambúrgueres, sanduíches de bacon e salada, de linguiça com molho. Na sexta-feira! Quem consegue entender a religião, primo?

— Você me pegou — respondi. — Sou um metodista relapso. Acho que o sr. Dunning nunca chegou a fazer aquela faculdade, né?

— Não, quando a primeira mulher fugiu no oco da noite, ele estava se formando em corte de carne, e era bom nisso. Ele se meteu em mais encrenca... é, havia bebida envolvida, pelo que me disseram, o povo fofoca demais, sabe, e quem tem lojas de penhor ouve de tudo... e o sr. Vollander, que era dono do mercado naquela época, sentou com ele e teve uma conversa de pai para filho com o velho Frankie. — Chaz balançou a cabeça e pegou outra Sobra. — Se Benny Vollander soubesse que Frankie Dunning seria dono de metade do negócio quando a merda da Coreia acabasse, provavelmente teria um baita dum derrame. Ainda bem que não podemos ver o futuro, não é?

— Isso complicaria tudo, é verdade.

Chaz estava se empolgando com a história e, quando eu pedi à garçonete que trouxesse mais duas cervejas, ele não disse que não.

— Benny Vollander disse que Frankie era o melhor aprendiz de açougueiro que já tivera, mas que se voltasse a se meter em encrencas com a polícia, dando porrada se alguém peidasse de lado, em outras palavras, seria estimulado a ir embora. Dizem que para bom entendedor meia palavra basta, e Frankie se endireitou. Se divorciou daquela primeira mulher dele alegando abandono depois que ela sumiu por um ano ou dois e se casou de novo passado um tempo. A guerra estava a todo vapor nessa época e ele podia escolher a mulher que quisesse; esse encanto ele tem, sabe, e a maior parte da concorrência estava mesmo no estrangeiro, mas ele preferiu Doris McKinney. Era uma garota adorável, mesmo.

— E ainda é, aposto.

— Com certeza, primo. Bonita como capa de revista. Tiveram três ou quatro filhos. Uma bela família. — Chaz se aproximou de novo. — Mas Frankie ainda perde as estribeiras de vez em quando, e deve ter perdido na primavera passada, porque ela apareceu na igreja com manchas roxas no rosto e uma semana depois ele estava fora. Está morando numa pensão, o mais perto possível da antiga casa. Na esperança de que ela o aceite de volta, imagino. E mais cedo ou mais tarde ela aceitará. Ele tem aquele jeito encantador de... opa, olha lá, o que foi que eu disse? Ele já está indo.

Dunning estava se levantando. Os outros homens berravam para que ele se sentasse de novo, mas ele balançava a cabeça e apontava o relógio. Jogou o último gole de cerveja goela abaixo, curvou-se e beijou a careca de um dos homens. Isso provocou um clamor de aprovação que abalou a sala e Dunning surfou sobre ele rumo à porta.

Deu um tapinha nas costas de Chaz ao passar e disse:

— Deixe esse nariz bem limpo, Chazzy; é comprido demais para se sujar.

Depois, saiu. Chaz me olhou. Mostrava o alegre sorriso de esquilo, mas os olhos não sorriam.

— Não é uma figura?

— Se é — respondi.

9

Sou uma daquelas pessoas que não sabe direito o que pensa até que escreva, e passei a maior parte daquele fim de semana fazendo anotações sobre o que vira em Derry, o que fizera e o que planejava fazer. Elas se expandiram numa explicação de como chegara a Derry, para começar, e no domingo percebi que começara um serviço que era grande demais para um caderninho de bolso e uma esferográfica. Na segunda-feira, comprei uma máquina de escrever portátil. A minha intenção tinha sido ir à loja local de material de escritório, mas aí vi o cartão de Chaz Frati na mesa da cozinha e fui até lá. Ficava na East Side Drive, uma loja de penhores quase do tamanho de uma loja de departamentos. As três bolas douradas estavam sobre a porta, como mandava a tradição, mas também havia outra coisa: uma sereia de gesso balançando a cauda hippie e piscando o olho. Essa, por estar ali em público, usava sutiã. O próprio Frati não estava em evidência, mas consegui uma Smith-Corona fantástica por doze dólares. Pedi ao vendedor que avisasse ao sr. Frati que George, o corretor de imóveis, estivera ali.

— Com todo o prazer, senhor. Gostaria de deixar o seu cartão?

Merda. Eu teria de mandar fazer... o que, afinal de contas, significaria uma visita à Derry Material de Escritório.

— Deixei no outro paletó — respondi —, mas acho que ele se lembrará de mim. Tomamos um trago no Acendedor de Lampiões.

Naquela tarde, comecei a ampliar as minhas anotações.

10

Consegui me acostumar aos aviões descendo para pousar diretamente sobre a minha cabeça. Marquei a entrega de jornais e leite: garrafas grossas de vidro trazidas bem à nossa porta. Como a *root beer* que Frank Anicetti me servira na minha primeira investida em 1958, o leite tinha um sabor incrivelmente rico e cheio. O creme era ainda melhor. Não sei se ainda não tinham inventado máquinas de fazer creme artificial nem tinha a intenção de descobrir. Não com aquela maravilha à mão.

Os dias se passaram. Li as anotações de Al Templeton sobre Oswald até conseguir citar longos trechos de cor. Visitei a biblioteca e li sobre os assassinatos e desaparecimentos que tinham atormentado Derry em 1957 e 1958. Procurei reportagens sobre Frank Dunning e o seu famoso mau humor, mas não encontrei nenhuma; se já fora preso, a reportagem não chegou à coluna policial do jornal, que era de bom tamanho na maioria dos dias e costumava ocupar uma página inteira nas segundas-feiras, quando continha um resumo completo de todas as traquinadas do fim de semana (a maioria das quais acontecia depois que os bares fechavam). A única reportagem que encontrei sobre o pai do zelador tratava de um evento de caridade em 1955. O Center Street Market doara 10 por cento do lucro daquele outono para a Cruz Vermelha, para ajudar depois que os furacões Connie e Diane atingiram a Costa Leste, matando duzentas pessoas e provocando muitos danos com inundações na Nova Inglaterra. Havia uma foto do pai de Harry entregando um cheque enorme ao diretor regional da Cruz Vermelha. Dunning dava aquele sorriso de astro de cinema.

Não fiz mais compras no Center Street Market, mas em dois fins de semana — o último de setembro e o primeiro de outubro — segui o açougueiro favorito de Derry depois que ele terminou a meia jornada de sábado atrás do balcão da carne. Na Hertz do aeroporto, aluguei Chevrolets discretos para essa tarefa. Achei que o Sunliner era um pouco ostensivo demais para a espionagem.

Na tarde do primeiro sábado, ele foi a uma feira de usados em Brewer num Pontiac que guardava numa garagem paga por mês no centro da cidade e raramente usava durante a semana de trabalho. No domingo seguinte, foi até a casa da rua Kossuth, pegou os filhos e os levou ao programa Disney duplo do cinema Aladdin. Mesmo a distância, Troy, o mais velho, parecia entediado até mais não poder, tanto ao entrar no cinema quanto ao sair.

Dunning não entrou na casa nem para buscar nem para entregar. Buzinou para chamar as crianças quando chegou e as deixou na calçada quando voltaram, e ficou olhando até os quatro entrarem. E também não saiu imediatamente; ficou sentado atrás do volante do Bonneville em ponto morto, fumando um cigarro. Talvez na esperança de que a linda Doris quisesse sair para conversar. Quando teve certeza de que ela não sairia, usou a entrada de garagem de um vizinho para fazer o retorno e saiu a toda, cantando os pneus com força suficiente para soltar nuvenzinhas de fumaça azul.

Afundei no banco do meu carro alugado, mas não precisava ter me dado ao trabalho. Ele nunca olhou na minha direção ao passar, e quando estava a uma boa distância pela rua Witcham abaixo, fui atrás. Ele deixou o carro de volta na garagem onde o guardava, foi para o Acendedor de Lampiões tomar uma única cerveja no bar quase deserto e depois se arrastou de cabeça baixa até a pensão de Edna Price na avenida Caridade.

No sábado seguinte, 4 de outubro, buscou as crianças e as levou para assistir ao jogo de futebol americano da Universidade do Maine em Orono, a quase 50 quilômetros. Estacionei na avenida Stillwater e aguardei o fim do jogo. No caminho de volta, eles pararam no Ninety-Fiver para jantar. Parei o carro na outra ponta do estacionamento e esperei que saíssem, refletindo que a vida de um detetive particular devia ser bem chata, não importava o que os filmes nos fizessem acreditar.

Quando Dunning deixou os filhos em casa, o crepúsculo se esgueirava sobre a rua Kossuth. Troy claramente gostara mais do futebol do que das aventuras de Cinderela; saiu do Pontiac do pai sorrindo e agitando uma flâmula dos Black Bears. Tugga e Harry também tinham flâmulas e também pareciam animados. Ellen, não tanto. Estava profundamente adormecida. Dunning a levou no colo até a porta. Dessa vez, a sra. Dunning fez uma rápida aparição — apenas o suficiente para pôr a menininha no próprio colo.

Dunning disse algo a Doris. Parece que a resposta dela não agradou. A distância era grande demais para ler a expressão no rosto, mas ele balançou o dedo para ela enquanto falava. Ela escutou, balançou a cabeça, se virou e entrou. Ele ficou ali um ou dois instantes, depois tirou o chapéu e o bateu na perna.

Tudo interessante — e instrutivo sobre o relacionamento —, mas, fora isso, nenhuma ajuda. Não a que eu procurava.

Consegui-a no dia seguinte. Decidira fazer apenas duas passagens de reconhecimento naquele domingo, sentindo que, mesmo num carro alugado marrom-escuro que quase se fundia na paisagem, mais do que isso seria me arriscar a ser notado. Não vi nada na primeira e imaginei que, provavelmente, ele ficaria em casa o dia todo, e por que não? O tempo ficara cinzento e chuvoso. Provavelmente ele assistiria aos esportes na TV com o resto dos pensionistas, todos fumando como loucos na sala.

Mas me enganei. Assim que entrei na Witcham para a segunda passada, o vi andar na direção do centro da cidade, dessa vez vestido de jeans, blusão com zíper e um chapéu impermeável de abas largas. Passei por ele e estacionei na rua Principal, a cerca de um quarteirão da garagem que usava. Vinte minutos depois, o segui para fora da cidade, rumo oeste. O tráfego era leve e mantive uma boa distância.

Acontece que o destino dele era o cemitério Longview, três quilômetros depois do Derry Drive-In. Ele parou numa barraquinha de flores do outro lado da rua e, quando passei, o vi comprar duas cestas de flores de outono de uma senhora que, durante a transação, segurava sobre eles um grande guarda-chuva preto. Pelo espelho retrovisor, vi quando pôs as flores no banco do passageiro, entrou no carro e foi até a entrada do cemitério.

Fiz o retorno e voltei a Longview. Estava me arriscando mas tinha de tentar, porque parecia bom. O estacionamento estava vazio, a não ser por duas picapes cheias de equipamento de manutenção debaixo de lonas e uma velha pá mecânica amassada que parecia excedente de guerra. Nenhum sinal do Pontiac de Dunning. Cruzei o estacionamento na direção do caminho de cascalho que levava ao cemitério propriamente dito, que era enorme, espalhando-se por uns quatro hectares de morros.

No cemitério propriamente dito, caminhos menores se separavam do principal. A neblina subia dos declives e vales, e a garoa se engrossava em chuva. Não era um bom dia para visitar entes queridos e partidos, afinal de contas, e Dunning tinha o lugar só para si. Foi fácil avistar o seu Pontiac, estacionado num dos caminhos no meio de um morro. Ele punha as cestas de flores diante de dois túmulos lado a lado. Os pais, supus, mas na verdade não dei muita importância. Dei meia-volta com o carro e o deixei em paz.

Quando voltei ao meu apartamento na avenida Harris, a primeira chuva forte daquele outono surrava a cidade. No centro, o canal estaria rugindo, e o estranho batuque que vinha pelo concreto da Cidade Baixa seria mais perceptível do que nunca. Parecia que o veranico acabara. Não dei importância a isso também. Abri o caderno, folheei-o quase até o fim para achar uma página em branco, e escrevi: *5 de outubro, 15h45, Dunning no cem. Longview, põe flores no túmulo dos pais (?). Chuva.*

Eu tinha o que queria.

CAPÍTULO 8

1

Nas semanas anteriores ao Halloween, o sr. George Amberson examinou quase todas as propriedades das zonas comerciais de Derry e das cidades vizinhas.

Sabia que não devia acreditar que seria aceito como morador da cidade a curto prazo, mas queria que os habitantes se acostumassem à imagem do meu conversível Sunliner vermelho esportivo, apenas parte do cenário. *Lá vai aquele tal corretor de imóveis, está aqui há quase um mês. Se for bom nisso, alguém vai ganhar um bom pé-de-meia.*

Quando me perguntavam o que procurava, eu dava uma piscadela e sorria. Quando me perguntavam quanto tempo ficaria, dizia que era difícil saber. Aprendi a geografia da cidade e comecei a aprender a geografia verbal de 1958. Agora sabia, por exemplo, que *a guerra* era a Segunda Guerra Mundial, *o conflito* era a Guerra da Coreia. Ambas tinham acabado, que descansassem em paz. Todos se preocupavam com a Rússia e a chamada "desvantagem dos mísseis", mas não muito. Todos se preocupavam com a delinquência juvenil, mas não muito. Havia recessão, mas todos já tinham visto piores. Ao pechinchar com alguém, era totalmente aceito dizer que se tinha "judiado" do outro (ou que aquilo era ciganagem). As balas baratas eram jujubas, lábios de cera e negrinhos de chocolate. No Sul, a segregação racial reinava. Em Moscou, Nikita Kruschov berrava ameaças. Em Washington, o presidente Eisenhower lengalengava alegria.

Fiz questão de dar uma olhada na defunta Metalúrgica Kitchener pouco tempo depois de falar com Chaz Frati. Era uma grande extensão de vazio coberto de mato ao norte da cidade, e, sim, seria o lugar perfeito para um shopping center assim que a extensão da rodovia Milha por Minuto chegasse até lá.

Mas no dia em que a visitei — saindo do carro e indo a pé quando a estrada se transformou em escombros destruidores de eixos —, poderia ser a ruína de uma antiga civilização: vede as minhas obras, ó poderosos, e desesperai-vos. Montes de tijolos e pedaços enferrujados de máquinas velhas se projetavam do capim alto. No meio, havia uma chaminé de cerâmica há muito desmoronada, as laterais enegrecidas pela fuligem, o seu enorme interior cheio de escuridão. Se eu baixasse a cabeça e me curvasse um pouco, conseguiria entrar nela, e não sou baixinho.

Vi muito de Derry naquelas semanas antes do Halloween, e *senti* muito de Derry. Os moradores antigos eram bem-educados comigo, mas, com uma única exceção, nunca amistosos. Chaz Frati era essa exceção, e em retrospecto acho que as suas revelações não solicitadas deviam ter me parecido esquisitas, mas eu estava com coisas demais na cabeça e Frati não parecera tão importante assim. Pensei: *às vezes a gente simplesmente encontra um camarada amistoso, é só*, e deixei pra lá. Sem dúvida não fazia ideia que um homem chamado Bill Turcotte pusera Frati no rolo.

Bill Turcotte, também conhecido como Sem Suspensórios.

2

Bevvie-da-neve dissera achar que os maus tempos de Derry tinham acabado, mas quanto mais eu via (e quanto mais sentia — especialmente isso), mais acreditava que Derry não era como os outros lugares. Derry não estava certa. A princípio tentei me dizer que era eu, não a cidade. Eu era um homem desconjuntado, um beduíno temporal, e todo lugar me pareceria um pouco estranho, meio torto — como as cidades que se parecem tanto com pesadelos naqueles estranhos romances de Paul Bowles. A princípio foi convincente, mas conforme os dias se passavam e eu continuava a explorar o meu novo ambiente, foi deixando de ser. Cheguei a questionar a afirmativa de Beverly Marsh de que os maus tempos tinham acabado e imaginei (nas noites em que não consegui dormir, e houve várias) que ela mesma questionava. Eu não vislumbrara uma semente de dúvida nos seus olhos? O olhar de alguém que não acredita de verdade mas quer acreditar? Talvez até precise?

Algo errado, algo ruim.

Algumas casas vazias que pareciam fitar como o rosto de quem sofre de uma terrível doença mental. Um celeiro vazio nos arredores da cidade, a porta do depósito de feno no jirau a se abrir e fechar, balançando lentamente nas dobradiças enferrujadas, primeiro revelando a escuridão, depois a escondendo, depois a revelando outra vez. Uma cerca rachada na rua Kossuth, a apenas um quarteirão da casa onde a sra. Dunning morava com os filhos. Para mim aquela cerca fazia parecer que alguma coisa — ou alguém — tivesse sido atirada nela até os Barrens lá embaixo. Uma pracinha vazia com o gira-gira rodando devagar, embora não houvesse nenhuma criança para empurrar nem vento apreciável para fazê-lo rodar. Ele gritava nas engrenagens ocultas enquanto girava. Certo dia, vi um Jesus esculpido grosseiramente descer flutuando o canal e entrar no túnel que passava debaixo da rua do Canal. Tinha um metro de comprimento. Os dentes espiavam atrás de lábios abertos num sorriso raivoso. Uma coroa de espinhos, inclinada com elegância, contornava a testa; lágrimas de sangue tinham sido pintadas abaixo dos estranhos olhos brancos da coisa. Parecia um fetiche de religiões africanas. Na chamada Ponte do Beijo, no parque Bassey, em meio às declarações do espírito escolar e de amor imorredouro, alguém gravara as palavras LOGO VOU MATAR MINHA MÃE. NÃO DEMORA ELA FICA CHEIA DE DOENSA. Certa tarde, enquanto caminhava no lado leste dos Barrens, ouvi um guincho terrível, ergui os olhos e vi a silhueta de um homem magro em pé sobre o pontilhão da ferrovia, não muito longe dali. Uma vara subia e descia na sua mão. Ele surrava alguma coisa. Os guinchos pararam e pensei: *Era um cão e o camarada acabou com ele. Ele o trouxe aqui preso numa corda e o surrou até que morresse.* É claro que não havia como eu saber uma coisa dessas... e mesmo assim eu sabia. Tive certeza na época e tenho agora.

Algo errado.

Algo ruim.

Alguma dessas coisas têm a ver com a história que estou contando? A história do pai do zelador e de Lee Harvey Oswald (o do sorrisinho afetado de sei-um-segredo e olhos cinzentos que nunca encaravam os nossos?). Não sei com certeza, mas posso lhe contar mais uma coisa: havia algo dentro daquela chaminé caída na Metalúrgica Kitchener. Não sei o que e não *quero* saber, mas na boca da coisa vi um monte de ossos roídos e uma coleirinha com guizo mastigada. Coleira que, sem dúvida, pertencera ao amado gatinho de alguma criança. E de dentro do tubo — no fundo daquele interior grande demais — algo se mexia e se arrastava.

Entre para ver, aquele algo parecia sussurrar na minha cabeça. *Não se incomode com o resto, Jake; entre para ver. Entre e converse. Aqui o tempo não importa; aqui o tempo simplesmente voa para longe. Você sabe que quer, você sabe que é curioso. Talvez seja até outra toca de coelho. Outro* portal.

Talvez fosse, mas acho que não. Acho que *Derry* estava lá — tudo o que havia de errado, tudo o que era torto, a se esconder naquele tubo. Hibernando. Deixando que todos acreditassem que os maus tempos tinham acabado, esperando que relaxassem e esquecessem que já houvera maus tempos.

Saí correndo e nunca mais voltei àquela parte de Derry.

3

Certo dia, na segunda semana de outubro — nisso os carvalhos e olmos da rua Kossuth eram um festival de ouro e vermelho —, visitei mais uma vez o falecido Centro Recreativo da Zona Oeste. Nenhum caçador de imóveis de respeito deixaria de investigar por completo as possibilidades de um terreno tão bom, e perguntei a várias pessoas na rua como era por dentro (a porta estava trancada a cadeado, naturalmente) e quando fechara.

Uma das pessoas com quem conversei foi Doris Dunning. *Bonita como capa de revista*, dissera Chaz Frati. Um clichê geralmente sem sentido, mas verdadeiro neste caso. Os anos tinham posto rugas finas em torno dos olhos e outras mais profundas no canto da boca, mas tinha a pele fantástica e uma incrível silhueta de busto cheio (em 1958, ponto alto de Jayne Mansfield, seios grandes eram considerados atraentes e não embaraçosos). Conversamos nos degraus. Convidar-me para entrar na casa vazia, com as crianças na escola, seria impróprio e, sem dúvida, tema de fofocas na vizinhança, ainda mais com o marido "morando fora". Ela segurava um pano de pó numa das mãos e um cigarro na outra. Havia uma garrafa de lustra-móveis aparecendo no bolso do avental. Como a maioria dos moradores de Derry, foi bem-educada, mas distante.

Sim, disse ela, quando ainda funcionava o Centro de Recreação era ótimo para as crianças. Era muito bom ter um lugar tão perto onde pudessem ir depois da escola e correr até não aguentar mais. Da janela da cozinha, ela conseguia ver a quadra de basquete e a pracinha, e era tristíssimo vê-las vazias. Ela achava que o Centro fora fechado numa época de cortes orçamentários, mas o jeito como os olhos se moveram e a boca se contraiu me indicou outra coisa: que fora fechado durante a rodada de assassinatos e desaparecimentos de crianças. As preocupações orçamentárias talvez fossem secundárias.

Agradeci e lhe entreguei um dos meus cartões recentemente impressos. Ela o pegou, me deu um sorriso distraído e fechou a porta. Foi uma fechada de porta gentil, não uma batida, mas ouvi um barulho detrás dela e soube que ela passara a corrente.

Achei que o Centro serviria aos meus propósitos quando o Halloween chegasse, embora não gostasse muito dele. Não previa problemas para entrar, e uma das janelas da frente me daria uma ótima visão da rua. Dunning poderia vir de carro em vez de a pé, mas eu sabia como era. Seria depois de escurecer, de acordo com a redação de Harry, mas havia postes de luz na rua.

É claro que o problema de visibilidade servia aos dois lados. A menos que estivesse totalmente fixado no que iria fazer, Dunning, quase com certeza, me veria correndo para ele. Eu estaria com a pistola, mas ela só tinha precisão absoluta até quinze metros. Precisava chegar bem mais perto antes de arriscar um tiro, porque, com certeza, na noite de Halloween a rua Kossuth estaria cheia de fantasminhas e duendes tamanho P. Mas não podia esperar que ele realmente entrasse na casa antes de sair do esconderijo, porque, de acordo com a redação, o marido separado de Doris Dunning se pusera a trabalhar imediatamente. Quando Harry saiu do banheiro, todos estavam caídos e, com exceção de Ellen, mortos. Se esperasse, era provável que eu visse o que Harry vira: o cérebro da mãe encharcando o sofá.

Eu não viajara mais de meio século para salvar apenas um deles. E daí se ele me visse? Eu era o homem com a arma de fogo, ele era o homem com o martelo — provavelmente afanado da gaveta de ferramentas da pensão. Se corresse para mim, isso seria bom. Eu seria o palhaço do rodeio que distrai o touro. Pularia e gritaria até ele chegar ao alcance e poria duas balas no seu peito.

Quer dizer, supondo que eu conseguisse puxar o gatilho.

E supondo que a arma funcionasse. Eu a testara numa pedreira nos arredores da cidade, e parecia boa... mas o passado é obstinado.

Ele não quer mudar.

4

Depois de pensar melhor, achei que poderia haver um local ainda mais favorável para a vigia na noite de Halloween. Eu precisaria de um pouco de sorte, mas não muita. *Deus sabe que há muita coisa à venda por aqui*, dissera o *bartender* Fred Toomey na minha primeira noite em Derry. As minhas explorações tinham confirmado isso. Depois dos assassinatos (e da grande enchente de 1957, não se esqueça disso), parecia que metade da cidade estava à venda. Num burgo menos reservado, um suposto comprador de imóveis como eu provavelmente receberia as chaves da cidade e um fim de semana de loucuras com a Miss Derry.

Uma rua que eu não verificara era a travessa Wyemore, um quarteirão ao sul da rua Kossuth. Isso significava que os quintais da Wyemore davam para os quintais da Kossuth. Dar uma olhada não faria mal.

Embora o número 206 da Wyemore, a casa diretamente atrás da dos Dunning, estivesse ocupada, a do lado esquerdo — a 202 — parecia a resposta a uma oração. A tinta cinzenta estava fresca e as telhas, novas, mas as janelas estavam bem trancadas. No gramado recém-aparado havia uma placa verde e amarela que eu vira pela cidade inteira: À VENDA PELA DERRY HOME, ESPECIALISTAS EM IMÓVEIS. Essa me convidava a ligar para o especialista Keith Haney e discutir um financiamento. Não tinha a mínima intenção de fazer isso, mas estacionei o meu Sunliner na entrada de garagem recentemente asfaltada (alguém estava fazendo de tudo para vender esta aqui) e andei até o quintal dos fundos, de cabeça erguida, ombros para trás, grande como o diabo. Descobrira muitas coisas enquanto explorava o meu novo ambiente, e uma delas era que, se a gente agisse como se o lugar fosse nosso, todos pensariam que era.

O quintal estava bem-aparado, as folhas varridas para exibir o verde aveludado. Um cortador de grama manual fora guardado debaixo do beiral da garagem com um retalho de lona verde bem enrolado nas lâminas rotativas. Ao lado da antepara do porão, havia uma casinha de cachorro com uma placa que revelava o melhor aspecto não-perca-a-piada de Keith Haney: FEITA PARA O SEU LULU. Lá dentro havia uma pilha de sacos para folhas não usados, com uma pá de jardinagem e tesouras de podar em cima para que não voassem. Em 2011, as ferramentas estariam trancadas; em 1958, alguém cuidara para que não pegassem chuva e achou que bastava. Eu tinha certeza de que a casa estava trancada, mas tudo bem. Não tinha o mínimo interesse em arrombar e entrar.

Nos fundos do quintal do número 202 da Wyemore havia uma sebe de mais ou menos um metro e oitenta de altura. Não tão alta quanto eu, em outras palavras, e, embora fosse luxuriante, um homem conseguiria passar por ela com bastante facilidade se não se incomodasse com alguns arranhões. O melhor de tudo foi que, quando andei até o canto direito, que ficava atrás da garagem, consegui olhar na diagonal o quintal da casa dos Dunning. Vi duas bicicletas. Uma era uma Schwinn de menino, equilibrada no seu apoio. A outra, deitada de lado como um pônei morto, era de Ellen Dunning. Não havia como não ver as rodinhas.

Também havia brinquedos espalhados. Um deles era a espingarda Daisy de ar comprimido de Harry Dunning.

5

Quem já fez teatro amador ou dirigiu peças de alunos, o que fiz várias vezes na LHS, sabe como foram para mim os dias até o Halloween. A princípio, os ensaios são preguiçosos. Há improvisação, piadas, brincadeiras brutas e muita paquera enquanto se estabelecem as polaridades sexuais. Se alguém erra uma fala ou esquece uma deixa nesses primeiros ensaios, é motivo de riso. Se um ator chega quinze minutos atrasado, pode levar uma repreensão leve, mas provavelmente nada além disso.

Então a estreia começa a parecer uma possibilidade real em vez de um sonho idiota. As improvisações somem. As brincadeiras brutas também e, embora as piadas permaneçam, o riso que provocam tem uma energia nervosa que não existia antes. As falas erradas e deixas esquecidas começam a parecer exasperantes em vez de divertidas. O ator que se atrasa para o ensaio depois que o cenário está montado e a noite de estreia a poucos dias de distância pode levar uma séria descompostura do diretor.

Chega a grande noite. Os atores vestem o figurino e se maquiam. Alguns estão simplesmente aterrorizados; nenhum se sente bem-preparado. Logo terão de enfrentar uma sala cheia de gente que foi vê-los desfilar o seu papel. O que parecia distante nos dias de marcações no palco nu chegou, afinal de contas. E antes que a cortina se abra, algum Hamlet, Willy Loman ou Blanche DuBois terá de sair correndo para o banheiro mais próximo e passar mal. Isso nunca falha.

Pode acreditar na parte sobre passar mal. Eu sei.

6

Na madrugada anterior à da manhã de Halloween, me encontrei não em Derry, mas no oceano. Um oceano *tempestuoso*. Eu me agarrava à amurada de uma embarcação grande — um iate, acho — que estava prestes a naufragar. A chuva impulsionada pela ventania uivante batia no meu rosto. Ondas imensas, negras na base e de um verde espumoso e coagulado no alto, corriam na minha direção. O iate subiu, se contorceu e depois despencou de novo com um movimento louco em parafuso.

Acordei desse sonho com o coração aos pulos e as mãos ainda fechadas de tentar segurar a amurada que o meu cérebro sonhara. Só que não era só o cérebro, porque a cama ainda subia e descia. O meu estômago parecia ter se desatracado dos músculos que deveriam segurá-lo no lugar.

Nesses momentos, quase sempre o corpo é mais sábio do que o cérebro. Joguei para trás as cobertas e saí correndo para o banheiro, chutando a odiosa cadeira amarela quando passei a toda pela cozinha. Depois os dedos do meu pé doeriam, mas na hora mal senti. Tentei travar a garganta, mas só consegui em parte. Escutei um som esquisito se esgueirando por ela até a minha boca. *Ulc-ulc-urp-ulc* era como soava. O meu estômago era o iate, primeiro se erguendo e depois dando aquelas horríveis quedas em parafuso. Caí de joelhos na frente do vaso sanitário e vomitei o jantar. Depois saíram o almoço e o café da manhã da véspera: meu Deus, presunto com ovos. Ao pensar em toda aquela gordura brilhante, vomitei de novo. Houve uma pausa e então pareceu que tudo o que eu comera na semana passada saiu do prédio.

Quando comecei a esperar que acabasse, o meu intestino fez uma terrível contorção líquida. Cambaleei para me levantar, baixei o assento do vaso e consegui me sentar antes que tudo saísse num jorro aguado.

Mas não. Não tudo, não ainda. O meu estômago deu outro salto vertiginoso bem quando o meu intestino voltou a trabalhar. Só havia uma coisa a fazer, e fiz: me inclinei para a frente e vomitei na pia.

Foi assim até o meio-dia do Halloween. Nisso, as minhas portas de ejeção só produziam gosma aguada. Toda vez que eu vomitava, toda vez que o intestino se contorcia, eu pensava a mesma coisa. *O passado não quer ser mudado. O passado é obstinado.*

Mas, quando Frank Dunning chegasse naquela noite, eu queria estar lá. Mesmo que ainda estivesse vomitando e cagando água cinzenta, eu queria estar lá. Mesmo que ele me matasse, eu queria estar lá.

7

O sr. Norbert Keene, proprietário da Drogaria da Rua Central, estava atrás do balcão quando entrei naquela tarde de sexta-feira. O ventilador de teto com pás de madeira acima da sua cabeça erguia numa dança ondulada o que lhe sobrava de cabelo: teias de aranha numa brisa de verão. Bastou olhar isso para o meu estômago agredido dar outra guinada de aviso. Ele era magro, quase emaciado, dentro do guarda-pó de algodão branco e, quando me viu entrar, os lábios pálidos se vincaram num sorriso.

— O senhor parece um pouco desgastado, meu amigo.

— Kaopectate — disse eu com voz rouca que não parecia minha. — Tem? — Tentando lembrar se já tinha sido inventado.

— Estamos sofrendo de uma infecçãozinha? — A luz do alto pegava nas lentes dos pequenos óculos sem aro e patinava em torno delas quando ele movia a cabeça. *Como manteiga numa frigideira*, pensei, e com isso o meu estômago deu outra investida. — Está pegando todo mundo na cidade. Temo que o senhor terá vinte e quatro horas horríveis. Provavelmente um micróbio, mas o senhor pode ter usado um banheiro público e se esquecido de lavar as mãos. Tanta gente é relaxada com iss...

— O senhor tem Kaopectate ou não?

— Claro. Segundo corredor.

— Calças para incontinência... tem?

O sorriso de lábios finos se espalhou. Calças para incontinência são engraçadas, é claro que são. A menos, claro, que sejamos nós a precisar.

— Quinto corredor. Mas se o senhor ficar perto de casa, não vai precisar. Com base na sua palidez, senhor... e pelo jeito que está suando... seria mais aconselhável fazer isso.

— Obrigado — respondi, e me imaginei socando-o bem na boca e enfiando-lhe a dentadura pela garganta. *Chupe um pouco de Polident, amigo.*

Fiz a compra devagar, sem querer cutucar mais do que o necessário as minhas entranhas liquefeitas. Peguei o Kaopectate (Tamanho Grande Econômico? isso), depois as calças para incontinência (Adulto Grande? isso). As calças estavam em Produtos para Ostomia, entre as bolsas para lavagem intestinal e sinistros rolos amarelos de tubo plástico cuja função não quero descobrir. Havia também fraldas para adultos, mas diante dessas recuei. Se necessário, eu encheria as calças para incontinência com panos de prato. Isso me soou engraçado e, apesar do sofrimento, tive de lutar para não rir. Rir no meu estado então delicado poderia provocar um desastre.

Como se sentisse a minha angústia, o farmacêutico esquelético cobrou os meus itens em câmera lenta. Paguei-lhe, estendendo uma nota de cinco dólares com uma mão que tremia de forma apreciável.

— Mais alguma coisa?

— Só mais uma. Estou passando mal, o senhor pode ver que estou passando mal, então por que diabos está rindo de mim?

O sr. Keene deu um passo atrás, o sorriso caindo dos lábios.

— Posso lhe garantir, eu não estava *rindo*. Sem dúvida espero que o senhor se sinta melhor.

O meu intestino se contorceu. Cambaleei um pouco, segurando o saco de papel com as coisas dentro e me apoiando no balcão com a mão livre.

— O senhor tem um banheiro?

O sorriso reapareceu.

— Temo que não para fregueses. Por que não experimenta um dos... estabelecimentos do outro lado da rua?

— O senhor é um canalha rematado, não é? O maldito cidadão perfeito de Derry.

Ele se enrijeceu, depois se virou e andou para as regiões subterrâneas onde ficavam guardados os seus comprimidos, pós e xaropes.

Passei devagar pela máquina de refrigerantes e saí pela porta. Eu me sentia como se fosse feito de vidro. Era um dia frio, não passava de 7 graus, mas o sol parecia muito quente na minha pele. E grudento. O meu intestino se contorceu de novo. Fiquei absolutamente imóvel um instante, a cabeça baixa, um pé na calçada, outro na sarjeta. A cólica passou. Atravessei a rua sem olhar o tráfego, e alguém buzinou para mim. Segurei-me para não mostrar uma banana ao buzinador, mas só porque já tinha problemas suficientes. Não podia me arriscar a me meter numa briga; eu já estava brigando.

A cólica veio de novo, uma faca dupla no baixo-ventre. Comecei a correr. O Sonolento Dólar de Prata ficava mais perto, e foi essa a porta que abri, empurrando o meu corpo infeliz para a semiescuridão e o cheiro fermentoso de cerveja. Na vitrola automática, Conway Twitty gemia que era só fingimento. Gostaria que estivesse certo.

O lugar estava vazio, com exceção de um freguês sentado a uma mesa vazia, me olhando com olhos espantados, e o bartender inclinado na ponta do banco alto, resolvendo as palavras cruzadas do jornal. Ele ergueu os olhos para mim.

— Banheiro — disse eu. — Rápido.

Ele apontou para os fundos, e corri na direção das portas marcadas com BUOYS e GULLS — boias e gaivotas em vez de *boys* e *girls*. Ataquei BUOYS de braço esticado como um jogador de futebol americano à procura de campo livre para sair correndo. O lugar fedia a merda, fumaça de cigarro e água sanitária de fazer chorar. O compartimento único do vaso sanitário não tinha porta, o que provavelmente era bom. Abri as calças como o Super-Homem atrasado para um assalto a banco, me virei e caí.

Bem na hora.

Quando os últimos espasmos passaram, tirei do saco de papel a garrafa gigantesca de Kaopectate e gorgolejei três grandes goles. O meu estômago empinou. Lutei com ele para que voltasse ao seu lugar. Quando tive certeza de que a primeira dose ficaria lá dentro, engoli mais uma, arrotei e, devagar, reatarraxei a tampa. Na parede à minha esquerda, alguém desenhara um pênis com testículos. Os testículos estavam cortados e deles jorrava sangue. Debaixo dessa imagem encantadora, o artista escrevera: HENRY CASTONGUAY PRÓXIMA VEZ QUE FODER COM A MINHA MULHER É ISSO QUE VAI TER.

Fechei os olhos e, quando o fiz, vi o freguês espantado que assistira à minha corrida para o banheiro. Mas seria um freguês? Não havia nada na mesa; ele só estava lá sentado. De olhos fechados, consegui ver o rosto com clareza. Era um dos que eu conhecia.

Quando voltei ao bar, Ferlin Husky substituíra Conway Twitty na vitrola e Sem Suspensórios sumira. Fui até o bartender e perguntei:

— Havia um camarada sentado lá quando entrei. Quem era?

Ele ergueu os olhos das palavras cruzadas.

— Não vi ninguém.

Puxei a carteira, tirei uma nota de cinco e a pus no balcão ao lado de um porta-copos de cerveja Narragansett.

— O nome.

Ele manteve um breve diálogo silencioso consigo mesmo, deu uma olhada no vidro de gorjetas ao lado do que continha ovos em conserva, não viu nada lá dentro a não ser uma solitária moedinha de cinco centavos e fez a nota de cinco sumir.

— Aquele era Bill Turcotte.

O nome não significava nada para mim. A mesa vazia podia não significar nada também, mas, por outro lado...

Pus um irmão gêmeo de Abraham Lincoln no balcão.

— Ele veio aqui me vigiar? — Se a resposta fosse sim, queria dizer que ele estava me seguindo. E talvez não só hoje também. Mas por quê?

O bartender empurrou os cinco de volta.

— Só sei que ele costuma vir aqui para tomar cerveja, e bastante.

— Então por que foi embora sem tomar nenhuma?

— Talvez tenha olhado a carteira e só encontrado lá dentro a carta de alforria. Eu lá tenho cara de Bridey Murphy?* Agora que o senhor deixou o meu banheiro fedido, por que não pede alguma coisa ou vai embora?

— Já estava fedendo muito bem antes de eu entrar lá, amigo.

---

* Nome que a dona de casa Virginia Tighe, do estado americano do Colorado, declarou ter na sua vida passada. Hipnotizada pelo marido em 1952, ela afirmou já ter vivido como irlandesa no século XIX. O marido publicou o caso num livro que fez muito sucesso e acabou refutado por pesquisadores que descobriram que, em frente à casa onde Virginia passara a infância, morara uma senhora irlandesa com aquele nome, e atribuíram as "lembranças da vida passada" a simples lembranças da infância. (N. da T.)

Não foi lá grande coisa como última palavra, mas foi o melhor que consegui dadas as circunstâncias. Saí e fiquei na calçada, procurando Turcotte. Não havia sinal dele, mas Norbert Keene estava em pé na vitrine da farmácia, as mãos cruzadas nas costas, me observando. O seu sorriso sumira.

8

Às cinco e vinte da tarde, estacionei o meu Sunliner no terreno ao lado da Igreja Batista da rua Witcham. Ele tinha bastante companhia; de acordo com a tabuleta, às cinco da tarde havia uma reunião dos Alcoólicos Anônimos naquela igreja específica. Na mala do Ford estavam todas as posses que eu reunira durante as minhas sete semanas como morador da Cidadezinha Peculiar, como passei a pensar. Os únicos itens indispensáveis estavam na pasta Lord Buxton que Al me dera: as anotações dele, as minhas e o resto do dinheiro. Graças a Deus, mantive a maior parte em forma portátil.

Ao meu lado no banco estava um saco de papel contendo a minha garrafa de Kaopectate — agora três quartos vazia — e as calças para incontinência. Ainda bem que estas eu achei que não ia precisar. O estômago e o intestino pareciam ter se acalmado, e os tremores tinham sumido das minhas mãos. Havia meia dúzia de chocolates Payday no porta-luvas em cima do meu Police Special. Acrescentei esses itens ao saco de papel. Mais tarde, quando estivesse posicionado entre a garagem e a sebe do número 202 da travessa Wyemore, carregaria a arma e a enfiaria no cinto. Como um bandidinho barato no tipo de filme B que passava no Strand.

Havia outro item no porta-luvas: um exemplar de *TV Guide* com Fred Astaire e Barrie Chase na capa. Provavelmente pela undécima vez desde que comprara a revista na banca da parte alta da rua Principal, fui ver a programação de sexta-feira.

20 horas, canal 2: **As novas aventuras de Ellery Queen**, George Nader, Les Tremayne. "Tão rica, tão adorável, tão morta." Um inescrupuloso corretor da Bolsa de Valores (Whit Bissell) persegue uma herdeira rica (Eva Gabor) enquanto Ellery e o pai investigam.

Pus no saco com o resto, mais para dar sorte, e então desci, tranquei o carro e fui para a travessa Wyemore. Passei por algumas mamães e papais acompanhando as travessuras ou gostosuras de crianças pequenas demais para ficar na rua sozinhas. Abóboras escavadas sorriam alegremente em muitas varandas, e um par de bonecos cheios de palha com chapéu na cabeça me fitavam com olhos vazios.

Desci a travessa Wyemore pelo meio da calçada, como se tivesse todo o direito de estar ali. Quando um pai se aproximou, segurando a mão de uma menininha usando brincos grandes de cigana, o batom vermelho da mamãe e grandes orelhas de plástico preto presas numa peruca de cachos, cumprimentei papai com o chapéu e me curvei para a criança, que levava um saco de papel só seu.

— Quem é *você*, querida?

— Annette Foonijello — respondeu ela. — Ela é a *mais bonita* do Clube do Mickey.

— E você é tão bonita quanto ela — disse eu — E como é que se diz?

A menina pareceu confusa, e o pai se inclinou e cochichou no ouvido dela, que se iluminou num sorriso.

— Gotosula ou tavessula!

— Isso — comentei. — Mas nada de travessuras hoje. — A não ser a que eu pretendia aprontar com o homem do martelo.

Tirei um Payday do meu saco (tive de me desviar do revólver para alcançá-lo) e o estendi. Ela abriu o saco e eu o deixei cair lá dentro. Eu era apenas um sujeito na rua, um perfeito desconhecido numa cidade que fora abalada por crimes terríveis não fazia muito tempo, mas vi a mesma confiança infantil no rosto de pai e filha. Os dias de doces temperados com LSD estavam longe no futuro — assim como o NÃO USE SE O SELO ESTIVER ROMPIDO.

O pai cochichou de novo.

— Obrigada, moço — disse Annette Foonijello.

— Não há de quê. — Pisquei para papai. — Que vocês dois tenham uma ótima noite.

— Ela provavelmente terá dor de barriga amanhã — disse papai, mas sorriu. — Vamos, Abóbora.

— Sou *Annette*! — afirmou ela.

— Desculpe, desculpe. Vamos, Annette. — Ele me deu um sorriso, cumprimentou com o chapéu e lá se foram eles de novo, em busca de pilhagem.

Continuei até o 202, sem correr. Poderia ter assoviado se os meus lábios não estivessem tão secos. Na entrada de garagem, arrisquei uma rápida olhada em volta. Vi alguns caçadores de gostosuras no outro lado da rua, mas ninguém que prestasse a mínima atenção em mim. Excelente. Subi rapidamente a entrada da garagem. Assim que cheguei atrás da casa, dei um suspiro de alívio tão fundo que parecia vir lá dos meus calcanhares. Ocupei a minha posição no canto direito do quintal, escondido com segurança entre a garagem e a sebe. Ou assim pensei.

Espiei o quintal dos Dunning. As bicicletas tinham sumido. A maioria dos brinquedos ainda estava lá — um arco de criança e algumas flechas com ponta de sucção, um bastão de beisebol com o cabo enrolado com fita adesiva, um bambolê verde — mas a espingardinha Daisy, não. Harry a levara para dentro. Pretendia ir com ela quando saísse atrás de gostosuras fantasiado de Buffalo Bob.

Tugga já lhe falara merda sobre isso? A mãe já dissera *pode levar se quiser porque não é de verdade*? Se não, diriam. As falas já tinham sido escritas. O meu estômago doeu, dessa vez não devido ao micróbio de 24 horas que andava pela cidade, mas porque a percepção total — do tipo que a gente sente nas entranhas — finalmente chegara de bunda de fora com toda a sua glória. Aquilo ia mesmo acontecer. Na verdade, já estava acontecendo. O espetáculo começara.

Dei uma olhada no relógio. A mim parecia que deixara o carro no estacionamento da igreja havia uma hora, mas eram só quinze para as seis. Na casa dos Dunning, a família estaria se preparando para jantar... mas, se eu conhecia bem as crianças, as menores estariam empolgadas demais para comer muito, e Ellen já estaria usando a fantasia de princesa Summerfall Winterspring. Provavelmente a vestira assim que chegara da escola e deixaria a mãe maluca com os pedidos para ajudá-la a fazer a pintura de guerra.

Sentei-me com as costas na parede de trás da garagem, remexi o saco de papel e tirei um Payday. Levantei-o e pensei no pobre J. Alfred Prufrock, o da canção de T. S. Elliot. Eu não era muito diferente, embora fosse um chocolate que eu não tinha certeza de que ousaria comer. Por outro lado, teria muito a fazer nas próximas três horas, mais ou menos, e o meu estômago era um oco roncante.

Foda-se, pensei, e desembrulhei o chocolate. Era maravilhoso — doce, salgado, consistente. Engoli quase tudo em duas mordidas. Estava me preparando para enfiar o resto na boca (e me perguntando por que, em nome de Deus, eu não embalara um sanduíche e uma garrafa de Coca) quando vi movimento com o canto o olho esquerdo. Comecei a me virar, enfiando a mão no saco para pegar a arma ao mesmo tempo, mas era tarde demais. Algo frio e aguçado espetou o oco da minha têmpora esquerda.

— Tire a mão desse saco.

Reconheci a voz na mesma hora. *Que tal uma beijoca no porquinho?*, dissera o dono quando lhe perguntei se ele ou algum amigo conheciam um camarada chamado Dunning. Ele dissera que Derry era cheia de Dunning, e isso eu verificara por conta própria não muito depois, mas ele tivera desde o princípio uma boa ideia de quem eu procurava, não é? E aquela era a prova.

A ponta da lâmina se enfiou um pouco mais, e senti uma gota de sangue escorrer pelo lado do meu rosto. Era quente contra a pele gelada. Quase fervente.

— Tire a mão *agora*, meu chapa. Acho que sei o que há aí e, se a sua mão não sair vazia, as suas gostosuras de Halloween vão ser meio metro de aço japa. Essa coisa é bem afiada. Vai sair direto pelo outro lado da sua cabeça.

Tirei a mão do saco — vazia — e me virei para olhar Sem Suspensórios. O cabelo dele tombava em cachos oleosos sobre as orelhas e a testa. Os olhos escuros nadavam no rosto pálido e mal barbeado. Senti um desalento tão grande que era quase desespero. Quase... mas sem ser. *Mesmo que ele me mate*, pensei de novo. *Mesmo que.*

— No saco só há chocolate — disse eu, com voz tranquila. — Se quiser um, sr. Turcotte, é só pedir. Eu lhe dou.

Ele puxou o saco antes que eu pusesse a mão lá dentro. Usou a mão que não segurava a arma, que por acaso era uma baioneta. Não sei se era japonesa ou não, mas pelo jeito que luzia à luz evanescente do crepúsculo, eu me dispunha a estipular que era bem afiada.

Ele remexeu no saco e tirou o meu Police Special.

— Só chocolate, é? Isso não se parece com chocolate, *senhor* Amberson.

— Preciso disso.

— É, e quem está no inferno precisa de água gelada, mas não ganha.

— Baixe a voz — disse eu.

Ele enfiou a minha arma no cinto — exatamente onde eu imaginara que a poria depois de passar pela sebe e chegar ao quintal dos Dunning — e chuçou a baioneta na direção dos meus olhos. Foi preciso força de vontade para não recuar.

— Não me diga o que... — Ele cambaleou. Esfregou primeiro o estômago, depois o peito, depois o pescoço malbarbeado, como se houvesse alguma coisa presa ali. Ouvi um clique na garganta dele quando engoliu.

— Sr. Turcotte? O senhor está bem?

— Como sabe o meu nome? — Então, sem esperar resposta: — Foi o Pete, não foi? O bartender do Sonolento. Ele lhe contou.

— Foi. Agora tenho uma pergunta a lhe fazer. Há quanto tempo está me seguindo? E por quê?

173

Ele sorriu sem humor, revelando um par de falhas nos dentes.

— Foram duas perguntas.

— Basta responder.

— Você age como... — ele fez cara de dor de novo, engoliu de novo e se apoiou na parede dos fundos da garagem — como se estivesse no comando.

Avaliei a palidez e a agonia de Turcotte. O sr. Keene podia ser um canalha com um quê de sadismo, mas achei que, como diagnosticista, não era tão ruim assim. Afinal de contas, quem tem mais condições do que o farmacêutico local de saber qual é a doença da vez? Eu tinha bastante certeza de que não precisaria do resto de Kaopectate, mas Bill Turcotte podia precisar. Sem falar das calças para incontinência, assim que aquele micróbio realmente começasse a trabalhar.

Isso pode ser muito bom ou muito ruim, pensei. Mas que bobagem. Não havia nada de bom naquilo.

Não importa. Faça ele falar. E assim que os vômitos começarem — supondo que comecem antes que ele me corte a garganta ou me mate com a minha arma — pule em cima dele.

— Basta me dizer — disse eu. — Acho que tenho o direito de saber, já que não lhe fiz nada.

— É *a ele* que você quer fazer alguma coisa, eis o que eu penso. Toda essa história de imóveis que você vem cuspindo pela cidade... tudo lixo. Você veio aqui atrás *dele*. — Com a cabeça, ele indicou a casa do outro lado da sebe. — Soube no instante que o nome dele pulou da sua boca.

— Como assim? Esta cidade é cheia de Dunning, você mesmo disse.

— É, mas só um me interessa. — Ele ergueu a mão que segurava a baioneta e limpou o suor da testa com a manga. Acho que eu teria conseguido pegá-lo nessa hora, mas tive medo de que o barulho da briga chamasse a atenção. E se a arma disparasse, provavelmente seria eu a receber a bala.

Também estava curioso.

— Ele deve ter lhe feito um bem danado pelo caminho para você se transformar no seu anjo da guarda — comentei.

Ele soltou um risinho latido e sem humor.

— Gajo, essa foi boa, mas de certa forma é verdade. Acho que sou um tipo de anjo da guarda. Pelo menos por enquanto.

— Como assim?

— Quero dizer que ele é meu, Amberson. Aquele filho da puta matou a minha irmã caçula, e se alguém vai enfiar nele uma bala... ou uma lâmina — ele brandiu a baioneta diante do rosto pálido e carrancudo — serei eu.

9

Fitei-o boquiaberto. Em algum lugar, a distância, veio um matraquear de estouros quando algum herege do Halloween soltou uma fieira de traques. Crianças gritavam ao subir e descer a rua Witcham. Mas ali éramos só nós dois. Christy e os seus colegas alcoólatras se autointitulavam Amigos de Bill; nós éramos os Inimigos de Frank. Uma equipe perfeita, talvez dissessem... só que Bill "Sem Suspensórios" Turcotte não parecia disposto a trabalhar em equipe.

— Você... — Parei e balancei a cabeça. — Me conte.

— Se você tivesse metade da inteligência que pensa que tem, seria capaz de juntar as peças sozinho. Ou Chazzy não lhe contou o suficiente?

No início, não tinha registro. Então, achei. O homenzinho com a sereia no antebraço e a cara alegre de esquilo. Só que aquele rosto não parecera tão alegre quando Frank Dunning lhe dera um tapa nas costas e lhe disse que mantivesse limpo o nariz, grande demais para se sujar. Antes disso, enquanto Frank ainda contava piadas na mesa do papo furado dos irmãos Tracker nos fundos do Acendedor de Lampiões, Chaz Frati me falara do mau humor de Dunning... o que, graças à redação do zelador, não era novidade para mim. *Ele engravidou uma garota. Depois de um ou dois anos, ela pegou o bebê e deu no pé.*

— Tem alguma coisa chegando pelas ondas de rádio, comandante Cody? Parece que sim.

— A primeira mulher de Frank Dunning era sua irmã.

— Está vendo? Quem disser a palavra secreta ganha cem dólares.

— O sr. Frati disse que ela pegou o bebê e fugiu dele. Porque não aguentava mais como ele ficava quando bebia.

— É, foi o que ele lhe contou e é o que a maioria da cidade acredita — o que Chazzy acredita, até onde sei — mas eu conheço a verdade. Clara e eu sempre fomos íntimos. Quando a gente era pequeno, era eu por ela, ela por mim. Provavelmente você nem sabe como é, com essa cara de ser frio à beça, mas era assim que era.

Pensei naquele ano bom que tive com Christy — seis meses antes do casamento e seis meses depois.

— Não tão frio assim. Sei do que você está falando.

Ele se esfregava de novo, embora eu ache que ele nem percebia: da barriga ao peito, do peito à garganta, de volta ao peito. O rosto estava mais pálido do que nunca. Pensei no que teria comido no almoço; mas não precisaria pensar muito tempo; logo poderia ver com os próprios olhos.

— É? Então talvez ache um pouco engraçado minha irmã nunca ter me escrito depois que ela e Mikey se instalaram sei lá onde. Nem mesmo um cartão-postal. Eu acho que é muito mais do que engraçado. Porque ela escreveria. *Ela* sabia como eu gostava dela. E sabia como eu amava aquele moleque. Ela estava com 20 anos e Mikey com 16 meses quando aquele sujeitinho de merda anunciou que tinham sumido. Foi no verão de 1938. Ela teria 40 anos agora e o meu sobrinho, 21. Com idade suficiente pra votar. E quer me dizer que ela nunca escreveu uma única *linha* para o irmão que impediu o Royce Metido de enfiar o filé velho e enrugado nas costas dela quando a gente era criança? Nem pedir um dinheirinho para ajudar a se instalar em Boston, Nova York ou sei lá onde? Amigo, eu teria...

Ele fez uma careta, soltou um sonzinho de *urc-ulp* que eu conhecia muito bem e cambaleou para trás, contra a parede da garagem.

— É melhor se sentar — disse eu. — Você está doente.

— Nunca fico doente. Não tive nem resfriado desde que saí do sexto ano.

Se assim fosse, aquele micróbio ia fazer nele uma verdadeira blitzkrieg, como os alemães entrando em Varsóvia.

— É gripe intestinal, Turcotte. Passei a noite toda assim. O sr. Keene da farmácia diz que está tomando conta da cidade.

— Aquela tia velha de bunda seca não sabe de nada. Estou bem. — Ele deu um puxão nos chumaços oleosos de cabelo para me mostrar que estava muito bem. O rosto estava mais pálido do que nunca. A mão que segurava a baioneta japonesa tremia como a minha tremera até o meio-dia. — Quer escutar ou não?

— Claro. — Dei uma olhada de esguelha no relógio. Eram seis e dez. O tempo que se arrastara tão devagar agora se acelerava. Onde estava Frank Dunning naquele momento? Ainda no mercado? Achei que não. Achei que saíra cedo, talvez dizendo que levaria os filhos para caçar gostosuras e ameaçar travessuras. Só que o plano não era esse. Ele estava em algum bar, e não no Acendedor de Lampiões. Lá ia tomar uma cerveja, duas, no máximo. O que conseguia aguentar, embora — se a minha mulher fosse um exemplo justo, e eu achava que era — sempre saísse de boca seca, com o cérebro enfurecido, querendo mais.

Não, quando sentia a necessidade de realmente se banhar com o troço, faria isso num dos pés-sujos de Derry: o Raio, o Sonolento, o Balde. Talvez até num dos buracos pavorosos que pendiam acima do poluído Kenduskeag — o Wally ou o escabroso Salão Paramount, onde antigas putas com cara de cera ainda ocupavam a maior parte dos bancos do balcão. E ele contava piadas que faziam o lugar inteiro rir? Será que alguém se aproximava dele quando se dedicava à tarefa de despejar álcool de cereais nas brasas da fúria nos fundos do cérebro? Não, a menos que quisessem tratamento dentário improvisado.

— Quando a minha irmã e o meu sobrinho sumiram, eles e Dunning tavam morando numa casinha alugada perto da fronteira de Cashman. Ele bebia muito, e quando bebe muito ele põe a merda dos punhos pra trabalhar. Vi os hematomas dela, e uma vez Mikey estava com o bracinho todo preto e azul, do pulso até o cotovelo. Eu perguntei: "Mana, ele tá batendo em você e no bebê? Porque se tiver, eu bato *nele*." Ela disse que não, mas não me olhou na hora. Ela disse: "Fique longe dele, Billy. Ele é forte. Você também é, eu sei, mas é magro demais. Um vento forte levaria você embora. Ele machucaria você." Menos de seis meses depois, ela sumiu. Foi embora, é o que *ele* disse. Mas tem muita floresta naquele lado da cidade. Merda, quando a gente entra em Cashman, *só tem* floresta. Floresta e pântano. Você sabe o que foi que aconteceu, não sabe?

Eu sabia. Os outros talvez não acreditassem porque agora Dunning era um cidadão respeitado que parecia ter controlado a bebedeira havia muito tempo. E também porque tinha charme para dar e vender. Mas eu tinha informações privilegiadas, não tinha?

— Acho que ele pirou. Acho que chegou em casa bêbado e ela disse a coisa errada, talvez algo completamente inócuo...

— Inó... *o quê*?

Espiei o quintal pela sebe. Além dele, uma mulher passou pela janela da cozinha e sumiu. Na casa dos Dunning, o jantar estava servido. Estariam comendo sobremesa? Gelatina Jell-O com creme Dream Whip? Torta de biscoitos Ritz? Achei que não. Quem precisa de sobremesa na noite de Halloween?

— Estou dizendo que ele matou os dois. Não é o que você acha?

— É... — Ele parecia surpreso e desconfiado ao mesmo tempo. Acho que os obsessivos sempre ficam assim quando escutam o que os deixou acordados durante longas noites ser mais do que articulado, ser corroborado. *Será alguma travessura?*, pensam. Só que não era travessura. E com certeza não era gostosura.

— Dunning tinha quantos anos, 22? — perguntei. — A vida toda pela frente. Ele deve ter pensado: "Bom, fiz uma coisa horrorosa aqui, mas consigo limpar tudo. Estamos na floresta, os vizinhos mais próximos a mais de um quilômetro de distância..." Eles *estavam* a mais de um quilômetro de distância, Turcotte?

— Pelo menos. — Ele disse isso bem ressentido. Uma das mãos massageava a base da garganta. A baioneta afrouxara. Agarrá-la com a mão direita seria simples e arrancar o revólver do cinto dele com a outra não estaria fora de questão, mas não quis. Achei que o micróbio cuidaria do sr. Bill Turcotte. Achei mesmo que seria simples assim. Viu como é fácil esquecer a obstinação do passado?

— Então ele levou os corpos para a floresta, os enterrou e disse que tinham fugido. Não poderia haver uma grande investigação.

Turcotte virou a cabeça e cuspiu.

— Ele era de uma boa família antiga de Derry. A minha veio do vale Saint John num caminhão velho e enferrujado quando eu tinha 10 anos e Clara, 8. Só lixo de francês. O que acha?

Achei que era outro caso de Derry sendo Derry — foi o que pensei. E embora entendesse o amor de Turcotte e me solidarizasse com a sua perda, ele falava de um crime antigo. Era o que estava marcado para acontecer dali a menos de duas horas que me preocupava.

— Você pôs Frati na minha cola, não foi? — Agora era óbvio, mas mesmo assim desapontador. Achara que o sujeito só estava sendo amistoso, contando um pouco das fofocas locais e dividindo cerveja e Sobras de Lagosta. Errado. — Amigo seu?

Turcotte sorriu, mas parecia mais uma careta.

— Eu, amigo de um judeu penhorista rico? Só rindo. Quer ouvir uma historinha?

Dei outra olhada no relógio e vi que ainda tinha algum tempo livre. Enquanto Turcotte falava, aquele velho vírus intestinal trabalharia com afinco. A primeira vez que ele se abaixasse para vomitar, eu pretendia atacar.

— Por que não?

— Eu, Dunning e Chaz Frati temos todos a mesma idade: 42. Acredita nisso?

— Claro. — Mas Turcotte, que levara uma vida dura (e agora estava doente, por menos que quisesse admitir), parecia dez anos mais velho que os outros dois.

— Quando estávamos no último ano do velho colégio Consolidated, eu era auxiliar administrativo do time de futebol americano. Tiger Bill, era como me chamavam... não é uma gracinha? Me candidatei quando calouro e depois no segundo ano, mas sempre me recusaram. Magro demais para a linha de ataque, lento demais para a defesa. A história da minha vida de merda, amigo. Mas eu adorava o jogo e não tinha nenhum trocado para as entradas... a minha família não tinha *nada*... e aí aceitei ser o auxiliar administrativo. O nome é bonito, mas sabe o que significa?

Claro que sabia. Na minha vida de Jake Epping, eu não era o sr. Imobiliária, mas o sr. Escola Secundária, e algumas coisas não mudam.

— Você é que levava água.

— É, eu levava água. E segurava o balde de vômito quando alguém enjoava depois de correr num dia quente ou levava um capacete no saco. E também ficava até tarde para recolher as sujeiras deles no campo e pescava do piso do vestiário os suportes atléticos manchados de merda.

Ele sorriu. Imaginei o estômago dele virando um iate no mar tempestuoso. Lá vai ele, amigos... depois o mergulho em parafuso.

— Aí, um dia, em setembro ou outubro de 1934, eu tava lá depois do treino sozinho, catando protetores caídos e ataduras elásticas e todo o resto que eles costumavam deixar pra trás, botando tudo no carrinho, e o que é que vejo? Chaz Frati disparando pelo campo de futebol, largando os livros para trás. Um monte de garotos estava indo atrás dele e... *Cristo*, o que foi isso?

Ele olhou em volta, os olhos arregalados no rosto pálido. Mais uma vez eu talvez conseguisse agarrar a pistola, a baioneta com certeza, mas não. A mão dele esfregava o peito de novo. Não o estômago, mas o peito. Isso provavelmente deveria ter me dito alguma coisa, mas eu tinha coisa demais na cabeça. A história dele não era a menor parte. Essa é a maldição da aula de leitura. Podemos ser seduzidos por uma boa história mesmo nos momentos menos oportunos.

— Relaxe, Turcotte. São só garotos disparando traques. Halloween, lembra?

— Não me sinto muito bem. Talvez você tenha razão sobre a tal gripe.

Se achava que estava ficando doente a ponto de se incapacitar, talvez ele fizesse algo precipitado.

— Não se importe com a gripe agora. Me fale de Frati.

Ele sorriu. Era uma expressão inquietante naquele rosto pálido, suado, com a barba por fazer.

— O velho Chazzy corria pra diabo, mas foi alcançado. Havia uma ravina uns vinte metros depois das balizas do gol, na ponta sul do campo, e o empurraram por ela. Você ficaria surpreso se eu lhe dissesse que Frankie Dunning era um deles?

Fiz que não.

— Eles o jogaram lá embaixo, baixaram as calças dele. Depois começaram a empurrar o coitado de um lado para o outro e a lhe dar tapas. Gritei para que parassem, e um deles ergueu os olhos para mim e berrou: "Desça aqui e faça a gente parar, seu cara de bosta. Vamos lhe dar o dobro do que estamos dando a ele." Então, corri para o vestiário e disse a alguns jogadores de futebol que um grupo de bandidos estava batendo num garoto e talvez eles quisessem acabar com aquilo. Claro que eles não davam a mínima para quem estava apanhando e quem estava batendo, mas aqueles sujeitos adoravam uma briga. Saíram correndo, alguns ainda só com a roupa de baixo. E quer saber de uma coisa engraçada, Amberson?

— Claro. — Dei outra olhada rápida no relógio. Quase quinze para as sete, agora. Na casa dos Dunning, Doris estaria lavando a louça e talvez escutando Huntley-Brinkley na televisão.

— Está atrasado para alguma coisa? — perguntou Turcotte. — Vai pegar a merda do trem?

— Você ia me contar uma coisa engraçada.

— Ah. É. Estavam cantando o hino da escola! O que acha disso?

Com o olho da mente, vi oito ou dez garotos musculosos e seminus correndo pelo campo, ansiosos por uma sessão de socos pós-treino, e cantando *Salve, Derry Tigers, hasteamos sua bandeira. Era* meio engraçado.

Turcotte viu o meu sorriso e respondeu com um dos dele. Era tenso, mas genuíno.

— Os jogadores lançaram longe alguns daqueles sujeitos. Mas não Frankie Dunning; aquele patife viu que estava em desvantagem e correu para a floresta. Chazzy estava caído no chão, segurando o braço. Tinha quebrado. Mas poderia ter sido muito pior. Podia ter que ir para o hospital. Um dos jogadores o olhou caído ali no chão e o cutucou com o pé, do jeito que a gente faz com uma bosta de vaca que a gente quase pisou, e disse: "Corremos até aqui para salvar o lombo de um judeuzinho?" E vários riram, porque era meio uma piada, sabe: Judeuzinho? Lombo? — Ele me espiou por entre os chumaços de cabelo lustroso de Brylcreem.

— Entendi — disse eu.

— "Ah, e daí?", disse outro. "Deu para chutar umas bundas e pra mim tá bom." Eles voltaram e ajudei Chaz a subir a ravina. Cheguei a ir até a casa dele porque achei que ele podia desmaiar ou coisa assim. Estava com medo de que Frankie e os amigos dele voltassem — ele também — mas fiquei com ele. Eu nem sabia por que, foda-se. Você devia ter visto a casa onde ele morava: um puta palácio. Esse negócio de penhores deve mesmo dar lucro. Quando chegamos lá, ele me agradeceu. E foi sincero, também. Não estava só fazendo cena. Eu disse: "Não foi nada, só não gosto de ver seis contra um." O que era verdade. Mas sabe o que dizem sobre os judeus: eles nunca esquecem dívidas nem favores.

— E você aproveitou para descobrir o que eu estava fazendo.

— Eu já tinha uma boa ideia do que você estava fazendo, meu chapa. Só queria ter certeza. Chaz me disse pra deixar pra lá — disse que achou que você era um bom sujeito —, mas quando se trata de Frankie Dunning, não deixo nada pra lá. Ninguém se mete com Frankie Dunning, só eu. Ele é *meu*.

Ele fez uma careta e voltou a esfregar o peito. E dessa vez a ficha caiu.

— Turcotte, é o seu estômago?

— Não, o peito. Parece todo apertado.

Isso não soou bem, e a ideia que passou pela minha cabeça foi *agora ele também está dentro da meia de nylon.*

— Sente-se antes que caia.

Comecei a me mover na direção dele. Ele puxou a arma. A pele entre os meus mamilos, onde a bala entraria, começou a comichar loucamente. *Eu poderia ter tirado a arma dele*, pensei. *Poderia mesmo. Mas não, tinha de ouvir a história. Tinha de saber.*

— *Você* se sente aí, irmão. Relaxe, como se costuma dizer nos quadrinhos.

— Se você tiver um ataque do coração...

— Não estou tendo nenhuma merda de ataque de coração. Agora *sente*.

Sentei-me e ergui os olhos para ele, que se encostou na garagem. Os lábios dele estavam com um tom azulado que eu não associava à boa saúde.

— O que quer com ele? — perguntou Turcotte. — É isso que quero saber. É isso que *tenho* de saber antes de decidir o que faço com você.

Pensei cautelosamente no que responder. Como se a minha vida dependesse disso. Talvez dependesse. Não achava que Turcotte tivesse dentro de si o homicídio a sangue frio, não importava o que *ele* pensava, senão Frank Dunning estaria plantado ao lado dos pais há muito tempo. Mas estava com a minha arma e passando mal. Poderia puxar o gatilho por acidente. Fosse qual fosse, a força que queria que tudo continuasse como estava poderia até ajudá-lo.

Se eu lhe contasse do jeito certo — deixando de fora as maluquices, em outras palavras — talvez ele acreditasse. Por causa daquilo em que já acreditava. Do que sabia no fundo do coração.

— Ele vai fazer de novo.

Ele começou a perguntar o que eu queria dizer, depois não precisou. Os seus olhos se arregalaram.

— Quer dizer... ela? — Ele olhou na direção da sebe. Até então, eu nem tinha certeza de que ele sabia o que estava do outro lado.

— Não só ela.

— Uma das crianças, também?

— Uma, não, *todas*. Agora ele está bebendo, Turcotte. Entrando noutra das suas fúrias cegas. Você sabe tudo sobre elas, não sabe? Só que dessa vez não haverá como esconder depois. Ele também não se importa. Isso vem crescendo desde a última bebedeira, quando Doris finalmente se cansou de apanhar. Ela o pôs para fora, você sabia?

— Todo mundo sabe. Ele está morando num quarto de pensão na Caridade.

— Ele vem tentando reconquistar as boas graças da mulher, mas o encantamento não funciona mais. Ela quer se divorciar; e como ele finalmente entendeu que não vai convencer a esposa a desistir, vai lhe dar o divórcio com um martelo. Depois vai se divorciar dos filhos do mesmo jeito.

Ele franziu a testa para mim. Baioneta numa das mãos, arma de fogo na outra. *Um vento forte levaria você embora*, lhe dissera a irmã tantos e tantos anos atrás, mas eu achava que naquela noite não seria preciso nem uma brisa.

— Como é que sabe disso?

— Não tenho tempo de explicar, mas sei, mesmo assim. Estou aqui para impedir. Então me devolva a minha arma e me deixe agir. Pela sua irmã. Pelo seu sobrinho. E porque acho que, no fundo, você é um sujeito muito bom. — Isso era bobagem, mas, como dizia o meu pai, se vai se usar, é melhor usar bastante. — Por que outra razão você impediria que Dunning e os amigos surrassem Chaz Frati até quase a morte?

Ele estava pensando. Quase dava para ouvir as engrenagens girando e os pinos clicando. Então uma luz se acendeu nos seus olhos. Talvez fossem apenas os últimos restos do pôr do sol, mas para mim se parecia com as velas que agora tremeluziam dentro das cabeças de abóbora pela cidade inteira. Ele começou a sorrir. O que disse em seguida só poderia vir de um homem mentalmente enfermo... ou que morasse tempo demais em Derry... ou ambos.

— Ele vai acabar com todos, é? Tudo bem, deixe.

— *O quê?*

Ele me apontou o .38.

— Sente-se de novo, Amberson. Tire um peso das costas.

Com relutância, voltei a me sentar. Agora passava das sete da noite e ele se transformava num homem-sombra.

— Sr. Turcotte... Bill... sei que não se sente bem, então talvez não entenda direito a situação. Há uma mulher e quatro crianças lá dentro. A garotinha só tem sete anos, pelo amor de Deus.

— O meu sobrinho era muito mais novo do que isso. — Turcotte falava com gravidade, um homem que articulava a grande verdade que explica tudo.

E justifica tudo, também. — Estou passando mal demais para acabar com ele e você não tem coragem. Dá para ver, basta olhar.

Achei que nisso ele estava errado. Podia estar certo quanto a Jake Epping, de Lisbon Falls, mas aquele camarada mudara.

— Por que não me deixa tentar? Que mal isso vai lhe fazer?

— Porque mesmo que você mate aquele canalha, isso não basta. Acabei de pensar nisso. A ideia me veio assim... — Ele estalou os dedos. — Como se viesse do nada.

— Isso não faz sentido.

— É porque você não passou vinte anos vendo homens como Tony e Phil Tracker tratando ele como se fosse o Rei da Merda. Vinte anos vendo mulheres piscar como se ele fosse Frank Sinatra. Ele tem um Pontiac, enquanto ralei o cu em umas seis fábricas diferentes para ganhar salário mínimo, respirando fibras de pano pela garganta até mal conseguir me levantar de manhã. — A mão no peito. Esfregando, esfregando. O rosto uma mancha pálida na penumbra do fundo do quintal do número 202 da Wyemore. — Matar é bom demais para aquele sujeitinho de merda. Ele precisa é de uns quarenta anos, mais ou menos, na penitenciária de Shank, onde, se deixar o sabão cair no chuveiro, não arriscaria o cu se curvando para pegar. Onde a única bebida que terá é refresco de ameixa. — Ele baixou a voz. — E sabe o que mais?

— O quê? — Eu estava gelado.

— Quando a bebedeira passar, ele vai sentir saudades. Vai se arrepender do que fez. Vai ficar com vontade de voltar atrás. — Agora quase um sussurro, um som rouco e encatarrado. É como os loucos irrecuperáveis devem falar entre si tarde da noite, em lugares como Juniper Hill, quando passa o efeito do remédio. — Talvez não se arrependa muito da mulher, mas das crianças, com certeza. — Ele riu e depois fez uma careta como se tivesse doído. — Você deve estar cheio de merda, mas quer saber? Espero que não. Vamos esperar para ver.

— Turcotte, aquelas crianças são inocentes.

— Clara também era. O pequeno Mikey também. — Os ombros de sombra subiram e desceram. — Fodam-se.

— Você não pode estar falando sé...

— Cale-se. Vamos esperar.

10

Havia ponteiros fluorescentes no relógio que Al me dera, e observei com horror e resignação o ponteiro maior descer para a parte de baixo do mostrador e voltar a subir. Vinte e cinco minutos até o início de *As novas aventuras de Ellery Queen*. Depois, vinte. Depois, quinze. Tentei falar e ele me mandou calar a boca. Não parava de esfregar o peito, a não ser para tirar os cigarros do bolso da camisa.

— Ah, ótima ideia — disse eu. — Isso vai ajudar muito o seu coração.

— Silêncio.

Ele enfiou a baioneta no cascalho atrás da garagem e acendeu o cigarro com um Zippo surrado. No brilho momentâneo da chama, vi o suor correr pelas bochechas dele, embora a noite estivesse bem fria. Os olhos pareciam afundados nas órbitas, deixando o rosto parecido com uma caveira. Ele sugou a fumaça, a expulsou tossindo. O corpo magro se sacudiu, mas a arma continuava firme. Apontada para o meu peito. Lá em cima, as estrelas apareceram. Agora eram dez para as oito. Havia quanto tempo *Ellery Queen* começara quando Dunning chegou? A redação de Harry não contava, mas eu apostava que não muito. Não haveria aula amanhã, mas nem assim Doris Dunning queria Ellen, de 7 anos, acordada muito depois das dez, mesmo que estivesse com Tugga e Harry.

Cinco para as oito.

De repente, uma ideia me ocorreu. Tinha a clareza da verdade inquestionável, e falei enquanto brilhava.

— Seu titica de galinha.

— *O quê?* — Ele se endireitou como se levasse um susto.

— Você me escutou. — Eu o imitei. — "Ninguém se mete com Frankie Dunning, só eu. Ele é *meu*." Você diz isso a si mesmo há vinte anos, não é? E ainda não se meteu com ele.

— Já lhe disse para calar a boca.

— Inferno, vinte e dois anos! Você também não se meteu quando ele correu atrás de Chaz Frati, não foi? Você fugiu como uma menininha e foi buscar os jogadores de futebol.

— Eles eram seis!

— Claro, mas Dunning andou sozinho muitas vezes desde então, e você nem para pôr uma casca de banana na calçada e torcer para ele escorregar. Você é um titica, um covarde, Turcotte. Se escondendo por aí como um coelho na toca.

— Cale a boca!

— Dizendo a si mesmo bobagens, como se ver o sujeito na prisão fosse a melhor vingança, para você não ter de encarar o fato de...

— *Cale a boca!*

— ... de que você é um maluco que deixou o assassino da sua irmã andar por aí em liberdade durante mais de vinte anos...

— *Estou lhe avisando!* — Ele armou o cão do revólver.

Bati o polegar no meio do peito.

— Ande! Atire. Todo mundo vai ouvir, a polícia virá, Dunning verá a confusão e dará meia-volta e *você* é que vai parar em Shawshank. Aposto que têm fábrica lá também. Você pode trabalhar nela por cinco centavos a hora, em vez de um dólar e vinte. Só que você vai *gostar*, porque não terá de explicar a si mesmo por que só ficou parado olhando esses anos todos. Se a sua irmã estivesse viva, ela *cuspiria* em v...

Ele avançou a arma, querendo apertar o cano contra o meu peito, e tropeçou na maldita baioneta. Afastei a pistola de lado com as costas da mão e ela disparou. A bala deve ter atingido o chão a menos de três centímetros da minha perna, porque um borrifinho de pedras bateu na minha calça. Agarrei a arma e a apontei para ele, disposto a atirar se ele fizesse o menor movimento para pegar a baioneta caída.

O que ele fez foi cair contra a parede da garagem. Agora ambas as mãos estavam abertas em cima do lado esquerdo do peito, e ele fazia um som grave como se fosse vomitar.

Em algum lugar não muito longe — na Kossuth, não na Wyemore — um homem berrou:

— Diversão é diversão, seus moleques, só que uma bombinha mais e chamo a polícia! E não vou repetir!

Soltei a respiração. Turcotte soltava a dele também, mas ofegante, aos poucos. Os sons de vômito continuaram enquanto ele escorregava pela lateral da garagem e se espalhava no cascalho. Peguei a baioneta, pensei em pô-la no cinto e decidi que só rasgaria a perna quando passasse pela sebe: o passado trabalhando duro, tentando me deter. Em vez disso, joguei-a no quintal escuro e ouvi um barulho grave quando ela bateu em alguma coisa. Talvez a lateral da casinha de cachorro FEITA PARA O SEU LULU.

— Ambulância — grasnou Turcotte. Os olhos dele brilhavam com o que poderiam ser lágrimas. — Por favor, Amberson. Dói muito.

Ambulância. Boa ideia. E eis algo hilariante. Eu já estava em Derry — em 1958 — havia quase dois meses, mas ainda enfiei a mão no bolso direito da frente da calça, onde sempre levava o celular quando não usava paletó. Os meus dedos não encontraram nada lá, a não ser trocados e as chaves do Sunliner.

— Sinto muito, Turcotte. Você nasceu na época errada para ter assistência instantânea.

— O quê?

De acordo com o Bulova, *As novas aventuras de Ellery Queen* estavam agora sendo transmitidas para os Estados Unidos cheios de expectativa.

— Aguente aí — disse eu, e passei pela sebe, a mão que não segurava a arma erguida para proteger os olhos dos galhos rijos e inclinados.

11

Tropecei na caixa de areia no meio do quintal dos Dunning, caí de corpo inteiro e me vi cara a cara com uma boneca de olhos vazios que usava uma tiara e nada mais. O revólver voou da minha mão. Saí de gatinhas a procurá-lo, achando que nunca o encontraria; esse era o truque final do passado obstinado. Um truque pequeno, comparado à gripe intestinal devastadora e a Bill Turcotte, mas bom. Então, assim que o vi caído na beira de um pedaço de luz trapezoidal lançado pela janela da cozinha, escutei um carro vindo pela rua Kossuth. Vinha bem mais depressa do que um motorista sensato ousaria numa rua que, sem dúvida, estava cheia de crianças de máscara e sacolinha para recolher gostosuras. Soube quem era mesmo antes que parasse guinchando os pneus.

Dentro do 379, Doris Dunning estava no sofá com Troy enquanto Ellen dava pulinhos com a sua fantasia de princesa índia, louca para sair. Troy acabara de lhe dizer que ajudaria a comer os doces quando ela, Tugga e Harry voltassem. Ellen respondia: "Não, não vai, ponha a roupa e vá buscar as suas." Todo mundo riria com isso, até Harry, que estava no banheiro para um servicinho de última hora. Porque Ellen era uma verdadeira Lucille Ball que conseguia fazer todo mundo rir.

Peguei a arma. Ela escorregou pelos meus dedos molhados de suor e caiu na grama de novo. A minha canela uivava onde eu a batera na lateral da caixa de areia. Do outro lado da casa, a porta de um carro bateu e passos rápidos soaram no concreto. Eu me lembro de pensar: *Tranque a porta, mamãe, não é apenas o seu marido mal-humorado; é a própria Derry que vem subindo a calçada.*

Agarrei a arma, me levantei, tropecei nos meus pés estúpidos, quase caí de novo, me reequilibrei e corri para a porta dos fundos. A antepara do porão estava no meu caminho. Contornei-a, convencido de que, se pusesse o meu peso em cima, ela cederia. O próprio ar parecia ter se tornado xaroposo, como se também tentasse me retardar.

Mesmo que ele me mate, pensei. *Mesmo que ele me mate e Oswald consiga fazer o que quer e milhões morram. Mesmo assim. Porque aqui é* agora. *Aqui são* eles.

A porta dos fundos estaria trancada. Tinha tanta certeza disso que quase tropecei na soleira quando a maçaneta girou e a porta se abriu. Entrei numa cozinha que ainda cheirava à carne de panela que a sra. Dunning preparara no seu fogão Hotpoint. A pia estava cheia de louça. Havia uma molheira na bancada; ao lado, um prato de macarrão frio. Da TV vinha uma trilha sonora trêmula com violinos — que Christy costumava chamar de "música de assassinato". Muito adequado. Em cima da bancada estava a máscara de Frankenstein de borracha.

Tugga pretendia usá-la para buscar gostosuras ou travessuras. Ao lado, estava uma sacolinha de papel para brindes com **DOCES DO TUGGA NÃO MEXA** escrito na lateral com lápis de cera preto.

Na redação, Harry escrevera que a mãe dissera: "Saia daqui com essa coisa, não era para você vir aqui." O que a escutei dizer quando corria pelo linóleo na direção do arco entre a cozinha e a sala de estar foi: "Frank? O que está fazendo aqui?" A voz dela começou a subir. "O que é isso? Por que você... *saia daqui!*"

Então ela gritou.

12

Quando atravessei o arco, uma criança disse:

— Quem é você? Por que a minha mãe está gritando? O papai está aqui?

Virei a cabeça e vi Harry Dunning aos 10 anos, em pé na porta de um banheirinho no canto mais distante da cozinha. Usava roupa de caubói e levava numa das mãos a espingarda de ar comprimido. Com a outra, puxava o zíper da calça. Então, Doris Dunning gritou de novo. Os outros dois meninos gritavam. Houve um barulho — um barulho pesado, enjoativo — e o grito se interrompeu.

— *Não, papai, não, você está MACHUCANDO ela!* — guinchou Ellen.

Corri pelo arco e parei ali, boquiaberto. Com base na redação de Harry, sempre supus que eu teria de deter um homem brandindo o tipo de martelo que todos guardam nas caixas de ferramentas. Não fora isso o que ele levara. O que ele levara era uma marreta com uma cabeça de dez quilos, e ele a manejava como se fosse um brinquedo. As mangas estavam arregaçadas e pude ver o volume dos músculos acumulados em vinte anos cortando carne e carregando carcaças. Doris estava no tapete da sala. Ele já lhe quebrara o braço — o osso saía por um rasgão na manga do vestido — e também deslocara o ombro, pelo jeito. O rosto dela estava pálido e tonto. Ela rastejava pelo tapete diante da TV com o cabelo caindo no rosto. Dunning jogava o martelo para trás. Dessa vez, golpearia a cabeça, esmagando o crânio e fazendo o cérebro voar sobre as almofadas do sofá.

Ellen era um pequeno dervixe, tentando empurrá-lo de volta pela porta.

— *Pare, papai, pare!*

Ele a agarrou pelo cabelo e a levantou. A menina saiu rodando, as penas voando do cocar. Bateu na cadeira de balanço e a derrubou.

— *Dunning!* — gritei. — *Pare com isso!*

Ele me olhou com olhos vermelhos e chorosos. Estava bêbado. Chorava. Corria catarro das narinas e o cuspe molhava o queixo. O rosto era uma cólica de fúria, angústia e perplexidade.

— Que diabos é você? — perguntou ele, e correu para mim sem esperar resposta.

Puxei o gatilho do revólver, pensando: *Dessa vez não vai atirar, é uma arma de Derry e não vai atirar.*

Mas atirou. A bala o pegou no ombro. Uma rosa vermelha se abriu na camisa branca. Ele se torceu de lado com o impacto e atacou de novo. Ergueu a marreta. A flor na camisa se espalhou, mas ele não parecia sentir.

Puxei o gatilho de novo, mas alguém me empurrou bem nessa hora, e a bala foi para o alto. Era Harry.

— *Pare com isso, pai!* — A voz dele era aguda. — *Pare senão atiro!*

Arthur "Tugga" Dunning rastejava na minha direção, na direção da cozinha. Assim que Harry atirou com a espingarda de chumbinho — *ca-pôu!* —, Dunning fez a marreta cair sobre a cabeça de Tugga. O rosto do menino foi obliterado por um lençol de sangue. Fragmentos de osso e chumaços de cabelo pularam alto no ar, gotículas de sangue respingaram no lustre do teto. Ellen e a sra. Dunning guinchavam, guinchavam.

Perdi o equilíbrio e atirei mais uma vez. Esse rasgou a bochecha direita de Dunning até a orelha, mas nem assim o deteve. *Ele não é humano*, foi o que pensei na hora e ainda penso agora. Tudo o que via nos olhos que jorravam e na boca escancarada — ele parecia mastigar o ar em vez de respirá-lo — era um tipo de vazio balbuciante.

— Que diabos é você? — repetiu ele, e depois: — Você invadiu propriedade particular.

Ele balançou a marreta para trás e a trouxe num arco horizontal sibilante. Dobrei os joelhos e me abaixei, e, embora parecesse que os dez quilos da marreta tinham errado completamente — não senti dor, não naquela hora —, uma onda de calor relampejou no alto da minha cabeça. A arma voou da minha mão, bateu na parede e ricocheteou para o canto. Algo quente corria pelo lado do meu rosto. Eu entendi que ele me pegara o suficiente para fazer um rasgo de quinze centímetros no meu couro cabeludo? Que deixara de me pôr inconsciente ou me matar na mesma hora talvez por apenas três milímetros? Não sei. Tudo aconteceu em menos de um minuto; talvez fossem apenas trinta segundos. A vida muda de repente, e quando muda, é bem depressa.

— *Saia!* — gritei para Troy. — *Pegue a sua irmã e saia! Peça ajuda! Berre a plenos p...*

Dunning girou a marreta. Pulei para trás e ela se enterrou na parede, esmagando ripas e soltando no ar uma nuvem de argamassa para se unir à fumaça do revólver. A TV ainda funcionava. Ainda violinos, ainda música de assassinato.

Enquanto Dunning lutava para puxar a marreta da parede, algo passou voando por mim. Era a espingarda Daisy de ar comprimindo. Harry a jogara. O cano bateu na bochecha rasgada de Frank Dunning e ele gritou de dor.

— *Seu filho da puta! Vou te matar por causa disso!*

Troy saía pela porta com Ellen no colo. *Então deu certo*, pensei, *mudei as coisas, pelo menos até aí...*

Mas, antes que ele conseguisse levá-la para fora, alguém primeiro encheu a porta e depois entrou aos tropeços, jogando no chão Troy Dunning e a menininha. Mal tive tempo de ver, porque Frank soltara a marreta e vinha atrás de mim. Recuei, empurrando Harry para a cozinha com uma das mãos.

— Pela porta dos fundos, filho. Depressa. Seguro ele até você...

Frank Dunning soltou um grito agudo e se enrijeceu. De repente, algo saía pelo seu peito. Foi como um truque de mágica. A coisa estava tão coberta de sangue que levei um segundo para perceber o que era: a ponta de uma baioneta.

— Isso é pela minha irmã, seu filho da puta — disse Bill Turcotte, a voz rascante. — Isso é por Clara.

13

Dunning caiu, os pés na sala, a cabeça no arco entre a sala e a cozinha. Mas não totalmente. A ponta da lâmina se enterrou no chão e o manteve erguido. Um dos pés chutou uma vez e depois ficou parado. Parecia que ele morrera tentando fazer uma flexão.

Todo mundo gritava. O ar fedia a fumaça de revólver, argamassa e sangue. Doris se movia toda torta na direção do filho morto, com o cabelo caído sobre o rosto. Eu não queria que ela visse aquilo — a cabeça de Tugga fora rachada até a mandíbula —, mas não havia como impedir.

— Farei melhor da próxima vez, sra. Dunning — grasnei. — É uma promessa.

Havia sangue sobre o meu rosto todo; tive de limpá-lo do olho esquerdo para ver daquele lado. Como ainda estava consciente, achei que o ferimento não era tão grave assim, e sabia que cortes no couro cabeludo sangram a mais não poder. Mas eu estava horrível, e, para haver próxima vez, desta eu teria de sair dali, depressa e sem ser visto.

Mas tinha de falar com Turcotte antes de sair. Ou pelo menos tentar. Ele desmoronara contra a parede junto aos pés abertos de Dunning. Segurava o peito e ofegava. O rosto estava branco como o de um cadáver, a não ser pelos lábios, agora tão roxos quanto os de um garoto que comesse amora demais. Estendi a mão. Ele a agarrou com a força do pânico, mas havia uma faisquinha de humor nos seus olhos.

— Quem é titica de galinha agora, Amberson?

— Você, não — disse eu. — Você é um herói.

— É. — Ele ofegou. — Jogue a merda da medalha no meu caixão.

Doris ninava o filho morto. Atrás dela, Troy andava em círculos, com a cabeça de Ellen pressionada com força contra o peito. Ele não olhou na nossa direção, parecia não perceber que estávamos lá. A garotinha choramingava.

— Tudo vai dar certo — disse eu. Como se soubesse. — Mas escute, porque é importante: esqueça o meu nome.

— Que nome? Você nunca disse.

— Isso. E... sabe o meu carro?

— Ford. — Ele estava perdendo a voz, mas os olhos ainda estavam fixos no meu. — Bom. Conversível. Motor com bloco em Y. 54 ou... 55.

— Você nunca o viu. Isso é o mais importante, Turcotte. Preciso dele para viajar para o sul hoje à noite e terei de pegar a estrada principal porque não conheço as outras. Se eu chegar ao centro do Maine, estará tudo bem. Entendeu o que eu disse?

— Nunca vi o seu carro — disse ele, e fez uma careta. — Ah, merda, como isso *dói*.

Pus os dedos na garganta malbarbeada e senti o pulso. Estava rápido e muito irregular. A distância, escutei sirenes.

— Você fez o que era certo.

Os olhos dele se ergueram.

— Quase não fiz. Não sei no que estava pensando. Devia estar maluco. Escute, amigo. Se o pegarem, não diga a eles que eu... você sabe, o que eu...

— Nunca diria. Você cuidou dele, Turcotte. Ele era um cachorro louco e você o pegou. A sua irmã se orgulharia.

Ele sorriu e fechou os olhos.

14

Fui ao banheiro, peguei uma toalha, encharquei-a na pia e limpei o rosto en-sanguentado. Joguei a toalha na banheira, peguei mais duas e fui para a cozinha.

O menino que me levara até lá estava em pé no linóleo desbotado junto ao fogão, me observando. Embora provavelmente já fizesse seis anos que ele não chupava o dedo, estava chupando agora. Os olhos estavam arregalados e solenes, nadando em lágrimas. Sardas de sangue polvilhavam as bochechas e a testa. Ali estava um menino que acabara de vivenciar algo que, sem dúvida, o traumatizaria, mas também era um menino que nunca cresceria para se tornar o Sapo Harry. Nem para escrever uma redação que me faria chorar.

— Quem é o senhor? — perguntou.

— Ninguém. — Passei por ele e cheguei à porta. Mas ele merecia mais do que isso. As sirenes estavam mais perto agora, mas me virei. — O seu anjo da guarda — disse eu. Então, escapuli pela porta dos fundos e entrei na noite de Halloween de 1958.

15

Subi a Wyemore até a Witcham, vi as luzes azuis piscantes seguindo para a rua Kossuth e continuei andando. Dois quarteirões mais para dentro do bairro residencial, virei à direita na avenida Gerard. Havia gente em pé na calçada, virada para o som das sirenes.

— O senhor sabe o que aconteceu? — me perguntou um homem. Segurava a mão de uma Branca de Neve de tênis.

— Ouvi uns garotos soltando bombinhas — respondi. — Talvez começaram um incêndio. — Continuei andando e cuidei para manter fora da vista dele o lado esquerdo do meu rosto, porque havia um poste de luz ali perto e o meu couro cabeludo ainda vertia sangue.

Quatro quarteirões mais abaixo, entrei de novo na direção da Witcham. Tão ao sul da rua Kossuth, a Witcham estava escura e silenciosa. Provavelmente, agora todos os carros da polícia estavam na cena do crime. Ótimo. Eu quase chegara à esquina da Grove com a Witcham quando os meus joelhos viraram geleia. Olhei em volta, não vi ninguém atrás de travessuras nem gostosuras e me sentei no meio-fio. Não podia me dar a esse luxo, mas tive de parar. Vomitara tudo o que havia no estômago, não comera nada o dia inteiro, a não ser aquela droga de chocolate (e não conseguia lembrar sequer se conseguira pôr tudo para dentro antes que Turcotte me pegasse), e passara por um violento interlúdio no qual fora ferido — com que gravidade, ainda não sabia. Era parar agora e deixar o meu corpo se recompor ou desmaiar na calçada.

Pus a cabeça entre os joelhos e inspirei fundo e devagar várias vezes, como aprendera no curso da Cruz Vermelha que fizera para obter um diploma de salva-vidas na faculdade. A princípio, não parava de ver a cabeça de Tugga Dunning explodir sob a força descendente e esmagadora da marreta, e isso aumentava a vontade de desfalecer. Então pensei em Harry, respingado com o sangue do irmão, mas, fora isso, incólume. E Ellen, que não estava em coma profundo do qual nunca sairia. E Troy. E Doris. O braço gravemente fraturado poderia doer pelo resto da vida, mas pelo menos ela *teria* uma vida.

— Eu fiz, Al — sussurrei.

Mas o que fizera em 2011? O que fizera *a* 2011? Essas eram perguntas que ainda seriam respondidas. Se algo terrível acontecesse devido ao efeito borboleta, eu sempre poderia voltar atrás e apagar... a menos que, ao mudar o rumo da vida da família Dunning, eu também tivesse alterado o rumo da vida de Al Templeton. Suponhamos que a lanchonete não estivesse mais onde a deixei? Suponhamos que ele nunca a tivesse tirado de Auburn? Ou nunca aberto uma lanchonete? Não parecia provável... mas ali estava eu, sentado num meio-fio de 1958 com sangue correndo do meu cabelo cortado em 1958, e qual a probabilidade *disso*?

Fiquei em pé, cambaleei e me pus a andar. À minha direita, na rua Witcham, podia ver o acende-apaga das luzes azuis. Uma multidão se reunira na esquina da Kossuth, mas todos estavam de costas para mim. A igreja onde eu deixara o carro ficava do outro lado da rua. O Sunliner estava sozinho no estacionamento, mas parecia bem; nenhum peralta de Halloween esvaziara os meus pneus. Então vi um quadrado amarelo debaixo de um dos limpadores de para-brisa. Os meus pensamentos voaram até o Homem do Cartão Amarelo e o meu estômago se apertou. Agarrei-o e dei um suspiro de alívio quando li o que estava escrito. JUNTE-SE AOS AMIGOS E VIZINHOS PARA O CUL-

TO DESTE DOMINGO ÀS 9 DA MANHÃ NOVATOS SEMPRE BEM-
-VINDOS! LEMBRE-SE: "A VIDA É A PERGUNTA, JESUS É A
RESPOSTA."

— Eu pensava que drogas pesadas eram a resposta, e acho que um pouco
delas agora seria útil — murmurei e destranquei a porta do motorista. Pensei
na sacola de papel que deixara na garagem da casa na travessa Wyemore. Os
policiais que investigassem a área talvez a encontrassem. Lá dentro achariam
alguns chocolates, uma garrafa de Kaopectate quase vazia... e uma pilha de
fraldas geriátricas.

Fiquei pensando no que achariam daquilo.

Mas não demais.

16

Quando cheguei à autoestrada, a minha cabeça doía ferozmente, mas mesmo
que não fosse antes das lojas de conveniência 24 horas, acho que não ousaria
parar; a minha camisa estava dura de sangue no lado esquerdo. Pelo menos eu
me lembrara de encher o tanque de gasolina.

Uma vez tentei examinar o corte da cabeça com a ponta dos dedos e fui
recompensado com uma labareda de dor que me convenceu a não fazer a segunda tentativa.

Parei na área de descanso perto de Augusta. Nisso já passava das dez horas
e o lugar estava deserto. Acendi a luz interna e conferi as pupilas no retrovisor.
Pareciam do mesmo tamanho, o que foi um alívio. Havia uma máquina de
vender lanches junto à porta do banheiro dos homens, onde dez centavos me
compraram uma tortinha de chocolate com creme. Engoli-a enquanto dirigia,
e a dor de cabeça se reduziu um pouco.

Passava da meia-noite quando cheguei a Lisbon Falls. A rua Principal
estava escura, mas tanto a fábrica Worumbo quanto a U.S. Gypsum funcionavam a todo vapor, bufando e lufando, lançando os seus fedores no ar e derramando o esgoto ácido no rio. Os cachos de luzes brilhantes faziam com que
parecessem espaçonaves. Estacionei o Sunliner na frente da Kennebec Fruit,
onde ficaria até que alguém olhasse lá dentro e visse as manchas de sangue no
banco, na porta do motorista e no volante. Então chamariam a polícia. Supus
que procurariam impressões digitais no Ford. Era possível que elas combinas-
sem com as encontradas num certo Police Special .38 numa cena de assassinato
em Derry. O nome George Amberson poderia surgir em Derry e depois ali em

Falls. Mas, se a toca de coelho ainda estivesse onde a deixara, não haveria rastros de George para seguir, e as impressões digitais pertenceriam a um homem que só nasceria dali a mais dezoito anos.

Abri a mala, tirei a pasta e decidi deixar o resto todo. Pelo que sabia, acabaria sendo tudo vendido no Alegre Elefante Branco, o brechó não muito longe do posto Chevron do Titus. Atravessei a rua rumo ao hálito de dragão da fábrica, um *chont-HUUCH, chont-HUUCH* que continuaria sem parar até que o livre comércio da era Reagan tornasse obsoletos os caros tecidos americanos.

O barracão de secagem estava iluminado pelo brilho branco e fluorescente das janelas sujas do prédio de tingimento. Avistei a corrente que isolava o barracão de secagem do resto do pátio. Estava escuro demais para ler a placa pendurada, e já fazia quase dois meses que eu a vira, mas me lembrava do que dizia: **PASSAGEM PROIBIDA ALÉM DESTE PONTO ATÉ CONSERTO DO CANO DE ESGOTO**. Não havia sinais do Homem do Cartão Amarelo — ou do Homem do Cartão Laranja, se era isso que ele era agora.

Holofotes inundaram o pátio, me iluminando como uma formiga num prato. A minha sombra pulou comprida e magra à minha frente. Fiquei paralisado quando um grande caminhão de transporte trovejou na minha direção. Achei que o motorista ia parar, se inclinar para fora e me perguntar que diabos eu fazia ali. Ele desacelerou mas não parou. Acenou para mim. Acenei de volta, e ele foi na direção das docas de carga com dúzias de barris vazios chocalhando atrás. Segui para a corrente, dei uma olhada rápida em volta e passei por baixo dela.

Andei pelo flanco do barracão de secagem, o coração batendo com força no peito. O corte na cabeça latejava em harmonia. Dessa vez, não havia pedaço de concreto para marcar o lugar. *Devagar*, disse a mim mesmo. *Devagar*. O degrau está bem... *aqui*.

Só que não estava. Não havia nada, só o pavimento debaixo do meu pé que testava e tateava.

Avancei um pouco mais, e ainda não havia nada. Fazia frio suficiente para eu ver o vapor fino quando exalava, mas um suor leve e orgasmo me surgira no pescoço e nos braços. Avancei mais um pouco, mas tinha quase certeza de que fora longe demais. Ou a toca de coelho sumira ou nunca existira, para começar, o que significava que toda a minha vida como Jake Epping — tudo, desde a minha horta premiada pelos Futuros Fazendeiros da América, na escola primária, até o romance abandonado na faculdade, o casamento e uma mulher basicamente doce que quase afogara em álcool o meu amor por ela — fora uma louca alucinação. Eu sempre fora George Amberson o tempo todo.

Avancei um pouco mais, depois parei, respirando com força. Em algum lugar — talvez na tinturaria, talvez numa das salas de tecelagem — alguém gritou "*Nem fodendo!*" Pulei e depois pulei de novo com a rodada de gargalhadas que se seguiu à exclamação.

Não está aqui.

Sumiu.

Ou nunca esteve,

Senti desapontamento? Terror? Pânico total? Nada disso, na verdade. O que senti foi uma sorrateira sensação de alívio. O que pensei foi: *Eu poderia morar aqui. E com bastante facilidade. Felicidade, até.*

Isso era verdade? Era. *Era.*

Fedia perto das fábricas e em estabelecimentos públicos onde todos fumavam a mais não poder, mas, na maioria dos lugares, o ar tinha um cheiro incrivelmente doce. Incrivelmente *novo*. A comida era gostosa; o leite era entregue diretamente à nossa porta. Depois de um período de síndrome de abstinência do computador, eu obtivera conhecimento suficiente para perceber como ficara viciado naquela merda, passando horas lendo anexos de e-mail estúpidos e visitando sites pela mesma razão que leva alpinistas a quererem escalar o Everest: porque estavam lá. O meu celular nunca tocava porque eu *não tinha* celular, e que alívio isso era. Fora das grandes cidades, a maioria ainda seguia a linha do partido, e será que trancavam a porta à noite? Nem fodendo. Tinham medo da guerra nuclear, mas eu estava tranquilo, sabendo que o povo de 1958 envelheceria e morreria sem sequer ouvir falar de uma bomba atômica que tivesse explodido sem ser em testes. Ninguém temia o aquecimento global nem terroristas suicidas jogando jatos sequestrados em arranha-céus.

E mesmo que a minha vida de 2011 *não fosse* uma alucinação (no fundo do coração eu sabia disso), eu poderia deter Oswald. Só que não saberia o resultado final. Achei que poderia conviver com isso.

Certo. A primeira coisa a fazer era voltar ao Sunliner e sair de Lisbon Falls. Iria até Lewiston, procuraria a rodoviária e compraria uma passagem para Nova York. Dali, pegaria um trem para Dallas... ora, diabos, por que não voar? Ainda tinha muito dinheiro e nenhum funcionário de empresa aérea exigiria identidade com foto. Eu só precisava desembolsar o preço da passagem e a Trans World Airlines me receberia a bordo.

O alívio dessa decisão foi tão grande que as minhas pernas viraram geleia de novo. A fraqueza não foi tão forte quanto em Derry, quando tive de me sentar, mas me inclinei na direção do barracão de secagem para me apoiar. O meu cotovelo o atingiu, fazendo um leve *bong*. E uma voz falou comigo do nada. Rouca. Quase um grunhido. Uma voz do futuro, aliás.

— Jake? É você? — Isso foi seguido por uma saraivada de tosse seca e rascante.

Quase fiquei calado. Eu *poderia* ter ficado calado. Então pensei em quanto da sua vida Al investira nesse projeto e como agora eu era a única coisa que lhe restava para ter esperanças.

Virei-me na direção do som daquela tosse e falei em voz baixa.

— Al? Fale comigo. Conte. — Eu poderia ter acrescentado: *Ou só continue tossindo.*

Ele começou a contar. Fui na direção do som dos números, tateando com os pés. Depois de dez passos — muito além do lugar onde desistira —, a ponta do sapato deu um passo à frente e, ao mesmo tempo, bateu em alguma coisa que o fez parar na hora. Dei mais uma olhada em volta. Inspirei mais uma vez o ar que fedia a produtos químicos. Depois, fechei os olhos e comecei a subir degraus que não podia ver. No quarto, o ar gelado da noite foi substituído por um calor abafado e o cheiro de café e temperos. Pelo menos esse era o caso da minha metade superior. Abaixo da cintura, ainda conseguia sentir a noite.

Fiquei talvez três segundos ali parado, metade no presente, metade no passado. Então abri os olhos, vi o rosto exausto, ansioso e magro demais de Al e pisei de volta em 2011.

TERCEIRA PARTE

VIVER NO PASSADO

CAPÍTULO 9

1

Eu diria que a essa hora eu estava além das surpresas, mas o que vi bem à esquerda de Al me fez cair o queixo: um cigarro fumegando no cinzeiro. Passei a mão pela frente dele e o apaguei.

— Você quer tossir e pôr para fora o que ainda lhe resta de tecido pulmonar que funcione?

Ele não respondeu. Nem sei se escutou. Ele me fitava de olhos arregalados.

— Senhor Jesus, Jake... quem o escalpelou?

— Ninguém. Vamos sair daqui antes que eu sufoque com essa fumaça passiva. — Mas era uma bronca inútil. Nas semanas que passara em Derry, eu me acostumara ao cheiro de cigarro aceso. Logo adotaria o hábito se não me cuidasse.

— Você *foi* escalpelado — disse ele. — Só não sabe ainda. Há um pedaço de couro cabeludo pendurado atrás da sua orelha e... quanto sangue você perdeu até agora? Um litro? E quem fez isso com você?

— A, menos de um litro. B, Frank Dunning. Se isso resolve as perguntas, agora é a *minha* vez. Você disse que ia rezar. Por que está fumando?

— Porque estava nervoso. E porque não importa mais. A vaca já foi para o brejo.

Eu mal conseguiria argumentar quanto a isso.

199

2

Al andou devagar até atrás do balcão, onde abriu um armário e pegou uma caixa de plástico com uma cruz vermelha. Sentei-me num dos bancos altos e olhei o relógio. Eram quinze para as oito quando Al destrancou a porta para entrarmos na lanchonete. Provavelmente, cinco para as oito quando desci pela toca de coelho e saí no País das Maravilhas por volta de 1958. Al afirmava que cada viagem durava exatamente dois minutos, e o relógio na parede parecia confirmar. Eu passara 52 dias em 1958, mas os ponteiros marcavam 7h59 da manhã.

Al estava reunindo gaze, esparadrapo, desinfetante.

— Se abaixe para eu conseguir ver — disse ele. — Ponha o queixo bem no balcão.

— Pode esquecer a água oxigenada. Aconteceu faz quatro horas e já coagulou. Está vendo?

— Melhor prevenir do que remediar — disse ele, e pôs em fogo o alto da minha cabeça.

— *Ahhh!*

— Dói, não é? Porque ainda está aberto. Você quer algum charlatão de 1958 tratando o seu couro cabeludo infeccionado antes de seguir para o Grande Dia? Pode acreditar, amigo, não queira. Aguente firme. Tenho de cortar o cabelo, senão o esparadrapo não vai grudar. Ainda bem que está bem curto.

Clip-clip-clip. Depois, ele aumentou a dor — merda no ventilador, como se diz — apertando a gaze na laceração e pondo esparadrapo.

— Daqui a alguns dias você pode tirar a gaze, mas é bom cobrir isso aí com o chapéu até lá. Vai ficar meio feioso aí em cima por algum tempo, mas se o cabelo não crescer de volta você pode pentear o resto para cobrir. Quer uma aspirina?

— Quero. E um café. Dá pra arranjar? — Embora o café só fosse ajudar por pouco tempo. O que eu precisava era de sono.

— Dá. — Ele ligou o interruptor da Bunn-o-Matic e começou a remexer de novo na caixinha de primeiros socorros. — Parece que você emagreceu um pouco.

Olha só quem fala, pensei.

— Andei doente. Peguei um vírus de vinte e quatro... — Foi aí que parei.

— Jake, qual é o problema?

Eu olhava as fotos emolduradas de Al. Quando eu descera pela toca de coelho, havia ali uma fotografia minha com Harry Dunning. Sorríamos e erguíamos para a câmera o diploma de Harry no supletivo.

Ela sumira.

3

— Jake? Amigo? O que foi?

Peguei a aspirina que ele deixara no balcão, enfiei na boca e engoli a seco. Depois, me levantei e fui devagar até o Muro das Celebridades. Eu me sentia como um homem feito de vidro. Onde, nos últimos dois anos, ficara a minha foto com Harry, havia agora outra de Al apertando a mão de Mike Michaud, deputado federal do Segundo Distrito do Maine. Michaud devia ter concorrido à reeleição, porque Al usava dois bótons no avental de cozinheiro. Um dizia MICHAUD PARA O CONGRESSO. O outro, LISBON AMA MIKE. O excelentíssimo deputado usava uma camiseta Moxie laranja vivo e erguia para a câmera um Gordobúrguer que pingava.

Tirei a foto do gancho.

— Há quanto tempo isso está aqui?

Ele olhou e franziu a testa.

— Nunca vi essa foto na vida. Deus sabe que dei apoio a Michaud nas duas últimas eleições — droga, dou apoio a todos os democratas que não são pegos transando com auxiliares de campanha — e o conheci num comício em 2008, mas esse foi em Castle Rock. Ele nunca veio à lanchonete.

— Parece que veio. Esse aqui é o seu balcão, não é?

Ele pegou a foto nas mãos, agora tão magras que eram pouco mais do que garras, e a segurou perto do rosto.

— É — respondeu ele. — Com certeza.

— Então *existe* o efeito borboleta. Essa foto é a prova.

Ele a olhou fixamente, sorrindo um pouco. Espantado, acho. Ou talvez com um pouco de medo. Depois, me entregou a foto de volta e foi para trás do balcão servir o café.

— Al? Ainda se lembra de Harry, não lembra? Harry Dunning?

— É claro que sim. Ele não foi a razão de você ir a Derry e quase ter a cabeça arrancada?

— Ele e o resto da família, isso mesmo.

— E você os salvou?

— Todos menos um. O pai pegou Tugga antes que a gente conseguisse detê-lo.

— A gente é quem?

— Vou lhe contar tudo, mas primeiro tenho de ir para casa dormir.

— Amigo, não temos muito tempo.

— *Sei* disso — respondi, pensando *Só preciso olhar você, Al.* — Mas estou caindo de sono. Para mim, é uma e meia da madrugada, e tive... — a minha boca se abriu num enorme bocejo — ... uma noite e tanto.

— Tudo bem. — Ele trouxe o café: uma xícara cheia de café preto para mim, meia xícara para ele, generosamente coberta de creme. — Me conte o que puder enquanto toma isso.

— Primeiro, me explique como consegue se lembrar de Harry se ele nunca foi zelador da LHS e nunca na vida comprou um hambúrguer seu. Depois, me explique por que você *não* se lembra que Mike Michaud visitou a lanchonete se aquela foto diz que visitou.

— Você não sabe com certeza se Harry Dunning ainda não está na cidade — respondeu Al. — Na verdade, você não sabe com certeza que ele não é zelador da Lisbon High.

— Seria uma baita coincidência se fosse. Mudei muito o passado, Al, com a ajuda de um camarada chamado Bill Turcotte. Harry não deve ter ido morar com a tia e o tio em Haven, porque a mãe não morreu. Nem o irmão Troy nem a irmã Ellen. E Dunning nunca chegou perto de Harry com aquele martelo. Se mesmo assim Harry morar em Lisbon Falls depois de todas essas mudanças, eu seria o cara mais surpreso do planeta.

— Há como verificar — disse Al. — Tem um laptop no escritório. Vamos lá nos fundos. — Ele foi na frente, tossindo e se apoiando nas coisas. Levei comigo a minha xícara de café; ele deixou a dele para trás.

Escritório era um nome grandioso demais para o cubículo do tamanho de um armário depois da cozinha. Mal tinha tamanho suficiente para nós dois. As paredes eram empapeladas com memorandos, licenças e normas de higiene do estado do Maine e dos federais. Se quem passava boatos e fofocas sobre o Famoso Gatobúrguer visse toda aquela papelada — que incluía um Certificado de Higiene Classe A depois da última inspeção da Comissão de Restaurantes do Estado do Maine — talvez fosse obrigado a rever a sua posição.

O MacBook de Al estava sobre uma escrivaninha do tipo que me lembro de ter usado no terceiro ano. Ele desmoronou numa cadeira mais ou menos do mesmo tamanho com um grunhido de dor e alívio.

— A escola tem site na internet, não tem?

— Claro.

Enquanto esperávamos o laptop abrir, me perguntei quantos e-mails teriam se acumulado durante os meus 52 dias de ausência. Depois lembrei que, na verdade, só ficara dois minutos fora. Bobo, eu.

— Acho que não estou entendendo mais nada, Al — disse.

— Sei como se sente. É só aguentar firme, amigo, você vai... espere, lá vamos nós. Vejamos. Cursos... cronograma de verão... corpo docente... diretoria... serviços gerais.

— Clique aí — disse eu.

Ele massageou o *touchpad*, murmurou, moveu a cabeça, clicou e depois fitou a tela do computador como um *swami* consultando a sua bola de cristal.

— Então? Não me deixe ansioso.

Ele virou o laptop para que eu pudesse olhar. EQUIPE DE SERVIÇOS GERAIS DA LHS, dizia. A MELHOR DO MAINE! Havia uma fotografia de dois homens e uma mulher em pé no meio da quadra do ginásio. Todos sorriam. Todos usavam moletons dos Lisbon Greyhounds. Nenhum deles era Harry Dunning.

4

— Você se lembra dele como zelador e como seu aluno porque foi você que desceu pela toca de coelho — disse Al. Estávamos de volta à lanchonete, sentados num dos compartimentos. — Eu me lembro dele porque usei a toca de coelho ou só porque estou perto dela. — Ele pensou um pouco. — Provavelmente é isso. Um tipo de radiação. O Homem do Cartão Amarelo também está perto dela, só que do outro lado, e ele também sente. Você o viu, e sabe.

— Agora ele é o Homem do Cartão Laranja.

— Como é que é?

Bocejei de novo.

— Se eu tentar lhe contar agora, vou fazer uma baita bagunça. Quero levar você para casa e depois ir para casa também. Preciso comer alguma coisa, porque estou com uma fome de urso...

— Faço uns ovos mexidos para você — disse ele. Começou a se levantar e depois caiu sentado com barulho e começou a tossir. Cada inalação era um chiado seco que lhe sacudia o corpo inteiro. Algo matraqueou na garganta dele como uma carta de baralho nos raios de uma roda de bicicleta.

Pus a mão no seu braço.

— O que você vai fazer é ir para casa, tomar algum remédio e descansar. Durma, se puder. Sei que *eu* posso. Oito horas. Vou ligar o despertador.

Ele parou de tossir, mas ainda dava para ouvir aquela carta de baralho matraqueando na garganta.

— Dormir. Do tipo bom. Eu me lembro disso. Tenho inveja de você, amigo.

— Estarei na sua casa às sete da noite. Não, digamos oito. Isso me dará tempo de verificar algumas coisas na internet.

— E se tudo estiver fora do tempo? — Ele sorriu de leve com a piada... na qual, é claro, eu já pensara mil vezes.

— Então voltarei amanhã e me aprontarei para fazer o serviço.

— Não — disse ele. — Você vai *desfazer* o serviço. — Ele espremeu a minha mão. Os dedos eram finos, mas ainda tinham força. — É a razão disso tudo. Encontrar Oswald, desfazer a merda que ele fez e tirar do seu rosto aquele sorrisinho de satisfação.

5

Quando liguei o carro, a primeira coisa que fiz foi estender a mão para a robusta alavanca de marchas na coluna de direção e empurrar o pedal elástico do Ford com o pé esquerdo. Quando os meus dedos se fecharam em torno de nada e o sapato só encontrou o tapete, ri. Não deu para segurar.

— O que foi? — perguntou Al no banco do carona.

Eu sentia falta do meu Ford Sunliner, era isso, mas tudo bem; logo o compraria de novo. Como na próxima vez teria menos recursos, pelo menos no começo (o meu depósito no Hometown Trust sumiria, perdido no próximo reinício), eu teria de pechinchar mais com Bill Titus.

Achei que conseguiria.

Agora eu era diferente.

— Jake? Qual foi a graça?

— Nada.

Procurei mudanças na rua Principal, mas todos os prédios costumeiros estavam presentes e conferidos, inclusive a Kennebec Fruit, que, como sempre, parecia precisar apenas de duas contas atrasadas para falir. A estátua do Chefe Worumbo ainda estava na praça da cidade, e a faixa na vitrine da Cabell's Móveis ainda afirmava ao mundo que NINGUÉM VENDE MAIS BARATO.

— Al, você se lembra da corrente que a gente tem de passar por baixo para voltar à toca de coelho, não lembra?

— Claro.

— E da placa pendurada nela?

— Aquela sobre o cano de esgoto. — Ele estava sentado como um soldado que acha que a rua à frente pode estar minada, e toda vez que dávamos um solavanco ele fazia uma careta.

— Quando voltou de Dallas, quando percebeu que estava doente demais para conseguir, a placa ainda estava lá?

— É — disse ele depois de refletir um momento. — Estava. Isso é engraçado, não é? Quem leva quatro anos para consertar um cano de esgoto arrebentado?

— Ninguém. Não num pátio de fábrica onde entram e saem caminhões o dia todo e a noite inteira. Então por que isso não chamou a atenção?

Ele balançou a cabeça.

— Não faço ideia.

— Talvez esteja lá para impedir que alguém entre por engano na toca de coelho. Mas, se assim for, quem pôs ela lá?

— Não sei. Não sei nem se o que você está dizendo está certo.

Entrei na rua dele, na esperança de deixá-lo são e salvo dentro de casa e depois percorrer os onze ou doze quilômetros até Sabattus sem dormir ao volante. Mas havia mais uma coisa na minha cabeça e eu precisava dizer. No mínimo para que ele não alimentasse esperança demais.

— O passado é obstinado, Al. Ele não quer mudar.

— Eu sei. Eu disse isso a *você*.

— Disse mesmo. Mas o que estou pensando agora é que a resistência à mudança é proporcional a quanto o futuro pode ser alterado por qualquer ato dado.

Ele me olhou. As manchas debaixo dos olhos estavam mais escuras do que nunca, e os olhos propriamente ditos brilhavam de dor.

— Pode me explicar em língua de gente?

— Mudar o futuro da família Dunning foi mais difícil do que mudar o futuro de Carolyn Poulin, em parte porque havia mais gente envolvida, mas, principalmente, porque a moça viveria de qualquer maneira. Doris Dunning e os filhos teriam morrido todos... e um deles acabou morrendo mesmo, embora eu pretenda remediar isso.

Um fantasma de sorriso lhe tocou os lábios.

— Que bom. Só tome o cuidado de se abaixar um pouco mais da próxima vez. Poupe-se de lidar com uma cicatriz embaraçosa na qual o cabelo pode não voltar a crescer.

Eu tinha ideias a esse respeito, mas não me dei ao trabalho de falar. Entrei com o carro até a casa dele.

— Estou dizendo que talvez eu não consiga impedir Oswald. Pelo menos não na primeira vez. — Ri. — Mas, ora bolas, também não passei na primeira vez que fiz prova de motorista.

— Nem eu, mas eles não me obrigaram a esperar cinco anos para tentar de novo.

Era uma boa questão.

— Quantos anos você tem, Jake? Trinta? Trinta e dois?

— Trinta e cinco. E dois meses mais perto dos 36 do que hoje de manhã, mas o que são alguns meses entre amigos?

— Se você foder com tudo e tiver de recomeçar, terá 45 anos quando o carrossel der a segunda volta. Muita coisa pode acontecer em dez anos, ainda mais com o passado contra você.

— Sei disso — respondi. — Veja o que aconteceu com você.

— Peguei câncer de pulmão por fumar, é só. — Ele tossiu como se quisesse provar, mas vi dúvida além de dor nos seus olhos.

— Provavelmente foi só isso. *Tomara* que seja só isso. Mas é outra coisa que não sa...

A porta da frente da casa se abriu de repente. Uma mocetona de jaleco verde-limão e sapatos brancos de enfermeira veio meio correndo na nossa direção. Viu Al amarfanhado no banco do carona do meu Toyota e escancarou a porta.

— Sr. Templeton, onde estava? Vim lhe dar os seus remédios e, quando vi que a casa estava vazia, pensei que...

Ele conseguiu sorrir.

— Sei o que você pensou, mas estou bem. Bonito, não, mas bem.

Ela me olhou.

— E o senhor. O que está fazendo saindo com ele assim? Não dá para ver como está frágil?

É claro que dava. Mas como dificilmente eu poderia lhe contar o que estávamos fazendo, fiquei de boca fechada e me preparei para levar a minha bronca como um homem.

— Tínhamos um assunto importante para discutir — disse Al. — Tudo bem? Entendeu?

— É a mesma...

Ele empurrou a porta do carro.

— Me ajude a entrar, Doris. Jake tem de ir para casa.

Doris.

Como Doris Dunning.

Ele não notou a coincidência — e sem dúvida era apenas isso, o nome é bastante comum —, mas isso retiniu na minha cabeça do mesmo jeito.

6

Consegui chegar em casa e dessa vez foi o freio de mão do Sunliner que me vi procurando. Quando desliguei o motor, pensei que o meu Toyota era um penico de plástico e fibra de vidro, apertado, mesquinho e basicamente desagradável comparado com o carro com que me acostumara em Derry. Entrei, fui alimentar o gato e vi que a comida no prato dele ainda estava fresca e úmida. Por que não estaria? Em 2011, estava ali havia apenas uma hora e meia.

— Coma direitinho, Elmore — disse eu. — Há gatos passando fome na China que adorariam um prato de Friskies à Moda do Chefe.

Elmore me deu o olhar que eu merecia e saiu pela portinhola. Pus no micro-ondas um par de refeições congeladas Stouffer (pensando como o monstro de Frankenstein quando aprendia a falar: *micro-ondas bom, carro moderno ruim*). Comi tudo, joguei o lixo fora e fui para o quarto. Despi a minha simples camisa branca de 1958 (agradecendo a Deus porque a Doris de Al estava zangada demais para notar as manchas de sangue), me sentei no lado da cama para desamarrar os sapatos sensatos de 1958 e em seguida me deixei cair para trás. Tenho bastante certeza de que adormeci enquanto ainda estava no meio do caminho.

7

Esqueci tudo sobre despertadores e poderia ter dormido até bem depois das cinco da tarde, mas Elmore pulou no meu peito às quatro e quinze e começou a farejar o meu rosto. Isso queria dizer que ele limpara o prato e requisitava uma nova dose. Forneci mais comida ao felino, joguei água fria no rosto e comi um prato de flocos de milho Special K, achando que levaria dias para restabelecer a ordem adequada das minhas refeições.

De barriga cheia, fui para o escritório e liguei o computador. A biblioteca da cidade foi a minha primeira ciberparada. Al tinha razão: todos os números do *Lisbon Weekly Enterprise* estavam no banco de dados. Tive de me tornar Amigo da Biblioteca antes de acessar o prêmio, o que me custou dez dólares, mas, dadas as circunstâncias, o preço a pagar pareceu pequeno.

O número do *Enterprise* que eu procurava era datado de 7 de novembro. Na página 2, ensanduichada entre uma reportagem sobre um acidente de trânsito fatal e outra sobre suspeita de incêndio proposital, havia uma matéria com o título POLÍCIA LOCAL PROCURA HOMEM MISTERIOSO. O homem misterioso era eu... ou melhor, o meu alter ego na época de Eisenhower. O Sunliner conversível fora encontrado, as manchas de sangue devidamente notadas. Bill Titus identificou o Ford como aquele que vendera a um tal sr. George Amberson. O tom do texto me comoveu: simples preocupação pelo paradeiro de um homem sumido (e possivelmente ferido). Gregory Dusen, o meu gerente no Hometown Trust, me descreveu como "um sujeito bem-educado que fala bem". Eddie Baumer, proprietário da Barbearia Baumer, disse essencialmente a mesma coisa. Nenhum sopro de suspeita atribuído ao nome Amberson. As coisas poderiam ter sido diferentes caso tivessem me ligado a um certo caso sensacional em Derry, mas não ligaram.

Também não ligaram no número da semana seguinte, onde fui reduzido a mera notinha na coluna policial: CONTINUA BUSCA POR HOMEM DO WISCONSIN. No número depois desse, o *Weekly Enterprise* só falava da próxima temporada de férias, e George Amberson desapareceu inteiramente no jornal. *Mas eu estivera lá.* Al gravara o nome dele numa árvore. Encontrei o meu num jornal velho. Esperara por isso, mas olhar a prova real ainda espantava.

Depois, fui ao site do *Daily News* de Derry. Foi bem mais caro obter acesso aos arquivos — US$ 34,50 —, mas em poucos minutos eu olhava a capa do número de 1º de novembro de 1958.

Seria de esperar que um crime sensacional estaria na primeira página de um jornal local, mas em Derry — a Cidadezinha Peculiar — eles mantinham o máximo silêncio possível sobre as suas atrocidades. A grande reportagem do dia tinha a ver com Rússia, Grã-Bretanha e Estados Unidos numa reunião em Genebra para discutir um possível tratado para proibir testes nucleares. Debaixo dessa havia uma reportagem sobre um prodígio do xadrez de 14 anos chamado Bobby Fischer. Bem no pé da primeira página, no lado esquerdo (onde nos dizem os especialistas em comunicação que é o último lugar onde se olha, quando se olha), havia um título VIOLÊNCIA ASSASSINA CAUSA 2 MORTES. De acordo com a reportagem, Frank Dunning, "membro destacado da comunidade empresarial e participante de muitas iniciativas de caridade", chegara à casa da ex-mulher "em estado de ebriedade" pouco depois das oito horas da noite de sexta-feira. Depois de uma discussão com a esposa (que com certeza não ouvi... e estava lá), Dunning a atingiu com um martelo, quebrando-lhe o braço, e depois matou o filho de 12 anos, Arthur Dunning, quando o menino tentou defender a mãe.

A reportagem continuava na página 12. Quando cheguei lá, fui saudado por um instantâneo do meu velho amigo da onça Bill Turcotte. De acordo com o texto, "o sr. Turcotte estava de passagem quando ouviu gritos e berros na residência dos Dunning". Correu pela calçada, viu o que acontecia pela porta aberta e mandou o sr. Frank Dunning "parar com aquele martelo". Dunning se recusou; o sr. Turcotte avistou uma faca de caça embainhada no cinto de Dunning e a puxou; Dunning se virou com o sr. Turcotte e se atracou com ele; na luta que se seguiu, Dunning foi esfaqueado e morreu. Momentos depois, o heroico sr. Turcotte sofreu um ataque cardíaco.

Fiquei ali olhando o antigo instantâneo — Turcotte em pé, orgulhoso, com um dos pés sobre o estribo de um sedã do final da década de 40, cigarro no canto da boca — e batucando os dedos na coxa. Dunning fora esfaqueado pelas costas, não pela frente, e com uma baioneta, não uma faca de caça. Dunning nem sequer *tinha* uma faca de caça. A marreta, que não foi identificada como tal, fora a sua única arma. A polícia poderia não ter visto esses detalhes gritantes? Não via como, a menos que fossem tão cegos quanto Ray Charles. Mas, para a Derry que eu passara a conhecer, tudo isso fazia muito sentido.

Achei que estava sorrindo. A história era tão maluca que se tornava admirável. Todas as pontas soltas foram amarradas. Havia o marido bêbado e enlouquecido, a família encolhida e apavorada e o passante heroico (sem indicação de *aonde* ia quando passou). O que mais era preciso? E não se fazia menção de um certo Estranho Misterioso na cena. Era tudo tão *Derry*.

Remexi a geladeira, achei um resto de pudim de chocolate e o comi em pé junto à bancada, olhando o quintal. Peguei Elmore no colo e lhe fiz carinho até ele se contorcer para ir para o chão. Voltei ao computador, apertei uma tecla para fazer sumir o protetor de tela num passe de mágica e olhei mais um pouco a foto de Bill Turcotte. O intrometido heroico que salvara a família e sofrera um ataque cardíaco devido ao esforço.

Finalmente, fui até o telefone e liguei para o auxílio à lista.

8

Na lista telefônica, não havia Doris, Troy nem Harold Dunning em Derry. Como último recurso, tentei Ellen, sem esperar nada; mesmo que ainda morasse na cidade, provavelmente adotara o sobrenome do marido. Mas às vezes chutes perdidos dão certo (Lee Harvey Oswald sendo um caso especialmente maligno). Fiquei tão surpreso quando o robô telefônico tossiu um número que nem estava segurando o lápis. Em vez de pedir auxílio à lista de novo, apertei 1 para ligar para o número solicitado. Se tivesse tempo para pensar, não tenho certeza de que teria feito isso. Às vezes é melhor não saber, não é? Às vezes temos medo de saber. Vamos até lá e damos meia-volta. Mas me agarrei bravamente ao fone e ouvi um telefone de Derry tocar uma, duas, três vezes. A secretária eletrônica provavelmente atenderia depois do próximo toque e decidi que não deixaria recado. Não saberia o que dizer.

Mas, no meio do quarto toque, uma mulher disse:

— Alô!

— É Ellen Dunning?

— Bom, acho que depende de quem está ligando. — Ela soava divertida e cautelosa. A voz era enfumaçada e um tanto insinuante. Se não soubesse a verdade, teria imaginado uma mulher de trinta e poucos anos e não uma de sessenta ou quase. *Era a voz*, pensei, *de alguém que a usava profissionalmente. Cantora? Atriz? Talvez humorista, afinal de contas?* Nada disso parecia provável em Derry.

— Eu me chamo George Amberson. Conheci o seu irmão Harry há muito tempo. Estou de volta ao Maine e achei que talvez pudesse entrar em contato com ele.

— Harry? — Ela pareceu espantada. — Meu Deus! Foi no Exército?

Teria sido? Pensei depressa e decidi que não podia ser essa a minha história. Armadilhas demais em potencial.

— Não, não, em Derry. Quando éramos garotos. — A inspiração bateu. — Costumávamos brincar no Centro Recreativo. Mesmos times. Éramos muito amigos.

— Bom, sinto muito lhe contar, sr. Amberson, mas Harry morreu.

Por um instante, fiquei emudecido com o choque. Só que isso não dá certo no telefone, não é? Consegui dizer:

— Meu Deus, sinto muito.

— Foi há muito tempo. No Vietnã. Durante a Ofensiva de Tet.

Sentei-me, me sentindo enjoado. Eu o salvara de mancar e de ficar com a cabeça meio nebulosa só para reduzir a sua vida em quarenta anos, mais ou menos? Terrível. A cirurgia fora um sucesso, mas o paciente morrera.

Enquanto isso, o espetáculo tinha de continuar.

— E como vai Troy? E você, como está? Você era só uma menininha naquela época, que andava de bicicleta com rodinhas. E cantava. Você cantava o tempo todo. — Ensaiei um risinho. — Céus, você deixava a gente maluco.

— Hoje em dia só canto na Noite do Caraoquê do Bennigan's Pub, mas nunca me cansei de falar. Sou DJ da WKIT, em Bangor. Sabe, disc-jockey?

— Há-há. E Troy?

— Vivendo *la vida loca* em Palm Springs. Ele é o rico da família. Ganhou uma grana com os computadores. Começou no princípio, na década de 70. Hoje almoça com Steve Jobs e coisas assim. — Ela riu. Foi um riso fantástico. Aposto que gente de todo o leste do Maine ligava o rádio só para ouvi-lo. Mas quando ela voltou a falar, a voz era mais baixa e o humor sumira. Do sol à sombra, exatamente assim. — Quem o senhor é de verdade, sr. Amberson?

— Como assim?

— Faço programas com telefonemas nos fins de semana. Uma venda de garagem nos sábados: "Tenho um cortador de grama, Ellen, quase novo em folha, mas não estou conseguindo pagar as prestações e aceito a melhor oferta a partir de cinquenta pratas." Coisas assim. No domingo, é política. O povo liga para falar mal de Rush Limbaugh ou afirmar que Glenn Beck devia ser candidato a presidente. Conheço vozes. Se o senhor foi amigo de Harry na época do Centro Recreativo, teria de ter uns 60 anos, mas não tem. Pela voz, o senhor não passa dos 35.

Jesus, bem na mosca.

— Todo mundo me diz que tenho voz de garoto. Aposto como lhe dizem o mesmo.

— Bela tentativa — disse ela simplesmente, e na mesma hora *soou* mais velha. — Tenho anos de treinamento para pôr o sol da voz. E o senhor?

Não consegui pensar numa resposta, e fiquei em silêncio.

— Além disso, ninguém telefona para saber notícias de alguém com quem brincou na escola primária. Não cinquenta anos depois, isso não acontece.

Eu bem que podia desligar, pensei. *Consegui o que queria, até mais do que pensava. Vou desligar.* Mas o telefone parecia colado na minha orelha. Não sei direito se o largaria mesmo que visse fogo subindo pelas cortinas da sala.

Quando ela voltou a falar, havia uma armadilha na voz dela.

— Você é ele?

— Não sei o que a senhora...

— Havia mais alguém lá naquela noite. Harry o viu e eu também. Você é ele?

— Que noite? — Só que soou *q'noi*, porque os meus lábios estavam dormentes. Era como se alguém tivesse posto uma máscara sobre o meu rosto. Forrada de neve.

— Harry disse que era o seu anjo da guarda. Acho que você é ele. Então, onde você estava?

Agora era ela que não soava clara, porque começara a chorar.

— Senhora... Ellen... não estou entenden...

— Eu o levei ao aeroporto quando ele foi convocado e a licença acabou. Ia para o Vietnã e disse a ele que tomasse cuidado. Ele disse: "Não se preocupe, mana, tenho um anjo da guarda que cuida de mim, lembra?" Então, onde você estava em 6 de fevereiro de 1968, sr. Anjo? Onde você estava quando o meu irmão morreu em Khe Sanh? *Onde você estava, seu filho da puta?*

Ela disse mais alguma coisa, mas não sei o que foi. Nisso ela já chorava demais. Desliguei. Fui até o banheiro. Entrei na banheira, puxei a cortina e pus a cabeça entre os joelhos, e fiquei olhando o tapete de borracha com margaridas amarelas. Então, gritei. Uma vez. Duas. Três vezes. E eis o pior: não quis apenas que Al nunca me tivesse falado da maldita toca de coelho. Fui além disso. Quis que ele morresse.

9

Tive uma sensação ruim quando parei na entrada da garagem dele e vi que a casa estava inteiramente às escuras. Ficou pior quando tentei abrir a porta e vi que estava destrancada.

— Al?

Nada.

Achei um interruptor e acendi a luz. A sala principal tinha a limpeza estéril dos cômodos arrumados regularmente mas não muito usados. As paredes estavam cobertas de fotografias emolduradas. Quase todas eram de pessoas que eu não conhecia — parentes de Al, supus —, mas reconheci o casal na foto pendurada acima do sofá: John e Jacqueline Kennedy. Estavam à beira-mar, provavelmente em Hyannis Port, e abraçados. Havia um cheiro de Glade no ar que não mascarava bem o cheiro de quarto de doente que vinha do interior da casa. Em algum lugar, bem baixinho, The Temptations cantavam *My Girl*. Luz do sol num dia nublado e tudo o mais.

— Al? Você está aí?

Onde mais? No Studio Nine, em Portland, dançando discoteca e tentando ganhar universitárias? Eu sabia que não. Fizera um desejo e às vezes os desejos se realizam.

Tateei atrás dos interruptores da cozinha, achei e inundei o cômodo com tanta luz fluorescente que dava para extrair um apêndice. Na mesa havia um estojo plástico para remédios, do tipo que guarda comprimidos para uma semana. A maioria desses estojos é pequena, cabe num bolso ou bolsa, mas este era quase do tamanho de uma enciclopédia. Ao lado havia um recado rabiscado num pedaço de papel de caderno Ziggy: *Se esquecer o das 8, MATO VOCÊ!!!! Doris.*

My Girl terminou e *Just My Imagination* começou. Segui a música até o fedor de quarto de doente. Al estava na cama. Parecia relativamente tranquilo. No fim, uma única lágrima escorrera do canto externo de cada olho fechado. O rastro ainda estava úmido o bastante para brilhar. O tocador de CD multidisco estava na mesinha de cabeceira da esquerda. Havia um bilhete na mesinha também, com um vidro de remédio em cima para segurá-lo. Não serviria de peso de papel se houvesse a mais leve brisa, porque estava vazio. Olhei o rótulo: OxyContin, vinte miligramas. Peguei o bilhete.

Desculpe, amigo, não deu para esperar. Dor demais. Você está com a chave da lanchonete e sabe o que fazer. Também não se engane pensando que consegue tentar de novo, porque coisa demais pode acontecer. Faça direito pela primeira vez. Talvez fique danado comigo por envolver você nisso. Eu ficaria, no seu lugar. Mas não dê para trás. Por favor, não faça isso. A caixa de lata está debaixo da cama. Lá dentro tem mais uns quinhentos dólares que guardei na época.

É com você, amigo. Umas duas horas depois de Doris me achar pela manhã, o proprietário provavelmente passará um cadeado na lanchonete, por isso tem de ser hoje. Salve ele, ok? Salve Kennedy e tudo muda.

Por favor.
Al

Seu canalha, pensei. *Você sabia que eu poderia pensar melhor, e esse foi o jeito que você deu, não é?*

Claro que eu tinha pensado melhor. Mas pensar não é optar. Se ele achava que eu voltaria atrás, se enganara. Deter Oswald? É claro. Mas nesse momento Oswald era estritamente secundário, parte de um futuro nebuloso. Um jeito engraçado de falar quando se pensa em 1963, mas absolutamente exato. Era a família Dunning que estava na minha cabeça.

Arthur, também conhecido como Tugga: eu ainda poderia salvá-lo. Harry também.

Kennedy poderia mudar de ideia, dissera Al. Ele falava do Vietnã.

Mesmo que Kennedy não mudasse de ideia e caísse fora, Harry estaria no mesmo lugar exato na mesma hora exata em 6 de fevereiro de 1968? Achava que não.

— Tudo bem — disse eu. — Tudo bem. — Curvei-me sobre Al e beijei o seu rosto. Senti o leve gosto salgado daquela última lágrima. — Durma bem, amigo.

10

De volta a casa, inventariei o conteúdo da minha pasta Lord Buxton e da extravagante carteira de avestruz. Eu tinha as anotações exaustivas de Al sobre os movimentos de Oswald depois que deu baixa dos fuzileiros navais em 11 de setembro de 1959. A minha identidade ainda estava positiva e operante. A situação financeira era melhor do que eu esperava; com o dinheiro a mais que Al guardara somado ao que eu já tinha, o meu caixa líquido ainda estava bem acima de cinco mil dólares.

Havia hambúrguer na gaveta de carne da geladeira. Preparei alguns e pus no prato de Elmore. Acariciei-o enquanto ele comia.

— Se eu não voltar, procure os Ritters na casa vizinha — disse. — Eles cuidarão de você.

É claro que Elmore não deu atenção a isso, mas eu sabia que ele o faria se eu não estivesse ali para alimentá-lo. Os gatos são sobreviventes. Peguei a pasta, fui até a porta e combati a vontade rápida mas forte de correr para o quarto e me esconder debaixo das cobertas. O meu gato e a minha casa estariam ali quando eu voltasse, se conseguisse fazer o que pretendia? E se estivessem, ainda me pertenceriam? Não havia como dizer. Quer saber de uma coisa engraçada? Nem quem é capaz de viver no passado sabe o que o futuro lhe reserva.

— Ei, Ozzie — disse, baixinho. — Vou atrás de você, seu fodido.

Fechei a porta e saí.

11

A lanchonete era esquisita sem Al, porque parecia que ele ainda estava lá — o seu fantasma, quero dizer. Os rostos no Muro das Celebridades pareciam me fitar, perguntando o que eu fazia ali, me dizendo que ali não era o meu lugar, exortando-me a deixar tudo em paz antes que eu soltasse a mola-mestra do universo. Havia algo especialmente inquietante na foto de Al e Mike Michaud, pendurada no lugar da minha foto com Harry.

Fui até a despensa e comecei a dar passinhos pequenos e arrastados à frente. *Finja que está tentando achar o alto de uma escada com a luz apagada*, dissera Al. *Feche os olhos, amigo, é mais fácil assim.*

Fechei. Dois passos adiante, escutei aquele pop de equalização da pressão nos ouvidos. O calor atingiu a minha pele; o sol brilhou pelas minhas pálpebras fechadas; ouvi o *chont-HUUCH, chont-HUUCH* dos teares. Era 9 de setembro de 1958, dois minutos antes do meio-dia. Tugga Dunning estava vivo outra vez e o braço da sra. Dunning ainda não se quebrara. Não muito longe dali, no posto Chevron do Titus, um elegante Ford Sunliner conversível vermelho me aguardava.

Mas primeiro eu tinha de cuidar do ex-Homem do Cartão Amarelo. Dessa vez ele receberia o dólar que pedia, porque eu me esquecera de pôr no bolso uma moeda de cinquenta centavos. Mergulhei debaixo da corrente e parei tempo suficiente para pôr uma nota de um dólar no bolso da frente das calças.

Foi ali que ela ficou, porque, quando contornei o barracão de secagem, achei o Homem do Cartão Amarelo esparramado no concreto com os olhos abertos e uma poça de sangue se espalhando em torno da cabeça. A garganta fora cortada de orelha a orelha. Numa das mãos estava o caco verde e afiado da garrafa de vinho que usara para fazer o serviço. Na outra, segurava o cartão, aquele que, supostamente, tinha algo a ver com o fato de ser dia de grana dupla na fachada verde. O cartão que já fora amarelo e depois alaranjado agora estava preto retinto.

CAPÍTULO 10

1

Atravessei o estacionamento dos funcionários pela terceira vez, não propriamente correndo. Mais uma vez dei um tapinha no Plymouth Fury branco e vermelho ao passar. Para dar sorte, acho. Nas próximas semanas, meses e anos, eu precisaria de toda a sorte que pudesse arranjar.

Dessa vez, não fui à Kennebec Fruit e não tinha a intenção de comprar roupas nem carros. Amanhã ou depois de amanhã eu faria isso, mas hoje talvez fosse um mau dia para ser um estranho em Falls. Logo, logo alguém encontraria um cadáver na fábrica e um estranho poderia ser interrogado. A identidade de George Amberson não estava à altura disso, ainda mais porque a carteira de motorista tinha o endereço de uma casa na rua Bluebird que ainda não fora construída.

Cheguei ao ponto de ônibus dos operários diante do estacionamento bem na hora em que o ônibus com LEWISTON EXPRESS como destino no letreiro veio roncando. Embarquei e entreguei a nota de um dólar que pretendera dar ao Homem do Cartão Amarelo. O motorista fez sair um punhado de prata do porta-moedas cromado que usava no cinto. Deixei quinze centavos na caixinha da passagem e andei pelo corredor balançante até um banco nos fundos, atrás de dois marinheiros cheios de espinhas — provavelmente da Base Aérea Naval de Brunswick — que conversavam sobre as garotas que pretendiam encontrar numa boate de striptease chamada Holly. A conversa era marcada por uma troca de robustos socos no ombro e muitos risos borbulhantes.

Observei a rodovia 196 se desenrolar quase sem a ver. Não parava de pensar no morto. E no cartão, que agora era preto retinto. Queria deixar uma boa distância entre mim e aquele cadáver perturbador o mais depressa possível, mas parara o suficiente para tocar o cartão. Não era papelão, como eu pensara a princípio. Também não era plástico. Celuloide, talvez... só que também não parecia isso exatamente. Parecia pele morta, do tipo que se descasca de um calo. Não havia nada escrito nele, pelo menos nada que eu pudesse ver.

Al achara que o Homem do Cartão Amarelo era apenas um pinguço que enlouquecera pela combinação infeliz de bebida e proximidade da toca de coelho. Eu não questionara isso até que o cartão ficou laranja. Agora mais do que questionava; eu simplesmente não acreditava. O que ele *era*, afinal de contas?

Morto, é o que ele é. E é tudo o que ele é. Então, deixe pra lá. Você tem muito a fazer.

Quando passamos pelo Lisbon Drive-In, puxei a cordinha para tocar o sinal. O motorista parou no próximo poste telefônico pintado de branco.

— Tenha um bom dia — disse-lhe quando ele puxou a alavanca que abria as portas.

— Num tem nada de bom nessa corrida a não ser a cerveja gelada na hora de largar — disse ele, e acendeu um cigarro.

Alguns segundos depois, eu estava em pé no acostamento de cascalho da estrada, com a pasta pendurada na mão esquerda, observando o ônibus sacolejar na direção de Lewiston, soltando uma nuvem de gases de exaustão. Na traseira havia um anúncio mostrando uma dona de casa com uma panela faiscante numa das mãos e uma Esponja Mágica S.O.S. na outra. Os enormes olhos azuis e o sorriso de batom vermelho e cheio de dentes indicavam uma mulher que podia estar a minutos de um catastrófico colapso mental.

O céu estava sem nuvens. Grilos cantavam no capim alto. Em algum lugar, uma vaca mugiu. Com o fedor de diesel do ônibus soprado para longe pela leve brisa, o ar tinha um cheiro doce, fresco e novo. Comecei a percorrer a pé os quatrocentos metros, mais ou menos, até o Tamarack Motor Court. Uma caminhada curta, mas antes que eu chegasse ao meu destino, duas pessoas pararam e perguntaram se eu queria carona. Agradeci e disse que eu estava bem. E estava. Quando cheguei ao Tamarack, assoviava.

Setembro de 1958, Estados Unidos da América.

Com ou sem Homem do Cartão Amarelo, era bom estar de volta.

2

Passei o resto daquele dia no meu quarto, examinando as anotações de Al sobre Oswald pela enésima vez, agora prestando atenção especial às duas páginas do final, intituladas *CONCLUSÕES SOBRE COMO PROCEDER*. Tentar assistir à TV, que, em essência, pegava apenas um canal, era um exercício absurdo, e quando o crepúsculo caiu andei até o drive-in e paguei o preço especial para pedestres de trinta centavos. Havia cadeiras dobráveis instaladas diante do bar. Comprei um saco de pipocas e um gostoso refrigerante sabor canela chamado Pepsol e assisti a *O mercador de almas* com vários outros pedestres, a maioria idosos que se conheciam e batiam papo amistosamente. O ar estava gelado na hora em que *Um corpo que cai* começou e eu estava sem paletó. Andei de volta até o motel e dormi profundamente.

Na manhã seguinte, peguei o ônibus de volta a Lisbon Falls (nada de táxi; eu me considerava em modo econômico, pelo menos por enquanto) e fiz do Alegre Elefante Branco a minha primeira parada. Estava cedo e ainda fresco, e o beatnik estava lá dentro, sentado num sofá puído e lendo *Argosy*.

— Oi, vizinho — disse ele.

— Oi, você. O senhor vende malas?

— Ah, tenho algumas em estoque. Duzentas ou trezentas no máximo. Vá até os fundos e...

— E olhe à direita — disse eu.

— Isso mesmo. Já esteve aqui?

— *Todos* já estivemos aqui — disse eu. — Essa coisa é maior do que futebol profissional.

Ele riu.

— Boa, Jackson. Vá escolher a vencedora.

Escolhi a mesma valise de couro. Depois, atravessei a rua e comprei o Sunliner de novo. Dessa vez, regateei mais e o consegui por trezentos. Quando a pechincha terminou, Bill Titus me mandou falar com a filha.

— Não parece que o senhor é daqui — disse ela.

— Sou originalmente do Wisconsin, mas estou no Maine há algum tempo. Negócios.

— Imagino que o senhor não estava em Falls ontem, não é? — Quando respondi que não, ela explodiu uma bola de chiclete e disse: — Pois perdeu a novidade. Acharam um velho bêbado morto diante do barracão de secagem da fábrica. — Ela baixou a voz. — Suicídio. Cortou a própria garganta com um caco de vidro. Dá para imaginar?

— Que coisa horrível — disse eu, enfiando na carteira a nota fiscal do Sunliner. Fiz as chaves do carro pularem na palma da mão. — Era daqui?

— Não, e sem identidade. Provavelmente veio do condado num vagão de carga, foi o que o meu pai disse. Para a colheita de maçã em Castle Rock, talvez. O sr. Cady — ele é o vendedor da fachada verde — disse ao meu pai que o camarada chegou ontem de manhã e tentou comprar uma garrafa de meio litro, mas estava bêbado e fedia e o sr. Cady o pôs para fora. Então ele deve ter ido até o pátio da fábrica para beber o que lhe restava, e quando acabou ele quebrou a garrafa e cortou a garganta com um dos cacos. — Ela repetiu: — Dá para *imaginar*?

Pulei o corte de cabelo e pulei o banco, também, mas comprei roupas novamente na Mason's Menswear.

— O senhor deve gostar desse tom de azul — comentou o vendedor, e ergueu a camisa no alto da minha pilha. — É da mesma cor que essa que está usando.

Na verdade, *era* a camisa que eu estava usando, mas não disse nada. Só confundiria nós dois.

3

Subi a rodovia Uma Milha por Minuto naquela tarde de quinta-feira. Dessa vez não precisei comprar um chapéu quando cheguei a Derry, porque me lembrara de acrescentar um bom panamá às compras que fiz na Mason's. Hospedei-me no Derry Town House, jantei no refeitório, depois fui ao bar e pedi uma cerveja a Fred Toomey. Desta vez, não me esforcei para envolvê-lo numa conversa.

No dia seguinte, aluguei o meu velho apartamento na avenida Harris e, longe de me manter acordado, o som dos aviões que pousavam na verdade me acalentou para dormir. No dia depois deste, fui à Machen's Produtos Esportivos e disse ao vendedor que estava interessado em comprar uma arma portátil porque era corretor de imóveis e blá-blá-blá. O vendedor me trouxe o meu .38 Police Special e mais uma vez me afirmou que era uma boa proteção. Comprei-o e o pus na pasta. Pensei em descer a rua Kansas até a areazinha de piquenique para observar Rique-do-dique e Bevvie-da-neve treinarem os passos de Jump Street, e então percebi que os perdera. Gostaria de ter pensado em verificar os números de final de novembro do *Daily News* durante o meu breve retorno a 2011; eu talvez descobrisse se tinham vencido o show de talentos.

Adotei o hábito de ir ao Acendedor de Lampiões para tomar uma cerveja no início da noite, antes que o lugar começasse a encher. Às vezes, pedia Sobras de Lagosta. Nunca vi Frank Dunning ali, nem quis. Tinha outra razão para fazer do Acendedor de Lampiões uma parada regular. Se tudo desse certo, logo eu seguiria para o Texas, e queria aumentar o meu tesouro pessoal antes de partir. Fiz amizade com Jeff, o bartender, e certa noite, no final de setembro, ele mencionou um assunto do qual eu mesmo vinha planejando tratar.

— De quem você gosta na Série, George?

— Dos Yankees, é claro — respondi.

— Você dizendo isso? Um sujeito do *Wisconsin*?

— Orgulho pelo estado natal não tem nada a ver com isso. Os Yankees são um time predestinado este ano.

— Nunca vai acontecer. Os arremessadores estão velhos. A defesa é furada. Mantle não está bom das pernas. A dinastia do Bombardeiro do Bronx acabou. Milwaukee pode até dar uma lavada.

Ri.

— Tudo isso faz sentido, Jeff, dá pra ver que você estuda o jogo, mas confesse: você detesta os Yanks como todo mundo na Nova Inglaterra, e isso destruiu a sua capacidade de avaliação.

— Você poria dinheiro no que diz?

— Claro. Cinquinho. Faço questão de não tirar mais do que cinquinho dos escravos assalariados. Fechado?

— Fechado. — E apertamos as mãos.

— Tudo bem — disse eu. — Agora que isso está resolvido e como estamos tratando de assuntos de beisebol e apostas, os dois maiores passatempos americanos, eu gostaria de saber se você me indicaria onde isso é levado a sério nesta cidade. Se me permite a linguagem poética, quero fazer uma aposta maior. Me traga outra cerveja e tire uma para você.

Falei *aposta maior* à moda do Maine — *posta maió* — e ele riu ao tirar um par de Narragansetts (que eu aprendera a chamar de Nasty Gansett, a horrível Gansett; quando em Roma, sempre que possível se deve falar como os romanos).

Brindamos e Jeff me perguntou o que eu queria dizer com levado a sério. Fingi pensar e lhe disse.

— Quinhentinho? Nos *Yankees*? Quando os Braves têm Spahn e Burdette? Sem falar em Hank Aaron e Steady Eddie Mathews? Você está maluco.

— Talvez sim, talvez não. A partir de primeiro de outubro, veremos, não é? Há alguém em Derry que aceitaria uma aposta desse tamanho?

Eu sabia o que ele ia dizer em seguida? Não. Não sou tão presciente. Fiquei surpreso? Não de novo. Porque o passado não é apenas obstinado; ele está em harmonia consigo mesmo e com o futuro. Vivenciei essa harmonia várias vezes.

— Chaz Frati. Provavelmente você já o viu aqui. Ele tem um monte de casas de penhor. Eu não diria que é exatamente um bookmaker, mas fica bastante ocupado na época do campeonato da Série Mundial e durante a temporada de basquete e futebol americano das escolas secundárias.

— E você acha que ele aceitará a minha proposta.

— Claro. Vai lhe dar vantagem e tudo. Só... — Ele olhou em volta, viu que ainda tínhamos o bar só para nós, mas mesmo assim baixou a voz para um sussurro. — Só não o enrole, George. Ele conhece gente. Gente *forte*.

— Já entendi — disse eu. — Obrigado pela dica. Na verdade, vou lhe fazer um favor e não cobrar aqueles cinco quando os Yankees vencerem a Série.

4

No dia seguinte, entrei na Penhores & Empréstimos Sereia de Chaz Frati, onde fui confrontado por uma dama grande, de rosto de pedra, com uns 150 quilos talvez. Ela usava um vestido roxo, contas indianas e mocassins nos pés inchados. Disse-lhe que estava interessado em conversar com o sr. Frati sobre uma proposta de negócios bastante grande e ligada a esportes.

— Isso é aposta em língua de gente? — perguntou ela.

— A senhora é da polícia? — perguntei.

— Sou — disse ela, tirando uma cigarrilha Tiparillo de um bolso do vestido e acendendo-a com um Zippo. — Sou J. Edgar Hoover, meu filho.

— Bom, sr. Hoover, o senhor me pegou. Estou falando de uma aposta.

— World Series ou futebol americano dos Tigers?

— Não sou da cidade e não saberia a diferença entre um Derry Tiger e um Bangor Baboon. É beisebol.

A mulher enfiou a cabeça numa porta fechada por uma cortina nos fundos do cômodo, apresentando-me um traseiro que, sem dúvida, seria um dos maiores do centro do Maine, e berrou:

— Ei, Chazzy, venha cá. Aqui tem um ao vivo.

Frati saiu e beijou o rosto da grande dama.

— Obrigado, amor. — As mangas estavam arregaçadas e dava para ver a sereia. — Posso ajudar?

— Assim espero. O nome é George Amberson. — Estendi a mão. — Sou do Wisconsin e, embora o meu coração esteja com os rapazes de casa, na hora do campeonato a minha carteira está com os Yankees.

Ele se virou para a prateleira de trás, mas a grande dama já estava com o que ele queria — um desgastado livro-caixa verde com EMPRÉSTIMOS PESSOAIS na frente. Ele o abriu e folheou até uma página em branco, molhando periodicamente a ponta do dedo.

— De quanto da sua carteira estamos falando, primo?

— Que tipo de vantagem recebo por quinhentos pela vitória? — A gorda riu e soprou fumaça.

— Nos Bombardeiros? Meio a meio, primo. Estritamente meio a meio.

— Que tipo de vantagem recebo por quinhentos nos Yankees em melhor de sete?

Ele pensou e depois se virou para a grande dama. Ela balançou a cabeça, ainda achando graça.

— Não dá — disse ela. — Se não me acredita, mande um telegrama e verifique com Nova York.

Suspirei e batuquei os dedos num estojo de vidro cheio de relógios e anéis.

— Tudo bem, que tal essa: quinhentos e os Yankees vencem três jogos contra um.

Ele riu.

— Belo senso de humor, primo. Deixe eu consultar a chefia.

Ele e a grande dama (Frati lembrava um anão de Tolkien perto dela) cochicharam entre si e depois ele voltou ao balcão.

— Se está dizendo o que estou pensando, aceito quatro por um. Mas se os Yankees não vencerem três por um e caírem de volta, você perde o pacote. Eu gosto de deixar bem claros os termos da aposta.

— Mais claro, impossível — disse eu. — E... sem ofensa a você nem à sua amiga...

— Somos casados — disse a grande dama —, portanto não nos chame de amigos. — E ela riu mais um pouco.

— Sem ofensa a você nem à sua senhora, mas quatro por um não basta. Já se for *oito* por um... então é justo para ambas as partes.

— Eu lhe dou cinco por um, mas paro por aí — disse Frati. — Para mim, isso é apenas passatempo. Se quer Vegas, vá a Vegas.

— Sete — insisti. — Vamos, sr. Frati, trabalhe junto comigo nisso.

Ele e a grande dama conferenciaram. Então, ele voltou e ofereceu seis por um, que aceitei. Ainda era uma probabilidade baixa para uma aposta tão maluca, mas não quis prejudicar Frati tanto assim. É verdade que ele me entregara a Bill Turcotte, mas tivera as suas razões.

Além disso, isso foi em outra vida.

5

Naquela época, o beisebol era jogado como tem de ser jogado — ao sol forte da tarde e em dias no início de outono que ainda pareciam de verão. Todos se juntavam na frente da loja de eletrodomésticos Benton's, na Cidade Baixa, para assistir ao jogo em Zeniths de 21 polegadas empoleiradas em pedestais na vitrine. Acima delas havia um cartaz dizendo POR QUE ASSISTIR NA RUA QUANDO SE PODE ASSISTIR EM CASA? *CREDIÁRIO FÁCIL!*

Ah, sim. Crediário fácil. Isso era mais parecido com os Estados Unidos onde eu crescera.

Em primeiro de outubro, Milwaukee venceu os Yankees por 1 a 0, atrás de Warren Spahn. Em 2 de outubro, Milwaukee enterrou os Bombardeiros, 13 a 5. Em 4 de outubro, quando a Série voltou ao Bronx, Don Larsen arrasou Milwaukee por 4 a 0, com a ajuda de Ryne Duren, que não fazia ideia de para onde ia a bola depois que lhe saía da mão e, consequentemente, apavorava os batedores que tinham de enfrentá-lo. O fechamento perfeito, em outras palavras.

Escutei a primeira parte daquele jogo no rádio, no meu apartamento, e assisti aos dois últimos tempos com o povo reunido diante da Benton's. Quando acabou, fui à farmácia e comprei Kaopectate (provavelmente a mesma garrafa gigante tamanho econômico da última viagem). Mais uma vez, o sr. Keene me perguntou se eu estava sofrendo do vírus. Quando lhe disse que me sentia bem, o velho canalha pareceu desapontado. Eu *realmente* me sentia bem, e não esperava que o passado me jogasse exatamente as mesmas bolas rápidas de Ryne Duren, mas achei melhor me preparar.

Ao sair da farmácia, o meu olho foi atraído por um mostruário com um cartaz que dizia LEVE COM VOCÊ UM POUQUINHO DO MAINE! Havia cartões-postais, lagostas infláveis de brinquedo, saquinhos perfumados de húmus macio de pinheiro, réplicas da estátua de Paul Bunyan da cidade e pequenas almofadas decorativas mostrando a Standpipe de Derry — a Standpipe era uma torre circular onde ficava a água potável da cidade. Comprei uma delas.

— Para o meu sobrinho em Oklahoma City — disse ao sr. Keene.

Os Yankees tinham vencido o terceiro jogo da Série na hora em que parei no posto Texaco da extensão da avenida Harris. Havia uma placa na frente das bombas dizendo MECÂNICO DE PLANTÃO 7 DIAS POR SEMANA — NO HOMEM DA ESTRELA VOCÊ PODE CONFIAR!

Enquanto o frentista enchia o tanque e lavava o para-brisa do Sunliner, fui até a garagem, encontrei um mecânico de plantão chamado Randy Baker e pechinchei um pouco com ele. Baker ficou curioso, mas gostou da minha proposta. Vinte dólares trocaram de mãos. Ele me deu o telefone do posto e da sua casa. Saí de tanque cheio, para-brisa limpo e mente satisfeita. Bom... *relativamente* satisfeita. Era impossível planejar todas as contingências.

Devido aos preparativos para o dia seguinte, passei no Acendedor de Lampiões para tomar a minha cerveja da noite mais tarde do que de costume, mas não havia risco de encontrar Frank Dunning. Era o dia de ele levar os garotos ao jogo de futebol em Orono, e no caminho de volta eles parariam no Ninety-Fiver para comer mariscos fritos e tomar milk-shakes.

Chaz Frati estava no bar, tomando uísque com água.

— É melhor torcer para os Braves vencerem amanhã, senão você perde quinhentos — disse ele.

Eles *venceriam*, mas eu estava pensando em coisas maiores. Ficaria em Derry tempo suficiente para recolher os meus três mil com o sr. Frati, mas pretendia terminar o meu verdadeiro serviço no dia seguinte. Se tudo corresse como eu esperava, terminaria com Derry antes que Milwaukee marcasse o único ponto de que precisavam no sexto tempo.

— Bom — disse eu, pedindo uma cerveja e algumas Sobras de Lagosta —, isso teremos de ver, não é?

— É verdade, primo. Essa é a graça da aposta. Se importa se eu lhe fizer uma pergunta?

— Não. Desde que não se ofenda se eu não responder.

— É isso que gosto em você, primo, esse senso de humor. Deve ser coisa do Wisconsin. O que me deixa curioso é por que você está na nossa bela cidade.

— Imóveis. Acho que já lhe disse isso.

Ele chegou mais perto. Deu para sentir o cheiro de creme capilar Vitalis no cabelo preto e lustroso e de balinhas Sen-Sen no seu hálito.

— E se eu dissesse "possível local para centro comercial", levaria um dez?

Assim, conversamos por algum tempo, mas essa parte você já sabe.

6

Eu disse que fiquei longe do Acendedor de Lampiões quando achava que Frank Dunning estaria lá porque já sabia sobre ele tudo o que precisava saber. É verdade, mas não *toda* a verdade. Isso preciso deixar claro. Caso contrário, você nunca entenderá por que me comportei do jeito que me comportei no Texas.

Imagine entrar numa sala e ver um castelo de cartas complexo, de muitos andares, sobre a mesa. A sua missão é derrubá-lo. Se fosse só isso, seria fácil, não é? Uma pisada forte ou um bom golpe de ar — do tipo que a gente consegue quando chega a hora de apagar todas as velinhas de aniversário — bastariam para o serviço. Mas *não* é só isso. O caso é: você tem de derrubar aquele castelo de cartas num momento específico. Até então, ele tem de ficar de pé.

Eu sabia onde Dunning estaria na tarde de domingo, 5 de outubro de 1958, e não queria me arriscar a mudar o seu rumo, nem que fosse por um pontinho ou um rabisco. Até cruzar os olhos com ele no Acendedor de Lampiões poderia provocar isso. Você pode fazer um muxoxo e dizer que sou cauteloso demais; pode dizer que é improvável que uma coisinha dessas tire os fatos do rumo. Mas o passado é tão frágil quanto asas de borboleta. Ou um castelo de cartas.

Eu fora a Derry derrubar o castelo de cartas de Frank Dunning, mas até lá teria de protegê-lo.

7

Dei boa noite a Chaz Frati e voltei ao meu apartamento. A garrafa de Kaopectate estava no armário de remédios do banheiro e a nova almofada de lembrança com a Standpipe bordada com linha dourada, na mesa da cozinha. Peguei uma faca na gaveta dos talheres e, cuidadosamente, cortei a almofada na diagonal. Pus o revólver lá dentro, enfiando-o no fundo do recheio.

Não tinha certeza de que dormiria, mas dormi, e profundamente. *Faça o melhor possível e deixe o resto com Deus* é só uma das muitas frases que Christy arrastava de volta das reuniões do AA. Não sei se Deus existe ou não — para Jake Epping, o júri ainda não se decidiu a respeito —, mas quando fui para a cama naquela noite, tinha bastante certeza de que fizera o melhor possível. Agora, só me restava dormir e torcer para que o meu melhor bastasse.

8

Não houve micróbio intestinal. Dessa vez, acordei às primeiras luzes com a dor de cabeça mais paralisante da minha vida. Enxaqueca, supus. Não sei com certeza, porque isso eu nunca tive. Ver luz, por mais fraca que fosse, produzia um baque enjoado e rotativo que ia da nuca à base do seio da face. Os olhos jorravam lágrimas insensíveis.

Levantei (até isso doeu), pus um par de óculos de sol baratos que comprara na viagem até Derry e tomei cinco aspirinas. Elas ajudaram o suficiente para eu me vestir e pôr o sobretudo. Precisaria dele; a manhã estava cinzenta e gelada, ameaçando chover. De certa forma, isso era uma vantagem. Não sei se sobreviveria à luz do sol.

Precisava me barbear, mas deixei para lá; achei que ficar em pé debaixo de uma luz forte — duplicada no espelho do banheiro — poderia fazer o meu cérebro simplesmente se desintegrar. Não dava para imaginar como eu passaria esse dia, por isso não tentei. *Um passo de cada vez*, disse a mim mesmo enquanto descia a escada devagar. Com uma das mãos, segurava o corrimão com força e, com a outra, a almofada de lembrança. Devia estar parecido com uma criança crescida com um ursinho de pelúcia. *Um passo de cada...*

O corrimão quebrou.

Por um instante me inclinei para a frente, a cabeça latejando, as mãos acenando loucamente no ar. Larguei a almofada (a arma lá dentro bateu com barulho) e me agarrei à parede acima da cabeça. No último segundo antes que a inclinação se transformasse numa queda de quebrar o pescoço, os meus dedos se agarraram à luminária de parede à moda antiga aparafusada na massa corrida. Ela se soltou, mas o fio aguentou o suficiente para eu recuperar o equilíbrio.

Sentei-me na escada com a cabeça latejando sobre os joelhos. A dor pulsava em sincronia com a batida da britadeira do coração. Os olhos lacrimosos pareciam grandes demais para as órbitas. Eu poderia lhe dizer que queria me arrastar de volta para o apartamento e desistir, mas isso não seria verdade. A verdade era que eu queria morrer bem ali na escada e acabar com aquilo. Existe quem tenha dores de cabeça assim não de vez em quando, mas *com frequência*? Nesse caso, que Deus os ajude.

Só havia uma coisa que poderia me pôr de novo em pé e forcei o cérebro dolorido não só a pensar, mas a ver: o rosto de Tugga Dunning obliterado de repente enquanto ele se arrastava na minha direção. O cabelo e o cérebro saltando no ar.

— Tudo bem — disse eu. — Tudo bem, pois é, tudo bem.

Peguei a almofada e desci cambaleando o resto da escada. Saí num dia nublado que parecia tão luminoso quanto uma tarde no Saara. Procurei as chaves. Não estavam lá. O que encontrei onde elas deveriam estar foi um buraco de bom tamanho no bolso da frente direita das calças. Não estava lá na noite da véspera, disso eu tinha quase certeza. Dei meia-volta com passos pequenos e irregulares. As chaves estavam no patamar, no meio de um monte de troco derramado. Abaixei-me com uma careta, conforme um peso de chumbo deslizava para a frente dentro da minha cabeça. Peguei as chaves e fui até o Sunliner. E, quando tentei a ignição, o meu Ford antes confiável se recusou a ligar. Houve um clique do solenoide. E só.

Eu tinha me preparado para essa eventualidade; o que não tinha me preparado era para arrastar a minha cabeça envenenada escada acima outra vez. Nunca na vida desejei com tanto fervor o meu Nokia. Com ele, eu ligaria atrás do volante e ficaria sentado quietinho, de olhos fechados, até Randy Baker chegar.

Não sei como, consegui subir a escada, passar pelo corrimão quebrado e pela luminária pendurada na massa corrida esfacelada como uma cabeça morta num pescoço quebrado. Ninguém atendeu no posto de gasolina — era cedo e era domingo — e tentei o telefone da casa de Baker.

Provavelmente morreu, pensei. *Teve um enfarte no meio da noite. Morto pelo passado obstinado, com Jake Epping como cúmplice não indiciado.*

O meu mecânico não estava morto. Atendeu no segundo toque, a voz sonolenta, e quando lhe disse que o meu carro não dava partida, ele fez a pergunta lógica:

— Como sabia disso ontem?

— Sou bom de adivinhar — disse eu. — Venha o mais rápido possível, certo? Haverá mais vinte para você se conseguir que o carro ande.

9

Quando Baker trocou o cabo da bateria que misteriosamente se soltara à noite (talvez no mesmo momento em que aquele buraco apareceu no bolso da minha calça) e nem assim o Sunliner pegou, ele verificou as válvulas e descobriu que estavam muito corroídas. Havia sobressalentes na sua grande caixa de ferramentas verde e, quando instaladas, o meu carro de combate ganhou vida.

— Provavelmente não é da minha conta, mas o senhor só devia ir de volta para a cama. Ou ao médico. Está pálido como um fantasma.

— É só uma enxaqueca. Vou ficar bem. Vamos olhar a mala. Quero verificar o estepe.

Verificamos o estepe. Vazio.

Segui-o até o posto Texaco numa garoa leve e constante. Os carros por que passamos estavam com os faróis ligados, e mesmo com óculos escuros cada par parecia abrir furos no meu cérebro. Baker destrancou a ilha de manutenção e tentou encher o estepe. Não conseguiu. Saía ar por uma meia dúzia de rachaduras quase tão finas quanto poros da pele humana.

— Há — disse ele. — Nunca vi isso. O pneu deve estar com defeito.

— Ponha outro no aro — disse eu.

Fui até os fundos do posto enquanto ele fazia isso. Não conseguia aguentar o som do compressor. Encostei-me nos blocos de concreto e ergui o rosto, deixando a garoa fria cair na pele quente. *Um passo de cada vez*, disse a mim mesmo. *Um passo de cada vez.*

Quando tentei pagar o pneu a Randy Baker, ele fez que não.

— O senhor já me deu metade do salário da semana. Eu seria um canalha se aceitasse mais. Só estou com medo de que o senhor saia da estrada ou coisa assim. É mesmo tão importante?

— Familiar doente.

— O senhor é que está doente.

Isso eu não podia negar.

10

Saí da cidade pela rodovia 7, reduzindo a velocidade para olhar os dois lados de cada cruzamento, tivesse ou não a preferência. Essa foi uma excelente ideia, porque um caminhão de brita totalmente carregado ultrapassou um sinal vermelho no cruzamento da 7 com a estrada Velha de Derry. Se eu não tivesse quase parado apesar do sinal verde, o meu Ford teria sido destruído. E eu transformado em hambúrguer dentro dele. Meti a mão na buzina apesar da dor na cabeça, mas o motorista nem deu atenção. Parecia um zumbi atrás do volante.

Nunca conseguirei fazer isso, pensei. Mas, se não conseguisse deter Frank Dunning, como poderia ter esperanças de deter Oswald? Por que ir ao Texas?

Mas não foi isso que me fez avançar. Foi a lembrança de Tugga. Sem mencionar os outros três garotos. Eu os salvara uma vez. Se não os salvasse de novo, como fugir ao conhecimento seguro de que participara do seu assassinato só por provocar um novo recomeço?

Aproximei-me do Derry Drive-In e entrei no caminho de cascalho que levava à bilheteria fechada. O caminho era ladeado por abetos decorativos. Estacionei atrás deles, desliguei o motor e tentei sair do carro. Não consegui. A porta não abria. Bati o ombro contra ela algumas vezes e, quando nem assim se abriu, vi que a tranca estava abaixada, muito embora isso fosse muito antes da época dos carros que se autotrancavam, e eu não a abaixara. Puxei-a. Ela não saiu. Balancei. Ela não saiu. Abri a janela, me inclinei para fora e consegui usar a minha chave na fechadura abaixo do botão cromado da maçaneta externa. Dessa vez a tranca subiu. Saí e peguei a almofada.

A resistência à mudança é proporcional a quanto o futuro pode ser alterado por qualquer ato dado, eu dissera a Al com a minha melhor voz professoral, e era verdade. Mas não fizera ideia do custo pessoal. Agora fazia.

Andei devagar pela rodovia 7 acima, o colarinho erguido contra a chuva e o chapéu puxado bem sobre as orelhas. Quando vinham carros — eram pouco frequentes —, eu sumia entre as árvores que ladeavam o meu lado da estrada. Acho que uma ou duas vezes pus as mãos ao lado da cabeça para me assegurar de que ela não estava inchando. *Parecia* que estava.

Finalmente, as árvores acabaram. Foram substituídas por um muro de pedra. Atrás do muro estavam colinas manicuradas pontilhadas de lápides e monumentos. Eu chegara ao Cemitério Longview. Encarei um morro e lá estava a barraquinha de flores do outro lado da estrada. Estava fechada e escura. Geralmente, os fins de semana eram dias cheios de visitas a parentes mortos, mas com um tempo daqueles os negócios andariam devagar, e supus que a velha senhora dona do lugar estava dormindo um pouquinho até mais tarde. Mas depois ela abriria. Eu vira com os meus próprios olhos.

Subi no muro, esperando que ele desmoronasse sob mim, mas não. E assim que realmente entrei no Longview, uma coisa maravilhosa aconteceu: a dor de cabeça começou a diminuir. Sentei-me numa lápide debaixo da copa pendente de um olmo, fechei os olhos e conferi o nível de dor. O que fora um 10 aos berros — talvez até aumentado para 11, como num amplificador Spinal Tap — baixara para 8.

— Acho que passei, Al — disse eu. — Acho que devo estar do outro lado.

Ainda assim, avancei com cuidado, atento a mais truques — árvores caindo, ladrões de túmulos, talvez até um meteoro em chamas. Não houve nada. Quando cheguei aos túmulos lado a lado marcados ALTHEA PIERCE DUNNING e JAMES ALLEN DUNNING, a dor de cabeça baixara para 5.

Olhei em volta e vi um mausoléu com um nome conhecido gravado no granito cor-de-rosa: TRACKER. Fui até lá e experimentei o portão de ferro. Em 2011, estaria trancado, mas era 1958 e ele se abriu facilmente... embora com um guincho de dobradiças enferrujadas digno de um filme de terror.

Entrei, abrindo caminho aos chutes por um monte de folhas velhas e quebradiças. Havia um banco de pedra para meditação correndo pelo meio da cripta; de cada lado, gavetas de pedra para Trackers datadas desde 1831. De acordo com a placa de cobre na frente desse mais antigo, estavam lá dentro os ossos de monsieur Jean Paul Traiche.

Fechei os olhos.

Deitei-me no banco de meditação e cochilei.

Dormi.

Quando acordei, era quase meio-dia. Fui até a porta da frente do túmulo dos Tracker para esperar Dunning... assim como Oswald, dali a cinco anos, sem dúvida esperaria a carreata de Kennedy na sua veneziana no sexto andar do Texas School Book Depository.

A dor de cabeça sumira.

11

O Pontiac de Dunning apareceu mais ou menos à mesma hora em que Red Schoendienst marcava o ponto vencedor dos Milwaukee Braves naquele dia. Dunning estacionou no caminho mais próximo, saiu, levantou o colarinho e se curvou para pegar as cestas de flores. Desceu o morro até o túmulo dos pais levando uma em cada mão.

Agora que a hora chegara, eu estava bastante bem. Alcançara o outro lado do que quer que fosse que tentava me segurar. A almofada estava debaixo do meu casaco. A minha mão dentro dela. A grama molhada abafou os meus passos. Não havia sol para lançar a minha sombra. Ele não soube que eu estava atrás dele até que disse o seu nome. Então ele se virou.

— Quando venho visitar os meus pais, não gosto de companhia — disse ele. — Quem diabos é você, afinal? E o que é isso? — Ele olhava a almofada, que eu tirara. Eu a usava como uma luva.

Escolhi responder apenas à primeira pergunta.

— Eu me chamo Jake Epping. Vim aqui lhe fazer uma pergunta.

— Então faça e depois me deixe em paz. — Pingava chuva da aba do chapéu dele. Do meu também.

— Qual é a coisa mais importante na vida, Dunning?

— *O quê?*

— Para um homem, quero dizer.

— Você é maluco, é? E para que a almofada, afinal de contas?

— Faça a gentileza. Responda à pergunta.

Ele deu de ombros.

— A família, acho.

— Também acho — disse eu, e puxei o gatilho duas vezes. O primeiro tiro foi um baque abafado, como bater num tapete pendurado. O segundo foi um pouco mais alto. Achei que a almofada pegaria fogo — vira isso no *Poderoso chefão 2* —, mas só fumegou um pouco. Dunning caiu, esmigalhando a cesta de flores que pusera no túmulo do pai. Ajoelhei-me ao lado dele, o joelho afundando na água da terra molhada, pus a ponta rasgada da almofada contra a sua têmpora e atirei de novo. Só para garantir.

12

Arrastei-o para dentro do mausoléu dos Tracker e larguei a almofada chamuscada sobre o seu rosto. Quando saí, alguns carros passavam devagar pelo cemitério e algumas pessoas estavam de guarda-chuva junto a túmulos, mas ninguém prestou nenhuma atenção em mim. Andei sem pressa rumo ao muro de pedra, parando de vez em quando para olhar um túmulo ou monumento. Assim que me vi protegido pelas árvores, voltei correndo para o meu Ford. Quando ouvia carros passando, me enfiava no bosque. Num desses recuos, enterrei a arma debaixo de trinta centímetros de terra e folhas. O Sunliner esperava sem ter sido mexido onde o deixei, e pegou de primeira. Voltei ao meu apartamento e escutei o final do jogo de beisebol. Chorei um pouco, acho. Foram lágrimas de alívio e não de remorso. Não importava o que me acontecesse, a família Dunning estava salva.

Naquela noite, dormi como um bebê.

13

Havia muita coisa sobre a Série Mundial no *Derry Daily News* de segunda-feira, inclusive uma boa foto de Schoendienst chegando à base na corrida vencedora depois de um erro de Tony Kubek. De acordo com a coluna de Red Barber, os Bombardeiros do Bronx já eram. "Enfie o garfo neles", opinou. "Os Yanks estão mortos, vida longa aos Yanks."

Nada sobre Frank Dunning para começar a semana de trabalho em Derry, mas ele foi matéria de primeira página no jornal de terça-feira, junto com uma foto que o mostrava sorrindo com aquela alegria do tipo as-mulheres-me-adoram. O brilho diabólico de George Clooney nos seus olhos estava positivo e operante.

EMPRESÁRIO ENCONTRADO MORTO NO CEMITÉRIO LOCAL
Dunning se destacava em muitas obras de caridade

De acordo com o chefe de polícia de Derry, o departamento estava seguindo todas as boas pistas e esperava-se uma prisão em breve. Entrevistada por telefone, Doris Dunning declarou estar "chocada e arrasada". Não se mencionou o fato de que ela e o falecido moravam separados. Vários amigos e colegas de trabalho do Center Street Market exprimiram choque semelhante. Todos pareciam concordar que Frank Dunning tinha sido um camarada absolutamente maravilhoso e ninguém podia imaginar por que alguém quereria matá-lo.

Tony Tracker estava especialmente ofendido (talvez porque o cadáver fora encontrado no banco de corpos da família). "Por esse camarada, deveriam trazer de volta a pena de morte", disse ele.

Na quarta-feira, 8 de outubro, os Yankees arrancaram dos Braves uma vitória de 2 a 1 no County Stadium; na quinta-feira, conseguiram um empate de 2 a 2 no oitavo tempo, marcando quatro pontos e encerrando a Série. Na sexta-feira, voltei à Penhores & Empréstimos Sereia, esperando ser recebido ali por D. Ranzinza e pelo Sr. Triste. A grande dama mais do que atendeu às minhas expectativas: franziu o lábio quando me viu e berrou "Chazzy! O sr. Cheiodagrana está aqui!" Então passou pela porta com a cortina e saiu da minha vida.

Frati veio usando o mesmo sorriso de esquilo que eu vira pela primeira vez no Acendedor de Lampiões, na minha viagem anterior ao extravagante passado de Derry. Numa das mãos, segurava um envelope bem recheado com G. AMBERSON escrito na frente.

— Aí está você, primo — disse ele —, grande como a vida e duas vezes mais bonito. E aqui está o seu quinhão. Fique à vontade para contar.

— Confio em você — disse eu, e enfiei o envelope no bolso. — Você está muito alegre para quem acabou de perder mais de três mil.

— Não nego que você interferiu com os ganhos dos Clássicos de Outono deste ano — disse ele. — Interferiu *seriamente*, embora eu ainda tenha conseguido algum. Sempre consigo. Mas estou no jogo principalmente porque, cumecsediz, é um serviço público. O povo vai apostar, o povo sempre vai apostar, e eu pago na hora quando devo pagar. E também gosto de apostar. É um tipo de passatempo meu. E sabe quando mais gosto?

— Não.

— Quando aparece alguém como você, um verdadeiro caçador de ouro que enfrenta as probabilidades e sai vitorioso. Isso restaura a minha fé na natureza aleatória do universo.

Fiquei me perguntando se ele ainda a acharia aleatória se pudesse ver a cola de Al Templeton.

— A opinião da sua mulher não parece ser, digamos, tão católica.

Ele riu, e os olhinhos pretos faiscaram. Ganhar, perder ou empatar, o homenzinho com a sereia no braço simplesmente gozava a vida. Admirei isso.

— Ah, Marjorie. Quando algum pobre coitado aparece aqui com o anel de noivado da esposa e uma história triste, ela se derrete toda. Mas nas coisas do esporte, é outra mulher. Aí ela leva para o lado pessoal.

— O senhor a ama muito, não é, sr. Frati?

— Como a lua e as estrelas, primo. Como a lua e as estrelas.

Marjorie andara lendo o jornal daquele dia, que ainda estava no balcão de vidro contendo os anéis e coisas. A manchete dizia CAÇA AO ASSASSINO MISTERIOSO CONTINUA — FRANK DUNNING VAI PARA A ÚLTIMA MORADA.

— O que acha que foi *isso* aí? — perguntei.

— Não sei, mas uma coisa vou lhe contar. — Ele se inclinou para a frente e o sorriso sumiu. — Ele não era o santo em que o pasquim local o transformou. Eu poderia lhe contar histórias, primo.

— Vá em frente, tenho o dia inteiro.

O sorriso reapareceu.

— Não. Em Derry, nos guardamos para nós mesmos.

— Assim notei — disse eu.

14

Queria voltar à rua Kossuth. Sabia que os policiais estariam vigiando a casa dos Dunning para ver se alguém demonstrava um interesse incomum pela família, mas assim mesmo a vontade era muito forte. Não era Harry que eu queria ver; era a irmã caçula. Havia coisas que queria lhe dizer.

Que ela deveria ir buscar gostosuras ou travessuras no Halloween, por mais triste que estivesse por causa do pai.

Que seria a princesa índia mais bonita e mágica que o mundo já vira e que voltaria para casa com um monte de doces.

Que tinha pela frente pelo menos cinquenta e três longos anos movimentados, provavelmente muito mais.

Principalmente, que algum dia o irmão Harry teria vontade de vestir uma farda e virar soldado e que ela deveria fazer tudo, tudo, tudo o que pudesse para dissuadi-lo.

Só que as crianças esquecem. Todo professor sabe disso.

E acham que vão viver para sempre.

15

Era hora de partir de Derry, mas eu tinha um último servicinho a fazer antes de ir embora. Esperei até segunda-feira. Naquela tarde, 13 de outubro, joguei a minha valise na mala do Sunliner e me sentei atrás do volante tempo suficiente para rabiscar um bilhete. Enfiei-o num envelope, colei e escrevi o nome do destinatário na frente.

Fui até a Cidade Baixa, estacionei e entrei no Sonolento Dólar de Prata. Estava vazio, a não ser por Pete, o bartender, como eu esperava. Ele lavava copos e assistia à novela *Love of Life* na telinha. Virou-se relutante para mim, de olho em John e Marsha ou sei lá quais eram os nomes.

— O que deseja, amigo?

— Nada, mas você pode me fazer um favor. Pelo qual vou compensá-lo com o som de cinco dólares americanos.

Ele não pareceu impressionado.

— É mesmo? Qual é o favor?

Pus o envelope no balcão.

— Entregue isso quando o destinatário chegar.

Ele olhou o nome na frente do envelope.

— O que quer com Billy Turcotte? E por que não o entrega pessoalmente?

— É uma missão bastante simples, Pete. Quer os cinquinho ou não?

— Claro. Desde que não cause mal nenhum. Billy é uma boa alma.

— Não vai lhe causar mal nenhum. Pode até lhe fazer bem.

Pus cinco dólares em cima do envelope. Pete os fez sumir e voltou à novela. Saí. Provavelmente Turcotte recebeu o envelope. Se ele fez ou não alguma coisa depois de ler o que estava dentro é outra questão, uma das muitas para as quais nunca terei resposta. Eis o que escrevi:

Caro Bill:

Há algo errado com o seu coração. Você tem de ir logo ao médico senão será tarde demais. Pode parecer piada, mas não é. Pode parecer que não tenho como saber uma coisa dessas, mas sei. Sei com tanta certeza quanto você sabe que Frank Dunning assassinou a sua irmã Clara e o seu sobrinho Mikey. POR FAVOR, ACREDITE EM MIM E VÁ AO MÉDICO!

Um amigo

16

Entrei no meu Sunliner e, enquanto dava a ré no estacionamento inclinado, vi o rosto estreito e desconfiado do sr. Keene me espiando na farmácia. Abri a janela, pus o braço para fora e lhe dei uma banana. Depois, subi o Morro Milha Acima e saí de Derry pela última vez.

CAPÍTULO 11

Enquanto ia para o sul pela rodovia Uma Milha por Minuto, tentei me convencer de que não precisava me preocupar com Carolyn Poulin. Disse a mim mesmo que ela era a experiência de Al Templeton e não a minha, e a experiência dele, assim como a vida dele, agora tinha acabado. Lembrei a mim mesmo que o caso da menina Poulin era muito diferente do caso de Doris, Troy, Tugga e Ellen. Sim, Carolyn ficaria paralítica da cintura para baixo, e, sim, isso era terrível. Mas ficar paralisada por uma bala não é o mesmo que ser surrado até a morte com uma marreta. Na cadeira de rodas ou fora dela, Carolyn Poulin teria uma vida cheia e frutífera. Disse a mim mesmo que seria loucura pôr em risco a minha verdadeira missão desafiando outra vez o passado obstinado a estender a mão, me pegar e me mastigar.

Nada disso convencia.

Eu pensara em passar a primeira noite na estrada em Boston, mas a imagem de Dunning no túmulo do pai, com a cesta de flores esmagada embaixo dele, não parava de voltar. Ele merecia morrer — droga, *precisava* morrer — mas, em 5 de outubro, ele ainda não fizera nada com a família. Não com a segunda, pelo menos. Eu podia dizer a mim mesmo (e disse!) que ele já fizera bastante com a primeira, que em 13 de outubro de 1958 já era duas vezes assassino, uma das vítimas pouco mais que um bebê, mas nisso só tinha a palavra de Bill Turcotte.

Acho que, no final, eu queria equilibrar algo que parecia mau, por mais necessário que fosse, com algo que parecesse bom. Assim, em vez de ir a Boston, peguei a rotatória em Auburn e fui para oeste, para a região dos lagos do Maine. Cheguei às cabanas onde Al tinha ficado pouco antes do anoitecer. Fiquei com a maior das quatro acomodações à beira d'água por um preço ridículo de baixa temporada.

Aquelas cinco semanas talvez tenham sido as melhores da minha vida. Não via ninguém, só o casal que administrava a loja local onde eu comprava alguns mantimentos simples duas vezes por semana, e o sr. Winchell, o dono dos chalés. Ele passava aos domingos para ver se eu estava bem e se me divertia. Toda vez que perguntava, eu lhe dizia que sim, e não era mentira. Ele me deu a chave do barracão de equipamento e eu pegava a canoa toda manhã e à noite quando a água estava calma. Lembro-me de assistir à lua cheia subir em silêncio acima das árvores numa daquelas noites, e como abriu uma avenida de prata pela água enquanto o reflexo da canoa pendia abaixo de mim como um gêmeo afogado. Uma mobelha gritou em algum lugar e foi respondida por uma colega ou companheiro. Logo, outras se juntaram à conversa. Recolhi o remo e fiquei só ali sentado, a trezentos metros da margem, observando a lua e ouvindo as mobelhas conversarem. Lembro-me de pensar que, se houvesse um paraíso em algum lugar que não fosse assim, eu não queria ir para lá.

As cores do outono começaram a florir — primeiro um amarelo tímido, depois laranja, depois um vermelho quenga chamejante enquanto o outono queimava outro verão no Maine. No mercado, havia caixas de papelão cheias de brochuras sem capa, e devo ter lido três dúzias ou mais: policiais de Ed Mc-Bain, John D. MacDonald, Chester Himes e Richard S. Prather; melodramas fumegantes como *A caldeira do diabo* e *Uma prece para Danny Fisher*; faroestes aos montes; e um romance de ficção científica chamado *Os caçadores de Lincoln*, que tratava de viajantes do tempo que tentavam gravar um discurso "esquecido" de Abraham Lincoln.

Quando não lia nem canoava, eu passeava pela floresta. Longas tardes de outono, geralmente quentes e enevoadas. A luz dourada e empoeirada a se inclinar pelas árvores. À noite, um silêncio tão vasto que parecia quase reverberar. Poucos carros passavam pela rodovia 114, e depois das dez da noite, mais ou menos, não havia nenhum. Depois das dez, a parte do mundo onde eu fora descansar pertencia apenas às mobelhas e ao vento nos abetos. Pouco a pouco, a imagem de Frank Dunning caído no túmulo do pai começou a desbotar, e me vi com menos tendência a recordar a qualquer momento como eu largara a almofada, ainda fumegante, sobre os seus olhos parados no mausoléu dos Tracker.

No final de outubro, quando as últimas folhas caíam regirando das árvores e a temperatura à noite começou a se aproximar de zero, passei a ir a Durham, para conhecer a terra perto de Bowie Hill onde um tiro ocorreria dali a quinze dias. A igreja dos quacres que Al mencionara era um marco conveniente. Não muito longe dela, uma árvore morta se inclinava na direção da estrada, provavelmente aquela com que Al brigava quando Andrew Cullum passou, já usando o colete de caça alaranjado. Também fiz questão de localizar a casa do atirador acidental e refazer o seu provável caminho de lá até Bowie Hill.

O meu plano não era plano nenhum; na verdade; eu apenas seguiria a trilha que Al já abrira. Iria a Durham no início do dia, estacionaria perto da árvore caída, lutaria com ela, fingiria ter um enfarte quando Cullum viesse ajudar. Mas, depois de localizar a casa de Cullum, parei por acaso para tomar um refrigerante na loja Brownie's, a um quilômetro de lá, e vi um cartaz na vitrine que me deu uma ideia. Era maluca, mas um tanto interessante.

O cartaz tinha o título RESULTADO DO TORNEIO DE *CRIBBAGE* DO CONDADO DE ANDROSCOGGIN. Seguia-se uma lista de cerca de cinquenta nomes. O vencedor do torneio, de West Minot, marcara dez mil "pinos", fosse lá o que fosse isso. O segundo lugar marcara 9.500. Em terceiro lugar, com 8.722 pinos — o nome fora envolvido com uma linha vermelha, e foi isso que chamou a minha atenção —, estava Andy Cullum.

Coincidências acontecem, mas eu passara a acreditar que, na verdade, elas eram bastante raras. Tem algo funcionando, certo? Em algum lugar do universo (ou atrás dele), uma grande máquina faz tique-taque e gira as suas engrenagens fabulosas.

No dia seguinte, voltei à casa de Cullum pouco antes das cinco da tarde. Estacionei atrás da sua camioneta Ford com faixa de madeira e fui até a porta.

Uma mulher de rosto agradável com um avental de babado e um bebê no braço abriu quando bati, e só por olhar para ela soube que fazia a coisa certa. Porque Carolyn Poulin não seria a única vítima no dia 15 de novembro, apenas a que acabaria numa cadeira de rodas.

— Sim?

— Eu me chamo George Amberson, madame. — Cumprimentei-a tocando o chapéu. — Gostaria de saber se posso falar com o seu marido.

Claro que podia. Ele já surgira atrás dela e pusera o braço nos seus ombros. Um rapaz, menos de trinta, agora com uma expressão de curiosidade agradável. A bebezinha estendeu a mão para o seu rosto e, quando Cullum lhe beijou os dedos, ela riu. Cullum me estendeu a mão e a apertei.

— Em que posso ajudá-lo, sr. Amberson?

Ergui o tabuleiro de *cribbage*.

— No Brownie's, notei que o senhor é um bom jogador. Por isso, tenho uma proposta a lhe fazer.

A sra. Cullum pareceu se alarmar.

— Eu e o meu marido somos metodistas, sr. Amberson. Os torneios são só por diversão. Ele ganhou um troféu e fico feliz de lhe dar polimento para ficar bonito sobre a lareira, mas se quer jogar cartas por dinheiro, o senhor veio à casa errada. — Ela sorriu. Pude ver que lhe custou esforço, mas ainda assim foi dos bons. Gostei dela. Gostei dos dois.

— Ela tem razão. — Cullum soou pesaroso mas firme. — Eu costumava jogar a um centavo por pino quando trabalhava na floresta, mas isso foi antes de eu conhecer Marnie.

— Eu seria louco se jogasse com o senhor por dinheiro — disse eu —, porque não jogo nada. Mas quero aprender.

— Nesse caso, é só entrar — disse ele. — Adoraria lhe ensinar. Não leva mais do que quinze minutos, e ainda temos uma hora antes de jantar. Ora, bolas, quem sabe somar até quinze e contar até trinta e um, consegue jogar *cribbage*.

— Tenho certeza de que há mais do que contar e somar, senão o senhor não ficaria em terceiro lugar no Torneio de Androscoggin — disse eu. — E, na verdade, quero um pouco mais do que apenas aprender as regras. Quero comprar um dia do seu tempo. Quinze de novembro, para ser exato. Das dez da manhã às quatro da tarde, digamos.

Agora a esposa começou a parecer apavorada. Segurava o bebê junto ao peito.

— Por essas seis horas do seu tempo, pagarei duzentos dólares.

Cullum franziu a testa.

— Qual é o seu jogo, senhor?

— Estou torcendo para ser *cribbage*. — No entanto, isso não bastaria. Pude ver na cara deles. — Olhe, não vou tentar enganá-lo e dizer que é só isso, mas se tentasse explicar o senhor pensaria que estou maluco.

— Isso eu já estou pensando — disse Marnie Cullum. — Andy, mande ele embora.

Virei-me para ela.

— Não é nada mau, não é nada ilegal, não é um golpe e não é perigoso. Isso eu juro. — Mas eu estava começando a pensar que não daria certo, com ou sem juramento. Fora uma má ideia. Cullum ficaria duplamente desconfiado quando me encontrasse perto da igreja quacre na tarde do dia 15.

Mas continuei insistindo. Era uma coisa que eu aprendera a fazer em Derry.

— É só *cribbage* — disse eu. — O senhor me ensina o jogo, jogamos algumas horas, lhe dou duzentas pratas e nos separamos como amigos. O que acha?

— De onde o senhor veio, sr. Amberson?

— Mais recentemente, de Derry, no norte do estado. Trabalho com imóveis comerciais. Agora estou de férias no lago Sebago e depois volto para o Sul. Quer saber algum nome? Referências, por assim dizer? — Sorri. — Alguém que lhe diga que não estou maluco?

— Ele vai para a floresta no sábado, durante a temporada de caça — disse a sra. Cullum. — É a única oportunidade que tem, porque trabalha a semana inteira e quando chega em casa já está tão perto de escurecer que nem vale a pena carregar a arma.

Ela ainda parecia desconfiada, mas então vi algo no rosto dela que me deu esperança. Quem é jovem e tem filhos, com um marido que faz trabalho braçal — que as suas mãos lascadas e calosas revelavam que fazia —, duzentas pratas podem significar um monte de mantimentos. Ou, em 1958, duas prestações e meia da casa.

— Eu perderia uma tarde na floresta — disse Cullum. — A cidade praticamente não tem mais caça mesmo. O único lugar que resta onde se consegue pegar um maldito veado é Bowie Hill.

— Olhe o que fala junto do bebê, sr. Cullum — disse ela. A voz era firme, mas ela sorriu quando ele lhe beijou a bochecha.

— Sr. Amberson, preciso conversar com a minha mulher — disse Cullum. — O senhor se importa de ficar aí na soleira um minutinho?

— Faço mais do que isso — respondeu. — Vou até o Brownie's tomar uma dose. — Era assim que a maioria dos derryenses chamavam os refrigerantes. — Posso lhes trazer um refrigerante?

Eles recusaram agradecendo e depois Marnie Cullum fechou a porta na minha cara. Fui até o Brownie's, onde comprei um Crush Laranja para mim e um pirulito de alcaçuz que talvez o bebê gostasse, se tivesse idade suficiente para comer essas coisas. Os Cullum iam me dizer não, pensei. Com agradecimentos, mas com firmeza. Eu era um estranho com uma proposta estranha. Torcera para que dessa vez fosse mais fácil mudar o passado, porque Al já o mudara duas vezes. Parecia que não seria assim.

Mas tive uma surpresa. Cullum disse que sim, e a mulher permitiu que eu desse o alcaçuz à menininha, que o recebeu com um risinho alegre, chupou e depois passou pelo cabelo como pente. Eles até me convidaram para ficar para a refeição noturna, o que recusei. Ofereci a Andy Cullum uma entrada de cinquenta dólares, que *ele* recusou... até a esposa insistir que aceitasse.

Retornei a Sebago me sentindo exultante, mas enquanto dirigia de volta a Durham na manhã de 15 de novembro (os campos brancos com uma camada tão grossa de geada que os caçadores vestidos de laranja, que já se apresentavam em grande número, deixavam rastros), o meu estado de espírito mudara. *Ele terá chamado a polícia estadual ou o xerife local*, pensei. *E enquanto estiverem me interrogando na delegacia mais próxima, tentando descobrir que tipo de doido eu sou, Cullum sairá para caçar na floresta de Bowie Hill.*

Mas não havia carro da polícia na entrada, só o Ford madeiroso de Andy Cullum. Peguei o meu tabuleiro novo de *cribbage* e fui até a porta. Ele a abriu e disse:

— Pronto para a aula, sr. Amberson?

Sorri.

— Sim, senhor, pronto.

Ele me levou para a varanda dos fundos; acho que a dona não me queria na casa com ela e o bebê. As regras eram simples. Os pinos eram pontos, e cada partida eram duas voltas no tabuleiro. Aprendi o que era *right jack*, *double runs*, ficar atolado na lama e o que Andy chamava de "19 místico" — a dita mão impossível. Então, jogamos. Para começar, fiquei de olho na pontuação, mas desisti quando Cullum estava quatrocentos pontos na minha frente. De vez em quando, algum caçador dava um tiro distante, e Cullum olhava na direção da floresta além do pequeno quintal.

— Sábado que vem — disse eu numa dessas ocasiões. — Você estará lá sábado que vem, com certeza.

— Provavelmente vai chover — disse ele, e riu. — Eu não devia me queixar, né? Estou me divertindo e ganhando dinheiro. E você está melhorando, George.

Marnie nos serviu o almoço ao meio-dia: grandes sanduíches de atum e pratos de sopa de tomate feita em casa. Comemos na cozinha e, quando terminamos, ela sugeriu que trouxéssemos o jogo para dentro. Decidira que, afinal de contas, eu não era perigoso. Isso me deixou feliz. Eram boa gente, os Cullum. Um belo casal com um belo bebê. Pensei neles às vezes quando ouvi Lee e Marina Oswald berrando um com o outro nos seus apartamentos baratos... ou os vi, em pelo menos uma ocasião, levarem o rancor para a rua. O passado se harmoniza; também tenta se equilibrar, e geralmente consegue. Os Cullum estavam numa das pontas da gangorra; os Oswald, na outra.

E Jake Epping, também conhecido como George Amberson? Ele era o fulcro.

No final da nossa maratona, ganhei o meu primeiro jogo. Três jogos depois, passando apenas alguns minutos das quatro, realmente o derrotei e ri de prazer. A pequena Jenna riu junto comigo, depois se inclinou para a frente na cadeira alta e deu um puxão amistoso no meu cabelo.

— É isso! — gritei, rindo. Os três Cullum riam junto comigo. — É aí que eu paro! — Puxei a carteira e pus três notas de cinquenta sobre o oleado de xadrez vermelho e branco que cobria a mesa da cozinha. — E valeu cada centavo!

Andy empurrou as notas de volta para o meu lado.

— Guarde isso na sua carteira que é o lugar certo, George. Eu me diverti demais para ficar com o seu dinheiro.

Fiz que sim, como se concordasse, e empurrei as notas para Marnie, que as guardou.

— Obrigada, sr. Amberson. — Ela deu ao marido um olhar de repreensão e depois me olhou de volta. — Isso vai ser de grande ajuda.

— Ótimo. — Levantei e me alonguei, ouvindo a coluna estalar. Em algum lugar — a oito quilômetros dali, talvez dez —, Carolyn Poulin e o pai voltavam numa picape com POULIN CONSTRUÇÕES E CARPINTARIA pintado na porta. Talvez tivessem pego um veado, talvez não. Fosse como fosse, eu estava certo de que tinham passado uma bela tarde na floresta, conversando sobre o que pais e filhas conversam, e bom para eles.

— Fique para jantar, George — disse Marnie. — Temos feijão e cachorro-quente.

Então fiquei, e depois assistimos ao noticiário no pequeno televisor de mesa dos Cullum. Houvera um acidente de caça em New Hampshire, mas nenhum no Maine. Permiti que me convencessem a aceitar um segundo prato da torta de maçã de Marnie, embora estivesse cheio até a tampa, depois me levantei e agradeci muito a hospitalidade deles.

Andy Cullum estendeu a mão.

— Da próxima vez, jogamos de graça, certo?

— Pode apostar. — Não haveria próxima vez, e acho que ele sabia.

A esposa também, ao que parecia. Ela me alcançou pouco antes de eu entrar no carro. Enrolara um cobertor no bebê e lhe pusera um gorrinho na cabeça, mas ela mesma não vestira casaco. Dava para ver a sua respiração, e ela tremia.

— Sra. Cullum, é melhor entrar antes que morra de fr...

— Do que o senhor o salvou?

— Como é?

— Sei que foi por isso que veio. Orei enquanto o senhor e Andy estavam lá na varanda. Deus me mandou uma resposta, mas não *toda* a resposta. Do que o senhor o salvou?

Pus as mãos nos seus ombros trêmulos e olhei dentro dos olhos dela.

— Marnie... se quisesse que você soubesse essa parte, Deus teria lhe contado.

De repente, ela pôs os braços em torno de mim e me abraçou. Surpreso, abracei-a também. A pequena Jenna, presa no meio, ergueu os olhos para nós.

— Seja o que for, obrigado — sussurrou Marnie no meu ouvido. O seu fôlego quente me arrepiou.

— Entre, querida. Antes que congele.

A porta da frente se abriu. Andy estava lá, segurando uma lata de cerveja.

— Marnie? Marn?

Ela deu um passo atrás. Os olhos estavam escuros e arregalados.

— Deus nos trouxe um anjo da guarda — disse ela. — Não falarei disso, mas guardarei. E meditarei sobre isso no meu coração. — Então ela subiu correndo o caminho até onde o marido esperava.

Anjo. Era a segunda vez que ouvia isso, e meditei sobre a palavra no meu coração, tanto naquela noite, enquanto ficava deitado no chalé aguardando o sono, quanto no dia seguinte, quando fiquei à deriva na minha canoa nas águas paradas de domingo sob um céu frio e azul que se inclinava para o inverno.

Anjo da guarda.

Na segunda-feira, 17 de novembro, vi os primeiros torvelinhos de neve e os interpretei como um sinal. Fiz as malas, fui até Sebago Village e encontrei o sr. Winchell tomando café e comendo rosquinhas no restaurante Lakeside (em 1958, o pessoal come muitas rosquinhas). Dei-lhe as chaves e lhe disse que tivera uma estada maravilhosa e restauradora. O seu rosto se iluminou.

— Isso é bom, sr. Amberson. É bem assim que tem de ser. O senhor pagou até o fim do mês. Me dê um endereço para eu lhe mandar o reembolso das duas últimas semanas que mando um cheque pelo correio.

— Só vou saber direito para onde vou quando a chefia lá na sede decidir o que a empresa quer — disse eu —, mas pode deixar que lhe escrevo. — Os viajantes do tempo mentem muito.

Ele estendeu a mão.

— Foi um prazer receber o senhor.

Apertei-a.

— O prazer foi todo meu.

Entrei no carro e segui para o Sul. Naquela noite, me hospedei no Boston's Parker House e dei uma olhada na famosa e infame Zona de Combate da cidade. Depois das semanas de paz em Sebago, o neon soou estridente nos meus olhos, e a multidão ondulante de rapineiros noturnos — na maioria jovens, na maioria homens, muitos de farda — me fez sentir ao mesmo tempo agorafóbico e saudoso daquelas noites pacíficas no oeste do Maine, quando as poucas lojas fechavam às seis e o trânsito parava às dez.

Passei a noite seguinte no Hotel Harrington, em Washington. Três dias depois, estava no litoral oeste da Flórida.

CAPÍTULO 12

1

Peguei a US 1 para o Sul. Comi num monte de restaurantes de beira de estrada que ofereciam Comida Caseira da Mamãe, lugares onde o Prato Azul Especial, incluindo uma taça de frutas para começar e torta à moda da casa na sobremesa, custava oitenta centavos. Nunca vi nenhuma franquia de fast-food, a não ser que a gente conte a Howard Johnson's, com os seus 28 sabores de sorvete e o logotipo com Simple Simon. Vi um grupo de escoteiros cuidando de uma fogueira de folhas secas com o seu chefe; vi mulheres de sobretudo e galocha recolhendo roupa da corda numa tarde cinzenta em que ameaçava chover; vi longos trens de passageiros com nomes como *Voador do Sul* e *Estrela de Tampa* correndo rumo àqueles climas americanos em que o inverno não é permitido. Vi velhos fumando cachimbo em bancos de praça. Vi um milhão de igrejas e um cemitério onde uma congregação de pelo menos cem integrantes formava um círculo em torno de um túmulo aberto cantando *The Old Rugged Cross*. Vi homens construindo celeiros. Vi gente ajudando gente. Dois que estavam num caminhão aberto pararam para me ajudar quando a tampa do radiador do Sunliner saiu voando e fiquei enguiçado na beira da estrada. Isso foi na Virgínia, por volta das quatro da tarde, e um deles me perguntou se eu precisava de um lugar para dormir. Acho que dá para imaginar isso acontecendo em 2011, mas é forçar a barra.

E mais uma coisa. Na Carolina do Norte, parei para abastecer num posto Humble Oil e depois dei a volta para usar o banheiro. Havia duas portas e três placas. **HOMENS** estava escrito com letras cuidadosamente pintadas com estêncil numa das portas, **DAMAS** na outra. A terceira placa era uma seta numa vara. Apontava a encosta coberta de mato atrás do posto. Dizia *DE COR*. Curioso, andei pelo caminho, com cuidado para contornar alguns pontos onde as folhas oleosas do sumagre-venenoso, num verde fugindo para o marrom, eram inconfundíveis. Torci para que os papais e mamães que pudessem levar os filhos até aquelas instalações lá embaixo soubessem identificar o que eram aqueles arbustos problemáticos, porque no final dos anos cinquenta a maioria das crianças usava calças curtas.

Não havia nenhuma instalação. O que encontrei no fim do caminho foi um riachinho estreito com uma tábua atravessada em cima, sobre dois suportes de concreto dilapidado. O homem que precisasse urinar podia apenas ficar à margem, baixar o zíper e deixar sair. A mulher poderia se segurar num arbusto (supondo que não fosse urtiga nem sumagre-venenoso) e se agachar. A tábua era onde a gente se sentava se tivesse de cagar. Talvez sob chuva torrencial.

Se lhe dei a ideia de que 1958 era perfeito como um seriado de televisão, basta lembrar o caminho, ok? Aquele ladeado de sumagre-venenoso. E a tábua sobre o riacho.

2

Instalei-me quase cem quilômetros ao sul de Tampa, na cidadezinha de Sunset Point. Por oitenta dólares por mês, aluguei um barraco de pescador na praia mais linda (e mais deserta) que já vira. Havia quatro barracos semelhantes no meu trecho de areia, todos tão humildes quanto o meu. Das McMansões estilo feio-nouveau que mais tarde brotariam como cogumelos venenosos de concreto nessa parte do estado, não vi nenhuma. Havia um supermercado quinze quilômetros ao Sul, em Nokomis, e um bairro comercial e sonolento em Venice. A rodovia 41 ou trilha Tamiami mal passava de uma estrada vicinal. Era preciso ir devagar, ainda mais perto do crepúsculo, porque era quando os crocodilos e tatus gostavam de atravessar. Entre Sarasota e Venice, havia barraquinhas de frutas, mercados à beira da estrada, alguns bares e um salão de baile chamado Blackie's. Depois de Venice, meu irmão, você estava por sua conta e risco, pelo menos até chegar a Fort Myers.

Deixei para trás o personagem do corretor de imóveis George Amberson. Na primavera de 1959, uma época de recessão chegara aos Estados Unidos. Na Costa do Golfo da Flórida, todo mundo vendia e ninguém comprava, e George Amberson se tornou exatamente o que Al previra: um candidato a escritor cujo tio moderadamente rico lhe deixara o suficiente para viver, pelo menos por algum tempo.

Eu *realmente* escrevi, e não só um projeto, mas dois. Pela manhã, enquanto estava mais descansado, comecei a trabalhar no manuscrito que você está lendo agora (se é que *há* um você). À noite, trabalhava num romance que, hesitante, chamei de *O local do crime*. O local em questão era Derry, claro, embora eu o chamasse de Dawson no meu livro. Comecei-o somente como cenografia, para ter algo a mostrar caso fizesse amigos e algum deles pedisse para ver em que eu trabalhava (eu guardava o "manuscrito matutino" debaixo da cama, numa caixa de aço trancada a chave). Finalmente, *O local do crime* se tornou mais do que camuflagem. Comecei a achar que era bom e a sonhar que, algum dia, poderia até ser publicado.

Uma hora de memórias pela manhã e uma hora de romance à noite ainda deixavam muito tempo a preencher. Tentei pescar, e havia muito peixe a ser pescado, mas não gostei e desisti. Andar era legal ao amanhecer e ao pôr do sol, mas não no calor do dia. Tornei-me freguês regular da única livraria de Sarasota, e passei longas horas (e quase todas felizes) nas pequenas bibliotecas de Nokomis e Osprey.

Li e reli o material de Al sobre Oswald, também. Finalmente reconheci nisso um comportamento obsessivo e guardei o caderno na caixa trancada junto com o "manuscrito matutino". Eu chamara essas anotações de exaustivas, e assim me pareceram na época, mas conforme o tempo — a esteira rolante sobre a qual todos temos de viajar — me levou para mais e mais perto do ponto onde a minha vida convergiria com aquela do jovem futuro assassino, elas começaram a parecer menos completas. Havia furos.

Às vezes eu amaldiçoava Al por me forçar a entrar nessa missão querendo ou não, mas, em momentos de cabeça mais limpa, percebia que o tempo extra não teria feito nenhuma diferença. Poderia piorar as coisas, e Al provavelmente sabia disso. Mesmo que não se suicidasse, eu só teria uma ou duas semanas, e quantos livros foram escritos sobre a série de acontecimentos que levou àquele dia em Dallas? Cem? Trezentos? Provavelmente quase mil. Alguns concordavam com a crença de Al de que Oswald agira sozinho, alguns afirmavam que participara de uma conspiração complexa, alguns diziam com total certeza que ele não puxara o gatilho e que era exatamente o que afirmara depois da prisão, um bode expiatório. Ao se suicidar, Al acabara com o grande ponto fraco do erudito: chamar hesitação de pesquisa.

3

Fiz viagens ocasionais a Tampa, onde perguntas discretas me levaram a um bookmaker chamado Eduardo Gutierrez. Assim que se certificou de que eu não era policial, ficou contentíssimo de aceitar as minhas apostas. Primeiro apostei que os Minneapolis Lakers venceriam os Celtics na série do campeonato de 1959, criando portanto a minha boa fama de perdedor; os Lakers não venceram um único jogo. Também apostei quatrocentos que os Canadians venceriam os Maple Leafs na Série da Copa Stanley, e ganhei... mas foi dinheiro empatado. Trocadinhos, primo, diria o meu amigo Chaz Frati.

O meu único grande golpe aconteceu na primavera de 1960, quando apostei que o Venetian Way venceria o Bally Ache, grande favorito no Kentucky Derby. Gutierrez disse que me pagaria quatro por um em mil, cinco por um em dois mil. Escolhi dois mil depois de fazer os ruídos adequados de hesitação e me saí dez vezes mais rico. Ele pagou com bom humor fratiesco, mas havia nos seus olhos um brilho de aço de que não gostei.

Gutierrez era um cubano que, provavelmente, nem encharcado pesaria mais de 60 quilos, mas também era exilado da Quadrilha de Nova Orleans, administrada naquele tempo por um garoto mau chamado Carlos Marcello. Soube dessa fofoca no salão de bilhar junto à barbearia onde Gutierrez fazia os seus negócios (e um jogo de pôquer nos fundos aparentemente interminável sob uma fotografia de Diana Dors em trajes sumários). O homem com quem eu jogava sinuca inclinou-se para a frente, olhou em volta para se certificar de que estávamos sozinhos na mesa do canto e murmurou:

— Sabe o que dizem sobre a Quadrilha, George: quem entra, nunca sai.

Eu gostaria de ter conversado com Gutierrez sobre os seus anos em Nova Orleans, mas achei que não seria sensato mostrar curiosidade demais, principalmente depois da grana que ganhara com o Derby. Se *tivesse* ousado — e se tivesse pensado num modo plausível de tocar no assunto —, perguntaria a Gutierrez se conhecera outro integrante famoso da organização de Marcello, um ex-pugilista chamado Charles "Dutz" Murret. De algum modo, achava que a resposta seria que sim, porque o passado se harmoniza. A mulher de Dutz Murret era irmã de Marguerite Oswald. O que fazia dele tio de Lee Harvey Oswald.

4

Certo dia, na primavera de 1959 (*há* primavera na Flórida; os nativos me disseram que às vezes dura até uma semana), abri a caixa do correio e descobri um cartão de aviso da Biblioteca Pública de Nokomis. Eu reservara um exemplar de *Os desencantados*, o novo romance de Budd Schulberg, que acabara de chegar. Pulei no meu Sunliner — não havia carro melhor para uma região que começava a ser chamada de Costa do Sol — e fui buscá-lo.

No caminho, notei um novo cartaz no quadro de avisos lotado do saguão. Seria difícil deixar de ver: era azul vivo e mostrava o desenho cômico de um homem trêmulo olhando um termômetro enorme em que o mercúrio registrava dez graus abaixo de zero. PROBLEMAS DE GRADUAÇÃO?, perguntava o cartaz. VOCÊ PODE RECEBER UM DIPLOMA PELO CORREIO DAS FACULDADES UNIDAS DO OKLAHOMA! ESCREVA E PEÇA MAIS INFORMAÇÕES!

Faculdades Unidas do Oklahoma parecia uma ratoeira das boas, mas me deu uma ideia. Principalmente porque eu estava entediado. Oswald ainda estava nos fuzileiros e só daria baixa em setembro, quando seguiria para a Rússia. O seu primeiro passo seria a tentativa de renunciar à cidadania americana. Não daria certo, mas depois de uma tentativa de suicídio espalhafatosa — e provavelmente falsa — num hotel de Moscou, os russos o deixariam ficar no país. "Até a aprovação", por assim dizer. Ele passaria cerca de trinta meses lá, trabalhando numa fábrica de rádios em Minsk. E, numa festa, conheceria uma moça chamada Marina Prusakova. *Vestido vermelho, sapatilhas brancas*, escrevera Al nas suas anotações. *Bonita. Vestida para dançar.*

Bom para ele, mas o que eu faria enquanto isso? As Faculdades Unidas me davam uma possibilidade. Escrevi pedindo detalhes e recebi a resposta prontamente. O catálogo se gabava de uma variedade absoluta de diplomas. Fiquei fascinado ao descobrir que, por trezentos dólares (em dinheiro ou ordem de pagamento), poderia receber um diploma de Letras. Só precisava passar numa prova que consistia de cinquenta questões de múltipla escolha.

Arranjei a ordem de pagamento, dei um beijo mental de despedida nos meus trezentos e mandei o pedido. Dali a duas semanas, recebi um envelope pardo fininho das Faculdades Unidas. Dentro, havia duas folhas malmimeografadas. As perguntas eram maravilhosas. Eis duas das minhas favoritas:

22. Qual era o segundo nome de "Moby"?
    A. Tom
    B. Dick
    C. Harry
    D. John

37. Quem escreveu *A casa das sete flores*?
    A. Charles Dickens
    B. Henry James
    C. Ann Bradstreet
    D. Nathaniel Hawthorne
    E. Nenhum deles

Quando acabei de me divertir com essa prova maravilhosa, marquei as respostas (com um grito ocasional de "você *tem* de estar me gozando!") e as mandei de volta a Enid, Oklahoma. Recebi um cartão-postal me parabenizando por passar na prova. Depois de pagar mais cinquenta dólares de "taxa de administração", me informaram que eu receberia o meu diploma. Assim disseram e, oh, assim sucedeu. O diploma tinha aparência muito melhor do que a prova e veio com um impressionante selo dourado. Quando o apresentei a um representante do Conselho Escolar do Condado de Sarasota, o respeitabilíssimo o aceitou sem questionar e me pôs na lista de substitutos.

E foi assim que acabei voltando a ensinar um ou dois dias por semana durante o ano acadêmico de 1959-1960. Foi bom estar de volta. Gostei dos alunos — meninos com cabelo cortado reco, meninas de rabo de cavalo e saia godê até a canela com desenhos de cachorrinho —, embora eu soubesse muito bem que os rostos que via nas várias salas de aula que frequentei eram todos do mais simples tipo baunilha. Aqueles dias de professor substituto me reapresentaram um fato básico da minha personalidade: gostava de escrever, e descobrira que era bom nisso, mas o que eu amava era ensinar. Ensinar me preenchia de um jeito que não sei explicar. Nem quero. Explicações são poesia barata.

No meu melhor dia de substituto na Escola Secundária Oeste de Sarasota, depois de contar à turma de literatura americana o enredo básico de *O apanhador no campo de centeio* (livro que, naturalmente, não era permitido na biblioteca da escola e seria confiscado se algum aluno o levasse àqueles salões sagrados), estimulei os alunos a falar da principal queixa de Holden Caulfield: que escolas, adultos e a vida americana em geral eram todos falsos. Os garotos começaram devagar, mas, quando o sinal tocou, todos tentavam falar ao mesmo tempo, e meia dúzia se arriscou a chegar atrasado à próxima aula para dar alguma opinião final sobre o que estava errado na sociedade que viam à sua volta e a vida que os pais tinham planejado para eles. Os olhos brilhavam, os rostos estavam corados de empolgação. Não tive dúvidas de que haveria uma corrida a uma certa brochura vermelho escuro nas livrarias da região. O último a sair foi um garoto musculoso com um suéter de futebol americano. Para mim, parecia o personagem Moose Mason das revistas em quadrinhos de Archie.

— Eu queria que o senhor estivesse aqui o tempo todo, sr. Amberson — disse ele com o seu suave sotaque sulista. — Eu gosto mais é do senhor.

Ele não só gostava de mim; ele gostava *mais* de mim. Nada se compara a ouvir algo assim de um garoto de 17 anos que parece totalmente acordado pela primeira vez em toda a sua carreira acadêmica.

Mais adiante, naquele mesmo mês, o diretor me chamou na sala dele, ofereceu gentilezas e uma Co'-Cola e perguntou: "Filho, você é subversivo?" Garanti-lhe que não. Disse que votara em Ike. Ele pareceu satisfeito, mas sugeriu que, no futuro, eu me ativesse mais à "lista de leituras geralmente aceitas". O corte de cabelo, o comprimento das saias e a gíria mudam, mas diretoria de escola? Nunca.

5

Numa aula da faculdade (isso foi na Universidade do Maine, uma faculdade de verdade na qual obtive um diploma de verdade), ouvi um professor de psicologia afirmar que os seres humanos possuem *mesmo* um sexto sentido. Ele o chamava de *palpitador* e disse que era mais desenvolvido nos místicos e foras da lei. Eu não era nenhum místico, mas, ao mesmo tempo, era assassino e exilado da minha época (eu podia considerar justificado o tiro em Frank Dunning, mas a polícia com certeza não o veria assim). Se essas coisas não fizessem de mim um fora da lei, nada faria.

— O meu conselho a vocês em situações nas quais parece haver ameaça de perigo — disse o professor naquele dia de 1995 — é seguir o palpite.

Decidi fazer exatamente isso em julho de 1960. Estava ficando cada vez mais inquieto com Eduardo Gutierrez. Era um camarada miúdo, mas havia aquelas supostas ligações com a Quadrilha a considerar... e o brilho dos olhos dele quando pagara a minha aposta do Derby, que agora eu considerava tolamente grande. Por que a fizera, quando estava ainda muito longe da falência? Não era ganância; era mais, acho, o modo como um bom rebatedor se sente quando lhe apresentam uma bola em curva com efeito. Em alguns casos, a gente simplesmente não consegue deixar de ser ambicioso. E lá fui eu, como Leo "Lábio" Durocher costumava dizer nas suas extravagantes transmissões pelo rádio, mas agora me arrependia.

Perdi de propósito as duas últimas apostas que fiz com Gutierrez, tentando ao máximo parecer bobo, apenas um jogador de jardim que teve sorte uma vez e acabaria perdendo tudo de volta, mas o meu palpitador me disse que eu não representava muito bem. O meu palpitador não gostou quando Gutierrez começou a me receber com "Ora, vejam! Eis que chega o meu ianqui da Ianquilândia." Não *o* ianqui; *meu* ianqui.

Suponhamos que ele tivesse nomeado um dos seus amigos jogadores de pôquer para me seguir de Tampa a Sunset Point? Seria possível que mandasse mais alguns amigos jogadores de pôquer — ou alguns garotos musculosos ansiosos para sair debaixo dos juros escorchantes que Gutierrez cobrasse por algum empréstimo — para fazer uma operaçãozinha selvagem e devolver o que restava daqueles dez mil? O pensamento da frente da cabeça era de que esse tipo de enredo mal-ajambrado aparecia em seriados de detetives particulares como *77 Sunset Strip*, mas o palpitador dizia coisa diferente. O palpitador dizia que o homenzinho que estava ficando careca era perfeitamente capaz de conseguir luz verde para uma invasão de domicílio e dizer aos motoqueiros para acabar comigo de porrada se eu tentasse fazer objeção. Não queria ser surrado e não queria ser roubado. Principalmente, não queria que as minhas páginas caíssem nas mãos de um corretor de apostas com ligações com a Quadrilha. Não gostava da ideia de fugir com o rabo entre as pernas, mas, que droga, eu tinha de ir para o Texas mais cedo ou mais tarde de qualquer jeito, então por que não mais cedo? Além disso, a discrição é a melhor parte da coragem. Aprendi isso no colo da minha mãe.

Assim, depois de uma noite de julho em que o sininho do sonar do palpitador soou especialmente forte, embalei os meus bens terrenos (a caixa trancada contendo as minhas memórias e o dinheiro que escondi debaixo do estepe do Sunliner), deixei um bilhete e o último cheque do aluguel para o senhorio e segui para o Norte pela US 19. Passei a primeira noite na estrada num decadente motel DeFuniak Springs. As telas tinham buracos e, até que desliguei a única lâmpada do meu quarto (um bulbo sem luminária pendurado num pedaço de fio elétrico), fui atacado por mosquitos do tamanho de aviões de caça.

Mas dormi feito bebê. Não houve pesadelos e o sininho do meu radar interior se calara. Para mim, estava mais do que bom.

Passei o primeiro dia de agosto em Gulfport, embora o primeiro lugar onde parei, nos arredores da cidade, se recusasse a me aceitar. O atendente do Red Top Inn me explicou que o hotel era só para negros, e me indicou a The Southern Hospitality, que ele chamou de "a melhor de Guff-pote". Talvez fosse, mas em termos gerais acho que teria preferido o Red Top. A guitarra havaiana que vinha do bar e churrascaria ao lado soara fantástica.

6

Nova Orleans não estava exatamente no meu caminho para Dallas, mas com o sonar do palpitador calado, me vi num estado de espírito turístico... embora o que queria visitar não fosse o French Quarter, o cais dos vapores na rua Bienville nem o Vieux Carré.

Comprei um mapa de um vendedor de rua e encontrei o caminho ao único destino que realmente me interessava. Estacionei e, depois de cinco minutos de caminhada, estava em pé diante do número 4.905 da rua Magazine, onde Lee e Marina Oswald morariam com a filha June na última primavera-verão da vida de John Kennedy. Era um prédio dilapidado mas ainda não arruinado com uma cerca de ferro da altura da cintura em torno de um quintal cheio de mato. A tinta do andar térreo, antes branca, era agora de um tom descascado de amarelo-urina. O andar de cima era de tábuas cinzentas e não pintadas, como um estábulo. Um pedaço de papelão que cobria uma janela quebrada lá em cima dizia P/ALUGAR LIGUE MU3-4192. Telas enferrujadas fechavam a varanda onde, em setembro de 1963, Lee Oswald se sentaria de cuecas depois do anoitecer, sussurrando *"Pôu! Pôu! Pôu!"* entredentes e atirando a seco nos pedestres que passavam com a espingarda que se tornaria a mais famosa da história americana.

Eu pensava nisso quando alguém me cutucou o ombro, e quase gritei. Acho que *pulei*, porque o rapaz negro que me abordou deu um respeitoso passo atrás, erguendo as mãos abertas.

— Disculpa, siô. Disculpa, num queria assustá.

— Tudo bem — disse eu. — A culpa é toda minha.

Essa declaração pareceu inquietá-lo, mas ele tinha negócios na cabeça e prosseguiu... embora tivesse de se aproximar de novo, porque o seu negócio envolvia um tom de voz mais baixo do que o normal. Ele queria saber se eu estaria interessado em comprar algumas varinhas da alegria. Achei que sabia do que ele estava falando, mas só tive certeza absoluta quando ele acrescentou:

— Erva do pântano da mió qualidade, siô.

Eu lhe disse que passava, mas se ele pudesse me indicar um bom hotel na Paris do Sul, para mim isso valia meio dólar. Quando ele voltou a falar, o discurso estava bem mais correto.

— Há divergências, mas eu recomendaria o Hotel Monteleone. — Ele me explicou bem o caminho.

— Obrigado — agradeci e lhe entreguei a moeda. Ela sumiu num dos seus muitos bolsos.

— Diz aí, por que está olhando esse lugar? — Com a cabeça, ele apontou o prédio de apartamentos dilapidado. — Está pensando em comprar?

Uma pequena faísca do antigo George Amberson emergiu.

— Você deve morar por aqui. Acha que seria bom negócio?

— Alguns nesta rua talvez, mas não esse aí. Pra mim, parece mal-assombrado.

— Ainda não — disse eu e segui para o carro, deixando-o a me olhar, perplexo.

7

Tirei a caixa de aço da mala do carro e a pus no banco do carona do Sunliner, na intenção de levá-la comigo até o meu quarto no Monteleone, e foi o que fiz. Mas, enquanto o porteiro pegava o resto da minha bagagem, avistei algo no chão do banco de trás que me fez corar com uma sensação de culpa muito desproporcional em relação ao que era o objeto. Mas os ensinamentos da infância são os mais fortes, e outra coisa que aprendi no colo da minha mãe foi sempre devolver no prazo os livros da biblioteca.

— Sr. Porteiro, pode por favor me entregar aquele livro? — perguntei.

— Sim, siô! Com prazer!

Era *O relatório Chapman*, que eu pegara emprestado na Biblioteca Pública de Nokomis uma semana, mais ou menos, antes de decidir que era hora de calçar os sapatos de viagem. O adesivo no canto da capa transparente de proteção — *APENAS 7 DIAS SEJA GENTIL COM O PRÓXIMO LEITOR* — me repreendia.

Quando cheguei ao quarto, olhei o relógio e vi que eram apenas seis da tarde. No verão, a biblioteca só abria ao meio-dia, mas ficava aberta até as oito da noite. Os interurbanos eram uma das poucas coisas mais caras em 1960 do que em 2011, mas aquela sensação infantil de culpa ainda estava comigo. Liguei para a telefonista do hotel e lhe dei o número da Biblioteca de Nokomis, lendo-o no bolso do cartão colado na parte interna da capa do livro. A mensagenzinha abaixo, *Ligue caso atrase mais de três dias para devolver*, fez com que me sentisse mais canalha do que nunca.

A telefonista falou com outra telefonista. Por trás delas, vozes fracas conversavam. Percebi que, na época de onde eu vinha, a maioria desses falantes longínquos estaria morta. Então o telefone começou a tocar do outro lado.

— Alô, Biblioteca Pública de Nokomis. — Era a voz de Hattie Wilkerson, mas parecia que aquela doce senhorinha estava presa num barril de aço muito grande.

— Alô, sra. Wilkerson...

— Alô? *Alô?* Está me ouvindo? *Droga* de interurbano!

— Hattie? — agora eu estava gritando. — Aqui é George Amberson!

— George *Amberson?* Pela minha alma! De onde você está ligando, George?

Quase lhe disse a verdade, mas o radar palpitador soltou um único sinal bem alto e berrei:

— Baton Rouge!

— Na Louisiana?

— É! Estou com um dos seus livros! Só percebi agora! Vou mandar de vol...

— Não precisa berrar, George, a ligação está *muito* melhor agora. A telefonista deve ter enfiado o nosso pino até o fim. Estou *tão* contente de receber notícias suas. Foi pela providência de Deus que você não estava lá. Ficamos preocupados, embora o chefe dos bombeiros tenha dito que a casa estava vazia.

— Do que está falando, Hattie? Da minha casa na praia?

Mas, ora bolas, do que mais?

— É! Alguém jogou uma garrafa de gasolina acesa pela janela. A coisa toda pegou fogo em questão de minutos. O chefe Durand acha que foram garotos que saíram para beber e badernar. Hoje há tantas maçãs podres. É porque têm medo da Bomba, é o que o meu marido diz.

Pois é.

— George? Ainda está aí?

— Estou — respondi.

— Com que livro você está?

— O quê?

— Com que *livro* você está? Assim não preciso consultar o fichário.

— Ah. *O relatório Chapman.*

— Então mande de volta o mais depressa possível, pode ser? Temos algumas pessoas à espera desse. Irving Wallace é extremamente popular.

— Certo — respondi. — Farei isso mesmo.

— E sinto muito pela sua casa. Perdeu as suas coisas?

— Tudo o que é importante está comigo.

— Agradeça a Deus por isso. Você vai voltar l...

Houve um clique alto a ponto de espetar o meu ouvido e depois o tom de discar. Repus o fone no gancho. Se eu voltaria logo? Não vi necessidade de telefonar de volta para responder a essa pergunta. Mas ficaria de olho no passado, porque ele sente os agentes de mudança e tem dentes afiados.

Mandei *O relatório Chapman* de volta à Biblioteca de Nokomis de manhã bem cedo.

Depois, parti para Dallas.

8

Dali a três dias, eu estava sentado num banco em Dealey Plaza, olhando o cubo quadrado de tijolos do Texas School Book Depository. Era fim de tarde e fazia um calorão. Eu afrouxara a gravata (quem não a usasse em 1960, mesmo em dias muito quentes, atrairia atenção indesejada) e abri o primeiro botão da camisa branca simples, mas isso não ajudou muito. Nem a pouca sombra do olmo ao lado do meu banco.

Quando me hospedei no Adolphus Hotel na rua Commerce, me ofereceram uma escolha: com ou sem ar-condicionado. Paguei cinco pratas a mais por um quarto em que o aparelho na janela baixava a temperatura para 25 graus, e, se tivesse cérebro dentro da cabeça, voltaria para lá antes que o calor me causasse um derrame. Quando a noite chegasse, talvez ficasse mais fresco. Só um pouquinho.

Mas aquele cubo de tijolos prendia o meu olhar, e as janelas — principalmente aquela do canto direito do sexto andar — pareciam me examinar. Havia uma sensação palpável de erro no prédio. Você — se é que *há* um você — pode achar engraçado, dizer que é apenas o efeito do meu conhecimento prévio e único, mas isso não explica o que realmente me prendia naquele banco apesar do calor escaldante. O que fazia isso era a sensação de que já vira o prédio.

Ele me lembrava a Metalúrgica Kitchener, em Derry.

O Book Depository não era uma ruína, mas transmitia a mesma sensação de ameaça senciente. Lembrei-me de encontrar aquela chaminé submersa, enegrecida de fuligem, caída no mato como uma imensa serpente pré-histórica cochilando ao sol. Lembrei-me de olhar o seu buraco escuro, tão grande que eu poderia entrar andando. E me lembrei de sentir que havia algo lá. Algo vivo. Algo que *queria* que eu entrasse ali andando. Para uma visitinha. Talvez por muito, muito tempo.

Entre, sussurrava a janela do sexto andar. *Dê uma olhada. Agora o lugar está vazio, a tripulação de esqueletos que trabalha aqui no verão foi para casa, mas se der a volta até a doca de carga junto aos trilhos do trem, encontrará uma porta aberta, tenho quase certeza. Afinal de contas, o que há aqui dentro para proteger? Apenas livros didáticos, e nem os alunos para os quais existem os querem de verdade. Como você bem sabe, Jake. Portanto, entre. Venha até o sexto andar. Na sua época há um museu aqui, vem gente do mundo inteiro, e ainda há quem chore por um homem que foi morto e por tudo o que ele poderia ter feito, mas aqui é 1960, Kennedy ainda é senador e Jake Epping não existe. Só existe George Amberson, um homem de cabelo curto, camisa suada e gravata frouxa. Um homem do seu tempo, por assim dizer. Então, suba. Tem medo de fantasmas? Como pode, se o crime ainda não aconteceu?*

Mas *havia* fantasmas lá em cima. Talvez não na rua Magazine de Nova Orleans, mas lá? Ah, sim. Só que eu nunca teria de enfrentá-los, porque não entraria no Book Depository, assim como não me aventurei dentro daquela chaminé caída em Derry. Oswald arranjaria emprego empilhando livros didáticos apenas cerca de um mês antes do assassinato, e esperar todo aquele tempo seria brincar demais com o perigo. Não, eu pretendia seguir o plano que Al esboçara na seção final das suas anotações, aquela intitulada CONCLUSÕES SOBRE COMO PROCEDER.

Por mais que estivesse convencido da teoria do atirador solitário, Al se agarrara a uma possibilidade pequena mas estatisticamente significativa de que estivesse errado. Nas anotações, ele a chamou de "janela de incerteza".

Como em janela do sexto andar.

Ele pretendera fechar aquela janela para sempre em 10 de abril de 1963, quase meio ano antes da viagem de Kennedy a Dallas, e pensei que a ideia dele fazia sentido. Possivelmente no final daquele mês de abril, mais provavelmente na noite do dia 10 — por que esperar? — eu mataria o marido de Marina e o pai de June, assim como matara Frank Dunning. E sem mais compunção. Se visse uma aranha se arrastar pelo chão na direção do berço do seu filho, talvez você hesitasse. Podia até pensar em prendê-la numa garrafa e levá-la para o quintal, para que ela pudesse continuar a sua vidinha. Mas se tivesse certeza de que aquela aranha era venenosa? Uma viúva-negra? Nesse caso, você não hesitaria. Não se fosse saudável da cabeça.

Poria o pé em cima dela e a esmagaria.

9

Eu tinha um plano próprio para os anos entre agosto de 1960 e abril de 1963. Ficaria de olho em Oswald quando voltasse da Rússia, mas não interferiria. Devido ao efeito borboleta, não poderia me dar a esse luxo. Se na língua inglesa há uma metáfora mais estúpida do que *chain of events*, "corrente de fatos", não sei qual seria. As correntes (fora aquelas que todos nós aprendemos a fazer com tiras de papel colorido no jardim de infância, acho) são fortes. São usadas para puxar blocos de motor de caminhões e prender braços e pernas de presos perigosos. Isso não era mais realidade, no meu modo de entender. Estou lhe dizendo que os fatos são frágeis, são castelos de cartas, e ao me aproximar de Oswald

— ainda mais se tentasse afastá-lo de um crime que ele ainda nem concebera — eu abriria mão da minha única vantagem. A borboleta abriria as asas e o curso de Oswald mudaria.

Mudanças pequenas a princípio, talvez, mas, como diz a música de Bruce Springsteen, de pequenas coisas, baby, grandes coisas um dia vêm. Podem ser mudanças boas, que salvariam o homem que agora era um jovem senador de Massachusetts. Mas eu não acreditava nisso. Porque o passado é obstinado. Em 1962, de acordo com uma das anotações rabiscadas à margem por Al, Kennedy estaria em Houston, na Universidade Rice, fazendo um discurso sobre viagens à Lua. *Auditório aberto, sem tribuna à prova de balas*, escrevera Al. Houston ficava a menos de quinhentos quilômetros de Dallas. E se Oswald decidisse atirar no presidente lá?

Ou suponhamos que Oswald fosse exatamente o que afirmava ser, um bode expiatório? E se eu o assustasse a ponto de ele sair de Dallas e voltar a Nova Orleans e Kennedy *ainda assim* morresse, vítima de alguma conspiração maluca da Máfia ou da CIA? Eu teria coragem suficiente de voltar pela toca do coelho e começar tudo de novo? Salvar a família Dunning outra vez? Salvar Carolyn Poulin outra vez? Eu já dedicara quase dois anos a essa missão. Estaria disposto a investir mais cinco, com o resultado tão incerto como sempre?

Melhor não ter de descobrir.

Melhor me assegurar.

A caminho do Texas, saindo de Nova Orleans, decidi que a melhor maneira de monitorar Oswald sem me meter no seu caminho seria morar em Dallas enquanto ele estava na cidade irmã de Fort Worth, e depois me mudar para Fort Worth quando Oswald se mudasse com a família para Dallas. A ideia tinha a virtude da simplicidade, mas não daria certo. Percebi isso nas semanas decorridas depois de olhar o Texas School Book Depository pela primeira vez e sentir com muita força que ele, como o abismo de Nietzsche, me olhava.

Passei agosto e setembro daquele ano de eleições presidenciais andando com o Sunliner em Dallas, procurando apartamento (mesmo depois de todo esse tempo sentindo muita falta do meu GPS e parando toda hora para perguntar o caminho). Nada parecia certo. A princípio, pensei que eram os próprios apartamentos. Depois, quando comecei a ter uma noção melhor da cidade, percebi que era eu.

A verdade simples era que eu não gostava de Dallas, e oito semanas de estudo intenso bastaram para me fazer acreditar que havia muita coisa para não gostar. O *Times Herald* (que muitos dallasenses chamavam rotineiramente de *Slimes Herald*, o arauto do limo) era um cansativo rolo compressor de ufanismo barato. O *Morning News* podia ser lírico ao dizer que Dallas e Houston estavam "numa corrida para os céus", mas os arranha-céus de que falava o editorial eram uma ilha de blá-blá-blá arquitetônico cercada por anéis do que eu chamava de O Grande Culto Americano aos Apartamentos. Os jornais ignoravam os bairros favelados onde a divisão racial apenas começava a derreter um pouco. Mais além, havia intermináveis empreendimentos habitacionais de classe média, a maioria pertencente a veteranos da Segunda Guerra Mundial e da Coreia. Os veteranos tinham esposas que passavam o dia lustramovendo a mobília e maquinadelavando as roupas. A maioria tinha 2,5 filhos. Os adolescentes aparavam a grama, entregavam o *Slimes Herald* de bicicleta, lustrenceravam o carro da família e escutavam (furtivamente) Chuck Berry nos rádios transistor. Talvez dizendo aos pais ansiosos que ele era branco.

Além das casas suburbanas com os seus irrigadores de gramado giratórios, havia aquela vasta extensão de vazio. Aqui e ali, irrigadores giratórios ainda atendiam às plantações, mas em geral o rei algodão estava morto, substituído por hectares intermináveis de milho e soja. A verdadeira safra do condado de Dallas era de aparelhos eletrônicos, tecido, bobagem e dinheiro sujo dos petrodólares. Não havia muitas torres de perfuração na área, mas quando o vento soprava de oeste, onde fica a bacia permiana, as cidades gêmeas fediam a petróleo e gás natural.

O bairro comercial do centro da cidade era cheio de gente ocupada que corria de um lado para o outro vestida com o estilo que passei a chamar de Dallas Total: paletó esporte xadrez, gravata estreita com prendedor exagerado (esses prendedores, versão anos 60 do *bling*, costumavam ter diamantes ou substitutos plausíveis faiscando no centro), calças Sansabelt brancas e botas vistosas com costuras complexas. Trabalhavam em bancos e empresas de investimento. Vendiam soja no mercado futuro e concessões de petróleo e imóveis a oeste da cidade, terra onde nada crescia, só estramônio e barrilha. Davam-se tapinhas nos ombros com mãos cheias de anéis e chamavam uns aos outros de *filho*. No cinto, onde homens de negócios de 2011 levam os celulares, muitos tinham armas de fogo portáteis em coldres feitos à mão.

Havia outdoors defendendo o impeachment de Earl Warren, juiz-presidente do Supremo Tribunal; outdoors com Nikita Kruschov mostrando os dentes (NIET, CAMARADA KRUSCHOV, dizia o texto, NÓS O ENTERRAREMOS!); havia um, na rua West Commerce, que anunciava O PARTIDO COMUNISTA AMERICANO É FAVORÁVEL À INTEGRAÇÃO. PENSE NISSO! Esse fora pago por uma coisa chamada The Tea Party Society. Duas vezes, em empresas cujo nome sugeria que o dono fosse judeu, vi suásticas lavadas com sabão.

Não gostei de Dallas. Não, senhor, não, senhora, de jeito nenhum. Não gostei desde o instante em que me hospedei no Adolphus e vi o maître do restaurante agarrar pelo braço um garçom jovem e encolhido e berrar na sua cara. Ainda assim, os meus negócios eram ali e ali eu ficaria. Era o que eu pensava na época.

10

No dia 22 de setembro, finalmente encontrei um lugar que parecia morável. Ficava na rua Blackwell, no norte de Dallas, uma garagem independente convertida num apartamento duplex bem bonzinho. Maior vantagem: ar-condicionado. Maior desvantagem: o senhorio, Ray Mack Johnson, era um racista que me contou que, se eu ficasse com o apartamento, seria bom manter distância da próxima avenida Greenville, onde havia um monte de bares de raça mista e pretos com um tipo de faca que ele chamava de "tomáticas".

— Num tenho nada no mundo contra os pretos — disse ele. — Não, senhor. Foi Deus que amaldiçoou eles e pôs eles no seu lugar, não eu. Sabe disso, não sabe?

— Acho que pulei essa parte da Bíblia.

Ele franziu os olhos, desconfiado.

— O que o senhor é, metodista?

— Sou — respondi. Pareceu muito mais seguro do que dizer que, em termos de denominação, eu não era nada.

— O senhor precisa conhecer o jeito batista de ir à igreja, filho. A nossa recebe os recém-chegados. O senhor fica com o apartamento e talvez algum domingo queira ir comigo e com a minha mulher.

— Talvez — concordei, me lembrando de estar em coma naquele domingo. Talvez morto.

Enquanto isso, o sr. Johnson retornara à sua escritura original.

— Sabe, Noé se embebedou aquela vez na Arca, e estava lá deitado na cama dele, nu como veio ao mundo. Dois filhos dele não quiseram olhar pra ele, viraram pro outro lado e cobriram ele com um cobertor. Não sei, pode ter sido um lençol. Mas Cam, ele era o preto da família, olhou o pai na sua nudez, e Deus o amaldiçoou e a toda a sua raça para serem cortadores de madeira e puxadores de água. Então lá está. É o que está atrás disso. Gênesis, capítulo nove. O senhor pode ir lá olhar, sr. Amberson.

— Há-há — respondi, dizendo com os meus botões que tinha de ir para *algum lugar*, não podia me dar ao luxo de ficar indefinidamente no Adolphus. Que podia conviver com um pouco de racismo, que eu não ia derreter. Que era o temperamento da época, e que provavelmente era assim por toda parte. Só que não acreditava muito nisso. — Vou pensar bem e lhe aviso num dia ou dois, sr. Johnson.

— Não espere demais, filho. Esse lugar vai rápido. Tenha um dia abençoado, agora.

11

O dia abençoado foi outro dia escaldante, e procurar apartamento dava muita sede. Depois de deixar a culta companhia de Ray Mack Johnson, senti necessidade de uma cerveja. Decidi tomar uma na avenida Greenville. Se o sr. Johnson desestimulava o bairro, achei que precisava conferir.

Ele acertou duas coisas: a rua era (mais ou menos) racialmente integrada e era perigosa. Também era animada. Estacionei e saí a pé, saboreando a atmosfera festiva. Passei por quase uma dúzia de bares, alguns cinemas com reprises (ENTRE, ESTÁ "FRESCO" AQUI DENTRO, diziam as flâmulas que pendiam da marquise no vento quente com cheiro de petróleo do Texas) e uma boate de striptease com um promotor na porta que berrava "Garotas, garotas, garotas, as mais gostosinhas do mundo inteiro! As mais gostosinhas que você já *viu*! Elas *se barbeiam*, se é que vocês me entendem!". Também passei por três ou quatro lojas que anunciavam troca-de-cheques-e-empréstimos-facilitados. Em pé e confiante à minha frente — Financeira Fé, Onde Confiança é a Nossa Senha — havia um quadro-negro com LINHA DIÁRIA impresso no alto e SÓ POR DIVERSÃO embaixo. Homens de chapéu de palha e suspensórios (um traje que só apostadores dedicados conseguem usar) estavam em pé por ali, discutindo as probabilidades oferecidas. Alguns tinham placês de corridas; alguns estavam com a página de esportes do *Morning News*.

Só por diversão, pensei. *Tá bom*. Por um instante, pensei no meu barraco à beira-mar ardendo à noite, as chamas puxadas para o alto negro e estrelado pelo vento vindo do Golfo. A diversão tinha os seus reveses, principalmente na hora de apostar.

Música e cheiro de cerveja saíam de portas abertas. Ouvi Jerry Lee Lewis cantar *Whole Lotta Shakin' Goin' On* numa vitrola automática e Ferlin Husky chorar *Wings of a Dove* na porta ao lado. Recebi propostas de quatro prostitutas e de um vendedor ambulante que vendia calotas, navalhas com pedrarias e purpurina e bandeiras do estado da Estrela Solitária gravadas com as palavras NÃO SE META COM O TEXAS. Tente traduzir isso para o latim.

Aquela sensação perturbadora de déjà-vu era fortíssima, aquela sensação de que tudo estava errado ali como já estivera errado antes. O que era maluco — eu nunca estivera na avenida Greenville em toda a minha vida — mas também inegável, uma coisa do coração mais do que da cabeça. De repente, decidi que não queria uma cerveja. E também não queria alugar a garagem convertida do sr. Johnson, por melhor que fosse o ar-condicionado.

Eu acabara de passar por um bar chamado Rosa do Deserto, onde a Rock-Ola berrava Muddy Waters. Quando me virei para ir até onde o meu carro estava estacionado, um homem saiu voando pela porta. Ele tropeçou e caiu esparramado na calçada. Veio uma gargalhada do interior escuro do bar. Uma mulher berrou: "E não volte, seu espanto sem colhões!" Isso produziu mais risos (e mais fortes).

O freguês expulso sangrava pelo nariz — que estava gravemente torcido para um lado — e também de um arranhão no lado esquerdo do rosto, da têmpora à linha do maxilar. Os olhos estavam arregalados e chocados. A camisa para fora das calças adejou quase até o joelho quando ele agarrou um poste e se levantou. Assim que se pôs de pé, olhou tudo em volta sem ver nada.

Deu um ou dois passos na direção dele, mas, antes que chegasse lá, uma das mulheres que tinham perguntado se eu queria um encontro veio balançando no salto agulha. Só que não era uma mulher, não mesmo. Não poderia ter mais de 16 anos, com grandes olhos escuros e a pele lisa e cor de café. Sorria, mas não de um jeito mau, e, quando o homem com o rosto ensanguentado cambaleou, ela lhe segurou o braço.

— Calma, querido — disse ela. — Você precisa se recuperar antes de...

Ele puxou para cima a fralda pendurada da camisa. A coronha de madrepérola de uma pistola — muito menor do que a que eu comprara na Machen's Produtos Esportivos, na verdade pouco mais do que um brinquedo — jazia contra a gordura pálida que pendia sobre o cós sem cinto da sua calça de gabardine. A braguilha estava meio aberta e pude ver cuecas samba-canção com carrinhos de corrida vermelhos. Disso eu me lembro. Ele puxou a arma, apertou o cano contra o meio do corpo da prostituta e puxou o gatilho. Houve um popzinho estúpido, o som de um traquezinho explodindo dentro de uma lata, não mais do que isso. A mulher gritou e sentou-se na calçada com as mãos cruzadas sobre a barriga.

— Você *atirou* em mim! — Ela parecia mais ofendida do que ferida, mas o sangue começara a correr entre os seus dedos. — Você *atirou* em mim, seu pederasta mijador, por que você *atirou* em mim?

Ele não ligou, só escancarou a porta do Rosa do Deserto. Eu continuava em pé onde estava quando ele atirou na jovem prostituta bonita, em parte por ficar paralisado com o choque, mas principalmente porque tudo isso aconteceu em questão de segundos. Mais tempo do que Oswald levaria para matar o presidente dos Estados Unidos, talvez, mas não muito.

— É isso o que você quer, Linda? — berrou ele. — Se é o que você quer, vou lhe dar o que você quer!

Ele encostou o cano da arma na orelha e puxou o gatilho.

12

Dobrei o lenço e o apertei de leve sobre o buraco no vestido vermelho da mocinha. Não sei se estava ferida gravemente, mas ela estava animada o bastante para soltar uma torrente contínua de expressões exuberantes que provavelmente não aprendera com a mãe (por outro lado, quem sabe?). E, quando um homem na multidão que se formava se aproximou um pouco demais para o seu gosto, ela rugiu:

— Pare de olhar dentro do meu vestido, seu canalha intrometido. Pra isso, tem de pagar.

— Esse pobre filho da puta aqui está mais morto do que nunca — observou alguém, ajoelhado ao lado do homem que fora expulso do Rosa do Deserto. Uma mulher começou a guinchar.

Sirenes se aproximavam: também guinchavam. Notei uma das outras senhoras que tinham me abordado durante o meu passeio pela avenida Greenville, uma ruiva de calças capri. Acenei para ela. Ela tocou o peito num gesto de *quem, eu?*, e fiz que sim. É, você.

— Segure esse lenço sobre a ferida — disse eu. — Tente estancar o sangue. Tenho de ir embora.

Ela me deu um sorrisinho entendido.

— Não quer esperar a polícia?

— Não mesmo. Não conheço nenhuma dessas pessoas. Só estava de passagem.

A ruiva se ajoelhou ao lado da menina que sangrava e praguejava na calçada e apertou o lenço encharcado.

— Querido — disse ela —, todos estamos.

13

Naquela noite, não dormi direito. Começava a cochilar e via o rosto complacente e oleoso de suor de Ray Mack Johnson a atribuir dois mil anos de escravidão, assassinato e exploração a algum garoto adolescente que olhava a alavanca de marcha do seu pai. Acordava de repente, me virava, cochilava... e via o homenzinho com a braguilha aberta enfiando na orelha o cano da arma escondida. *É isso o que você quer, Linda?* Uma última explosão de petulância antes do grande sono. E acordava de novo. Da outra vez, eram homens num sedã preto jogando uma bomba de gasolina pela janela da frente da minha casa em Sunset Point: Eduardo Gutierrez tentando se livrar do seu ianqui da Ianquilândia. Por quê? Porque não gostava de perder muito, e só. Para ele, isso bastava.

Finalmente, desisti e me sentei junto à janela, onde o ar-condicionado do hotel chocalhava heroicamente. No Maine, a noite estaria fresca o suficiente para começar a colorir as árvores, mas ali em Dallas ainda fazia 24 graus às duas e meia da manhã. E estava úmido.

— Dallas, Derry — disse eu enquanto olhava a vala silenciosa da rua Commerce. O cubo de tijolos do Book Depository não era visível, mas estava bem perto. Dava para ir a pé.

— Derry, Dallas.

Cada nome tinha duas sílabas que se rompiam na letra dupla, como um galhinho seco sobre o joelho dobrado. Eu não podia ficar ali. Mais trinta meses na Grande D me deixariam maluco. Quanto tempo levaria para começar a ver grafites como LOGO VOU MATAR MINHA MÃE? Ou avistasse um Jesus enfeitiçado flutuando pelo rio Trinity? Fort Worth talvez fosse melhor, mas Fort Worth ainda era perto demais.

Por que eu teria de ficar numa das duas?

Essa ideia me veio pouco depois das três da madrugada, e com a força de uma revelação. Eu tinha um bom carro — um carro pelo qual me apaixonara, para dizer a verdade — e não havia falta de boas estradas velozes no centro do Texas, muitas delas de construção recente. Na virada do século XXI, provavelmente estariam todas engarrafadas, mas em 1960 estavam quase fantasmagoricamente desertas. Havia limites de velocidade, mas não eram cumpridos. No Texas, até os policiais acreditavam no evangelho de enfiar o pé até o fundo e mandar ver.

Eu podia sair de baixo da sombra sufocante que sentia sobre essa cidade. Podia encontrar um lugar menor e menos assustador, um lugar que não estivesse tão cheio de ódio e violência. Em plena luz do dia, eu poderia dizer a mim mesmo que imaginava essas coisas, mas não no meio da madrugada. Sem dúvida havia gente boa em Dallas, milhares e milhares, a grande maioria, mas aquele acorde estava lá no fundo, e às vezes explodia. Como diante do Rosa do Deserto.

Bevvie-da-neve dissera que *em Derry acho que o mau tempo acabou*. Eu não estava convencido quanto a Derry e sentia o mesmo quanto a Dallas, mesmo que os seus piores dias ainda estivessem a três anos de distância.

— Vou e volto — disse eu. — George quer um lugar bom e tranquilo para trabalhar no seu livro, mas como o livro é sobre uma cidade — uma cidade *mal-assombrada* —, ele terá mesmo de ir e vir, não é? Para buscar material.

Não admira que eu levasse quase dois meses para pensar nisso: as respostas mais simples da vida costumam ser as mais fáceis de não enxergar. Voltei à cama e adormeci quase na mesma hora.

14

No dia seguinte, peguei a rodovia 77 para o sul de Dallas. Em uma hora e meia estava no condado de Denholm. Virei para oeste na estrada estadual 109, principalmente porque gostei do outdoor que marcava o cruzamento. Mostrava um jovem jogador heroico de futebol americano de capacete dourado, malha preta e calças douradas. DENHOLM LIONS, proclamava o outdoor. TRICAMPEÃO DO DISTRITO! CAMPEONATO ESTADUAL DE 1960! "TEMOS A FORÇA JIM!"

Seja lá o que for, pensei. Mas é claro que toda escola secundária tem os seus sinais e mensagens secretas; é isso que faz os garotos pensarem que estão por dentro.

Uns oito quilômetros pela autoestrada 109 acima, cheguei à cidadezinha de Jodie. POP. 1.280 habitantes, dizia a placa. BEM-VINDO, ESTRANHO! A meio caminho da rua Principal, larga e ladeada de árvores, vi um pequeno restaurante com um cartaz na vitrine dizendo OS MELHORES MILK-SHAKES, FRITAS E HAMBÚRGUERES DE TODO O TEXAS. Chamava-se Al's Diner.

É claro que sim.

Estacionei num dos espaços inclinados à frente, entrei e pedi o Pronghorn Especial, que era um cheeseburger duplo com molho de churrasco. Vinha com Fritas Mesquitas e um Grossoshake Rodeio — baunilha, chocolate ou morango, pode escolher. O Pronghorn não era tão bom quanto o Gordobúrguer, mas não era ruim, e as batatas fritas estavam do jeito que gosto: crocantes, salgadas e um pouco bem-passadas demais.

Al era Al Stevens, um camarada magro de meia-idade que não tinha nada a ver com Al Templeton. Usava um penteado com topete, um bigodão grisalho de bandido mexicano, um forte sotaque do Texas e um gorro de papel alegremente inclinado sobre um dos olhos. Quando lhe perguntei se havia muito a alugar na cidade de Jodie, ele riu e respondeu:

— Pode escolher. Mas quanto a emprego, este não é exatamente um centro de comércio. Criação de gado, principalmente, e me desculpe por falar, mas o senhor não tem cara de caubói.

— E não sou — respondi. — Na verdade, sou mais do tipo que escreve livros.

— Ora! Alguma coisa que já li?

— Ainda não — respondi. — Ainda estou tentando. Tenho cerca de meio romance escrito e algumas editoras já demonstraram certo interesse. Estou à procura de um lugar tranquilo para terminar.

— Ora, Jodie é tranquila sim. — Al olhou para cima e suspirou. — Quando se trata de tranquilidade, admito que poderíamos tirar a patente. Só fica barulhenta nas noites de sexta.

— Futebol americano?

— Sim, senhor, a cidade inteira vai. Chega o intervalo, todos rugem como leões e depois soltam o Berro de Jim. Dá para ouvir a três quilômetros de distância. É bem engraçado.

— Quem é Jim?

— LaDue, o *quarterback*. Tivemos alguns times bons, mas nunca houve um *quarterback* como LaDue num time de Denholm. E ele só é júnior. Tem gente falando em campeonato estadual. Pra mim isso parece meio otimista, com aquelas escolas grandes de Dallas logo ali na esquina, mas um pouco de esperança nunca faz mal a ninguém, é o que acho.

— Fora o futebol, como é a escola?

— É boa mesmo. No começo muita gente tinha dúvidas sobre essa coisa de consolidação — eu era um deles —, mas acabou sendo bom. Tem mais de setecentos alunos este ano. Alguns vêm de ônibus, uma hora ou mais, mas parecem não ligar. Provavelmente assim se livram das tarefas domésticas. O seu livro é sobre garotos do secundário? Do tipo de *Sementes da violência*? Porque não há gangues nem nada disso por aqui. Por aqui os garotos ainda têm boas maneiras.

— Não, nada disso. Tenho economias, mas não me incomodaria em esticar o que tenho trabalhando como substituto. Não dá para ensinar em tempo integral e ainda escrever.

— Claro que não — disse ele, com respeito.

— O meu diploma é do Oklahoma, mas... — Dei de ombros para mostrar que Oklahoma não estava no mesmo nível do Texas, mas que era possível ter esperanças.

— Bom, o senhor devia falar com Deke Simmons. Ele é o diretor. Vem jantar quase toda noite. A mulher dele morreu faz alguns anos.

— Sinto muito saber disso — comentei.

— Todos sentimos. Ele é um bom homem. A maioria daqui, sr....?

— Amberson. George Amberson.

— Bom, George, somos bem-parados, a não ser nas noites de sexta, mas o senhor pode se acostumar. Talvez até aprenda depressa a rugir como um leão.

— Talvez consiga — disse eu.

— Volte aí pelas seis. Costuma ser o horário em que Deke chega. — Ele apoiou os braços no balcão e se inclinou por cima deles. — Quer uma dica?

— Claro.

— Provavelmente ele virá com a namorada. srta. Corcoran, bibliotecária da escola. Ele meio que vem gostando dela desde o Natal, mais ou menos. Dizem que é Mimi Corcoran quem *realmente* manda na Denholm Consolidated, porque ela manda *nele*. Se lhe causar boa impressão, já ganhou.

— Vou me lembrar disso — respondi.

15

As semanas caçando apartamento em Dallas tinham resultado em exatamente um possível, que pertencia a um homem de quem eu não queria alugar. Levei três horas em Jodie para achar um lugar que parecia bom. Não um apartamento, mas uma casinha comprida e bonitinha de cinco cômodos enfileirados. Estava à venda, disse o corretor de imóveis, mas o casal de donos se disporia a alugar para a pessoa certa. Havia um quintal sombreado por um olmo, uma garagem para o Sunliner... e ar-condicionado central. O aluguel era razoável, dado o conforto.

Freddy Quinlan era o nome do corretor. Ficou curioso a meu respeito — acho que a placa do Maine no meu carro lhe pareceu exótica — mas não indevidamente. O melhor foi sentir que estava fora daquela sombra que pendera sobre mim em Dallas, Derry e Sunset Point, onde o meu último aluguel de longo prazo agora jazia em cinzas.

— Que tal? — perguntou Quinlan. — O que acha?

— Gostei, mas não posso lhe dizer sim ou não agora. Tenho um encontro antes. Acho que você não abre amanhã, não é?

— Ah, abro sim. Nos sábados, fico aberto até o meio-dia. Depois, vou para casa assistir ao Jogo da Semana na TV. Parece que este ano teremos uma série fantástica.

— É — respondi. — Com toda certeza.

Quinlan estendeu a mão.

— Foi um prazer conhecê-lo, sr. Amberson. Aposto que o senhor gostará de Jodie. Somos gente boa por aqui. Espero que dê certo para o senhor.

Apertei a mão dele.

— Eu também.

Como diz o outro, um pouco de esperança nunca faz mal a ninguém.

16

Naquela noite, voltei ao Al's Diner e me apresentei ao diretor da Denholm Consolidated e à sua amiga bibliotecária. Eles me convidaram para sentar com eles.

Deke Simmons era alto, careca e sessentão. Mimi Corcoran era sardenta e bronzeada. Os olhos azuis atrás dos bifocais eram atentos e me examinaram de cima a baixo procurando pistas. Ela andava com a ajuda de uma bengala e a manejava com a destreza descuidada (quase com desprezo) do uso prolongado. Ambos, achei graça ao ver, levavam flâmulas de Denholm e usavam broches dourados que diziam TEMOS A FORÇA JIM! Era noite de sexta no Texas.

Simmons me perguntou se estava gostando de Jodie (muito), quanto tempo ficara em Dallas (desde agosto) e se gostava de futebol americano júnior (sim, bastante). O mais perto que chegou de algo concreto foi me perguntar se tinha confiança na minha capacidade de fazer os garotos "se importarem". Porque, disse, muitos substitutos tinham problemas com isso.

— Esses professores jovens que a secretaria nos manda como se não tivéssemos nada melhor a fazer — disse ele, e mordeu o seu Pronghorn Búrguer.

— Molho, Deke — disse Mimi, e ele, obediente, limpou o canto da boca com um guardanapo de papel tirado do porta-guardanapos.

Enquanto isso, ela continuava a fazer o meu inventário: paletó esporte, gravata, corte de cabelo. Nos sapatos ela dera uma boa olhada quando andei até o seu compartimento.

— Tem referências, sr. Amberson?

— Sim, senhora, trabalhei algum tempo como professor-substituto no condado de Sarasota.

— E no Maine?

— Não muito por lá, embora tenha dado aulas durante três anos no Wisconsin regularmente antes de me demitir para trabalhar em tempo integral no meu livro. Ou o máximo de tempo integral que as minhas finanças permitam. — Eu *tinha* uma referência da Escola Secundária Saint Vincent, em Madison. Era uma referência boa; eu mesmo a escrevera. É claro que, se alguém verificasse, eu estaria perdido. Deke Simmons não conferiria, mas Mimi, de olhos argutos e pele curtida de caubói, sim.

— E sobre o quê é o seu romance?

Isso também poderia me perder, mas decidi ser franco. O mais franco possível, pelo menos, dadas as minhas circunstâncias peculiares.

— Uma série de homicídios e o seu efeito sobre a comunidade onde acontecem.

— Ai, meu Deus — disse Deke.

Ela lhe deu um tapinha no pulso.

— Psiu. Continue, sr. Amberson.

— O meu ambiente original era uma cidade fictícia no Maine — eu a chamei de Dawson —, mas depois decidi que seria mais realista se eu ambientasse o romance numa cidade *real*. Uma cidade maior. A princípio pensei em Tampa, mas não deu certo...

Ela descartou Tampa com um gesto.

— Suave demais. Turistas demais. Suspeito que o senhor procurava algo um pouco mais insular.

Uma senhora muito arguta. Sabia mais sobre o meu livro do que eu.

— Isso mesmo. Então decidi tentar Dallas. Acho que é o lugar certo, mas...

— Mas o senhor não quis morar lá?

— Exatamente.

— Entendo. — Ela beliscou o seu pedaço de peixe frito. Deke a olhava com uma expressão levemente abalroada. O que quer que desejasse quando saiu a meio-galope pela pista da vida, ela parecia possuir. Nem tão estranho assim; todo mundo ama alguém em algum momento, como ressaltaria Dean Martin de forma tão sábia. Mas não nos próximos anos.

— E quando não está escrevendo, o que gosta de ler, sr. Amberson?

— Ah, praticamente tudo.

— Já leu *O apanhador no campo de centeio*?

Oh-oh, pensei.

— Sim, senhora.

Isso a deixou impaciente.

— Ah, me chame de Mimi. Até os garotos me chamam de Mimi, embora eu insista para que ponham um dona antes por questão de civilidade. O que pensa do *cri de cœur* do sr. Salinger?

Mentir ou dizer a verdade? Mas essa pergunta não era séria. Aquela mulher leria mentiras do mesmo jeito como eu leria... bem... um outdoor DERRUBEM EARL WARREN.

— Acho que diz muito sobre como os anos 50 foram ruins e muito sobre como os anos 60 podem ser bons. Quer dizer, se os Holden Caulfields dos Estados Unidos não perderem a indignação. E a coragem.

— Hum. Hum. — Beliscando bastante o peixe, mas não comendo nada que eu pudesse ver. Não admira que parecesse possível grampear uma linha nas costas do vestido e empiná-la como um papagaio. — Acredita que deveria estar na biblioteca da escola?

Suspirei, pensando que adoraria morar e ensinar em meio expediente na escola de Jodie, Texas.

— Na verdade, madame... Mimi... acho que sim. Embora acredite que só devesse ser emprestado a alguns alunos, a critério do bibliotecário.

— Do bibliotecário? Não dos pais?

— Não, senhora. Essa é uma ladeira escorregadia.

Mimi Corcoran deu um grande sorriso e se virou para o namorado.

— Deke, esse camarada não devia ser substituto. Devia ser professor em tempo integral.

— Mimi...

— Eu sei, sem vagas no departamento de Inglês. Mas se ele se demorar por aqui, talvez possa assumir depois que aquele idiota do Phil Bateman se aposentar.

— Mims, isso é muita indiscrição.

— É — disse ela, e realmente me deu uma piscadela. — E também é verdade. Mande a Deke as suas referências da Flórida, sr. Amberson. Elas servirão. Melhor ainda, traga-as pessoalmente na semana que vem. O ano letivo já começou. Não faz sentido perder tempo.

— Pode me chamar de George.

— É mesmo — disse ela. Ela empurrou o prato para longe. — Deke, isso está *terrível*. Por que comemos aqui?

— Porque gosto do hambúrguer e você gosta da torta de morango do Al.

— Ah, é — disse ela. — A torta de morango. Pode pedir. Sr. Amberson, o senhor vai ficar para o jogo de futebol?

— Hoje, não — respondi. — Tenho de voltar a Dallas. Talvez para o jogo da semana que vem, se tiverem lugar para mim.

— Se Mimi gosta de você, eu gosto de você — disse Deke Simmons. — Não posso lhe garantir um dia toda semana, mas em algumas semanas haverá dois e até três. Na média, iguala.

— Tenho certeza.

— Temo que o salário de substituto não seja lá grande coisa...

— Sei disso, senhor. Só estou procurando um modo de complementar a minha renda.

— Aquele *Apanhador* nunca estará na nossa biblioteca — disse Deke com um olhar de remorsos à sua amada de lábios torcidos. — O conselho escolar não deixaria. Mimi sabe disso. — Outra grande mordida no Prongbúrguer.

— Os tempos mudam — disse Mimi Corcoran, apontando primeiro o porta-guardanapos e depois o lado da boca do diretor. — Deke. Molho.

17

Na semana seguinte, cometi um erro. Eu deveria saber; fazer outra aposta grande devia ser a última coisa na minha cabeça depois de tudo o que me acontecera. Você diria que eu deveria ter subido um pouco mais a guarda.

Eu *entendia* o risco, mas estava preocupado com o dinheiro. Chegara ao Texas com pouco menos de 16 mil dólares. Parte era o que restava do dinheiro das apostas de Al, mas a maior parte resultava de duas apostas enormes, uma feita em Derry, outra em Tampa. Mas passar cerca de sete semanas no Adolphus consumira mais de mil; instalar-me numa nova cidade poderia custar facilmente quatrocentos ou quinhentos. Fora comida, aluguel e serviços, eu precisaria de muito mais roupas — e roupas melhores — para parecer respeitável em sala de aula. Ficaria sediado em Jodie dois anos e meio antes de concluir os meus negócios com Lee Harvey Oswald. Quatorze mil dólares, mais ou menos, não seriam suficientes. O salário de professor-substituto? Quinze dólares e cinquenta centavos por dia. Pois é.

Tudo bem, talvez eu *conseguisse* sobreviver com quatorze mil mais trinta e, às vezes, até cinquenta pratas por semana como substituto. Mas teria de me manter saudável e não sofrer nenhum acidente, e não podia confiar nisso. Porque o passado é tão dissimulado quanto obstinado. Ele resiste. E, sim, talvez houvesse também um elemento de ganância envolvido. Nesse caso, baseava-se menos no amor ao dinheiro do que no conhecimento inebriante de que, sempre que quisesse, eu podia derrotar a banca geralmente inderrotável.

Agora, penso: *se Al tivesse pesquisado o mercado de ações com tanta meticulosidade quanto verificou os vencedores de todos aqueles jogos de beisebol, futebol americano, corridas de cavalos...*

Mas não.

Agora, penso: *se Freddy Quinlan não tivesse mencionado que a Série Mundial seria fantástica...*

Mas mencionara.

E voltei à avenida Greenville.

Disse a mim mesmo que todos aqueles apostadores de chapéu de palha que vira em pé diante da Financeira Fé (Onde Confiança é a Nossa Senha) estariam apostando na Série e que alguns apostariam um bom dinheiro. Disse a mim mesmo que seria um entre muitos, e uma aposta mediana do sr. George Amberson — que afirmaria morar num belo duplex numa garagem convertida na rua Blackwell, bem ali, em Dallas, caso alguém perguntasse — não chamaria a atenção. Droga, disse a mim mesmo, os camaradas que administravam a Financeira Fé provavelmente não saberiam distinguir Eduardo Gutierrez, de Tampa, de Adão. Nem de Cam, filho de Noé, aliás.

Ah, disse montes a mim mesmo, e tudo se resumia às mesmas duas coisas: que era perfeitamente seguro e que era perfeitamente sensato querer mais dinheiro, muito embora na época eu tivesse o suficiente para viver. Burro. Mas a estupidez é uma das duas coisas que vemos com mais clareza em retrospecto. A outra são as oportunidades perdidas.

18

Em 28 de setembro, uma semana antes da data marcada para o começo da Série, entrei na Financeira Fé e, depois de alguma dança, apostei seiscentos dólares que os Pittsburgh Pirates venceriam os Yankees em sete jogos. Aceitei a probabilidade de dois para um, o que era uma ofensa, considerando que os

Yankees eram os favoritos. No dia seguinte àquele em que Bill Mazeroski marcou o seu ponto improvável no nono tempo para fechar a conta dos Buckos, voltei a Dallas e à avenida Greenville. Acho que, se a Financeira Fé estivesse deserta, eu teria dado meia-volta e retornado a Jodie... ou talvez seja apenas o que hoje digo a mim mesmo. Não sei com certeza.

O que *sei* é que havia uma fila de apostadores esperando para receber, e entrei na fila. Aquele grupo era o sonho realizado de Martin Luther King: cinquenta por cento negros, cinquenta por cento brancos, cem por cento felizes. A maioria não saiu com nada a não ser algumas notas de cinco ou talvez uma ou duas de vinte, mas vi vários que contavam notas de cem. Um ladrão armado que escolhesse aquele dia para atacar a Financeira Fé teria se dado muito bem mesmo.

O homem da grana era um sujeito robusto que usava uma viseira verde. Fez a primeira pergunta-padrão ("É da polícia? Se for, tem de me mostrar a identificação") e, quando respondi que não, pediu o meu nome e a carteira de motorista. Era novinha em folha, que eu recebera por carta registrada na semana anterior; finalmente uma identificação do Texas para acrescentar à minha coleção. E tomei o cuidado de pôr o polegar sobre o endereço em Jodie.

Ele me pagou mil e duzentos. Enfiei tudo no bolso e andei depressa até o meu carro. Ao voltar à autoestrada 77, com Dallas ficando para trás e Jodie se aproximando a cada giro das rodas, finalmente relaxei.

Estúpido.

19

Vamos dar outro salto à frente no tempo (as narrativas também contêm tocas de coelho, quando a gente para e pensa), mas primeiro preciso contar mais uma coisa de 1960.

Fort Worth. Dezesseis de novembro de 1960. Kennedy, presidente eleito há pouco mais de uma semana. A esquina de Ballinger e West Seventh. O dia estava frio e nublado. Os carros soltavam exaustão branca. O homem do tempo da KLIF ("Todos os sucessos o tempo todo") previa chuva que poderia se transformar em geada à noite, por isso tomem cuidado nas autoestradas, todos vocês roqueiros.

Eu estava enrolado num paletó rancheiro de couro cru; um gorro de feltro com protetores laterais puxado até embaixo sobre as orelhas. Sentava-me num banco diante da Associação de Criadores de Gado do Texas, olhando a

West Seventh. Estava lá havia quase uma hora, e não acho que o rapaz ficaria na casa da mãe muito mais tempo do que isso; de acordo com as anotações de Al Templeton, todos os três filhos se afastaram dela o mais depressa que puderam. O que eu esperava era que ela saísse do prédio de apartamentos com ele. Ela voltara recentemente à área depois de vários meses em Waco, onde trabalhara como acompanhante num lar de senhoras.

A minha paciência foi recompensada. A porta dos Apartamentos Rotary se abriu e um homem magro com uma estranha semelhança com Lee Harvey Oswald saiu. Ele segurou a porta para uma mulher de casaco de xadrez comprido e sapatos brancos de enfermeira, fechados e sem salto. Ela só chegava aos ombros dele, mas era robusta. O cabelo grisalho estava puxado para trás de um rosto prematuramente enrugado. Usava um lenço vermelho. O batom da mesma cor delineava uma boca pequena que parecia insatisfeita e belicosa — a boca de uma mulher que acredita que o mundo está contra ela e que, no decorrer dos anos, encontrou indícios suficientes para provar. O irmão mais velho de Lee Oswald desceu rapidamente o caminho de concreto. A mulher correu atrás e agarrou as costas do sobretudo dele, que se virou para ela na calçada. Pareceram discutir, mas a mulher é que falou mais. Sacudiu o dedo na cara dele. Não havia como saber por que o repreendia; eu estava a um prudente quarteirão e meio de distância. Então ele se pôs a andar na direção da esquina da West Seventh com a avenida Summit, como eu esperara. Viera de ônibus e o ponto mais próximo ficava ali.

A mulher ficou um instante parada onde estava, como se indecisa. *Vamos, mamãe*, pensei, *você não vai deixar que ele vá embora tão fácil assim, não é? Ele está apenas meio quarteirão rua abaixo. Lee teve de ir até a Rússia para se livrar desse dedo sacudido.*

Ela foi atrás dele e, quando se aproximaram da esquina, ela levantou a voz e consegui ouvi-la com clareza.

— *Pare*, Robert, não ande tão depressa, ainda não acabei com você!

Ele olhou por cima do ombro mas continuou andando. Ela o alcançou no ponto de ônibus e puxou-lhe a manga até que ele a olhou. O dedo reiniciou o tique-toque das sacudidelas. Captei frases isoladas: *você prometeu* e *lhe dei tudo* e, acho, *quem é você para me julgar*. Não conseguia ver o rosto de Oswald porque ele estava de costas para mim, mas os ombros caídos diziam tudo. Duvido que fosse a primeira vez que mamãe o seguia pela rua, sem parar de falar o tempo todo, sem dar bola para espectadores. Ela pousou a mão aberta logo acima dos seios, aquele gesto atemporal de mãe que diz *Olhe para mim, seu filho ingrato!*

Oswald enfiou a mão no bolso de trás, tirou a carteira e lhe deu uma nota. Ela a enfiou na bolsa sem olhar e partiu de volta rumo aos Apartamentos

Rotary. Depois ela pensou em mais alguma coisa e se virou para ele mais uma vez. Eu a ouvi com clareza. Erguida para gritar pelos quinze ou vinte metros que agora havia entre eles, aquela voz esganiçada era como uma unha passada no quadro-negro.

— E me ligue se tiver notícias de Lee outra vez, viu? Ainda estou na linha comunitária, é o que posso pagar até arranjar emprego melhor, e aquela tal de Sykes do andar de baixo usa o telefone *o tempo todo*, falei com ela, disse a ela o que pensava, "sra. Sykes", eu disse...

Um homem passou por ela. Enfiou um dedo teatral na orelha, sorrindo. Se mamãe viu, não deu importância. Com certeza não deu importância à careta de vergonha do filho.

— "Sra. Sykes", eu disse, "a senhora não é a única que precisa do telefone, então eu lhe agradeceria se fizesse ligações *rápidas*. E se não fizer isso por conta própria, vou chamar um representante da companhia telefônica para *obrigar* a senhora". Foi o que eu disse. Então me ligue você, Rob. Você sabe que preciso de notícias de Lee.

Lá vinha o ônibus. Quando parou, ele ergueu a voz para ser ouvido acima do barulho dos freios.

— Ele é um maldito comuna, mãe, e não vai voltar para casa. Se acostume com essa ideia.

— *Me ligue!* — gritou ela, estridente. A carinha zangada estava rígida. Ela ficou plantada com os pés separados, como o boxeador que se prepara para absorver um golpe. Qualquer golpe. Todo golpe. Os olhos faiscavam atrás dos óculos gatinho de aro preto. O lenço tinha dois nós embaixo do queixo. Agora a chuva começara a cair, mas ela não lhe deu atenção. Inspirou e elevou a voz até virar quase um grito.

— *Preciso saber do meu filhinho, ouviu?*

Robert Oswald subiu os degraus correndo e entrou sem responder no ônibus, que saiu numa lufada de exaustão azul. E, quando isso aconteceu, um sorriso iluminou o rosto dela. E conseguiu algo de que eu acharia incapaz um sorriso: deixou-a ao mesmo tempo mais jovem e mais feia.

Um operário passou por ela. Não esbarrou, nem mesmo encostou nela, pelo que pude ver, mas ela o repreendeu:

— Olhe por onde anda! Você não é dono da calçada!

Marguerite Oswald partiu de volta para o apartamento. Quando se virou para o outro lado, ainda sorria.

Voltei a Jodie naquela tarde, abalado e pensativo. Só veria Lee Oswald dali a um ano e meio, e estava decidido a detê-lo, mas já sentia mais simpatia por ele do que jamais sentira por Frank Dunning.

CAPÍTULO 13

1

Eram sete e quarenta e cinco da noite de 18 de maio de 1961. A luz do longo crepúsculo do Texas cruzava o meu quintal. A janela estava aberta e as cortinas balançavam com a leve brisa. No rádio, Troy Shondell cantava *This Time*. Eu estava sentado no que fora o segundo quarto da casinha e agora era o meu escritório. A escrivaninha era descarte da escola secundária. Tinha uma perna mais curta que calcei. A máquina de escrever era uma Webster portátil. Estava relendo as primeiras cento e cinquenta páginas, mais ou menos, do meu romance *O local do crime*, principalmente porque Mimi Corcoran não parava de me importunar querendo ler, e Mimi, eu descobrira, era o tipo de pessoa que só por pouco tempo se conseguia enrolar com desculpas. O trabalho na verdade ia bem. Não tive dificuldade de transformar Derry na cidade fictícia de Dawson no primeiro esboço, e transformar Dawson em Dallas foi ainda mais fácil. Eu começara a fazer as mudanças só para que o trabalho em andamento desse sustentação à história que eu inventara quando finalmente deixasse Mimi ler, mas agora as mudanças pareciam vitais e inevitáveis. Parecia que o livro quisera ser sobre Dallas o tempo todo.

A campainha tocou. Pus um peso de papel sobre as páginas manuscritas para que não saíssem voando e fui ver quem era o visitante. Lembro-me de tudo com muita clareza: as cortinas dançantes, o peso de papel de seixo liso de rio, *This Time* tocando no rádio, a luz comprida do fim de tarde do Texas, que eu passara a amar. Eu *tinha* de me lembrar. Foi quando parei de viver no passado e simplesmente comecei a viver.

Abri a porta e lá estava Michael Coslaw. Ele chorava.

— Não consigo, sr. Amberson — disse ele. — Simplesmente não consigo.

— Então entre, Mike — disse eu. — Vamos conversar.

2

Não fiquei surpreso ao vê-lo. Eu fora encarregado do pequeno Departamento Teatral da Lisbon High durante cinco anos antes de fugir para a Era do Cigarro Universal, e vira muito medo do palco durante aqueles anos. Dirigir atores adolescentes é como fazer acrobacia com vidros de nitroglicerina: extasiante e perigoso. Vira meninas que aprendiam rápido e eram lindamente naturais nos ensaios ficarem completamente paralisadas no palco; vira rapazinhos CDF desabrocharem e crescerem uns trinta centímetros na primeira vez em que diziam uma frase que fazia o público rir. Dirigira trabalhadores esforçados e, de vez em quando, um garoto que exibia uma fagulha de talento. Mas nunca tivera um garoto como Mike Coslaw. Desconfio que há escolas secundárias e faculdades que encenaram peças a vida inteira sem nunca ter alguém como ele.

Mimi Corcoran realmente dirigia a Escola Secundária Consolidada de Denholm, e foi ela que me convenceu a assumir a peça dos alunos quando Alfie Norton, o professor de matemática que fazia isso havia anos, foi diagnosticado com leucemia mieloide aguda e, para se tratar, se mudou para Houston. Tentei recusar, com base em que ainda fazia pesquisas em Dallas, mas não ia muito lá no inverno e no início da primavera de 1961. Mimi sabia disso porque sempre que Deke precisou de um substituto de inglês durante aquele semestre, em geral eu estava disponível. Quanto a Dallas, eu basicamente matava o tempo. Lee ainda estava em Minsk e logo se casaria com Marina Prusakova, a garota de vestido vermelho e sapatos brancos.

— Você tem muito tempo livre — dissera Mimi. As mãos dela estavam cerradas sobre os quadris inexistentes: naquele dia, ela estava totalmente no modo não-faço-prisioneiros. — E é *pago*.

— Ah, é — disse eu. — Conferi isso com Deke. Cinquenta pratas. E eu vou nadar em dindim.

— Em *quê*?

— Nada, Mimi. Por enquanto, estou indo bem com o dinheiro. Não podemos ficar assim?

Não. Não podíamos. A dona Mimi era um trator humano e, quando encontrava um objeto aparentemente inamovível, só baixava a lâmina e forçava mais o motor. Sem mim, disse, não *haveria* peça dos alunos pela primeira vez na história da escola. Os pais ficariam desapontados. O conselho escolar ficaria desapontado.

— E — acrescentou, juntando as sobrancelhas — eu ficarei *desolada*.

— Deus não queira que fique desolada, dona Mimi — eu respondera. — Mas quer saber? Se me deixar escolher a peça — prometo que não será nada muito polêmico —, aceito.

A testa franzida sumiu no brilhante sorriso de Mimi Corcoran que sempre transformava Deke Simmons num prato fumegante de mingau de aveia (o que, temperamentalmente falando, não era uma enorme transformação).

— Excelente! Quem sabe você não acha um ator brilhante escondido nos nossos corredores?

— É — respondi. — E porcos assoviam.

Mas — a vida é uma piada dessas — eu *encontrara* um ator brilhante. Um talento nato. E agora ele estava na minha sala, na noite anterior à estreia da primeira das quatro apresentações, ocupando quase o sofá inteiro (que se curvava humildemente debaixo dos seus 120 quilos), chorando a cântaros de nervosismo. Mike Coslaw. Também conhecido como Lennie Small na adaptação adequada para escolas secundárias feita por George Amberson de *Ratos e homens*, de John Steinbeck.

Isto é, se eu conseguisse convencê-lo a se apresentar amanhã.

3

Pensei em lhe arranjar alguns lenços de papel e decidi que não estariam à altura do serviço. Em vez disso, peguei um pano de prato na gaveta da cozinha. Ele esfregou o rosto, conseguiu se controlar um pouco e depois me olhou, desolado. Os olhos estavam vermelhos e doídos. Ele não começara a chorar ao se aproximar da minha porta; parecia que isso durara a tarde inteira.

— Tudo bem, Mike. Agora me explique.

— Todo mundo no time está rindo de mim, sr. Amberson. O treinador começou a me chamar de Clark Gable — isso foi no Orgulho de Leão, o piquenique de primavera — e agora *todo mundo* faz isso. Até Jimmy faz isso. — Querendo dizer Jim LaDue, o grande *quarterback* do time e melhor amigo de Mike.

Não me surpreendi com o treinador Borman; ele era um brutamontes que pregava o evangelho da guerra e não gostava que ninguém invadisse o seu território, dentro ou fora da temporada. E tinham chamado Mike de coisa pior; enquanto vigiava os corredores, ouvi que o chamavam de Mike Polaco, George da Selva e Godzilla. Ele ria dos apelidos. Essa reação divertida e até despreocupada a xingamentos e zombarias pode ser o maior dom que a altura e o tamanho transmitem aos rapazes grandes, e com 1,97 metro e 120 quilos, Mike me deixava parecido com Mickey Rooney.

Só havia um astro no time de futebol americano dos Lions, e esse era Jim LaDue — ele não tinha um outdoor só seu, no cruzamento da estrada 77 com a rodovia 109? Mas o jogador que tornava *possível* que Jim brilhasse era Mike Coslaw, que planejava se matricular na Texas A&M assim que terminasse a temporada na escola secundária. LaDue iria para o 'Bama Crimson Tide (a equipe de futebol da Universidade do Alabama, como ele e o pai ficariam contentes em lhe contar), mas se alguém me perguntasse quem teria mais probabilidade de virar profissional, eu poria o meu dinheiro em Mike. Gostava de Jim, mas para mim parecia que uma lesão no joelho ou no ombro esperava para acontecer. Mike, por outro lado, parecia construído para o longo prazo.

— O que Bobbi Jill acha? — Mike e Bobbi Jill Allnut eram praticamente xifópagos. Garota linda? OK. Loura? OK. Líder de torcida? Pra que perguntar?

Ele sorriu.

— Bobbi Jill me apoia cem por cento. Diz para eu ser homem e parar de deixar os outros me irritarem.

— Parece uma moça sensata.

— É, ela é a melhor e absoluta.

— Ainda assim, desconfio que não é um xingamentozinho que está na sua cabeça. — E quando ele não respondeu: — Mike? Fale comigo.

— Vou subir lá na frente de toda aquela gente e me fazer de bobo. Foi Jimmy quem falou.

— Jimmy é um baita *quarterback* e sei que vocês dois são amigos, mas, na hora de atuar, ele não sabe merda nenhuma. — Mike piscou. Em 1961, não era comum ouvir a palavra *merda* vinda de professores, mesmo que tivessem a boca cheia dela. Mas é claro que eu era só substituto, e isso me dava certa liberdade. — Acho que você sabe disso. Como dizem por aqui, você pode bobear, mas não é estúpido.

— Todos *acham* que sou — disse ele, baixinho. — E só tiro nota C. Talvez o senhor não saiba, talvez os substitutos não vejam as notas, mas é o que sou.

— Fiz questão de ver as suas notas na segunda semana de ensaio quando percebi o que você é capaz de fazer no palco. Você só tira nota C porque, como jogador de futebol, *tem* de só tirar nota C. Faz parte do éthos.

— Do quê?

— Descubra pelo contexto e guarde o teatrinho de burro para os seus amigos. Sem falar no treinador Borman, que provavelmente tem de amarrar um barbante no apito para saber de que lado soprar.

Mike deu uma risadinha, com olhos vermelhos e tudo.

— Me escute. Todo mundo acha automaticamente que alguém do seu tamanho é estúpido. Pode dizer que não, se quiser; pelo que me disseram, você tem esse corpo desde os 12 anos, portanto deve saber.

Ele não me disse que não. O que ele disse foi:

— No time, todo mundo fez teste para ser Lennie. Era piada. Brincadeira. — Ele acrescentou, apressado: — Nada contra o senhor, sr. A. No time todo mundo gosta do senhor. Até o treinador gosta do senhor.

Um monte de jogadores *aparecera* nos testes, intimidando e calando os aspirantes mais estudiosos e todos afirmando que se candidatavam ao papel do grande amigo burro de George Milton. É claro que fora piada, mas a leitura que Mike fizera de Lennie fora a coisa menos engraçada do mundo. Fora uma baita revelação. Eu teria usado uma vara elétrica para gado para mantê-lo na sala, se fosse preciso, mas é claro que não houve necessidade de medidas tão extremadas. Quer saber a melhor coisa de ensinar? Ver aquele momento em que um garoto descobre o seu talento. Não há sentimento igual na Terra. Mike sabia que os colegas de time ririam dele, mas aceitou o papel mesmo assim.

E é claro que o treinador Borman não gostou. Os treinadores Borman do mundo não gostam nunca. Nesse caso, entretanto, não havia muito que pudesse fazer, ainda mais com Mimi Corcoran do meu lado. Sem dúvida não podia afirmar que precisava de Mike para os treinos de futebol em abril e maio. Portanto, foi obrigado a chamar o seu melhor atacante de Clark Gable. Há marmanjos que não conseguem se livrar da ideia de que representar é para meninas e bichas que *gostariam* de ser meninas. Gavin Borman era esse tipo de pessoa. Na cervejada anual de Primeiro de Abril de Don Haggarty, ele se queixara que eu punha "ideias na cabeça daquele bobalhão".

Eu lhe disse que ele tinha direito à sua opinião; como todos os panacas, cada um tem a sua. Depois me afastei, deixando-o com um copo de papel na mão e um ar perplexo no rosto. Os treinadores Borman do mundo também estão acostumados a conseguir o que querem com um tipo de intimidação jocosa e ele não conseguiu entender porque não funcionava com aquele reles substituto que, na última hora, ocupara o lugar do diretor Alfie Norton. Eu mal poderia explicar a Borman que matar um homem para impedir que ele mate a esposa e os filhos é capaz de mudar alguém.

Basicamente, o treinador nunca teve chance. Escalei alguns jogadores de futebol como moradores da cidade, mas quis ter Mike como Lennie desde o momento em que ele abriu a boca e disse: "Eu me lembro dos coelhos, George!"

Ele *se tornou* Lennie. Ele não sequestrava apenas os nossos olhos — porque era danado de grande —, mas também o coração dentro do peito. A gente se esquecia de tudo, do mesmo modo que todos se esqueciam das preocupações do cotidiano quando Jim LaDue sumia lá atrás para dar um passe. Mike podia ter sido construído para esmagar a linha adversária em humilde obscuridade, mas fora *feito* — por Deus, se essa divindade existe; por um lançamento de dados genéticos, caso contrário — para subir no palco e sumir em outra pessoa.

— Foi brincadeira para todo mundo, menos para você — disse eu.

— Para mim também. No começo.

— Porque no começo você não sabia.

— Não. Não sabia. — Rouco. Quase sussurrando. Ele baixou a cabeça porque as lágrimas estavam chegando de novo e ele não queria que eu visse. O treinador o chamara de Clark Gable, e se eu chamasse o homem às falas, ele afirmaria ter sido apenas uma piada. Brincadeira. Pilhéria. Como se não soubesse que o resto do time pegaria o apelido e continuaria. Como se não soubesse que aquela merda feria Mike de um jeito que ser chamado de Mike Polaco jamais conseguiria. Por que tem gente que *faz* isso com quem é talentoso? Será inveja? Medo? Ambos, talvez. Mas esse garoto tinha a vantagem de saber que era bom. E ambos sabíamos que o treinador Borman não era o verdadeiro problema. A única pessoa que poderia impedir Mike de subir no palco amanhã seria o próprio Mike.

— Você jogou futebol diante de plateias nove vezes maiores do que a que estará naquele auditório. Droga, quando vocês, rapazes, foram a Dallas para o campeonato regional em novembro passado, você jogou diante de dez ou doze mil pessoas. E elas *não* eram amistosas.

— O futebol é diferente. Quando entramos em campo, estamos todos usando os mesmos uniformes e capacetes. As pessoas só conseguem nos distinguir pelo número. Todo mundo está do mesmo lado...

— Há mais nove pessoas nessa peça com você, Mike, isso sem contar com os moradores da cidade que pus na peça para dar o que fazer aos seus colegas do futebol. Elas também são um time.

— Não é a mesma coisa.

— Talvez não. Mas uma coisa *é* a mesma: se você deixar eles na mão, essa merda se desfaz e todo mundo perde. Os atores, os contrarregras, as garotas menores que fizeram a publicidade e todos os que estão planejando vir para o espetáculo, alguns de ranchos a oitenta quilômetros daqui. Sem falar em mim. Eu perco, também.

— Acho que é assim — disse ele, olhando os pés. Eram pés grandes e poderosos.

— Eu poderia perder Slim ou Curley; era só mandar alguém pegar o livro e ler o papel. Acho que poderia até me dar ao luxo de perder a Mulher de Curley...

— Gostaria que Sandy fosse um pouco melhor — disse Mike. — Ela é linda de doer, mas quando acerta a fala, é por acaso.

Eu me permiti um cauteloso sorriso interno. Começava a achar que tudo ia dar certo.

— O que não suportaria — o que o *espetáculo* não suportaria — seria perder você ou Vince Knowles.

Vince representava George, o colega de estrada de Lennie, e, na verdade, *poderíamos* suportar a perda dele se ficasse gripado ou quebrasse o pescoço num acidente na estrada (sempre uma possibilidade, dado o modo como dirigia o caminhão da fazenda do pai). Eu faria o papel de Vince, se a necessidade surgisse, muito embora fosse grande demais para o papel e não precisasse apenas ler. Depois de seis semanas de ensaio, eu sabia tudo tão de cor quanto todos os meus atores. Mais do que alguns. Mas não poderia substituir Mike. Ninguém poderia substituí-lo, com a sua combinação inigualável de tamanho e talento real. Era ele a cola que segurava tudo.

— E se eu foder tudo? — perguntou, depois ouviu o que dissera e deu um tapa na boca.

Sentei-me ao lado dele no sofá. Não havia muito espaço, mas consegui. Nesse momento eu não estava pensando em John Kennedy, Al Templeton, Frank Dunning nem no mundo de onde viera. Naquele momento eu não pensava em nada, só nesse garoto grande... e na minha peça. Porque em algum momento ela *se tornara* minha, assim como essa época mais antiga, com os seus telefones compartilhados e gasolina barata, tinha se tornado minha. Naquele momento, eu me preocupava mais com *Ratos e homens* do que com Lee Harvey Oswald.

Mas me preocupava ainda mais com Mike.

Tirei a mão dele da boca. Pus numa coxa enorme. Pus as minhas mãos nos ombros dele. Olhei-o nos olhos.

— Me escute — disse. — Está me escutando?

— Sim, senhor.

— Você *não* vai foder tudo. Repita.

— Eu...

— *Repita.*

— Eu não vou foder tudo.

— O que você vai fazer é impressionar todo mundo. Isso eu lhe juro, Mike. — Segurando os ombros dele com mais força. Era como tentar afundar os dedos em pedras. Ele poderia ter me segurado e me quebrado sobre o joelho, mas só ficou ali sentado, me olhando com um par de olhos que eram humildes, esperançosos e ainda orlados de lágrimas. — Está me escutando? Eu juro.

4

O palco era uma cabeça de praia de luz. Além dele havia um lago de escuridão onde ficava a plateia. George e Lennie estavam à margem de um rio imaginário. Os outros homens tinham sido mandados embora, mas não demorariam; se aquele homem enorme de macacão com sorriso vago tinha de morrer com alguma dignidade, George teria de cuidar disso em pessoa.

— George? Pra onde eles foram?

Mimi Corcoran estava sentada à minha direita. Em algum momento, ela pegara a minha mão e a apertava. Com força, força, força. Estávamos na primeira fila. Do outro lado dela, Deke Simmons fitava o palco com a boca entreaberta. Era a expressão do fazendeiro que vê dinossauros comendo o capim do seu pasto do norte.

— Caçando. Foram caçar. Sente-se aí, Lennie.

Vince Knowles nunca seria ator — mais provavelmente seria um vendedor da Chrysler-Dodge de Jodie, como o pai —, mas um grande desempenho pode elevar todos os atores de uma produção, e isso acontecera naquela noite. Vince, que nos ensaios só obtivera uma ou duas vezes um nível sofrível de credibilidade (principalmente porque a carinha de rato inteligente *era* o George Milton de Steinbeck), absorvera algo de Mike. De repente, aí pela metade do primeiro ato, pareceu que ele finalmente percebia o que significava sair pela vida tendo um Lennie como único amigo, e entrara no papel. Agora, ao observá-lo empurrar para trás na cabeça o velho chapéu de feltro do figurino, achei que Vince se parecia com Henry Fonda em *As vinhas da ira*.

— George!

— Hem?

— Ocê não vai brigar comigo?

— Como assim?

— Cê sabe, George. — Sorrindo. O tipo de sorriso que diz *É, eu sei que sou imbecil, mas ambos sabemos que não tem outro jeito.* Sentado ao lado de George na margem imaginária do rio. Tirando o chapéu, jogando-o para o lado, despenteando o cabelo curto e louro. Imitando a voz de George. Mike acertara isso com facilidade assustadora no primeiro ensaio, sem nenhuma ajuda minha. — "Se eu tivesse sozinho, podia viver tão fácil. Podia arranjar emprego e não ter mais confusão." — Recuperando a própria voz... ou melhor, a voz de Lennie. — Posso ir embora. Você pode subir o morro e achar uma caverna, se não me quer.

Vince Knowles baixou a cabeça e, quando a ergueu e disse a próxima fala, a sua voz estava grossa e titubeante. Era um simulacro de tristeza que ele nunca conseguira, nem nos melhores ensaios.

— Não, Lennie, quero que você fique aqui comigo.

— Então fale como falou antes! Sobre outros sujeitos e sobre nós!

Foi então que ouvi o primeiro soluço baixo da plateia. Foi seguido por outro. E um terceiro. Isso eu não esperara, nem nos meus sonhos mais loucos. Um arrepio me passou pelas costas, e furtei uma olhada em Mimi. Ela ainda não chorava, mas o brilho líquido nos olhos me contou que logo choraria. É, até ela... aquela velha rija que ela era.

George hesitou e depois pegou a mão de Lennie, coisa que Vince nunca fizera nos ensaios. *Aquela coisa de mulherzinha*, dizia ele.

— Gente como nós... Lennie, gente como nós não tem família. Eles não têm ninguém que ligue pra eles. — Tocando a arma de brinquedo escondida debaixo do casaco com a outra mão. Puxando-a um pouco. Devolvendo. Depois enrijecendo-se e puxando-a por inteiro. Deixando-a junto à perna.

— Mas nós, não, George! Nós, não! Não é isso?

Mike sumira. O palco sumira. Agora só havia eles dois, e quando Lennie pediu a George que falasse sobre o ranchinho e os coelhos e viver da fartura da terra, metade da plateia chorava de forma audível. Vince chorava tanto que mal conseguiu proferir as últimas falas e dizer ao pobre e burro Lennie que olhasse para lá, o rancho onde iriam morar ficava lá. Se olhasse bem, conseguiria ver.

As luzes do palco se reduziram até a escuridão, Cindy McComas dessa vez fazendo a luz com perfeição. Birdie Jamieson, o zelador da escola, disparou um cartucho de festim. Uma mulher da plateia deu um gritinho. Esse tipo de reação costuma ser seguido por riso nervoso, mas nessa noite só houve o som de gente chorando nas cadeiras. Fora isso, silêncio. Foi assim durante dez segundos. Ou talvez fossem só cinco. Não importa, para mim pareceu eterno. Então o aplauso explodiu. Foi a melhor ovação que já ouvi na vida. As luzes da casa se acenderam. A plateia inteira estava em pé. As duas primeiras filas estavam reservadas para o corpo docente e, por acaso, olhei o treinador Borman. Juro que ele estava chorando também.

Duas filas atrás, onde todos os jogadores da escola estavam sentados juntos, Jim LaDue pulou de pé.

— *Você é o máximo, Coslaw!* — berrou. Isso provocou risos e vivas.

O elenco veio agradecer: primeiro os moradores jogadores de futebol, depois Curley e a Mulher de Curley, depois Candy e Slim e o resto dos trabalhadores da fazenda. O aplauso começou a morrer um pouco e então Vince saiu, corado e feliz, o rosto ainda molhado. Mike Coslaw veio por último, arrastando os pés como se estivesse envergonhado, depois erguendo os olhos com espanto cômico quando Mimi gritou "Bravo!".

Outros gritaram também e logo a plateia retumbava: *Bravo, Bravo, Bravo.* Mike fez uma reverência, passando o chapéu tão baixo que varreu o palco. Quando se levantou de novo, sorria. Mas era mais do que um sorriso; o seu rosto se transformara com a felicidade reservada para aqueles que finalmente têm permissão de ir até o fim do caminho.

Então, ele gritou:

— Sr. Amberson! Suba aqui, sr. Amberson!

O elenco começou a cantar: "Diretor! Diretor!"

— Não mate os aplausos — grunhiu Mimi ao meu lado. — Suba lá, seu imbecil!

Então subi, e os aplausos aumentaram de novo. Mike me agarrou, me abraçou, me ergueu, depois me pôs no chão e me deu um bom beijo no rosto. Todos riram, inclusive eu. Todos nos demos as mãos, as erguemos para a plateia e fizemos uma reverência. Enquanto eu escutava os aplausos, um pensamento me ocorreu, um que sombreou o meu coração. Em Minsk, eles eram recém-casados. Lee e Marina eram marido e mulher havia exatos dezenove dias.

5

Três semanas depois, pouco antes das férias de verão, fui a Dallas tirar algumas fotografias dos três apartamentos onde Lee e Marina morariam juntos. Usei uma pequena Minox, segurando-a na palma da mão e permitindo que a lente espiasse entre dois dedos abertos. Fiquei me sentindo ridículo — mais parecido com as caricaturas de sobretudo de *Spy vs. Spy* da revista *Mad* do que com James Bond —, mas aprendera a ser cauteloso com essas coisas.

Quando voltei para casa, o Nash Rambler azul-celeste de Mimi Corcoran estava estacionado junto ao meio-fio e Mimi se enfiava atrás do volante. Quando me viu, ela saiu de novo. Uma careta rápida lhe tensionou o rosto — dor ou esforço —, mas, quando subiu até a casa, usava o seu sorriso seco de sempre. Como se eu a divertisse, mas de um jeito bom. Nas mãos, trazia um envelope pardo grosso que continha as cento e cinquenta páginas de *O local do crime*. Eu finalmente cedera à insistência dela... mas isso fora apenas na véspera.

— Ou você gostou demais ou nunca passou da décima página — disse eu, pegando o envelope. — Qual dos dois?

Agora o sorriso dela parecia enigmático além de divertido.

— Como a maioria das bibliotecárias, eu leio depressa. Podemos entrar e conversar? Não estamos nem no meio de junho e já está um calorão.

Sim, ela suava, coisa que eu nunca vira. E parecia ter emagrecido. Nada bom para uma senhora que não tinha quilos para distribuir.

Sentada na minha sala com grandes copos de café gelado — eu na espreguiçadeira, ela no sofá —, Mimi deu a sua opinião.

— Gostei daquilo de o assassino se vestir de palhaço. Pode me chamar de pervertida, mas achei isso deliciosamente arrepiante.

— Se você for pervertida, eu também sou.

Ela sorriu.

— Tenho certeza de que você encontrará editora. No geral, gostei muito.

Fiquei um pouco ferido. *O local do crime* podia ter começado como camuflagem, mas se tornara mais importante para mim conforme fui me aprofundando. Era como memórias secretas. Memórias dos nervos.

— Esse "no geral" me faz lembrar de Alexander Pope, sabe, condenando com elogios leves?

— Não foi bem isso que quis dizer. — Mais restrições. — É só que... droga, George, não é isso que você devia estar fazendo. Você foi feito para ensinar. E se publicar um livro desses, nenhuma Secretaria de Educação dos Estados Unidos o contratará. — Ela fez uma pausa. — Exceto talvez em Massachusetts.

Não respondi. Fiquei sem fala.

— O que você fez com Mike Coslaw... o que você fez *por* Mike Coslaw... foi a coisa mais espantosa e maravilhosa que já vi.

— Mimi, não fui eu. Ele só é naturalmente tal...

— *Sei* que ele é naturalmente talentoso, isso ficou óbvio no instante em que ele pisou no palco e abriu a boca, mas vou lhe dizer uma coisa, meu amigo. Uma coisa que quarenta anos em escolas secundárias e sessenta anos de vida me ensinaram e me ensinaram bem. O talento artístico é muito mais comum do que o talento de *alimentar* o talento artístico. Qualquer pai ou mãe de mão pesada consegue esmagá-lo, mas alimentá-lo é muito mais difícil. Esse é um talento que você tem, e em volume muito maior do que o talento que produziu isto. — Ela deu um tapinha na pilha de páginas na mesinha de centro diante dela.

— Não sei o que dizer.

— Diga obrigado e me cumprimente pela minha avaliação arguta.

— Obrigado. E a sua percepção só é superada pela sua boa aparência. — Isso trouxe o sorriso de volta, mais seco do que nunca.

— Não saia do seu texto, George.

— Certo, dona Mimi.

O sorriso desapareceu. Ela se inclinou para a frente. Os olhos azuis atrás dos óculos estavam grandes demais, nadando no rosto. A pele sob o bronzeado estava amarelada, e as bochechas antes esticadas estavam ocas. Quando isso acontecera? Será que Deke notara? Mas isso era *ridiclo*, como diziam os garotos. Deke só notaria que as meias não combinavam quando fosse descalçá-las à noite. Provavelmente, nem assim.

Ela disse:

— Phil Bateman não ameaça mais se aposentar, ele já puxou o pino e jogou a granada, como diria o nosso delicioso treinador Borman. O que significa que há uma vaga na docência de inglês. Venha dar aulas em tempo integral na DCHS, George. Os garotos gostam de você e, depois da peça dos alunos, a comunidade acha que você só fica atrás de Alfred Hitchcock. Deke só espera receber o seu pedido: ele me disse isso ontem à noite. Por favor. Publique isso com pseudônimo, se preciso for, mas venha ensinar. Foi para isso que você nasceu.

Eu queria muito aceitar, porque Mimi tinha razão. O meu trabalho não era escrever livros e sem dúvida não era matar gente, por mais que merecessem ser mortas. E havia Jodie. Chegara lá como um estranho desalojado de seu próprio tempo e da sua cidade natal, e as primeiras palavras que tinham me dito ali — por Al Stevens, na lanchonete — tinham sido amistosas. Quem já sentiu saudades de casa ou se sentiu exilado de tudo e de todos que a definem, sabe como palavras de boas-vindas e sorrisos amistosos podem ser importantes. Jodie era a antiDallas, e agora um dos seus principais cidadãos me pedia que fosse um morador e não um visitante. Mas o divisor de águas se aproximava. Só que ainda não estava ali. Talvez...

— George? Você está com um ar muito *peculiar* no rosto.

— Isso se chama pensar. Vai me fazer o favor de permitir isso? — Ela pôs as mãos na bochecha e arredondou a boca num cômico O de desculpas.

— Pois trance o meu cabelo e me chame de Buckwheat.

Não prestei atenção porque estava ocupado folheando as anotações de Al. Não precisava mais olhá-las para fazer isso. Quando o novo ano letivo começasse em setembro, Oswald ainda estaria na Rússia, embora já tivesse começado a prolongada batalha da papelada para voltar aos Estados Unidos com a esposa e a filha, June, de quem Marina engravidaria a qualquer momento. Era uma batalha que Oswald acabaria vencendo, jogando as burocracias das superpotências uma contra a outra com esperteza instintiva (ainda que rudimentar), mas eles só desembarcariam do SS *Maasdam* e pisariam em solo americano no meio do ano seguinte. E quanto ao Texas...

— Mims, o ano letivo costuma terminar na primeira semana de junho, não é?

— Sempre. Os garotos que precisam de emprego no verão têm de arranjá-los.

... quanto ao Texas, os Oswald chegariam em 14 de junho de 1962.

— E qualquer contrato de professor que eu assinar será de experiência, certo? De um ano, por aí?

— Com opção de renovar se todas as partes estiverem satisfeitas, isso.

— Então você conseguiu um professor de inglês em experiência.

Ela riu, bateu palmas, levantou-se e abriu os braços.

— Maravilhoso! Abraços para a dona Mimi!

Abracei-a e a soltei depressa quando a ouvi quase gemer.

— Que diabos está errado com a senhora, madame?

Ela voltou ao sofá, pegou o café gelado e tomou um golinho.

— Vou lhe dar dois conselhos, George. O primeiro é nunca chamar de madame uma mulher do Texas caso você venha dos climas do Norte. Soa sarcástico. O segundo é nunca perguntar a *nenhuma* mulher que diabos está errado com ela. Experimente algo levemente mais delicado, como "Está se sentindo bem?"

— Está?

— Por que não estaria? Vou me casar.

A princípio não consegui combinar esse zigue específico com o zague correspondente. Só que o ar sério nos olhos dela indicava que não estava "zigueando" nada. Estava contornando alguma coisa. Provavelmente nada bom, também.

— Diga "Parabéns, dona Mimi".

— Parabéns, dona Mimi.

— Deke fez o pedido há quase um ano. Recusei, dizendo que era cedo demais depois da morte da mulher dele e o povo ia falar. Com o passar do tempo, esse argumento ficou menos eficaz. Duvido que houvesse tanta falação, afinal de contas, dada a nossa idade. Moradores de cidade pequena entendem que pessoas como Deke e eu não podem se dar tanto assim ao luxo de manter o recato depois que a gente chega, digamos, a um certo platô de maturidade. A verdade é que eu gostava da situação do jeito que estava. O velho me ama muito mais do que eu o amo, mas *gosto* muito dele, e, corro o risco de deixar você sem graça, nem as senhoras que chegaram a um certo platô de maturidade são avessas a uma brincadeirinha sábado à noite. Estou deixando você sem graça?

— Não — respondi. — Na verdade, você está me dando muito prazer.

O sorriso seco.

— Fascinante. Porque quando tiro os pés da cama pela manhã, a primeira coisa que penso quando encostam no chão é: "Haverá algum modo de dar prazer a George Amberson hoje? Se houver, qual é?"

— Não saia do seu papel, dona Mimi.

— Falou feito homem. — Ela deu um golinho no café gelado. — Eu tinha dois objetivos quando vim aqui hoje. Consegui o primeiro. Agora vou passar ao segundo, para que você possa continuar com o seu dia. Deke e eu vamos nos casar em 21 de julho, que é sexta-feira. A cerimônia será pequena e particular na casa dele — só nós, o pastor e alguns familiares. Os pais dele — são dinossauros bem vigorosos — virão do Alabama e a minha irmã, de San Diego. A recepção será uma festa no jardim da minha casa no dia seguinte. Das duas da tarde até as bêbadas da noite. Estamos convidando quase todo mundo da cidade. Haverá limonada e uma pinhata para os pequenos, churrasco e canecas de cerveja para os grandes e até uma banda de San-Antone. Ao contrário da maioria das bandas de San-Antone, acho que conseguem tocar *Louie Louie* além de *La Paloma*. Se não nos der o prazer da sua presença...

— Você ficará desolada?

— Ficarei mesmo. Vai reservar a data?

— Sem dúvida nenhuma.

— Ótimo. Deke e eu partiremos para o México no domingo, quando a ressaca dele se dissipar. Somos meio velhos para lua de mel, mas há certos recursos disponíveis ao sul da fronteira que não existem no Estado do Revólver.

Certos tratamentos experimentais. Duvido que funcionem, mas Deke tem esperanças. E, droga, vale a pena tentar. A vida... — Ela soltou um suspiro lamentoso. — A vida é doce demais para ser abandonada sem luta, não acha?

— Acho — respondi.

— Pois é. Então a gente se agarra. — Ela me olhou atentamente. — Vai chorar, George?

— Não.

— Ótimo. Porque isso me deixaria sem graça. Eu mesma talvez até chorasse, e isso não faço bem. Ninguém jamais escreveria um poema sobre as minhas lágrimas. Eu *grasno*.

— É muito grave? Se me permite perguntar?

— Bastante grave. — Isso ela disse sem dar muita importância. — Posso ter uns oito meses. Talvez um ano. Quer dizer, supondo que os tratamentos com ervas ou caroços de pêssego ou o que quer que haja no México não consigam uma cura mágica.

— Sinto muitíssimo saber disso.

— Obrigada, George. Expresso com delicadeza. Um pouco mais seria piegas.

Sorri.

— Tenho outra razão para convidar você para a nossa recepção, embora eu nem precise dizer que a sua companhia encantadora e as respostas faiscantes seriam suficientes. Phil Bateman não é o único a se aposentar.

— Mimi, não faça isso. Tire uma licença, se for preciso, mas...

Ela balançou a cabeça, decidida.

— Doente ou com saúde, quarenta anos já bastam. Já é hora de mãos mais jovens, olhos mais jovens e mentes mais jovens. Por recomendação minha, Deke contratou uma moça bem qualificada da Geórgia. Ela se chama Sadie Clayton. Estará na recepção, não conhece absolutamente ninguém e espero que você seja especialmente gentil com ela.

— sra. Clayton?

— Eu não diria isso. — Mimi me olhou ingenuamente. — Acho que ela pretende recuperar o nome de solteira em algum momento do futuro próximo. Depois de certas formalidades legais.

— Mimi, você está dando uma de casamenteira?

— De jeito nenhum — disse ela... e depois deu uma risadinha. — De jeito *quase* nenhum. Embora você seja o único professor da cadeira de inglês atualmente desapegado, e isso faz de você o candidato natural para atuar como mentor dela.

Achei que isso era um salto gigantesco na falta de lógica, principalmente para uma cabeça tão bem organizada, mas a acompanhei até a porta sem nada dizer. O que eu disse foi:

— Se for tão grave quanto diz, você deveria buscar tratamento *agora*. E não de algum curandeiro de Juarez. Você devia ir para a Cleveland Clinic. — Eu nem sabia se a Cleveland Clinic já existia, mas nesse momento nem liguei.

— Acho que não. Dada a opção entre morrer num quarto de hospital em algum lugar, toda crivada de tubos e fios, e morrer numa hacienda mexicana à beira-mar... como você gosta de dizer, sem chance. E também tem mais uma coisa... — Ela me olhou sem piscar. — A dor ainda não é muito forte, mas me disseram que ficará. No México, eles têm bem menos tendência a fingir moralismo a respeito de doses grandes de morfina. Ou Nembutal, se chegar a isso. Confie em mim, sei o que estou fazendo.

Com base no que acontecera a Al Templeton, achei que era verdade. Pus os braços em torno dela, dessa vez abraçando com muita suavidade. Beijei uma bochecha curtida.

Ela aguentou isso com um sorriso e depois escapuliu. Os olhos dela vasculharam o meu rosto.

— Gostaria de conhecer a sua história, meu amigo.

Dei de ombros.

— Sou um livro aberto, dona Mimi.

Ela riu.

— Que monte de merda. Você diz que é do Wisconsin, mas apareceu em Jodie com sotaque da Nova Inglaterra na boca e placas da Flórida no carro. Diz que vai a Dallas para pesquisar e o seu manuscrito finge ser *sobre* Dallas, mas os personagens dele falam como moradores da Nova Inglaterra. Na verdade, há alguns lugares em que os personagens chegam a dizer *aié*. É bom mudar isso.

E eu pensei que a reescrita fora tão inteligente.

— Na verdade, Mimi, na Nova Inglaterra se diz *aié?* e não *aié*.

— Anotado. — Ela continuou a vasculhar o meu rosto. Foi uma luta não baixar os olhos, mas consegui. — Às vezes me peguei até pensando se você não seria um visitante do espaço, como Michael Rennie em *O dia em que a Terra parou*. Que veio aqui analisar os nativos e contar para Alfa Centauro ou onde quer que seja que ainda há esperança para nós como espécie ou se deveríamos ser explodidos com raios de plasma antes de disseminar os nossos germes pelo resto da galáxia.

— Quanta imaginação — disse eu, sorrindo.

— Ótimo. Detestaria pensar que o planeta inteiro estava sendo avaliado pelo Texas.

— Se Jodie fosse usada como amostra, tenho certeza que a Terra seria aprovada com louvor.

— Gosta daqui, não gosta?

— Gosto.

— George Amberson é o seu nome verdadeiro?

— Não. Mudei-o por razões importantes para mim, mas sem importância nenhuma para os outros. Preferiria que você não revelasse isso. Por razões óbvias.

Ela fez que sim.

— Isso eu posso fazer. A gente se vê, George. Na lanchonete, na biblioteca... e na festa, é claro. Você será bonzinho com Sadie Clayton, não será?

— Bom como um bombom — disse eu, com um toque texano: *bão*. Isso a fez rir.

Quando ela foi embora, fiquei um tempão sentado na sala sem ler, sem ver TV. E trabalhar em algum dos meus manuscritos estava bem longe da minha cabeça. Pensava no emprego que acabara de aceitar: um ano de ensino de inglês em tempo integral na Denholm Consolidated High School, lar dos Lions. Decidi que não tinha do que me lamentar. Sabia rugir no intervalo com os melhores dentre eles.

Bom, uma coisa eu lamentava, mas não por mim. Quando pensava em Mimi e no seu estado atual, lamentava muitíssimo.

6

Na questão do amor à primeira vista, concordo com os Beatles: acredito que aconteça o tempo todo. Mas não aconteceu assim comigo e com Sadie, embora eu a abraçasse quando nos conhecemos e com a minha mão direita no seio esquerdo dela. Portanto, acho que também concordo com Mickey e Sylvia, que diziam que o amor é estranho.

A região centro-sul do Texas pode ser de um calor selvagem em meados de julho, mas o sábado da festa pós-casamento estava praticamente perfeito, com temperatura por volta dos 24 graus e muitas nuvens brancas e gordas correndo por um céu da cor de macacão desbotado. Longas persianas de sol e sombra deslizavam pelo quintal de Mimi, que ficava numa encosta suave que acabava num fiozinho de água lamacenta que ela chamava de riacho Sem Nome.

Havia bandeirinhas amarelas e prateadas — as cores da Denholm High — penduradas nas árvores e até uma pinhata, pendente e tentadora, num ramo que se projetava de um pinheiro. Nenhuma criança passava por ela sem lhe dar um olhar desejoso.

— Depois do jantar, as crianças receberão varas para bater nela — disse alguém logo atrás do meu ombro esquerdo. — Balas e brinquedos para todos os *niños*.

Virei-me e vi Mike Coslaw, resplandecente (e um tanto alucinatório) de jeans preto e justo e uma camisa branca de colarinho aberto. Um sombrero com cordão pendia-lhe nas costas e ele usava na cintura uma faixa multicolorida. Vi vários outros jogadores de futebol, inclusive Jim LaDue, vestidos da mesma maneira semirridícula, circulando com bandejas. Mike segurava a sua com um sorriso levemente maroto.

— Canapé, señor Amberson?

Peguei um camarãozinho num palito e o mergulhei no molho.

— Bela fantasia. Lembra o Ligeirinho.

— Nem comece. Se quiser ver uma fantasia *real*, dê só uma olhada em Vince Knowles. — Ele apontou para além da rede onde um grupo de professores jogava uma partida desajeitada mas entusiástica de vôlei. Vi Vince vestido de fraque e cartola. Estava cercado de crianças fascinadas que observavam enquanto ele puxava echarpes do ar. Funcionava bem quando se era jovem o suficiente para não ver a próxima aparecendo dentro da manga. O bigode de graxa de sapato brilhava ao sol.

— Em termos gerais, prefiro Cisco Kid — disse Mike.

— Tenho certeza de que vocês todos são garçons maravilhosos, mas, em nome de Deus, quem convenceu vocês a se fantasiarem? E o treinador sabe?

— Tem de saber, ele está aqui.

— É? Não vi.

— Ele está lá na churrasqueira, discutindo com o Clube dos Torcedores. Quanto à roupa... a dona Mimi sabe ser bem convincente.

Pensei no contrato que assinara.

— Eu sei.

Mike baixou a voz.

— Todos sabemos que ela está doente. Além disso... É como representar. — Ele assumiu uma pose de toureiro; nada fácil quando se leva uma bandeja de canapés. — *¡Arriba!*

— Nada mau, mas...

— Eu sei, ainda não estou bem dentro do papel. Preciso *mergulhar*, não é?

— Funciona com Marlon Brando. Como vai ser com vocês este outono, Mike?

— Último ano? Com Jim no bolso? Eu, Hank Alvarez, Chip Wiggins e Carl Crockett na linha? Vamos para o estadual, e aquelas bolas de ouro vão para a estante dos troféus.

— Gosto da sua atitude.

— Vai fazer uma peça neste outono, sr. Amberson?

— Esse é o plano.

— Bom. Ótimo. Guarde um papel para mim... mas, com o futebol, terá de ser um papel pequeno. Dê uma olhada na banda, eles não são ruins.

A banda era muito acima de não ruim. O logotipo no bumbo proclamava que eram The Knights, os cavaleiros. O cantor adolescente contou até três e o grupo começou a tocar uma versão quente de *Ooh, My Head*, a antiga canção de Ritchie Valens — não tão antiga assim no verão de 1961, embora Valens tivesse morrido quase dois anos antes.

Peguei a minha cerveja num copo de papel e andei até mais perto do palco. A voz do garoto era conhecida. O teclado também, que soava como se quisesse desesperadamente ser um acordeão. E de repente clicou. O garoto era Doug Sahm, e dali a não muitos anos ele teria seus próprios sucessos: *She's About a Mover*, por exemplo, *Mendocino*, outro exemplo. Isso seria durante a invasão britânica, e o grupo, que basicamente tocava rock *tejano*, adotaria um nome pseudobritânico: The Sir Douglas Quintet.

— George? Venha cá conhecer alguém.

Eu me virei. Mimi descia a encosta gramada com uma mulher atrás. A minha primeira impressão de Sadie — a primeira impressão de todo mundo, não tenho dúvida — foi a sua altura. Ela usava sapatilhas, como quase todas as mulheres lá, sabendo que passariam a tarde e a noite andando ao ar livre, mas essa era uma mulher que provavelmente usara salto alto pela última vez no próprio casamento, e mesmo nessa ocasião deve ter escolhido um vestido que escondesse apenas mais um par de sapatos baixos ou quase sem salto, para que não ficasse muito mais alta do que o noivo quando estivessem junto ao altar. Tinha pelo menos um metro e oitenta, talvez um pouco mais. Eu ainda era uns oito centímetros mais alto do que ela, mas fora o treinador Borman e Greg Underwood do departamento de História, provavelmente era o único homem assim na festa. E Greg era um varapau. Na gíria da época, Sadie era muito bem-torneada. Ela sabia e tinha mais vergonha do que orgulho disso. Dava para saber pelo jeito como andava.

Sei que sou um pouco grande demais para ser considerada normal, dizia o andar. Os ombros diziam mais: *Não é culpa minha, só cresci assim. Como Topsy, o elefante.* Ela usava um vestido sem mangas estampado com rosas. Os braços eram bronzeados. Passara um pouco de batom cor-de-rosa, mas não havia mais maquiagem.

Não amor à primeira vista, disso tenho bastante certeza, mas me lembro daquela primeira visão com clareza surpreendente. Se eu lhe dissesse que me lembro com clareza parecida da primeira vez que vi Christy ex-Epping, estaria mentindo. É claro que foi num salão de dança e estávamos ambos meio altos, então talvez eu tenha uma boa desculpa.

Sadie era bonita de um jeito sem artifícios de garota americana, o que se vê é o que se tem. Era outra coisa também. No dia da festa, achei que essa outra coisa era apenas a simples falta de jeito de quem é grande. Mais tarde descobri que ela não era nada desajeitada. Na verdade, ficava muito longe disso.

Mimi parecia bem — ou, pelo menos, não pior do que no dia em que fora à minha casa e me convencera a ensinar em horário integral —, mas *usava* maquiagem, o que era incomum. Não escondia as olheiras, provavelmente causadas por uma combinação de dor com falta de sono, nem as novas rugas no canto da boca. Mas sorria, e por que não? Tinha se casado com o companheiro, dado uma festa que obviamente era um enorme sucesso e trouxera uma moça bonita num bonito vestido de verão para conhecer o único professor de inglês que podia ser seu pretendente.

— Oi, Mimi — disse eu, começando a subir a leve encosta na direção dela, num caminho sinuoso em torno das mesas de carteado (emprestadas pelo Clube dos Veteranos da América) em que mais tarde todos se sentariam para comer churrasco e assistir ao pôr do sol. — Parabéns. Acho que agora vou ter de me acostumar a chamar você de sra. Simmons.

Ela deu o seu sorriso seco.

— Por favor, continue a usar Mimi, é assim que estou acostumada. Há um novo integrante do corpo docente que quero que conheça. Esta é...

Alguém deixara de empurrar para debaixo da mesa uma das cadeiras dobráveis e a grande moça loura, já me estendendo a mão e compondo o seu sorriso prazer-em-conhecer tropeçou e despencou para a frente. A cadeira veio com ela, virando de pernas para o ar, e vi o potencial de um acidente horrível se uma das pernas a atingisse na barriga.

Larguei na grama o meu copo de cerveja, dei um passo gigantesco à frente e a segurei quando ela caiu. O meu braço esquerdo passou em torno da cintura dela. A mão direita aterrissou mais acima, segurando algo quente, redondo e levemente macio. Entre a minha mão e o seio dela, o algodão do vestido escorregou sobre o nylon ou a seda lisa do que quer que ela usava por baixo. Foi uma apresentação íntima, mas tínhamos os ângulos contundentes da cadeira como acompanhantes e, embora eu cambaleasse um pouco contra o ímpeto dos seus cerca de setenta quilos, me aguentei em pé e ela também.

Tirei a mão da parte dela que raramente é segurada quando estranhos são apresentados e disse:

— Olá, eu me chamo... — *Jake*. Por pouco não dei o meu nome do século XXI, mas o segurei no último instante. — Eu me chamo George. Muito prazer em conhecê-la.

Ela corava até a raiz do cabelo. Eu também, provavelmente. Mas ela teve a clemência de rir.

— Prazer em conhecer. Acho que você acabou de me salvar de um terrível acidente.

Provavelmente, sim. Porque era isso, entende? Sadie não era desajeitada, era dada a acidentes. Era divertido até que a gente percebesse o que acontecia, na verdade: um tipo de perseguição. Mais tarde ela me contou que fora ela a garota a prender a bainha do vestido na porta do carro quando chegou com o acompanhante ao baile de formatura do secundário e conseguiu rasgar a saia bem na hora em que iam entrar. Ela foi a mulher em torno da qual os bebedores enguiçavam, molhando-lhe a cara; a que conseguia pôr fogo numa caixa de fósforos inteira ao acender o cigarro, queimando os dedos ou chamuscando o cabelo; cuja alça de sutiã arrebentava na Festa dos Pais ou que encontrava enormes fios puxados na meia logo antes de reuniões escolares nas quais teria de falar.

Ela prestava atenção na cabeça ao passar pelas portas (como toda gente alta e sensata aprende a fazer), mas as pessoas tinham a tendência a abri-las descuidadamente na cara dela quando chegava perto. Ficara presa em elevadores três vezes, uma delas durante duas horas, e, no ano anterior, numa loja de departamentos em Savannah, a escada rolante recentemente instalada mastigara um dos seus sapatos. É claro que, naquela hora, eu não sabia de nada disso; naquela tarde de julho, eu só sabia que uma mulher bonita de cabelo louro e olhos azuis caíra nos meus braços.

— Vejo que você e a srta. Dunhill já estão se dando de forma *excelente* — disse Mimi. — Vou deixá-los à vontade para se conhecerem.

Então, pensei, *a mudança de sra. Clayton para srta. Dunhill já se efetuou, com ou sem formalidades legais.* Enquanto isso, a cadeira estava presa na terra por uma das pernas. Quando Sadie tentou puxá-la, a princípio ela não saiu.

Quando saiu, o encosto passou rapidamente pela sua coxa, erguendo a saia e revelando a meia até a liga, no alto. Que era tão rosa quanto as rosas do vestido. Ela soltou um gritinho de exasperação. O corado escureceu até um alarmante tom de tijolo.

Peguei a cadeira e a pus de lado com firmeza.

— Srta. Dunhill... Sadie... se já houve uma mulher que precisasse de uma cerveja gelada, essa só pode ser você. Venha comigo.

— Obrigada — disse. — Sinto muito. A minha mãe me dizia para nunca me jogar nos homens, mas nunca aprendi.

Enquanto a levava rumo à linha de barris, apontando vários integrantes do corpo docente pelo caminho (e segurando-lhe o braço para desviá-la de um jogador de vôlei que pareceu que colidiria com ela ao correr de costas para devolver um saque alto), tive certeza de uma coisa: poderíamos ser colegas e poderíamos ser amigos, talvez bons amigos, mas nunca seríamos mais do que isso, não importavam as esperanças de Mimi. Numa comédia estrelada por Rock Hudson e Doris Day, a nossa apresentação seria classificada, sem dúvida alguma, como "engraçadinha", mas, na vida real, diante de uma plateia que ainda sorria, fora apenas desajeitada e embaraçosa. Sim, ela era bonita. Sim, era muito bom andar com uma moça tão alta e ser mais alto ainda. E é claro que eu gostara da firmeza macia daquele seio, envolto na sua fina camada dupla de algodão recatado e nylon sexy. Mas, a não ser quando temos 15 anos, uma segurada acidental numa festa ao ar livre não se classifica como amor à primeira vista.

Arranjei uma cerveja para a recém-nomeada (ou renomeada) srta. Dunhill e ficamos conversando perto do bar improvisado durante o tempo devido. Rimos quando o pombo que Vince Knowles alugara para a festa tirou a cabeça de dentro da cartola e lhe bicou o dedo. Apontei mais educadores da Denholm (muitos já pegando o Expresso do Álcool para sair de Sobriedadópolis). Ela disse que nunca conseguiria conhecer todos e lhe garanti que conseguiria, sim. Disse a ela que me chamasse caso precisasse de alguma ajuda. O número devido de minutos, os temas de conversa esperados. Depois ela me agradeceu de novo por salvá-la de um tombo horrível e foi ver se conseguia ajudar a reunir as crianças na turba destruidora de pinhatas em que elas logo se transformariam. Observei-a se afastar, não com amor, mas com um pouco de luxúria; admito que pensei um pouco na barra da meia e na liga cor-de-rosa.

Os meus pensamentos voltaram a ela naquela noite quando me preparava para dormir. Ela enchia um monte de espaço de um jeito bem legal, e o meu olho não fora o único a seguir o balanço agradável do seu avanço no vestido estampado, mas realmente era só isso. O que mais poderia haver? Eu lera um livro chamado *Uma esposa confiável* um pouco antes de partir na viagem mais estranha do mundo e, quando me deitei, uma frase dele me passou pela cabeça: "Ele perdera o hábito do romance."

Esse sou eu, pensei ao apagar a luz. *Totalmente desabituado*. Então, enquanto os grilos cantavam para eu dormir: *Mas não foi só o seio que foi legal. Foi o peso dela. O peso dela nos meus braços.*

No fim das contas, eu não perdera de jeito nenhum o hábito do romance.

7

Em Jodie, agosto era um forno, com temperatura todo dia acima dos trinta graus e às vezes chegando aos quarenta. O ar-condicionado da minha casa alugada em Mesa Lane era bom, mas não o suficiente para suportar esse tipo de ataque continuado. Às vezes, quando havia uma chuvarada refrescante, as noites eram um pouco melhores, mas não muito.

Eu estava na minha escrivaninha na manhã de 27 de agosto, trabalhando em *O local do crime* usando shorts de basquete e nada mais, quando a campainha tocou. Franzi a testa. Era domingo, eu ouvira o som de sinos de igreja a competir não fazia muito tempo e a maioria das pessoas que conhecia frequentava um dos quatro ou cinco locais de culto da cidade.

Enfiei uma camiseta e fui até a porta. O treinador Borman estava lá em pé com Ellen Dockerty, a ex-chefe do Departamento de Economia Doméstica e diretora em exercício da DCHS durante o próximo ano; sem que ninguém se surpreendesse, Deke entregara o pedido de aposentadoria no mesmo dia em que Mimi entregara o dela. O treinador estava enfiado num terno azul-marinho com uma gravata berrante que parecia estrangular o seu toco de pescoço. Ellen usava um tailleur cinzento severo aliviado por um chafariz de renda na garganta. Pareciam solenes. A primeira coisa em que pensei, tão convincente quanto maluca: *Eles sabem. De algum jeito eles sabem quem sou e de onde vim. Estão aqui para me contar.*

Os lábios do treinador Borman tremiam e, embora Ellen não soluçasse, lágrimas enchiam os seus olhos. Então eu soube.

— É Mimi?

O treinador fez que sim.

— Deke me ligou. Chamei Ellie — geralmente a levo à igreja — e estamos avisando todo mundo. Primeiro aqueles de quem ela gostava mais.

— Sinto muito saber disso — disse eu. — Como está Deke?

— Parece estar se aguentando — disse Ellen, e depois deu uma olhada no treinador com alguma aspereza. — Pelo menos de acordo com ele.

— É, ele está bem — disse o treinador. — Meio derrubado, claro.

— Claro que sim — disse eu.

— Ele vai mandar cremá-la. — Os lábios de Ellen se contorceram com desaprovação. — Disse que é o que ela queria.

Pensei no caso.

— Deveríamos fazer uma espécie de reunião especial quando as aulas começarem. Podemos fazer isso? Alguns poderiam falar. Talvez pudéssemos passar alguns slides. O pessoal deve fotos dela aos montes.

— Que ideia maravilhosa — disse Ellen. — Pode organizar isso, George?

— Gostaria de tentar.

— Peça à srta. Dunhill para ajudar. — E, antes que a desconfiança de mais casamenteirismo pudesse começar a me passar pela cabeça, ela acrescentou: — Acho que ajudará os meninos e meninas que adoravam Mims saber que a substituta que ela escolheu ajudou a planejar a reunião em sua homenagem. Ajudará Sadie também.

É claro que ajudaria. Como recém-chegada, seria bom para ela ter uma pequena reserva de boa vontade ao começar o ano.

— Tudo bem, falo com ela. Obrigado aos dois. Vocês estão bem?

— Claro — disse o treinador, resoluto, mas os seus lábios ainda tremiam. Gostei dele por isso. Os dois voltaram lentamente até o carro dele, estacionado junto ao meio-fio. O treinador estava com a mão no cotovelo de Ellen. Gostei dele por isso também.

Fechei a porta, sentei-me no banco do projetinho de saguão e pensei em Mimi dizendo que ficaria desolada se eu não assumisse a peça dos alunos. E se eu não assinasse o contrato para ensinar em horário integral durante pelo menos um ano. E também se eu não fosse à sua festa de casamento. Mimi, que achava que o lugar de *O apanhador no campo de centeio* era na biblioteca da escola e que não era avessa a uma brincadeirinha nas noites de sábado. Ela era um daqueles integrantes do corpo docente de quem as crianças se lembram muito depois de formadas e às vezes voltam para visitar quando não são mais crianças. O tipo que às vezes surge na vida de um aluno perturbado no momento mais importante e faz uma diferença das mais importantes.

Mulher virtuosa quem a achará?, pergunta o provérbio. *O seu valor muito excede ao de rubis. Busca lã e linho, e trabalha de boa vontade com suas mãos. Como o navio mercante, ela traz de longe o seu pão.*

Há mais roupas do que aquelas com que cobrimos o corpo, todo professor sabe disso, e comida não é só o que pomos na boca. A dona Mimi alimentara e vestira muitos. Inclusive eu. Fiquei ali sentado num banco que comprara num brechó em Fort Worth de cabeça baixa e o rosto nas mãos. Pensei nela, e fiquei tristíssimo, mas os meus olhos continuaram secos.

Nunca fui homem de chorar, como se diz.

8

Sadie concordou na mesma hora em me ajudar a organizar uma reunião em sua memória. Trabalhamos nisso nas duas últimas semanas daquele agosto escaldante, percorrendo a cidade para reunir palestrantes. Convenci Mike Coslaw a ler Provérbios, 31, que descreve a mulher virtuosa, e Al Stevens se voluntariou para contar a história — que eu nunca ouvira da própria Mimi — de como ela batizara o Prongbúrguer, a *spécialité de la maison*. Também recolhemos mais de duzentas fotografias. A minha predileta mostrava Mimi e Deke dançando o twist num baile da escola. Ela parecia estar se divertindo; ele parecia um homem com uma varinha de bom tamanho enfiada no cu. Juntamos as fotos na biblioteca da escola, onde a plaquinha com nome na escrivaninha dizia agora SRTA. DUNHILL em vez de DONA MIMI.

Nessa época, Sadie e eu nunca nos beijamos, nunca nos demos as mãos, nunca sequer nos entreolhamos por mais do que um vislumbre passageiro. Ela não falou do casamento desfeito nem das razões para ir da Geórgia para o Texas. Eu não falei do meu romance nem lhe contei do meu passado quase todo inventado. Falamos sobre livros. Falamos de Kennedy, cuja política externa ela considerava chauvinista. Discutimos o movimento nascente pelos direitos civis dos negros. Contei a ela da tábua sobre o riacho no fim do caminho atrás do posto Humble Oil na Carolina do Norte. Ela disse que vira instalações sanitárias parecidas para pessoas de cor na Geórgia e que achava que os seus dias estavam contados. Acreditava que a integração escolar viria, mas provavelmente só em meados da década de 70. Eu disse a ela que achava que seria mais cedo, impulsionada pelo novo presidente e pelo irmão caçula, procurador-geral da República.

Ela fez um muxoxo.

— Você tem mais respeito do que eu por aquele irlandês sorridente. Me diga, será que algum dia ele corta o cabelo?

Não nos tornamos amantes, mas ficamos amigos. Às vezes ela tropeçava nas coisas (inclusive nos próprios pés, que eram grandes) e certas vezes eu a segurava, mas não houve nenhum resgate tão memorável quanto o primeiro. Às vezes ela declarava que simplesmente *tinha* de fumar um cigarro, e eu a acompanhava até a área de fumar dos alunos, atrás da oficina de metal.

— Vou ficar triste de não poder vir aqui e me esparramar no banco com os meus jeans velhos — disse ela, certo dia. Isso foi menos de uma semana antes do reinício das aulas. — Há sempre tanta fumaça na sala dos professores...

— Algum dia tudo isso vai mudar. Será proibido fumar no terreno da escola. Tanto para os alunos quanto para os professores.

Ela sorriu. Era um bom sorriso, porque os lábios dela eram ricos e cheios. E devo dizer que os jeans caíam bem nela. As suas pernas eram compridas, *compridas*. Sem falar do recheio suficiente na traseira.

— Uma sociedade sem cigarros... Crianças negras e crianças brancas estudando lado a lado em perfeita harmonia... não admira que você esteja escrevendo um romance, que baita imaginação você tem. O que mais vê na sua bola de cristal, George? Foguetes para ir à Lua?

— Claro, mas provavelmente levará um pouco mais de tempo do que a integração racial. Quem lhe disse que estou escrevendo um romance?

— Dona Mimi — respondeu ela, e apagou o cigarro numa urna da meia dúzia cheia de areia. — Ela disse que era bom. E, por falar na dona Mimi, é melhor voltarmos ao trabalho. Acho que estamos quase lá com as fotografias, você não acha?

— Acho.

— E tem certeza de que tocar aquela música de *West Side Story* com a apresentação de slides não vai ficar piegas?

Eu achava que *Somewhere* era mais piegas do que Iowa e Nebraska somados, mas, de acordo com Ellen Dockerty, era a música preferida de Mimi.

Disse isso a Sadie, e ela riu com dúvidas.

— Não a conheci tão bem assim, mas com certeza não se parece com ela. Talvez seja a música favorita de *Ellie*.

— Agora que pensei melhor, parece muito provável. Escute, Sadie, quer ir comigo ao jogo de futebol na sexta-feira? Meio que para mostrar aos garotos que você está aqui antes do início das aulas na segunda?

— Adoraria. — Então ela parou, parecendo um pouco desconfortável. — Desde que você... você sabe... não tenha nenhuma ideia. Ainda não estou preparada para sair com ninguém. Talvez por muito tempo.

— Nem eu. — Provavelmente ela pensava no ex, mas eu pensava em Lee Oswald. Logo ele receberia de volta o passaporte americano. Então seria apenas uma questão de arrancar um visto soviético de saída para a esposa. — Mas às vezes amigos vão juntos ao jogo.

— Isso é verdade, vão mesmo. E gosto de ir aos lugares com você, George.

— Porque sou mais alto.

Ela me deu um soco no braço de brincadeira — um tipo de soco de irmã mais velha.

— Isso mesmo, camarada. Você é o tipo de homem para quem posso erguer os olhos.

9

No jogo, praticamente *todo mundo* ergueu os olhos para nós, e com leve espanto — como se fôssemos representantes de uma raça de seres humanos levemente diferente. Achei isso legal, e dessa vez Sadie não teria de se encolher. Ela usava um suéter Orgulho de Leão e os jeans desbotados. Com o cabelo louro preso num rabo de cavalo, parecia uma aluna do último ano do secundário. Uma aluna alta, provavelmente o centro do time de basquete feminino.

Ficamos sentados na Fila dos Professores e gritamos quando Jim LaDue atacou a defesa dos Arnette Bears com meia dúzia de passes curtos e depois uma bomba de sessenta metros que pôs a multidão de pé. No intervalo, o placar era Denholm 31, Arnette 6. Enquanto os jogadores saíam de campo e a banda de Denholm entrava com as tubas e os trombones balançando, perguntei a Sadie se ela queria um cachorro-quente e uma Coca.

— Pode apostar que sim, mas agora a fila vai estar no estacionamento. Espere até haver uma pausa no meio do segundo tempo ou coisa assim. Temos de rugir como leões e fazer o grito de Jim.

— Acho que você consegue fazer essas coisas sozinha.

Ela sorriu para mim e segurou o meu braço.

— Não, preciso de você para me ajudar. Sou nova aqui, esqueceu?

Com o toque dela, senti um arrepiozinho quente que não associei com amizade. E por que não? O rosto dela estava corado, os olhos faiscavam; sob os refletores e o céu azul esverdeado do crepúsculo do Texas a se aprofundar, ela estava mais do que linda. As coisas entre nós poderiam ter avançado mais depressa do que avançaram, a não ser pelo que aconteceu durante aquele meio-tempo.

A banda marchou do jeito que marcham as bandas das escolas secundárias, mantendo o passo mas não a afinação, berrando um pot-pourri que não dava para identificar direito. Quando terminaram, as animadoras de torcida trotaram até a linha dos cinquenta metros, largaram os pompons na frente dos pés e puseram as mãos no quadril.

— *Deem um L!*

Demos a elas o que pediram e, quando novamente importunados, fizemos-lhes o favor com um I, um O, um N e um S.

— *O que isso quer dizer?*

— LIONS! — Todo mundo na arquibancada da casa em pé batendo palmas.

— *Quem vai vencer?*

— LIONS! — Dado aquele placar, não havia muita dúvida quanto a isso.

— *Então vamos rugir!*

Rugimos da maneira tradicional, virando primeiro para a esquerda, depois para a direita. Sadie se entregou todinha, com as mãos em volta da boca, o rabo de cavalo voando de um ombro a outro.

O que veio em seguida foi o Grito de Jim. Nos três anos anteriores — sim, o nosso sr. LaDue começara como quarterback ainda quando calouro — o grito fora simplíssimo. As animadoras de torcida berravam algo como *"Vamos ouvir o Leão berrar! Quem é o craque que agora vai brilhar?"* E a multidão da cidade mugia *"JIM! JIM! JIM!"* Depois disso, as animadoras de torcida faziam mais algumas acrobacias e saíam correndo do campo, para que a banda do outro time pudesse entrar e tocar uma ou duas músicas. Mas este ano, talvez em homenagem à última temporada de Jim, o canto mudou.

Toda vez que a multidão berrava *"JIM!"*, as animadoras de torcida respondiam com a primeira sílaba do seu sobrenome, arrastando-a como se fosse uma importuna nota musical. Era novo, mas não complicado, e a multidão pegou na mesma hora. Sadie fazia o canto como os melhores dali até perceber que eu não. Eu só estava ali em pé, parado, boquiaberto.

— George? Está tudo bem?

Não consegui responder. Na verdade, mal a escutei. Porque a maior parte minha estava de volta a Lisbon Falls. Eu acabara de passar pela toca de coelho. Acabara de andar pela lateral do barracão de secagem e me enfiara debaixo da corrente. Tinha me preparado para encontrar o Homem do Cartão Amarelo, mas não para ser atacado por ele. E fui. Só que ele não era mais o Homem do Cartão Amarelo; agora era o Homem do Cartão Laranja. *Você não devia estar aqui*, dissera ele. *Quem é você? O que está fazendo aqui?* E quando comecei a lhe perguntar se já experimentara o AA para tratar do problema da bebida, ele dissera...

— George? — Agora ela parecia assustada, além de preocupada. — O que foi? Qual é o problema?

Os fãs tinham realmente adotado aquela coisa de chamado e resposta. As animadoras de torcida berravam *"JIM!"* e as criaturas da arquibancada respondiam berrando *"LA"*.

Foda-se, Jimla! Era isso que o Homem do Cartão Amarelo que se tornara o Homem do Cartão Laranja (embora ainda não o suicidado Homem do Cartão Preto) rugira para mim, e era isso o que eu ouvia agora, jogado de lá para cá como uma bola entre as animadoras de torcida e os dois mil e quinhentos fãs que as observavam.

— *JIMLA, JIMLA, JIMLA!*

Sadie agarrou o meu braço e me sacudiu.

— Fale comigo, moço! Fale comigo, porque estou ficando apavorada!

Virei-me para ela e consegui lhe dar um sorriso. Não foi fácil, podem acreditar.

— Acho que foi só uma queda de glicose. Vou buscar aquelas Cocas.

— Você não vai desmaiar, vai? Posso ir com você até o pronto-socorro se...

— Estou bem — disse eu, e então, sem pensar no que fazia, beijei a pontinha do nariz dela. Algum garoto berrou: *"Vamos lá, sr. A.!"*

Em vez de parecer irritada, ela mexeu o nariz como um coelho e sorriu.

— Então saia daqui. Antes que prejudique a minha reputação. E me traga um cachorro com molho de pimenta. Muito queijo.

— Sim, senhora.

O passado se harmoniza, isso eu já compreendera. Mas que música era aquela? Eu não sabia e ela me preocupou muito. Na calçada de concreto que levava à barraquinha de lanches, o canto se ampliava, me dando vontade de tapar os ouvidos com as mãos para bloqueá-lo.

— *JIMLA, JIMLA, JIMLA!*

QUARTA PARTE

SADIE E O GENERAL

CAPÍTULO 14

1

A reunião em memória de Mimi foi realizada no final do primeiro dia de aulas do novo ano letivo e, se for possível medir o sucesso pelos lenços úmidos, o espetáculo que eu e Sadie apresentamos foi uma sensação. Tenho certeza de que foi catártico para os garotos e acho que a própria dona Mimi teria gostado. *Gente sarcástica tende a ser um marshmallow debaixo da armadura*, dissera ela uma vez. *Não sou diferente.*

Os professores aguentaram a maior parte das eulógias. Foi Mike que começou a emocioná-los, com a recitação calma e sincera de Provérbios, 31. Depois, durante a exposição de slides, acompanhada pelo sentimentalismo de *West Side Story*, os professores se perderam de novo. Achei o treinador Borman especialmente divertido. Com as lágrimas correndo pelas bochechas coradas e soluços grandes e grasnados saindo do peito enorme, o guru do futebol americano de Denholm me lembrou o *segundo* pato preferido de todo mundo nos quadrinhos: Huguinho, o Bebê Gigante.

Cochichei essa observação a Sadie enquanto estávamos em pé, ao lado da telona com o desfile de imagens da dona Mimi. Ela também chorava, mas teve de sair do palco para os bastidores quando o riso primeiro brigou e depois venceu as lágrimas. Em segurança nas sombras, ela me olhou com repreensão... e depois me deu uma banana. Decidi que merecia. Fiquei me perguntando se a dona Mimi ainda acharia que eu e Sadie nos dávamos de forma excelente.

Achei que provavelmente acharia.

Escolhi *Doze homens e uma sentença* para a peça de outono, esquecendo, sem querer querendo, de informar à editora Samuel French Company que pretendia rebatizar a nossa versão de *O júri,* para pôr algumas meninas no elenco. Eu faria os testes no final de outubro e começaria os ensaios em 13 de novembro, depois do último jogo regular da temporada do Lions. Estava de olho em Vince Knowles para o jurado nº 8 — o teimoso representado por Henry Fonda no filme — e Mike Coslaw para o papel que eu considerava o melhor do espetáculo: o agressivo e sarcástico jurado nº 3.

Mas começara a me concentrar num espetáculo mais importante, que, em comparação, fazia o caso Frank Dunning parecer um reles esquete de vaudevile. Chamemos este de *Jake e Lee em Dallas*. Se tudo corresse bem, seria uma tragédia em um ato. Eu precisava estar pronto para entrar no palco quando chegasse a hora, e isso significava começar cedo.

2

Em 6 de outubro, os Denholm Lions venceram o quinto jogo de futebol americano a caminho de uma temporada invicta que seria dedicada a Vince Knowles, o garoto que representara George em *Ratos e homens* e que nunca teria oportunidade de atuar na versão de George Amberson de *Doze homens e uma sentença* — mais sobre isso adiante. Foi o começo de um fim de semana prolongado porque a segunda-feira seguinte era Dia de Colombo.

Fui passar o feriado em Dallas. A maioria das lojas estava aberta e a minha primeira parada foi numa das lojas de penhores da avenida Greenville. Disse ao homenzinho atrás do balcão que queria comprar a aliança de casamento mais barata que houvesse no estoque. Saí com uma faixa de ouro (pelo menos *parecia* de ouro) de oito pratas no terceiro dedo da mão esquerda. Depois fui ao centro da cidade, a uma loja na parte baixa da rua Principal que eu catara nas Páginas Amarelas de Dallas: a Eletrônica Satélite de Silent Mike — o microfone calado. Lá, fui recebido por um homenzinho bem-arrumado com óculos de chifre e um bóton estranhamente futurista no colete: NÃO CONFIE EM NINGUÉM, dizia.

— O senhor é Silent Mike? — perguntei.

— Sou.

— E é mesmo calado?

Ele sorriu.

— Depende de quem está escutando.

— Suponhamos que ninguém — disse eu, e lhe expliquei o que queria. Acontece que eu poderia ter poupado oito pratas, porque ele não tinha interesse nenhum na minha suposta esposa infiel. O equipamento que eu queria comprar é que interessava ao proprietário da Eletrônica Satélite. Nesse assunto, ele era Mike Loquaz.

— Senhor, podem ter equipamento assim no planeta de onde o *senhor* veio, mas com certeza não temos isso por aqui.

Isso me trouxe uma lembrança da dona Mimi me comparando ao visitante alienígena de *O dia em que a Terra parou*.

— Não sei o que quer dizer...

— O senhor quer um pequeno aparelho de escuta sem fio? Ótimo. Tenho vários naquele estojo de vidro bem aí à sua esquerda. Chamam-se rádios transístor. Tenho Motorola e GE, mas os japoneses fazem os melhores. — Ele pôs o lábio inferior para fora e soprou uma madeixa da testa. — Não parece um pontapé no traseiro? Nós os vencemos 15 anos atrás bombardeando duas cidades deles até virarem poeira radiativa, mas eles morreram? Não! Eles se escondem nos buracos até a poeira baixar e depois saem se arrastando armados com placas de circuito impresso e ferros de soldar em vez de metralhadoras Nambu. Em 1985, serão donos do mundo. Pelo menos da parte onde *eu* moro.

— Então não pode me ajudar?

— Está brincando? Claro que posso. Silent Mike McEachern tem sempre o prazer de atender às necessidades eletrônicas dos fregueses. Mas tem um preço.

— Estou disposto a pagar. Vai me poupar muito mais quando levar aquela cadela traidora aos tribunais para o divórcio.

— Há-há. Espere aí um minuto que vou buscar uma coisa nos fundos. E vire aquela placa na porta para FECHADO, por favor. Vou lhe mostrar uma coisa que provavelmente não é... bom, talvez *seja* legal, mas nunca se sabe. Silent Mike McEachern será advogado?

— Aposto que não.

O meu guia da eletrônica da década de sessenta reapareceu com um aparelho esquisito numa das mãos e uma caixinha de papelão na outra. O texto da caixa estava em japonês. O aparelho parecia um consolo para mocinhas duendes montado num disco de plástico preto. O disco tinha 7,5 centímetros de espessura e mais ou menos o diâmetro de uma moeda de 25 centavos, com um jorro de fios saindo dele. Ele o pôs no balcão.

— Este é um Echo. Fabricado bem aqui na cidade, filho. Se alguém consegue vencer os filhos de Nippon no jogo deles, somos nós. Em 1970, a eletrônica já terá substituído os bancos em Dallas. Guarde as minhas palavras. — Ele fez o sinal da cruz, apontou para o céu e acrescentou: — Deus abençoe o Texas.

Peguei o aparelho.

— O que exatamente é o Echo quando está em casa com os pés na almofada?

— É a coisa mais próxima do tipo de aparelho que o senhor me descreveu. É pequeno porque não tem nenhuma válvula e não funciona com pilhas. Funciona com a corrente alternada doméstica comum.

— É para ligar na tomada?

— Claro, por que não? A sua mulher e o namorado podem olhá-lo e dizer: "Que interessante, alguém pôs um microfone aqui quando saímos, vamos fazer uma festinha barulhenta e falar sobre todos os nossos assuntos particulares."

Ele era um gênio, tudo bem. Mas a paciência é uma virtude. E eu precisava do que eu precisava.

— Então o que se faz com isso?

Ele deu um tapinha no disco.

— Isso fica dentro da base de uma lâmpada. Não uma lâmpada de chão, a não ser que o senhor queira gravar os camundongos correndo por debaixo do assoalho, entende? Um abajur de mesa, para ficar na altura em que se fala. — Ele alisou os fios. — O vermelho e o amarelo se ligam no fio da lâmpada, o fio da lâmpada é ligado na tomada. O microfone fica calado até alguém ligar o abajur. Aí, bingo, você está no páreo.

— Essa outra coisa é o microfone?

— É, e para um microfone americano até que é bom. Agora... está vendo os dois outros fios? O azul e o verde?

— Hã-há.

Ele abriu a caixa de papelão com letras japonesas e tirou um gravador de fita. Era maior do que o maço de Winston de Sadie, mas não muito.

— Esses fios se ligam aqui. A unidade-base vai no abajur, o gravador fica numa gaveta da cômoda, quem sabe debaixo das calcinhas da sua mulher. Ou abra um furinho na parede e o deixe no armário.

— O gravador também recebe energia do fio do abajur.

— Naturalmente.

— Posso ficar com dois desses Echos?

— Posso lhe arranjar quatro, se quiser. Mas pode levar uma semana.

— Dois está bom. Quanto é?

— Coisas assim não são baratas. Um par vai lhe sair por cento e quarenta. É o melhor que posso fazer. E terá de ser em dinheiro. — Ele falava com um pesar que sugeria que tínhamos um lindo sonho tecnológico só nosso, mas agora o sonho estava quase no fim.

— Quando custaria para o senhor fazer a instalação? — Vi o susto dele e me apressei a desfazê-lo. — Não quero dizer o serviço clandestino real, nada disso. Só pôr os microfones num par de abajures e ligar os gravadores; isso o senhor pode fazer?

— É claro que posso, senhor...

— Digamos, sr. Doe. John Doe.

Os olhos dele faiscaram como imagino que faiscaram os de E. Howard Hunt quando ele viu pela primeira vez o desafio que seria o Hotel Watergate.

— Bom nome.

— Obrigado. E seria bom ter algumas opções com os fios. Algo curto, se eu conseguir colocar tudo perto, algo mais comprido, se eu precisar esconder o gravador num armário ou do outro lado da parede.

— Dá para fazer, mas não é bom que tenha mais de três metros, senão o som vira barulho. Além disso, quanto mais fio se usa, maior a probabilidade de alguém achar.

Isso, até um professor de inglês entenderia.

— Quanto pelo negócio todo?

— Hum... cento e oitenta?

Ele parecia disposto a barganhar, mas eu não tinha tempo nem vontade. Pus cinco notas de vinte no balcão e disse:

— Pago o resto quando vier buscar. Mas primeiro testamos e vemos se funciona, está bem?

— Tudo bem.

— Mais uma coisa. Arranje abajures usados. Meio sujos.

— Sujos?

— Como se tivessem sido arranjados numa venda de garagem ou num brechó por 25 centavos cada. — Depois de dirigir algumas peças (contando com as que montei na LHS, *Ratos e homens* fora a quinta), a gente aprende um pouco sobre cenários. A última coisa que eu queria era alguém furtando um abajur com microfones de um apartamento semimobiliado.

Por um instante ele pareceu não entender até que um sorriso cúmplice nasceu no seu rosto.

— Entendo. Realismo.

— É este o plano, Stan. — Parti para a porta e depois voltei, apoiei os antebraços na vitrine dos rádios transístores e olhei nos olhos dele. Não posso jurar que ele tenha visto o homem que matara Frank Dunning, mas também não tenho certeza de que não viu. — Não vai falar nada sobre isso, não é?

— Não! Claro que não! — Ele passou dois dedos sobre os lábios.

— É isso aí — disse eu. — Quando?

— Me dê uns dias.

— Voltarei na segunda que vem. A que horas fecha?

— Às cinco.

Calculei a distância de Jodie a Dallas e disse:

— Mais vinte se ficar aberto até as sete. Não consigo chegar aqui mais cedo. Assim está bom?

— Está.

— Ótimo. Esteja com tudo pronto.

— Estarei. Mais alguma coisa?

— Mais uma. Por que diabos você é Silent Mike?

Achei que ele ia dizer *Porque sei guardar segredo*, mas não disse.

— Quando garoto, achei que aquela música de Natal era sobre mim. E aí pegou.

Não perguntei nada, mas a meio caminho do carro entendi e comecei a rir.

Silent Mike, holy Mike.

Às vezes o mundo onde vivemos é um lugar estranhíssimo.

3

Quando voltaram aos Estados Unidos, Lee e Marina moraram numa triste sucessão de apartamentos baratos, inclusive aquele em Nova Orleans que eu já visitara, mas, com base nas anotações de Al, achei que só havia dois em que precisava me concentrar. Um ficava na rua West Neely, 214, em Dallas. O outro ficava em Fort Worth, e foi lá aonde fui depois da visita a Silent Mike.

Tinha um mapa da cidade, mas ainda precisei pedir instruções três vezes. No final, foi uma negra idosa que cuidava de uma lojinha que me apontou o caminho certo. Quando finalmente achei o que procurava, não me surpreendi que fosse difícil de localizar. O beco sem saída da rua Mercedes era de terra seca, sem pavimentação, cercado de casas decrépitas, um pouco melhores que barracos de meeiros. Dava para um estacionamento imenso e quase vazio onde rolos de mato seco eram soprados sobre o asfalto esburacado. Além do estacionamento ficavam os fundos de um depósito com paredes de cimento. Pintado nele com letras caiadas de 3 metros de altura, havia PROPRIEDADE DE MONTGOMERY WARD, INVASORES SERÃO PROCESSADOS e A POLÍCIA ESTÁ DE OLHO.

O ar fedia a petróleo decomposto, vindo da direção de Odessa-Midland, e a esgoto a céu aberto muito mais perto. O som de rock vazava de janelas abertas. Ouvi Dovells, Johnny Burnette, Lee Dorsey, Chubby Checker... e isso foi nos primeiros 40 metros, mais ou menos. Mulheres penduravam roupa em varais como cata-ventos enferrujados. Todas usavam vestidos provavelmente comprados em lojas populares e todas pareciam grávidas. Um garotinho imundo e uma menininha igualmente imunda estavam numa entrada de barro rachado e me observaram passar. Estavam de mãos dadas e eram parecidos demais para não serem gêmeos. O menino, nu a não ser por uma única meia, segurava um revólver de espoleta. A menina usava uma fralda despencada debaixo de uma camiseta do Clube do Mickey. Segurava um bebê de plástico tão imundo quanto ela. Dois homens de peito nu jogavam uma bola de futebol americano de lá para cá, cada um no seu quintal, ambos com o cigarro pendurado no canto da boca. Além deles, um galo e duas galinhas desgrenhadas ciscavam na terra perto de um cachorro magro que dormia ou morrera.

Parei diante do 2.703, lugar aonde Lee levaria a esposa e a filha quando não aguentasse mais o amor materno pernicioso e sufocante de Marguerite Oswald. Duas faixas de concreto levavam a um terreno vazio, de terra manchada de óleo onde, numa parte melhor da cidade, haveria uma garagem. A terra desolada e coberta de capim que se fingia de gramado estava atulhada de brinquedos baratos de plástico. Uma menininha de bermuda rosa esfarrapada chutava várias vezes uma bola de futebol contra a lateral da casa. Cada vez que a bola batia no revestimento de madeira, ela dizia: "*Tchumbá!*"

Uma mulher com o cabelo preso em rolos grandes e azuis e um cigarro colado no cuspe pôs a cabeça para fora da janela e berrou:

— Se continuar fazendo isso, Rosette, vou aí fora e lhe dou uma surra! — Depois ela me viu. — Que cê quer? Se for conta pra pagar, num posso fazer nada. Isso é com o meu marido. Ele foi trabalhar hoje.

— Não é conta — respondi. Rosette chutou a bola para mim com uma careta que se transformou num sorriso relutante quando a peguei com a lateral do pé e a devolvi suavemente. — Só quero falar com a senhora um instante.

— Então vai tê de esperar. Num tô decente.

A cabeça sumiu. Esperei. Rosette chutou a bola mais alto e mais longe dessa vez ("*Tchumbá!*"), mas consegui pegá-la com uma das mãos antes que batesse na casa.

— Num pode usar as mão, seu fidaputa — disse ela. — É pênalti.

— Rosette, o que foi que falei sobre o diabo dessa boca suja? — Mamãe veio até a porta, amarrando um lenço amarelo transparente sobre os rolos. Ficavam parecidos com insetos em casulos, do tipo que pode ser venenoso quando sair.

— Fidaputa velho e *fodido*! — gritou Rosette com voz aguda e saiu correndo pela rua Mercedes acima, na direção do depósito da Monkey Ward, chutando a bola e rindo feito louca.

— Que cê quer? — Mamãe tinha entre 22 e 50. Vários dentes tinham sumido e havia os restos desbotados de um olho roxo.

— Fazer algumas perguntas — respondi.

— Por que o que é da minha conta é da sua conta?

Puxei a carteira e lhe ofereci uma nota de cinco dólares.

— Não me faça perguntas e não direi mentiras.

— Ocê num é daqui. Parece ianque.

— Quer o dinheiro ou não, senhora?

— Depende das perguntas. Não vou lhe dizer o número do diabo do meu sutiã.

— Quero saber há quanto tempo mora aqui, pra começar.

— Aqui? Seis semanas, acho. Harry achou que podia arranjar emprego no depósito da Monkey Ward, mas eles num tão contratando. Aí ele foi pra Manpower. Sabe o que é?

— Mão de obra temporária?

— É, e ele tá trabalhando com um monte de preto. — Só que não era *trabalhando*, era *tabaiano*. — Nove dólar por dia trabalhando com um diabo de monte de preto do lado da estrada. Ele diz que é como estar de novo na Penitenciária do Oeste do Texas.

— Quanto pagam de aluguel?

— Cinquenta por mês.

— Mobiliado?

— Semi. Bom, por assim dizer. Tem um diabo de uma cama e um diabo de um fogão a gás que vai acabar matando a gente. E não vou deixar ocê entrar, nem peça. Não vejo diferença entre ocê e o diabo do Adão.

— Tem abajur e tal?

— Tá maluco, moço.

— Tem?

— Tem, dois. Um que funciona e outro que não. Num vou ficar aqui, diabo nenhum que vou. Ele fala que não quer voltar pra morar com a minha mãe em Mozelle, mas quem fala o que quer ouve o que não quer. Num vou ficar aqui. Tá sentindo o cheiro?

— Estou, sim, senhora.

— Isso é pura merda, meu filho. Não é merda de gato, nem merda de cachorro, é merda de gente. Trabalhar com os preto tudo bem, mas viver feito preto? Nada disso. Acabou?

Ainda não, embora gostasse. Estava com nojo dela, e com nojo de mim por me arriscar a julgar. Ela era prisioneira do seu tempo, das suas escolhas e dessa rua que cheirava a merda. Mas era dos rolos debaixo do lenço amarelo que eu não tirava os olhos. Insetos gordos e azuis aguardando para eclodir.

— Ninguém fica muito tempo aqui, então?

— Na rua Cedes? — Ela fez um gesto com o cigarro para o largo de terra batida que dava no estacionamento deserto e no vasto depósito cheio de coisas bonitas que ela nunca teria. Para os barracos grudados com os degraus de cimento esfarelado e janelas quebradas fechadas com pedaços de papelão. Para as crianças irritantes. Para os Fords, Hudsons e Studebaker Larks velhos e enferrujados. Para o céu implacável do Texas. Depois soltou um riso terrível cheio de diversão e desespero.

— Moço, isso aqui é um ponto de ônibus no caminho do nada. Eu e a pestinha vamos voltar pra Mozelle. Se Harry não quiser ir, a gente vai sem ele.

Tirei o mapa do bolso de trás da calça, rasguei uma tira e escrevi nele o meu telefone de Jodie. Depois, acrescentei outra nota de cinco dólares. Estendi tudo para ela. Ela olhou mas não pegou.

— Pra que vou querer o seu telefone? Não tenho nenhuma merda de telefone. E também não é Dallas nem Fort Worth. É uma merda de um terubano.

— Me ligue quando estiver prestes a mudar. É só o que peço. A senhora me liga e diz: "Moço, aqui é a mãe da Rosette e vamos mudar." É só isso.

Pude ver que ela calculava. Não demorou muito. Dez dólares era mais do que o marido ganhava trabalhando o dia inteiro sob o sol quente do Texas. Porque a Manpower nunca ouvira falar de hora extra nem de folga. E seriam dez dólares dos quais ele não ia saber.

— Me dê mais uns setenta centavo — disse ela. — Pro terubano.

— Pronto, fique com um dólar. Viva um pouco. E não esqueça.

— Não vou esquecer.

— Não, é melhor que não. Porque, se esquecer, quem sabe consigo achar o seu marido e conversar com ele. Isso é importante, senhora. Pra mim, é. Aliás, como se chama?

— Ivy Templeton.

Fiquei ali, na terra e no mato, cheirando merda, petróleo meio cozido e o aroma gordo e peidoso do gás natural.

315

— Moço? O que aconteceu? Você ficou todo esquisito.

— Nada — respondi. E talvez não fosse nada. Templeton está longe de ser um sobrenome incomum. É claro que a gente pode se convencer de qualquer coisa, se tentar bastante. Sou a prova falante e ambulante disso.

— E o *seu* nome?

— Puddentane — respondi. — Se me perguntar, é o que vou falar.

Com esse toque de rima infantil, ela finalmente abriu um sorriso.

— Me ligue, senhora.

— Tá, tá bom. Agora vá. Se encontrar aquela pestinha da minha filha pelo caminho, vai me fazer um favor.

Voltei a Jodie e achei um bilhete preso com tachinha na minha porta:

George,
> *Pode me ligar? Preciso de um favor.*
>> *Sadie (e esse é o problema!!)*

O que isso queria dizer? Entrei para telefonar para ela e descobrir.

4

A mãe do treinador Borman, que morava numa casa de repouso em Abilene, fraturara o quadril e naquele sábado era o Baile de maria cebola da DCHS.

— O treinador me convenceu a ciceronear o baile com ele! Ele disse, e estou citando: "Como pode resistir a um baile desses?" Foi na semana passada. E, como uma idiota, concordei. Agora ele vai para Abilene e onde é que eu fico? Ciceroneando duzentos garotos de 16 anos loucos por sexo dançando twist e chá-chá-chá? Acho que não vai dar! E se algum garoto levar cerveja?

Achei que o espantoso seria se não levassem, mas senti que era melhor não dizer.

— E se houver uma briga no estacionamento? Ellie Dockerty disse que uma turma de garotos de Henderson fechou o baile no ano passado e dois deles e dois nossos foram parar no hospital! George, você pode me ajudar nisso? *Por favor!*

— Quer dizer que acabei de ser mariacebolado por Sadie Dunhill? — Eu sorria. A ideia de ir ao baile com ela não me enchia exatamente de tristeza.

— Não brinque! Não tem graça!

— Sadie, é um prazer ir com você. Vai me trazer flores?

— Levo uma garrafa de champanhe, se for preciso. — Ela pensou melhor. — Não, isso não. Não com o meu salário. Então uma garrafa de espumante Cold Duck.

— As portas se abrem às sete e meia? — Na verdade, eu sabia que sim. Havia cartazes pela escola toda.

— Isso.

— E serão só discos. Sem música ao vivo. Isso é bom.

— Por quê?

— Música ao vivo pode criar problemas. Certa vez organizei um baile onde o baterista vendia cerveja feita em casa nos intervalos. *Essa* foi uma experiência agradável.

— Houve briga? — Ela parecia horrorizada. Fascinada, também.

— Não, mas houve muito vômito. O troço foi animado.

— Foi na Flórida?

Tinha sido em Lisbon High, em 2009, por isso disse a ela: sim, na Flórida. Também lhe disse que ficaria contente de ajudar a ciceronear o baile.

— Muitíssimo obrigada, George.

— O prazer foi meu, madame.

E foi mesmo.

5

O Grêmio Estudantil era responsável pelo baile e fez um belíssimo trabalho: muitas serpentinas de papel crepom pendiam das vigas do ginásio (em prata e ouro, é claro), um monte de ponche de ginger ale, biscoitos de limão e bolinhos vermelhos oferecidos pelas Futuras Donas de Casa da América. O Departamento de Artes — pequeno mas dedicado — contribuiu com um mural que mostrava a imortal maria cebola correndo atrás dos solteirões disponíveis em Brejo Seco. Mattie Shaw e Bobbi Jill, a namorada de Mike, fizeram quase tudo, e tinham razão de estar orgulhosos. Fiquei com vontade de saber onde estariam dali a sete ou oito anos, quando a primeira onda de feministas começasse a queimar sutiãs e fazer manifestações por direitos reprodutivos totais. Sem falar de camisetas dizendo coisas como NÃO SOU PROPRIEDADE e MULHER PRECISA TANTO DE HOMEM QUANTO PEIXE PRECISA DE BICICLETA.

O DJ e mestre de cerimônias da noite era Donald Bellingham, aluno do segundo ano. Ele chegou com uma coleção de discos superbacana numa, não, em duas malas Samsonite. Com a minha permissão (Sadie só pareceu perplexa), ele ligou o fonógrafo Webcor e o pré-amplificador do pai no sistema de som da escola. O ginásio tinha tamanho suficiente para oferecer reverberação natural e, depois de alguns guinchos de retorno preliminares, ele conseguiu um som retumbante que ficou fantástico. Embora nascido em Jodie, Donald era morador permanente de Rockville, no estado de Daddy Cool. Usava óculos de aro cor-de-rosa e lentes grossas, calças com cintinho atrás e sapatos bicolores tão grotescamente quadrados que eram uma loucura, meu chapa. O rosto era uma fábrica de espinhas em explosão debaixo de um cabelo cheio de Brylcreem penteado para trás à moda de Bobby Rydell. Parecia que receberia o primeiro beijo de uma moça de verdade por volta dos 42 anos, mas era rápido e engraçado com o microfone, e a sua coleção de discos (que ele chamava de "pilha de cera" e "o monte redondo de som de Donny B.") era, como já observado, a mais superbacana.

— Vamos começar esta festa com um sucesso do passado, uma relíquia do rock'n'roll, saída do cemitério dos bacanas, o suprassumo do legal, uma barbaridade, vamos sacudir o esqueleto ao som de *Danny... and the JOOONIERS!*

At the Hop fez a quadra explodir. O baile começou como a maioria deles no início da década de 60: só meninas dançando com meninas. Os pés de mocassim voavam. As anáguas regiravam. No entanto, dali a pouco o piso começou a se encher de casais menino-menina... pelo menos nas danças mais rápidas e atuais, coisas como *Hit the Road Jack* e *Quarter to Three*.

Poucos garotos estariam à altura de *Dançando com as estrelas*, mas eram jovens e entusiasmados e, obviamente, se divertiam muito. Vê-los me deixou contente. Mais tarde, se Donny B. não tivesse o bom senso de baixar um pouco as luzes, eu mesmo o faria. A princípio Sadie ficou nervosa, pronta para encrencas, mas esses garotos só tinham ido se divertir. Não havia hordas invasoras de Henderson nem de nenhuma outra escola. Ela viu isso e começou a relaxar um pouco.

Depois de uns quarenta minutos de música sem intervalo (e quatro bolinhos vermelhos), me inclinei para Sadie e disse:

— Hora de o inspetor Amberson fazer a primeira ronda no prédio e se assegurar de que ninguém lá no pátio está fazendo o que não deve.

— Quer que eu vá com você?

— Quero que você fique de olho na bacia de ponche. Se qualquer rapaz se aproximar dela com qualquer garrafa, mesmo que seja de xarope para tosse, quero que o ameace com eletrocução ou castração, o que quer que você ache que vá fazer efeito.

Ela se encostou na parede e riu até as lágrimas faiscarem no canto dos olhos.

— Saia daqui, George, você é *terrível*.

Saí. Fiquei contente de ter feito ela rir, mas, mesmo depois de três anos, era fácil esquecer como as piadas com nuances sexuais faziam muito mais efeito na Terra de Antigamente.

Peguei um casal aprontando num dos cantos mais escuros do lado leste da quadra — ele pesquisando o interior do casaco, ela aparentemente tentando lhe arrancar os lábios. Quando cutuquei o ombro do jovem pesquisador, eles se separaram num pulo.

— Deixem isso para mais tarde, depois do baile — disse eu. — Por enquanto, voltem à quadra. Andem devagar. Se acalmem. Tomem um ponche.

Eles foram, ela abotoando o casaco, ele andando um pouco curvado para a frente naquele conhecido andar de garoto adolescente chamado Passo das Bolas Estranguladas.

Duas dúzias de vaga-lumes vermelhos piscavam atrás da oficina de metal. Acenei e alguns garotos na área de fumantes acenaram de volta. Enfiei a cabeça no canto leste da oficina de madeira e vi algo de que não gostei. Mike Coslaw, Jim LaDue e Vince Knowles estavam ali amontoados, passando algo de um para o outro. Segurei o algo e icei-o acima da cerca de correntes antes que sequer soubessem que eu estava ali.

Jim pareceu se espantar um instante e depois me deu o sorriso preguiçoso de herói do futebol americano.

— Olá para o senhor também, sr. A.

— Me poupe, Jim. Não sou uma mocinha para você seduzir e com toda certeza não sou o seu treinador.

Ele ficou chocado e um pouco assustado, mas não vi no seu rosto a sensação do direito ofendido. Acho que, se fosse uma das grandes escolas de Dallas, talvez houvesse. Vince recuara um passo. Mike manteve o terreno, mas parecia abatido e sem graça. Não, era mais do que sem graça. Era absolutamente envergonhado.

— Uma garrafa num baile de discos — disse eu. — Não que eu esperasse que vocês seguissem todas as regras, mas por que são tão estúpidos na hora de ir contra elas? Jimmy, se você for pego bebendo e for expulso do time de futebol, o que acontece com a sua bolsa no Alabama?

— Provavelmente suspensa, acho — respondeu ele. — E só.

— Certo, e ficar fora um ano. Ter mesmo de tirar boas notas. O mesmo com você, Mike. E seria expulso do Clube de Teatro. É isso o que quer?

— Não, senhor. — Pouco mais do que um cochicho.

— E você, Vince?

— Não, há-há, sr. A. Absolutamente não. Ainda vamos fazer os jurados? Porque se formos...

— Não sabe nem calar a boca quando um professor o repreende?

— Sei, sim, sr. A.

— Vocês não terão passe livre meu da próxima vez, mas hoje é a sua noite de sorte. O que vão ganhar hoje é um conselho valioso: *não fodam o seu futuro.* Não por causa de meio litro de Five Star num baile de escola de que vocês nem se lembrarão daqui a um ano. Estão entendendo?

— Sim, senhor — respondeu Mike. — Sinto muito.

— Eu também — disse Vince. — Totalmente. — E fez o sinal da cruz, sorrindo. Alguns simplesmente são assim. E talvez o mundo precise de um quadro de espertinhos para animar as coisas, quem sabe?

— Jim?

— Sim, senhor — respondeu ele. — Por favor, não conte ao meu pai.

— Não, isso fica entre nós. — Dei uma olhada em todos. — Vocês, garotos, acharão muito lugar para beber no ano que vem, na faculdade. Mas não na nossa escola. Estão escutando?

Dessa vez, todos responderam sim, senhor.

— Agora entrem. Tomem um pouco de ponche para lavar o cheiro de uísque do hálito.

Eles foram. Dei um tempo a eles e os segui a distância, de cabeça baixa, as mãos enfiadas no fundo do bolso, pensando muito. *Não na nossa escola*, eu dissera. Nossa.

Venha dar aulas, dissera Mimi. *Foi para isso que você nasceu.*

Dois mil e onze nunca parecera tão distante quanto naquele momento. Bosta, Jake Epping nunca parecera tão distante. Um sax tenor grunhia e soprava numa quadra iluminada para a festa no fundo do coração do Texas. Uma brisa doce o levava pela noite. Um baterista fazia um rufo insidioso do tipo levante-da-cadeira-e-mexa-os-pés.

Acho que foi quando decidi que nunca voltaria.

6

O sax que grunhia e o baterista sensual eram a cozinha de um grupo chamado The Diamonds. A música era *The Stroll*. Mas os garotos não faziam a dança apropriada. Não direito.

O Stroll fora o primeiro passo que Christy e eu aprendemos quando começamos a ir às aulas de dança nas noites de quinta. É uma dança dois a dois, um tipo de quebra gelo em que cada casal desce dançando por um corredor de garotos e garotas que batem palmas. O que vi quando voltei à quadra era diferente. Ali os meninos e meninas se juntavam, giravam nos braços um do outro como se valsassem e se separavam outra vez, terminando do lado contrário de onde tinham partido. Quando separados, os pés se apoiavam no tornozelo e os quadris balançavam para a frente, movimento ao mesmo tempo sexy e encantador.

Enquanto eu observava ao lado da mesa dos petiscos, Mike, Jim e Vince entraram no lado dos rapazes. Vince não era lá grande coisa — dizer que dançava como um garoto branco seria um insulto aos garotos brancos do mundo inteiro —, mas Jim e Mike se moviam como os atletas que eram, ou seja, com graça inconsciente. Logo, quase todas as moças do outro lado os observavam.

— Estava começando a me preocupar com você! — gritou Sadie acima da música. — Está tudo bem lá fora?

— Tudo! — gritei de volta. — Que dança é essa?

— A Madison! Estão mostrando na TV, no programa Bandstand, o mês inteiro. Quer que eu lhe ensine?

— Senhora — disse eu, pegando-a pelo braço —, eu vou lhe ensinar. Os garotos viram que nos aproximávamos e abriram espaço, batendo palmas e gritando "*Vamos lá, sr. A.!*" e "*Mostre a ele o que sabe fazer, srta. Dunhill!*" Sadie riu e apertou o elástico que segurava o rabo de cavalo. O corado subiu alto nas faces, deixando-a mais do que bonita. Ela se apoiou nos calcanhares, batendo palmas e sacudindo os ombros com as outras meninas, depois avançou para os meus braços, os olhos erguidos para mim. Fiquei contente de ter altura suficiente para ela fazer isso. Giramos como um casalzinho num cata-vento de bolo de noiva e nos separamos. Abaixei-me e girei na ponta dos pés com as mãos para o alto, como Al Jolson cantando *Mammy*. Isso provocou mais aplausos e alguns gritinhos pré-Beatles das meninas. Eu não estava me exibindo (tudo bem, talvez um pouco); no geral, estava apenas feliz de dançar. Fazia muito tempo.

A música terminou, o sax que grunhia sumindo naquela eternidade de rock'n'roll que o nosso jovem DJ gostava de chamar de cemitério dos bacanas, e começamos a sair da pista.

— Céus, isso foi divertido — disse ela. Ela pegou o meu braço e o apertou. — *Você* é divertido.

Antes que eu respondesse, Donald berrou no sistema de som.

— Em homenagem a dois cicerones que sabem mesmo dançar, pela primeira vez na história da nossa escola, eis um sucesso do passado, sumido das rádios mas não do coração, uma barbaridade vinda diretamente da coleção de discos do meu pai, que ele não sabe que eu trouxe e se algum de vocês, gatões, contar a ele, vai ser uma baita encrenca. Vamos lá, roqueiros papo-firme, era assim que se fazia quando o sr. A e a srta. D. estavam no secundário!

Todos se viraram para nos olhar e... bem...

Sabe como é quando a gente sai à noite e vê a borda de uma nuvem se iluminar de dourado claro e sabe que a lua vai aparecer dali a um ou dois segundos? Foi a sensação que tive naquele momento, em pé no meio do balanço suave das serpentinas de papel crepom na quadra coberta de Denholm. Eu sabia o que ele ia tocar, eu sabia que íamos dançar e eu sabia *como* íamos dançar. Então lá veio aquela suave introdução com os metais:

Bá-dá-dá... bá-dá-da-di-dum...

Glenn Miller. *In the Mood*.

Sadie pôs as mãos para trás e puxou o elástico, soltando o rabo de cavalo. Ainda ria e começava a ondular os quadris só um pouquinho. O cabelo escorregou macio de um ombro a outro.

— Sabe dançar swing? — Erguendo a voz para ser ouvido acima da música. Sabendo que ela sabia. Sabendo que ela *dançaria*.

— Quer dizer, Lindy Hop? — perguntou ela.

— Foi o que eu quis dizer.

— Bom...

— Vá, srta. Dunhill — disse uma das meninas. — Queremos ver. — E duas amigas dela empurraram Sadie na minha direção.

Ela hesitou. Dei outra pirueta e estendi as mãos. Os garotos deram vivas quando entramos na pista de dança. Abriram espaço para nós. Eu a puxei para junto de mim e, depois de mínima hesitação, ela girou primeiro para a esquerda, depois para a direita, a linha A do *jumper* que usava dando-lhe apenas espaço suficiente para cruzar os pés ao avançar. Era a variação Lindy que Rique-do-dique e Bevvie-da-neve estudavam naquele dia de outono de 1958. Era o Hellzapoppin. É claro que era. Porque o passado se harmoniza.

Trouxe-a para mim pelas mãos dadas e depois a deixei se afastar. Nos afastamos. Então, como pessoas que treinaram esses passos durante meses (talvez com um disco tocado mais devagar numa área para piqueniques deserta), nos curvamos e chutamos, primeiro para a esquerda, depois para a direita. Os garotos riram e deram vivas. Tinham formado um círculo à nossa volta, marcando o ritmo com palmas, no meio do piso polido.

Nos juntamos e ela girou como uma bailarina turbinada sob as nossas mãos interligadas.

Agora você aperta para me dizer direita ou esquerda.

O apertão veio de leve na mão direita, como se o pensamento o convocasse, e ela girou de volta como uma hélice, o cabelo voando num leque que brilhou primeiro vermelho e depois azul sob as luzes. Ouvi várias meninas prenderem a respiração. Peguei-a e desci sobre um dos calcanhares com ela curvada debaixo do meu braço, torcendo feito louco para não arrebentar o joelho. Não arrebentei.

Subi. Ela veio comigo. Afastou-se e voltou para os meus braços. Dançamos sob as luzes.

Dançar é viver.

7

O baile terminou às onze, mas só subi com o Sunliner na entrada de garagem de Sadie quando eram 15 minutos de domingo. Uma das coisas que ninguém fala sobre o serviço glamoroso de ciceronear bailes de adolescentes é que são os cicerones que têm de verificar se tudo foi guardado e trancado depois que a música acaba.

Nenhum de nós disse muito no caminho de volta. Embora Donald tocasse várias outras músicas animadas e tentadoras de big bands e os garotos insistissem muito para que dançássemos o swing de novo, recusamos. Uma vez era memorável; duas seria indelével. Coisa talvez não muito boa numa cidade pequena. Para mim, já era indelével. Não conseguia parar de pensar na sensação dela nos meus braços nem na respiração rápida dela no meu rosto.

Desliguei o motor e me virei para ela. *Agora ela dirá "Obrigada por me salvar dessa" ou "Obrigada por uma noite maravilhosa" e pronto.*

Mas ela não disse nada disso. Ela não disse nada. Só me olhou. Cabelo nos ombros. Os dois botões de cima da camisa masculina de algodão desabotoados debaixo do *jumper*. Brincos cintilando. Então estávamos juntos, primeiro apalpando, depois agarrando com força. Era beijo, mas era mais do que beijo. Era como comer quando se está com fome ou beber quando se está com sede. Eu sentia o perfume dela e o seu suor limpo sob o perfume e sentia gosto de tabaco, leve mas ainda pungente, nos lábios e na língua. Os dedos dela escorregaram pelo meu cabelo (o mindinho passando só um instante na curva da orelha e me deixando arrepiado) e se travaram na minha nuca. Os polegares dela se moviam e se moviam. Acariciando a pele nua da nuca que certa vez, em outra vida, tinha sido coberta pelo cabelo. Passei a mão primeiro debaixo e depois em torno do cheio do seio e ela murmurou:

— Ah, obrigada, achei que ia cair.

— O prazer foi meu — respondi, e apertei de leve.

Ficamos talvez cinco minutos nos bolinando, respirando com mais força enquanto os carinhos ficavam mais ousados. O para-brisa do meu Ford se cobriu de vapor.

Então ela me empurrou e vi que as bochechas dela estavam molhadas. Em nome de Deus, quando ela começara a chorar?

— George, sinto muito — disse ela. — Não consigo. Estou apavorada demais. — O *jumper* dela estava no colo, revelando as ligas, a bainha da combinação, a espuma rendada da calcinha. Ela puxou a saia até os joelhos.

Achei que era por ser casada e, embora tivesse acabado, o casamento ainda importasse — era meados do século XX, não início do XXI. Ou talvez fossem os vizinhos. As casas pareciam às escuras e profundamente adormecidas, mas não se podia ter certeza, e, em cidades pequenas, novos pregadores e professores são sempre interessantes como tópicos de conversa. Acontece que eu estava errado em ambas as ideias, mas não tinha como saber.

— Sadie, você não precisa fazer nada que não queira. Eu não...

— Você não entende. Não é que eu não queira. Não é por isso que estou apavorada. É porque nunca fiz.

Antes que eu conseguisse dizer alguma coisa, ela saiu do carro e foi correndo para casa, remexendo na bolsa atrás da chave. Não olhou para trás.

8

Cheguei em casa às vinte para uma e andei da garagem até a casa na minha própria versão do Passo das Bolas Estranguladas. Mal acendera a luz da cozinha quando o telefone começou a tocar. Em 1961 estamos quarenta anos antes da invenção do bina, mas só uma pessoa me ligaria àquela hora e depois de uma noite daquelas.

— George? Sou eu. — Ela parecia composta, mas a voz estava grossa. Chorara. E muito, pelo som.

— Oi, Sadie. Você nem me deu a oportunidade de agradecer por uma noite deliciosa. Durante o baile e depois.

— Eu também me diverti. Fazia tanto tempo que não dançava. Estou quase com medo de lhe contar com quem aprendi o Lindy.

— Bom — respondi —, aprendi com a minha ex-mulher. Aposto que você aprendeu com o marido alienado. — Só que não era uma aposta; essas coisas eram assim. Isso não me surpreendia mais, mas se eu dissesse que consegui me acostumar àquela estranha coincidência de fatos, estaria mentindo.

— É. — A voz era monótona. — Ele. John Clayton, dos Claytons de Savannah. E *alienado* é a palavra certa, porque ele é um homem muito estranho.

— Quanto tempo ficou casada?

— Para sempre e mais um dia. Quer dizer, se quiser chamar de casamento o que tivemos. — Ela riu. Era o riso de Ivy Templeton, cheio de humor e desespero. — No meu caso, para sempre e mais um dia representa pouco mais de quatro anos. Depois do encerramento das aulas em junho, farei uma viagem discreta a Reno. Arranjarei um emprego de verão como garçonete ou coisa parecida. A exigência de moradia é de seis semanas. O que significa que, no final de julho ou início de agosto, conseguirei acabar com essa... essa piada em que me meti... como um cavalo de perna quebrada.

— Posso esperar — disse eu, mas assim que as palavras saíram da minha boca duvidei que fossem verdadeiras. Porque os atores estavam se reunindo nos bastidores e logo começaria o espetáculo. Em junho de 1962, Lee Oswald estaria de volta aos Estados Unidos e moraria primeiro com Robert e família, depois com a mãe. Em agosto, estaria na rua Mercedes, em Fort Worth, trabalhando na vizinha Leslie Welding Company, montando janelas de alumínio e o tipo de porta contra tempestade que tem iniciais inseridas.

— Não sei se *eu* consigo. — Ela falava com voz tão baixa que tive de me esforçar para ouvir. — Fui uma noiva virgem aos 23 anos e agora sou uma divorciada virgem de 28. Isso é tempo demais para o fruto ficar na árvore, como dizem lá de onde eu vim, ainda mais quando todo mundo — a mãe da gente, por exemplo — acha que a gente começou há muito tempo a ter experiência prática em toda aquela história sobre sementinhas. Isso nunca contei a ninguém e, se você contar, acho que morro.

— Fica entre nós, Sadie. E sempre ficará. Ele era impotente?

— Não exata... — Ela se calou. Houve um instante de silêncio e, quando ela voltou a falar, a voz estava cheia de horror. — George... essa é uma linha compartilhada?

— Não. Por três e cinquenta a mais por mês, essa bichinha é toda minha.

— Graças a Deus. Mas ainda não é coisa para se conversar por telefone. E claro que não no Al's Diner, comendo Prongbúrgueres. Que tal cear aqui? Podemos fazer um piquenique no quintal. Por volta das cinco?

— Seria bom. Levo um bolo quatro quartos ou coisa assim.

— Não é isso o que quero que você traga.

— Então, o quê?

— Não posso dizer no telefone, mesmo sendo uma linha não compartilhada. Uma coisa que se compra em farmácia. Mas não na farmácia de Jodie.

— Sadie...

— Não diga nada, por favor. Vou desligar e jogar água fria no rosto. Parece que está pegando fogo.

Houve um clique no meu ouvido. Ela se fora. Tirei a roupa e fui me deitar, e fiquei acordado muito tempo, tendo pensamentos compridos. Sobre tempo, amor e morte.

CAPÍTULO 15

1

Às dez horas daquela manhã de domingo, pulei no Sunliner e percorri trinta quilômetros até Round Hill. Havia uma drogaria na rua principal e estava aberta, mas vi na porta um adesivo RUGIMOS PELOS DENHOLM LIONS e me lembrei de que Round Hill fazia parte do Quarto Distrito Consolidado. Fui adiante até Kileen. Lá, um farmacêutico velho que tinha uma semelhança estranha, mas provavelmente só coincidência, com o sr. Keene lá de Derry piscou para mim ao me entregar um saco de papel pardo e o troco.

— Não faça nada contra a lei, filho.

Devolvi a piscadela do jeito esperado e voltei a Jodie. Dormira tarde, mas quando me deitei e tentei tirar um cochilo, não cheguei nem na vizinhança do sono. Assim, fui ao Weingarten e comprei um bolo quatro quartos, afinal de contas. Parecia coisa velha de domingo, mas não me importei e achei que Sadie também não se importaria. Com ou sem piquenique, eu tinha bastante certeza de que a comida não era o primeiro item da pauta do dia. Quando bati à porta dela, havia um monte de borboletas na boca do meu estômago.

O rosto de Sadie estava sem maquiagem. Ela não usava nem batom. Os olhos estavam grandes, escuros e assustados. Por um instante, tive certeza de que bateria a porta na minha cara e eu a ouviria ir embora correndo o mais rápido que as pernas compridas lhe permitissem. E só.

Mas ela não correu.

— Entre — disse ela. — Fiz salada de frango. — Os lábios começaram a tremer. — Tomara que você goste... goste de m-muita m-maio...

Os joelhos dela começaram a se contrair. Larguei no chão a caixa com o bolo dentro e a segurei. Achei que ela ia desmaiar, mas não. Sadie pôs os braços

327

em torno do meu pescoço e segurou com força, como uma mulher que se afoga agarrada a um tronco flutuante. Pude sentir o seu corpo latejar. Pisei no diabo do bolo. Depois ela. *Iscuuuch.*

— Estou apavorada — disse ela. — E se eu não for boa nisso?

— E se eu não for? — Não era inteiramente uma piada. Fazia muito tempo. Pelo menos quatro anos.

Pareceu que ela nem me ouviu.

— Ele nunca me quis. Não do jeito que eu esperava. E o jeito dele é o único que conheço. O toque, depois a vassoura.

— Calma, Sadie. Respire fundo.

— Foi à farmácia?

— Fui, em Kileen. Mas não precisamos...

— Precisamos, sim. Eu preciso. Antes que eu perca a pouca coragem que me resta. Venha.

O quarto dela ficava no fim do corredor. Era espartano: uma cama, uma escrivaninha, algumas gravuras na parede, cortinas de chintz a balançar com o sopro leve do ar-condicionado da janela, ligado no mínimo. Os joelhos dela começaram a ceder de novo, eu a segurei de novo. Era um jeito esquisito de dançar swing. No chão, havia até pegadas do professor de dança Arthur Murray. Bolo quatro quartos. Eu a beijei e os lábios dela grudaram nos meus, secos e frenéticos.

Empurrei-a de leve e prendi as costas dela na porta do armário. Ela me olhou solenemente, o cabelo nos olhos. Afastei-o e depois, muito gentilmente, comecei a lamber os seus lábios secos com a ponta da minha língua. Fui devagar, com o cuidado de chegar aos cantos.

— Melhor? — perguntei.

Ela não respondeu com a voz, mas com a língua. Sem apertar o meu corpo contra o dela, comecei a passar a mão bem devagar para cima e para baixo do seu longo comprimento, desde onde eu sentia o batimento rápido do pulso até os dois lados da garganta, o peito, os seios, o estômago, o plano liso e inclinado do osso pubiano, em torno de uma nádega, depois até a coxa. Ela estava de jeans. O tecido sussurrou sob a palma da minha mão. Ela se inclinou para trás e a cabeça bateu na porta.

— Ai! — disse eu. — Você está bem?

Ela fechou os olhos.

— Estou bem. Não pare. Me beije mais um pouco. — Depois ela balançou a cabeça. — Não, não me beije. Os meus lábios de novo. Me lamba. Gosto disso.

Lambi. Ela suspirou e enfiou os dedos debaixo do meu cinto, nas costas. Depois até a frente, onde ficava a fivela.

2

Eu queria ir depressa, todas as partes do meu corpo berravam por velocidade, me diziam para mergulhar fundo, queriam aquela sensação perfeita de *agarramento* que é a essência do ato, mas fui devagar. Pelo menos no começo. Então, ela disse: "Não me faça esperar, já basta disso", e assim beijei o oco suado da sua têmpora e avancei os quadris. Como se fizéssemos uma versão horizontal da Madison. Ela ofegou, recuou um pouco e depois ergueu os quadris para me encontrar.

— Sadie? Tudo bem?

— Aimeudeus — disse ela, e ri. Ela abriu os olhos e me olhou com curiosidade e esperança. — Acabou ou tem mais?

— Um pouco mais — disse eu. — Não sei quanto. Não fico com uma mulher há muito tempo.

Acontece que havia bastante tempo. Só alguns minutos de tempo real, mas às vezes o tempo é diferente — como ninguém sabia melhor do que eu. No final, ela começou a ofegar.

— Ai, meu, ai meu meu, ai meu meu meu Deus, ai meu *doce*!

Foi o som de descoberta gananciosa na voz dela que me fez ir além, então não foi bem simultâneo, mas alguns segundos depois de ela erguer a cabeça e enterrar o rosto no oco do meu ombro. Uma mãozinha fechada bateu na minha omoplata uma vez, duas vezes... depois se abriu como uma flor e ficou parada. Ela caiu de volta nos travesseiros; me fitava com uma expressão espantada, de olhos arregalados, que era um pouco assustadora.

— Gozei — disse ela.

— Percebi.

— A minha mãe me disse que isso não acontecia com mulheres, só com homens. Ela disse que o orgasmo feminino era um mito. — Ela deu um riso trêmulo. — Ai, meu Deus, o que ela perdeu.

Ela se apoiou no cotovelo, pegou a minha mão e a pôs sobre o seio. Debaixo dele, o coração batia e batia.

— Me diga, sr. Amberson... quanto tempo até podermos fazer de novo?

3

Quando o sol avermelhado afundou na duradoura fumaça de gás e petróleo a oeste, Sadie e eu nos sentamos no seu minúsculo quintal sob uma bela nogueira-pecã, comendo sanduíches de salada de frango e tomando chá gelado. Sem bolo, é claro. O bolo foi perda total.

— É ruim para você ter de usar aquelas... sabe, aquelas coisas de farmácia?

— É normal — disse eu. Na verdade não era e nunca fora. Haveria aperfeiçoamentos em muitíssimos produtos americanos entre 1961 e 2011, mas ouçam as palavras de Jake, as camisinhas são praticamente as mesmas. Podem ter nomes mais bonitos e até sabores (para quem tem gosto esquisito), mas continuam a ser um espartilho que a gente põe no pinto.

— Eu tinha um diafragma — disse ela. Não havia mesa de piquenique e ela estendera um cobertor no chão. Nisso ela pegou um pote plástico que continha os restos de uma salada de cebola e pepino e começou a tirar e pôr a tampa, forma de manuseio que alguns considerariam freudiano. Inclusive eu.

— A minha mãe me deu uma semana antes que Johnny e eu nos casássemos. Chegou até a me explicar como usar, embora não conseguisse me olhar nos olhos, e se alguém pingasse uma gota d'água no rosto dela tenho certeza de que chiaria. — Não faça um bebê nos primeiros dezoito meses — disse ela. — Dois anos, se conseguir que ele espere. Desse jeito você pode viver do salário dele e economizar o seu.

— Não é o pior conselho do mundo. — Eu estava sendo cauteloso. Estávamos num campo minado. Ela sabia disso tanto quanto eu.

— Johnny é professor de ciências. É alto, mas não tanto quanto você. Eu estava cansada de ir a toda parte com homens mais baixos do que eu, e acho que foi por isso que aceitei quando ele me convidou para sair pela primeira vez. Finalmente, sair com ele virou hábito. Achei que ele era legal e no fim da noite nunca parecia que lhe brotava um par de mãos a mais. Na época, achei que essas coisas eram amor. Eu era muito ingênua, não era?

Fiz um gesto de gangorra com a mão.

— Nos conhecemos na faculdade, na Georgia Southern, e depois arranjamos emprego na mesma escola secundária em Savannah. Mista, mas particular. Tenho quase certeza de que o pai dele deu um jeitinho para que isso acontecesse. Os Clayton não têm dinheiro — não mais, embora tivessem antigamente —, mas ainda são valorizados na sociedade de Savannah. Pobres mas nobres, sabe?

Não sabia — as questões de quem era da sociedade ou não nunca foram importantes na minha infância —, mas murmurei um assentimento. Ela guardava aquilo há muito tempo e parecia quase hipnotizada.

— Então eu tinha um diafragma, tinha, sim. No seu estojinho feminino com uma rosa na tampa. Só que nunca usei. Nunca precisei. Finalmente o joguei no lixo depois de um daqueles bota-foras. Era como ele dizia, botar pra fora. "Tenho de botar pra fora", costumava dizer. E depois, a vassoura. Entende?

Eu não entendia nada.

Sadie riu, e novamente me lembrei de Ivy Templeton.

— Espere dois anos, foi o que ela disse! Poderíamos ter esperado vinte sem necessidade de diafragma!

— O que aconteceu? — Segurei o alto dos braços dela de leve. — Ele batia em você? Batia em você com o cabo da vassoura? — Havia outro uso para um cabo de vassoura — eu lera *Last Exit to Brooklyn* —, mas aparentemente isso ele não fizera. Ela era virgem mesmo; a prova estava nos lençóis.

— Não — disse ela. — A vassoura não era para bater. George, acho que não consigo falar mais sobre isso. Não agora. Eu me sinto... não sei... como uma garrafa de refrigerante que foi sacudida. Sabe o que quero?

Achei que sabia, mas fiz o que era bem-educado e perguntei.

— Quero que você me leve lá para dentro e depois tire a camisinha. — Ela ergueu as mãos acima da cabeça e se alongou. Não se dera ao trabalho de vestir o sutiã de novo, e pude ver os seios se erguerem debaixo da blusa. Os mamilos deixavam sombras minúsculas, como pontos finais, contra o pano à luz do fim da tarde.

Ela disse:

— Hoje não quero reviver o passado. Hoje só quero ferver.

4

Uma hora depois, vi que ela cabeceava. Beijei-a primeiro na testa e depois no nariz para acordá-la.

— Tenho de ir. No mínimo para tirar o carro do seu jardim antes que os vizinhos comecem a ligar para os amigos.

— Também acho. Ao lado moram os Sanford, e Lila Sanford é a aluna--bibliotecária do mês.

E eu tinha bastante certeza de que o pai de Lila participava do conselho escolar, mas nada disse. Sadie brilhava, e não havia necessidade de estragar isso. Pelo que os Sanford sabiam, estávamos sentados no sofá com os joelhos fechados, esperando que *Dennis, o Pimentinha* acabasse e o grande programa de Ed Sullivan começasse. Se às onze o meu carro ainda estivesse na entrada de garagem de Sadie, a ideia deles poderia mudar.

Ela observou enquanto eu me vestia.

— O que acontece agora, George? Conosco?

— Quero ficar com você, se você quiser ficar comigo. É o que quer?

Ela se sentou, o lençol amontoado em torno da cintura, e estendeu a mão para o cigarro.

— Muito. Mas sou casada, e isso não vai mudar até o verão que vem, em Reno. Se eu tentasse a anulação, Johnny brigaria comigo na Justiça. Droga, os pais dele brigariam comigo.

— Se formos discretos, tudo vai dar certo. Mas temos de ser discretos. Disso você sabe, não é?

Ela riu e acendeu o cigarro.

— Ah, sei. Como sei.

— Sadie, você tem tido problemas disciplinares na biblioteca?

— Hem? Alguns, claro. O de sempre. — Ela deu de ombros; os seios balançaram; desejei não ter me vestido tão depressa. Por outro lado, quem eu queria enganar? James Bond poderia estar a postos para o terceiro tempo, mas Jake/George estava esgotado. — Sou a garota nova da escola. Estão me testando. É um pé naquele lugar, mas nada além do esperado. Por quê?

— Acho que os seus problemas vão desaparecer. Os alunos adoram quando os professores se apaixonam. Até os garotos. Para eles, é como um programa de TV.

— Eles saberão que nós...

Pensei no caso.

— Algumas garotas, sim. As que têm experiência.

Ela soprou a fumaça.

— Ótimo. — Mas não parecia totalmente desgostosa.

— Que tal jantar no The Saddle, em Round Hill? Acostumar as pessoas a nos verem como um casal.

— Está bem. Amanhã?

— Não, amanhã tenho o que fazer em Dallas.

— Pesquisa para o livro?

— Há-há. — Ali estávamos nós, novos em folha, e eu já mentia. Não gostei, mas não vi outro jeito. Quanto ao futuro... me recusei a pensar nisso naquele momento. Tinha o meu brilho próprio para proteger. — Terça?

— Combinado. E, George?

— O quê?

— Temos de dar um jeito de continuar fazendo isso.

Sorri.

— O amor dará um jeito.

— Acho que essa parte é mais luxúria.

— São ambos, talvez.

— Você é um doce, George Amberson.

Cristo, até o nome era mentira.

— Vou lhe contar sobre Johnny e eu. Quando puder. E você quiser escutar.

— Eu quero. — Achei que tinha. Para que aquilo desse certo, eu teria de entender. Ela. Ele. A vassoura. — Quando estiver pronta.

— Como o seu estimado diretor gosta de dizer: "Alunos, isso será um desafio, mas valerá a pena."

Ri.

Ela apagou o cigarro.

— Uma coisa eu gostaria de saber. A dona Mimi nos aprovaria?

— Tenho bastante certeza que sim.

— Também acho. Vá para casa em segurança, querido. E é melhor levar aquilo. — Ela apontava o saco de papel da Farmácia Kileen. Estava em cima da cômoda. — Se eu tiver o tipo de visita intrometida que abre o armário dos remédios depois do xixi, terei de dar explicações.

— Boa ideia.

— Mas deixe bem à mão, meu doce.

E ela piscou.

5

No caminho de casa, fiquei pensando naquelas camisinhas. Marca Trojan... e estriadas para o prazer *dela*, de acordo com a caixa. A madame não tinha mais o diafragma (embora achasse que ela arranjaria um na próxima ida a Dallas) e as pílulas anticoncepcionais só estariam amplamente disponíveis dali a um ano ou dois. Mesmo então, os médicos teriam medo de receitá-las, se é que me lembrava corretamente do meu curso de sociologia moderna. Portanto, por enquanto seriam Trojans. Usava-as não para o prazer dela, mas para que não tivesse um bebê. O que era divertido quando a gente pensava que eu só seria um bebê dali a mais quinze anos.

Pensar no futuro é confuso de várias maneiras.

6

Na noite seguinte, voltei ao estabelecimento de Silent Mike. A placa na porta dizia FECHADO e o lugar parecia vazio, mas, quando bati, o meu colega eletrônico me deixou entrar.

— Bem na hora, sr. Doe, bem na hora — disse ele. — Vejamos o que acha. Eu acho que me superei.

Fiquei ao lado da vitrine cheia de rádios transístor e esperei enquanto ele sumia na sala dos fundos. Voltou segurando um abajur em cada mão. As cúpulas estavam encardidas, como se tivessem sido ajustadas por muitíssimos dedos sujos. A base de um deles estava lascada e ele ficava torto no balcão: o Abajur Inclinado de Pisa. Estavam perfeitos, e eu lhe disse isso. Ele sorriu e pôs dois gravadores de caixinha junto aos abajures. E também uma sacola fechada contendo vários pedaços de fio tão fino que era quase invisível.

— Quer uma aulinha?

— Acho que entendi — disse eu, e pus cinco notas de vinte no balcão. Fiquei um pouco comovido quando ele tentou devolver uma delas.

— Cento e oitenta foi o preço que combinamos.

— Os outros vinte são para você esquecer que estive aqui.

Ele pensou um instante, depois pôs o polegar na nota de vinte desgarrada e a puxou para o grupo de amiguinhas verdes.

— Isso eu já fiz. Por que não a considero uma gorjeta?

Enquanto ele punha o material num saco de papel pardo, a simples curiosidade me atingiu e lhe fiz uma pergunta.

— Kennedy? Não votei nele, mas desde que não receba ordens do papa, acho que vai dar certo. O país precisa de alguém mais jovem. É uma época nova, sabe?

— Se ele viesse a Dallas, acha que ele ficaria bem?

— Provavelmente. Mas não dá para ter certeza. No geral, se eu fosse ele ficaria ao norte da linha Mason-Dixon.

Sorri.

— Noite feliz, dorme em paz?

Silent Mike (Holy Mike) disse:

— Não comece.

7

Havia uma série de escaninhos para correspondência e anúncios da escola na sala dos professores do primeiro andar. Na manhã de terça-feira, na minha hora de descanso, achei no meu um envelopinho fechado.

Caro George,

Se ainda quiser me levar para jantar hoje à noite, terá de ser por volta das cinco, porque tenho aula de manhã cedo esta semana inteira e na próxima, para me preparar para a Feira de Livros de Outono. Talvez possamos comer a sobremesa lá em casa.

Tenho bolo quatro quartos, se quiser uma fatia.

Sadie

— Por que está rindo tanto, Amberson? — perguntou Danny Laverty. Ele corrigia redações com uma intensidade de olhos vazios que indicava ressaca. — Conte, estou precisando rir também.

— Não — disse eu. — Piadinha particular. Você não entenderia.

8

Mas *nós* entendemos; bolo quatro quartos virou o nome e comemos bastante dele naquele outono.

Éramos discretos, mas é claro que havia gente que sabia o que estava acontecendo. Provavelmente houve fofocas, mas nenhum escândalo. Moradores de cidade pequena raramente são cruéis. Conheciam a situação de Sadie, pelo menos em termos gerais, e entendiam que não podíamos assumir nenhum compromisso público, pelo menos por enquanto. Ela não ia à minha casa; isso causaria o tipo errado de falação. Nunca fiquei na dela depois das dez da noite; isso também causaria o tipo errado de falação. Não havia como eu deixar o meu Sunliner na garagem dela e passar a noite, porque o fusquinha de Sadie, por menor que fosse, a enchia quase de parede a parede. E eu não faria isso de jeito nenhum, porque alguém acabaria sabendo. Em cidades pequenas, tudo se sabe.

Eu a visitava depois da escola. Passava lá para a refeição que ela chamava de ceia. Às vezes, íamos ao Al's Diner e comíamos Prongbúrgueres ou filés de peixe; às vezes, íamos ao The Saddle; duas vezes a levei aos bailes de sábado à noite no Grange local. Assistimos a filmes no cinema Gem da cidade no Mesa de Round Hill ou no Drive-In Starlite de Kileen (que os garotos chamavam de corrida de submarino). Num bom restaurante como The Saddle, ela podia beber um copo de vinho antes do jantar e eu, uma cerveja durante, mas tomávamos cuidado de não sermos vistos em nenhuma taberna local e, sem dúvida, não no Red Rooster, a única boate de Jodie, lugar de que os nossos alunos falavam com desejo e espanto. O ano era 1961 e a segregação racial podia estar finalmente amolecendo no meio — os negros tinham conquistado o direito de se sentar junto ao balcão do Woolworth's em Dallas, Fort Worth e Houston — mas professores de escola não bebiam no Red Rooster. Não se quisessem manter o emprego. Nunca-nunca-nunca.

Quando fazíamos amor no quarto de Sadie, ela sempre deixava um par de calças, um suéter e um par de mocassins do seu lado da cama. Ela dizia que era a roupa de emergência. A única vez que a campainha tocou enquanto estávamos nus (estado que ela passara a chamar de *flagrante delícia*), ela se enfiou naquelas roupas em dez segundos cravados. Voltou, rindo e acenando com um exemplar de *A sentinela*.

— Testemunhas de Jeová. Disse a eles que estava salva e eles foram embora.

Certa vez, enquanto comíamos presunto com quiabo na cozinha depois, ela disse que o nosso namoro lhe lembrava aquele filme com Audrey Hepburn e Gary Cooper — *Um amor na tarde*.

— Às vezes me pergunto se não seria melhor à noite. — Ela disse isso com certa melancolia. — Quando gente comum faz.

— Você terá oportunidade de descobrir — disse eu. — Guenta aí, baby.

Ela sorriu e beijou o canto da minha boca.

— Você inventa umas expressões interessantes, George.

— Ah, é — respondi —, sou muito original.

Ela empurrou o prato.

— Estou pronta para a sobremesa. E você?

9

Não muito depois de as Testemunhas de Jeová baterem à porta de Sadie — deve ter sido no início de novembro, porque eu terminara de montar o elenco da minha versão de *Doze homens e uma sentença* —, eu estava do lado de fora varrendo as folhas do gramado quando alguém disse:

— Olá, George, como vai?

Virei-me e vi Deke Simmons, agora viúvo pela segunda vez. Ficara no México mais tempo do que se pensava, e quando todos começavam a acreditar que ficaria por lá, voltara. Era a primeira vez que o via. Estava muito bronzeado, mas magérrimo. As roupas pareciam penduradas nele, e o cabelo, cinza férreo no dia da festa de casamento, agora estava quase todo branco e sumindo no alto.

Larguei o ancinho e corri para ele. Queria apertar a sua mão, mas em vez disso o abracei. Ele se espantou — em 1961, Homens de Verdade Não se Abraçam —, mas depois riu.

Segurei-o com os braços estendidos.

— Você está ótimo!

— Bela tentativa, George. Mas me sinto melhor do que antes. A morte de Mims... Sabia que ia acontecer, mas ainda assim me derrubou. Admito que nisso a cabeça nunca alcança o coração.

— Entre, tome um café.

— Ah, gostaria sim.

Conversamos sobre o tempo que ele passou no México. Conversamos sobre a escola. Conversamos sobre o time invicto de futebol americano e os próximos jogos de outono. Depois ele pousou a xícara e disse:

— Ellen Dockerty me pediu para dizer algumas coisas sobre você e Sadie Clayton.

Oh-oh. E eu pensara que íamos tão bem.

— Ela agora é Dunhill. É o nome de solteira.

— Sei tudo sobre a situação dela. Sabia quando a contratamos. Ela é uma boa moça e você é um bom homem, George. Com base no que Ellie me disse, vocês dois estão manejando uma situação difícil com bastante tato.

Relaxei um pouco.

— Ellie disse que tinha bastante certeza de que nenhum de vocês ouviu falar dos Bangalôs Candlewood, pertinho de Kileen. Ela não se sentiu à vontade para lhe contar e pediu que eu o fizesse.

— Bangalôs Candlewood?

— Eu costumava levar Mims até lá em muitas noites de sábado. — Ele remexia a xícara de café com mãos que agora pareciam grandes demais para o corpo. — Pertencem a um casal de professores aposentados de Arkansas ou Alabama. Um daqueles estados com A, pelo menos. Professores homens aposentados. Se é que você me entende.

— Acho que entendo, sim.

— São gente boa, muito discretos com o seu relacionamento e com o relacionamento de alguns hóspedes. — Ele ergueu os olhos da xícara. Corava um pouco, mas também sorria. — Não é uma taberna para orgias, se é o que está pensando. Muito longe disso. Os quartos são bons, os preços são sensatos e o pequeno restaurante na estrada serve comida caseira. Às vezes as moças precisam de lugares assim. Talvez os homens também. Aí não precisam de muita pressa. E não se sentem vulgares.

— Obrigado — agradeci.

— Não há de quê. Mimi e eu passamos muitas noites agradáveis no Candlewood. Às vezes, só assistíamos à TV de pijama e depois íamos dormir, mas isso pode ser maravilhoso quando se tem uma certa idade. — Ele sorriu com melancolia. — Ou quase. Íamos dormir ouvindo os grilos. Ou às vezes um coiote uivava, muito longe, lá no mato. Para a lua, sabe. Eles fazem mesmo isso. Uivam para a lua.

Ele tirou um lenço do bolso de trás com a lentidão dos velhos e limpou as bochechas com ele.

Estendi-lhe a mão e Deke a apertou.

— Ela gostava de você, embora nunca conseguisse decidir o que pensar a seu respeito. Dizia que você lhe lembrava o jeito como mostravam fantasmas naqueles filmes antigos da década de 30. "Ele é inteligente e brilhante, mas não está aqui", dizia.

— Fantasma eu não sou — respondi. — Juro.

Ele sorriu.

— Não? Finalmente consegui conferir as suas referências. Isso foi depois que você já trabalhava conosco como substituto e fez aquele serviço maravilhoso com a peça. As do Distrito Escolar de Sarasota são boas, mas fora isso... — Ele balançou a cabeça, ainda sorrindo. — E o seu diploma é de uma fábrica em Oklahoma.

Pigarrear não adiantou nada. Não consegui falar.

— Quer saber o que isso significa para mim? Bem pouco. Houve uma época, nesta parte do mundo, em que se alguém entrasse na cidade com alguns livros no embornal, óculos no nariz e gravata no pescoço, seria contratado como mestre-escola e ficaria vinte anos no emprego. E não foi há muito tempo. Você é um professor danado de bom. Os garotos sabem, eu sei e Mims também sabia. E para mim isso significa muito.

— Ellen sabe que falsifiquei as referências? — Porque Ellen Dockerty era a diretora em exercício e, depois da reunião do conselho escolar em janeiro, o cargo seria permanentemente dela. Não havia outros candidatos.

— Não, nem vai saber. Não por mim, pelo menos. Acho que não precisa. — Ele se levantou. — Mas há uma pessoa que precisa saber a verdade sobre onde você andou e o que fez, e é uma certa bibliotecária. Quer dizer, caso você tenha boas intenções quanto a ela. Tem?

— Tenho — respondi, e Deke concordou como se isso resolvesse tudo.

Eu adoraria que sim.

10

Graças a Deke Simmons, Sadie finalmente pôde descobrir como era fazer amor depois do pôr do sol. Quando lhe perguntei como foi, ela respondeu que foi maravilhoso.

— Mas mal posso esperar para acordar ao seu lado pela manhã. Está ouvindo o vento?

Estava. Uivava pelos beirais.

— Esse som não dá vontade de se aconchegar?

— Dá.

— Agora vou lhe dizer uma coisa. Espero que não o deixe sem graça.

— Diga.

— Acho que me apaixonei por você. Talvez seja só o sexo, já ouvi dizer que é um erro que muitos cometem, mas acho que não.

— Sadie?

— Sim? — Ela tentava sorrir, mas parecia assustada.

— Amo você também. Sem talvez e sem erros.

— Graças a Deus — disse ela, e se aconchegou.

11

Na segunda visita aos Bangalôs Candlewood, ela estava pronta para falar de Johnny Clayton.

— Mas apague a luz, tá?

Fiz o que ela pediu. Sadie fumou três cigarros enquanto falava. No final, chorou muito, talvez menos de dor recordada do que de vergonha. Para a maioria de nós, acho que é mais fácil admitir os erros do que a estupidez. Não que ela tivesse sido estúpida. Há um mundo de diferença entre estupidez e ingenuidade, e, como a maioria das moças de classe média que chegaram à maturidade nas décadas de 40 e 50, Sadie não sabia quase nada sobre sexo. Disse que nunca tinha visto um pênis de verdade antes de olhar o meu. Tivera vislumbres do de Johnny, mas disse que, se a pegasse olhando, ele segurava o rosto dela e o virava com força quase dolorosa.

— Mas sempre doía — disse ela. — Sabe?

John Clayton era de uma família religiosa convencional, sem nenhuma maluquice. Era agradável, atento, medianamente atraente. Não tinha o melhor senso de humor do mundo (quase nenhum seria mais próximo da verdade), mas parecia adorá-la. Os pais dela o adoravam. Claire Dunhill ficou louquinha por Johnny Clayton. E é claro que ele era mais alto do que Sadie, mesmo quando ela usava salto alto. Depois de anos de piadas sobre varapaus, isso tinha importância.

— A única coisa incômoda antes do casamento era a sua organização compulsiva — disse Sadie. — Mantinha todos os livros em ordem alfabética e ficava muito irritado quando eram trocados de lugar. Ficava nervoso mesmo quando se tirava um só da prateleira; dava para sentir, era um tipo de tensão. Fazia a barba três vezes por dia e lavava as mãos o tempo todo. Se alguém lhe apertasse a mão, ele arranjava uma desculpa para correr ao banheiro e lavar de novo o mais cedo possível.

— E também as roupas com cores combinando — disse eu. — No corpo e no armário, e maldito fosse quem as tirasse do lugar. Ele arrumava as coisas na despensa em ordem alfabética? Ou às vezes se levantava à noite para conferir se os queimadores do fogão estavam desligados e as portas, trancadas?

Ela se virou para mim, os olhos arregalados e espantados no escuro. A cama guinchou amistosa; o vento soprou; uma vidraça solta chocalhou.

— Como sabe?

— É uma síndrome. Transtorno obsessivo-compulsivo. TOC, para resumir. Howard... — Parei. *Howard Hughes é um caso grave*, ia começando a dizer, mas talvez ainda não fosse verdade. Mesmo que fosse, provavelmente ninguém sabia. — Um velho amigo meu sofria disso. Howard Temple. Não importa. Ele a machucou, Sadie?

— Não de verdade, nada de surras nem socos. Me deu um tapa certa vez, foi tudo. Mas as pessoas ferem de outras maneiras, não é?

— É.

— Eu não podia conversar com ninguém sobre isso. Com certeza, não com a minha mãe. Sabe o que ela me disse no dia do casamento? Que se eu dissesse meia oração antes e meia oração durante, tudo daria certo. *Durante* era o mais perto que ela chegava da expressão *relação sexual*. Tentei conversar sobre isso com a minha amiga Ruthie, mas uma vez só. Foi depois das aulas e ela me ajudava a arrumar a biblioteca. "O que acontece por trás da porta do quarto não é da minha conta", foi o que ela disse. Parei porque na verdade não queria falar daquilo. Tinha muita vergonha.

Então veio tudo num jorro. Parte do que ela disse foi velado pelas lágrimas, mas captei a ideia. Em determinadas noites — uma vez por semana, talvez duas — ele lhe dizia que precisava "botar pra fora". Ficavam deitados na cama, lado a lado, ela de camisola (ele insistia que ela usasse camisolas que fossem opacas), ele com calções de boxe. Esses calções foram o mais perto de nudez que ela viu. Ele baixava o lençol até a cintura, e ela via a ereção dele erguer o tecido.

— Uma vez ele mesmo olhou aquela tendinha. Só uma vez, que eu me lembre. E sabe o que disse?

— Não.

— "Como somos nojentos." Depois, disse: "Acabe com isso para que eu possa dormir."

Ela enfiava a mão debaixo do lençol e o masturbava. Nunca demorava muito, às vezes apenas segundos. Em algumas ocasiões, ele tocava os seios dela enquanto ela realizava essa função, mas em geral as mãos dele ficavam cruzadas no alto do peito. Quando acabava, ele ia ao banheiro, se lavava e voltava de pijama. Tinha sete pijamas, todos azuis.

Então era a vez de ela ir ao banheiro lavar as mãos. Ele insistia que ela assim fizesse durante pelo menos três minutos, e com água tão quente que a pele ficasse vermelha. Quando voltava à cama, erguia a palma das mãos até o rosto dele. Se o cheiro de Lifebuoy não fosse forte o bastante para satisfazê-lo, ela precisava repetir tudo.

— E, quando eu voltava, a vassoura estava lá.

Ele a punha em cima do lençol se fosse verão, sobre o cobertor se fosse inverno. Bem reta, no meio da cama. O lado dele e o dela.

— Se eu ficasse inquieta e me mexesse, ele acordava. Não importava que o sono dele fosse profundo. E me empurrava de volta para o meu lado. Com força. Ele chamava isso de "transgredir a vassoura".

A vez em que ele lhe deu um tapa foi quando ela perguntou como teriam filhos se ele nunca metia nela.

— Ele ficou furioso. Foi por isso que me deu um tapa. Depois pediu desculpas, mas na hora o que disse foi: "Acha que vou me enfiar no seu buraco de mulher cheio de germes e trazer filhos a esta terra imunda? Ela vai explodir de qualquer modo, quem lê jornal sabe que está chegando, e a radiação vai nos matar. Morreremos com feridas por todo o corpo, tossindo os bofes para fora. Pode acontecer qualquer dia."

— Jesus. Não admira que você o deixasse, Sadie.

— Só depois de quatro anos desperdiçados. Levei esse tempo todo para me convencer de que merecia mais da vida do que arrumar pelas cores a gaveta de meias do meu marido, lhe bater uma punheta duas vezes por semana e dormir com um diabo de uma vassoura. Essa era a parte mais humilhante, a parte que eu tinha certeza de que nunca conseguiria contar a ninguém... porque era *engraçada*.

Não achei que fosse engraçada. Achei que ficava em algum lugar na zona crepuscular entre a neurose e a pura e simples psicose. Também achei que escutava a perfeita Fábula dos Anos Cinquenta. Era fácil imaginar Rock Hudson e Doris Day dormindo com uma vassoura entre eles. Quer dizer, se Rock não fosse gay.

— E ele não veio atrás de você?

— Não. Me candidatei a uma dúzia de escolas e dei como endereço de resposta uma caixa postal. Me sentia como uma mulher que tivesse um caso, se escondendo. E foi assim que a minha mãe e o meu pai me trataram quando descobriram. O meu pai cedeu um pouco — acho que ele suspeita que era muito ruim, embora é claro que não queira saber nenhum detalhe; mas a minha mãe? Ela, não. Está furiosa comigo. Teve de mudar de igreja e largar o Grupo de Costura. Porque não conseguia manter a cabeça erguida, é o que diz.

De certa maneira, isso parecia tão cruel e maluco quanto a vassoura, mas eu não disse nada. Um aspecto diferente da questão me interessou mais do que os pais sulistas e convencionais de Sadie.

— *Clayton* não lhes disse que você tinha ido embora? Entendi direito? Nunca foi visitá-los?

— Não. A minha mãe entendeu, é claro. — O sotaque sulista de Sadie, geralmente leve, se aprofundou. — Envergonhei tanto aquele pobre rapaz que ele não quis contar a *ninguém*. — Ela largou o sotaque. — Também não estou sendo sarcástica. Ela entende a vergonha e entende o encobrimento. Nessas duas coisas, Johnny e mamãe estão em perfeita harmonia. Era com *ela* que ele devia ter se casado. — Ela deu um riso um tanto histérico. — Mamãe provavelmente *adoraria* aquela vassoura velha.

— Nenhuma notícia dele? Nem mesmo um cartão-postal dizendo: "Ei, Sadie, vamos acertar as contas para podermos seguir com a vida?"

— Como poderia? Ele não sabe onde estou e tenho certeza de que não se importa.

— Há alguma coisa que você queira dele? Porque tenho certeza de que um advogado...

Ela me beijou.

— A única coisa que quero está aqui na cama comigo.

Chutei os lençóis até os tornozelos.

— Olhe para mim, Sadie. É de graça.

Ela olhou. E depois tocou.

12

Em seguida, cochilei. Não profundamente — ainda conseguia ouvir o vento e aquela vidraça chocalhante — mas cheguei a ponto de sonhar. Sadie e eu estávamos numa casa vazia. Estávamos nus. Algo se movia no andar de cima — batia e fazia ruídos desagradáveis. Poderiam ser passos, mas parecia haver pés demais. Não me senti culpado porque seríamos descobertos sem roupa. Me senti apavorado. Escritas com carvão na massa corrida descascada de uma parede, estavam as palavras LOGO MATAREI O PRESIDENTE. Abaixo, alguém acrescentara NÃO DEMORA ELE TÁ CHEIO DE DOENSA. Isso fora escrito com batom escuro. Ou talvez fosse sangue.

Tud, clump, tud.

Vindo de cima.

— Acho que é Frank Dunning — cochichei para Sadie. Segurei o braço dela. Fazia muito frio. Era como segurar o braço de um morto. Uma mulher surrada até a morte com uma marreta, talvez.

Sadie fez que não. Olhava para o teto, a boca trêmula.

Clud, tump, dud.

Pó de massa corrida caindo.

— Então é John Clayton — cochichei.

— Não — disse ela. — Acho que é o Homem do Cartão Amarelo. Ele trouxe o Jimla.

Acima de nós, os barulhos pararam de repente.

Ela agarrou o meu braço e começou a sacudi-lo. Os olhos dela estavam do tamanho do rosto.

— É isso! É o Jimla! E ele nos escutou! *O Jimla sabe que estamos aqui!*

13

— Acorde, George! Acorde!

Abri os olhos. Ela estava ao meu lado, apoiada no cotovelo, o rosto um borrão pálido.

— O quê? Que horas são? Temos de ir? — Mas ainda estava escuro e o vento ainda era forte.

— Não, ainda nem é meia-noite. Você teve um pesadelo. — Ela riu, um pouco nervosa. — Sobre futebol, talvez? Porque você dizia "Jimla, Jimla".

— É? — Sentei na cama. Houve o riscar de um fósforo e o rosto dela foi momentaneamente iluminado quando ela acendeu um cigarro.

— É. Dizia, sim. Você disse um monte de coisa.

Isso não era bom.

— Como o quê?

— A maior parte eu não entendi, mas uma coisa foi bem clara. "Derry é Dallas", você disse. Depois disse de trás para diante. "Dallas é Derry." O que era *isso*? Você se lembra?

— Não. — Mas é difícil mentir de forma convincente quando a gente acaba de acordar, ainda meio tonto, e vi ceticismo no rosto dela. Antes que isso afundasse em descrença, houve uma batida na porta. Às quinze para a meia-noite, uma batida na porta.

Nos entreolhamos.

A batida soou de novo.

É o Jimla. Essa ideia era muito clara, muito certa.

Sadie pôs o cigarro no cinzeiro, enrolou o lençol no corpo e correu para o banheiro sem dizer palavra. A porta se fechou atrás dela.

— Quem é? — perguntei.

— É o sr. Yorrity, senhor... Bud Yorrity.

Um dos professores gays aposentados que eram donos do lugar.

Saí da cama e enfiei as calças.

— O que foi, sr. Yorrity?

— Tenho um recado para o senhor. A senhora disse que era urgente.

Abri a porta. Ele era um homenzinho com um roupão puído. O cabelo era uma nuvem frisada pelo sono em torno da cabeça. Numa das mãos, havia um pedaço de papel.

— Que senhora?

— Ellen Dockerty.

Agradeci pelo incômodo e fechei a porta. Desdobrei o papel e li o recado.

Sadie saiu do banheiro, ainda enrolada no lençol. Os olhos estavam arregalados e assustados.

— O que foi?

— Houve um acidente — respondi. — Vince Knowles capotou com a picape fora da cidade. Mike Coslaw e Bobbi Jill estavam com ele. Mike foi jogado longe. Quebrou o braço. Bobbi Jill tem um corte feio no rosto, mas Ellie diz que, fora isso, está bem.

— E Vince?

Pensei no modo como todos diziam que Vince dirigia — como se não houvesse amanhã. Agora não havia. Não para ele.

— Morreu, Sadie.

A boca se escancarou.

— Não pode ser! *Ele só tem 18 anos!*

— Eu sei.

O lençol se libertou dos braços que relaxaram e formou uma poça em torno dos pés. Ela cobriu o rosto com as mãos.

14

A minha versão revista de *Doze homens e uma sentença* foi cancelada. O que ocupou o seu lugar foi *Morte de um estudante*, peça em três atos: o velório na funerária, o culto na Igreja Metodista da Graça, a cerimônia fúnebre no Cemitério West Hill. Esse espetáculo enlutado teve o comparecimento da cidade inteira ou quase, a ponto de não fazer diferença.

Os pais e a irmã caçula e estupefata de Vince estrelaram o velório, sentados em cadeiras dobráveis ao lado do caixão. Quando me aproximei deles com Sadie ao lado, a sra. Knowles se levantou e me abraçou. Quase sufoquei com os odores de perfume White Shoulders e antiperspirante Yodora.

— O senhor mudou a vida dele — cochichou ela no meu ouvido. — Ele me contou. Pela primeira vez, tirou boas notas porque queria atuar.

— Sra. Knowles, sinto muito, muitíssimo — disse eu. Então uma ideia terrível me passou pela cabeça e a abracei com mais força, como se abraçar pudesse apagá-la: *Talvez seja o efeito borboleta. Talvez Vince tenha morrido porque vim para Jodie.*

O caixão estava flanqueado por fotomontagens da vida brevíssima de Vince. Num cavalete na frente, sozinha, estava uma foto dele com o figurino de *Ratos e homens* e aquele chapéu velho e surrado de feltro. O rosto inteligente de rato espiava por baixo. Vince realmente não fora um grande ator, mas aquela foto o pegara usando um sorriso absolutamente perfeito de espertinho. Sadie começou a soluçar, e eu sabia por quê. A vida muda de repente. Às vezes na nossa direção, mas com mais frequência sai girando para longe, flertando e faiscando ao se afastar: *até logo, querida, foi bom enquanto durou, não foi?*

E Jodie *era* boa — boa para mim. Em Derry eu era um estranho, mas Jodie era um lar. Eis o lar: o cheiro do mato e o modo como os morros ficavam alaranjados de flores no verão. O leve sabor de tabaco na língua de Sadie e o guincho do piso de madeira oleada da minha casa. Ellie Dockerty se preocupando a ponto de nos mandar um recado no meio da noite, talvez para podermos voltar à cidade sem sermos descobertos, provavelmente só para que soubéssemos. A mistura quase sufocante de perfume e desodorante quando a sra. Knowles me abraçou. Mike pondo o braço — o que não estava enterrado no gesso — à minha volta no cemitério e depois apertando o rosto contra o meu ombro até conseguir se controlar de novo. O corte feio e vermelho no rosto de Bobbi Jill também é lar, e pensar que, a menos que fizesse uma cirurgia plástica (que a família não poderia pagar), viraria uma cicatriz que lhe lembraria pelo resto da vida que vira um garoto vizinho seu morrer ao lado da estrada, a cabeça quase arrancada dos ombros. Lar é a braçadeira preta que Sadie usou, que usei, que todo o corpo docente usou durante uma semana. E Al Stevens colando a foto de Vince na vitrine da lanchonete. E as lágrimas de Jimmy LaDue quando se levantou diante da escola inteira e dedicou a temporada invicta a Vince Knowles.

Outras coisas, também. Gente dizendo olá na rua, gente acenando para mim do carro, Al Stevens levando eu e Sadie até a mesa dos fundos que ele começara a chamar de "nossa mesa", jogar *cribbage* nas tardes de sexta-feira com Danny Laverty na sala dos professores por um centavo o ponto, discutir com a idosa srta. Mayer sobre quem fazia o melhor noticiário, se Chet Huntley e David Brinkley ou Walter Cronkite. A minha rua, a minha casa comprida, me acostumar de novo a usar máquina de escrever. Ter uma namorada e receber selinhos de descontos da loja Sperry & Hutchinson ao pagar as compras e manteiga de verdade na pipoca do cinema.

Lar é ver a lua nascer sobre a terra ampla e adormecida e ter alguém que podemos chamar à janela para olharmos juntos. Lar é onde dançamos com os outros, e dançar é viver.

15

O Ano de Nosso Senhor de 1961 estava terminando. Num dia de garoa, umas duas semanas antes do Natal, cheguei em casa depois da escola, mais uma vez enrolado no meu casaco rancheiro de couro cru, e ouvi o telefone tocar.

— Aqui é Ivy Templeton — disse uma mulher. — Você nem deve se lembrar de mim, né?

— Eu me lembro muito bem, sra. Templeton.

— Num sei nem por que resolvi ligar, o diabo daquelas dez pratas já gastei tem muito tempo. Só que alguma coisa sobre o senhor grudou na minha cabeça. Rosette também. Ela chama o senhor de "o homem que catou a minha bola".

— Vai se mudar, sra. Templeton?

— Diabo, isso aí é mais que cem por cento certo. Mamãe vem de Mozelle amanhã com o caminhão.

— A senhora não tem carro? Ou ele quebrou?

— Prum lixo daqueles, até que o carro tá andano bem, mas Harry num vai dirigir. Nem o carro nem mais nada. Ele tava trabalhano no diabo do serviço lá da Manpower mês passado. Caiu numa vala e um caminhão de brita passou por cima dele quando tava vindo de ré. Quebrou a coluna.

Fechei os olhos e vi os restos esmagados do caminhão de Vince sendo levados pela rua Principal atrás do reboque da Gogie's Sunoco. Sangue cobrindo todo o interior do para-brisa quebrado.

— Sinto muito ouvir isso, sra. Templeton.

— Ele vai viver, mas não vai andar nunca mais. Vai ficar na cadeira de roda e mijar num saquinho, isso é o que *ele* vai fazer. Mas primeiro vai pra Mozelle na traseira do caminhão da mamãe. Vamos roubar o colchão lá do quarto pra ele deitar. É como levar o cachorro nas férias, né?

Ela começou a chorar.

— Tô devendo dois mês de aluguel, mas isso num me assusta não. Sabe o *que* me assusta, sr. Puddentane, Se me Perguntar, É o Que Vou Falar? Tenho só a mixaria de trinta e cinco dólares e acabou. Aquele parasita do Harry, se tivesse ficado em pé eu não tava nesse buraco. Pensei que tava no buraco antes, mas agora olha só isso!

Houve uma longa fungada aquosa no meu ouvido.

— Quer saber? O carteiro tá me olhando de jeito, e acho que por vinte dólar dá pra lhe dar uma trepada no diabo do chão da sala. Se o diabo dos vizinho do outro lado da rua não ficar vigiando a gente enquanto a gente tiver fazendo. Não dá pra levar ele pro quarto, dá? É lá que tá o meu marido que quebrou a coluna. — Ela raspou uma risada. — Vô lhe dizer, porque não vem cá no seu conversível bonito? Me leve prum motel aí. Gaste um pouco mais, arranje um que tenha sala. Rosette pode assistir à TV e a gente dá uma trepada. Você pareceu que ia ser bom nisso.

Não disse nada. Tivera uma ideia brilhante feito lâmpada.

Se o diabo dos vizinho do outro lado da rua não ficar vigiando a gente fazendo.

Havia um homem que *eu* deveria estar vigiando. Quer dizer, além do próprio Oswald. Um homem cujo nome por acaso também era George e que se tornaria o único amigo de Oswald.

Não confie nele, escrevera Al nas suas anotações.

— Taí, Sr. Puddentane? Não? Se não tá, foda-se e té...

— Não desligue, sra. Templeton. Suponhamos que eu pague o aluguel atrasado e lhe pague umas cem pratas a mais? — Era muito mais do que eu precisava pagar pelo que queria, mas tinha o dinheiro e ela precisava dele.

— Moço, agora mesmo dou procê com o meu pai olhando por duzentas pratas.

— Não precisa dar pra mim, sra. Templeton. Só precisa me encontrar naquele estacionamento no fim da rua. E me levar uma coisa.

16

Estava escuro na hora em que cheguei ao estacionamento do depósito da Montgomery Ward, e a chuva começara a engrossar um pouco, do jeito que fica quando tenta virar neve. Isso não acontece com frequência no terreno montanhoso ao sul de Dallas, mas às vezes não é nunca. Torci para conseguir voltar a Jodie sem derrapar para fora da estrada.

Ivy estava sentada atrás do volante de um velho sedã triste com estribos enferrujados e uma janela de trás rachada. Entrou no meu Ford e imediatamente se inclinou na direção do aquecedor, que estava ligado a toda. Usava duas camisas de flanela em vez de casaco e tremia.

— Que gostoso. Aquele Chev é mais frio que a teta de uma bruxa. O aquecedor pifou. Trouxe o tutu, sr. Puddentane?

Eu lhe dei um envelope. Ela o abriu e folheou algumas notas de vinte que tinham ficado na prateleira de cima do meu armário desde que eu recebera a aposta sobre a Série Mundial na Financeira Fé mais de um ano antes. Depois ergueu do assento o traseiro substancial, enfiou o envelope no bolso de trás do jeans e remexeu no bolso do peito da camisa mais junto do corpo. Tirou uma chave e a bateu na minha mão.

— Isso serve?

Servia muito bem.

— É cópia, certo?

— Como o senhor falou. Mandei fazer na loja de ferragem da rua McLaren. Por que quer a chave daquela latrina gloriosa? Por duzentos, o senhor podia alugar por quatro meses.

— Tenho as minhas razões. Me fale dos vizinhos do outro lado da rua. Aqueles que poderiam vigiar você e o carteiro fazendo no chão da sala.

Ela se remexeu inquieta e fechou um pouco mais as camisas sobre o busto igualmente substancial.

— Eu só tava brincando.

— Eu sei. — Não sabia, e não importava. — Só quero saber se os vizinhos podem mesmo ver dentro da sua sala.

— Claro que podem, e eu poderia ver a sala deles se não tivessem cortina. Que eu compraria pra minha casa se tivesse dinheiro. Nisso de intimidade, é igual morar na rua. Acho que eu podia pendurar um saco de aniagem tirado bem dali — ela apontou as latas de lixo alinhadas no lado leste do depósito —, mas parece coisa de puta.

— Os vizinhos com vista moram em que casa? Na 2.704?

— Na 2.706. Antes era Slider Burnett com a família, mas eles se mudaram logo depois do Halloween. Ele era palhaço substituto de rodeio, dá pra acreditar? Quem já ouviu falar dessa profissão? Agora é um sujeito chamado Hazzard com os dois filhos e acho que a mãe dele. Rosette não brinca com os garotos, diz que são sujos. O que é novidade vindo *daquela* porquinha. A velha vovó tenta falar e só sai bobagem. O lado da cara dela não mexe. Num sei como é que ela ajuda, se arrastando daquele jeito. Se eu ficar assim, pode me dar um tiro. Ô, cachorrada! — Ela balançou a cabeça. — Vou lhe dizer uma coisa, eles num vão ficar muito tempo lá. Ninguém fica na rua Cedes. Tem um cigarro aí? Eu devia largar. Quando a gente não tem nem 25 centavo pro cigarro, é porque tá na hora de parar.

— Não fumo.

Ela deu de ombros.

— Então deixa pra lá. Agora posso comprar, não é? Estou rica pra diabo. Você não é casado, é?

— Não.

— Então tem namorada. Dá pra sentir o perfume deste lado do carro. Perfume bom.

Isso me fez sorrir.

— É, tenho uma namorada.

— Que bom. Ela sabe que você fica andando pelo lado sul de Fort Worth depois de escurecer, fazendo coisas esquisitas?

Eu não disse nada, mas às vezes isso basta como resposta.

— Deixa pra lá. Isso é com você e ela. Agora estou quente e vou voltar. Se amanhã ainda estiver frio e chovendo assim, não sei o que vamos fazer com o Harry na traseira do caminhão da mamãe. — Ela me olhou, sorrindo. — Quando eu era pequena, achava que ia virar Kim Novak quando crescesse. Agora Rosette acha que vai ficar no lugar de Darlene na Turma do Mickey. Puta que pariu.

Ela começou a abrir a porta e eu disse:

— Espere.

Tirei o lixo dos bolsos — drops, lenço de papel, uma caixa de fósforos que Sadie enfiara ali, anotações para uma prova de inglês que pretendia dar ao primeiro ano antes das férias de Natal — e depois lhe entreguei o casaco rancheiro.

— Fique com isso.

— Num vou ficar com o diabo do seu casaco! — Ela pareceu chocada.

— Tenho outro em casa. — Não tinha, mas podia comprar, e isso era mais do que ela podia fazer.

— Que qui vou dizer pro Harry? Que achei debaixo do diabo de uma folha de repolho?

Sorri.

— Diga-lhe que trepou com o carteiro e comprou com o que ganhou. O que ele vai fazer, correr atrás de você pela rua e lhe dar uma surra?

Ela riu, um grasnido áspero de cuco que era estranhamente encantador. E aceitou o casaco.

— Lembranças a Rosette — disse eu. — Diga-lhe que vou visitá-la nos sonhos.

Ela parou de sorrir.

— Espero que não, moço. O que ela teve com você foi um pesadelo. Quase derrubou a casa de tanto gritar. Me acordou de um sono pesado às duas da manhã. Ela disse que o homem que catou a bola dela tinha um monstro no banco de trás do carro e ela estava com medo que o monstro comesse ela. Me deixou apavorada, foi sim, ela gritando daquele jeito.

— O monstro tinha nome? — É claro que tinha.

— Ela disse que era um jimla. Vai ver que queria dizer um gênio, como nas histórias de Aladim e os Sete Véus. Mas eu tenho que ir. O senhor se cuide.

— Você também, Ivy. Feliz Natal.

Ela grasnou o seu riso de cuco outra vez.

— Quase esqueci disso. Procê também. Não esqueça o presente da sua garota.

Ela trotou até o carro velho com o meu casaco — casaco dela, agora — jogado sobre os ombros. Nunca mais a vi.

17

A chuva só congelava nas pontes e, da minha outra vida — aquela na Nova Inglaterra —, eu sabia que tinha de tomar cuidado nelas, mas ainda assim foi uma longa viagem de volta a Jodie. Bastou pôr água no fogo para fazer uma xícara de chá e o telefone tocou. Dessa vez era Sadie.

— Estou tentando falar com você desde a hora da ceia para lhe perguntar sobre a festa de Natal do treinador Borman. Começa às três. Vou se você me levar, porque aí podemos ir embora cedo. Dizemos que temos reservas para jantar no The Saddle, ou coisa parecida. Mas preciso responder ao convite.

Vi o meu convite ao lado da máquina de escrever e senti uma pontada de culpa. Estava ali havia três dias e eu nem sequer abrira.

— Você quer ir? — perguntei.

— Não acharia ruim aparecer por lá. — Houve uma pausa. — Onde você estava todo esse tempo?

— Em Fort Worth. — Quase acrescentei: *fazendo compras de Natal*. Mas não. A única coisa que eu comprara em Fort Worth fora informação. E a chave de uma casa.

— Foi fazer compras?

Mais uma vez, tive de lutar para não mentir.

— Eu... Sadie, na verdade não posso dizer.

Houve uma pausa longa, muito longa. Fiquei com vontade de fumar. Talvez tivesse desenvolvido o vício por contato. Deus sabia que eu fumava por procuração o dia todo, todos os dias. A sala dos professores era uma neblina azul constante.

— É uma mulher, George? Outra mulher? Ou estou sendo intrometida?

Bom, havia Ivy, mas não era desse tipo de mulher que ela estava falando.

— No departamento feminino, só há você.

Outra daquelas pausas longas, muito longas. No mundo, Sadie podia se mover descuidadamente; na cabeça, nunca era assim. Finalmente, ela disse:

— Você sabe muito sobre mim, coisas que jamais pensei que contaria a alguém, mas quase não sei nada sobre você. Acho que acabei de perceber isso. Sadie pode ser estúpida, George, não é?

— Você não é estúpida. E uma das coisas que você sabe é que a amo.

— É... — Ela soou desconfiada. Recordei o pesadelo que tivera naquela noite, nos Bangalôs Candlewood, e a cautela que vira no rosto dela quando lhe disse que não lembrava. Era aquele mesmo ar no rosto dela agora? Ou talvez uma expressão um pouco mais profunda do que mera cautela?

— Sadie? Estamos bem?

— Estamos. — Soando um pouco mais segura agora. — Claro que estamos. A não ser pela festa do treinador. O que quer fazer? Lembre-se de que todo o maldito Departamento Escolar estará lá, e a maioria deles estará bêbado de cair na hora em que a sra. Treinadora servir o bufê.

— Vamos — disse eu, animado demais. — Que vai rolar a festa, vai rolar.

— Rolar o *quê*?

— Diversão. Foi o que eu quis dizer. Ficamos lá uma hora, talvez hora e meia, depois pulamos fora. Jantar no The Saddle. Está bom pra você?

— Ótimo. — Parecíamos um casal negociando o segundo encontro depois que o primeiro ficara inconcluso. — Vamos nos divertir.

Pensei em Ivy Templeton sentindo o fantasma do perfume de Sadie e perguntando se a minha garota sabia que eu estava me enfiando em Fort Worth depois do escurecer, fazendo coisas esquisitas. Pensei em Deke Simmons dizendo que havia uma pessoa que merecia saber a verdade sobre onde eu estivera e o que fizera. Mas eu contaria a Sadie que matara Frank Dunning a sangue-frio para que ele não assassinasse a mulher e três dos quatro filhos? Que eu fora ao Texas para impedir um assassinato e mudar o rumo da História? Que eu sabia que podia fazer isso porque viera de um futuro onde estaríamos tendo essa conversa pelo computador?

— Sadie, tudo vai dar certo. Isso eu lhe juro.

— Ótimo — disse ela de novo. E, em seguida: — Vejo você amanhã, George, na escola. — E desligou, muito gentil e bem-educada.

Fiquei segurando o telefone por vários segundos, fitando o nada bem à frente. Começou um matraquear nas janelas que davam para o quintal. A chuva finalmente se transformara em neve.

CAPÍTULO 16

1

A festa de Natal do treinador Borman foi um fracasso, e o fantasma de Vince Knowles não foi a única razão. No dia 21, Bobbi Jill Allnut se cansou de olhar aquele rasgo vermelho que passava pelo lado esquerdo do rosto até o queixo e tomou um monte de pílulas para dormir da mãe. Não morreu, mas passou duas noites no Parkland Memorial, o hospital onde o presidente e o assassino do presidente expirariam a menos que eu mudasse tudo. Em 2011 provavelmente haveria hospitais mais próximos — quase com certeza em Kileen, talvez até em Round Hill —, mas não durante o ano inteiro em que ensinei na DCHS.

O jantar no The Saddle também não foi grande coisa. O lugar estava lotado e festivo com a alegria pré-Natal, mas Sadie recusou a sobremesa e pediu para ir para casa cedo. Disse que estava com dor de cabeça. Não acreditei nela.

O baile da véspera de ano-novo na Bountiful Grange nº 7 foi um pouco melhor. Havia um grupo de Austin chamado The Jokers que estava mesmo botando para quebrar. Sadie e eu dançamos até os pés doerem sob redes penduradas cheias de balões. À meia-noite, The Jokers começaram a tocar uma versão de *Auld Lang Syne* à moda dos The Ventures e o cantor berrou:

— Que nenhum sonho fique pra *depois* em mil, novecentos e sessenta e *dois*!

Os balões caíram à nossa volta. Beijei Sadie e lhe desejei um feliz ano-novo enquanto valsávamos, mas, embora ela estivesse alegre e sorrisse a noite toda, não senti sorriso nos seus lábios.

— E feliz ano-novo pra você também, George. Podemos tomar um copo de ponche? Estou com muita sede.

Havia uma fila comprida no ponche com álcool, outra menor no sem álcool. Pus a mistura de limonada cor-de-rosa e ginger ale num copo de papel, mas quando voltei ao lugar onde ela ficara, Sadie tinha sumido.

— Acho que ela foi tomar ar fresco, campeão — disse Carl Jacoby. Ele era um dos quatro professores da oficina da escola, provavelmente o melhor, mas eu não o deixaria chegar nem a duzentos metros de uma ferramenta elétrica naquela noite.

Verifiquei os fumantes agrupados sob a escada de incêndio. Sadie não estava entre eles. Fui até o Sunliner. Ela estava sentada no banco do passageiro, com as saias volumosas em ondas que iam até o painel. Só Deus sabe quantas anáguas estava usando. Ela fumava e chorava.

Entrei no carro e tentei abraçá-la.

— Sadie, o que é? O que é, querida? — Como se eu não soubesse! Como se eu já não soubesse fazia tempo.

— Nada. — Chorando mais. — As minhas regras vieram, é só isso. Me leve para casa.

Eram apenas pouco mais de quatro quilômetros, mas pareceu uma viagem muito longa. Não falamos. Subi a entrada de garagem dela e desliguei o motor. Ela parara de chorar, mas ainda não dissera nada. Nem eu. Alguns silêncios podem ser confortáveis. Esse parecia fatal.

Ela tirou os Winston da bolsa, olhou e guardou de novo. O clique do fecho foi muito alto. Ela me olhou. O cabelo era uma nuvem escura cercando o oval branco do rosto.

— Não tem nada que você queira me contar, George?

O que eu queria lhe contar mais do que tudo era que o meu nome não era George. Eu passara a não gostar desse nome. Quase o odiava.

— Duas coisas. A primeira é que amo você. A segunda é que não estou fazendo nada que me envergonhe. Ah, e dois-A: nada que envergonhe *você*.

— Bom. Isso é bom. E amo você, George. Mas vou *lhe* dizer uma coisa, se quiser escutar.

— Sempre vou escutar. — Mas ela estava me assustando.

— Tudo pode continuar na mesma... por enquanto. Enquanto eu ainda estiver casada com John Clayton, mesmo que seja só no papel e nunca tenha sido propriamente consumado, há coisas que sinto que não tenho o direito de perguntar a você... ou *sobre* você.

— Sadie...

Ela pôs o dedo nos meus lábios.

— Por enquanto. Mas jamais permitirei que outro homem ponha uma vassoura na cama. Está me entendendo?

Ela deu um beijo rápido onde os dedos tinham estado e depois subiu correndo o caminho até a porta, procurando a chave.

Foi assim que 1962 começou para o homem que dizia se chamar George Amberson.

2

O primeiro dia do novo ano nasceu frio e límpido, com a previsão do Relatório Matutino Rural ameaçando neblina e geada nas terras baixas. Eu levara os dois abajures grampeados para a garagem. Pus um deles no carro e fui até Fort Worth. Achei que, se havia um dia em que o esfarrapado parque de diversões da rua Mercedes fechava, seria aquele. Acertei. A rua estava silenciosa como... bom, silenciosa como o mausoléu dos Tracker quando arrastei o corpo de Frank Dunning para dentro dele. Velocípedes virados e alguns brinquedos estavam jogados em jardins pelados. Algum festeiro deixara um brinquedo maior — um monstruoso e velho Mercury — estacionado ao lado da varanda. As portas do carro ainda estavam abertas. Havia alguns restos tristes de serpentinas de papel crepom na terra pisada da rua e um monte de latas de cerveja — a maioria Lone Star — na sarjeta.

Olhei o 2.706 e não vi ninguém espiando pelas grandes janelas da frente, mas Ivy tinha razão: quem ficasse ali em pé teria uma linha de visão perfeita para a sala de estar do 2.703.

Estacionei nas tiras de cimento que se faziam de entrada de garagem como se tivesse todo o direito de estar no antigo lar da azarada família Templeton. Peguei o abajur e uma caixa de ferramentas novinha e fui até a porta da frente. Tive um mau momento quando a chave se recusou a funcionar, mas foi só porque estava nova. Quando a umedeci com um pouco de saliva e a sacudi um pouco, ela girou e eu entrei.

Havia quatro cômodos caso se contasse o banheiro, visível por uma porta que pendia aberta da única dobradiça inteira. O maior era uma combinação de sala de estar e cozinha. Os outros dois eram quartos. No maior, não havia colchão na cama. Lembrei Ivy dizer *É como levar o cachorro nas férias, né?* No menor, Rosette desenhara meninas de lápis de cera nas paredes, onde a massa corrida descascava e as ripas da parede apareciam. Todas usavam vestidos verdes e grandes sapatos pretos. Tinham marias-chiquinhas desproporcionais tão compridas quanto as pernas, e muitas chutavam bolas de futebol. Uma usava uma tiara de Miss América empoleirada no cabelo e um grande sorriso de batom vermelho. A casa ainda cheirava levemente à carne frita qualquer que Ivy preparara para a última refeição antes de voltar a Mozelle para morar com a mamãe, o seu diabete e o marido de espinha quebrada.

Era ali que Lee e Marina começariam a fase americana do casamento. Fariam amor no maior dos dois quartos, e ele a surraria lá. Era onde Lee ficaria acordado na cama depois de longos dias montando portas contra tempestade e se perguntaria por que diabos não era famoso. Não tinha tentado? Não tinha tentado *muito*?

E, na sala, com o montanhoso assoalho de altos e baixos e o puído carpete verde-bile, Lee conheceria o homem em quem eu não deveria confiar, o responsável pela maioria e talvez por todas as dúvidas que Al tivera sobre o papel de Oswald como pistoleiro solitário. O nome daquele homem era George de Mohrenschildt, e eu queria muitíssimo ouvir o que ele e Oswald tinham a dizer um ao outro.

Havia uma velha cômoda num dos lados do aposento principal que ficava mais perto da cozinha. As gavetas eram uma bagunça de talheres descombinados e utensílios de cozinha lixentos. Afastei o móvel da parede e vi uma tomada. Excelente. Pus o abajur em cima da cômoda e o liguei. Sabia que alguém moraria ali algum tempo antes dos Oswald, mas achei que ninguém levaria embora o Abajur Inclinado de Pisa quando levantasse acampamento. Se levassem, eu tinha um substituto na garagem.

Abri um furo na parede até o lado de fora com a broca menor, empurrei a cômoda de volta para o lugar e experimentei o abajur. Funcionava direito. Guardei tudo e saí da casa, tomando o cuidado de trancar a porta. Depois, voltei a Jodie.

Sadie me ligou e perguntou se eu gostaria de ir à casa dela cear. Só frios, disse ela, mas haveria bolo quatro quartos de sobremesa, se eu estivesse interessado. Fui. A sobremesa estava maravilhosa como sempre, mas não foi a mesma coisa. Porque ela tinha razão. Havia uma vassoura na cama. Como o jimla que Rosette vira no banco de trás do meu carro, era invisível... mas estava lá. Invisível ou não, lançou uma sombra.

3

Às vezes um homem e uma mulher chegam a uma encruzilhada e ficam lá, relutando em tomar um caminho ou outro, sabendo que a escolha errada será o fim... e que há muita coisa que valeria a pena resguardar. Foi assim comigo e com Sadie durante o inverno implacavelmente cinzento de 1962. Ainda saíamos para jantar uma ou duas vezes por semana e ainda íamos aos Bangalôs Candlewood numa ou noutra noite de sábado. Sadie gostava de sexo, e essa era uma das coisas que nos mantinham unidos.

Em três ocasiões, sacudimos o esqueleto. Donald Bellingham era sempre o DJ, e, mais cedo ou mais tarde, nos pediam que reprisássemos o primeiro Lindy Hop. Os garotos sempre batiam palmas e assoviavam quando obedecíamos. E não era por educação. Ficavam autenticamente admirados, e alguns começaram mesmo a aprender os passos.

Ficamos contentes? Claro, porque a imitação realmente é a forma mais sincera de lisonja. Mas nunca fomos tão bons quanto naquela primeira vez, nunca tão intuitivamente fluidos. A graça de Sadie titubeava. Certa vez ela perdeu o equilíbrio num salto e teria caído de pernas para o ar se não fosse um par de robustos jogadores de futebol americano com reflexos rápidos por perto. Ela riu, mas deu para ver a vergonha no rosto dela. E a censura. Como se a culpa fosse minha. E, de certo modo, era.

Tinha de haver um rompimento. Poderia ter acontecido antes se não fosse o *Jodie Jamboree*. Esse foi o nosso amadurecimento, a oportunidade de demorar um pouco e pensar melhor antes de sermos forçados a tomar uma decisão que nenhum de nós queria tomar.

4

Ellen Dockerty me procurou em fevereiro e me perguntou duas coisas: primeiro, se eu pensaria melhor e assinaria um contrato para o ano letivo 1962-1963 e, depois, se voltaria a dirigir a peça de teatro da escola, já que a do ano anterior fora um sucesso tão retumbante. Neguei os dois pedidos, não sem uma pontada de dor.

— Se for o seu livro, você teria o verão inteiro para trabalhar nele — insistiu ela.

— Não seria suficiente — disse eu, embora naquele momento não desse a mínima a *O local do crime*.

— Sadie Dunhill diz que acha que você não dá a mínima àquele romance.

Era uma ideia que ela não dividira comigo. Fiquei abalado mas tentei não demonstrar.

— El, Sadie não sabe tudo.

— A peça, então. Pelo menos faça a peça. Desde que não envolva nudez, apoio o que você escolher. Dada a composição atual do conselho escolar e o fato de que eu mesma só tenho dois anos de contrato como diretora, essa é uma promessa e tanto. Pode dedicá-la a Vince Knowles, se quiser.

— Vince já teve uma temporada de futebol dedicada à sua memória, Ellie. Acho que basta.

Ela foi embora, vencida.

O segundo pedido veio de Mike Coslaw, que se formaria em junho e me disse que pretendia cursar teatro na faculdade.

— Mas o que eu mais gostaria de fazer era mais uma peça aqui. Com o senhor, sr. Amberson. Porque o senhor me mostrou o caminho.

Ao contrário de Ellie Dockerty, ele aceitou sem questionar a desculpa do meu falso romance, o que fez com que eu me sentisse mal. Péssimo, na verdade. Para um homem que não gostava de mentir, que vira o seu casamento desmoronar por causa de todas as mentiras que ouvira da esposa paro-com-isso-quando-quiser, sem dúvida eu andava contando uma carroça delas, como se dizia nos meus tempos de Jodie.

Levei Mike até o estacionamento dos alunos, onde estava a sua valiosa propriedade (um velho sedã Buick com para-lamas que cobriam as rodas) e lhe perguntei como estava o braço agora que tirara o gesso. Ele disse que estava bom e tinha certeza de que estaria pronto para os treinos de futebol no verão.

— Só que — disse ele —, se me cortarem, não vou ficar arrasado. Aí talvez eu possa fazer teatro amador além da escola. Quero aprender tudo, cenografia, iluminação, até figurino. — Ele riu. — Vão começar a me chamar de maricas.

— Concentre-se no futebol, em tirar boas notas e não sentir saudades demais no primeiro semestre — disse eu. — Por favor. Não estrague tudo.

Ele fez uma voz zumbi de Frankenstein.

— Sim... mestre...

— Como está Bobbi Jill?

— Melhor — disse ele. — Lá está ela.

Bobbi Jill esperava ao lado do Buick de Mike. Acenou para ele, depois me viu e na mesma hora virou de costas, como se estivesse interessada no campo de futebol e nos pastos além. Foi um gesto ao qual todos na escola tinham se acostumado. A cicatriz do acidente se tornara uma linha grossa e vermelha. Ela tentava cobri-la com cosméticos, o que simplesmente a deixava mais visível.

Mike disse:

— Eu já lhe disse para abandonar o pó de arroz, ela fica parecendo um anúncio da Funerária Soames, mas ela não quer saber. Também lhe disse que não fico com ela por piedade, nem pra que ela não tome mais pílulas. Ela diz que acredita em mim, e talvez acredite. Nos dias bons.

Observei-o correr até Bobbi Jill, segurá-la pela cintura e virá-la. Suspirei, me sentindo um pouco estúpido e muito teimoso. Uma parte minha queria fazer a maldita peça. Mesmo que não servisse para mais nada, preencheria o tempo enquanto eu esperava o começo do meu espetáculo. Mas não queria me prender à vida de Jodie mais do que já estava preso. Como qualquer possível futuro de longo prazo com Sadie, o meu relacionamento com a cidade precisava ficar à espera.

Se tudo desse certo, era possível que eu conseguisse ficar com a moça, o relógio de ouro e tudo o mais. Mas não podia contar com isso, por mais cuidadosamente que planejasse. Mesmo que conseguisse, talvez tivesse de fugir, e se não conseguisse, havia uma boa probabilidade de que a minha boa ação pelo bem do mundo fosse recompensada com a vida na cadeia. Ou a cadeira elétrica em Huntsville.

5

Foi Deke Simmons que finalmente me armou uma cilada para eu dizer sim. Ele fez isso me dizendo que eu seria maluco até mesmo em pensar no caso. Eu deveria ter reconhecido aquela artimanha de *Ah, irmão Raposa, por favor, não me jogue de novo naquele espinheiro*, mas ele foi muito manhoso. Muito sutil. Um perfeito irmão Coelho, pode-se dizer.

Estávamos na minha sala tomando café numa tarde de sábado enquanto um filme antigo passava na minha TV chuviscante — caubóis em Forte Hollywood enfrentando o ataque de mais ou menos dois mil índios. Lá fora, mais chuva caía. Deve ter havido pelo menos alguns dias de sol durante o inverno de 1962, mas não me lembro de nenhum. Só consigo me lembrar dos dedos frios da garoa sempre encontrando o seu caminho até a minha nuca raspada, apesar do colarinho erguido do casaco de pelo de ovelha que comprei para substituir o casaco rancheiro.

— Você não precisa se preocupar com aquela maldita peça só porque Ellen Dockerty está com bicho-carpinteiro por causa dela — disse Deke. — Termine o seu livro, faça sucesso e não olhe para trás. Vá para a boa vida de Nova York. Tome um drinque com Norman Mailer e Irwin Shaw no White Horse Tavern.

— Há-há — disse eu. John Wayne tocava corneta. — Acho que Norman Mailer não precisa se preocupar muito comigo. Nem Irwin Shaw.

— E você já fez bastante sucesso com *Ratos e homens* — disse ele. — Qualquer coisa que vier depois provavelmente vai desapontar na compa... Caramba, olhe isso! Uma flecha acabou de atravessar o chapéu de John Wayne! Ainda bem que era o modelo luxo de 70 litros!

Fiquei mais vexado do que deveria com a ideia de que a segunda tentativa poderia não ser tão boa. Pensei no modo como Sadie e eu não conseguíamos igualar o nosso primeiro desempenho na pista de dança apesar de todo o esforço.

Deke parecia completamente absorto pela TV quando disse:

— Além disso, Ratty Sylvester demonstrou interesse pela peça dos alunos. Tem falado em *Arsênico e alfazema*. Diz que ele e a mulher assistiram à peça em Dallas dois anos atrás e que era uma comédia das boas.

Bom Deus, *aquela* velharia. E Fred Sylvester, do Departamento de Ciências, como diretor? Achei que não confiaria em Ratty para dirigir um treinamento de incêndio na escola primária. Se um ator talentoso mas ainda muito inexperiente como Mike Coslaw acabasse com Ratty no comando, o seu processo de amadurecimento se atrasaria uns cinco anos. Ratty e *Arsênico e alfazema*. Jesus chorou.

— Não haveria tempo para montar nada muito bom, mesmo — continuou Deke. — Assim, acho melhor deixar que Ratty leve o tombo. Nunca gostei mesmo daquele patife medroso.

Ninguém gostava muito dele, até onde eu sabia, a não ser talvez a sra. Ratty, que corria ao seu lado em todas as escolas e funções letivas, envolta em hectares de organdi. Mas não seria ele a levar o tombo. Seriam as crianças.

— Eles podiam montar um espetáculo de variedades — disse eu. — Para isso haveria tempo suficiente.

— Ah, Cristo, George! Wallace Beery acabou de levar uma flecha no ombro! Acho que agora ele vai!

— Deke?

— Não, John Wayne vai levá-lo para lugar seguro. Esse velho bangue-bangue não faz sentido *nenhum*, mas eu adoro, e você?

— Você ouviu o que eu disse?

Entrou um anúncio. Keenan Wynn desceu de uma pá mecânica, tirou o capacete e disse ao mundo que andaria uma milha por um Camel. Deke se virou para mim.

— Não, acho que não prestei atenção.

Raposa esperta. Como se.

— Eu disse que haveria tempo de montar um espetáculo de variedades. Uma revista. Música, dança, piadas, alguns esquetes.

— Tudo menos garotas dançando cancã? Ou está pensando nisso também?

— Não se faça de bobo.

— Então vai ser um vaudevile. Sempre gostei de vaudevile. "Boa noite, sra. Calabash, onde quer que esteja" e tudo o mais.

Ele puxou o cachimbo do bolso do casaco, encheu-o de Prince Albert e acendeu.

— Sabe, na verdade costumávamos fazer coisa parecida lá no Grange. O espetáculo se chamava *Jodie Jamboree.* Mas não mais, desde o final dos anos 40. O pessoal ficou meio envergonhado com ele, embora ninguém aparecesse pra dizer. E a gente não chamava de vaudevile.

— Do que você está falando?

— Era um *minstrel show*, George. Todos os caubóis e trabalhadores das fazendas participavam. Pintavam a cara de preto, cantavam e dançavam, contando piadas falando do jeito que eles achavam que era um dialeto negro. Mais ou menos baseado no programa de rádio *Amos 'n Andy.*

Comecei a rir.

— Alguém tocava banjo?

— Para dizer a verdade, em algumas ocasiões a nossa atual diretora tocava.

— *Ellen* tocava *banjo* num *minstrel show*?

— Cuidado, você está começando a falar em decassílabos. Isso pode levar a ilusões de grandeza, parceiro.

Inclinei-me para a frente.

— Me conte uma das piadas.

Deke limpou a garganta e começou a falar com duas vozes graves.

— Dizaí, mano Tambo, pru que ocê comprô esse vidro de vaselina?

— Uai, foi pruque tava custano cinquenta centavo!

Ele me olhou com expectativa e percebi que a piada acabara.

— Eles riam? — Quase temi a resposta.

— De cair no chão e berrar por mais. A gente ouvia essas piadas na praça semanas depois. — Ele me olhou solenemente, mas os olhos cintilavam como lampadinhas de Natal. — Somos uma cidade pequena. A nossa necessidade de humor é bem humilde. A nossa ideia de graça rabelaisiana é um cego escorregando numa casca de banana.

Fiquei pensando. O bangue-bangue voltou, mas Deke parecia ter perdido o interesse. Estava me observando.

— Aquele troço ainda pode funcionar — disse eu.

— George, aquele troço sempre funciona.

— Também não precisam ser negros engraçados.

— Não poderia mais ser assim, de qualquer modo — disse ele. — Talvez na Louisiana ou no Alabama, mas não a caminho de Austin, que os sujeitos do *Slimes Herald* chamam de Cidade dos Comunas. E você não ia querer, não é?

— Não. Pode me chamar de sentimental, mas acho a ideia repulsiva. E pra quê? Piadas velhas... garotos de terno grande com ombreiras em vez de macacão de roceiro... garotas vestidas de melindrosa, com vestidos até os joelhos e cheios de franjas... Eu adoraria ver o que Mike Coslaw faria num esquete de comédia...

— Ah, seria de matar — disse Deke, como se fosse uma conclusão já tomada de antemão. — Excelente ideia. Pena que você não tenha tempo para experimentar.

Comecei a dizer alguma coisa mas aí outro daqueles relâmpagos me atingiu. Foi tão brilhante quanto o que iluminara o meu cérebro quando Ivy Templeton dissera que os vizinhos do outro lado da rua conseguiam ver a sua sala de estar.

— George? A sua boca está aberta. A vista é boa mas não apetitosa.

— Posso arranjar tempo — disse —, se você convencer Ellie Dockerty a aceitar uma condição.

Ele se levantou e desligou a TV sem dar sequer uma olhada, embora a luta entre Duke Wayne e a nação pawnee tivesse chegado ao clímax, com o Forte Hollywood ardendo como o inferno ao fundo.

— Diga.

Eu disse e depois:

— Tenho de falar com Sadie. Agora mesmo.

6

A princípio, ela se mostrou solene. Depois, começou a sorrir. O sorriso virou uma risada. E quando lhe disse a ideia que tivera no final da conversa com Deke, ela me abraçou. Mas para ela isso não bastava, e ela subiu até conseguir me abraçar com as pernas também. Naquele dia não houve vassoura entre nós.

— É brilhante! Você é um gênio! Vai escrever o roteiro?

— Pode apostar. E também não vai levar muito tempo. — Piadas velhas já revoavam pela minha cabeça: *O treinador Borman olhou o suco de laranja durante vinte minutos porque na lata estava escrito CONCENTRADO. O nosso cachorro tem o rabo para dentro e a gente tinha de tirar radiografia para saber se ele estava contente. Andei num avião tão velho que um dos banheiros tinha uma placa Orville e o outro, Wilbur.* — Mas preciso de muita ajuda com o resto. Acontece que preciso de uma produtora. Espero que aceite o serviço.

— Claro. — Ela escorregou de volta para o chão com o corpo ainda colado no meu. Isso produziu um relâmpago lamentavelmente curto de perna nua quando a saia subiu. Ela começou a andar de um lado para o outro na sala, fumando furiosamente. Tropeçou na poltrona (provavelmente pela sexta ou oitava vez desde que estávamos em termos íntimos) e recuperou o equilíbrio sem parecer nem notar, embora ao anoitecer ficasse com um belo hematoma na canela.

— Se está pensando em roupa de melindrosa da década de 20, posso pedir que Jo Peet faça o figurino. — Jo era a nova chefe do Departamento de Economia Doméstica, promovida ao cargo quando Ellen Dockerty foi confirmada como diretora.

— Que ótimo.

— A maioria das garotas da Economia Doméstica adora costurar... e cozinhar. George, precisaremos servir refeições noturnas, não é? Se os ensaios demorarem muito? E demorarão, porque estamos começando muitíssimo tarde.

— É, mas só uns sanduíches...

— Podemos fazer melhor do que isso. *Muito.* E música! Precisaremos de música! Terá de ser gravada, porque a banda nunca conseguiria tocar uma coisa dessas a tempo. — E então, juntos, dissemos *"Donald Bellingham!"* em perfeita harmonia.

— E a publicidade? — perguntei. Começávamos a parecer Mickey Rooney e Judy Garland se preparando para montar um espetáculo no celeiro da tia Milly.

— Carl Jacoby e os seus garotos de Projeto Gráfico. Cartazes não só aqui, mas na cidade inteira. Porque queremos que a cidade toda venha, não só os parentes dos garotos do espetáculo. Só lugares em pé.

— Bingo — disse e beijei o nariz dela. Adorava a sua empolgação. Eu mesmo estava ficando bem empolgado.

— O que dizemos sobre o aspecto beneficente? — perguntou Sadie.

— Nada até termos certeza de que conseguiremos dinheiro suficiente. Não queremos alimentar falsas esperanças. O que acha de ir comigo a Dallas amanhã fazer algumas perguntas?

— Amanhã é domingo, meu bem. Depois da aula na segunda. Talvez antes mesmo de acabar, se você conseguir dispensa da sétima aula.

— Vou pedir a Deke que saia da aposentadoria para cobrir a recuperação de Inglês — disse eu. — Ele me deve uma.

7

Sadie e eu fomos a Dallas na segunda-feira, correndo pela estrada para chegar lá antes do fim do horário comercial. Acontece que a empresa que procurávamos ficava no bulevar Harry Hines, perto do Parkland Memorial. Lá, fizemos um monte de perguntas e Sadie fez uma demonstração rápida do que procurávamos. As respostas foram mais do que satisfatórias e, dois dias depois, comecei a minha penúltima aventura no show business como diretor de *Jodie Jamboree*, Novo e Hilariante Espetáculo de Vaudevile com Música e Dança. E tudo em nome de Uma Boa Causa. Não dissemos qual era a causa e ninguém perguntou.

Duas coisas sobre a Terra de Antigamente: há muito menos papelada e muito mais confiança.

8

Todo mundo na cidade *apareceu*, e Deke Simmons acertara numa coisa: aquelas piadas antigas pareciam nunca envelhecer. Pelo menos, não a dois mil e quinhentos quilômetros da Broadway.

Nas pessoas de Jim LaDue (que não era ruim e conseguiu até cantar um pouco) e Mike Coslaw (que foi absolutamente hilariante), o nosso espetáculo foi mais Dean Martin e Jerry Lewis do que Mr. Bones e Mr. Tambo com a cara pintada de preto. Os esquetes eram do tipo físico e, com um par de atletas a representar, provavelmente funcionaram melhor do que seria de esperar. Na plateia, houve tapas no joelho e botões arrebentaram. Provavelmente algumas cintas também.

Ellen Dockerty tirou o banjo da aposentadoria; para uma senhora de cabelo azul, ela tocou um intervalo irado. E acabou mesmo havendo cancã. Mike e Jim convenceram o resto do time de futebol americano a fazer um cancã engraçadíssimo, de calções e anáguas no sul e mais nada, só a pele, no norte. Jo Peet lhes arranjou perucas e eles pararam o trânsito. As damas da cidade pareceram doidinhas com aqueles rapazes de peito nu, com perucas e tudo.

No final, todo o elenco formou pares e encheu o palco do ginásio dançando swing freneticamente enquanto *In the Mood* berrava nos alto-falantes. Voavam saias; pés relampejavam; jogadores de futebol americano (agora vestindo terno largo e chapéu com aba pontuda) giravam garotas esguias. Na maioria, elas eram líderes de torcida que já sabiam alguma coisa sobre como arrastar os pés.

A música terminou; o elenco, rindo e ofegando, foi à frente para as reverências; e, quando a plateia se pôs de pé pela terceira (ou talvez fosse a quarta) vez desde que o pano subira, Donald pôs *In the Mood* para tocar de novo. Dessa vez, as moças e os rapazes correram para lados opostos do palco, pegaram as dúzias de tortas de creme que aguardavam em mesas nas coxias e começaram a jogá-las uns nos outros. A plateia rugiu de aprovação.

Essa parte do espetáculo o elenco conhecia e aguardara com expectativa, embora, como não voassem tortas reais durante os ensaios, eu não tivesse certeza de que iria dar certo. É claro que funcionou esplendidamente, como sempre acontece nas batalhas de tortas. Até então os garotos sabiam que esse era o clímax, mas eu tinha mais um truque na manga.

Quando eles avançaram para fazer a segunda reverência, o rosto escorrendo creme e o figurino respingado, *In the Mood* começou pela *terceira* vez. A maioria dos garotos olhou em volta com curiosidade e não viu a Fila do Corpo Docente se levantar segurando as tortas de creme que Sadie e eu tínhamos guardado atrás dos assentos. As tortas voaram e o elenco se cobriu de creme pela segunda vez. O treinador Borman tinha *duas* tortas e a sua mira era letal: ele acertou o seu *quarterback* e o astro defensor.

Mike Coslaw, o rosto pingando creme, começou a berrar:

— *Sr. A.! Srta. D.! Sr. A.! Srta. D.!*

O resto do elenco repetiu, depois a plateia, batendo palmas no ritmo. Subimos ao palco de mãos dadas, e Bellingham pôs para tocar de novo aquele maldito disco. Os garotos formaram filas dos dois lados, gritando:

— *Dança! Dança! Dança!*

Não tínhamos opção e, embora eu tivesse certeza de que a minha namorada escorregaria em todo aquele creme e quebraria o pescoço, fomos perfeitos pela primeira vez desde o baile de maria cebola. No final, apertei ambas as mãos de Sadie, vi o seu sinalzinho de cabeça — *Vamos, pode fazer, confio em você* — e a joguei entre as minhas pernas. Ambos os sapatos voaram sobre a primeira fila, a saia subiu delirante pelas coxas acima... e ela se pôs magicamente de pé, inteira, com as mãos estendidas para a plateia — que estava enlouquecida — e depois para os lados da saia suja de creme, numa reverência de dama antiga.

Acontece que os garotos também tinham um ás na manga, quase com certeza instigado por Mike Coslaw, embora ele nunca admitisse. Tinham guardado algumas tortas e, enquanto estávamos ali de pé, recebendo os aplausos, fomos atingidos por pelo menos uma dúzia, vinda de todas as direções. E a multidão, como dizem, enlouquece.

Sadie puxou a minha orelha para perto da boca, limpou com o dedo o creme batido que a cobria e cochichou:

— Como pode abandonar tudo isso?

9

E ainda não tinha acabado.

Deke e Ellen foram até o centro do palco, encontrando o caminho quase por mágica entre as poças, respingos e um monte de creme. Ninguém sonharia em jogar uma torta *neles*.

Deke ergueu a mão pedindo silêncio e, quando foi à frente, Ellen Dockerty falou com uma voz clara de sala de aula que cobriu facilmente os murmúrios e os risos residuais.

— Senhoras e senhores, a apresentação de hoje de *Jodie Jamboree* será seguida por mais três. — Isso provocou outra onda de aplauso. — Essas são apresentações *beneficentes* — continuou ela quando o aplauso se reduziu —, e tenho o prazer... sim, tenho muito prazer de lhes dizer quem será o beneficiado. No outono passado, perdemos um dos nossos valiosos alunos e todos choramos o falecimento de Vincent Knowles, que aconteceu muito, muito, *muito* cedo.

Agora havia um silêncio mortal no público.

— Uma menina que todos conhecem, uma das luzes condutoras do nosso corpo discente, foi gravemente ferida naquele acidente. O sr. Amberson e a srta. Dunhill marcaram para Roberta Jillian Allnut uma cirurgia facial reconstrutora neste mês de junho, em Dallas. Não haverá custo algum para a família Allnut; fui avisada pelo sr. Sylvester, que serviu de contador do *Jodie Jamboree*, que os colegas de Bobbi Jill e toda esta cidade asseguraram que o custo da cirurgia seja totalmente coberto.

Houve um momento de silêncio enquanto processavam a informação, e depois todos pularam de pé. O aplauso foi como trovoada de verão. Vi Bobbi

Jill em pessoa nas arquibancadas. Ela chorava com as mãos cobrindo o rosto. Os pais a abraçavam.

Essa foi uma noite de cidade pequena, um daqueles burgos perto da estrada principal aos quais ninguém dá muita importância a não ser quem mora lá. E tudo bem, porque *eles* dão importância. Olhei Bobbi Jill, soluçando nas mãos. Olhei Sadie. Havia creme no seu cabelo. Ela sorriu. Eu também. Ela fez com a boca *Amo você, George*. Fiz de volta *Amo você também*. Naquela noite, amei todos eles, e a mim por estar com eles. Nunca me senti tão vivo nem tão feliz de estar vivo. Como poderia mesmo abandonar tudo isso?

A explosão veio duas semanas depois.

10

Era um sábado, dia de comprar mantimentos. Sadie e eu tínhamos adotado o hábito de ir juntos ao Weingarten's, na rodovia 77. Empurrávamos os carrinhos com companheirismo, lado a lado, enquanto Mantovani tocava lá em cima, examinando as frutas e procurando as melhores ofertas de carne. Podia-se conseguir quase qualquer corte, desde que fosse frango ou carne bovina. Para mim, tudo bem; mesmo depois de quase três anos, eu ainda me espantava com os preços baixíssimos.

Naquele dia, eu tinha algo além de mantimentos na cabeça: a família Hazzard, que morava na rua Mercedes, 2.706, um barraco comprido do outro lado da rua e um pouco à esquerda da casa podre de dois andares que Lee Oswald logo chamaria de lar. O *Jodie Jamboree* me deixara ocupadíssimo, mas consegui fazer três viagens à rua Mercedes naquela primavera. Estacionei o meu Ford num terreno no centro de Fort Worth e peguei o ônibus da rua Winscott, que parava a uns quinhentos metros de lá. Nessas viagens, usava jeans, botas arranhadas e uma jaqueta de brim desbotado que comprara numa venda de garagem. A minha história, se alguém perguntasse: procurava um aluguel barato porque acabara de arranjar emprego de vigia noturno na Texas Sheet Metal, na zona oeste de Fort Worth. Isso fazia de mim um indivíduo de confiança (desde que ninguém fosse verificar) e dava uma razão para a casa ficar em silêncio, com as janelas fechadas, durante as horas do dia.

Nos meus passeios de ida e volta pela rua Mercedes até o depósito da Monkey Ward (sempre com um jornal dobrado na página de classificados de imóveis para alugar), avistei o sr. Hazzard, um gigante de trinta e poucos anos, os dois garotos com quem Rosette não brincaria e uma velha de rosto paralisado que arrastava um dos pés ao andar. Certa ocasião, a mamãe de Hazzard me olhou desconfiada junto da caixa de correio enquanto eu passava devagar pela trilha que servia de calçada, mas não falou.

No terceiro reconhecimento, vi um trailer velho e enferrujado preso atrás da picape de Hazzard. Ele e os garotos o carregavam de caixas enquanto a velha senhora ficava ali perto no capim que começava a verdejar, apoiada na bengala com a cara de desdém de quem teve um derrame, capaz de mascarar toda emoção. Eu apostava na total indiferença. O que senti foi felicidade. Os Hazzard estavam se mudando. Assim que saíssem, um trabalhador chamado George Amberson alugaria o número 2.706. O importante era me assegurar de que seria o primeiro da fila.

Eu tentava imaginar se haveria um modo certeiro de conseguir isso enquanto fazíamos as nossas compras de sábado. Num nível eu respondia a Sadie com os comentários certos, brincando com ela por passar tempo demais na geladeira de laticínios, empurrando o carrinho cheio de mantimentos até o estacionamento, pondo os sacos no porta-malas do Ford. Mas fazia tudo isso no piloto automático, com a maior parte da mente preocupada com a logística de Fort Worth, e essa foi a minha desgraça. Não prestei atenção no que saía da minha boca, e quando se leva vida dupla, isso é perigoso.

Enquanto voltava para a casa de Sadie com ela sentada em silêncio (silêncio demais) ao meu lado, eu cantava porque o rádio do Ford enguiçara. As válvulas também andavam fungando. O Sunliner ainda parecia chique e me apegara a ele por todo tipo de razão, mas ele já estava a sete anos da linha de montagem e percorrera uns 150 mil quilômetros.

Levei as compras de Sadie para a cozinha de uma vez só, soltando gemidos heroicos e cambaleando para fazer mais efeito. Não notei que ela não sorria e não fazia ideia de que o nosso curto período de reanimação terminara. Ainda pensava na rua Mercedes e me perguntava que tipo de espetáculo teria de montar por lá — ou melhor, quanto espetáculo. Seria delicado. Queria ser um rosto familiar, porque a familiaridade traz desinteresse além de desprezo, mas não queria me destacar. Depois havia os Oswald. Ela não falava inglês e ele era frio por natureza, tudo bem, mas o 2.706 ainda ficava pertíssimo. O passado pode ser obstinado, mas o futuro era delicado, um castelo de cartas, e eu tinha de tomar muito cuidado para não mudá-lo antes de estar pronto. Portanto, tinha de...

Foi aí que Sadie falou comigo e, pouco depois disso, a vida que eu passara a conhecer (e amar) em Jodie começou a desmoronar.

11

— George? Pode vir aqui à sala? Quero conversar com você.

— Não é melhor pôr os hambúrgueres e as costeletas de porco na geladeira? E acho que vi sorv...

— *Deixe derreter!* — berrou ela, e isso me tirou às pressas da minha cabeça.

Virei-me para ela, que já estava na sala. Ela pegou os cigarros na mesinha de canto ao lado do sofá e acendeu um. Com a minha gentil insistência, ela tentara reduzir (pelo menos perto de mim) e, de certa forma, isso pareceu mais agourento do que a voz alta.

Fui para a sala.

— O que foi, querida? Qual é o problema?

— Tudo. Que música era aquela?

O rosto dela estava pálido e fechado. Ela segurava o cigarro na frente da boca como um escudo. Comecei a perceber que dera uma escorregada, mas não sabia como nem quando, e isso era assustador.

— Não sei o que a você q...

— A música que você estava cantando no carro quando voltamos para casa. Aquela que você berrava a plenos pulmões.

Tentei me lembrar e não consegui. Só conseguia me lembrar de que estava pensando que na rua Mercedes eu teria de me vestir sempre como um trabalhador meio sem sorte para me encaixar no ambiente. Claro que estava cantando, mas isso eu costumava fazer enquanto pensava em outra coisa — todo mundo não faz isso?

— Alguma música pop que ouvi na KLIF, acho. Alguma coisa que ficou na minha cabeça. Você sabe que as músicas são assim. Não entendo por que está tão nervosa.

— Algo que ouviu na K-Life. Com letras como "Encontrei uma rainha cheia de gim num bar em Memphis, ela tentou me levar para uma voltinha lá em cima"?

Não foi só o meu coração que se apertou; tudo debaixo do meu pescoço pareceu diminuir quinze centímetros. *Honky Tonk Women*. Era isso que eu estava cantando. Uma música que só seria gravada dali a sete ou oito anos por um grupo que só teria um sucesso nos Estados Unidos depois de mais três. A minha cabeça estivera em outras coisas, mas mesmo assim... como pude ser tão burro?

— "Ela me quebrou o nariz e me deixou maluco"? No *rádio*? A Comissão Federal de Comunicações fecharia a estação que tocasse algo assim!

Então comecei a me zangar. Principalmente comigo... mas não *só* comigo. Eu andava numa maldita corda bamba e ela brigava comigo por causa de uma música dos Rolling Stones.

— Esfrie a cabeça, Sadie. É só uma *música*. Não sei onde escutei.

— Isso é mentira e ambos sabemos.

— Você está pirando. Acho que é melhor eu pegar as minhas compras e ir para casa. — Tentei manter a voz calma. O som era muito familiar. Era o jeito que sempre tentava falar com Christy quando ela chegava em casa de pileque. A saia amassada, a blusa desalinhada, o cabelo todo desarrumado. Sem falar do batom manchado. Pela borda do copo ou pelos lábios de algum colega de bar?

Bastou pensar nisso para ficar mais zangado. *Errado de novo*, pensei. Não sabia se queria dizer Sadie ou Christy ou eu, e naquele momento nem liguei. Nunca ficamos mais zangados do que quando somos pegos no flagra, não é?

— Acho que é melhor você me dizer onde escutou aquela música, se pretende algum dia voltar aqui. E onde ouviu o que disse ao garoto do supermercado quando ele disse que poria dois sacos no frango para não vazar.

— Não faço a mínima ideia do que...

— "Excelente, bródi", foi o que você disse. Acho que é melhor me contar onde ouviu isso. E *vai rolar a festa*. E *pisante*. E *arrasar*. *Esfrie a cabeça* e *pirando*, quero saber onde ouviu isso também. Porque você diz essas coisas que ninguém mais diz. Quero saber por que ficou tão apavorado com aquele coro estúpido de Jimla que falou dele dormindo. Quero saber onde fica Derry e porque é parecida com Dallas. Quero saber quando você se casou, com quem e por quanto tempo. Quero saber onde você esteve antes de ir à Flórida, porque Ellie Dockerty diz que não sabe, que algumas referências suas são falsas. "Parecem imaginosas", foi o que ela disse.

Eu tinha certeza de que Ellen não soubera por Deke... mas *descobrira*. Na verdade não fiquei muito surpreso, mas sim furioso porque ela contara a Sadie.

— Ela não tinha o direito de lhe dizer isso!

Ela amassou o cigarro e sacudiu a mão quando pedacinhos de brasa viva pularam e a queimaram.

— Às vezes é como se você fosse... não sei... de outro universo! Um universo onde se canta sobre foder bêbadas em M-Memphis! Tentei d-dizer a mim mesma que isso não importa, que o a-amor vence tudo, só que não vence. Não vence a mentira. — A voz dela tremeu, mas ela não chorou. E os olhos dela ficaram fixos nos meus. Se só houvesse raiva neles, teria sido um pouco mais fácil. Mas havia súplica, também.

— Sadie, se você pud...

— *Não vou.* Não mais. Então não comece com a história de que não está fazendo nada de que se envergonhe nem que me envergonhe. Isso eu é que tenho de decidir. Tudo se resume ao seguinte: ou a vassoura vai embora, ou vai você.

— Se soubesse, você não...

— Então me conte!

— *Não posso.* — A raiva explodiu como uma bexiga estourada, deixando para trás um embotamento emocional. Baixei os olhos do rosto duro dela, e por acaso eles caíram sobre a escrivaninha. O que vi ali me fez perder o fôlego.

Era uma pequena pilha de formulários de emprego para o tempo que passaria em Reno no próximo verão. O de cima era do Hotel Cassino Harrah's. Na primeira linha, ela escrevera o nome em letras de imprensa bem certinhas. O nome *inteiro*, inclusive o nome do meio que nunca me ocorrera lhe perguntar.

Estendi a mão bem devagar e pus os polegares sobre o primeiro nome e a segunda sílaba do último sobrenome. O que restou foi **DORIS DUN**.

Lembrei o dia em que falara com a mulher de Frank Dunning, fingindo ser um corretor de imóveis interessado no Centro Recreativo da Zona Oeste. Ela era vinte anos mais velha do que Sadie Doris Clayton, nascida Dunhill, mas ambas tinham olhos azuis, uma pele maravilhosa e bela silhueta de seios fartos. Ambas fumavam. Tudo isso poderia ser coincidência, mas não era. E eu sabia.

— O que está fazendo? — O tom acusador significava que a verdadeira pergunta era *Por que não para de fugir e se esquivar,* mas eu não estava mais zangado. Nem um pouquinho.

— Tem certeza de que ele não sabe onde você está? — perguntei.

— Quem? Johnny? Quer dizer, Johnny? Por que... — Foi aí que ela decidiu que era inútil. Vi no rosto dela. — George, você tem de ir embora.

— Mas ele pode descobrir — disse eu. — Porque os seus pais sabem, e os seus pais achavam que ele era o máximo dos máximos, você mesma disse.

Dei um passo na direção dela. Ela deu um passo atrás. Do jeito que a gente recua de uma pessoa que revelou não ter a cabeça muito certa. Vi medo nos olhos dela, e falta de compreensão, e nem assim consegui parar. Lembre-se de que eu mesmo estava apavorado.

— Mesmo que você lhes tenha dito para não contarem, ele conseguirá tirar isso deles. Porque é encantador. Não é, Sadie? Quando não está lavando compulsivamente as mãos nem arrumando os livros em ordem alfabética nem falando de como é nojento ter ereções, ele é muito, muito encantador. Sem dúvida ele encantou *você*.

— Por favor, vá embora, George. — A voz dela tremia.

Em vez disso, dei outro passo na direção dela. Ela deu um passo atrás para compensar, bateu na parede... e *se encolheu*. Vê-la fazer isso foi como um tapa na cara de um histérico ou um copo de água gelada jogado na cara de um sonâmbulo. Recuei para o arco entre a sala e a cozinha, as mãos erguidas ao lado do rosto, como um homem que se rende. Que era o que eu fazia.

— Estou indo. Mas, Sadie...

— Só não entendo como conseguiu fazer isso — disse ela. As lágrimas chegaram; rolavam devagar pelo seu rosto. — Ou por que se recusa a desfazer. Tínhamos algo tão bom.

— Ainda temos.

Ela fez que não. Devagar, mas com firmeza.

Atravessei a cozinha de um jeito que me pareceu flutuar em vez de andar, peguei a embalagem de sorvete de baunilha num dos sacos sobre a bancada e o pus no congelador da geladeira Coldspot. Parte minha pensava que isso era só um pesadelo e eu logo acordaria. A parte maior sabia que não.

Sadie ficou em pé no arco, me observando. Tinha um cigarro novo numa das mãos e os formulários de emprego na outra. Agora que eu vira, a semelhança com Doris Dunning era assustadora. O que provocou a pergunta de por que não vira antes. Porque estivera preocupado com outras coisas? Ou porque ainda não tinha compreendido inteiramente a imensidão das coisas com que andava mexendo?

Saí pela porta de tela e fiquei na soleira, olhando-a através do arame.

— Cuidado com ele, Sadie.

— Johnny é maluco num monte de coisas, mas não é perigoso — disse ela. — E os meus pais nunca lhe contariam onde estou. Eles prometeram.

— Todo mundo pode quebrar promessas e todo mundo pode deixar algo escapar. Principalmente gente que tem sofrido muita pressão e, para começar, já é mentalmente instável.

— Você tem de ir embora, George.

— Prometa que vai ficar de olho nele e vou.

— *Prometo, prometo, prometo!* — gritou ela. O jeito como o cigarro tremia entre os dedos era ruim; a combinação de choque, perda, pesar e raiva nos seus olhos vermelhos era muito pior. Consegui sentir que me seguiam até o carro.

Malditos Rolling Stones.

CAPÍTULO 17

1

Alguns dias antes de começar a rodada de provas de fim de ano, Ellen Dockerty me convocou à sala dela. Depois de fechar a porta, disse:

— Sinto muito pelos problemas que causei, George, mas se tivesse de fazer de novo, acho que me comportaria da mesma maneira.

Eu não disse nada. Não estava mais zangado, mas ainda atordoado. Dormira muito pouco desde o rompimento e estava com a ideia de que as quatro da madrugada e eu seríamos bons amigos em futuro próximo.

— Cláusula 25 do Código Administrativo Escolar do Texas — disse ela, como se isso explicasse tudo.

— Não entendi, Ellie.

— Foi Nina Wallingford que chamou a minha atenção. — Nina era a enfermeira do distrito. Em todo ano letivo, percorria dezenas de milhares de quilômetros no seu Ranch Wagon Ford passando pelas oito escolas do condado de Denholm, três delas ainda do tipo que só tinha uma ou duas salas. — A cláusula 25 trata das regras estaduais de vacinação em escolas. Elas se aplicam a professores e alunos e Nina ressaltou que não tinha os seus registros de vacinação. Nenhuma ficha médica, na verdade.

E lá estava. O falso professor revelado pela falta de vacina contra pólio. Bom, pelo menos não foi o meu conhecimento avançado dos Rolling Stones nem o uso inadequado de gíria de boate.

— Com você tão ocupado com o *Jamboree* e coisa e tal, achei que ia escrever às escolas onde você deu aula e lhe poupar trabalho. O que recebi da Flórida foi uma carta afirmando que eles não exigem fichas de vacinação de professores substitutos. O que recebi do Maine e do Wisconsin foi "Não o conhecemos".

373

Do outro lado da escrivaninha, ela se inclinou para a frente, me olhando. Não consegui encarar o olhar dela muito tempo. O que vi naquele rosto antes de redirecionar o olhar para as costas da mão foi uma empatia insuportável.

— O Conselho Estadual de Educação se importaria caso contratássemos um impostor? Muitíssimo. Poderiam até entrar com um processo para recuperar o seu ano de salário. Se eu me importo? Absolutamente não. O seu trabalho na DCHS tem sido exemplar. O que você e Sadie fizeram por Bobbi Jill Allnut foi absolutamente maravilhoso, o tipo de coisa que gera indicações para o título de Professor Estadual do Ano.

— Obrigado — murmurei. — Acho.

— Eu me perguntei o que Mimi Corcoran faria. O que Mims me disse foi: "Se ele tivesse assinado um contrato para ensinar no ano que vem e no seguinte, você seria obrigada a agir. Mas, como ele vai embora daqui a um mês, na verdade é do seu interesse e do interesse da escola não dizer nada. — Em seguida, ela acrescentou: — Mas há uma pessoa que tem de saber que ele não é quem diz ser...

Ellie parou.

— Eu disse a Sadie que tinha certeza de que você teria alguma explicação sensata, mas parece que não tem.

Dei uma olhada no relógio.

— Se não está me demitindo, dona Ellie, tenho de voltar para a aula do quinto horário. Estamos coordenando orações. Acho que vou lhes mostrar um período que diz: *Não tenho culpa no caso, mas não posso dizer por quê*. O que acha? Difícil demais?

— Difícil demais para mim, sem dúvida — disse ela, agradavelmente.

— Mais uma coisa — continuei. — O casamento de Sadie foi difícil. O marido dela era estranho de um jeito que não quero esmiuçar. Ele se chama John Clayton. Acho que pode ser perigoso. Você precisa perguntar a Sadie se tem uma foto dele, para que saiba como ele é caso apareça fazendo perguntas.

— E você acha isso por quê?

— Porque já vi coisa parecida. Isso serve?

— Acho que terá de servir, não é?

Não era uma resposta muito boa.

— Vai perguntar a ela?

— Vou, George. — Ela podia estar falando a sério; podia estar apenas me agradando. Não dava para saber.

Eu estava na porta quando ela disse, como se fosse só de passagem:

— Você está acabando com o coração daquela moça.

— Eu sei — respondi e fui embora.

2

Rua Mercedes. Final de maio.

— Você é soldador?

Eu estava em pé na entrada do 2.706 com o proprietário, um bom americano chamado sr. Jay Baker. Era atarracado e com enorme desfaçatez chamou a casa de estilo Shiner. Tínhamos terminado uma rápida visita às instalações, que Baker me explicara ficar "pertíssimo do ponto de ônibus", como se isso compensasse o teto vergado, as paredes manchadas de água, o vaso sanitário rachado e o ar geral de decrepitude.

— Vigia noturno — disse eu.

— É? Um bom emprego. Muito tempo pra coçar o saco num emprego desses.

Isso não parecia exigir resposta.

— Sem mulher nem filhos?

— Divorciado. Estão no leste.

— Paga pensão, você?

Dei de ombros.

Ele deixou pra lá.

— Então quer o lugar, Amberson?

— Acho que sim — respondi, e suspirei.

Ele tirou do bolso de trás um livro comprido de registro de aluguéis com a capa mole de couro.

— Primeiro mês, último mês, depósito por danos.

— Depósito por danos? O senhor deve estar brincando.

Baker continuou como se não tivesse me escutado.

— O aluguel vence na última sexta-feira do mês. Atrase e está na rua, cortesia da polícia de Fort Worth. Eles e eu nos damos muito bem.

Ele tirou o toco carbonizado de charuto do bolso do peito, enfiou na fuça a ponta mastigada e acendeu um fósforo de madeira com a unha do polegar. Fazia calor ali na frente. Tive a ideia de que seria um verão longo e muito quente.

Suspirei de novo. Então, exibindo relutância, tirei a carteira e comecei a remover notas de vinte dólares.

— Em Deus confiamos — disse eu. — Todos os outros pagam em dinheiro.

Ele riu, soltando nuvens de acre fumaça azul.

— Essa é boa, não vou esquecer. Principalmente na última sexta-feira do mês.

Eu não conseguia acreditar que moraria nesse barraco desesperador nessa rua desesperadora depois da minha bela casa ao sul dali — onde me orgulhava de manter aparado um gramado de verdade. Embora nem tivesse partido de Jodie ainda, senti uma onda de saudade.

— Me dê um recibo, por favor — disse eu.

Isso eu recebi de graça.

3

Era o último dia de aula. As salas e os corredores estavam vazios. Os ventiladores de teto sopravam ar que já estava quentíssimo, embora ainda fosse 8 de junho. A família Oswald partira da Rússia; dali a mais cinco dias, de acordo com as anotações de Al Templeton, o SS *Maasdam* atracaria em Hoboken, onde eles desceriam pela prancha de embarque até o solo dos Estados Unidos.

A sala de professores estava vazia, a não ser por Danny Laverty.

— Ei, campeão. Disseram que você vai pra Dallas terminar aquele seu livro.

— Esse é o plano. — Na verdade o plano era Fort Worth, ao menos para começar. Comecei a limpar o meu escaninho, cheio de comunicados de fim de ano.

— Se eu fosse livre e despreocupado em vez de estar amarrado a uma esposa, três fedelhos e uma hipoteca, talvez também tentasse um livro — disse ele. — Estive na guerra, sabe.

Eu sabia. Todo mundo sabia, em geral dez minutos depois de conhecê-lo.

— Tem o suficiente para viver?

— Dá para o gasto.

Eu tinha mais do que suficiente para viver até abril próximo, quando esperava concluir os meus negócios com Lee Oswald. Não precisaria fazer mais expedições à Financeira Fé na avenida Greenville. Ir lá uma única vez fora de uma estupidez incrível. Se quisesse, poderia tentar dizer a mim mesmo que o que acontecera com a minha casa na Flórida fora apenas o resultado de uma travessura que dera errado, mas também tentara dizer a mim mesmo que Sadie e eu estávamos bem, e veja só *o que* aconteceu.

Joguei o maço de papelada do meu escaninho no lixo... e avistei um pequeno envelope fechado que não tinha visto. Sabia quem usava envelopes assim. Não havia saudação na folha de papel de caderno lá dentro e nenhuma assinatura a não ser o leve (talvez até ilusório) aroma do seu perfume. A mensagem era breve.

Obrigada por me mostrar como tudo pode ser bom. Por favor, não diga adeus.

Segurei-o um minuto, pensando, depois o enfiei no bolso de trás e andei rapidamente até a biblioteca. Não sei o que planejava fazer nem o que queria lhe dizer, mas nada disso importava porque a biblioteca estava escura e as cadeiras em cima das mesas. Tentei a maçaneta assim mesmo, mas a porta estava trancada.

4

Os dois únicos carros que restavam na ponta do estacionamento reservada aos professores eram o sedã Plymouth de Danny Laverty e o meu Ford, a capota escamoteável agora bem esfarrapada. Pude me solidarizar; também me sentia um pouco esfarrapado.

— Sr. A.! Espere aí, sr. A.!

Eram Mike e Bobbi Jill, correndo pelo estacionamento quente na minha direção. Mike trazia um presentinho embrulhado, que me entregou.

— Bobbi e mim lhe trouxemos isso.

— Bobbi e eu. E não precisava, Mike.

— Precisava sim.

Fiquei comovido ao ver que Bobbi Jill chorava, e contente ao ver que a grossa camada de Max Factor sumira do seu rosto. Agora que sabia que os dias da cicatriz deformante estavam contados, parara de tentar escondê-la. Ela me deu um beijo no rosto.

— Muito, muito, *muito* obrigada, sr. Amberson. Nunca me esquecerei do senhor. — Ela olhou Mike. — *Nós* nunca nos esqueceremos do senhor.

E provavelmente não esqueceriam. Isso era bom. Não compensava a biblioteca escura e trancada, mas... era muito bom.

— Abra — disse Mike. — Esperamos que o senhor goste. É para o seu livro.

Abri o embrulho. Lá dentro havia uma caixa de madeira com uns vinte centímetros de comprimento e cinco de largura. Dentro da caixa, aninhada em seda, estava uma caneta tinteiro Waterman com as iniciais GA gravadas no prendedor.

— Ah, Mike — disse eu. — Isso é demais.

— Não seria suficiente nem que fosse de ouro maciço — disse ele. — O senhor mudou a minha vida. — Ele olhou Bobbi. — As nossas vidas.

— Mike — disse eu —, o prazer foi todo meu.

Ele me abraçou, e, em 1962, esse não era um gesto barato entre homens. Fiquei contente de abraçá-lo também.

— Mantenha contato — disse Bobbi Jill. — Dallas não tá longe. — Ela fez uma pausa. — *Não está.*

— Manterei — respondi, mas não manteria, e eles provavelmente também não. Estavam partindo para a vida e, se tivessem sorte, a vida deles brilharia.

Eles começaram a se afastar e Bobbi se virou.

— É uma pena que o senhor e ela tenham rompido. Me deixou muito triste.

— Me deixa muito triste também — respondi —, mas provavelmente foi melhor assim.

Fui para casa embalar a minha máquina de escrever e outros pertences, que eu avaliava ainda serem poucos a ponto de caber numa mala e em algumas caixas de papelão. Num semáforo da rua Principal, abri a caixinha e olhei a caneta. Era uma coisa linda, e fiquei muito comovido por eles terem me dado. Fiquei ainda mais comovido por terem esperado para se despedir. A luz ficou verde. Fechei a tampa da caixa e fui em frente. Havia um nó na minha garganta, mas os meus olhos estavam secos.

5

Morar na rua Mercedes não foi uma experiência edificante.

Os dias não eram tão ruins assim. Ressoavam com os gritos das crianças recém-saídas da escola, todas vestidas com roupas de segunda mão e grandes demais; donas de casa a fofocar junto às caixas de correio ou às cordas de roupa no fundo do quintal; adolescentes em calhambeques enferrujados com abafador de escapamento glasspack e rádios berrando K-Life. As horas entre as duas e as seis da madrugada também não eram tão ruins. Então um tipo de silêncio atordoado caía sobre a rua quando os bebês com cólicas finalmente dormiam nos seus berços (ou gavetas de cômoda) e os pais roncavam rumo a mais um dia de salário nas lojas, fábricas ou fazendas próximas.

Entre as quatro e as seis da tarde, no entanto, a rua era um vozerio de mamães berrando com filhos para entrar e fazer as tarefas e papais chegando em casa para berrar com as esposas, provavelmente porque não tinham mais com quem berrar. Muitas esposas revidavam o melhor que podiam. Os pais bebuns começavam a chegar por volta das oito, e a situação ficava mesmo barulhenta aí pelas onze, quando os bares fechavam ou o dinheiro acabava. Então eu ouvia portas batendo, vidro quebrando e gritos de dor quando alguns pais bebuns bem calibrados descarregavam na mulher, nos filhos ou em ambos. Era comum luzes vermelhas girarem pelas minhas cortinas fechadas quando a polícia chegava. Algumas vezes havia tiros, talvez para o alto, talvez não. E, certa manhã, quando saí para pegar o jornal, vi uma mulher com sangue seco cobrindo a metade inferior do rosto. Estava sentada no meio-fio diante da quarta casa abaixo da minha, tomando uma lata de Lone Star. Quase desci para ver como estava, muito embora soubesse como era pouco sensato me envolver na vida desse bairro de trabalhadores alcoólatras. Então ela viu que eu a olhava e me mostrou o dedo do meio erguido. Entrei de novo.

Não havia comissão de boas-vindas e nenhuma mulher chamada Muffy ou Buffy trotando para reuniões da Liga das Senhoras. O que havia na rua Mercedes era muito tempo para pensar. Tempo de sentir saudades dos meus amigos de Jodie. Tempo de sentir saudades do trabalho que mantivera a minha mente longe do que eu fora fazer ali. Tempo para perceber que ensinar fora muito mais do que matar o tempo; satisfizera a minha mente do jeito que o trabalho faz quando lhe damos importância, quando sentimos que podemos realmente fazer diferença.

Houve tempo até para eu me sentir mal com o meu conversível antes bem-apessoado. Além do rádio enguiçado e das válvulas que chiavam, agora ele balia e soltava explosões pelo cano de descarga enferrujado e havia uma rachadura no para-brisa causada por uma pedra que ricocheteara de trás de um caminhão pesado de asfalto. Eu parara de lavá-lo e agora — triste dizer — ele se encaixava perfeitamente entre os outros meios de transporte dilapidados da rua Mercedes.

Principalmente, havia tempo para pensar em Sadie.

Você está acabando com o coração daquela moça, dissera Ellie Dockerty, e o meu também não ia muito bem. A ideia de contar tudo a Sadie me veio certa noite enquanto eu estava deitado escutando uma discussão de bêbados na casa ao lado: *você fez, não fiz, fez sim, não fiz, foda-se*. Rejeitei a ideia, mas ela voltou na noite seguinte, rejuvenescida. Consegui me ver sentado com ela na mesa da cozinha, tomando café à luz forte da tarde que entrava inclinada pela janela sobre a pia. Falando calmamente. Dizendo-lhe que o meu nome verdadeiro era Jacob Epping, que só nasceria de verdade dali a mais quatorze anos, que viera do ano 2011 por uma fissura no tempo que o meu falecido amigo Al Templeton chamava de toca de coelho.

Como a convenceria de uma coisa dessas? Contando-lhe que um certo desertor americano que mudara de ideia sobre a Rússia se mudaria em breve para o outro lado da rua onde eu morava agora, junto com a esposa russa e a filhinha? Contando-lhe que os Dallas Texans — ainda não os Cowboys, ainda não o grande time dos Estados Unidos — venceriam os Houston Oilers por 20 a 17 naquele outono, na segunda prorrogação? Ridículo. Mas o que mais eu sabia sobre o futuro imediato? Não muito, porque não tivera tempo de estudar. Sabia bastante sobre Oswald, mas era tudo.

Ela acharia que eu estava maluco. Eu poderia cantar para ela a letra de mais uma dúzia de músicas populares que ainda não tinham sido gravadas e ela ainda pensaria que eu estava maluco. Ela me acusaria de inventar aquilo tudo — afinal de contas, eu não era escritor? E suponhamos que ela *acreditasse*? Eu gostaria de arrastá-la para a boca do tubarão junto comigo? Já não era bastante ruim que ela voltasse a Jodie em agosto e que, se John Clayton fosse um reflexo de Frank Dunning, ele aparecesse à procura dela?

— *Tudo bem, então saia!* — berrou uma mulher na rua, e um carro acelerou na direção da rua Winscott. Uma cunha de luz sondou rapidamente uma fenda das minhas cortinas fechadas e relampejou pelo teto.

— *CHUPAPICA!* — berrou ela atrás dele, e uma voz masculina, um pouco mais longe, gritou de volta:

— Pode chupar a minha, moça, talvez assim você se acalme.

Essa era a vida na rua Mercedes no verão de 1962.

Deixe-a fora disso. Essa era a voz da razão. *É simplesmente perigoso demais. Talvez em algum momento ela possa voltar a fazer parte da sua vida — uma vida em Jodie, até — mas não agora.*

Só que nunca haveria vida para mim em Jodie. Dado o que Ellen sabia agora sobre o meu passado, dar aulas na escola secundária seria um sonho de tolo. E o que mais eu faria? Despejar concreto?

Certa manhã, liguei a máquina de café e fui pegar o jornal. Quando abri a porta da frente, vi que ambos os pneus traseiros do Sunliner estavam vazios. Algum garoto entediado na rua até tarde os cortara com uma faca. Essa também era a vida na rua Mercedes no verão de 1962.

6

Na quinta-feira, 14 de junho, vesti jeans, uma camisa de trabalho azul e um velho colete de couro que comprara num brechó na rua Camp Bowie. Então passei a manhã andando de um lado para outro dentro de casa. Não tinha televisão, mas escutava o rádio. Segundo o noticiário, o presidente Kennedy planejava uma visita oficial ao México no final do mês. A previsão do tempo era de céu claro e temperatura em elevação. O DJ papeou algum tempo e depois tocou *Palisades Park*. Os gritos e efeitos sonoros de montanha-russa no disco arranharam a minha cabeça.

Finalmente, não aguentei mais. Chegaria cedo, mas não tinha importância. Entrei no Sunliner — que agora exibia dois pneus comuns recauchutados atrás para combinar com os faixa branca da frente — e percorri os cerca de sessenta quilômetros até Love Field, no noroeste de Dallas. Não havia estacionamento de curto prazo ou longo prazo, só estacionamento. Custava setenta e cinco centavos por dia. Enfiei na cabeça o velho chapéu panamá e andei quase um quilômetro até o prédio do terminal. Um par de policiais de Dallas estava no meio-fio tomando café, mas não havia guardas de segurança lá dentro nem detetores de metal para atravessar. Os passageiros simplesmente mostravam as passagens a um sujeito junto da porta e depois andavam pela pista quente até aviões pertencentes a uma das cinco empresas: American, Delta, TWA, Frontier e Texas Airways.

Verifiquei o quadro-negro pendurado na parede atrás do balcão da Delta. Dizia que o voo 194 estava no horário. Quando perguntei à atendente que verificasse, ela sorriu e me disse que acabara de sair de Atlanta.

— Mas você chegou cedo demais.

— Não posso impedir — respondi. — Provavelmente chegarei cedo ao meu próprio funeral.

Ela riu e me desejou bom dia. Comprei uma revista *Time* e andei até o restaurante, onde pedi a Salada das Nuvens do Chef. Era imensa e eu estava nervoso demais para sentir fome — não é todo dia que alguém consegue ver a pessoa que vai mudar a história do mundo —, mas ela me deu algo para me distrair enquanto aguardava que chegasse o avião que trazia a família Oswald.

Eu estava num compartimento com boa vista do terminal principal. Não estava muito cheio, e uma moça de tailleur azul-escuro de viagem chamou a minha atenção. O cabelo estava torcido num coque arrumado. Levava uma mala em cada mão. Um carregador negro se aproximou dela. Ela fez que não, sorrindo, depois bateu o braço na lateral do guichê de informações ao passar.

Largou uma das malas, esfregou o cotovelo, depois pegou a mala de novo e foi em frente.

Sadie partindo para começar a residência de seis semanas em Reno.

Fiquei surpreso? De jeito nenhum. Era apenas aquela tal convergência de novo. Tinha me acostumado com ela. Quase fui vencido pelo impulso de sair correndo do restaurante e alcançá-la antes que fosse tarde demais? É claro que sim.

Por um instante, pareceu mais do que possível, pareceu necessário. Eu lhe diria que o destino dela (em vez de alguma estranha harmonia das viagens no tempo) nos reunira no aeroporto. Coisas assim davam certo nos filmes, não é? Pediria que esperasse enquanto eu comprava a minha passagem para Reno e lhe diria que, assim que chegássemos lá, explicaria tudo. E, depois das seis semanas obrigatórias, poderíamos pagar um drinque para o juiz que lhe concedera o divórcio antes que ele nos casasse.

Na verdade, comecei a me levantar. Quando o fiz, olhei por acaso a capa da *Time* que comprara na banca. Jacqueline Kennedy estava na capa. Sorria, radiante, usando um vestido sem mangas com decote em V. A PRIMEIRA-DAMA SE VESTE PARA O VERÃO, dizia a legenda. Enquanto olhava a foto, a cor escoou para preto e branco e a expressão mudou de sorriso alegre para olhar vazio. Agora ela estava ao lado de Lyndon Johnson no *Air Force One* e não usava mais o vestido de verão bonito (e levemente sensual). Um tailleur de lã respingado de sangue ocupara o seu lugar. Lembrei ter lido — não nas anotações de Al, em outro lugar — que, pouco depois de o marido da sra. Kennedy ser declarado morto, a sra. Johnson fora abraçá-la no corredor do hospital e vira naquele tailleur um pedaço do cérebro do presidente morto.

Um presidente que levou um tiro na cabeça. E todos os mortos que viriam depois, em pé atrás dele numa fila fantasmagórica que se estendia até o infinito.

Sentei-me de novo e observei Sadie levar as suas malas até o balcão da Frontier Airlines. Era óbvio que estavam pesadas, mas ela as levava com brio, as costas eretas, os saltos baixos clicando animadamente. O funcionário as conferiu e colocou num carrinho de bagagem. Ele e Sadie conversaram; ela lhe entregou a passagem que comprara numa agência de viagens dois meses antes, e o funcionário rabiscou alguma coisa. Ela a pegou de volta e se virou para o portão. Baixei a cabeça para assegurar que ela não me visse. Quando ergui os olhos de novo, ela sumira.

7

Quarenta longos, longos minutos depois, um homem, uma mulher e duas crianças pequenas — um menino e uma menina — passaram pelo restaurante. O menino segurava a mão do pai e não parava de falar. O pai o olhava, concordando e sorrindo. O pai era Robert Oswald.

O alto-falante berrou:

— O voo 194 da Delta acaba de chegar de Newark e do Aeroporto Municipal de Atlanta. Saída dos passageiros pelo Portão 4. Voo 194 da Delta acaba de chegar.

A mulher de Robert — Vada, de acordo com as anotações de Al — pôs a menininha no colo e andou mais depressa. Não havia sinal de Marguerite.

Belisquei a salada, mastigando sem sentir o sabor. O coração batia com força.

Consegui ouvir o rugido dos motores se aproximando e vi o nariz branco de um DC-8 que parou junto ao portão. Os que tinham ido receber os passageiros se amontoaram em torno da porta. Uma garçonete me cutucou o ombro e quase gritei.

— Desculpe, senhor — disse ela com um sotaque do Texas tão denso que quase dava para cortar. — Só queria perguntar se o senhor deseja mais alguma coisa.

— Não — respondi. — Estou bem.

— Ora, isso é bom.

Os primeiros passageiros começaram a atravessar o terminal. Eram todos homens de terno com cortes de cabelo prósperos. É claro. Os primeiros passageiros a desembarcar eram sempre os da primeira classe.

— Tem certeza de que não quer uma fatia de torta de pêssego? Tá fresquinha.

— Não, obrigado.

— Tem certeza, meu bem?

Agora os passageiros da classe econômica vieram numa enchente, todos aguirlandados com bagagens de mão. Ouvi um gritinho de mulher. Seria Vada saudando o cunhado?

— Tenho — respondi e peguei a minha revista.

Ela entendeu o recado. Fiquei ali remexendo os restos da minha salada numa sopa alaranjada de molho vinagrete com ketchup. Lá vinha um homem e uma mulher com um bebê, mas a criança quase andava, velha demais para ser June. Os passageiros passaram pelo restaurante, conversando com os amigos e parentes que tinham ido buscá-los. Vi um rapaz com farda do exército dar um tapinha no traseiro da namorada. Ela riu, lhe deu um tapa na mão e depois ficou na ponta dos pés para beijá-lo.

Durante cinco minutos, mais ou menos, o terminal ficou quase cheio. Então a multidão começou a se atenuar. Não havia sinal dos Oswald. Uma certeza louca me veio: não estavam no avião. Eu não viajara simplesmente no tempo, eu ricocheteara para algum tipo de universo paralelo. Talvez o Homem do Cartão Amarelo devesse impedir que algo assim acontecesse, mas o Homem do Cartão Amarelo estava morto e eu, livre. Sem Oswald? Ótimo, sem missão. Kennedy morreria em outra versão dos Estados Unidos, mas não nesta. Eu podia reatar com Sadie e viver feliz para sempre.

Mal a ideia acabou de me passar pela cabeça quando vi o meu alvo pela primeira vez. Robert e Lee estavam lado a lado, conversando animadamente. Lee balançava o que era uma pasta grande demais ou uma mochila pequena. Robert segurava uma mala cor-de-rosa com cantos arredondados que parecia ter saído do armário da Barbie. Vada e Marina vinham juntas atrás. Vada pegara uma das duas bolsas de retalhos; Marina levava a outra pendurada no ombro. Também levava June no colo, agora com 4 meses, e se esforçava para acompanhar. Os dois filhos de Robert e Vada a flanqueavam, olhando-a com curiosidade visível.

Vada chamou os homens e eles pararam quase na frente do restaurante. Robert sorriu e pegou a bolsa de Marina. A expressão de Lee foi... divertida? Sagaz? Talvez ambas. A mínima sugestão de um sorriso formou uma covinha nos cantos da boca. O cabelo comum estava bem-penteado. De fato, ele era o perfeito fuzileiro naval com a camisa branca bem-passada, as calças cáqui e os sapatos engraxados. Não parecia um homem que acabara de completar uma viagem de meia volta ao mundo; não havia um amassado nem vestígio de barba por fazer no rosto. Tinha apenas 22 anos e parecia mais novo — como um dos adolescentes da minha última turma de literatura americana.

Marina também, que só teria idade suficiente para comprar bebida legalmente dali a um mês. Estava exausta, desnorteada e fitava tudo. Também era bonita, com nuvens de cabelo moreno e olhos azuis amendoados e um tanto tristes.

Os braços e pernas de June estavam enrolados em fraldas de pano. Até o pescoço estava enrolado em alguma coisa e, embora ela não chorasse, o rosto estava vermelho e suado. Lee pegou o bebê. Marina sorriu de gratidão e, quando os seus lábios se separaram, vi que um dos dentes faltava. Os outros eram descoloridos, um deles quase preto. O contraste com a pele cremosa e os olhos maravilhosos era berrante.

Oswald se inclinou mais perto dela e disse algo que lhe apagou o sorriso do rosto. Ela ergueu para ele os olhos cansados. Ele disse outra coisa, cutucando o ombro dela com o dedo ao mesmo tempo. Lembrei a história de Al e me perguntei se Oswald dizia agora a mesma coisa à esposa: *pakhoda, suka* — ande, cadela.

Mas não. Fora a enrolação do bebê que o irritara. Ele a arrancou, primeiro dos braços, depois das pernas, e jogou as fraldas para Marina, que as pegou meio sem jeito. Depois ela olhou em volta para ver se eram observados.

Vada voltou e tocou o braço de Lee. Ele não lhe deu atenção, só desenrolou o cachecol improvisado de algodão do pescoço do bebê June e o jogou para Marina. Caiu no chão do terminal. Ela se abaixou e o pegou sem falar.

Robert se juntou a eles e deu no irmão um soco amistoso no ombro. O terminal agora estava quase vazio — o último passageiro desembarcado passara pela família Oswald — e ouvi com clareza o que ele disse.

— Tenha calma, ela acabou de chegar aqui. Ainda nem sabe onde é aqui.

— Veja essa criança — disse Lee, e ergueu June para inspeção. Com isso, ela finalmente começou a chorar. — Ela embrulha a menina toda como uma maldita múmia egípcia. Porque é assim que fazem na terra dela. Não sei se rio ou se choro. *Staryi baba*! Velha. — Ele se virou para Marina com o bebê chorando no colo. Ela o olhou amedrontada. — *Staryi baba!*

Ela tentou sorrir do jeito que todos fazem quando sabem que a piada é com eles, mas não sabem por quê. Pensei rapidamente em Lennie, de *Ratos e homens*. Então um sorriso arrogante e meio de lado iluminou o rosto de Oswald. Isso o deixou quase bonito. Ele beijou a esposa suavemente, primeiro numa bochecha, depois na outra.

— Estados Unidos! — disse e a beijou de novo. — Estados Unidos, Rina! Terra dos livres e lar dos bostas!

O sorriso dela ficou radiante. Ele começou a falar com ela em russo enquanto lhe devolvia o bebê. Pôs o braço na cintura dela enquanto ela acalmava June. Ela ainda sorria enquanto saíam do meu campo de visão e pôs o bebê no ombro para segurar a mão dele.

8

Fui para casa — se era possível chamar a rua Mercedes de casa — e tentei tirar um cochilo. Não consegui, e fiquei lá deitado com as mãos atrás da cabeça, estudando os ruídos perturbadores da rua e falando com Al Templeton. Essa era uma coisa que eu me via fazendo com bastante frequência, agora que estava sozinho. Para um morto, ele sempre tinha muito a dizer.

— Foi estúpido vir para Fort Worth — disse-lhe. — Se eu tentar ligar aquele microfone no gravador, é provável que alguém me veja. O próprio Oswald pode me ver, e isso mudaria tudo. Ele já é paranoico, você disse isso nas suas anotações. Sabia que a KGB e o MVD o vigiavam em Minsk e ficaria com medo de que o FBI e a CIA o vigiassem aqui. E o FBI realmente *vigiará*, pelo menos por algum tempo.

— É, você terá de ser cuidadoso — concordou Al. — Não vai ser fácil, mas confio em você, colega. Foi por isso que o chamei.

— Eu nem quero chegar perto dele. Bastou vê-lo no aeroporto para me dar arrepios classe A.

— Sei que não, mas terá que fazê-lo. Como alguém que passou quase a vida inteira preparando refeições, posso lhe dizer que nunca se conseguiu fazer omelete sem quebrar ovos. E seria um erro superestimar esse sujeito. Ele não é nenhum supercriminoso. Também vai ser distraído, principalmente pela pirada da mãe dele. Até que ponto e durante quanto tempo ele será bom em alguma coisa que não seja berrar com a mulher e bater nela quando ficar tão irritado que berrar não basta mais?

— Acho que ele se preocupa com ela, Al. Pelo menos um pouco e talvez muito. Apesar dos gritos.

— É, e são sujeitos como ele que têm mais probabilidade de foder com as suas mulheres. Veja só Frank Dunning. Cuide do que é da sua conta, colega.

— E o que vou obter se conseguir instalar aquele microfone? Gravação de brigas? Brigas em *russo*? *Isso* vai ajudar muito.

— Você não precisa decifrar a vida familiar dele. É sobre George de Mohrenschildt que você precisa descobrir. Tem de se certificar de que Mohrenschildt não está envolvido no atentado contra o general Walker. Se conseguir isso, a janela de incerteza se fecha. E veja o lado bom. Se Oswald pegar você espionando, as suas ações futuras podem mudar de um jeito *bom*. Talvez ele não tente matar Kennedy, afinal de contas.

— Acredita mesmo nisso?

— Não. Na verdade, não.

— Nem eu. O passado é obstinado. Ele não quer mudar.

Al disse:

— Colega, agora você está cozinhando...

— Com gás — ouvi a minha voz murmurar. — Agora estou cozinhando com gás.

Abri os olhos. No fim das contas, adormecera. A luz tardia entrava pelas cortinas fechadas. Em algum lugar não muito longe, na rua Davenport, em Fort Worth, os irmãos Oswald e as esposas sentavam-se para jantar — a primeira refeição de Lee de volta à velha terra natal.

Diante do meu pedacinho de Fort Worth, eu conseguia escutar uma ladainha de pular corda. Parecia muito familiar. Levantei-me, atravessei a sala de estar obscura (mobiliada com duas poltronas de brechó e nada mais) e afastei uns 2 centímetros uma das cortinas. Essas cortinas foram a minha primeiríssima instalação. Queria ver; não queria ser visto.

O 2.703 ainda estava deserto, com a placa ALUGA-SE presa com dois pregos no gradil da varanda dilapidada, mas o gramado não estava deserto. Lá, duas meninas giravam uma corda de pular enquanto a terceira entrava e saía. É claro que não eram as meninas que eu vira na rua Kossuth, em Derry — essas três, vestidas de jeans desbotados e remendados em vez de bermudas novas em folha, pareciam nanicas e subalimentadas — mas o canto era o mesmo, só que agora com sotaque do Texas.

— Carlitos foi à *França*! Pra ver a *contradança*! Batendo *continência*! Pra vossa *excelência*! O meu pai dirige um sub-ma-ri-no!

A garota que pulava prendeu o pé e caiu rolando no capim que servia de gramado da frente do 2.703. As outras meninas se jogaram em cima dela e as três rolaram na terra. Depois se levantaram e saíram correndo.

Observei as três irem embora, pensando *eu as vi mas elas não me viram. É alguma coisa. É um começo. Mas, Al, onde está o meu fim?*

Mohrenschildt era a chave do negócio todo, a única coisa que me impedia de matar Oswald assim que ele se mudasse para o outro lado da rua. George de Mohrenschildt, geólogo de petróleo que especulava com concessões de poços. Um homem que vivia como um playboy, principalmente graças ao dinheiro da mulher. Como Marina, era um russo exilado, mas, ao contrário dela, vinha de família nobre — na verdade, ele era barão de Mohrenschildt. O homem que se tornaria o único amigo de Lee Oswald durante os poucos meses de vida que Oswald ainda tinha. O homem que sugeriria a Oswald que o mundo seria muito melhor sem um certo ex-general racista de direita. Se Mohrenschildt participasse da tentativa de Oswald de matar Edwin Walker, a minha situação ficaria complicadíssima; então todas as teorias da conspiração malucas estariam em jogo. No entanto, Al acreditava que tudo o que o geólogo russo fizera (ou faria; como eu disse, viver no passado é confuso) foi incitar um homem mentalmente instável e já obcecado com a fama.

Ele escrevera nas anotações: *Se Oswald estava sozinho na noite de 10 de abril de 1963, a probabilidade de que houvesse outro atirador envolvido no assassinato de Kennedy sete meses depois cai quase a zero.*

Debaixo disso, em maiúsculas, ele acrescentara o veredito: É O BASTANTE PARA TIRAR DE CENA O FILHO DA PUTA

9

Ver as menininhas que não me viram me fez pensar naquele velho filme de suspense com Jimmy Stewart, *Janela indiscreta*. Pode-se ver muito sem sequer sair da sala de estar. Principalmente quando se tem a ferramenta certa.

No dia seguinte, fui a uma loja de produtos esportivos e comprei um par de binóculos Bausch & Lomb, me lembrando de tomar cuidado com o reflexo do sol nas lentes. Como o 2.703 ficava no lado leste da rua Mercedes, achei que seria seguro nesse aspecto a qualquer hora depois do meio-dia. Enfiei as lentes pela abertura da cortina e, quando ajustei o foco, a sórdida sala-cozinha do outro lado ficou tão nítida e detalhada que eu poderia estar lá em pé.

O Abajur Inclinado de Pisa ainda estava sobre a cômoda velha onde os utensílios de cozinha ficavam guardados, à espera de que alguém o ligasse e ativasse o microfone. Mas de nada me adiantaria se não estivesse ligado no esperto gravadorzinho de fita japonês, que podia gravar até doze horas na velocidade menor. Eu o experimentara, chegando a falar no abajur reserva (o que me fez sentir como um personagem de uma comédia de Woody Allen), e, embora o som fosse arrastado, as palavras eram compreensíveis. Tudo isso significava que eu estava pronto para começar.

Se ousasse.

10

O dia 4 de julho foi movimentado na rua Mercedes. Homens de folga regaram gramados que já não podiam ser salvos — além de algumas tempestades à tarde e à noite, o tempo fora seco e quente — e depois se aboletaram em cadeiras dobráveis, escutando jogos de beisebol no rádio e tomando cerveja. Grupos de subadolescentes soltavam busca-pés em cachorros de rua e nas poucas galinhas soltas. Uma dessas foi atingida por uma bombinha e explodiu numa massa de sangue e penas. A criança que a jogou foi arrastada aos gritos para uma das casas mais abaixo na rua por uma mãe que usava apenas uma combinação e um boné dos tratores Farmall. Pelo andar instável, adivinhei que ela já tinha entornado algumas cervas. A coisa mais próxima de fogos de artifício veio pouco depois das dez, quando alguém, possivelmente o mesmo garoto que rasgou os pneus do meu conversível, pôs fogo num velho Studebaker abandonado no estacionamento do depósito da Montgomery Ward havia mais ou menos uma semana. O corpo de bombeiros de Fort Worth veio apagar e todos saíram para olhar.

Hail, Columbia.

Na manhã seguinte, fui inspecionar o casco carbonizado, sentado tristemente na poça dos restos dos pneus. Avistei uma cabine telefônica perto de uma das docas de carga do depósito e, num impulso, liguei para Ellie Dockerty, pedindo à telefonista que descobrisse o número e fizesse a ligação. Fiz isso em parte porque estava sozinho e com saudades de casa, principalmente porque queria notícias de Sadie.

Ellie atendeu no segundo toque e pareceu contentíssima de ouvir a minha voz. Em pé ali, numa cabine telefônica já quentíssima, com a rua Mercedes curando a ressaca de Quatro de Julho atrás de mim e o cheiro de carro torrado nas narinas, isso me fez sorrir.

— Sadie está bem. Recebi dois cartões-postais e uma carta. Está trabalhando no Harrah's como garçonete. — Ela baixou a voz. — Acredito que é como garçonete de *coquetéis*, mas o conselho escolar nunca saberá disso por mim.

Visualizei as pernas compridas de Sadie na saia curta de uma garçonete de coquetéis. Visualizei empresários tentando ver o alto das meias ou o vale do decote quando ela se inclinasse para pôr as bebidas na mesa.

— Ela perguntou por você — disse Ellie, e isso me fez sorrir de novo. — Não quis dizer a ela que, pelo que todos em Jodie sabemos, você caíra pela borda do mundo, então disse que estava ocupado com o livro e indo bem.

Eu não acrescentava uma palavra a *O local do crime* fazia um mês ou mais e, nas duas ocasiões em que pegara o manuscrito e tentara lê-lo, tudo parecera escrito em púnico do século III.

— Fico contente por ela estar bem.

— A exigência de moradia será cumprida no fim do mês, mas ela decidiu ficar por lá até as férias de verão acabarem. Ela diz que as gorjetas são muito boas.

— Você lhe pediu uma foto do futuro ex-marido?

— Pouco antes que fosse embora. Ela disse que não tinha nenhuma. Acha que os pais têm várias, mas se recusou a escrever a eles para pedir. Disse que nunca desistiram do casamento e que isso lhes daria falsas esperanças. Disse também que achava que você estava exagerando. Exagerando *loucamente*, foi a expressão que usou.

Isso soava como a minha Sadie. Só que não era mais minha. Agora era apenas *ei, moça, traga outra rodada... e se abaixe um pouco mais dessa vez.* Todo homem tem um osso do ciúme, e o meu doía bastante na manhã de 5 de julho.

— George? Não tenho dúvida de que ela ainda gosta de você e talvez não seja tarde demais para desfazer a confusão.

Pensei em Lee Oswald, que só cometeria o atentado contra a vida do general Edwin Walker dali a nove meses.

— É cedo demais — respondi.

— Como é?

— Nada. Foi bom conversar, dona Ellie, mas daqui a pouco a telefonista vai entrar na linha pedindo mais dinheiro e estou sem moedas.

— Será que você não poderia vir até aqui para um hambúrguer e um milk-shake? Na lanchonete? Se puder, convido Deke Simmons para se encontrar conosco. Ele pergunta sobre você quase todo dia.

A ideia de voltar a Jodie e ver os meus amigos da escola secundária provavelmente era a única coisa que me alegraria naquela manhã.

— Com certeza. Hoje à tarde seria cedo demais? Digamos, às cinco?

— Perfeito. Nós, ratos do campo, comemos cedo.

— Ótimo. Estarei lá. A conta é minha.

— A gente divide.

11

Al Stevens contratara uma garota que eu conhecia das aulas de Inglês Comercial e fiquei comovido com o modo como ela se alegrou quando viu quem estava sentado com Ellie e Deke.

— Sr. Amberson! Uau, é muito bem ver o senhor! Como vai?

— Bem, Dorrie — disse eu.

— Pois peça *grande*. O senhor emagreceu.

— É verdade — disse Ellie. — Você precisa de bons cuidados.

O bronzeado mexicano de Deke sumira, o que me revelou que passava a maior parte da aposentadoria dentro de casa, e o peso que eu perdera ele encontrara. Ele apertou a minha mão com força e me disse que era muito bom me ver. Não havia artifícios nesse homem. Nem em Ellie Dockerty, aliás. Trocar esse lugar pela rua Mercedes, onde comemoravam o Quatro de Julho explodindo galinhas, começou a me parecer cada vez mais louco, por mais que eu soubesse o futuro. Sem dúvida, torci para que Kennedy valesse a pena.

Comemos hambúrgueres, batatas fritas chiando de gordura e torta de maçã à moda da casa. Conversamos sobre quem fazia o que e rimos de Danny Laverty, que finalmente escrevia o livro há tanto tempo divulgado. Ellie disse que, de acordo com a mulher de Danny, o primeiro capítulo se intitulava "Entro na briga".

No final da refeição, enquanto Deke enchia o cachimbo de Prince Albert, Ellie ergueu uma sacola que guardara debaixo da mesa e mostrou um grande livro que passou por cima dos restos engordurados da nossa refeição.

— Página 89. E afaste-o dessa feia poça de ketchup, por favor. Foi emprestado sob termos estritos e quero mandá-lo de volta no mesmo estado em que recebi.

Era um livro do ano intitulado *Tiger Tails* e viera de uma escola muito mais metida a chique do que a DCHS. *Tiger Tails* era encadernado em couro em vez de pano, as páginas eram grossas e lustrosas, e a seção de anunciantes no final tinha tranquilamente umas cem páginas de espessura. A instituição promovida — *exaltada* seria uma palavra melhor — era a Longacre Day School, em Savannah. Folheei a seção de alunos mais velhos, uniformemente branca, e achei que em 1990 poderia haver um ou outro rosto negro por lá. Talvez.

— Caramba — disse eu. — Sadie deve ter sofrido um bom golpe na carteira quando veio de lá para Jodie.

— Acho que ela estava ansiosa demais para cair fora — disse Deke baixinho. — E tenho certeza de que teve boas razões.

Fui para a página 89. Intitulava-se DEPARTAMENTO DE CIÊNCIAS DE LONGACRE. Havia uma foto jocosa de um grupo de quatro professores de jaleco branco segurando béqueres borbulhantes — convocando o dr. Jekyll — e, abaixo, quatro fotos de estúdio. John Clayton não se parecia nada com Lee Oswald, mas tinha o mesmo tipo de rosto agradável e fácil de esquecer, e os cantos dos lábios formavam covinhas com a mesma sugestão de sorriso. Era o fantasma do divertimento ou desprezo mal escondido? Inferno, talvez fosse só o máximo que o canalha obsessivo-compulsivo conseguiu quando o fotógrafo lhe pediu um sorriso. Os únicos traços identificadores eram uns ocos nas têmporas que quase combinavam com as covinhas no canto da boca. A foto não era colorida, mas os olhos eram claros o bastante para eu ter certeza suficiente de que eram azuis ou cinzentos.

Devolvi o livro aos meus amigos.

— Viram essas entradas na lateral da cabeça? Isso é apenas uma formação natural, como um nariz torto ou uma covinha no queixo?

Eles disseram "Não" exatamente ao mesmo tempo. Foi quase cômico.

— São marcas de fórceps — disse Deke. — Feitas quando algum médico finalmente se cansou de esperar e o puxou para fora da mamãe. Costumam sumir, mas nem sempre. Se o cabelo dele não estivesse caindo nos lados, você nem as veria, não é?

— E ele não apareceu perguntando por Sadie? — perguntei.

— Não. — Eles falaram em uníssono de novo. Ellen acrescentou: — Ninguém tem perguntado por ela. A não ser você, George. Seu maldito tolo. — Ela sorriu como todos fazem quando é piada, mas não muito.

Olhei o relógio e disse:

— Já ocupei vocês tempo demais. Está na hora de voltar.

— Quer dar um passeio até o campo de futebol antes de ir? — perguntou Deke. — O treinador Borman pediu que o levasse, se tivesse oportunidade. Ele já está treinando, é claro.

— No frescor da noite, pelo menos — disse Ellie, levantando-se. — Graças a Deus pelos pequenos favores. Lembra quando o garoto dos Hasting teve inter- mação três anos atrás, Deke? E que primeiro pensaram que era um enfarte?

— Não consigo imaginar por que ele quer me ver — disse eu. — Levei um dos seus defensores mais valiosos para o lado sombrio do universo. — Bai- xei a voz e sussurrei, com voz rouca: — *Artes cênicas!*

Deke sorriu.

— É, mas salvou outro de uma possível suspensão em Alabama. Ou pelo menos é o que Borman pensa. Porque, meu filho, foi isso que Jim LaDue lhe contou.

A princípio não entendi nada do que ele dizia. Depois, lembrei o baile de maria cebola e sorri.

— Só o que fiz foi pegar três deles passando uma garrafa de bebida vaga- bunda. Joguei-a do outro lado da cerca.

Deke parara de sorrir.

— Um daqueles meninos era Vince Knowles. Sabia que ele estava bêba- do quando capotou com aquela picape dele?

— Não. — Mas isso não me surpreendeu. Carros e bebida sempre foram um coquetel popular e às vezes fatal nas escolas secundárias.

— Pois é. Isso, combinado ao que você disse àqueles garotos no baile, fez LaDue renegar a bebida.

— O que você *disse*? — perguntou Ellie. Ela procurava a carteira na bolsa, mas eu estava perdido demais nas lembranças daquela noite para discutir com ela a respeito da conta. Não fodam o seu futuro: fora isso que eu dissera. E Jim LaDue, aquele do sorrisinho preguiçoso de tenho-o-mundo-nas-mãos, realmente levara a sério. A gente nunca sabe que vidas influencia, nem quando nem por quê. Só quando o futuro come o presente, de qualquer modo. Sabemos quando é tarde demais.

— Não me lembro — disse eu.

Ellie se afastou para pagar a conta.

Eu disse:

— Peça à srta. Dockerty para ficar de olho no homem daquela foto, Deke. Você também. Ele pode não aparecer, estou começando a achar que posso ter me enganado a esse respeito, mas talvez apareça. E ele não bate muito bem.

Deke prometeu que ficaria.

12

Quase não fui até o campo de futebol. Jodie estava especialmente linda à luz inclinada daquela tarde do início de julho e achei que parte minha queria estar de volta a Fort Worth antes de perder a vontade de ir para lá. Quanto teria mudado se eu pulasse aquele pequeno desvio? Talvez nada. Talvez muito. O treinador fazia duas ou três jogadas finais com os garotos especialistas enquanto o resto dos jogadores estava no banco, sem capacete, o suor escorrendo pelo rosto. "*Dois vermelho, dois vermelho!*", berrou o treinador. Ele nos viu e ergueu a mão aberta: *cinco minutos*. Depois, se virou de novo para o pequeno esquadrão cansado ainda no campo.

— *Mais uma vez! Quero ver vocês darem aquele grande salto de zé-ninguém a zé-alguém, o que acham?*

Olhei o outro lado do campo e vi um sujeito de paletó esporte berrante a ponto de gritar. Ele andava de um lado para o outro do campo com fones de ouvido na cabeça e o que parecia um prato de salada nas mãos. Os óculos dele me recordaram alguém. A princípio não consegui fazer a ligação, depois fiz: ele lembrava um pouco Silent Mike McEachern. O meu sr. Wizard pessoal.

— Quem é aquele? — perguntei a Deke.

Ele franziu os olhos.

— E eu sei?

O treinador bateu palmas e disse aos garotos que fossem para o chuveiro. Andou até as arquibancadas e me deu um tapinha nas costas.

— Como vai, Shakespeare?

— Muito bem — respondi, sorrindo com espírito esportivo.

— Shakespeare, apanha e não pia, era assim que dizíamos quando garotos. — Ele deu uma boa risada.

— *Nós* dizíamos treinador, treinador, apanha com dor.

O treinador Borman pareceu desconcertado.

— É mesmo?

— Nada, só estou brincando com você. — Meio que desejando que tivesse agido com base no primeiro impulso e escapulido da cidade depois da ceia. — Como está o time?

— Ah, os menino são bons, esforçados, mas não vai ser igual sem Jimmy. Viu o novo outdoor lá onde a 109 sai da rodovia 77? — Só que ele disse *set-set*.

— Acho que estou acostumado demais para notar.

— Pois dê uma olhada quando passar, camarada. Ele fez direitinho. A mãe de Jimmy quase chorou quando viu. Acho que te devo um muitobrigado porque tu fez aquele rapaz parar de beber. — Ele tirou o boné com um grande **C**, limpou com o braço o suor da testa, pôs o boné de novo e deu um suspiro profundo. — Acho que devo àquele bonitão de merda do Vince Knowles um voto de agradecimento também, mas botar ele na minha lista de oração é o máximo que dá pra fazer.

Recordei que o treinador era um batista da variedade casca-grossa. Além das listas de oração, provavelmente acreditava em toda aquela merda sobre os filhos de Noé.

— Não precisa agradecer — disse eu. — Só fiz o meu trabalho.

Ele me olhóu atentamente.

— Você ainda devia tá fazendo ele e não aí punhetando um livro. Desculpa a grosseria, mas é assim que eu me sinto.

— Sem problemas. — Era verdade. Gostei mais dele por dizer isso. Em outro mundo, ele poderia até ter razão. Apontei para o outro lado do campo, onde o sósia de Silent Mike enfiava o prato de salada num estojo de aço. Os fones ainda estavam pendurados no pescoço. — Quem é aquele, treinador?

O treinador fez um muxoxo.

— Acho que o nome dele é Hale Duff. Ou talvez seja Cale. O novo repórter de esportes da Big Damn. — Ele falava da KDAM, a única emissora de rádio do condado de Denholm, uma radiozinha vagabunda que transmite notícias rurais pela manhã, música country à tarde e rock depois do horário escolar. Os garotos gostavam tanto das chamadas da rádio quanto da música; havia uma explosão seguida por uma voz de velho caubói dizendo: "K-DAM! *Esse* foi dos grandes!" Na Terra de Antigamente, isso é considerado o máximo do humor malicioso.

— O que é aquela invenção dele, treinador? — perguntou Deke. — Você sabe?

— Ô se sei — disse o treinador —, e se acha que vou deixar ele usar isso numa transmissão de jogo, ele tá é maluco. Acha que eu quero todo mundo que tiver rádio me ouvindo chamar os garoto de monte de mariquinha de merda quando não conseguem impedir a corrida na terceira marca?

Virei-me para ele, bem devagar.

— Do que você está falando?

— Não acreditei nele e eu mesmo experimentei — disse o treinador. Então, com indignação crescente: — Ouvi Boof Redford dizer a um dos calouros que o meu escroto era maior do que o meu cérebro!

— Pois é — respondi. Os meus batimentos cardíacos tinham aumentado bastante.

— O tal Duffer disse que construiu aquilo na merda da garagem — grunhiu o treinador. — Disse que quando liga no máximo dá para ouvir um gato peidar no outro quarteirão. *Isso* é besteira, claro, mas Redford estava do outro lado do campo quando ouvi ele dizer aquela gracinha.

O repórter esportivo, que parecia ter uns 24 anos, pegou o estojo de aço do equipamento e acenou com a mão livre. O treinador acenou de volta e depois murmurou entredentes:

— No dia de jogo que eu deixar ele entrar no meu campo com *aquela* coisa, eu ponho um adesivo do Kennedy na merda do meu Dodge.

13

Estava quase escuro quando cheguei à interseção da 77 com a 109, mas uma lua laranja e inchada subia a leste e havia luz suficiente para ver o outdoor. Era Jim LaDue, sorrindo com o capacete de futebol americano numa das mãos, a bola oval na outra e um cacho de cabelo preto caído heroicamente sobre a testa. Acima da foto, em letras estreladas, estava PARABÉNS A JIM LADUE, MELHOR QUARTERBACK DO ESTADO EM 1960 E 1961! BOA SORTE NO ALABAMA! JAMAIS O ESQUECEREMOS!

E embaixo, em letras vermelhas que pareciam gritar:

"JIMLA!"

14

Dois dias depois, entrei na Eletrônica Satélite e esperei o meu anfitrião vender um rádio transístor do tamanho de um iPod a um garoto que mascava chiclete. Depois que ele saiu pela porta (já apertando no lugar o fone do radinho), Silent Mike se virou para mim:

— Ora, é o meu velho amigo Doe. Em que posso ajudar hoje? — Depois, baixando a voz para um cochicho conspiratório: — Mais abajures grampeados?

— Hoje, não — respondi. — Me diga, já ouviu falar numa coisa chamada microfone multidirecional?

Os seus lábios se abriram sobre os dentes num sorriso.

— Meu amigo — disse ele —, mais uma vez você veio ao lugar certo.

CAPÍTULO 18

1

Mandei instalar um telefone e a primeira pessoa para quem liguei foi Ellen Dockerty, que não se incomodou de me dar o endereço de Sadie em Reno.

— Também tenho o telefone da pensão onde ela está — disse Ellen. — Se você quiser.

Claro que eu queria, mas se o tivesse acabaria cedendo à tentação e ligaria. Algo me disse que seria um erro.

— Só o endereço está bom.

Escrevi uma carta a ela assim que desliguei, detestando o tom pomposo e artificialmente coloquial mas sem saber como me livrar dele. A maldita vassoura ainda estava entre nós. E se ela conhecesse por lá um quarentão cheio da grana e esquecesse tudo sobre mim? Não seria possível? Sem dúvida ela saberia como diverti-lo na cama; ela aprendera depressa e era tão ágil quanto na pista de dança. Esse era o osso do ciúme de novo, e terminei a carta depressa, sabendo que provavelmente soava lamentoso e nada carinhoso. Qualquer coisa para romper a artificialidade e dizer algo sincero.

> *Sinto saudades suas e lamento horrivelmente o jeito como deixamos a situação. Só não sei como melhorá-la agora. Tenho um serviço a fazer que só terminará na próxima primavera. Talvez nem então, mas acho que terminará. Espero que termine. Por favor, não me esqueça. Amo você, Sadie.*

Assinei George, o que pareceu cancelar qualquer pobre sinceridade que tivesse conseguido. Embaixo, acrescentei *Para o caso de você querer telefonar*, e o meu novo número. Depois, andei até a Biblioteca Benbrook e pus a carta na grande caixa de correio azul que havia na frente. Por enquanto, era o máximo que eu podia fazer.

2

Havia três fotos presas com clipes no caderno de Al, tiradas de vários sites na internet. Uma era de George de Mohrenschildt com um terno cinza banqueiro e um lenço branco no bolso do peito. O cabelo estava penteado para longe da testa e bem repartido no estilo executivo aceito na época. O sorriso que fendia os lábios grossos me lembrou a cama do Ursinho: nem dura demais, nem mole demais, perfeita. Não havia vestígio da loucura autêntica que logo observaria quando ele rasgasse a camisa na varanda da rua Mercedes, 2.703. Ou talvez *houvesse* um vestígio. Algo nos olhos escuros. Uma arrogância. Um toque do velho foda-se.

A segunda foto era do ninho do infame atirador construído de caixas de livros no sexto andar do Texas School Book Depository.

A terceira era de Oswald vestido de preto, segurando o rifle comprado pelo correio numa das mãos e um par de revistas de esquerda na outra. O revólver que usaria para matar o policial J. D. Tippit durante a fuga que deu errado — a menos que eu impedisse — estava enfiado no cinto. Essa foto seria tirada por Marina menos de duas semanas antes do atentado contra a vida do general Walker. O local era o quintal lateral fechado de um prédio de dois apartamentos na rua West Neely, 214, em Dallas.

Enquanto matava o tempo à espera de que os Oswald se mudassem para o barraco diante do meu em Fort Worth, visitei várias vezes a rua West Neely, 214. Dallas, sem dúvida alguma, era uó, como os meus alunos de 2011 gostavam de dizer, mas a West Neely ficava num bairro um tiquinho melhor do que a rua Mercedes. Fedia, é claro — em 1962, a maior parte do centro do Texas cheira a refinaria enguiçada —, mas os odores de merda e esgoto estavam ausentes. A rua tinha buracos, mas era pavimentada. E não havia galinhas.

Na época, um jovem casal com três filhos morava no andar de cima do 214. Depois que se mudassem, os Oswald iriam para lá. Era o apartamento do térreo que me preocupava, porque, quando Lee, Marina e June se mudassem para o de cima, eu queria estar no de baixo.

Em julho de 1962, o apartamento do térreo era ocupado por duas mulheres e um homem. As mulheres eram gordas, de movimentos lentos e gostavam de vestidos amassados e sem mangas. Uma tinha sessenta e tantos e mancava de forma pronunciada. A outra tinha trinta e muitos ou quarenta e poucos. A semelhança facial identificava-as como mãe e filha. O homem era esquelético e preso a uma cadeira de rodas. O cabelo era uma espuma fina e branca. Uma bolsa de urina turva presa a um cateter grosso descansava no seu colo. Ele fumava o tempo todo, batendo a cinza num cinzeiro preso a um dos braços da cadeira de rodas. Naquele verão, sempre o vi vestindo as mesmas roupas: shorts de basquete de cetim vermelho que mostravam as coxas emaciadas quase até a virilha, uma camiseta de alças tão amarela quanto a urina do cateter, tênis colados com fita isolante e um grande chapéu preto de caubói com uma faixa que parecia de couro de cobra. Na frente do chapéu, estavam as espadas cruzadas da cavalaria. A esposa ou a filha o empurravam até o gramado, onde ele ficava curvado debaixo de uma árvore, imóvel como uma estátua. Comecei a erguer a mão para ele quando passava devagar, mas ele nunca erguia a dele em resposta, embora passasse a reconhecer o meu carro. Talvez temesse responder ao meu aceno. Talvez achasse que estava sendo avaliado pelo Anjo da Morte, que fazia a ronda em Dallas atrás do volante de um conversível Ford envelhecido em vez de um cavalo preto. De certa maneira, suponho que era isso o que eu era.

Parecia que esse trio morava ali havia tempo. Ainda residiriam ali no ano seguinte, quando eu precisasse do lugar? Não sabia. As anotações de Al nada diziam sobre eles. Por enquanto, eu só podia observar e esperar.

Fui buscar o meu novo equipamento, que o próprio Silent Mike construíra. Esperei que o telefone tocasse. Tocou três vezes, e pulei para atender em todas elas, esperançoso. Duas vezes foi a dona Ellie, ligando para bater papo. Uma vez foi Deke, me convidando para jantar, convite que aceitei agradecido.

Sadie não ligou.

3

No dia 3 de agosto, um sedã Bel Air 58 parou na pretensa entrada de garagem do 2.703. Foi seguido por um Chrysler reluzente. Os irmãos Oswald desceram do Bel Air e ficaram lado a lado, sem falar.

Enfiei a mão entre as cortinas o suficiente para abrir a janela da frente, deixando entrar o ruído da rua e uma lufada embaçada de ar quente e úmido. Depois, corri para o quarto e peguei debaixo da cama o meu novo equipamento. Silent Mike abrira um furo no fundo de um pote Tupperware e colara nele o microfone multidirecional — que ele me assegurou ser top de linha —, para que ficasse em pé como um dedo. Prendi os fios do microfone nos pontos de conexão na parte de trás do gravador de fita. Havia uma saída para fones, que o meu colega eletrônico também declarara serem top de linha.

Espiei lá fora e vi os Oswald conversarem com o sujeito do Chrysler. Ele usava um chapéu Stetson, gravata de rancheiro e vistosas botas bordadas. Mais bem-vestido do que o meu senhorio, mas da mesma tribo. Não precisava escutar a conversa; os gestos do homem eram um livro didático. *Sei que não é muito, mas, ora, você não tem muito. Tem, meu chapa?* Tinha de ser uma escritura difícil para um viajante do mundo como Lee, que se acreditava destinado à fama, ainda que não à fortuna.

Havia uma tomada no rodapé. Liguei o gravador, torcendo para não levar um choque nem estourar um fusível. A luzinha vermelha do gravador se acendeu. Pus os fones e enfiei o pote Tupperware na abertura entre as cortinas. Se olhassem para cá, teriam de espremer os olhos para o sol, e, graças à sombra lançada pelo beiral acima da janela, não veriam nada ou veriam apenas uma mancha branca sem interesse que poderia ser qualquer coisa. Lembrei-me de, mesmo assim, cobrir o pote com fita isolante preta. Seguro morreu de velho.

De qualquer modo, não consegui escutar nada.

Até os sons da rua ficaram abafados.

Ah, é, que maravilha, pensei. É foda de tão genial. Muitíssimo obrigado, *Silent Mi...*

Então notei que o controle VOL do gravador estava no zero. Girei-o todo até a marca + e fui atingido por uma explosão de vozes. Arranquei os fones da cabeça praguejando, virei o botão VOL até o meio e tentei de novo. O resultado foi extraordinário. Como binóculos para os ouvidos.

— Sessenta por mês me parece um pouco demais, senhor — dizia Lee Oswald (considerando que os Templeton pagavam dez dólares a menos por mês, também me pareceu). A voz era respeitosa, colorida por apenas um vestígio de sotaque sulista. — Se conseguíssemos concordar em cinquenta e cinco...

— Eu sei respeitar um homem que gosta de pechinchar, mas nem adianta tentar — disse Bota de Couro de Cobra. Ele balançou para trás e para a frente sobre os saltos carrapeta como quem está ansioso para cair fora. — Vou ter o que quero ter. Se não for com o senhor, será com outra pessoa.

Lee e Robert se entreolharam.

— Bom, é melhor entrar e dar uma olhada — disse Lee.

— Esse é um bom lugar, numa rua de família — disse Bota de Couro de Cobra. — Mas cuidado com esse primeiro degrau da varanda, precisa de uns servicinho de carpintaria. Tenho um monte de lugares assim e o povo trata eles muito mal. Aquele último grupo, misericórdia!

Olha lá, seu panaca, pensei. É da família de Ivy que você está falando.

Eles entraram. Perdi as vozes, depois as recebi de novo, fraquinhas, quando Bota de Couro de Cobra abriu a janela da sala da frente. Era aquela pela qual Ivy dissera que os vizinhos do outro lado da rua podiam espiar, e nisso ela estava 100 por cento certa.

Lee perguntou o que o candidato a senhorio pretendia fazer com os buracos na parede. Na pergunta não havia indignação nem sarcasmo, mas também não subserviência, apesar do senhor pendurado em todas as frases. Era um modo de tratamento respeitoso mas neutro, que provavelmente aprendera nos fuzileiros. *Sem cor* era a melhor descrição. Tinha o rosto e a voz de um homem que era bom em se esgueirar pelas fendas. Em público, pelo menos. Era Marina quem via a sua outra cara e escutava a sua outra voz.

Bota de Couro de Cobra fez promessas vagas e garantiu com absoluta certeza um colchão novo para o quarto maior, porque "aquela última gente foi e roubou" o que houvera lá. Reiterou que, se Lee não quisesse o lugar, havia quem quisesse (como se não estivesse vago o ano inteiro), e depois convidou os irmãos a examinar os quartos. Fiquei me perguntando o que achariam das iniciativas artísticas de Rosette.

Perdi as vozes deles e depois as recuperei quando vistoriaram a área da cozinha. Fiquei contente ao ver que passavam pelo Abajur Inclinado de Pisa sem nem olhar.

— ... porão? — perguntou Robert.

— Sem porão! — respondeu Bota de Couro de Cobra, elevando a voz como se a falta de porão fosse uma vantagem. Parece que achava que sim. — Em bairros como este, eles só servem para se encher d'água. E a umidade, misericórdia! — Aqui perdi de novo a pista vocal quando ele abriu a porta dos fundos para lhes mostrar o quintal. Que não era um quintal, só um terreno vazio.

Cinco minutos depois, estavam de volta à frente da casa. Dessa vez foi Robert, o irmão mais velho, que tentou pechinchar. Não teve mais sucesso do que Lee.

— Pode nos dar um minutinho? — perguntou Robert.

Bota de Couro de Cobra olhou o pesado relógio cromado e sopesou se podia.

— Mas tenho um compromisso lá na rua Church, então é melhor vocês não demorarem pra decidir.

Robert e Lee foram até a traseira do Bel Air de Robert e, embora falassem baixo para Bota de Couro de Cobra não ouvir, quando inclinei o pote na direção deles escutei quase tudo. Robert era favorável a visitar outros lugares. Lee disse que queria essa. Seria suficiente para começar.

— Lee, isso aí é um buraco — disse Robert. — Você vai jogar... — *O seu dinheiro fora*, provavelmente.

Lee disse algo que não consegui distinguir. Robert suspirou e ergueu as mãos em rendição. Voltaram até Bota de Couro de Cobra, que deu um aperto rápido na mão de Lee e louvou a sabedoria da decisão. Começou a recitar a Escritura do Proprietário: primeiro mês, último mês, depósito por danos. Robert se intrometeu e disse que não haveria depósito por danos sem que as paredes fossem consertadas e o novo colchão, instalado.

— Colchão novo, certo — disse Bota de Couro de Cobra. — E vou mandar consertar aquele degrau para que a mocinha não torça o tornozelo. Mas se eu consertar agora as paredes vou ter de aumentar o aluguel em mais cinco por mês.

Pelas anotações de Al, eu sabia que Lee ficaria com o lugar, mas mesmo assim esperei que fosse embora com essa ofensa. Em vez disso, ele tirou do bolso de trás uma carteira flácida e removeu um maço fino de notas. Contou a maioria delas na mão estendida do novo senhorio enquanto Robert voltava ao carro, balançando a cabeça com desagrado. Os olhos dele se voltaram rapidamente para a minha casa do outro lado da rua e depois foram em frente, desinteressados.

Bota de Couro de Cobra fustigou de novo a mão de Lee e depois pulou no Chrysler e foi embora depressa, deixando para trás um triturado de pó.

Uma das puladoras de corda veio rodando num velocípede enferrujado.

— Vai se mudar pra casa de Rosette, moço? — perguntou a Robert.

— Eu não, ele — respondeu Robert, indicando o irmão com o polegar.

Ela levou o velocípede até Lee e perguntou ao homem que explodiria o lado direito da cabeça de John Kennedy se ele tinha filhos.

— Tenho uma menininha — disse Lee. Ele apoiou as mãos nos joelhos para chegar ao nível dela.

— Ela é bunita?

— Menos que você, e menor.

— Sabe pular corda?

— Querida, ela ainda nem sabe andar. — *Ela ainda* saiu *elinda*.

— Pois bosta pra ela. — E saiu pedalando na direção da rua Winscott.

Os dois irmãos se viraram para a casa. Isso os abafou um pouco, mas quando aumentei o volume ainda consegui entender quase tudo o que diziam.

— Essa... gato por lebre — disse Robert. — Quando Marina vir, vai cair em cima de você como mosca na bosta.

— Vou... Rina — disse Lee. — Mas, mano, se eu não ... de mamãe e daquele apartamentinho, acabo matando ela.

— Ela pode ser um ... mas ... ama você, Lee. — Robert deu alguns passos na direção da rua. Lee foi com ele, e as vozes ficaram claras como sinos.

— Eu sei, mas ela não consegue se segurar. Ontem à noite, quando eu e Rina íamos pro bem-bom, ela berra conosco da cama dobrável. Ela tá dormindo na sala, sabe. "Calma aí vocês dois", ela grita, "é cedo demais para mais um. Esperem até poderem sustentar a que já têm".

— Eu sei. Ela é difícil.

— Ela não para de *comprar* coisas, mano. Diz que são para Rina, mas joga tudo na *minha* cara. — Lee riu e andou de volta para o Bel Air. Dessa vez foram os seus olhos que patinaram pelo 2.706, e precisei de toda a minha força de vontade para ficar imóvel atrás da cortina. E também para segurar o pote no lugar.

Robert foi com ele. Os dois se encostaram no para-choque traseiro, dois homens de camisa azul limpa e calças de trabalhador. Lee estava de gravata e agora a afrouxou.

— Ouça isso! Mamãe vai à Leonard Brothers e volta com todas aquelas roupas para Rina. Tira uma bermuda que é quase uma calça, só que estampadinha. "Ói, Reenie, num são bunita?", diz ela. — A imitação que Lee fez do sotaque da mãe foi selvagem.

— O que Rina responde? — Robert sorria.

— Ela diz: "Não, *Mamutchka*, não, obrigada mas não gosta, não gosta. Gosta assim." E ela põe a mão na perna. — Lee pôs o lado da mão na própria perna, mais ou menos no meio da coxa.

O sorriso de Robert aumentou.

— Aposto que mamãe gostou *disso*.

— Ela diz: "Marina, curto assim é para mocinhas que desfilam pela rua atrás de namorado, não para mulheres casadas." Você não vai lhe dizer onde estamos, mano. *Não* mesmo. Entendido?

Robert não disse nada durante alguns segundos. Talvez recordasse um dia frio de novembro de 1960. A mamãe trotando atrás dele pela West Seventh, gritando: "*Pare*, Robert, não ande tão depressa, ainda não acabei com você!" E, embora as anotações de Al nada dissessem sobre o assunto, achei que também ainda não tinha acabado com Lee. Afinal de contas, Lee era o filho de quem ela realmente gostava. O caçula da família. O que dormiu na mesma cama que ela até os 11 anos. O que precisava de exames regulares para ver se começara a ter pelos em torno do saco. Essas coisas *estavam* nas anotações de Al. Ao lado delas, na margem, havia duas palavras que não se costuma esperar de um chapeiro de lanchonete: *fixação histérica*.

— Entendido, Lee, mas esta não é uma cidade grande. Ela vai achar você.

— Pois boto ela pra fora se me encontrar. Pode contar com isso.

Eles entraram no Bel Air e foram embora. A placa ALUGA-SE sumira da grade da varanda. O novo senhorio de Lee e Marina a levara embora ao partir.

Andei até a loja de ferragens, comprei um rolo de fita isolante e cobri com ela o pote Tupperware, por fora e por dentro. No geral, achei que fora um dia bom, mas eu entrara na zona de perigo. E sabia disso.

4

Em 10 de agosto, por volta das cinco da tarde, o Bel Air reapareceu, dessa vez puxando um pequeno trailer de madeira. Lee e Robert levaram menos de dez minutos para levar todos os pertences mundanos dos Oswald para dentro da nova mansão (com cuidado para evitar a tábua solta da varanda, que ainda não fora consertada). Durante o processo de mudança, Marina ficou no gramado de capim com June no colo, olhando o novo lar com uma expressão de desalento que não precisava de tradução.

Dessa vez, as três puladoras de corda apareceram, duas andando, a outra no velocípede. Exigiram ver o bebê, e Marina obedeceu com um sorriso.

— Como ela se chama? — perguntou uma das meninas.

— June — respondeu Marina.

Depois todas participaram.

— Quantos anos ela tem? Ela sabe falar? Por que ela não ri? Ela tem boneca?

Marina balançou a cabeça. Ainda sorria.

— Disculpa, eu não fala.

As três meninas saíram correndo e berrando: *"Eu não fala, eu não fala!"* Uma das galinhas sobreviventes da rua Mercedes voou para sair da frente delas, aos guinchos. Marina as observou partir, o sorriso sumindo.

Lee saiu no gramado para se juntar a ela. Estava nu até a cintura, suando muito. A pele era branca como a barriga de um peixe. Os braços eram finos e flácidos. Pôs um deles na cintura dela, depois se curvou e beijou June. Achei que Marina apontaria a casa e diria *não gosta, eu não gosta* — esse inglês ela já aprendera —, mas ela só entregou o bebê a Lee e subiu na varanda, cambaleando um instante no degrau solto e depois recuperando o equilíbrio. Passou pela minha cabeça que Sadie provavelmente levaria um baita tombo e depois mancaria dez dias com o tornozelo inchado.

Também passou pela minha cabeça que Marina estava tão ansiosa quanto o marido para se afastar de Marguerite.

5

O dia 10 era sexta-feira. Na segunda, cerca de duas horas depois que Lee saiu para mais um dia montando portas de tela de alumínio, uma camionete cor de lama estacionou no meio-fio diante do 2.703. Marguerite Oswald saiu pela porta do carona quase antes de o veículo parar. Nesse dia o lenço vermelho fora substituído por outro branco de bolinhas pretas, mas os sapatos de enfermeira eram os mesmos, assim como o ar de combatividade insatisfeita. Ela os encontrara, exatamente como Robert dissera.

O cão de caça do céu, pensei. *O cão de caça do céu.*

Eu olhava pela fenda entre as cortinas, mas não vi razão para ligar o microfone. Essa história não precisava de trilha sonora.

A amiga que a levara — uma moça corpulenta — lutou para sair de trás do volante e abanou a gola do vestido. O calor do dia já estava de rachar, mas Marguerite não dava a mínima. Apressou a motorista até a mala da camionete. Lá dentro havia uma cadeira alta e uma sacola de mantimentos. Marguerite pegou a primeira; a amiga içou a segunda.

A puladora de corda veio subindo com o velocípede, mas Marguerite mal lhe deu atenção. Ouvi "Suma, garota!", e a menina puladora de corda foi embora com o lábio inferior esticado para fora.

Marguerite subiu marchando a trilha careca que servia de calçada. Enquanto olhava o degrau solto, Marina saiu. Usava um blusão largo sem mangas e o tipo de bermuda que a sra. Oswald não aprovava para mulheres casadas. Não fiquei surpreso por Marina gostar dele. Tinha pernas fantásticas. A sua expressão era de alarme espantado e não precisei do meu amplificador improvisado para escutá-la.

— Não, *Mamutchka... Mamutchka*, não! Lee diz não! Lee diz não! Lee diz... — Então, um rápido matraquear em russo quando Marina exprimiu o que o marido dissera da única maneira que conseguia.

Marguerite Oswald era daqueles americanos que acreditam que os estrangeiros naturalmente entenderão quem fala *devagar...* e *muito ALTO*.

— É... Lee... tem... o... seu... ORGULHO! — trombeteou. Subiu até a varanda (evitando com agilidade o degrau solto) e falou diretamente na cara espantada da nora. — Tudo... bem... com isso... mas ele não pode... deixar... a minha NETA... pagar... o PREÇO!

Ela era carnuda. Marina era esbelta. *Mamutchka* entrou a toda sem olhar duas vezes. Isso foi seguido por um instante de silêncio e depois, um berro de estivador.

— *Onde está a minha BONITINHA?*

No fundo da casa, provavelmente no antigo quarto de Rosette, June começou a chorar.

A mulher que levara Marguerite deu um sorriso hesitante a Marina e entrou com a sacola de mantimentos.

6

Às cinco e meia, Lee veio do ponto de ônibus andando pela rua Mercedes, balançando uma marmita preta contra a coxa. Subiu os degraus, esquecendo o defeituoso. O degrau cedeu; ele cambaleou, deixou cair a marmita e depois se abaixou para pegá-la.

Isso vai melhorar o seu humor, pensei.

Ele entrou. Vi-o atravessar a sala e pôr a marmita sobre a bancada da cozinha. Virou-se e viu a nova cadeira alta. Obviamente, conhecia o modus operandi da mãe, porque em seguida abriu a geladeira enferrujada. Ainda espiava lá dentro quando Marina saiu do quarto do bebê. Tinha uma fralda no ombro e o binóculo era bom o bastante para eu ver que havia uma golfada nela.

Ela falou com ele, sorrindo, e ele se virou para ela. Ele tinha a pele clara que é o flagelo de todos os que coram facilmente, e o seu rosto enraivecido estava vermelho vivo até o cabelo, que rareava. Começou a berrar com ela, apontando a geladeira com o dedo (a porta ainda aberta, exalando vapor). Ela se virou para voltar para o quarto do bebê. Ele a segurou pelo ombro, girou-a e começou a sacudi-la. A cabeça dela balançou de um lado para o outro.

Eu não queria ver isso; e não havia razão para ver; nada acrescentava ao que eu precisava saber. Ele surrava mulheres, tudo bem, mas ela sobreviveria a ele, o que era mais do que se podia dizer de John F. Kennedy... ou do policial

Tippit, aliás. Portanto, não, eu não precisava ver. Mas às vezes a gente não consegue desviar os olhos.

Eles discutiram, Marina sem dúvida tentando explicar que não *sabia* como Marguerite os encontrara e que fora incapaz de manter *Mamutchka* fora da casa. E é claro que Lee finalmente lhe bateu na cara, porque não podia bater na mãe. Mesmo que ela estivesse lá, ele teria sido incapaz de erguer o punho contra ela.

Marina chorou. Ele a largou. Ela falou com ele apaixonadamente, as mãos abertas para fora. Ele tentou pegar uma delas e ela a puxou com força. Depois, ergueu as mãos para o teto, deixou-as cair e saiu pela porta da frente. Lee começou a ir atrás dela, depois pensou melhor. Os irmãos tinham posto na varanda duas cadeiras de jardim velhas e dilapidadas. Marina afundou numa delas. Havia um arranhão abaixo do olho esquerdo e a bochecha já começava a inchar. Ela fitou a rua, o outro lado da rua. Senti uma pontada de medo culpado, embora a luz da minha sala estivesse apagada e eu soubesse que ela não podia me ver. Mas tomei o cuidado de permanecer imóvel, com o binóculo colado no rosto.

Lee sentou-se à mesa da cozinha e apoiou a testa na palma das mãos. Ficou assim algum tempo, depois ouviu alguma coisa e foi até o menor dos quartos. Saiu com June no colo e começou a andar com ela pela sala, esfregando-lhe as costas, acalmando-a. Marina entrou. June a viu e estendeu-lhe os braços gorduchos. Marina foi até eles e Lee lhe entregou o bebê. Então, antes que ela conseguisse se afastar, ele a abraçou. Ela ficou em silêncio um instante dentro dos braços dele e depois moveu o bebê para poder abraçá-lo também com um dos braços. A boca de Lee estava enterrada no cabelo dela, e tive bastante certeza de saber o que dizia: as palavras russas que significam *sinto muito*. Não tive dúvida de que sentia. Sentiria da próxima vez, também. E da outra.

Marina levou June de volta para o quarto que fora de Rosette. Lee ficou um instante onde estava, depois foi até a geladeira, tirou alguma coisa e começou a comer.

7

No dia seguinte, mais tarde, bem na hora em que Lee e Marina se sentavam para jantar (June deitada no chão da sala de estar, chutando as pernas sobre um cobertor), Marguerite subiu a rua ofegante, vindo do ponto de ônibus da rua Winscott. Nessa noite ela usava calças azuis infelizes, considerando a largura generosa do traseiro. Trazia uma grande sacola de pano. Pelo alto saía o telhado de plástico vermelho de uma casinha de brinquedo. Ela subiu os degraus da varanda (mais uma vez evitando habilmente o defeituoso) e entrou sem bater.

Lutei contra a tentação de pegar o microfone direcional — essa era outra cena com a qual eu não precisava ter intimidade — e perdi. Não há nada tão fascinante quanto uma discussão em família, acho que Lev Tolstoi disse isso. Ou talvez tenha sido Jonathan Franzen. Na hora em que liguei tudo e mirei pela minha janela aberta a janela aberta do outro lado da rua, o barraco já ia a toda.

— ... quisesse que você soubesse onde a gente estava, eu teria lhe falado!

— Vada me contou, ela é uma boa menina — disse Marguerite placidamente. A fúria de Lee passou sobre ela como uma leve chuvinha de verão. Ela punha na bancada pratos descombinados com a rapidez de um crupiê de blackjack. Marina a olhava com espanto absoluto. A casinha de brinquedo estava no chão, ao lado da manta de bebê de June. Esta agitava as pernas e a ignorava. É claro que a ignorava. O que uma menina de quatro meses faria com uma casinha de brinquedo?

— Mãe, você tem de nos deixar em paz! Tem de parar de *trazer* coisas! Posso cuidar da minha família!

Marina acrescentou o seu pitaco:

— *Mamutchka*, Lee diz não.

Marguerite riu alegremente.

— "Lee diz não, Lee diz não." Querida, Lee sempre diz não, esse rapazinho vem fazendo isso a vida inteira e não quer dizer nada. Mamãe cuida dele. — Ela beliscou a bochecha do filho do jeito que as mães beliscam a bochecha de um moleque de 6 anos que fez uma travessura inegavelmente fofinha. Se Marina tentasse, tenho certeza de que Lee a arrebentaria.

Em algum momento, as puladoras de corda chegaram à imitação careca de gramado. Observaram a discussão com a mesma atenção com que espectadores do Globe Theatre conferem as mais recentes ofertas de Shakespeare no setor de lugares em pé. Só que, na peça a que assistíamos, a megera acabaria vencedora.

— O que ela lhe preparou para o jantar, querido? Foi alguma coisa boa?

— Guisado. *Jarkoie*. Aquele sujeito, Gregory, mandou uns cupons da ShopRite. — A boca de Lee trabalhou. Marguerite esperou. — Quer um pouco, mãe?

— *Jarkoie* muito oquei, *Mamutchka* — disse Marina com um sorriso esperançoso.

— Não, eu não conseguiria comer nada assim — disse Marguerite.

— Inferno, mãe, você nem sabe o que é!

Foi como se ele não tivesse falado.

— Isso me reviraria o estômago. Além disso, não quero estar num ônibus da cidade depois das oito. Há bêbados demais depois das oito. Lee, querido, você precisa consertar aquele degrau antes que alguém quebre a perna.

Ele murmurou alguma coisa, mas a atenção de Marguerite se deslocara para outro lugar. Ela se abaixou como um falcão sobre um rato do campo e agarrou June. Com o meu binóculo, a expressão espantada do bebê foi inconfundível.

— *Como está a minha GRACINHA hoje? Como está a minha QUERIDA? Como está a minha pequena DIEVUSHKA?*

A pequena *dievushka*, apavorada, começou a berrar a plenos pulmões.

Lee fez um gesto para pegar o bebê. Os lábios vermelhos de Marguerite se descolaram dos dentes formando um possível sorriso, mas só se você quisesse ser caridoso. Para mim, parecia mais um rugido. O filho também deve ter achado, porque recuou. Marina mordia o lábio, os olhos arregalados de horror.

— *Ooooh, Junie! Junie-Munie-SPUNIE!*

Marguerite marchou de um lado para o outro pelo tapete verde puído, ignorando os gritos cada vez mais angustiados de June, assim como ignorara a raiva de Lee. Ela realmente se *alimentava* daqueles gritos? Assim me parecia. Depois de algum tempo, Marina não aguentou mais. Ela se levantou e foi até Marguerite, que se afastou dela, segurando o bebê junto ao peito. Mesmo do outro lado da rua, deu para imaginar o som dos seus grandes sapatos brancos de enfermeira: *dud-clump-dud*. Marina a seguiu. Marguerite, talvez sentindo que marcara posição, finalmente entregou o bebê. Apontou para Lee e depois falou com Marina com a voz alta de professora de inglês:

— *Ele engordou... quando vocês estavam lá em casa... porque eu preparava para ele... tudo o que ele GOSTA... mas ele ainda está... MAGÉRRIMO... DEMAIS!*

Marina a olhava por cima da cabeça do bebê, os lindos olhos arregalados. Marguerite ergueu os seus, com impaciência ou simples nojo, e enfrentou Marina. O Abajur Inclinado de Pisa estava aceso e a luz patinou pelas lentes dos óculos de gatinho de Marguerite.

— *PREPARE PARA ELE... O QUE ELE COME! NADA... DE CREME... AZEDO! NADA... DE IOGRUTE! ELE ESTÁ... MAGRO... DEMAIS!*

— Magro — disse Marina, em dúvida. Em segurança no colo da mãe, o choro de June se reduzia a soluços aguados.

— É! — disse Marguerite. Depois girou para Lee. — Conserte aquele degrau!

Com isso ela partiu, só parando para dar um grande beijo na cabeça da neta. Quando voltou andando para o ponto de ônibus, sorria. Parecia mais jovem.

8

Na manhã seguinte à noite em que Marguerite levou a casinha de brinquedo, acordei às seis. Fui até as cortinas fechadas e espiei pela fenda sem sequer pensar; espionar a casa do outro lado da rua virara hábito. Marina estava sentada numa das cadeiras de jardim, fumando um cigarro. Usava pijamas de rayon rosa-shocking que eram grandes demais para ela. Estava com um novo olho roxo e havia pingos de sangue na camisa do pijama. Fumava devagar, inalando profundamente, e fitava o nada.

Depois de algum tempo, entrou de novo e preparou o café. Logo Lee veio e comeu. Não olhou para ela. Lia um livro.

9

Aquele sujeito, Gregory, mandou uns cupons da ShopRite, dissera Lee à mãe, talvez para explicar a carne do guisado, talvez só para lhe informar que ele e Marina não estavam sozinhos e sem amigos em Fort Worth. Isso parecia ter passado despercebido por *Mamutchka*, mas não passou despercebido por mim. Peter Gregory era o primeiro elo da corrente que levaria George de Mohrenschildt à rua Mercedes.

Como Mohrenschildt, Gregory era um expatriado russo do ramo petrolífero. Era da Sibéria e dava aulas de russo uma vez por semana na biblioteca de Fort Worth. Lee descobriu isso e marcou uma hora para ver se ele, Lee, arranjava serviço de tradutor. Gregory fez um teste com ele e achou o seu russo "passável". Mas no que Gregory estava realmente interessado — no que *todos* os expatriados estavam interessados, Lee deve ter sentido — era na ex-Marina Prusakova, a moça de Minsk que conseguira escapar das garras do urso russo só para acabar nas de um grosseirão americano.

Lee não conseguiu o emprego; em vez dele, Gregory contratou Marina para dar aulas de russo ao filho Paul. Era um dinheiro de que os Oswald precisavam desesperadamente. Também era mais uma coisa para deixar Lee ressentido. Ela dava aulas a um garoto rico duas vezes por semana enquanto ele continuava montando portas de tela.

Na manhã em que observei Marina fumando na varanda, Paul Gregory, bonitão e mais ou menos da idade de Marina, chegou num Buick novo em folha. Bateu, e Marina, com maquiagem pesada que me fez lembrar Bobbi Jill, abriu a porta. Preocupada com a possessividade de Lee ou devido às regras de recato que aprendera em casa, ela lhe deu a aula na varanda. Durou uma hora e meia. June ficou entre os dois na sua manta e, quando chorava, os dois se revezavam segurando-a no colo. Era uma bela cena, embora o sr. Oswald provavelmente não concordasse.

Por volta do meio-dia, o pai de Paul parou atrás do Buick. Havia dois homens e duas mulheres com ele. Traziam mantimentos. O Gregory mais velho abraçou o filho e depois beijou Marina na bochecha (a que não estava inchada). Houve muita conversa em russo. O Gregory mais jovem se perdeu, mas Marina se achou: acendeu-se como um letreiro de neon. Ela os convidou a entrar. Logo estavam sentados na sala, tomando chá gelado e conversando. As mãos de Marina voavam como passarinhos animados. June passou de mão em mão e de colo em colo.

Fiquei fascinado. A comunidade de emigrados russos encontrara a mulher-menina que se tornaria a sua queridinha. E ela poderia ser outra coisa? Era jovem, era uma estranha numa terra estranha, era bonita. É claro que a bela estava casada com a fera — um jovem americano rude que batia nela (ruim) e que acreditava com paixão num sistema que essa gente de classe média alta rejeitara com a mesma paixão (muito pior).

Mas Lee aceitaria os seus mantimentos com ocasionais explosões de raiva apenas, e quando chegaram com móveis — uma cama nova, um berço rosa-shocking para o bebê — ele também aceitou. Esperava que os russos o tirassem do buraco em que estava. Mas não gostava deles e, na época em que se mudou com a família para Dallas, em novembro de 1962, devia saber que os seus sentimentos eram calorosamente recíprocos. Por que *gostariam* dele?, deve ter pensado. Ele era ideologicamente puro. Eles eram covardes que tinham abandonado a Mãe Rússia quando ela estava de joelhos, em 1943, que tinham lambido as botas dos alemães e depois fugido para os Estados Unidos quando a guerra acabou e abraçado rapidamente o Modo de Vida Americano... que, para Oswald, significava o criptofascismo armamentista, opressor de minorias e explorador de trabalhadores.

Parte disso eu sabia pelas anotações de Al. A maior parte vi ser representada no palco do outro lado da rua ou deduzi da única conversa importante que o meu abajur grampeado captou e gravou.

10

Na noite de 25 de agosto, um sábado, Marina vestiu um belo vestido azul e enfiou June num macacão de fustão com flores aplicadas na frente. Lee, de cara azeda, saiu do quarto com um terno que tinha de ser o único. Era uma caixa de lá um tanto hilariante que só poderia ter sido feito na Rússia. Era uma noite quente e imaginei que ele estaria se contorcendo de suor antes que acabasse. Desceram com cuidado os degraus da varanda (o defeituoso ainda não fora consertado) e partiram para o ponto de ônibus. Entrei no carro e fui até a esquina da rua Mercedes com a Winscott. Dava para ver os três em pé junto ao poste telefônico com a listra branca pintada, discutindo. Grande surpresa. O ônibus veio. Os Oswald embarcaram. Fui atrás exatamente como fora atrás de Frank Dunning em Derry.

A história se repete é outra maneira de dizer que o passado se harmoniza.

Eles desceram do ônibus num bairro residencial no lado norte de Dallas. Estacionei e observei-os andarem até uma casa estilo Tudor de madeira e pedra, pequena mas bonita. Os lampiões de carruagem no final da entrada brilhavam suavemente no crepúsculo. Não havia capim *nesse* gramado. Tudo naquele lugar gritava *Os Estados Unidos dão certo!* Marina encabeçou o caminho até a casa com o bebê no colo, Lee se arrastando logo atrás, parecendo perdido no paletó jaquetão que pendia quase até os joelhos.

Marina empurrou Lee na sua frente e apontou a campainha. Ele tocou. Peter Gregory e o filho saíram e, quando June estendeu os braços para Paul, o rapaz riu e a pegou no colo. A boca de Lee se torceu para baixo ao ver isso.

Outro homem saiu. Reconheci-o do grupo que chegara no dia da primeira aula de russo de Paul Gregory, e ele voltara à casa dos Oswald três ou quatro vezes, levando mantimentos, brinquedos para June ou ambos. Eu tinha bastante certeza de que o nome dele era George Bouhe (é, outro George, o passado se harmoniza de várias maneiras) e, embora tivesse quase 60 anos, fiquei com a ideia de que estava seriamente apaixonado por Marina.

De acordo com o chapeiro de lanchonete que me pusera nessa, foi Bouhe que convenceu Peter Gregory a dar aquela festinha. George de Mohrenschildt não estava lá, mas saberia da festa logo depois. Bouhe lhe falaria dos Oswald e do seu casamento peculiar. Também contaria a Mohrenschildt que Lee Oswald fizera uma cena na festa, louvando o socialismo e os coletivos russos. *O rapaz me parece maluco*, diria Bouhe. Mohrenschildt, conhecedor vitalício de malucos, decidiria que teria de conhecer pessoalmente esse estranho casal.

Por que Oswald deu espetáculo na festa de Peter Gregory, ofendendo os bem-intencionados expatriados que poderiam ajudá-lo? Eu não sabia com certeza, mas fazia uma ideia bastante boa. Eis Marina, encantando a todos (principalmente os homens) no seu vestido azul. Eis June, linda como uma foto de bebê da Woolworth no seu macacãozinho de caridade com flores costuradas. E eis Lee, suando no seu terno feio. Ele acompanha melhor do que o jovem Paul Gregory o rápido sobe e desce do russo, mas no final ainda fica para trás. Deve ter-se enfurecido por ter de se prostrar diante dessas pessoas e comer o seu sal. Espero que sim. Espero que tenha doído.

Não me demorei. Estava preocupado com Mohrenschildt, o próximo elo da corrente. Logo entraria no palco. Enquanto isso, os três Oswald tinham finalmente saído do 2.703 e ficariam fora até as dez horas, pelo menos. Dado que o dia seguinte era domingo, talvez até mais tarde.

Voltei para ligar o microfone da sala deles.

11

A rua Mercedes festejava aquela noite de sábado, mas o campo atrás da *chez* Oswald estava deserto e silencioso. Achei que a minha chave funcionaria na porta dos fundos tão bem quanto na da frente, mas nunca precisei testar essa teoria, porque a porta dos fundos estava destrancada. Durante o tempo que passei em Fort Worth, não usei nenhuma vez a chave que comprara de Ivy Templeton. A vida é cheia de ironias.

O lugar estava dolorosamente arrumado. A cadeira alta fora colocada entre os assentos dos pais na pequena mesa da cozinha onde faziam as refeições, o tampo tão limpo que brilhava. O mesmo se podia dizer da superfície descascada da bancada e da pia com o anel de ferrugem da água calcária. Apostei comigo mesmo que Marina teria deixado as meninas de vestido de Rosette e fui ao quarto que agora era de June para conferir. Eu levara uma lanterna e a passei pelas paredes. Sim, ainda estavam lá, embora no escuro fossem mais fantasmagóricas do que alegres. June provavelmente as olhava quando ficava deitada no berço, chupando o sapatinho. Gostaria de saber se as recordaria mais tarde, em algum nível profundo da mente. Meninas-fantasma de lápis de cera.

Jimla, pensei sem razão nenhuma, e tremi.

Afastei a cômoda, prendi o fio do microfone à tomada do abajur e o passei pelo furo que abrira na parede. Tudo bem, mas então tive um mau momento. Muito mau. Quando empurrei a cômoda de volta para o lugar, ela bateu na parede e o Abajur Inclinado de Pisa caiu.

Se eu tivesse tempo de pensar, teria ficado paralisado e a maldita coisa se espatifaria no chão. E depois? Retirar o microfone e deixar os cacos? Torcer para que aceitassem a ideia de que o abajur, já instável, caíra sozinho? A maioria engoliria essa, mas a maioria não tem razões para ficar paranoico com o FBI. Lee poderia achar o furo que eu abrira na parede. Se achasse, a borboleta abriria as asas.

Mas não tive tempo de pensar. Estendi a mão e peguei o abajur no meio do caminho. Então só fiquei ali, segurando-o e tremendo. A casinha estava um forno e eu conseguia sentir o fedor do meu próprio suor. *Eles* o sentiriam quando do voltassem? Como poderiam não sentir?

Achei que estava maluco. Sem dúvida o mais inteligente seria remover o microfone... e depois remover a mim mesmo. Eu poderia retomar o contato com Oswald em 10 de abril do ano seguinte, observá-lo tentando assassinar o general Edwin Walker e, se estivesse sozinho, poderia matá-lo como matara Frank Dunning. Quanto mais simples melhor, como dizem nas reuniões dos AA de Christy. Por que, em nome de Deus, eu me metia com um abajur grampeado de brechó quando o futuro do mundo estava em jogo?

Foi Al Templeton que respondeu. *Você está aí porque a janela de incerteza ainda está aberta. Você está aí porque, se George de Mohrenschildt for mais do que parece, talvez não tenha sido Oswald. Você está aí para salvar Kennedy, e ter certeza começa agora. Então ponha no lugar essa merda desse abajur.*

Pus o abajur de volta no lugar, embora a sua instabilidade me preocupasse. E se o próprio Lee o derrubasse da cômoda e visse o microfone dentro quando a base de cerâmica se espatifasse? Aliás, e se Lee e Mohrenschildt conversassem nesta sala, mas com o abajur desligado e com voz baixa demais para o meu microfone de longa distância captar? Então tudo teria sido à toa.

Você nunca vai fazer uma omelete pensando assim, colega.

O que me convenceu foi pensar em Sadie. Eu a amava e ela me amava — pelo menos, me amara — e eu jogara tudo fora para ir para essa rua de merda. E, Jesus, eu não iria embora sem ao menos tentar escutar o que George de Mohrenschildt teria a dizer por si.

Esgueirei-me pela porta dos fundos e, com a lanterna presa nos dentes, liguei o fio do microfone no gravador. Enfiei o gravador numa lata de margarina enferrujada para protegê-lo dos elementos e depois o escondi no pequeno ninho de tábuas e tijolos que já preparara.

Então voltei à merda da minha casinha na merda daquela ruazinha e comecei a esperar.

12

Eles nunca usavam o abajur até ficar quase escuro demais para enxergar. Para poupar na conta de luz, acho. Além disso, Lee era operário. Ia dormir cedo e ela ia com ele. A primeira vez que conferi a fita, o que ouvi era principalmente russo — e russo arrastado, aliás, dada a velocidade superlenta do gravador. Quando Marina experimentava o vocabulário em inglês, Lee a repreendia. Ainda assim, às vezes ele falava inglês com June quando a menina ficava agitada, sempre em voz baixa e calmante. Às vezes até cantava para ela. As gravações superlentas o faziam soar como um ogro tentando cantar.

Duas vezes o escutei bater em Marina, e da segunda vez o russo não bastou para exprimir a sua fúria. "Sua boceta inútil e chata! Vou acabar achando que a minha mãe tinha razão!" Isso foi seguido pelo bater de uma porta e pelo som de Marina chorando. Foi cortado de repente quando ela apagou o abajur.

Na noite de 4 de setembro, vi um garoto de uns 13 anos ir à porta dos Oswald com um saco de lona no ombro. Lee, descalço e vestido de jeans e camiseta, abriu a porta. Eles falaram. Lee o convidou a entrar. Falaram um pouco mais. Em certo momento, Lee pegou um livro e o mostrou ao garoto, que o olhou desconfiado. Não havia como usar o microfone direcional, porque o tempo esfriara e as janelas da outra casa estavam fechadas. Mas o Abajur Inclinado de Pisa estava ligado e, quando recuperei a segunda fita tarde da noite no dia seguinte, fui obsequiado com uma conversa divertida. Na terceira vez que toquei, mal ouvi o arrastado lento das vozes.

O garoto vendia assinaturas de um jornal — ou talvez fosse uma revista — chamado *Grit*. Informou aos Oswald que tinha todo tipo de notícia interessante a que os jornais de Nova York não davam importância (ele as rotulou de "notícias do interior"), mais esportes e dicas de jardinagem. Também tinha o que ele chamou de "histórias de ficção" e quadrinhos.

— O senhor não vê *Dixie Dugan* no *Times Herald* — informou. — A minha mãe adora Dixie.

— Bom, filho, isso é bom — disse Lee. — Você é um pequeno empresário e tanto, não é?

— Há... senhor?

— Me diga quanto ganha.

— Só recebo quatro de cada dez centavos, mas não é isso que importa, senhor. O que eu mais gosto são os prêmios. São muito melhores do que os que a gente ganha vendendo pomada Cloverine. Já pensou? Eu vou ganhar uma 22! O meu pai disse que posso ficar com ela.

— Filho, sabia que está sendo explorado?

— Hem?

— Eles ficam com o dinheiro. Você ganha centavos e a promessa de uma espingarda.

— Lee, ele bom menino — disse Marina. — Seja bom. Deixe pra lá.

Lee a ignorou.

— Você precisa saber o que há neste livro, filho. Consegue ler o que está na capa?

— Ah, consigo sim, senhor. Diz *A condição da classe operária*, de Friedrich... Engeles?

— *Engels*. Fala do que acontece com meninos que acham que vão ficar milionários vendendo de porta em porta.

— Não quero ser nenhum milionário — retrucou o menino. — Só quero uma 22 para acertar os ratos do lixão como o meu amigo Hank.

— Você ganha centavos vendendo os jornais deles; eles ganham dólares vendendo o seu suor, e o suor de um milhão de meninos como você. O mercado livre não é livre. Você precisa se instruir, filho. Eu me instruí, e comecei quando tinha bem a sua idade.

Lee fez ao vendedor de *Grit* uma palestra de dez minutos sobre os males do capitalismo, inclusive com citações selecionadas de Karl Marx. O menino escutou com paciência e depois perguntou:

— Então o senhor vai comprar a sinatura?

— Filho, você escutou alguma palavra do que eu disse?

— Sim, senhor!

— Então deveria saber que este sistema roubou de mim como está roubando de você e da sua família.

— O senhor está falido? Por que não disse logo?

— O que estou tentando fazer é lhe explicar por que estou falido.

— Ah, que droga! Eu poderia ter batido em mais três portas, mas agora tenho de ir para casa porque está quase na minha hora!

— Boa sorte — disse Marina.

A porta da frente gritou ao se abrir nas velhas dobradiças e depois choca-lhou para fechar (estava cansada demais para bater). Houve um longo silêncio. Então Lee disse, com voz monótona:

— Viu? É isso que enfrentamos.

Não demorou muito e o abajur foi apagado.

13

O meu novo telefone ficava quase sempre em silêncio. Deke ligou uma vez — uma daquelas ligações rápidas e obrigatórias tipo como vai —, mas foi tudo. Disse a mim mesmo que não podia esperar mais. As aulas tinham recomeçado e as primeiras semanas eram sempre afobadíssimas. Deke estava ocupado por-que a dona Ellie o tirara da aposentadoria. Ele me disse que, depois de resmun-gar um pouco, deixara que ela pusesse o seu nome na lista de substitutos. Ellie não telefonava porque tinha 5 mil coisas para fazer e, provavelmente, quinhen-tos fogos no mato para apagar.

Só depois que Deke desligou percebi que ele não mencionara Sadie... e duas noites depois da palestra de Lee ao vendedor de jornais, decidi que tinha de falar com ela. Tinha de ouvir a sua voz, mesmo que tudo o que ela dissesse fosse *Por favor, não me telefone, George, acabou.*

Quando estendi a mão, o telefone tocou. Atendi e disse, com absoluta certeza:

— Alô, Sadie. Alô, querida.

14

Houve um momento de silêncio longo o bastante para eu pensar que me enga-nara, afinal de contas, que alguém ia dizer *Não sou Sadie, sou apenas um idiota que discou o número errado.* Então ela disse:

— Como sabia que era eu?

Quase respondi *harmonia*, e ela talvez entendesse. Mas talvez não fosse suficiente. Essa ligação era importante e eu não queria estragar tudo. Desespe-radamente, não queria estragar tudo. Durante quase tudo o que se seguiu, ha-via dois eus ao telefone, o George que falava em voz alta e Jake por dentro, dizendo tudo o que George não podia dizer. Talvez sempre haja dois em cada ponta da conversa quando o bom amor pende na balança.

— Porque pensei em você o dia inteiro — respondi. (*Estou pensando em você o verão inteiro.*)

— Como vai?

— Vou bem. (*Solitário.*) — E você? Como foi o verão? Conseguiu? (*Desfez os laços legais com o seu estranho marido?*)

— Consegui — disse ela. — Negócio fechado. Não é uma das coisas que você diz, George? Negócio fechado?

— Acho que é. E a escola? Como vai a biblioteca?

— George? Vamos conversar assim ou vamos conversar?

— Tudo bem. — Sentei-me no meu sofá de segunda mão cheio de calombos. — Vamos conversar. Você está bem?

— Estou, mas infeliz. E muito confusa. — Ela hesitou e disse: — Eu estava trabalhando no Harrah's, provavelmente você sabe disso. Como garçonete, servindo coquetéis. E conheci alguém.

— É? (*Ah, merda.*)

— É. Um homem muito legal. Encantador. Um cavalheiro. Pouco menos de 40 anos. O nome dele é Roger Beaton. É assessor de Tom Kuchel, senador republicano pela Califórnia. É o flagelo da minoria no Senado, sabe. Kuchel, quero dizer, não Roger. — Ela riu, mas não do jeito que a gente ri quando algo é engraçado.

— Eu deveria ficar contente porque você conheceu alguém legal?

— Não sei, George... Você está contente?

— Não. (*Mato ele.*)

— Roger é bonito — disse ela com uma voz calma de esse-é-um-fato. — É agradável. Se formou em Yale. Sabe como fazer uma garota se divertir. E é alto.

O segundo eu não consegui mais ficar calado.

— Mato ele.

Isso a fez rir, e o som do riso foi um alívio.

— Não estou lhe contando isso para ferir você nem para que você se sinta mal.

— É mesmo? Então por que está me contando?

— Saímos três ou quatro vezes. Ele me beijou... namoramos um pouco... só bolinando, como crianças...

(*Não quero só matar, quero que seja bem devagar.*)

— Mas não foi a mesma coisa. Talvez pudesse ser, com o tempo; talvez não. Ele me deu o telefone dele em Washington e me disse para ligar se eu...

como foi que ele disse? "Caso você se canse de arrumar livros e carregar a tocha para quem foi embora." Acho que foi mais ou menos isso. Ele diz que viaja muito e que precisa de uma boa mulher que vá com ele. Achou que eu poderia ser essa mulher. É claro que os homens dizem coisas assim. Não sou tão ingênua quanto já fui. Mas às vezes falam sério.

— Sadie...

— Mas nem assim foi a mesma coisa. — Ela soava pensativa, ausente, e, pela primeira vez, me perguntei se, além da dúvida sobre a vida pessoal, poderia haver algo errado com ela. Se poderia estar doente. — Pelo lado bom, não havia nenhuma vassoura à mostra. É claro que às vezes os homens escondem a vassoura, não é? Johnny escondeu. Você também, George.

— Sadie?

— Sim?

— *Você* está escondendo uma vassoura?

Houve um longo momento de silêncio. Muito mais longo do que aquele quando atendi o telefone dizendo o nome dela, e muito mais longo do que eu esperava. Finalmente, ela disse:

— Não sei o que quer dizer.

— Você não parece você, é tudo.

— Já lhe disse, estou muito confusa. E triste. Porque você ainda não está disposto a me contar a verdade, não é?

— Se pudesse, eu contaria.

— Quer saber algo interessante? Você tem bons amigos em Jodie, não só eu, e nenhum deles sabe onde você mora.

— Sadie...

— Você diz que é em Dallas, mas você está no código de Elmhurst, e Elmhurst fica em Fort Worth.

Nunca pensara nisso. Em que mais eu não pensara?

— Sadie, só posso lhe dizer que o que estou fazendo é muito impor...

— Ah, disso eu tenho certeza. E o que o senador Kuchel está fazendo também é muito importante. Roger se esforçou muito para me dizer isso e para me contar que, se eu... se eu fosse ficar com ele em Washington, estaria praticamente sentada aos pés da grandeza... ou no portal da história... ou algo assim. O poder o empolga. Foi uma das poucas coisas difíceis de gostar nele. O que pensei... o que ainda penso... é: quem sou eu para me sentar aos pés da grandeza? Sou apenas uma bibliotecária divorciada.

— Quem sou eu para ficar no portal da história? — perguntei.

— O quê? O que você disse, George?

— Nada, querida.

— Talvez fosse melhor você não me chamar assim.

— Desculpe. — *Desculpe nada.* — Sobre o que exatamente estamos conversando?

— Você e eu e se isso ainda nos torna um nós ou não. Ajudaria se você me dissesse por que está no Texas. Porque sei que você não veio escrever um livro nem dar aulas em escolas.

— Contar a você pode ser perigoso.

— Estamos *todos* em perigo — disse ela. — Nisso, Johnny tem razão. Devo lhe contar algo que Roger me contou?

— Tudo bem. — *Onde ele lhe contou, Sadie? E vocês estavam na vertical ou na horizontal quando a conversa aconteceu?*

— Ele tomara um ou dois drinques e ficou falador. Estávamos no quarto de hotel dele, mas não se preocupe; fiquei com os pés no chão e todas as roupas no corpo.

— Eu não fiquei preocupado.

— Se não ficou, estou desapontada com você.

— Tudo bem, fiquei preocupado. O que ele disse?

— Ele disse que corre o boato de que haverá alguma coisa grande no Caribe agora no outono ou no inverno. Um ponto de fulgor, foi o que disse. Suponho que queria dizer Cuba. Ele disse: "Aquele idiota do JFK vai pôr todos nós na sopa só pra provar que tem colhão."

Eu me lembrei de todo aquele lixo sobre fim do mundo que o ex-marido despejara nos ouvidos dela. *Qualquer um que ler o jornal verá que está chegando,* dissera. *Morreremos com feridas por todo o corpo, tossindo os bofes para fora.* Coisas assim que deixam uma impressão, ainda mais quando ditas com um tom de voz de certeza seca e científica. Deixam uma impressão? Uma cicatriz é mais provável.

— Sadie, isso é bobagem.

— É? — Ela soou irritada. — Suponho que você tenha informações privilegiadas e o senador Kuchel não?

— Digamos que sim.

— Digamos que não. Esperarei um pouco mais para você limpar a sua ficha, mas não muito. Talvez só porque você dança bem.

— Então vamos dançar! — disse eu, de um jeito meio maluco.

— Boa noite, George.

E, antes que eu conseguisse dizer mais alguma coisa, ela desligou.

15

Comecei a ligar de volta para ela, mas quando a telefonista disse "Número, por favor?" a sanidade se reafirmou. Repus o fone no gancho. Ela dissera o que precisava dizer. Tentar forçá-la a dizer mais só pioraria a situação.

Tentei afirmar a mim mesmo que o telefonema dela fora apenas um estratagema para me forçar a agir, um tipo de *fale por si, John Alden.** Não podia dar certo porque Sadie não era assim. Parecia mais um grito de socorro.

Peguei o telefone de novo e, dessa vez, quando a telefonista pediu, lhe dei o número. O telefone tocou duas vezes do outro lado e então Ellen Dockerty disse:

— Alô! Quem fala?

— Oi, dona Ellie. Sou eu. George.

Talvez aquela coisa de momento de silêncio fosse contagioso. Esperei. Então ela disse:

— Olá, George. Andei me esquecendo de você, não é? É só que estou terrivelmente...

— Ocupada, claro. Sei como são as primeiras semanas, Ellie. Liguei porque Sadie acabou de me telefonar.

— É? — Ela soava muito cautelosa.

— Se você lhe disse que o meu número tinha código de Fort Worth e não de Dallas, tudo bem.

— Não foi fofoca. Espero que entenda isso. Achei que ela tinha o direito de saber. Fico preocupada com Sadie. É claro que me preocupo com você também, George... mas você foi embora. Ela, não.

Eu *entendia*, embora doesse. A sensação de estar numa cápsula espacial rumo às profundezas distantes voltou.

— Tudo bem, Ellie, e na verdade não foi uma grande mentira. Logo vou me mudar para Dallas.

---

* O carpinteiro naval inglês John Alden (1599-1687) chegou à América do Norte a bordo do navio *Mayflower* e se apaixonou por Priscilla Mullins (1602-1685), que também viera no navio. O capitão Miles Standish (1584-1656), também apaixonado pela moça e sem saber que o outro era seu rival, pede ao amigo Alden que fale à moça do seu amor. John cumpre a missão, mas quando acaba de falar em nome do capitão a moça lhe pede: "Fale por si, John Alden." John e Priscilla acabaram se casando. O triângulo amoroso ficou famoso com o poema de 1858 "The Courtship of Miles Standish" (A corte de Miles Standish), do poeta americano Henry Wadsworth Longfellow. (N. da T.)

Nenhuma resposta, e o que ela poderia dizer? *Talvez mude, mas ambos sabemos que você mente?*

— Não gostei do jeito da voz dela. Acha que ela está bem?

— Não sei se quero responder a essa pergunta. Se eu disser que não, você pode vir correndo vê-la, e ela não quer ver você. Não nesta situação.

Na verdade, ela *respondera* à minha pergunta.

— Ela estava bem quando voltou?

— Estava. Contente de nos rever.

— Mas agora parece distraída e diz que se sente triste.

— É tão surpreendente assim? — A srta. Ellie falava com aspereza. — Aqui há um monte de lembranças para Sadie, muitas ligadas a um homem por quem ela ainda tem sentimentos. Um bom homem e um professor maravilhoso, mas que chegou portando uma bandeira falsa.

Essa doeu *mesmo*.

— Parecia outra coisa. Ela falou de algum tipo de crise iminente que ouviu de... — De um formado em Yale sentado no portal da história? — De alguém que conheceu em Nevada. O marido dela lhe encheu a cabeça com um monte de bobagens...

— A cabeça? A sua linda cabecinha? — Nada de aspereza agora; raiva pura e simples. Fiquei me sentindo pequeno e mau. — George, tenho uma pilha de pastas com um quilômetro de altura na minha frente e tenho de trabalhar. Não dá para psicanalisar Sadie Dunhill a distância e não posso ajudá-lo com a sua vida amorosa. A única coisa que posso lhe aconselhar é que explique tudo, se é que se preocupa com ela. E antes cedo do que tarde.

— Você não viu o marido dela por aí, não é?

— *Não!* Boa noite, George!

Pela segunda vez na mesma noite, uma mulher de quem eu gostava me bateu o telefone na cara. Esse foi um novo recorde pessoal.

Fui para o quarto e comecei a me despir. *Bem* quando chegou. *Contente* de rever todos os amigos de Jodie. Não tão bem agora. Porque estava dilacerada entre o belo sujeito novo no caminho veloz rumo ao sucesso e o estranho alto e moreno de passado invisível? Provavelmente assim seria numa novela romântica, mas se assim fosse aqui por que ela não estava triste quando voltou?

Um pensamento desagradável me ocorreu: talvez estivesse bebendo. Muito. Em segredo. Não seria possível? A minha mulher bebera em segredo durante anos — antes que eu me casasse com ela, na verdade — e o passado se harmoniza. Seria fácil descartar isso, dizer que a dona Ellie teria percebido os sintomas, mas os bêbados sabem ser espertos. Às vezes, leva anos para os outros começarem a perceber. Se Sadie chegasse para trabalhar na hora certa, talvez Ellie não notasse que os olhos estavam injetados e o hálito era de bala de hortelã.

Provavelmente a ideia era ridícula. Todas as minhas suposições eram suspeitas, cada uma delas tingida pelo tanto que me preocupava com Sadie.

Fiquei deitado na cama, olhando o teto. Na sala, a estufa a querosene gorgolejou — era outra noite fria.

Deixe pra lá, colega, disse Al. *Tem de deixar. Lembre-se, você não está aqui para ganhar...*

A moça, o relógio de ouro e tudo o mais. Tá, Al, entendi.

Além disso, provavelmente ela está bem. É você quem está com um problema.

Mais do que um, na verdade, e demorei muito tempo para adormecer.

16

Na segunda-feira seguinte, quando dei uma das minhas passadas regulares pela rua West Neely, 214, em Dallas, notei um comprido carro fúnebre cinzento estacionado na entrada. As duas senhoras gordas estavam em pé na varanda observando alguns homens de terno escuro porem uma maca na traseira. Nela havia uma forma amortalhada. Na sacada de aparência instável acima da varanda, o jovem casal do apartamento de cima também observava. O filho mais novo dormia no colo da mãe.

A cadeira de rodas com o cinzeiro preso ao braço estava órfã debaixo da árvore onde o velho passara quase todos os seus dias naquele verão.

Parei e fiquei ao lado do carro até o rabecão partir. Então (embora eu percebesse que o momento era bastante, digamos, grosseiro), atravessei a rua e subi o caminho até a varanda. No pé da escada, toquei o chapéu.

— Senhoras, sinto muito pela perda.

A mais velha das duas — a esposa que agora era viúva, supus — disse:

— O senhor já esteve aqui.

Estive mesmo, pensei em dizer. *Essa coisa é maior do que futebol profissional.*

— Ele viu o senhor. — Sem acusação; apenas declarando um fato.

— Estou procurando um apartamento neste bairro. As senhoras vão ficar com esse?

— Não — disse a mais jovem. — Ele tinha um seguro. Quase a única coisa que tinha. Fora umas medalhas numa caixa. — Ela fungou. Vou lhe dizer, fiquei com o coração um pouco partido ao ver como aquelas duas senhoras estavam pesarosas.

— Ele disse que o senhor era um fantasma — me declarou a viúva. — Disse que podia ver através do senhor. Claro que era mais maluco que um rato na latrina. Nos últimos três anos, desde que teve um derrame e puseram ele naquela bolsa de mijo. Eu e Ida vamos voltar pro Oklahoma.

Que tal Mozelle?, pensei. *É para onde todo mundo vai quando larga o apartamento.*

— O que quer? — perguntou a mais nova. — Temos de levar um terno pra ele lá na funerária.

— Gostaria do telefone do senhorio — respondi.

Os olhos da viúva faiscaram.

— Quanto ele vale para o senhor?

— Eu lhe dou de graça! — disse a moça na sacada do segundo andar.

A filha pesarosa olhou para cima e lhe disse que fechasse a merda da boca. Dallas era assim. Derry também.

Amistosa.

CAPÍTULO 19

1

George de Mohrenschildt fez a sua grandiosa apresentação na tarde de 15 de setembro, um sábado escuro e chuvoso. Estava atrás do volante de um Cadillac cor de café saído diretamente de uma música de Chuck Berry. Com ele estava um homem que eu conhecia, George Bouhe, e outro que não — um fiapo magro de homem com um chumaço de cabelo branco e as costas eretas de quem passou muito tempo nas forças armadas e ainda está contente com isso. Mohrenschildt foi até a traseira do carro e abriu a mala. Corri para buscar o microfone de longa distância.

Quando voltei com o equipamento, Bouhe tinha um cercado dobrável debaixo do braço e o sujeito de aparência militar, uma braçada de brinquedos. Mohrenschildt estava de mãos vazias e subiu os degraus na frente dos outros com a cabeça erguida e o peito estufado. Era alto, de compleição robusta. O cabelo grisalho era repartido de lado e penteado para trás da testa de um jeito que dizia — pelo menos para mim — *olhai as minhas obras, poderosos, e desesperai-vos. Pois sou GEORGE.*

Liguei o gravador, pus os fones e inclinei o pote equipado com microfone para o outro lado da rua.

Marina não estava à vista. Lee estava sentado no sofá, lendo uma brochura grossa à luz do abajur da cômoda. Quando ouviu passos na varanda, ergueu os olhos com a testa franzida e jogou o livro na mesinha de centro. *Mais expatriados de merda*, devia estar pensando.

Mas foi atender à porta. Estendeu a mão para o estranho de cabelo branco na varanda, mas Mohrenschildt o surpreendeu — e a mim — ao puxar Lee para os seus braços e beijá-lo nos dois lados do rosto. Depois o afastou, segurando-o pelos ombros. A voz era grave e com sotaque — mais alemão do que russo, pensei. "Quero olhar um rapaz que viajou tanto e voltou com os seus ideais intatos!" Depois, puxou Lee para outro abraço. A cabeça de Oswald mal aparecia acima do ombro do homem maior, e vi algo ainda mais surpreendente: Lee Harvey Oswald sorria.

2

Marina saiu do quarto do bebê com June no colo. Soltou uma exclamação de prazer quando viu Bouhe e lhe agradeceu o cercado e o que ela chamava, no seu inglês forçado, os "brincandos de criança". Bouhe apresentou o homem magro como Lawrence Orlov — *coronel* Lawrence Orlov, por favor — e Mohrenschildt como "amigo da comunidade russa".

Bouhe e Orlov foram trabalhar e montaram o cercado no meio da sala. Marina ficou com eles, conversando em russo. Como Bouhe, parecia que Orlov não conseguia tirar os olhos da jovem mãe russa. Marina usava um blusão e shorts que expunham as pernas que subiam eternamente. O sorriso de Lee sumira. Ele recuava para o jeito sombrio de sempre.

Só que Mohrenschildt não deixou. Percebeu o livro de Lee aberto na mesa de centro e o pegou.

— *Quem é John Galt?* — Falando só com Lee. Ignorando completamente os outros, que admiravam o cercado novo. — Ayn Rand? O que um jovem revolucionário está fazendo com *isso*?

— Conheça o seu inimigo — disse Lee, e quando Mohrenschildt explodiu numa sonora gargalhada, o sorriso de Lee reapareceu.

— E o que pensa do *cri de cœur* da srta. Rand? — Isso me fez lembrar de uma coisa quando escutei a fita. Escutei o comentário duas vezes antes de recordar: era quase exatamente a mesma frase que Mimi Corcoran usara ao me perguntar sobre *O apanhador no campo de centeio*.

— Acho que ela engoliu a isca envenenada — disse Oswald. — Agora está ganhando dinheiro vendendo-a aos outros.

— Exatamente, meu amigo. Nunca ouvi isso mais bem explicado. Chegará um dia em que as Rands do mundo pagarão pelos seus crimes. Acredita nisso?

— Eu sei disso — respondeu Lee. Falou objetivamente.

Mohrenschildt deu um tapinha no sofá.

— Sente-se aqui ao meu lado. Quero ouvir as suas aventuras na pátria.

Mas primeiro Bouhe e Orlov falaram com Lee e Mohrenschildt. Houve muito vaivém em russo. Lee parecia em dúvida, mas quando Mohrenschildt lhe disse certa coisa também em russo, Lee concordou e falou rapidamente com Marina. O modo como ele abanou a mão para a porta deixou bem claro: *Vão, então, vão.*

Mohrenschildt jogou as chaves do carro para Bouhe, que as deixou cair. Mohrenschildt e Lee trocaram um olhar de divertimento em comum enquanto Bouhe as agarrava no tapete verde sujo. Depois saíram, Marina levando o bebê no colo, e embarcaram no Cadillac de Mohrenschildt, que mais parecia um barco.

— Agora temos paz, meu amigo — disse Mohrenschildt. — E os homens abrirão a carteira, o que é bom, não é?

— Eu me canso disso de sempre abrirem a carteira — respondeu Lee. — Rina está começando a esquecer que não voltamos aos Estados Unidos só para comprar uma maldita geladeira e um monte de vestidos.

Mohrenschildt fez um gesto de desdém.

— Suor das costas do porco capitalista. Rapaz, não basta você morar neste lugar deprimente?

— É, não é lá grande coisa, né? — comentou Lee.

Mohrenschildt lhe deu um tapinha nas costas, com força quase suficiente para derrubar do sofá o homem menor.

— Alegre-se! O que se tira agora é devolvido mil vezes depois. Não é nisso que acredita? — E, quando Lee assentiu: — Agora me conte como está a situação na Rússia, camarada... posso chamá-lo de camarada ou você repudiou essa forma de tratamento?

— Pode me chamar como quiser, só não me chame tarde para o jantar — disse Oswald, e riu. Pude vê-lo se abrir para Mohrenschildt como uma flor se abre para o sol depois de dias de chuva.

Lee falou da Rússia. Foi pomposo e prolixo. Não me interessou muito o seu papo sobre a burocracia comunista que se apoderou de todos os ideais socialistas maravilhosos do país antes da guerra (ele passou por cima do Grande Expurgo de Stalin na década de 30). Também não me interessou a opinião de que Nikita Kruschov era um idiota; podia-se ouvir a mesma bobagem à toa sobre líderes americanos em qualquer barbearia ou engraxate bem aqui. Talvez ele mudasse o curso da história dali a meros quatorze meses, mas Oswald era um saco.

O que me interessou foi o modo como Mohrenschildt escutava. Ele ficava como ficam as pessoas mais encantadoras e magnéticas do mundo, sempre fazendo a pergunta certa na hora certa, nunca se inquietando nem tirando os olhos do rosto de quem falava, fazendo o outro se sentir a pessoa mais bem-informada, brilhante e intelectualmente capaz do planeta. Essa podia ser a primeira vez em que alguém escutava Lee dessa maneira.

— Só consigo ver uma esperança para o socialismo — terminou Lee —, e é Cuba. Lá a revolução ainda é pura. Espero ir até lá algum dia. Talvez me torne cidadão.

Mohrenschildt concordou com a cabeça, muito sério.

— Você poderia fazer coisa muito pior. Já fui muitas vezes antes que o governo atual dificultasse as viagens para lá. É um belo país... e agora, graças a Fidel, é um belo país que pertence ao povo que mora lá.

— Eu sei. — O rosto de Lee estava iluminado.

— Mas... — Mohrenschildt ergueu um dedo professoral. — Se acredita que os capitalistas americanos deixarão Fidel, Raul e Che fazerem a sua mágica sem interferência, é porque vive num mundo de sonhos. As engrenagens já estão girando. Conhece aquele tal de Walker?

Os meus ouvidos se apuraram.

— *Edwin* Walker? O general que foi despedido? — Lee disse *dispidido*.

— Esse mesmo.

— Conheço ele. Mora em Dallas. Concorreu a governador e levou um chute na bunda. Depois foi pro Mississippi pra ficar com Ross Barnett quando James Meredith entrou pro Ole Miss. É mais um hitlerzinho segregacionista.

— Um racista, com certeza, mas para ele a causa segregacionista e os vagabundos da Klan são só um biombo. Ele vê a luta pelos direitos dos negros como porrete para malhar os princípios socialistas que tanto assustam gente como ele. James Meredith? Comunista! A Associação Nacional pela Promoção das Pessoas de Cor? Uma frente de batalha! O Comitê de Coordenação Não Violenta dos Estudantes? Preta por fora, vermelha por dentro!

— Claro — disse Lee —, é assim que eles trabalham.

Não dava para saber se Mohrenschildt realmente acreditava nas coisas que dizia ou se apenas estimulava Lee à toa.

— E o que os Walker, os Barnett e os pregadores espetaculosos do reavivamento, como Billy Graham e Billy James Hargis, veem no coração que bate no peito desse malvado monstro comunista que ama os negros? A Rússia!

— Eu sei.

— E onde veem as garras do comunismo a apenas cento e cinquenta quilômetros do litoral dos Estados Unidos? Em Cuba! Walker não usa mais farda, mas o seu melhor amigo usa. Sabe de quem estou falando?

Lee fez que não. Os seus olhos não saíam da cara de Mohrenschildt.

— Curtis LeMay. Outro racista que vê comunistas atrás de todas as moitas. O que Walker e LeMay insistem que Kennedy faça? Que bombardeie Cuba! Depois invada Cuba! Depois transforme Cuba no 51º estado! A humilhação da baía dos Porcos só os deixou mais decididos! — Mohrenschildt fazia os seus pontos de exclamação socando a coxa com o punho. — Homens como LeMay e Walker são muito mais perigosos do que a cadela da Rand, e não por terem armas. É porque têm *seguidores*.

— Conheço o perigo — disse Lee. — Comecei a organizar aqui em Fort Worth um grupo Tirem as Mãos de Cuba. Já tenho uma dúzia de interessados.

Essa foi forte. Até onde eu sabia, a única coisa que Lee vinha organizando em Fort Worth era um pelotão de portas de tela de alumínio e mais o varal em cata-vento no fundo do quintal nas poucas ocasiões em que Marina conseguia convencê-lo a pendurar as fraldas do bebê para secar.

— É melhor trabalhar depressa — disse Mohrenschildt com a cara fechada. — Cuba é um outdoor da revolução. Quando olha para Cuba, o povo sofrido da Nicarágua, do Haiti, da República Dominicana vê uma sociedade socialista agrária e pacífica em que o ditador foi derrubado e a polícia secreta teve de fazer as malas, às vezes com o cassetete enfiado no cu!

Lee deu uma risada.

— Eles veem os grandes canaviais e as fazendas de trabalho escravo da United Fruit entregues aos agricultores. Veem a Standard Oil cair fora. Veem os cassinos, todos administrados pela quadrilha de Lansky...

— Eu sei disso — disse Lee.

— ... fechados. Os espetáculos de bestialidade acabaram, meu amigo, e as mulheres que costumavam vender o corpo... e o corpo das filhas... reencontraram o trabalho honesto. Agora o peão que morreria na rua com sob o governo do porco Batista pode ir para o hospital e ser tratado como homem. E por quê? Porque com Fidel, o médico e o peão são iguais.

— Eu sei disso — disse Lee. Era a sua posição-padrão.

Mohrenschildt pulou do sofá e começou a andar em torno do cercado novo.

— Acha que Kennedy e a sua quadrilha irlandesa deixarão aquele outdoor de pé? Aquele *farol* enviando a sua mensagem de esperança?

— Eu quase gosto de Kennedy — disse Lee, como se tivesse vergonha de admitir. — Apesar da baía dos Porcos. Aquilo foi plano de Eisenhower, sabe.

— A maioria do GEEU gosta do presidente Kennedy. Sabe o que quero dizer com GEEU? Posso lhe garantir que a doninha raivosa que escreveu *Quem é John Galt* sabe. Grandes e Estúpidos Estados Unidos, é o que quer dizer. Os cidadãos dos Estados Unidos viverão felizes e morrerão contentes se tiverem uma geladeira que faça gelo, dois carros na garagem e *77 Sunset Strip* passando na televisão. Os Grandes e Estúpidos Estados Unidos amam o *sorriso* de Kennedy. Ah, é. E como é. Ele tem um sorriso maravilhoso, admito. Mas Shakespeare não disse que um homem pode sorrir e sorrir e ser um vilão? Sabe que Kennedy deu o ok para o plano da CIA de *assassinar* Fidel? Pois é! Já tentaram — e fracassaram, graças a Deus — três ou quatro vezes. Soube pelos meus contatos de petróleo no Haiti e na República Dominicana, Lee, e é informação confiável.

Lee mostrou desalento.

— Mas Fidel tem um amigo forte na Rússia — continuou Mohrenschildt, ainda andando de um lado para o outro. — Não é a Rússia dos sonhos de Lenin (nem dos seus, nem dos meus), mas pode ter as suas razões para ficar ao lado de Fidel caso os Estados Unidos tentem outra invasão. E guarde as minhas palavras: Kennedy é capaz de tentar, e logo. Ele dará ouvidos a LeMay. Dará ouvidos a Dulles e a Angleton da CIA. Só precisa do pretexto certo e depois invadirá, para mostrar ao mundo que tem colhão.

Continuaram falando de Cuba. Quando o Cadillac voltou, o banco de trás estava cheio de mantimentos — suficientes para um mês, ao que parecia.

— Merda — disse Lee. — Eles voltaram.

— E ficamos contentes em vê-los — disse Mohrenschildt, agradável.

— Fique para jantar — disse Lee. — Rina não é lá grande cozinheira, mas...

— Tenho de ir. A minha mulher aguarda ansiosamente o meu relatório, e será dos bons! Trago ela da próxima vez, posso?

— Pode, claro.

Eles foram até a porta. Marina falava com Bouhe e Orlov enquanto os dois homens tiravam da mala caixas de papelão cheias de enlatados. Mas não falava apenas; flertava um pouco também. Bouhe parecia prestes a cair de joelhos.

Na varanda, Lee disse algo sobre o FBI. Mohrenschildt perguntou quantas vezes. Lee ergueu três dedos.

— Um agente chamado Fain. Esse veio duas vezes. Outro chamado Hosty.

— Olhe-os bem nos olhos e responda às perguntas deles! — disse Mohrenschildt. — Você não tem nada a temer, Lee, não só por ser inocente, mas porque está certo!

Agora os outros o olhavam... e não só eles. As puladoras de corda tinham aparecido, em pé na trilha que servia de calçada no nosso quarteirão da rua Mercedes. Mohrenschildt tinha plateia e declamava para ela.

— Você é dedicado à ideologia, meu jovem sr. Oswald, e é claro que eles vêm. A quadrilha de Hoover! Pelo que sabemos, agora estão nos vigiando, talvez na esquina, talvez naquela casa do outro lado da rua!

Mohrenschildt apontou o dedo para as minhas cortinas fechadas. Lee se virou para olhar. Fiquei imóvel na sombra, contente por ter baixado o pote Tupperware que amplificava o som, embora agora estivesse coberto de fita preta.

— Sei quem são. Eles e os seus priminhos da CIA não foram me visitar em muitas ocasiões, tentando me intimidar para que lhes desse informações sobre os meus amigos russos e sul-americanos? Depois da guerra, não me chamaram de nazista de armário? Não afirmaram que contratei os *tonton macoute* para surrar e torturar os meus concorrentes nas concessões de petróleo do Haiti? Não me acusaram de subornar Papa Doc e pagar pelo assassinato de Trujillo? Claro, claro, tudo isso e muito mais!

As puladoras de corda o fitavam boquiabertas. Marina também. Quando começava, George de Mohrenschildt saía arrastando tudo à sua frente.

— Seja corajoso, Lee! Quando vierem, fique firme! Mostre isso pra eles! — Ele agarrou a camisa e a abriu de uma vez. Os botões pularam e caíram com barulho na varanda. As puladoras de corda ficaram boquiabertas, chocadas demais para rir. Ao contrário de muitos americanos daquela época, Mohrenschildt não usava camiseta. A pele era da cor de mogno oleado. Peitos gordos pendiam sobre músculos velhos. Ele bateu o punho direito sobre o mamilo esquerdo. — Diga a eles "Eis aqui o meu coração, e o meu coração é puro, e o meu coração pertence à minha causa!". Diga a eles "Mesmo que Hoover me arranque o coração, ele ainda baterá, e mil outros corações baterão em uníssono! Depois dez mil! Depois cem mil! Depois um milhão!".

Orlov baixou a caixa de enlatados que segurava para uma rodada de aplausos levemente satíricos. O rosto de Marina ardia de tão corado. O rosto de Lee era o mais interessante. Como Paulo de Tarso na estrada de Damasco, tivera uma revelação.

A cegueira caíra dos seus olhos.

3

A cena de pregação e rasgação de camisa de Mohrenschildt — não muito diferente das peripécias dos espetáculos nas tendas dos evangelistas de direita que ele tanto vilipendiava — foi profundamente perturbadora para mim. Eu tinha esperanças de que, se conseguisse ouvir uma conversa franca entre os dois, isso poderia me ajudar bastante a eliminar Mohrenschildt como fator real no atentado contra Walker e, portanto, no assassinato de Kennedy. Conseguira a conversa franca, mas ela piorara a situação em vez de melhorar.

Uma coisa parecia clara: estava na hora de dar à rua Mercedes um *adieu* nada lamentado. Eu alugara o apartamento térreo da rua West Neely, 214. Em 24 de setembro, pus no meu velho Ford Sunliner as minhas poucas roupas, os livros e a máquina de escrever e me mudei para Dallas.

As duas senhoras gordas deixaram para trás um chiqueiro que fedia a doença. Fiz eu mesmo a faxina, agradecendo a Deus porque a toca de coelho e Al surgiram numa época em que já havia desodorizador de ar. Comprei uma TV portátil numa venda de garagem e a instalei na bancada da cozinha, junto ao fogão (que para mim era o Relicário da Gordura Antiga). Enquanto varria, lavava, esfregava e borrifava, assisti a séries policiais como *Os intocáveis* e humorísticas como *Car 54, Where Are You?* Quando as batidas e os gritos das crianças do andar de cima pararam durante a noite, deitava-me e dormia feito um morto. Não havia sonhos.

Segurei o lugar na rua Mercedes, mas não vi muita coisa no 2.703. Às vezes Marina punha June num carrinho (outro presente do seu idoso admirador, o sr. Bouhe), a levava até o estacionamento do depósito e voltava. À tarde, depois das aulas, as puladoras de corda costumavam acompanhar as duas. A própria Marina pulou corda algumas vezes, cantando em russo. A imagem da mãe subindo e descendo com aquela grande nuvem de cabelo escuro voando fazia o bebê rir. As puladoras de corda também riam. Marina não se incomodava. Conversava muito com elas e nunca parecia se irritar quando elas riam e a corrigiam. Na verdade, parecia contente. Lee não queria que ela aprendesse inglês, mas mesmo assim ela estava aprendendo. Bom para ela.

Em 2 de outubro de 1962, acordei com um estranho silêncio no meu apartamento da rua Neely: nenhum pé correndo lá em cima, nenhuma jovem mãe berrando com os dois mais velhos para se aprontarem para a escola. Tinham se mudado no meio da noite.

Subi e experimentei a minha chave na porta. Não funcionou, mas a fechadura era do tipo de mola e a abri facilmente com um cabide de arame. Avistei uma estante vazia na sala. Abri um furinho no chão, liguei o segundo abajur grampeado e passei o fio pelo buraco até o meu apartamento no térreo. Depois, pus a estante em cima.

O microfone funcionava bem, mas as rodinhas do esperto gravadorzinho japonês só giravam quando candidatos a inquilinos visitavam o apartamento e, por acaso, experimentavam o abajur. Houve visitantes, mas não aceitantes. Até que os Oswald se mudassem para lá, o endereço da rua Neely era todo meu. Depois do pretensioso parque de diversões da rua Mercedes, aquilo foi um alívio, embora eu sentisse certa falta das puladoras de corda. Elas eram o meu coro grego.

4

Eu dormia à noite no meu apartamento em Dallas e vigiava Marina a passear com o bebê em Fort Worth durante o dia. Enquanto estava assim ocupado, outro divisor de águas da década de 60 se aproximava, mas o ignorei. Estava preocupado com os Oswald, que passavam por mais um espasmo doméstico.

Certo dia, na segunda semana de outubro, Lee voltou do trabalho mais cedo. Marina passeava com June. Conversaram no pé da calçada, do outro lado da rua. Perto do fim da conversa, Marina disse, em inglês:

— Que é *demissao*?

Ele explicou em russo. Marina abriu as mãos num gesto de o-que-se-pode-fazer e o abraçou. Lee beijou-lhe o rosto e tirou o bebê do carrinho. June riu quando ele a segurou bem acima da cabeça, as mãozinhas se estendendo para baixo querendo puxar o cabelo dele. Entraram juntos. Uma familiazinha feliz, suportando adversidades temporárias.

Isso durou até as cinco da tarde. Eu me preparava para voltar à rua Neely quando espiei Marguerite Oswald vindo do ponto de ônibus da rua Winscott.

Lá vem encrenca, pensei, e como estava certo!

Mais uma vez, Marguerite evitou o degrau ah-ah ainda não consertado; mais uma vez, entrou sem bater; os fogos de artifício se seguiram imediatamente. Fazia uma noite quente e as janelas estavam abertas por lá. Nem procurei o microfone de longa distância. Lee e a mãe discutiam a todo volume.

Parecia que ele não fora demitido do emprego na Leslie Welding, afinal de contas; simplesmente, fora embora. O chefe ligou para Vada Oswald à procura dele porque estavam com falta de pessoal e, como a mulher de Robert não o ajudou, ligou para Marguerite.

— *Menti* por você, Lee! — gritou Marguerite. — Disse que estava gripado! Por que sempre me força a mentir por você?

— Não força você a fazer nada! — berrou ele de volta. Estavam em pé, cara a cara, na sala de estar. — Não força você a fazer nada, e mesmo assim você faz!

— Lee, como vai sustentar a família? Você precisa do emprego!

— Ah, arranjo outro! Não se preocupe com isso, mãe!

— Onde?

— Não sei...

— Ah, *Lee*! Como vai pagar o aluguel?

— ... mas ela tem muitos amigos. — Ele apontou o polegar para Marina, que se encolheu. — Não servem pra quase nada, mas pra isso servem. Você tem de ir embora, mãe. Vá pra casa. Me deixe recuperar o fôlego.

Marguerite correu para o cercado.

— De onde veio isso?

— Os amigos de que lhe falei. Metade são ricos e o resto está tentando. Gostam de conversar com Rina. — Lee fez um muxoxo. — Os mais velhos gostam de olhar os peitos dela.

— *Lee!* — Voz chocada, mas o ar no rosto era... prazer? *Mamutchka* sentia prazer com a fúria que ouvia na voz do filho?

— Vá embora, mãe. Nos dê um pouco de paz.

— Ela entende que os homens que dão coisas sempre querem coisas em troca? Entende, Lee?

— *Caia fora daqui!* — Brandindo os punhos. Quase dançando na sua fúria impotente.

Marguerite sorriu.

— Você está nervoso. É claro que está. Voltarei quando estiver se sentindo mais controlado. E ajudarei. Sempre quero ajudar.

Então, de repente, ela correu para Marina e o bebê. Foi como se quisesse atacá-las. Cobriu de beijos o rosto de June e depois atravessou a sala. Na porta, virou-se e apontou o cercado.

— Mande que ela esfregue isso direito, Lee. Coisas dos outros sempre têm germes. Se o bebê ficar doente, vocês nunca terão dinheiro para o médico.

— Mãe! *Fora!*

— Estou indo. — Calma como leite com biscoitos. Ela agitou os dedos num gesto infantil de tchau-tchau e foi embora.

Marina se aproximou de Lee, segurando o bebê como escudo. Conversaram. Depois gritaram. O vento levou a solidariedade familiar; Marguerite cuidara disso. Lee pegou o bebê, acomodou-a no braço dobrado e depois, sem absolutamente nenhum aviso, socou a cara da mulher. Marina caiu, sangrando pela boca e pelo nariz e berrando alto. Lee a olhou. O bebê também chorava. Lee acariciou o cabelo fino de June, beijou-lhe a bochecha, ninou-a um pouco mais. Marina voltou ao campo de visão, levantando-se com esforço. Lee a chutou de lado e lá se foi ela de novo. Só consegui ver a nuvem de cabelo.

Largue ele, pensei, muito embora soubesse que ela não largaria. *Pegue o bebê e largue ele. Procure George Bouhe. Esquente a cama dele se for preciso, mas largue esse monstro magrela e torturado pela mãe o mais depressa possível.*

Mas foi Lee que a largou, pelo menos temporariamente. Nunca mais o vi na rua Mercedes.

5

Foi a primeira separação deles. Lee foi para Dallas procurar serviço. Não sei onde ficou. De acordo com as anotações de Al, foi na ACM, mas não foi. Talvez tenha encontrado vaga numa das pensões baratas do centro da cidade. Não me preocupei. Sei que apareceriam juntos para alugar o apartamento em cima do meu e, por enquanto, eu já estava cheio dele. Era uma maravilha não ter de escutar a sua voz arrastada dizendo eu sei uma dúzia de vezes a cada conversa.

Graças a George Bouhe, Marina se recompôs. Pouco depois da visita de Marguerite e da saída de Lee, Bouhe e outro homem chegaram numa picape Chevy e fizeram a mudança dela. Quando a picape saiu da rua Mercedes, 2.703, mãe e filha cavalgavam a cama. A mala rosa que Marina trouxera da Rússia fora forrada de cobertores, e June dormia profundamente nesse ninho improvisado. A mãe pôs a mão no peito da menininha para firmá-la quando a picape começou a andar. As puladoras de corda observavam, e Marina acenou para elas. Elas acenaram de volta.

6

Encontrei o endereço de George de Mohrenschildt nas Páginas Brancas de Dallas e o segui várias vezes. Queria saber com quem ele se encontrava; mas, se fosse alguém da CIA, um assecla da quadrilha de Lansky ou algum outro possível conspirador, duvido que eu conseguisse descobrir. Só posso dizer que ele não se encontrou com ninguém que me parecesse suspeito. Foi trabalhar; visitou o Dallas Country Club, onde jogou tênis e nadou com a esposa; foram a algumas boates de striptease. Ele não incomodava as dançarinas, mas tinha uma queda por acariciar os seios e a bunda da mulher em público. Ela parecia não se importar.

Em duas ocasiões, se encontrou com Lee. Uma delas foi na boate de striptease favorita de Mohrenschildt. Lee parecia pouco à vontade naquele ambiente, e eles não ficaram muito tempo. Na segunda vez, almoçaram num café na rua Browder. Lá ficaram até quase as duas da tarde, conversando e tomando intermináveis xícaras de café. Lee começou a se levantar, pensou melhor e pediu outra coisa. A garçonete lhe trouxe uma fatia de torta e ele lhe entregou alguma coisa, que ela enfiou no bolso do avental depois de uma olhada rápida. Em vez de segui-los quando saíram, abordei a garçonete e perguntei se podia ver o que o rapaz lhe dera.

— Pode ficar — disse ela, e me deu uma folha de papel amarelo com letras pretas de manchete no alto: TIREM AS MÃOS DE CUBA! Encorajava os "interessados" a entrar para o ramo Dallas-Fort Worth dessa bela entidade. NÃO DEIXE O TIO SAM ENGANÁ-LO! ESCREVA PARA A CAIXA POSTAL 1919 E RECEBA INFORMAÇÕES SOBRE AS PRÓXIMAS REUNIÕES.

— Sobre o que falaram? — perguntei.

— Você é da polícia?

— Não. Dou gorjetas melhores do que a polícia — disse eu, e lhe entreguei uma nota de cinco dólares.

— Essa coisa — disse ela e apontou o panfleto, que, sem dúvida, Oswald imprimira no seu novo emprego. — Cuba. Como se eu desse a mínima.

Mas, na noite de 22 de outubro, menos de uma semana depois, o presidente Kennedy também falaria sobre Cuba. E aí todo mundo daria a mínima.

7

Um truísmo do blues é que a gente nunca sente falta da água enquanto o poço não seca, mas, até o outono de 1962, eu não percebia que isso também se aplicava ao bater de pezinhos sacudindo o teto. Com a partida da família do andar de cima, o 214 da rua West Neely ficou com uma vibração arrepiante de casa mal-assombrada. Sentia saudades de Sadie e comecei a me preocupar com ela quase obsessivamente. Pensando melhor, pode riscar o quase. Ellie Dockerty e Deke Simmons não levaram a sério a minha preocupação com o marido dela. A própria Sadie não a levou a sério; até onde eu sabia, ela achava que eu queria deixá-la com medo de John Clayton para impedir que me tirasse totalmente da sua vida. Nenhum deles sabia que, se a gente removesse o Sadie, o nome dela ficava a uma sílaba apenas de Doris Dunning. Nenhum deles sabia do efeito harmônico que eu mesmo parecia criar apenas com a minha presença na Terra de Antigamente. Sendo assim, de quem seria a culpa se algo acontecesse a Sadie?

Os pesadelos começaram a voltar. Os pesadelos com o Jimla.

Parei de ficar de olho em George de Mohrenschildt e comecei a fazer longos passeios que começavam à tarde e só terminavam de volta na rua West Neely às nove ou mesmo dez horas da noite. Ficava pensando em Lee, que agora trabalhava como aprendiz de revelador numa empresa de artes gráficas de Dallas chamada Jaggars-Chiles-Stovall. Ou em Marina, que fora morar temporariamente com uma mulher recém-divorciada chamada Elena Hall. A tal de Hall trabalhava para o dentista de George Bouhe, e o dentista é que estava atrás do volante da picape no dia em que Marina e June saíram do buraco da rua Mercedes.

Principalmente, eu pensava em Sadie. E Sadie. E Sadie.

Num desses passeios, sentindo sede e depressão, parei num boteco de bairro chamado Ivy Room e pedi uma cerveja. A vitrola automática estava desligada e os fregueses, incomumente calados. Quando a garçonete pôs a cerveja na minha frente e imediatamente se virou para encarar a TV acima do bar, percebi que todos assistiam ao homem que eu viera salvar. Ele estava pálido e sério. Havia olheiras escuras sob os olhos.

— Para impedir esse acúmulo ofensivo, iniciaremos uma quarentena estrita de todo equipamento ofensivo em remessa para Cuba. Qualquer tipo de navio destinado a Cuba, caso se verifique que contenha carregamento de armas ofensivas, será mandado de volta.

— Cristo Jesus! — disse um homem com chapéu de caubói. — O que ele acha que os russos vão fazer com *isso*?

— Cale a boca, Bill — disse o bartender. — Precisamos ouvir.

— A política desta nação — continuou Kennedy — será considerar qualquer míssil nuclear lançado de Cuba contra qualquer país do hemisfério ocidental como ataque da União Soviética aos Estados Unidos, exigindo reação retaliatória total contra a União Soviética.

Uma mulher na ponta do bar gemeu e apertou a barriga. O homem ao seu lado a abraçou e ela descansou a cabeça no ombro dele.

O que vi no rosto de Kennedy foi medo e determinação em igual medida. O que também vi foi *vida* — o comprometimento total com a tarefa em mãos. Ele estava a exatos treze meses do seu encontro com a bala do assassino.

— Como precaução militar necessária, reforcei a nossa base em Guantánamo e evacuei hoje de lá os dependentes do nosso pessoal.

— Bebidas para a casa por minha conta — proclamou de repente Bill, o Caubói. — Porque parece que é o fim da linha, amigos. — Ele pôs duas notas de vinte ao lado do copo de aguardente, mas o bartender não fez nenhum gesto para pegá-las. Ele observava Kennedy, que agora apelava ao presidente Kruschov que eliminasse "essa ameaça clandestina, temerária e provocadora à paz mundial".

A garçonete que servira a minha cerveja, uma loura oxigenada e cinquentona muito rodada, caiu em lágrimas de repente. Isso me fez decidir. Levantei-me do banco, teci o meu caminho entre as mesas onde se sentavam homens e mulheres que olhavam a televisão como crianças solenes e me enfiei numa das cabines telefônicas junto à máquina de Skee-Ball.

A telefonista me mandou depositar quarenta centavos para os primeiros três minutos. Pus duas moedas de 25 centavos. O telefone público soou melodiosamente. De longe, ainda conseguia escutar Kennedy falando naquela voz anasalada da Nova Inglaterra. Agora chamava Andrei Gromiko, o ministro do Exterior soviético, de mentiroso. Nada de rodeios aqui.

— A ligação está sendo completada, senhor — disse a telefonista. Depois, exclamou: — Está escutando o presidente? Se não estiver, era bom ligar a TV ou o rádio.

— Estou escutando — respondi. Sadie também estaria. Sadie, cujo marido declamara um monte de bobagens apocalípticas com um fino revestimento de ciência. Sadie, cujo amigo político de Yale lhe dissera que algo grande ia surgir no Caribe. Um ponto de fulgor, provavelmente Cuba.

Eu não fazia ideia do que diria para acalmá-la, mas isso não era problema. O telefone tocou e tocou. Não gostei. Onde ela estaria às oito e meia de uma noite de segunda-feira, em Jodie? No cinema? Não acreditei.

— Senhor, o telefone não atende.

— Eu sei — disse e sorri ao ouvir a frase predileta de Lee sair da minha boca.

As minhas moedinhas fizeram alarido na caixinha de devolução quando desliguei. Comecei a colocá-las de novo e reconsiderei. De que adiantaria ligar para a dona Ellie? Agora eu estava na lista negra dela. Na de Deke também, provavelmente. Eles me diriam que vendesse o meu peixe noutro lugar.

Quando voltei ao bar, o apresentador Walter Cronkite mostrava fotos, tiradas por um avião U-2, das bases de mísseis soviéticas em construção. Disse que muitos congressistas insistiam com Kennedy para iniciar missões de bombardeio ou começar imediatamente uma invasão em grande escala. Pela primeira vez na história, as bases de mísseis americanos e o Comando Aéreo Estratégico tinham entrado no nível 4 do sistema de prontidão de defesa.

— Bombardeiros americanos B-52 logo estarão no ar junto às fronteiras da União Soviética — dizia Cronkite naquela sua voz profunda e portentosa. — E, como é óbvio para todos nós que cobrimos os últimos sete anos dessa guerra fria cada vez mais assustadora, a possibilidade de um erro, um erro potencialmente *desastroso*, aumenta a cada nova escalada de...

— *Não esperem!* — berrou um homem em pé ao lado da mesa de sinuca. — *Bombardeiem a merda daqueles comunistas chupa-picas agora mesmo!*

Houve alguns gritos de protesto com esse sentimento sedento de sangue, mas foram praticamente encobertos pela onda de aplausos. Saí do Ivy Room e andei de volta até a rua Neely. Quando cheguei lá, pulei no Sunliner e queimei o asfalto rumo a Jodie.

8

O rádio do meu carro, que voltara a funcionar, só transmitia um prato cheio de fim de mundo enquanto eu perseguia os meus faróis pela rodovia 77. Até os DJs estavam com a Gripe Nuclear e diziam coisas como "Deus abençoe a América" e "Mantenham a pólvora seca". Quando o DJ da K-Life tocou Johnny Horton miando o hino de guerra da república, desliguei. Era parecido demais com o dia seguinte de Onze de Setembro.

Mantive o pedal lá no fundo apesar do motor cada vez mais angustiado do Sunliner e do modo como a agulha no mostrador de temperatura não parava de cair para o máximo. As ruas estavam praticamente desertas e entrei no terreno da casa de Sadie um pouquinho só depois de meia-noite e meia do dia vinte e três. O fusca amarelo dela estava estacionado na frente das portas fechadas da garagem, e as luzes estavam acesas no andar de baixo, mas não houve resposta quando toquei a campainha. Dei a volta até os fundos e bati na porta da cozinha, também sem resposta. Eu gostava cada vez menos disso.

Ela guardava uma cópia da chave debaixo do degrau dos fundos. Pesquei-a e entrei. O aroma inconfundível de uísque atingiu o meu nariz e o cheiro de cigarro velho.

— Sadie?

Nada. Atravessei a cozinha e fui até a sala. Havia um cinzeiro transbordante na mesinha diante do sofá e líquido derramado sobre as revistas *Life* e *Look* espalhadas sobre ela. Pus os dedos nele e os levei até o nariz. Uísque. Merda.

— Sadie?

Agora eu conseguia sentir outro cheiro de que me lembrava bem das bebedeiras de Christy: o aroma acre de vômito.

Corri pelo pequeno corredor do outro lado da sala. Havia duas portas, uma diante da outra, a do quarto de dormir e a do escritório. As portas estavam fechadas, mas a do banheiro, no fim do corredor, estava aberta. A dura luz fluorescente mostrava vômito respingado no assento do vaso sanitário. Havia mais no chão de ladrilhos cor-de-rosa e na borda da banheira. Havia um vidro de comprimidos ao lado da saboneteira da pia. Estava destampado. Corri para o quarto.

Ela estava deitada atravessada sobre a colcha revirada, vestindo uma combinação e um mocassim de camurça. O outro caíra no chão. A pele estava cor de cera de vela velha e ela não parecia respirar. Então deu uma grande fungada roncada e chiou-a para fora. O peito ficou parado por aterrorizantes quatro segundos e depois, em outro solavanco, ela respirou feito matraca. Havia outro cinzeiro transbordante na mesinha de cabeceira. Um maço amassado de Winston, chamuscado numa das pontas por um cigarro mal apagado, estava em cima dos soldados mortos. Ao lado do cinzeiro, um copo semivazio e uma garrafa de Glenlivet. Não sumira muito uísque — graças a Deus pelos pequenos favores —, mas na verdade não era o uísque que me preocupava. Eram os comprimidos. Também havia um envelope de papel pardo na mesa com coisas parecidas com fotografias saindo dele, mas não as olhei. Não nessa hora.

Pus os braços em torno dela e tentei colocá-la numa posição sentada. A combinação era de seda e deslizou pelas minhas mãos. Ela caiu de volta na cama e deu outra daquelas respirações rascantes e trabalhosas. O cabelo caiu por cima de um olho fechado.

— Sadie, acorde!

Nada. Agarrei-a pelos ombros e a icei contra a cabeceira da cama, que bateu e tremeu.

— Me deixx pazz. — Arrastado e fraco, mas melhor do que nada.

— Acorde, Sadie! Você tem de acordar!

Comecei a lhe dar tapinhas nas bochechas. Os olhos continuavam fechados, mas as mãos dela subiram e tentaram — sem força — me afastar.

— Acorde! Acorde, merda!

Os olhos dela se abriram, me olharam sem me reconhecer e se fecharam de novo. Mas ela respirava mais normalmente. Agora que estava sentada, aquele raspar aterrorizante sumira.

Voltei ao banheiro, tirei a escova de dentes do copo plástico rosa e abri a torneira de água fria. Enquanto enchia o copo, olhei o rótulo do vidro de remédio. Nembutal. Havia umas dez ou doze cápsulas dentro, logo não fora uma tentativa de suicídio. Pelo menos, não abertamente. Joguei-as no vaso sanitário e voltei correndo para o quarto. Ela escorregava da posição sentada em que a deixara e, com a cabeça caída para a frente e o queixo contra o esterno, a respiração voltara a ficar rascante.

Pus o copo d'água na mesinha de cabeceira e fiquei um segundo paralisado ao olhar uma das fotografias que saíam do envelope. Poderia ter sido uma mulher — o que restava do cabelo era comprido —, mas seria difícil dizer com certeza. Onde deveria estar o rosto, havia apenas carne crua com um buraco perto da parte de baixo. O buraco parecia gritar.

Icei Sadie, agarrei um punhado de cabelo e puxei a cabeça para trás. Ela gemeu alguma coisa que podia ser *Não, tá doendo*. Então joguei o copo d'água no rosto dela. Ela deu um solavanco e os olhos se abriram.

— Jor? Que ce tá fazeno qui, Jor? Por que tô molhada?

— Acorde. Acorde, Sadie. — Comecei a bater no rosto dela de novo, mas agora com mais suavidade, quase fazendo carinho. Não foi suficiente. Os olhos dela começaram a se fechar.

— Vá... *mbo'a!*

— Não, a menos que for para chamar a ambulância. Assim você verá o seu nome no jornal. O conselho escolar adoraria. Upa, upa!

Consegui cruzar as mãos atrás dela e puxá-la da cama. A combinação subiu e voltou ao lugar quando ela caiu de joelhos no tapete. Os olhos se abriram e ela gritou de dor, mas a pus de pé. Ela cambaleou e bateu no meu rosto com mais força.

— Vaibo'a! Vaibo'a, Jor!

— Não, senhora. — Pus o braço em torno da cintura dela e a fiz andar na direção da porta, meio levando, meio carregando. Fizemos a curva rumo ao banheiro e depois os joelhos dela cederam. Carreguei-a, o que não foi pouca coisa, dado o peso e a altura dela. Graças a Deus pela adrenalina. Baixei o assento do vaso e a pus sentada pouco antes de os meus joelhos também cederem. Eu ofegava, em parte pelo esforço, em parte pelo medo. Ela começou a se inclinar para boreste e lhe dei um tapa no braço nu — plá.

— Sente-se! — gritei na cara dela. — Sente-se, Christy, que merda!

Os olhos dela se abriram. Estavam muito injetados.

— Christy quem?

— Cantora da merda dos Rolling Stones — disse eu. — Há quanto tempo está tomando Nembutal? E quantos tomou agora à noite?

— Tenho receita — disse ela. — Num é da sua conta, Jor.

441

— Quantos? Quanto você bebeu?

— Vaibo'a.

Abri a torneira fria da banheira até o fim e depois puxei o pino que abria o chuveiro. Ela viu o que eu pretendia fazer e mais uma vez começou a dar tapas.

— Não, Jor! Não!

Ignorei-a. Não era a primeira vez que eu punha uma mulher seminua num chuveiro frio, e algumas coisas são como andar de bicicleta. Ergui-a por sobre a borda da banheira num dois-tempos rápido que no dia seguinte me faria sentir a região lombar e depois a segurei com força quando a água fria a atingiu e ela começou a se debater. Ela estendeu a mão para agarrar o porta-toalhas, aos berros. Agora os olhos estavam abertos. Havia gotas d'água no cabelo. A combinação ficou transparente e, mesmo naquelas circunstâncias, foi impossível não sentir um momento de luxúria quando aquelas curvas ficaram plenamente visíveis.

Ela tentou sair. Empurrei-a de volta.

— Fique aí, Sadie. Fique aí e aguente.

— Q-Quanto tempo? Tá *frio*!

— Até eu ver alguma cor voltar ao seu rosto.

— P-Por que está f-f-fazendo isso? — Os dentes dela batiam.

— Porque você quase se matou! — berrei.

Ela se encolheu. Os pés escorregaram, mas ela agarrou o porta-toalhas e se manteve ereta. Reflexos voltando. Bom.

— Os c-c-comprimidos não estavam funcionando, então tomei um d-d-drinque, foi tudo. Me deixe sair, estou morrendo de frio. Por favor, G-George, por favor me deixe sair. — Agora o cabelo colava nas bochechas, ela parecia um rato afogado, mas *estava* com alguma cor no rosto. Quase nada, só um leve corado, mas era um começo.

Fechei o chuveiro, pus os braços em torno dela num abraço e a segurei enquanto ela saía por cima da borda da banheira. A água da combinação encharcada respingou no tapete de banho cor-de-rosa. Sussurrei no ouvido dela:

— Achei que você estava morta. Quando entrei e vi você lá caída, achei que estava mortinha da silva. Você nunca vai saber o que senti.

Soltei-a. Ela me fitou com olhos arregalados e assombrados. Depois, disse:

— John tinha razão. R-Roger também. Ele me ligou hoje antes do discurso de Kennedy. De Washington. Então, o que importa? A essa hora, na semana que vem, estaremos *todos* mortos. Ou preferiríamos estar.

A princípio, não entendi o que ela falava. Vi Christy ali em pé, pingando e desgrenhada e só falando bobagens, e fiquei absolutamente furioso. *Sua piranha covarde*, pensei. Ela deve ter visto nos meus olhos, porque recuou.

Isso me limpou a cabeça. Podia chamá-la de covarde só porque, por acaso, eu sabia como era a paisagem além do horizonte?

Peguei uma toalha de banho na prateleira sobre o vaso sanitário e lhe entreguei.

— Tire essa roupa e se enxugue — disse eu.

— Então saia. Me dê alguma privacidade.

— Saio se você me garantir que está acordada.

— Estou acordada. — Ela me olhou com ressentimento rude e, talvez, uma faísca mínima de humor. — Não há dúvida de que você sabe como chegar, George.

Virei-me para o armário de remédios.

— Não tem mais — disse ela. — O que não está dentro de mim está no vaso.

Depois de passar quatro anos casado com Christy, olhei mesmo assim. Em seguida, dei a descarga. Depois de cuidar disso, passei por ela para chegar à porta do banheiro.

— Vou lhe dar três minutos — disse.

9

O endereço do remetente do envelope pardo era John Clayton, 79, avenida East Oglethorpe, Savannah, Geórgia. Não se podia acusar o canalha de usar bandeira falsa nem de preferir o anonimato. O carimbo era de 28 de agosto, logo provavelmente estaria ali à espera dela quando voltasse de Reno. Sadie tivera quase dois meses para ponderar sobre o conteúdo. Soara triste e deprimida quando conversei com ela na noite de 6 de setembro? Não admira, dadas as fotografias que o ex lhe mandara com tanta consideração.

Estamos todos em perigo, dissera ela na última vez que falara comigo pelo telefone. *Nisso, Johnny tem razão.*

As imagens eram de japoneses, homens, mulheres e crianças. Vítimas da explosão de bombas atômicas em Hiroxima, Nagasaki ou ambas. Alguns estavam cegos. Muitos, carecas. A maioria sofria de queimaduras de radiação. Alguns, como a mulher sem rosto, haviam sido churrasqueados. Uma foto mostrava um quarteto de estátuas negras em posturas encolhidas. Quatro pessoas estavam em pé diante de um muro quando a bomba explodiu. As pessoas evaporaram e quase todo o muro também evaporara. As únicas partes que restaram eram as que tinham sido protegidas por quem estava em pé na frente. As formas eram negras porque estavam cobertas de carne carbonizada.

Nas costas de cada foto, ele escrevera a mesma mensagem com a sua letra clara e bonita: *Em breve nos Estados Unidos. A análise estatística não mente.*

— Lindas, não são?

A voz dela era plana e sem vida. Estava em pé à porta, enrolada na toalha. O cabelo caía em anéis molhados sobre os ombros nus.

— Quanto você teve de beber, Sadie?

— Só duas doses quando os comprimidos não funcionaram. Acho que tentei lhe dizer isso quando você me sacudiu e me bateu.

— Se quer que eu peça desculpas, vai esperar muito tempo. Barbitúricos e bebida são uma péssima combinação.

— Não importa — respondeu ela. — Já apanhei antes.

Isso me fez pensar em Marina, e fiz uma careta. Não era a mesma coisa, mas bater é bater. E eu ficara zangado, além de assustado.

Ela foi até a cadeira no canto, sentou-se e puxou a toalha mais para junto do corpo. Parecia uma criança emburrada.

— O meu amigo Roger Beaton ligou. Eu lhe disse isso?

— Disse.

— O meu *bom* amigo Roger. — Os olhos dela me desafiaram a dar importância a isso. Não dei. Em última análise, a vida era dela. Eu só queria me assegurar de que ela *teria* uma vida.

— Tudo bem, o seu bom amigo Roger.

— Ele me disse para não esquecer de assistir ao discurso do irlandês de merda hoje. É assim que ele o chama. Depois me perguntou a que distância Jodie fica de Dallas. Quando lhe contei, ele disse: "Deve ser suficiente, dependendo de para que lado o vento sopra." Ele mesmo está saindo de Washington, muita gente está, mas acho que isso não vai adiantar. Não dá para fugir de uma guerra nuclear. — Então ela começou a chorar, soluços pungentes e sofridos que sacudiam o corpo inteiro. — *Aqueles idiotas vão destruir um mundo tão lindo! Vão matar crianças! Odeio eles! Odeio todos eles! Kennedy, Kruschov, Castro, tomara que apodreçam todos no inferno!*

Ela cobriu o rosto com as mãos. Ajoelhei-me como um cavalheiro à moda antiga se preparando para pedir a mão de alguém e a abracei. Ela pôs os braços em torno do meu pescoço e se agarrou a mim quase como um afogado. O corpo ainda estava frio do chuveiro, mas a bochecha que encostou no meu braço estava febril.

Naquele momento, também odiei todos eles, John Clayton mais do que todos por plantar essa semente numa moça insegura e psicologicamente vulnerável. Ele a plantara, regara, limpara e a vira crescer.

E Sadie seria a única aterrorizada naquela noite, a única que recorrera a comprimidos e bebida? Quanto e com que rapidez estavam bebendo no Ivy Room agora? Eu supusera estupidamente que todos abordariam a crise dos mísseis em Cuba como qualquer outro levanta-poeira internacional temporário porque, na época em que fui para a faculdade, ela era apenas mais uma interseção de nomes e datas para decorar para as próximas provas. É assim que ficam as coisas vistas do futuro. Para o povo do vale (o vale das sombras) do presente, elas parecem diferentes.

— As fotos estavam aqui quando voltei de Reno. — Ela me olhou com os seus olhos injetados e assombrados. — Quis jogar fora, mas não consegui. Não parei de olhar para elas.

— Era o que o canalha queria. Foi por isso que as mandou.

Pareceu que ela nem me ouviu.

— Análise estatística é o passatempo dele. Ele diz que, algum dia, quando os computadores ficarem suficientemente bons, será a ciência mais importante, porque a análise estatística nunca erra.

— Não é verdade. — Com os olhos da mente, vi George de Mohrenschildt, o feiticeiro que era o único amigo de Lee. — Há sempre uma janela de incerteza.

— Acho que o dia dos supercomputadores de Johnny nunca virá — disse ela. — Quem restar, se alguém restar, terá de morar em cavernas. E o céu... não será mais azul. Escuridão nuclear, é o que Johnny diz.

— Ele só fala merda, Sadie. O seu colega Roger também.

Ela balançou a cabeça. Os olhos injetados me fitaram com tristeza.

— Johnny sabia que os russos iam lançar um satélite espacial. Tínhamos acabado de sair da faculdade. Ele me disse no verão e não errou, eles lançaram o Sputnik em outubro. "Agora vão mandar um cachorro ou um macaco", disse Johnny. "Depois vão mandar um homem. Depois mandarão dois homens e uma bomba..."

— E eles fizeram isso? Fizeram, Sadie?

— Eles mandaram uma cadela e mandaram o homem. O nome da cadela era Laika, lembra? Morreu lá em cima. Pobre cachorrinha. Não terão de mandar os dois homens e a bomba, terão? Usarão os mísseis deles. E usaremos os nossos. Tudo por causa de uma ilhota de merda onde fazem *charutos*.

— Sabe o que dizem os mágicos?

— Os... ? Do que você está falando?

— Dizem que é possível enganar um cientista, mas que não dá para enganar outro mágico. O seu ex pode ensinar ciências, mas não é nenhum mágico. Já os russos são.

— Isso não faz sentido. Johnny diz que os russos têm de lutar, e logo, porque agora têm superioridade nos mísseis, mas não será por muito tempo. É por isso que não vão recuar em Cuba. É um pretexto.

— Johnny tem visto noticiários demais sobre mísseis sendo levados pela Praça Vermelha no Primeiro de Maio. O que ele *não* sabe — e o que o senador Kuchel provavelmente também não sabe — é que mais da metade deles não tem motor.

— Você não... você não pode...

— Ele não sabe quantos mísseis balísticos intercontinentais deles explodem nas plataformas de lançamento na Sibéria porque os engenheiros deles são incompetentes. Ele não sabe que mais da metade dos mísseis que os nossos aviões U-2 fotografaram na verdade são árvores pintadas com barbatanas de papelão. É blefe, Sadie. Engana cientistas como Johnny e políticos como o senador Kuchel, mas nunca enganaria outro mágico.

— Isso... isso não... — Ela ficou em silêncio um instante, mordendo os lábios. Depois, disse: — Como *você* pode saber esse tipo de coisa?

— Não posso lhe contar.

— Então não posso acreditar em você. Johnny disse que Kennedy seria indicado pelo Partido Democrata, muito embora todo mundo achasse que seria Humphrey porque Kennedy é católico. Ele analisou os estados com primárias, calculou os números e acertou. Disse que Johnson seria o candidato a vice de Kennedy porque Johnson era o único sulista aceitável ao norte da linha Mason-Dixon. Acertou nisso também. Kennedy foi candidato e agora vai nos matar a todos. A análise estatística não mente.

Inspirei fundo.

— Sadie, quero que você me escute. Com muita atenção. Está acordada o suficiente?

Por um momento, não houve nada. Então a senti fazer que sim com a cabeça contra o alto do meu braço.

— Agora é madrugada de terça-feira. Esse impasse vai durar mais uns três dias. Ou talvez quatro, não me lembro direito.

— Como assim, não se *lembra*?

Quero dizer que não há nada sobre isso nas anotações de Al e a minha única aula sobre história americana na faculdade foi há mais de vinte anos. É espantoso que eu consiga lembrar tudo isso.

— Vamos fazer o bloqueio de Cuba, mas o único navio russo que será detido só conterá alimentos e mercadorias. Os russos vão contar vantagem, mas na quinta ou na sexta estarão apavorados e procurando uma saída. Um dos grandes diplomatas russos terá uma reunião informal com algum sujeito da televisão. — E, aparentemente do nada, do jeito que as respostas das palavras cruzadas costumam me vir, me lembrei do nome. Ou quase. — Ele se chama John Scolari, ou coisa assim...

— Scali? Está falando de John Scali, do ABC News?

— É, esse aí. Isso vai acontecer na sexta ou no sábado, enquanto o resto do mundo, inclusive o seu ex e o seu coleguinha de Yale, estiverem esperando a ordem para enfiar a cabeça entre as pernas e dar adeus ao cu.

Ela me animou dando uma risadinha.

— Esse russo vai dizer mais ou menos o seguinte... — Aqui fiz uma imitação bastante boa do sotaque russo. Aprendera escutando a mulher de Lee. Também Bóris e Natasha em *Rocky e Bullwinkle*. — Avise presidente que nós quer sair dessa com honra. Vocês tira mísseis nucleares da Turquia. Vocês promete nunca invadir Cuba. Nós diz ok e desmonta mísseis Cuba. E isso, Sadie, é exatamente o que vai acontecer.

Agora ela não ria. Ela me fitava com imensos olhos de pires.

— Você está inventando isso para que eu me sinta melhor.

Fiquei calado.

— Não, *não* está — sussurrou. — Você acredita mesmo nisso.

— Errado — disse eu. — Eu *sei*. É bem diferente.

— George... *ninguém* sabe o futuro.

— John Clayton diz que sabe e você acredita nele. Roger de Yale diz que sabe e você também acredita nele.

— Está com ciúmes dele, não está?

— Você está certíssima.

— Nunca dormi com ele. Nunca nem quis. — Solene, ela acrescentou: — Eu nunca conseguiria dormir com um homem que usa tanta água-de-colônia.

— Bom saber. Ainda estou com ciúmes.

— Devo lhe perguntar como você...

— Não. Não vou responder. — Provavelmente eu não deveria ter lhe contado tudo o que contei, mas não consegui parar. E, na verdade, faria tudo de novo. — Mas vou lhe contar mais uma coisa, e isso você mesma poderá verificar daqui a alguns dias. Adlai Stevenson e o representante russo na ONU vão se enfrentar na Assembleia Geral. Stevenson vai exibir fotos imensas das bases de mísseis que os russos estão construindo em Cuba e exigir que o russo explique o que os russos disseram que não existia. O russo vai responder algo como: "Espere, não posso responder sem tradução completa." E Stevenson, que sabe que o sujeito fala um inglês perfeito, dirá algo que acabará nos livros de história que nem *"não atire antes de ver o branco dos olhos deles"*. Vai dizer ao russo que pode esperar até o inferno congelar.

Ela me olhou desconfiada, virou-se para a mesinha de cabeceira, viu o maço chamuscado de Winston em cima de um monte de guimbas esmagadas e disse:

— Acho que o meu cigarro acabou.

— Você aguenta até de manhã — respondi, secamente. — Me parece que já pôs para dentro o suprimento de uma semana.

— George? — A voz dela estava miudinha, muito tímida. — Passa a noite comigo?

— O meu carro está estacionado na sua...

— Se algum abelhudo da vizinhança disser alguma coisa, direi que você veio me visitar depois do discurso do presidente e o carro não quis pegar.

Considerando o estado atual do Sunliner, era plausível.

— A sua súbita preocupação com o recato significa que parou de se preocupar com o Armagedão nuclear?

— Não sei. Só sei que não quero ficar sozinha. Posso até fazer amor com você se isso fizer você ficar, mas acho que não vai ser muito legal para nenhum de nós. A minha cabeça dói *horrivelmente*.

— Você não precisa fazer amor comigo, querida. Isso não é um acordo comercial.

— Não foi o que quis...

— Psiu. Vou buscar uma aspirina.

— Pode olhar em cima do armário dos remédios pra mim? Às vezes deixo um maço de cigarros lá.

Ela deixara, mas depois de três baforadas no cigarro que lhe acendi, ela já estava de olhos pesados, cabeceando. Tirei-o dos dedos dela e o amassei no sopé do Monte Câncer. Depois, abracei-a e recostei nos travesseiros. Adormecemos assim.

10

Quando acordei com a primeira luz comprida da aurora, o zíper da minha calça estava aberto e uma mão hábil explorava o interior da minha cueca. Virei-me para ela. Ela me olhava calmamente.

— O mundo ainda está aqui, George. E nós também. Vamos lá. Mas seja gentil. A minha cabeça ainda dói.

Fui gentil e fiz durar. Fizemos durar. No final, ela ergueu os quadris e mergulhou nas minhas omoplatas. Era o seu *oh, céus, oh, meu Deus, oh, doce* abraço.

— Qualquer coisa. — Ela cochichava, o seu fôlego na minha orelha me fazendo tremer ao gozar. — Você pode ser qualquer coisa, fazer qualquer coisa, só diga que vai ficar. E que ainda me ama.

— Sadie... Nunca parei.

11

Tomamos o café da manhã na cozinha dela antes de eu voltar a Dallas. Disse-lhe que agora era mesmo Dallas e que, embora ainda não tivesse telefone, eu lhe daria o número assim que conseguisse.

Ela concordou e beliscou os ovos.

— Eu falei sério. Não vou fazer mais nenhuma pergunta sobre os seus assuntos.

— É melhor. Não pergunte, não conte.

— Hem?

— Nada, nada.

— É só me dizer de novo que você só pretende o bem e não o mal.

— Digo — respondi. — Sou do bem.

— Poderá me contar algum dia?

— Tomara que sim — disse eu. — Sadie, aquelas fotos que ele mandou...

— Rasguei tudo de manhã cedinho. Não quero falar sobre elas.

— Não precisamos. Mas preciso que você me diga que esse foi todo o contato que teve com ele. Que ele não apareceu.

— Não apareceu. E o carimbo no envelope era de Savannah.

Isso eu notara. Mas também notara que o carimbo tinha quase dois meses.

— Ele não é bom em confrontos pessoais. É muito corajoso na cabeça, mas acho que fisicamente é covarde.

Isso me pareceu uma boa avaliação; enviar as fotos era clássico comportamento agressivo-passivo. Ainda assim, ela tinha certeza de que Clayton não descobriria onde morava e ensinava, e nisso estava errada.

— É difícil prever o comportamento de gente mentalmente instável, querida. Se o vir, chame a polícia, tá?

— *Tá*, George. — Com um toque da velha impaciência. — Preciso lhe fazer uma pergunta e depois não conversaremos mais sobre isso até você se dispor. Se você se dispuser.

— Tudo bem. — Tentei preparar uma resposta à pergunta que tinha certeza de que viria: *Você é do futuro, George?*

— Vai parecer maluquice.

— Foi uma noite maluca. Vá em frente.

— Você é... — Ela riu e depois começou a juntar os pratos. Foi até a pia com eles e, de costas, perguntou: — Você é humano? Quer dizer, do planeta Terra?

Fui até ela, estendi as mãos para segurar os seus seios e lhe beijei a nuca.

— Totalmente humano.

Ela se virou. Os olhos estavam sérios.

— Posso lhe fazer outra pergunta?

Suspirei.

— Manda.

— Tenho pelo menos quarenta minutos antes de me vestir para a escola. Por acaso você tem outra camisinha? Acho que descobri a cura da dor de cabeça.

CAPÍTULO 20

1

Então no fim bastou a ameaça de guerra nuclear para nos unir de novo... muito romântico, hem?

Tá, talvez não.

Deke Simmons, o tipo de homem que levava um lenço a mais para filmes tristes, aprovou calorosamente. Ellie Dockerty, não. Eis uma coisa estranha que notei: as mulheres são melhores para guardar segredos, mas os homens se sentem mais à vontade com eles. Mais ou menos uma semana depois do fim da crise dos mísseis em Cuba, Ellie chamou Sadie à sua sala e fechou a porta — um sinal nada bom. Foi tipicamente brusca e perguntou a Sadie se sabia sobre mim algo além do que sabia antes.

— Não — respondeu Sadie.

— Mas vocês reataram.

— É.

— Pelo menos, sabe onde ele mora?

— Não, mas tenho o telefone.

Ellie olhou o teto, e quem poderia censurá-la?

— Ele lhe contou alguma coisa sobre o seu passado? Se já foi casado? Porque acredito que foi.

Sadie ficou calada.

— Por acaso mencionou se deixou um bezerrinho ou dois para trás em algum lugar? Porque às vezes os homens fazem isso, e quem já fez uma vez não hesitará em...

— Dona Ellie, posso voltar para a biblioteca? Deixei uma aluna tomando conta, e embora Helen seja muito responsável, não gosto de deixá-la tempo...

— Vá, vá. — Ellie fez um gesto na direção da porta.

— Pensei que você *gostasse* de George — disse Sadie ao se levantar.

— E gosto — respondeu Ellie, com uma voz, pelo que Sadie me contou mais tarde, que dizia *gostava*. — Gostaria ainda mais, e gostaria ainda mais por *você*, se soubesse qual é o nome verdadeiro dele e o que pretende.

— Não pergunte, não conte — disse Sadie enquanto ia até a porta.

— O que *isso* quer dizer?

— Que o amo. Que ele salvou a minha vida. Que tudo o que tenho para lhe dar em troca é a minha confiança, e isso eu pretendo dar.

A dona Ellie era uma daquelas mulheres acostumadas a ter a última palavra na maioria das situações, mas dessa vez não conseguiu.

2

Adotamos um padrão naquele outono e inverno. Eu ia para Jodie nas sextas à tarde. Às vezes, no caminho, comprava flores na florista de Round Hill. Às vezes cortava o cabelo no barbeiro de Jodie, excelente lugar para me inteirar de todas as fofocas locais. Também me acostumara ao cabelo bem curto. Eu me lembrava de usá-lo tão comprido que caía nos olhos, mas não entendia por que aguentara o incômodo. Já me acostumar com cuecas samba-canção em vez de cuecas justas foi mais difícil, mas depois de algum tempo o meu saco não exigiu mais ser estrangulado.

Costumávamos jantar no Al's Diner naquelas noites e depois ir ao jogo de futebol americano. E, quando a temporada de futebol acabou, veio o basquete. Às vezes Deke ia conosco, vestido com o suéter da escola com Brian Denton, o Leão Guerreiro, na frente.

A dona Ellie, nunca.

A sua desaprovação não nos impediu de ir aos Bangalôs Candlewood depois dos jogos de sexta-feira. Eu geralmente ficava lá sozinho nas noites de sábado e, no domingo, ia com Sadie ao culto da Primeira Igreja Metodista. Usávamos o mesmo hinário e cantávamos muitos versos de *Bringing in the Sheaves. Semeando de manhã, sementes de bondade...* a melodia e esses bons sentimentos ainda permanecem na minha cabeça.

Após o culto, fazíamos a refeição do meio-dia na casa dela e depois eu voltava a Dallas. Toda vez essa viagem parecia mais comprida e menos eu gostava dela. Finalmente, num dia gelado em meados de dezembro, o meu Ford quebrou a biela, como se exprimisse a sua opinião de que íamos na direção errada. Quis mandar consertar — aquele conversível Sunliner foi o único carro que amei de verdade —, mas o sujeito da Mecânica Kileen me disse que precisaria de um motor inteirinho novo e não sabia onde conseguiria arranjar.

Meti a mão na minha reserva ainda robusta (bem... *relativamente* robusta) e comprei um Chevy 1959, o tipo com os destemidos rabos de peixe em asa de gaivota. Era um bom carro, e Sadie disse adorá-lo totalmente, mas para mim não era a mesma coisa.

Passamos a noite de Natal juntos no Candlewood. Pus um ramo de azevinho na cômoda e lhe dei um casaco. Ela me deu um par de mocassins que estão nos meus pés agora. Algumas coisas são para guardar.

Jantamos na casa dela no dia seguinte ao Natal e, enquanto eu punha a mesa, o Ranch Wagon de Deke parou na entrada. Isso me surpreendeu, porque Sadie nada dissera sobre companhia. Fiquei ainda mais surpreso ao ver a dona Ellie no banco do carona. O jeito como estava de braços cruzados, olhando o meu carro novo, me revelou que eu não era o único a não ser informado da lista de convidados. Mas — para dar crédito a quem merece — ela me cumprimentou com uma boa imitação de amabilidade e me beijou o rosto. Usava um gorro de esqui tricotado que a deixava com cara de criança idosa, e me deu um sorrisinho de agradecimento quando o tirei da sua cabeça.

— Também não recebi o memorando — disse eu.

Deke apertou a minha mão.

— Feliz Natal, George. Prazer em vê-lo. Céus, tem algo cheirando muito bem.

Ele foi até a cozinha. Alguns instantes depois, ouvi Sadie rir e dizer:

— *Tire* os dedos daí, Deke, a sua mamãe não lhe deu educação?

Ellie abria devagar os botões de barrilete do casaco, sem nunca tirar os olhos do meu rosto.

— Isso é sensato, George? — perguntou. — O que você e Sadie estão fazendo é sensato?

Antes que eu respondesse, Sadie entrou a toda com o peru que a deixara preocupadíssima desde que tínhamos voltado dos Bangalôs Candlewood. Sentamos e nos demos as mãos.

— Senhor, abençoe esse alimento do nosso corpo — disse Sadie — e abençoe a nossa camaradagem uns com os outros em mente e em espírito.

Comecei a abrir a mão, mas ela ainda segurava a minha com a esquerda e a de Ellie com a direita.

— E também abençoe George e Ellie com a amizade. Ajude George a recordar a bondade de Ellie e ajude Ellie a recordar que, sem George, haveria nesta cidade uma moça com o rosto terrivelmente desfigurado. Amo os dois e é triste ver desconfiança nos seus olhos. Em nome de Jesus, amém.

— Amém! — disse Deke calorosamente. — Boa oração! — Ele piscou para Ellie.

Acho que parte de Ellie quis se levantar e ir embora. Pode ter sido a referência a Bobbi Jill que a deteve. Ou talvez o fato de ela ter passado a respeitar a nova bibliotecária da escola. Talvez tivesse até um pouco a ver comigo. Gosto de pensar assim.

Sadie olhava a dona Ellie com toda a sua antiga ansiedade.

— Esse peru parece absolutamente maravilhoso — disse Ellie, e me passou o prato. — Pode me servir um pedaço, George? E não poupe recheio.

Sadie podia ser vulnerável, podia ser desajeitada, mas também podia ser muito, muito corajosa.

Como eu a amava.

3

Lee, Marina e June foram à casa dos Mohrenschildt para ver o novo ano chegar. Fiquei liberado e sozinho para fazer o que quisesse, mas quando Sadie telefonou e perguntou se eu a levaria ao baile de ano-novo na Bountiful Grange, em Jodie, hesitei.

— Sei o que está pensando — disse ela —, mas este será melhor do que o do ano passado. Vamos *fazer* com que seja melhor, George.

Então lá estávamos nós às oito horas, mais uma vez dançando debaixo de redes penduradas cheias de balões. A banda desse ano se chamava Dominoes. Tinham um naipe de quatro sopros em vez das *surf guitars* estilo Dick Dale que dominaram o baile do ano anterior, mas também mandavam bem. Havia as mesmas duas poncheiras de limonada rosa e ginger ale, uma leve, a outra temperada. Havia os mesmos fumantes aglomerados debaixo da saída de incêndio no ar gelado. Mas *estava* melhor do que no ano anterior. Havia uma grande sensação de alívio e felicidade. O mundo passara debaixo de uma sombra nuclear em outubro... mas depois saíra dela. Ouvi vários comentários aprovadores sobre Kennedy e como fizera o velho e mau urso russo recuar.

De repente, por volta das nove, durante uma dança lenta, Sadie gritou e se soltou de mim. Tive certeza de que avistara John Clayton, e o meu coração deu um pulo até a garganta. Mas fora um grito de pura alegria, porque os dois recém-chegados que avistara eram Mike Coslaw — parecendo absurdamente elegante num sobretudo de tweed — e Bobbi Jill Allnut. Sadie correu para eles... e tropeçou no pé de alguém. Mike a segurou e a girou. Bobbi Jill acenou para mim, um pouco tímida.

Apertei a mão de Mike e beijei o rosto de Bobbi Jill. A cicatriz desfiguradora era agora uma leve linha rosada.

— O médico diz que sumirá no próximo verão — disse ela. — Ele disse que sou a paciente dele que sarou mais rápido. Graças ao senhor.

— Consegui um papel em *A morte do caixeiro-viajante*, sr. A. — disse Mike. — Vou fazer Biff.

— Marcado pelo personagem — disse eu. — Só tome cuidado com as tortas voadoras.

Vi quando ele conversou com o cantor do grupo num dos intervalos e soube perfeitamente bem o que aconteceria. Quando voltaram ao palco, o cantor disse:

— Recebi um pedido especial. Temos na casa um George Amberson e uma Sadie Dunhill? George e Sadie? Venham cá, George e Sadie, saiam dessas cadeiras e fiquem de pé.

Andamos na direção do palco em meio a uma tempestade de aplausos. Sadie ria e corava. Brandiu o punho para Mike. Ele sorriu. O menino abandonava o seu rosto; o homem chegava. Um pouco tímido, mas chegava. O cantor contou e os metais começaram aquela batida que ainda escuto nos meus sonhos.

Bá-dá-dá... bá-dá-da-di-dum...

Estendi as mãos para ela. Ela balançou a cabeça, mas mesmo assim começou a balançar um pouco os quadris.

— Vá pegá-lo, dona Sadie! — berrou Bobbi Jill. — Faça tudo!

A multidão repetiu. "Vá! Vá! Vá!"

Ela cedeu e pegou as minhas mãos. Dançamos.

4

À meia-noite, a banda tocou *Auld Lang Syne* — arranjo diferente do ano anterior, a mesma doce canção — e os balões caíram. À nossa volta, casais se abraçavam e se beijavam. Fizemos o mesmo.

— Feliz ano-novo, G... — Ela se afastou de mim, franzindo a testa. — O que foi?

Eu vira uma imagem súbita do Texas School Book Depository, um quadrado feio de tijolos com janelas como olhos. Era esse o ano em que se tornaria um ícone americano.

Não vai. Nunca deixarei você ir tão longe, Lee. Você nunca estará naquela janela do sexto andar. Isso eu juro.

— George?

— Me deu um branco, acho — disse eu. — Feliz ano-novo.

Fui beijá-la, mas ela me afastou um instante.

— Está quase lá, não é? O que você veio fazer.

— É — respondi. — Mas não é hoje. Hoje, somos só nós. Portanto, me beije, querida. E dance comigo.

5

Tive duas vidas no final de 1962 e no começo de 1963. A boa era em Jodie e nos Candlewood em Kileen. A outra era em Dallas.

Lee e Marina voltaram. Em Dallas, a primeira parada deles foi numa lata de lixo na esquina da West Neely. Mohrenschildt os ajudou na mudança. George Bouhe não estava visível. Muito menos os outros emigrados russos. Lee os afastara. *Eles o odiavam*, escrevera Al nas suas anotações, e embaixo: *Era o que ele queria.*

O prédio decadente de tijolos vermelhos na rua Elsbeth, 604, fora dividido em quatro ou cinco apartamentos lotados de gente pobre que trabalhava muito, bebia muito e produzia hordas de crianças catarrentas a berrar. O lugar realmente fazia o domicílio dos Oswald em Fort Worth parecer bom.

Eu não precisava de auxílio eletrônico para monitorar o estado de decomposição do casamento deles; Marina continuava a usar shorts mesmo depois que o tempo esfriara, como se quisesse irritá-lo com os hematomas. E com a sua sensualidade, é claro. June costumava ficar entre eles no carrinho. Ela não chorava mais como antes nas brigas e berros, só observava, chupando o dedo ou a chupeta.

Certo dia, em novembro de 1962, voltei da biblioteca e observei Lee e Marina na esquina da West Neely com a Elsbeth, gritando um com o outro. Várias pessoas (principalmente mulheres àquela hora do dia) tinham saído à varanda para observar. June estava no carrinho, enrolada num cobertor rosa peludo, calada e esquecida.

Eles discutiam em russo, mas o mais recente pomo da discórdia era bastante claro com o dedo apontado de Lee. Ela usava uma saia preta reta — não sei se naquela época já se chamavam saia-lápis — e o zíper do lado esquerdo estava meio aberto. Provavelmente só se prendera no tecido, mas ao ouvi-lo furioso a gente ficava com a impressão de que ela estava caçando homens.

Ela jogou o cabelo para trás, apontou June e depois fez um gesto na direção da casa que agora habitavam — as calhas quebradas pingando água preta, o lixo e as latas de cerveja no gramado careca na frente — e gritou com ele em inglês:

— Você diz mentiras alegres depois traz mulher e filha para essa *pocilga*!

Ele corou até a raiz do cabelo e cruzou os braços com força sobre o peito magro, como se quisesse ancorar as mãos e impedir que causassem danos. Poderia ter conseguido — dessa vez, pelo menos — se ela não tivesse rido e depois girado um dedo em torno da orelha num gesto que deve ser comum a todas as culturas. Ela começou a se virar. Ele a puxou de volta, esbarrando no carrinho e quase o derrubando. Então bateu com força. Ela caiu na calçada rachada e cobriu o rosto quando ele se curvou sobre ela.

— Não, Lee, não! Não bate mais!

Ele não bateu. Em vez disso, a pôs de pé e a sacudiu. A cabeça dela chacoalhava e rolava.

— Você! — disse uma voz enferrujada à minha esquerda. Dei um pulo. — *Você*, menino!

Era uma mulher idosa com um andador. Estava em pé na varanda com uma camisola de flanela rosa e um casaco acolchoado por cima. O cabelo grisalho estava arrepiado, me lembrando o permanente caseiro de 20 mil volts de Elsa Lanchester em *A noiva de Frankenstein*.

— Aquele homem está batendo naquela mulher! Vá até lá e dê um fim naquilo!

— Não, senhora — disse eu. A minha voz estava instável. Pensei em acrescentar *Não vou me meter entre marido e mulher*, mas seria mentira. A verdade é que eu não faria nada que pudesse perturbar o futuro.

— Seu covarde — disse ela.

Chame a polícia, eu quase falei, mas engoli bem na hora. Se essa ideia não estivesse na cabeça dela e eu a pusesse lá, também poderia mudar o rumo do futuro. A polícia *veio*? Alguma vez? O caderno de Al não dizia. Eu só sabia que Oswald nunca seria preso por agressão conjugal. Acho que naquela época e naquele lugar poucos homens seriam.

Ele a arrastava pela calçada com uma das mãos e empurrava o carrinho com a outra. A velha me deu um último olhar arrasador e depois voltou com esforço para dentro de casa. Os outros espectadores faziam o mesmo. Fim do espetáculo.

Da minha sala, focalizei o meu binóculo na monstruosidade de tijolos vermelhos na esquina oposta a mim. Duas horas depois, bem quando eu ia desistir da vigilância, Marina saiu com a malinha rosa numa das mãos e o bebê enrolado na manta na outra. Trocara a saia ofensiva por calças e o que pareciam ser dois suéteres — o dia esfriara. Ela desceu a rua depressa, olhando várias vezes para trás por sobre o ombro à procura de Lee. Quando tive certeza de que ele não a seguiria, segui eu.

Ela foi até a Mister Car Wash, quatro quarteirões abaixo da West Davis, e usou o telefone público de lá. Fiquei no ponto de ônibus do outro lado da rua com um jornal aberto na minha frente. Vinte minutos depois, o velho e confiável George Bouhe apareceu. Ela falou com ele com ardor. Ele a levou até o outro lado do carro e abriu a porta para ela. Ela lhe deu um sorriso e uma beijoca no canto da boca. Tenho certeza de que ele guardou os dois com carinho. Depois, entrou atrás do volante e eles foram embora.

6

Naquela noite, houve outra discussão na frente da casa na rua Elsbeth, e mais uma vez quase toda a vizinhança mais próxima saiu para olhar. Sentindo que o número me dava segurança, me juntei a eles.

Alguém — quase com certeza Bouhe — mandara George e Jeanne de Mohrenschildt buscar o resto das coisas de Marina. Bouhe provavelmente imaginou que seriam os únicos capazes de entrar sem que Lee impusesse restrições físicas.

— Caralho se vou entregar tudo! — berrou Lee, sem dar atenção aos vizinhos enlevados que bebiam cada palavra. Os tendões pulavam no pescoço; o rosto mais uma vez estava de um vermelho vivo e fumegante. Como ele devia odiar essa tendência a corar como uma menininha pega passando bilhetinhos de amor.

Mohrenschildt adotou a abordagem sensata.

— Pense, meu amigo. Dessa maneira ainda há uma chance. Se ela mandar a polícia... — Ele deu de ombros e ergueu as mãos para o céu.

— Então me dê uma hora — disse Lee. Ele mostrava os dentes, mas aquela expressão era o que havia de mais distante no mundo de um sorriso. — Assim terei tempo de passar a faca em todos os vestidos dela e quebrar todos os brinquedos que aqueles figurões mandaram para comprar a minha filha.

— O que está acontecendo? — me perguntou um rapaz. Tinha uns vinte anos e parara numa bicicleta Schwinn.

— Briga doméstica, acho.

— Osmont, ou sei lá qual é o nome, certo? A russa o largou? Eu diria que já não era sem tempo. Aquele sujeito lá é maluco. Comuna, sabia?

— Acho que já ouvi falar.

Lee subia marchando os degraus da varanda com a cabeça erguida e a coluna reta — Napoleão recuando de Moscou — quando Jeanne de Mohrenschildt lhe gritou com severidade:

— Pare, seu estúpido!

Lee virou-se para ela, os olhos arregalados, incrédulos... e feridos. Olhou Mohrenschildt, a expressão do rosto dizendo *não consegue controlar a sua mulher?*, mas o outro nada disse. Estava com cara de riso. Como um espectador de teatro cansado que assiste a uma peça que, na verdade, não é tão ruim assim. Ótima, não, nem Shakespeare, mas um passatempo perfeitamente aceitável.

Jeanne:

— Se ama a sua mulher, Lee, pelo amor de Deus, pare de agir como um fedelho mimado. Comporte-se.

— Não pode falar comigo assim. — Sob tensão, o sotaque sulista ficava mais forte. *Não* virava *num*; *assim* virava *ansim*.

— Eu posso e vou falar — disse ela. — Vamos pegar as coisas dela, senão eu mesma chamo a polícia.

— Diga a ela para calar a boca e cuidar do que é da conta dela, George — disse Lee.

Mohrenschildt riu alegremente.

— Hoje você é da nossa conta, Lee. — Depois ele ficou sério. — Estou perdendo o respeito por você, camarada. Deixe a gente entrar agora. Se dá valor à minha amizade como dou valor à sua, deixe a gente entrar agora.

Os ombros de Lee arriaram e ele saiu da frente. Jeanne subiu marchando os degraus, sem sequer lhe dar uma olhada. Mas Mohrenschildt parou e envolveu Lee, que agora estava magro de doer, num abraço forte. Depois de um instante ou dois, Oswald o abraçou também. Percebi (com uma mistura de pena e nojo) que o menino — isso era tudo o que ele era, na verdade — começara a chorar.

— Quem são eles — perguntou o rapaz com a bicicleta —, um casal de invertidos?

— Invertidos? Talvez — respondi. — Mas não do jeito que você está pensando.

7

No final daquele mês, voltei de um dos meus fins de semana com Sadie e descobri Marina e June morando de volta no buraco da rua Elsbeth. Durante algum tempo, a família pareceu em paz. Lee ia trabalhar — agora criando ampliações fotográficas em vez de portas de tela de alumínio — e voltava para casa, às vezes com flores. Marina o recebia com beijos. Certa vez ela lhe mostrou o gramado da frente, do qual catara todo o lixo, e ele a aplaudiu. Isso a fez rir e, com isso, pude ver que os dentes dela tinham sido consertados. Não sei quanto George Bouhe tinha a ver com isso, mas apostaria que muito.

Observei essa cena da esquina e, mais uma vez, levei um susto com a voz enferrujada da velha com andador.

— Não vai durar, sabe.

— Talvez a senhora tenha razão — respondi.

— Provavelmente ele mata ela. Já vi isso. — Debaixo do cabelo elétrico, os olhos dela me examinaram com desprezo frio. — E você não vai se meter pra fazer nada, não é, Zé Biscoito?

— Vou — disse a ela. — Se a situação piorar muito, me intrometo. — Era uma promessa que pretendia cumprir, embora não pelo bem de Marina.

8

No dia seguinte à ceia pós-Natal de Sadie, havia um bilhete de Oswald para mim na minha caixa de correio, embora estivesse assinado A. Hidell. Esse pseudônimo estava nas anotações de Al. O A significava Alek, nome carinhoso que Marina lhe dera durante a época de Minsk.

A comunicação não me perturbou, já que parecia que todo mundo na rua recebera um igual. Os folhetos tinham sido impressos em papel rosa-shocking (provavelmente furtados do atual emprego de Oswald), e vi cerca de uma dúzia esvoaçando na sarjeta. Os moradores do bairro Oak Cliff, em Dallas, não eram famosos por jogar o lixo no lixo.

PROTESTE CONTRA O FASCISMO DO CANAL 9!
LAR DO SEGREGACIONISTA BILLY JAMES HARGIS!
PROTESTE CONTRA O EX-GENERAL FASCISTA EDWIN WALKER!

Durante a transmisão de quinta feira a noite da chamada "Crusada Cristã" de Billy James Hargis, o Canal 9 dará espasso ao GENE-RAL EDWIN WALKER, um fascista de direita que estimulou JFK a invadir os povos pacíficos de Cuba e que formentou "DISCUR-SOS DE ÓDIO" contra os negros e contra a integraçao em todo o sul. (Quem duvida da exatidão dessa informação pode conferir no "TV Guide".) Esses dois homens reprezentam tudo que combatemos na II Guerra e os seus DELÍRIOS fascistas não têm lugar nas ondas aerias. EDWIN WALKER foi um dos SUPREMACISTAS BRANCOS que tentaram impedir JAMES MERDITH de ir para a UNIVERSIDADE DO MISSISSIPPI. Se você ama os Estados Unidos, proteste contra o tempo gratuito dado a homens que pregam ÓDIO e VIOLENCIA. Escreva uma carta! Melhor ainda, vá ao Canal 9 em 27 de dez. e "proteste"!

A. Hidell
Presidente de Tirem as Mãos de Cuba
Ramo Dallas-Fort Worth

Ponderei rapidamente sobre os erros de ortografia, depois dobrei o folheto e o pus na caixa onde guardava os meus manuscritos.

Se houve um protesto na estação, não foi noticiado no *Slimes Herald* no dia seguinte à "transmisão" de Hargis e Walker. Duvido que alguém tenha aparecido, inclusive o próprio Lee. Claro que não fui, mas sintonizei no Canal 9 na quinta à noite, ansioso para ver o homem que Lee — provavelmente Lee — logo tentaria matar.

A princípio era só Hargis, sentado atrás de uma escrivaninha fingindo rabiscar notas importantes enquanto um coro enlatado cantava *o Hino de Batalha da República*. Era um sujeito gorducho com muito cabelo preto gomalinado para trás. Quando o coro foi sumindo, ele pousou a caneta, olhou a câmera e disse: "Bem-vindos à Cruzada Cristã, meus próximos. Trago boas novas: *Jesus ama vocês*. É, ele ama, até o último de vocês. Não querem se unir a mim em oração?"

Hargis castigou o ouvido do Todo-Poderoso durante dez minutos, pelo menos. Tratou das coisas de sempre, agradecendo a Deus pela oportunidade de disseminar o evangelho e instruindo-O a abençoar os que tinham enviado oferendas de amor. Depois passou a assuntos sérios e pediu a Deus que armasse o Seu Povo Escolhido com a espada e o escudo da justiça divina para que derrotássemos o comunismo, que ressurgia com toda a sua feiura a apenas 150 quilômetros do litoral da Flórida. Pediu a Deus que desse ao presidente Kennedy a sabedoria (que Hargis, por ser mais íntimo do Sujeito Lá de Cima, já possuía) de ir até lá e arrancar pela raiz as ervas daninhas do ateísmo. Também exigiu que Deus desse fim à crescente ameaça comunista nos campi das universidades americanas — a música popular parecia ter algo a ver com isso, mas Hargis meio que perdeu o fio da meada nessa parte. Terminou agradecendo a Deus pelo convidado de hoje, herói de Anzio e Chosin Reservoir, general Edwin A. Walker.

Walker não usava farda, mas um terno cáqui que lembrava muito uma delas. O vinco das calças parecia afiado o bastante para fazer uma barba. O rosto pétreo me lembrou Randolph Scott, o caubói do cinema. Ele apertou a mão de Hargis e os dois falaram de comunismo, que vicejava não só nos campi das universidades como também nos salões do Congresso e na comunidade científica. Mencionaram a fluoretação da água. Depois, papearam sobre Cuba, que Walker chamou de "câncer do Caribe".

Dava para ver por que Walker fracassara tão redondamente na campanha eleitoral para governador do Texas no ano anterior. Diante de uma turma do secundário, faria os garotos dormirem até na primeira aula, quando estavam mais descansados. Mas Hargis o fez avançar suavemente, com interjeições como "Jesus seja louvado!" e "Deus é testemunha, irmão!" sempre que a situação ficava um pouco arrastada. Discutiram uma iminente cruzada pelo interior do sul do país chamada Operação Cavalgada da Meia-Noite, e depois Hargis convidou Walker a esclarecer "certas acusações indecentes de segregacionismo que andaram surgindo na imprensa de Nova York e de outras cidades".

Walker finalmente esqueceu que estava na televisão e voltou à vida.

— Você sabe que isso não passa de um monte de propaganda comuna.

— Eu sei! — exclamou Hargis. — E Deus quer que você diga isso, irmão.

— Passei a vida no exército dos Estados Unidos e, no fundo do coração, continuarei a ser soldado até o dia em que morrer. — Se Lee conseguisse o que desejava, isso seria dali a uns três meses. — Como soldado, sempre cumpri o meu dever. Quando o presidente Eisenhower me mandou a Little Rock durante os distúrbios civis de 1957 (como sabe, isso teve a ver com a integração forçada da Central High School), cumpri o meu dever. Mas, Billy, também sou um soldado de Deus...

— Um soldado *cristão*! Jesus seja louvado!

— ... e, como cristão, sei que a integração forçada está simplesmente *errada*. É contra a Constituição, contra os direitos dos estados e contra a Bíblia.

— Diga lá — disse Hargis, limpando uma lágrima da bochecha. Ou talvez fosse suor que tivesse escorrido pela maquiagem.

— Se odeio a raça negra? Quem diz isso, e os que maquinaram para me expulsar das forças armadas que eu amava, é mentiroso e comunista. Você bem sabe, os homens com quem servi sabem e *Deus* sabe. — Ele se inclinou para a frente na cadeira do convidado. — Acha que os professores *negros* de Alabama, Arkansas, Louisiana e do grande estado do Texas querem a integração? Não, não querem. Eles a consideram um tapa na cara do seu talento e de todo o seu esforço. Acha que os alunos *negros* querem frequentar a escola com os brancos naturalmente mais bem-equipados para ler, escrever e contar? Acha que americanos de verdade querem o tipo de miscigenação que resultará desse tipo de mistura?

— É claro que não! *Jesus seja louvaaaaado!*

Pensei na placa que vira na Carolina do Norte, aquela que apontava um caminho orlado de sumagre-venenoso. *DE COR*, dizia. Walker não merecia a morte, mas sem dúvida um bom sacolejo lhe faria bem. Daria a *qualquer um* um grande *Jesus seja louvado* por isso.

A minha atenção perambulara, mas algo que Walker disse a trouxe de volta às pressas.

— Foi Deus, e não o general Edwin Walker, que determinou a posição do negro neste mundo quando Ele lhe deu uma cor de pele diferente e um conjunto diferente de talentos. Talentos mais *atléticos*. O que a Bíblia nos diz sobre essa diferença e por que a raça negra foi amaldiçoada com tanta dor e sofrimento? Só precisamos olhar o nono capítulo do Gênesis, Billy.

— Louvado seja Deus pela Palavra Sagrada.

Walker fechou os olhos e ergueu a mão direita, como se prestasse testemunho num tribunal.

— "E Noé bebeu do vinho, e embriagou-se; e achava-se nu dentro da sua tenda. E Cam viu a nudez de seu pai, e o contou aos dois irmãos que estavam fora." Mas Sem e Jafé — um, o pai da raça árabe, o outro, o pai da raça branca, sei que você sabe disso, Billy, mas nem todo mundo sabe, nem todo mundo tem o bom e velho aprendizado da Bíblia que recebemos no colo das nossas mães...

— Louvado seja Deus pelas mães cristãs, é isso mesmo!

— Sem e Jafé não olharam. E quando acordou e soube o que acontecera, Noé disse: "Maldita seja Canaã; servo dos servos será de seus irmãos, a cortar lenha e tirar ág...

Desliguei a TV.

9

O que vi de Lee e Marina durante janeiro e fevereiro de 1963 me fez pensar numa camiseta que Christy usava às vezes nos últimos anos do nosso casamento. Havia um pirata feroz e sorridente na frente, com a seguinte mensagem embaixo: AS SURRAS VÃO CONTINUAR ATÉ QUE A MORAL MELHORE. Muitas surras ocorreram na rua Elsbeth, 604, naquele inverno. Nós da vizinhança ouvíamos os berros de Lee e os gritos de Marina — às vezes de raiva, às vezes de dor. Ninguém fez nada, e isso me inclui.

Não que ela fosse a única esposa a levar surras regulares em Oak Cliff; as Brigas de Sexta e Sábado à Noite pareciam ser tradição local. Só me lembro de desejar, durante aqueles horríveis meses cinzentos, que a novela sem fim e miserável acabasse para que eu pudesse ficar com Sadie em horário integral. Eu verificaria se Lee estava sozinho quando tentasse matar o general Walker e depois concluiria o meu negócio. Oswald agir sozinho uma vez não queria dizer necessariamente que agiria sozinho ambas as vezes, mas era o máximo que eu podia fazer. Depois de pôr os pingos nos is, pelo menos na maioria deles, eu escolheria a hora e o lugar e mataria Lee Oswald com a mesma frieza com que matara Frank Dunning.

O tempo passou. Devagar, mas passou. Então, um dia, não muito antes de os Oswald se mudarem para o apartamento em cima do meu na rua Neely, vi Marina conversar com a velha de andador e cabelo de Elsa Lanchester. Ambas sorriam. A velha lhe perguntou alguma coisa. Marina riu, fez que sim e abriu as mãos diante da barriga.

Fiquei junto à janela com as cortinas fechadas, o binóculo numa das mãos e boquiaberto. As anotações de Al nada diziam sobre *esse* fato, porque não soube ou porque não ligou. Mas eu ligava.

A esposa do homem que eu esperara mais de quatro anos para matar estava grávida outra vez.

CAPÍTULO 21

1

Os Oswald se tornaram meus vizinhos do andar de cima em 2 de março de 1963. Trouxeram a pé as suas posses, quase todas em caixas de papelão da loja de bebidas, vindos do dilapidado cubo de tijolos da rua Elsbeth. Logo as rodinhas do gravadorzinho japonês giravam regularmente, mas em geral eu escutava com os fones. Dessa maneira, as conversas lá em cima ficavam normais em vez de arrastadas, mas é claro que não conseguia entender muita coisa.

Na semana seguinte à mudança dos Oswald para a nova residência, visitei uma das casas de penhores da avenida Greenville para comprar uma arma. O primeiro revólver que o penhorista me mostrou era o mesmo modelo Colt .38 que eu comprara em Derry.

— Uma proteção excelente contra assaltantes e arrombadores — disse o penhorista. — Total precisão até vinte metros.

— Quinze — disse eu. — Ouvi dizer quinze.

O penhorista ergueu as sobrancelhas.

— Tudo bem, digamos quinze. Quem for bastante estúpido...

... *para tentar me assaltar e me roubar o dinheiro vai estar muito mais perto do que isso, é o que dizem.*

— ... para atacar o senhor estará bem perto, então, o que me diz?

O meu primeiro impulso, só para romper aquela sensação de harmonia coincidente mas levemente dissonante, foi lhe dizer que queria outra coisa, talvez um .45, mas quebrar a harmonia podia ser má ideia. Quem saberia? O que eu *sabia* era que o .38 que comprara em Derry fizera o serviço.

— Quanto?

— Digamos, doze.

Eram dois dólares a mais do que eu pagara em Derry, mas é claro que fora quatro anos e meio antes. Com a inflação, doze parecia justo. Disse-lhe que acrescentasse uma caixa de balas e negócio fechado.

Quando me viu pôr a arma e a munição na pasta que levara para isso, o penhorista disse:

— Por que não compra um coldre também, filho? Parece que você não é daqui e talvez não saiba, mas pode levar a arma legalmente no Texas, não é preciso licença a não ser que tenha um crime grave na sua ficha. Tem algum crime grave na sua ficha?

— Não, mas não espero ser assaltado em plena luz do dia.

O penhorista deu um sorriso sombrio.

— Na avenida Greenville, nunca se sabe *o que* vai acontecer. Um homem deu um tiro na cabeça a um quarteirão e meio daqui alguns anos atrás.

— É mesmo?

— Sim, senhor, na frente de um bar chamado Rosa do Deserto. Por causa de mulher, claro. Faz sentido, não faz?

— Acho que sim — respondi. — Embora às vezes seja a política.

— Não, não, no fundo tem sempre uma mulher, filho.

Eu achara um lugar para estacionar quatro quarteirões a oeste da casa de penhores e, para voltar até o meu carro novo (novo para mim, pelo menos), tive de passar pela Financeira Fé, onde fizera a minha aposta nos milagrosos Pirates no outono de 1960. O espertinho que pagara os meus mil e duzentos estava em pé na frente, fumando um cigarro. Usava o seu visor verde. Os olhos dele passaram por mim, aparentemente sem interesse nem reconhecimento.

2

Isso foi numa tarde de sexta e fui direto da avenida Greenville para Kileen, onde Sadie me encontrou nos Bangalôs Candlewood. Passamos a noite lá, como era de hábito naquele inverno. No dia seguinte ela voltou a Jodie, onde me encontrei com ela no domingo para o culto. Depois da bênção, naquela parte em que apertávamos as mãos de todos os que estavam em volta dizendo "A paz esteja contigo", os meus pensamentos se voltaram, de forma nada confortável, para a arma agora guardada na mala do carro.

No almoço de domingo, Sadie perguntou:

— Quanto tempo? Até você fazer o que tem de fazer?

— Se tudo correr como espero, pouco mais de um mês.

— E se não correr?

Esfreguei as mãos no cabelo e fui até a janela.

— Aí não sei. Tem mais coisa na sua cabeça?

— Tem — respondeu ela calmamente. — Temos torta de cereja de sobremesa. Quer chantili na sua?

— Quero muito — disse eu. — Amo você, querida.

— É bom mesmo — disse ela, levantando-se para buscar o doce. — Porque aqui estou meio em desvantagem.

Fiquei junto à janela. Um carro veio rodando devagar rua abaixo — velho mas bom, como dizem os DJs da K-Life — e senti aquela harmonia soar de novo. Mas agora eu sempre a sentia, e às vezes não queria dizer nada. Um dos lemas dos AA de Christy me veio à mente: MEDO, ou seja, *muitos se enganam com deduções ocas*.

Mas dessa vez veio o clique da associação. O carro era um Plymouth Fury branco e vermelho como aquele que eu vira no estacionamento da fábrica Worumbo, não muito longe do barracão de secagem onde ficava a toca de coelho em 1958. Lembrei de ter tocado o capô para me assegurar de que era real. Esse tinha placa de Arkansas e não do Maine, mas ainda assim... aquele tilintar. Aquele tilintar harmônico.

Às vezes eu achava que, se soubesse o significado desse tilintar, saberia tudo. Estupidez, provavelmente, mas verdade.

O Homem do Cartão Amarelo sabia, pensei. *Sabia, e isso o matou.*

O meu harmônico mais recente piscou para a esquerda, virou na placa de pare e sumiu rumo à rua Principal.

— Ei, você, venha comer a sobremesa — disse Sadie atrás de mim, e levei um susto.

Os AA dizem que MEDO também significa outra coisa: merda, estou dando o fora.

3

Naquela noite, quando voltei à rua Neely, pus os fones e escutei a última gravação. Só esperava russo, mas dessa vez tinha inglês também. E sons de água.

Marina: (fala russo)
Lee: Não dá, mamãe, estou na banheira com Junie!
(Mais barulho de água e risos — o de Lee e as risadinhas agudas do bebê.)

Lee: Mamãe, caiu água no chão! Junie jogou! Menina feia!

Marina: Pode enxugar! Eu ocupada! Ocupada! (Mas ela também ri.)

Lee: Não posso, quer que o bebê... (em russo)

Marina: (fala russo — repreendendo e rindo ao mesmo tempo)

(Mais barulho de água. Marina cantarola uma música pop da KLIF. Soa doce.)

Lee: Mamãe, traz os brinquedos!

Marina: *Da, da*, sempre quer brinquedos.

(Barulho alto de água. A porta do banheiro deve estar escancarada agora.)

Marina: (fala russo)

Lee (com vozinha de menino): Mamãe, você esqueceu a bola de borracha.

(Barulhão de água — o bebê grita de prazer.)

Marina: Pronto, todos brinquedos de príncipe e princesa.

(Riso dos três — a alegria deles me deixa frio.)

Lee: Mamãe, traz um (palavra russa). Tem água no nosso ouvido.

Marina (rindo): Ah, meu Deus, e o que mais?

Fiquei acordado muito tempo naquela noite, pensando nos três. Felizes para variar, e por que não? O 214 da West Neely não era muita coisa, mas era um passo adiante. Talvez estivessem até dormindo na mesma cama, June agora feliz em vez de apavorada.

E agora um quarto na cama também. O que crescia na barriga de Marina.

4

Tudo pareceu ir mais depressa, como acontecera em Derry, só que agora a flecha do tempo seguia para 10 de abril e não para o Halloween. As anotações de Al, das quais eu dependera para chegar até ali, se tornaram menos úteis. Antes do atentado à vida de Walker, elas se concentravam quase unicamente nas ações e movimentos de Lee, e naquele inverno houve muito mais coisa na vida deles, especialmente na de Marina.

Para começar, ela finalmente fizera amizade — não um candidato a tiozinho como George Bouhe, mas uma amiga. Ela se chamava Ruth Paine e era quacre. *Fala russo*, anotara Al num estilo lacônico diferente das anotações anteriores. *Conhecida em festa, 2(??)/63. Marina separada de Lee e morando com a tal Paine na época do assassinato de Kennedy.* Então, como se não passasse de uma lembrança posterior: *Lee guardou M-C na garagem de Paine. Enrolado em cobertor.*

Com M-C, ele queria dizer o fuzil Mannlicher-Carcano comprado por correspondência com que Lee planejava matar o general Walker.

Não sei quem deu a festa onde Lee e Marina conheceram os Paine. Não sei quem os apresentou. Mohrenschildt? Bouhe? Provavelmente um ou outro, porque nessa época o resto dos emigrados mantinha distância dos Oswald. O marido era um sabe-tudo desdenhoso, a mulher um saco de pancadas que perdera sabe Deus quantas oportunidades de largá-lo para sempre.

O que sei é que a potencial válvula de escape de Marina Oswald chegou atrás do volante de uma camionete Chevrolet — branca e vermelha — num dia de chuva no meio de março. Estacionou junto ao meio-fio e olhou em volta desconfiada, como se não tivesse certeza de que estava no endereço certo. Ruth Paine era alta (embora não tão alta quanto Sadie) e terrivelmente magra. O cabelo acastanhado tinha franja sobre uma enorme extensão de testa na frente e preso para cima atrás, num estilo que não a beneficiava. Usava óculos sem aro sobre um nariz respingado de sardas. Para mim, que espiava por uma fenda das cortinas, parecia o tipo de mulher que mantinha distância da carne e marchava em manifestações contra a bomba atômica... e isso era bem Ruth Paine, acho, uma mulher da Nova Era antes que a Nova Era fosse chique.

Marina devia estar à espera dela, porque veio chocalhando pela escada externa com o bebê no colo, um cobertor puxado sobre a cabeça de June para protegê-la da garoa. Ruth Paine sorriu hesitante e falou com cuidado, pondo um espaço entre as palavras. — Olá, sra. Oswald, sou Ruth Paine. Se lembra de mim?

— *Da* — respondeu Marina. "Sim." Depois acrescentou alguma coisa em russo. Ruth respondeu na mesma língua, embora com hesitação.

Marina a convidou a entrar. Esperei até ouvir o ranger dos passos delas acima de mim e depois pus os fones ligados ao microfone do abajur. O que escutei foi uma conversa que misturava inglês e russo. Marina corrigiu Ruth várias vezes, algumas com risos. Entendi o suficiente para ter uma ideia de por que Ruth Paine viera. Como Paul Gregory, queria aulas de russo. Entendi outra coisa com os risos frequentes e a conversa cada vez mais à vontade: elas gostavam uma da outra.

Fiquei contente por Marina. Se eu matasse Oswald depois do atentado contra o general Walker, Ruth Paine, a da Nova Era, poderia ajudá-la. Eu podia ter esperanças.

5

Ruth só foi ter aulas duas vezes na rua Neely. Depois, Marina e June entraram na camionete e Ruth as levou embora. Provavelmente para a casa dela no luxuoso (pelo menos pelo padrão de Oak Cliff) subúrbio de Irving. O endereço não estava nas anotações de Al — ele parecia não dar muita importância à relação entre Marina e Ruth, provavelmente porque esperava dar fim a Lee muito antes que aquele fuzil fosse parar na garagem dos Paine — mas descobri no catálogo telefônico: rua West Fifth, 2.515.

Numa tarde nublada de março, cerca de duas horas depois de Marina e Ruth saírem, Lee e George de Mohrenschildt apareceram no carro deste último. Lee saiu com um saco de papel pardo com um sombreiro e PEPINO'S BEST MEXICAN impressos na lateral. Mohrenschildt levava uma embalagem de seis cervejas Dos Equis. Eles subiram a escada externa rindo e conversando. Peguei os fones, o coração batendo com força. A princípio não houve nada, mas aí um deles acendeu o abajur. Depois disso eu poderia estar na sala com eles, um terceiro invisível.

Por favor, não conspirem para matar Walker, pensei. *Por favor, não tornem o meu serviço mais difícil do que já é.*

— Desculpe a bagunça — disse Lee. — Ela não faz quase nada hoje em dia, a não ser dormir, assistir à TV e falar daquela mulher a quem está dando aulas.

Mohrenschildt falou algum tempo sobre algumas concessões petrolíferas que tentava obter no Haiti e, com rispidez, do regime repressor de Duvalier.

— No fim do dia, os caminhões passam pela feira para recolher os mortos. Muitos são crianças que morreram de fome.

— Castro e a Frente darão fim a isso — disse Lee com raiva.

— Que a Providência apresse esse dia. — Houve um barulho de garrafas, provavelmente para brindar à ideia da Providência apressando o dia. — Como vai o serviço, camarada? E por que não está lá esta tarde?

Lee disse que não estava lá porque queria estar aqui. Simples assim. Simplesmente batera o cartão e fora embora.

— O que eles podem fazer? Sou o melhor técnico de ampliação que o velho Bobby Stovall arranjou, e ele sabe disso. O capataz, ele se chama (*não consegui entender... Graff? Graft?*) diz "Pare de brincar de organizador trabalhista, Lee". Sabe o que eu faço? Dou uma risada e digo "Tá bom, *svinoieb*", e saio andando. Ele é um porco do caralho, e todo mundo sabe disso.

Mas era claro que Lee gostava do emprego, embora se queixasse da atitude paternalista e de que o tempo de casa contava mais do que o talento. Em certo momento, disse:

— Sabe, em Minsk, em condições justas, em um ano eu estaria comandando o lugar.

— Sei que sim, meu filho; isso é claríssimo.

Estimulando. *Dando corda* nele. Eu tinha certeza. Não gostei.

— Viu o jornal hoje de manhã? — perguntou Lee.

— Hoje de manhã só vi telegramas e memorandos. Por que acha que estou aqui? É para me afastar da minha mesa.

— Walker conseguiu — disse Lee. — Entrou para a cruzada de Hargis — ou talvez a cruzada seja de Walker e Hargis é que entrou. Não sei dizer. Não importa, aquela merda de Cavalgada da Meia-Noite. Aqueles dois idiotas vão percorrer o Sul inteiro dizendo a todo mundo que a Associação Nacional pelo Avanço das Pessoas de Cor é uma frente comunista. Vão fazer a integração e o direito de voto recuarem vinte anos.

— Claro! E fomentar o ódio. Quanto tempo até começarem os massacres?

— Ou até alguém dar um tiro em Ralph Abernathy ou no dr. King!

— É *claro* que King vai levar um tiro — disse Mohrenschildt, quase rindo. Eu estava em pé, as mãos apertando os fones com força na lateral da cabeça, o suor escorrendo pelo rosto. Era um terreno bem perigoso mesmo — a beirinha da conspiração. — É só uma questão de tempo.

Um deles usou o abridor em outra garrafa de cerveja mexicana, e Lee disse:

— Alguém deveria deter aqueles dois canalhas.

— Você está errado ao chamar o nosso general Walker de idiota — disse Mohrenschildt com voz professoral. — Hargis, sim, tudo bem. Hargis é uma piada. O que ouvi dizer é que, como tantos do seu tipo, ele é um homem de apetites sexuais pervertidos que gosta de brincar com a boceta de uma menininha pela manhã e com o cu de um menininho à tarde.

— Caramba, isso é *nojento*! — A voz de Lee, como a de um adolescente, ficou aguda na última palavra. Depois, ele riu.

— Mas Walker, ah, esse é farinha de outro saco totalmente diferente. Ele tem cargo alto na Sociedade John Birch...

— Aqueles fascistas que odeiam judeus!

— ... e posso ver um dia não muito distante em que talvez a presida. Assim que receber a confiança e a aprovação dos outros grupos de malucos de direita, pode até concorrer de novo a algum cargo... mas dessa vez não a governador do Texas. Suspeito que ele está de olho em algo mais alto. O Senado? Talvez. Quem sabe a Casa Branca?

— Isso nunca poderia acontecer. — Mas Lee soava inseguro.

— É *improvável* que aconteça — corrigiu Mohrenschildt. — Mas nunca subestime a capacidade da burguesia americana de abraçar o fascismo sob o nome de populismo. Nem o poder da televisão. Sem a TV, Kennedy nunca venceria Nixon.

— Kennedy e o seu punho de ferro — disse Lee. A aprovação do atual presidente parecia ter ido pelo caminho dos sapatos de camurça azul. — Ele não vai descansar enquanto Fidel cagar na latrina de Batista.

— E nunca subestime o terror dos Estados Unidos com a ideia de uma sociedade na qual a igualdade racial se tornou a lei da terra.

— Crioulo, crioulo, crioulo, cucaracho, cucaracho, cucaracho! — explodiu Lee, com fúria tão grande que era quase angústia. — É só o que ouço no trabalho!

— Tenho certeza. Quando o *Morning News* diz "o grande estado do Texas", o que querem dizer é "o *odioso* estado do Texas". E todos dão ouvidos! Para um homem como Walker, um *herói de guerra* como Walker, bufões como Hargis não passam de degraus. Assim como Hindenberg foi um degrau para Hitler. Com as relações públicas certas para amaciar as coisas, Walker pode ir longe. Sabe o que acho? Que o homem que apagar o general Edwin Racista Walker fará um favor à sociedade.

Caí com tudo numa cadeira ao lado da mesa onde estava o gravadorzinho com as rodinhas girando.

— Se você acha mesmo... — começou Lee, e então houve um zumbido alto que me fez tirar os fones de repente. Não houve gritos de alarme nem ofensa lá em cima, nenhum movimento rápido de pés, portanto, a menos que eles fossem muito bons em encobrir no calor do momento, achei que podia supor que o microfone do abajur não fora descoberto. Pus os fones de novo. Nada. Tentei o microfone de longa distância, em pé numa cadeira e segurando o pote Tupperware quase encostado no teto. Com ele consegui escutar Lee falar e as respostas ocasionais de Mohrenschildt, mas sem entender o que diziam.

O meu ouvido no apartamento de Oswald ficara surdo.

O passado é obstinado.

Depois de mais dez minutos de conversa, talvez sobre política, talvez sobre a natureza incômoda das esposas, talvez sobre planos recém-elaborados para matar o general Edwin Walker, Mohrenschildt desceu a escada externa e foi embora.

Os passos de Lee atravessaram o teto acima da minha cabeça — *clump, clud, clump*. Segui-os até o quarto e pus o microfone de longa distância no lugar onde pararam. Nada... nada... então o leve mas inconfundível som de roncos. Duas horas depois, quando Ruth Paine deixou Marina e June em casa, ele ainda dormia o sono de Dos Equis. Marina não o acordou. Eu também não acordaria o mal-humorado filhinho da puta.

6

Oswald começou a faltar muito mais ao trabalho depois daquele dia. Se sabia, Marina não ligou. Talvez nem tivesse notado. Estava absorvida pela nova amiga Ruth. As surras tinham se reduzido um pouco, não porque o moral melhorasse, mas porque Lee ficava fora de casa quase com a mesma frequência que ela. Costumava levar a câmera. Graças às anotações de Al, eu sabia onde ele ia e o que fazia.

Certo dia, depois que ele saiu rumo ao ponto de ônibus, entrei no carro e fui até a avenida Oak Lawn. Queria chegar antes do ônibus urbano de Lee e consegui. Facilmente. Havia muito lugar para estacionar em ambos os lados da Oak Lawn, mas o meu Chevy rabo de peixe vermelho chamava a atenção e não queria correr o risco de que Lee o visse. Deixei-o além da esquina, na avenida Wycliff, no estacionamento da mercearia Alpha Beta. Depois, andei até o bulevar Turtle Creek. As casas de lá eram neofazendas com arcos e revestimento de estuque. Havia entradas ladeadas de palmeiras, gramados grandes, até um ou outro chafariz.

Na frente do 4.011, um homem em boa forma (que exibia semelhança espantosa com Randolph Scott, o caubói do cinema) trabalhava com um cortador de grama. Edwin Walker me viu olhá-lo e bateu uma meia continência no lado da testa. Devolvi o cumprimento. O alvo de Lee Oswald voltou a cortar a grama e voltei a andar.

7

As ruas que formavam o quarteirão que me interessava em Dallas eram o bulevar Turtle Creek (onde morava o general), a avenida Wycliff (onde eu estacionara), a avenida Avondale (para onde fui depois de retribuir a continência de Walker) e a Oak Lawn, rua de pequenas lojinhas que corria bem atrás da casa do general. Era na Oak Lawn que eu estava mais interessado, porque seria a linha de abordagem e rota de fuga de Lee na noite de 10 de abril.

Fiquei diante da Texas Shoes & Boots, o colarinho da jaqueta jeans erguido e as mãos enfiadas no bolso. Uns três minutos depois de eu adotar essa posição, o ônibus parou na esquina da Oak Lawn com a Wycliff. Duas mulheres com sacolas de compras de pano desceram imediatamente quando as portas se abriram. Depois, Lee desceu para a calçada. Trazia um saco de papel pardo, como a marmita de um trabalhador.

Havia uma grande igreja de pedra na esquina. Lee foi até a grade de ferro que passava pela frente, leu o quadro de avisos, tirou um bloquinho do bolso da calça e rabiscou alguma coisa. Em seguida, veio na minha direção, enfiando o bloquinho no bolso ao andar. Não esperava por isso. Al acreditara que Lee guardaria o fuzil perto dos trilhos da ferrovia do outro lado da avenida Oak Lawn, a quase um quilômetro dali. Mas talvez as anotações estivessem erradas, porque Lee nem olhou naquela direção. Estava a setenta ou oitenta metros e se aproximava depressa da minha posição.

Ele vai me notar e falar comigo, pensei. *Vai dizer: "Você não é o sujeito que mora no andar de baixo? O que está fazendo aqui?"* Se isso acontecesse, o futuro se desviaria numa nova direção. Nada bom.

Fitei os sapatos e botas na vitrine com o suor molhando a nuca e rolando pelas costas. Quando finalmente me arrisquei e olhei para a esquerda, Lee sumira. Foi como um truque de mágica.

Subi a rua. Gostaria de ter posto um boné, talvez óculos escuros... Por que não pusera? Que merda de agente secreto eu era, afinal?

Cheguei a um café no meio do quarteirão; a placa na vitrine anunciava CAFÉ DA MANHÃ O DIA INTEIRO. Lee não estava lá dentro. Além do café havia a abertura de um beco. Andei lentamente por ele, dei uma espiada para a direita e o vi. Estava de costas pra mim. Tirara a câmera do saco de papel mas não tirava fotos, pelo menos ainda não. Examinava latas de lixo. Levantava a tampa, olhava dentro, tampava de novo.

Cada osso do meu corpo — com isso quero dizer cada instinto do meu cérebro, acho — insistia para que eu avançasse antes que ele se virasse e me visse, mas um fascínio poderoso me manteve ali um pouco mais. Acho que isso aconteceria com quase todo mundo. Quantas oportunidades temos, afinal de contas, de observar um sujeito enquanto ele planeja um homicídio a sangue-frio?

Ele foi um pouco mais para o fundo do beco, depois parou numa tampa circular de ferro instalada numa base de concreto. Tentou erguê-la. Não conseguiu.

O beco era sem calçamento, com muitos buracos e uns duzentos metros de comprimento. A meio caminho, a corrente que guardava os quintais cheios de mato e os terrenos baldios dava lugar a cercas altas de tábuas cobertas de hera não muito vibrante depois de um inverno frio e lúgubre. Lee empurrou a camada de hera e experimentou uma tábua. Ela balançou e ele espiou pelo buraco.

Os axiomas sobre quebrar ovos para fazer omeletes são todos muito bons, mas senti que já tinha forçado bastante a sorte. Fui em frente. No final do quarteirão, parei diante da igreja que chamara a atenção de Lee. Era a Igreja dos Santos dos Últimos Dias de Oak Lawn. O quadro de avisos dizia que havia cultos regulares toda manhã de domingo e cultos especiais para recém-chegados às sete da noite toda quarta-feira, com uma hora de atividades sociais em seguida. Seria servido um lanche.

Dez de abril era quarta-feira e agora o plano de Lee (supondo que não fosse de Mohrenschildt) parecia bastante claro: esconder a arma no beco com antecedência, esperar que o culto dos recém-chegados — e a hora de atividades sociais, naturalmente — acabasse. Ele conseguiria ouvir os fiéis quando saíssem, rindo e conversando ao andar até o ponto de ônibus. Os ônibus passavam de quinze em quinze minutos; havia sempre algum passando. Lee daria o tiro, esconderia de novo a arma atrás da tábua solta (*não* perto dos trilhos do trem) e depois se misturaria aos fiéis. Quando viesse o ônibus seguinte, iria embora.

Dei uma olhada para a direita bem na hora de vê-lo saindo do beco. A câmera estava de volta no saco de papel. Ele foi para o ponto de ônibus e se encostou no poste. Veio um homem e lhe perguntou alguma coisa. Logo conversavam. Conversa fiada com um desconhecido ou aquele era, talvez, outro amigo de Mohrenschildt? Apenas algum sujeito na rua ou outro conspirador? Talvez até o famoso Atirador Desconhecido que, de acordo com os teóricos da conspiração, se escondera na elevação gramada perto de Dealey Plaza quando a carreata de Kennedy se aproximou? Disse a mim mesmo que era loucura, mas seria impossível ter certeza. Isso é que era o diabo.

Não havia como saber *nada* com certeza, pelo menos não até que eu visse com os meus próprios olhos que Oswald estava sozinho em 10 de abril. E nem isso seria suficiente para sanar todas as minhas dúvidas, mas seria o bastante para continuar.

O bastante para matar o pai de Junie.

O ônibus veio rugindo até o ponto. O Agente Secreto X-19 — também conhecido como Lee Harvey Oswald, marxista renomado e surrador de mulheres — embarcou. Quando o ônibus saiu de vista, voltei ao beco e percorri todo o seu comprimento. No final, ele se alargava num grande quintal sem cerca. Havia um Chevy Biscayne 57 ou 58 estacionado ao lado de uma estação de bombeamento de gás natural. Havia uma churrasqueira em cima de um tripé. Além dela, os fundos de uma grande casa marrom-escura. A casa do general.

Olhei para baixo e vi uma marca fresca de arrastamento na terra. Havia uma lata de lixo numa das pontas da marca. Não vira Lee mover a lata, mas sabia que fora ele. Na noite do dia 10, ele pretendia descansar nela o cano da espingarda.

8

Na segunda-feira, 25 de março, Lee veio subindo a rua Neely trazendo um pacote comprido embrulhado em papel pardo. Espiando por uma fenda minúscula na cortina, vi as palavras REGISTRADO e COM SEGURO carimbadas em grandes letras vermelhas. Pela primeira vez, achei que ele parecia nervoso e furtivo, realmente olhando em volta as cercanias externas em vez da mobília fantasmagórica no fundo da cabeça. Eu sabia o que estava no pacote: uma espingarda Carcano 6,5 mm — também conhecida como Mannlicher-Carcano — com mira e tudo, comprada na Klein's Sporting Goods, em Chicago. Cinco minutos depois de Lee subir a escada externa do segundo andar, a arma que usaria para mudar a história estava num armário acima da minha cabeça. Marina tirou as famosas fotos dele com a arma bem diante da janela da minha sala, seis dias depois, mas não vi. Era domingo e eu estava em Jodie. Conforme o dia 10 se aproximava, aqueles fins de semana com Sadie tinham se tornado as coisas mais importantes, *mais queridas* da minha vida.

9

Acordei com um solavanco, ouvindo alguém murmurar entredentes "Ainda não é tarde demais". Percebi que era eu e calei a boca.

Sadie murmurou algum protesto pastoso e se virou na cama. O guincho conhecido das molas me travou no tempo e no lugar: Bangalôs Candlewood,

5 de abril de 1963. Peguei o relógio de pulso na mesinha de cabeceira e espiei os números luminosos. Eram duas e quinze da madrugada, ou seja, já era 6 de abril.

Ainda não é tarde demais.

Tarde demais para quê? Para recuar, deixar tudo pra lá? Ou para cá, talvez? Só Deus sabia como a ideia de recuar era atraente. Se eu fosse em frente e tudo desse errado, essa talvez fosse a minha última noite com Sadie. Para sempre.

Mesmo que tenha de matá-lo, não precisa fazer isso agora.

Verdade. Oswald se mudaria para Nova Orleans por algum tempo depois do atentado contra a vida do general — outro lixo de apartamento, que eu já visitara —, mas só dali a quinze dias. Isso me daria muito tempo para fazer o seu relógio parar. Mas senti que seria um erro esperar demais. Podia encontrar razões para continuar esperando. A melhor estava ao meu lado na cama: comprida, adorável e suavemente nua. Talvez fosse apenas mais uma armadilha criada pelo passado obstinado, mas não importava, porque eu a amava. E podia vislumbrar um roteiro — com toda a clareza — em que eu teria de fugir depois de matar Oswald. Fugir para onde? De volta ao Maine, é claro. Na esperança de ficar à frente da polícia o bastante para chegar à toca de coelho e fugir para um futuro onde Sadie Dunhill teria... bem... uns 80 anos. Se ainda estivesse viva. Dado o hábito de fumar, isso seria como acertar na loteria do jeito mais difícil.

Levantei e fui até a janela. Apenas alguns bangalôs estavam ocupados nesse fim de semana no início da primavera. Havia um caminhão aberto respingado de lama ou esterco com um trailer cheio de implementos agrícolas, ao que parecia. Uma motocicleta Indian com sidecar. Duas camionetes. E um Plymouth Fury bicolor. A lua deslizava para dentro e para fora de nuvens ralas e não era possível perceber a cor da parte inferior do carro com aquela luz gaga, mas tive bastante certeza de que sabia qual era mesmo assim.

Vesti as calças, a camiseta, os sapatos. Depois escapuli da cabana e andei pelo terreiro. O ar gelado espetou a minha pele quente da cama, mas mal senti. Sim, o carro era um Fury, e, sim, era branco e vermelho, mas esse não era do Maine nem do Arkansas; a placa era de Oklahoma e o decalque no para-brisa traseiro dizia AVANTE, SOONERS. Espiei lá dentro e vi livros didáticos espalhados. Algum estudante, talvez indo para o Sul visitar a família nas férias de primavera. Ou um casal de professores excitados aproveitando a política liberal do Candlewood com os hóspedes.

Apenas mais um tilintar levemente desafinado do passado a se harmonizar. Toquei o capô, como fizera em Lisbon Falls, e voltei ao bangalô. Sadie empurrara o lençol até a cintura e, quando entrei, a corrente de ar frio a acordou. Ela se sentou, segurando o lençol sobre os seios, e o deixou cair quando viu que era eu.

— Não consegue dormir, querido?

— Tive um pesadelo e saí para tomar ar.

— O que foi?

Desabotoei os jeans, tirei os mocassins.

— Não consigo me lembrar.

— Tente. A minha mãe sempre dizia que, quando a gente conta os sonhos, eles não se realizam.

Entrei na cama com ela, vestindo apenas a camiseta.

— A minha mãe sempre dizia que, quando a gente beija quem a gente ama, eles não se realizam.

— Ela dizia isso mesmo?

— Não.

— Bom — comentou ela, pensativa —, parece possível. Vamos tentar.

— Tentamos.

Uma coisa levou a outra.

10

Depois, ela acendeu um cigarro. Fiquei deitado observando a fumaça subir e se azular no luar ocasional que entrava pelas cortinas semifechadas. *Eu nunca deixaria as cortinas assim na rua Neely*, pensei. *Na rua Neely, na minha outra vida, estou sempre sozinho, mas ainda tomo o cuidado de fechá-las completamente. Quer dizer, a não ser que esteja espiando. Espreitando.*

Nesse momento não gostei muito de mim.

— George?

Suspirei.

— Esse não é o meu nome.

— Eu sei.

Olhei-a. Ela inalou profundamente, gozando o seu cigarro sem culpa, como todos fazem na Terra de Antigamente.

— Não tenho nenhuma informação privilegiada, se é o que você está pensando. Mas faz sentido. Afinal de contas, o resto do seu passado foi inventado. E fico contente. Não gosto tanto assim de George. É meio... como é aquela palavra que às vezes você usa?... meio pateta.

— O que acha de Jake?

— De Jacob?

— É.

— Gosto. — Ela se virou para mim. — Na Bíblia, Jacob lutou com um anjo. E você também está lutando. Não está?

— Acho que estou, mas não com um anjo. — Embora Lee Oswald também não fosse um demônio. Eu preferia George de Mohrenschildt para o papel de demônio. Na Bíblia, Satã é um tentador que faz a oferta e se afasta. Eu torcia para que Mohrenschildt fosse assim.

Sadie descartou o cigarro. A voz estava calma, mas os olhos ficaram sombrios.

— Você vai se machucar?

— Não sei.

— Você vai embora? Porque, se tiver de ir embora, não sei se aguento. Eu prefeririam morrer antes de dizer isso quando estava lá, mas Reno foi um pesadelo. Perder você para sempre... — Ela balançou a cabeça devagar. — Não, acho que não aguentaria.

— Quero me casar com você — disse eu.

— Meu Deus — comentou ela baixinho. — Bem na hora em que eu ia dizer que nunca aconteceria, Jake-alcunha-George diz agora mesmo.

— Não agora mesmo, mas se a semana que vem for como espero que seja... você aceita?

— É claro. Mas tenho de fazer mais uma perguntinha.

— Se sou solteiro? Legalmente solteiro? É isso que quer saber? — Ela fez que sim. — Sou — respondi.

Ela soltou um suspiro cômico e sorriu como criança. Depois, ficou séria.

— Posso ajudar? Me deixe ajudar.

A ideia me deixou gelado e ela deve ter visto. O lábio inferior entrou na boca. Ela o mordeu com os dentes.

— Então é ruim mesmo — disse ela, pensativa.

— Vamos dizer assim: atualmente, estou perto de uma máquina grande e cheia de dentes afiados, e ela está rodando na velocidade máxima. Não vou deixar você perto de mim enquanto lido com ela.

— Quando vai ser? — perguntou ela. — O seu... não sei... encontro marcado com o destino?

— Ainda a ser determinado. — Tive a sensação de que já falara demais, mas como chegara até ali, decidi avançar mais um pouquinho. — Vai acontecer uma coisa na noite desta quarta-feira. Algo a que tenho de assistir. Então decidirei.

— Não há nenhum modo de ajudar?

— Acho que não, querida.

— Se achar que dá...

— Obrigado — respondi. — Agradeço. E você se casará mesmo comigo?

— Agora que sei que o seu nome é Jake? É claro.

11

Na manhã de segunda-feira, por volta das dez horas, a camionete parou no meio-fio e Marina foi para Irving com Ruth Paine. Eu tinha uma missão própria a cumprir e estava prestes a sair do apartamento quando ouvi o barulho de passos descendo a escada externa. Era Lee, pálido e de cara feia. O cabelo estava despenteado e o rosto marcado por um surto grave de acne pós-adolescente. Usava jeans e uma capa de chuva absurda que adejava em torno das canelas. Andava com um dos braços sobre o peito, como se as costelas doessem.

Ou como se tivesse algo debaixo do casaco. *Antes do atentado, Lee ajustou a mira do fuzil novo em algum ponto perto de Love Field*, escrevera Al. Não me importava onde ajustara a mira. O que me importava era como eu chegara perto de encontrá-lo cara a cara. Assumira o descuidado pressuposto de que não o vira sair para trabalhar e...

Por falar nisso, por que ele *não estava* no serviço numa manhã de segunda-feira?

Deixei a pergunta para lá e saí, levando a minha pasta da escola. Lá dentro estava o romance que nunca seria terminado, as anotações de Al e o trabalho em andamento que descrevia as minhas aventuras na Terra de Antigamente.

Se Lee não estivesse sozinho na noite de 10 de abril, eu poderia ser avistado e morto por um dos outros conspiradores, talvez até o próprio Mohrenschildt. Ainda achava que isso era bastante improvável; a probabilidade de ter de fugir depois de matar Oswald era maior. E também a probabilidade de ser preso e condenado por homicídio. Não queria que ninguém — a polícia, por exemplo — encontrasse as anotações de Al ou as minhas memórias se alguma dessas coisas acontecesse.

Para mim, naquele dia 8 de abril, o importante era tirar a papelada do apartamento e levá-la para longe do rapaz confuso e agressivo que morava no andar de cima. Fui até o First Corn Bank of Dallas e não me surpreendi ao ver que o funcionário do banco que me ajudou tinha uma semelhança notável com o banqueiro do Hometown Trust que me ajudara em Lisbon Falls. O nome desse sujeito era Link em vez de Dusen, mas mesmo assim parecia o antigo músico cubano Xavier Cugat.

Perguntei sobre cofres de depósito. Logo os manuscritos estavam no Cofre 775. Voltei à rua Neely e tive um momento de pânico grave quando não consegui encontrar a maldita chave do cofre.

Relaxe, disse a mim mesmo. *Está em algum lugar no seu bolso e, mesmo que não esteja, o seu novo amigo Richard Link terá prazer em lhe arranjar uma duplicata. Pode lhe custar um dólar inteirinho.*

Como se a ideia a convocasse, achei a chave escondida bem no cantinho do bolso, debaixo dos trocados. Coloquei-a no chaveiro, onde ficaria sã e salva. Se eu tivesse de correr para a toca de coelho e retornar ao passado novamente depois de uma volta ao presente, ainda a teria... embora tudo o que acontecera nos últimos quatro anos e meio fosse reiniciado. Os manuscritos agora no cofre de depósito se perderiam no tempo. Provavelmente isso era bom.

A má notícia é que Sadie se perderia também.

CAPÍTULO 22

1

A tarde de 10 de abril estava quente e clara, uma amostra do verão. Vesti uma calça e um dos paletós esporte que comprara durante o ano que passara ensinando na Denholm Consolidated. O .38 Police Special, totalmente carregado, foi para a pasta. Não me lembro de ter ficado nervoso; agora que chegara a hora, me sentia como um homem envolto num envelope frio. Conferi o relógio de pulso: três e meia.

O meu plano era estacionar mais uma vez no terreno da Alpha Beta, na avenida Wycliff. Chegaria lá no máximo às quatro e quinze, mesmo que o trânsito da cidade estivesse intenso. Examinaria o beco. Se estivesse vazio, como esperava que estivesse àquela hora, verificaria o buraco atrás da tábua solta. Se as anotações de Al estivessem certas sobre o fato de Lee guardar o Carcano com antecedência (muito embora tivesse errado o lugar), a arma estaria lá.

Voltaria ao meu carro por algum tempo, vigiando o ponto de ônibus para o caso de Lee aparecer cedo. Quando o culto dos recém-chegados começasse às sete da noite na igreja mórmon, eu iria até o bar que servia café da manhã o dia inteiro e me sentaria junto à vitrine. Comeria sem fome nenhuma, remexendo, fazendo-a durar, vigiando a chegada dos ônibus e torcendo para que, quando finalmente descesse de um deles, Lee estivesse sozinho. Também torceria para *não* ver o baita carrão de George de Mohrenschildt.

Pelo menos, esse era o plano.

Peguei a pasta, dando uma olhada no relógio ao mesmo tempo. Eram 15h33. O Chevy estava com o tanque cheio, pronto para partir. Se eu tivesse saído e entrado nele nesse momento, como planejara, o meu telefone teria tocado num apartamento vazio. Mas não saí, porque alguém bateu à porta bem quando estendi a mão para a maçaneta.

Abri e Marina Oswald estava ali em pé.

2

Por um momento, só fiquei boquiaberto, incapaz de falar e de me mexer. Era principalmente a presença inesperada dela, mas havia outra coisa também. Até ela ficar bem na minha frente, eu não percebera como os seus grandes olhos azuis se pareciam com os de Sadie.

Marina ignorou a minha expressão de surpresa ou não a notou. Tinha problemas próprios.

— Por favor, desculpa, viu moí marits? — Ela mordeu o lábio e balançou um pouco a cabeça. — *Meu marido.* — Ela tentou sorrir, e tinha aqueles dentes bem recauchutados para mostrar, mas não teve muito sucesso. — Desculpa, senhor, não fala bom inglês. Ser Bielorrússia.

Ouvi alguém — acho que era eu — perguntar se ela falava do homem que morava no andar de cima.

— Sim, por favor, meu marido, Lee. Mora andar de cima. Essa nossa *malishka...* nossa filha. — Ela apontou June, sentada no carrinho junto à escada, sugando contente a chupeta. — Ele agora sai todo hora, perdeu emprego. — Ela tentou o sorriso de novo e, quando os olhos se franziram, uma lágrima transbordou do canto do olho esquerdo e escorreu pela bochecha.

Pois é. Parecia que, afinal de contas, o velho Bobby Stovall podia se virar sem o seu melhor técnico em ampliação.

— Não o vi, sra... — *Oswald* quase saiu, mas segurei a tempo. E isso foi bom, porque como eu saberia? Parecia que nunca recebiam correspondência. Havia duas caixas de correio na entrada, mas o nome deles não estava em nenhuma. Nem o meu. Eu também não recebia correspondência.

— Os-wal — disse ela, e estendeu a mão. Apertei-a, mais convencido do que nunca de que aquilo era um sonho. Mas a palma pequena e seca era real demais. — Marina Os-wal, prazer conhecer senhor.

— Sinto muito, sra. Oswald, não vi ninguém hoje. — Não era verdade; eu o vira sair pouco depois do meio-dia, logo após a camionete de Ruth Paine levar Marina e June para Irving.

— Eu preocupo dele — disse ela. — Ele... Não sei... desculpa. Não queria incomodar senhor. — Ela sorriu de novo — o sorriso mais doce e triste — e limpou a lágrima do rosto devagar.

— Se eu o vir...

Agora ela pareceu alarmada.

— Não, não, não diz nada. Ele não gosta eu fala com estranhos. Vem pra casa jantar, talvez, vem sim. — Ela desceu os degraus e falou em russo com o bebê, que riu e ergueu para a mãe os braços gorduchos. — Adeus, senhor moço. Muito obrigado. O senhor diz nada?

— Tudo bem — disse eu. — Boca fechada. — Isso ela não entendeu, mas concordou e pareceu aliviada quando pus o dedo sobre os lábios.

Fechei a porta, suando muito. Em algum lugar, pude ouvir não só uma borboleta bater as asas, mas uma nuvem inteira delas.

Talvez não seja nada.

Observei Marina empurrar o carrinho de June pela calçada rumo ao ponto de ônibus, onde provavelmente pretendia esperar o marits... que ia aprontar alguma. Isso ela sabia. Estava bem visível na cara dela.

Estendi a mão para a maçaneta quando ela saiu de vista e foi então que o telefone tocou. Quase não atendi, mas poucas pessoas tinham o meu número, e uma delas era uma mulher que tinha muita importância para mim.

— Alô!

— Alô, sr. Amberson — disse um homem. Tinha um suave sotaque sulista. Não sei se soube quem era na mesma hora. Não consigo me lembrar. Acho que soube. — Alguém aqui quer falar com o senhor.

Vivi duas vidas no final de 1962 e no começo de 1963, uma em Dallas e outra em Jodie. Elas se reuniram às 15h39 da tarde de 10 de abril. No meu ouvido, Sadie começou a gritar.

3

Ela morava numa casa pré-fabricada de um andar só na travessa Bee Tree, parte de um conjunto habitacional de quatro ou cinco quarteirões de casas iguais no oeste de Jodie. Uma fotografia aérea do bairro num livro de história de 2011 poderia ter a legenda CASAS DE BAIXO CUSTO EM MEADOS DO SÉ-CULO. Ela chegara lá por volta das três da tarde, após uma reunião depois das aulas com as alunas que a ajudavam na biblioteca. Duvido que tenha notado o Plymouth Fury branco e vermelho estacionado junto ao meio-fio um pouco mais abaixo no quarteirão.

Do outro lado da rua, quatro ou cinco casas mais abaixo, a sra. Holloway lavava o carro (um Renault Dauphine que o resto dos vizinhos olhava com desconfiança). Sadie acenou para ela quando saiu do seu fusquinha. A sra. Holloway acenou de volta. Únicas proprietárias de carros estrangeiros (e um tanto *alienígenas*) no quarteirão, eram informalmente amistosas.

Sadie subiu até a porta da frente e ficou lá um instante, a testa franzida. Estava escancarada. Será que a deixara assim? Ela entrou e fechou a porta. A fechadura não prendeu porque fora arrombada, mas Sadie não notou. Nisso, toda a sua atenção se fixou na parede acima do sofá. Lá, escrito com o seu batom, havia duas palavras em letras de um metro. BOCETA SUJA.

Ela deveria ter fugido nesse momento, mas o horror e o ultraje foram tão grandes que não houve espaço para medo. Ela sabia quem fizera aquilo, mas sem dúvida Johnny já se fora. O homem com quem se casara tinha pouco gosto por confrontos físicos. Ah, houvera muitas palavras duras e aquele único tapa, mas nada mais.

Além disso, a sua roupa de baixo estava espalhada pelo chão.

Formava uma trilha tosca pelo corredor curto, da sala até o quarto. Todas as peças — combinações, anáguas, sutiãs, meias, a cinta que ela não precisava mas às vezes usava — tinham sido cortadas. No fim do corredor, a porta do banheiro estava aberta. O porta-toalhas fora arrancado. Escrito também com batom no azulejo onde estivera, havia outra mensagem: PUTA IMUNDA.

A porta do quarto de dormir também estava aberta. Ela foi até lá e ficou ali parada sem perceber de jeito nenhum que Johnny Clayton estava em pé atrás dela com uma faca numa das mãos e um .38 Smith & Wesson Victory na outra. O revólver que levava naquele dia era da mesma marca e modelo que aquele que Lee Oswald usaria para tirar a vida do policial de Dallas J. D. Tippit.

A sua pequena nécessaire estava aberta na cama, o conteúdo, quase só maquiagem, espalhado sobre a colcha. As portas de correr do armário estavam abertas. Algumas roupas ainda pendiam tristes dos cabides; a maioria estava no chão. Todas tinham sido cortadas.

— Johnny, seu canalha! — Ela quis berrar essas palavras, mas o choque era grande demais. Só conseguiu sussurrar.

Ela partiu para o armário, mas não foi longe. Um braço lhe envolveu o pescoço e um pequeno círculo de aço se apertou contra a sua têmpora.

— Não se mexa, não lute. Se tentar, mato você.

Ela tentou se afastar e ele lhe bateu no alto da cabeça com o cano curto do revólver. Ao mesmo tempo, o braço em torno do pescoço se apertou. Ela viu a faca no punho na ponta do braço que a sufocava e parou de lutar. Era Johnny — ela reconheceu a voz —, mas na verdade *não era* Johnny. Ele mudara.

Eu devia ter lhe dado ouvidos, pensou ela — pensando em mim. *Por que não lhe dei ouvidos?*

Ele a levou para a sala, o braço ainda na garganta, depois a girou e a jogou no sofá, onde ela caiu de pernas abertas.

— Baixe o vestido. Consigo ver as suas ligas, sua meretriz.

Ele usava um macacão jeans (bastava isso para ela sentir que estava sonhando) e pintara o cabelo de um estranho louro-alaranjado. Ela quase riu.

Ele se sentou no pufe diante dela. A arma estava apontada para o meio do corpo dela.

— Vamos ligar para o seu pica doce.

— Não sei o que...

— Amberson. Aquele com quem você brinca de esconder o salame naquele lugar quente lá em Kileen. Sei de tudo. Estou vigiando você faz tempo.

— Johnny, se você for embora agora, não chamarei a polícia. Juro. Mesmo você tendo estragado a minha roupa.

— Roupa de meretriz — disse ele com desprezo.

— Eu não... Eu não sei o telefone dele.

A agenda telefônica, aquela que ela costumava deixar no pequeno escritório ao lado da máquina de escrever, estava aberta junto ao telefone.

— Eu sei. Está na primeira página. Olhei primeiro em P de Pica Doce, mas não estava lá. Vou fazer a ligação para você não inventar coisas para dizer à telefonista. Depois você fala com ele.

— Não vou falar, Johnny, se você for machucar ele.

Ele se inclinou para a frente. O estranho cabelo louro-alaranjado caiu nos olhos e ele o afastou com a mão que segurava o revólver. Depois, usou a mão da faca para tirar o fone do gancho. A arma continuou apontada com firmeza para o meio do corpo dela.

— O negócio é o seguinte, Sadie — disse ele, e agora soava quase racional. — Vou matar um de vocês. O outro pode viver. Você decide qual será.

Ele dizia cada palavra a sério. Dava para ver no rosto dele.

— E... e se ele não estiver em casa?

Ele deu uma risadinha da estupidez dela.

— Então morre você, Sadie.

Ela deve ter pensado: *posso ganhar tempo. São pelo menos três horas de Dallas a Jodie, mais se o tráfego for intenso. Tempo suficiente para Johnny voltar a si. Talvez. Ou para a sua atenção se distrair o suficiente para eu jogar alguma coisa nele e sair correndo pela porta.*

Ele discou 0 sem olhar a agenda telefônica (a sua memória para números sempre fora praticamente perfeita) e pediu Westbrook 7-5430. Escutou. Disse "obrigado, telefonista".

Então, silêncio. Em algum lugar, mais de 150 quilômetros ao norte, um telefone tocava. Ela deve ter se perguntando quantos toques Johnny esperaria antes de desligar e lhe dar um tiro no estômago.

Então a expressão atenta dele mudou. Ele se alegrou, até sorriu um pouco. Os dentes eram brancos como sempre, observou ela, e por que não? Ele sempre os escovara pelo menos meia dúzia de vezes por dia.

— Alô, sr. Amberson. Alguém aqui quer falar com o senhor.

Ele saiu do pufe e entregou o telefone a Sadie. Quando ela o encostou na orelha, ele atacou com a faca, rápido como uma serpente no bote, e cortou a lateral do rosto dela.

4

— *O que fez com ela?* — berrei. — *O que você fez, seu canalha?*

— Calma, sr. Amberson. — Ele soava contente. Sadie não gritava mais, mas dava para ouvi-la soluçar. — Ela está bem. Está sangrando bastante, mas isso vai passar. — Ele fez uma pausa e depois falou com uma voz de avaliação judiciosa. — É claro que não será mais bonita. Agora ela se parece com o que é, só uma meretriz barata de quatro dólares. A minha mãe disse que ela era assim, e a minha mãe tinha razão.

— Deixe-a em paz, Clayton — disse eu. — Por favor.

— Eu *quero* deixá-la em paz. Agora que a marquei, eu quero. Mas eis o que já disse a ela, sr. Amberson. Vou matar um de vocês. Ela me custou o emprego, sabe; tive de largar e ir para o hospital de tratamento de choque senão iam me prender. — Ele fez uma pausa. — Empurrei uma garota escada abaixo. Ela tentou me tocar. Tudo culpa desta cadela suja, esta bem aqui, sangrando no colo. Estou com o sangue dela nas mãos também. Vou precisar de desinfetante. — E ele riu.

— Clayton...

— Você tem três horas e meia. Até as sete e meia. Então porei duas balas nela. Uma na barriga, outra na boceta imunda.

Ao fundo, ouvi Sadie gritar.

— *Não faça isso, Jacob!*

— CALE A BOCA! — berrou Clayton para ela. — FECHE ESSA BOCA!

Então para mim, friamente coloquial:

— Quem é Jacob?

— Eu — respondi. — É o meu nome do meio.

— Ela chama você assim na cama quando chupa a sua pica, Pica Doce?

— Clayton. Johnny. Pense no que está fazendo.

— Estou pensando nisso há mais de um ano. Me deram tratamento de choque elétrico no hospital, sabe. Disseram que acabaria com os sonhos, mas não adiantou. Só piorou.

— Ela está muito cortada? Deixe eu falar com ela.

— Não.

— Se me deixar falar com ela, talvez eu faça o que quer. Se não me deixar, é quase certo que não farei. Está tão zonzo com o seu tratamento de choque que não entende isso?

Parecia que não. Houve um barulho de movimento no meu ouvido e depois Sadie falou. A voz dela estava aguda e trêmula.

— É fundo, mas não vai me matar. — Ela baixou a voz. — Ele quase acertou o olho...

Então Clayton voltou.

— Viu? A sua vagabundinha está bem. Agora você vai entrar no seu Chevrolet superveloz e sair daí tão depressa quanto o giro das rodas, que tal? Mas escute bem, sr. George Jacob Amberson Picadoce: se chamar a polícia, se eu vir uma única luz azul ou vermelha, mato esta cadela e depois me mato. Acredita nisso?

— Acredito.

— Ótimo. Estou vendo aqui uma equação em que os valores se equilibram: o picadoce e a bocetassuja. Estou no meio. Sou o sinal de igual, Amberson, mas você tem de decidir. Que valor vai ser riscado? A escolha é sua.

— *Não!* — gritou ela. — *Não! Se você vier aqui ele vai matar nós d...*

O telefone desligou no meu ouvido.

5

Até então eu disse a verdade e aqui vou dizer a verdade mesmo que lance sobre mim a pior luz possível: o meu primeiro pensamento quando a minha mão dormente repôs o fone no gancho foi que ele estava errado, que os valores *não* se equilibravam. Num prato da balança, estava uma linda bibliotecária de escola secundária. No outro estava um homem que conhecia o futuro e, pelo menos em teoria, tinha o poder de mudá-lo. Por um segundo, parte minha pensou realmente em sacrificar Sadie e cruzar a cidade para observar o beco que corria entre a avenida Oak Lawn e o bulevar Turtle Creek para descobrir se o homem que mudara a história americana estava sozinho.

Então entrei no meu Chevy e segui para Jodie. Assim que cheguei à rodovia 77, grudei o velocímetro em 110 e o deixei lá. Enquanto dirigia, abri os fechos da pasta, peguei a arma e a pus no bolso do meu paletó esporte.

Percebi que teria de envolver Deke nisso. Ele estava velho e não tinha mais firmeza nos pés, mas simplesmente não havia mais ninguém. Ele gostaria de ser envolvido, disse eu com os meus botões. Amava Sadie. Eu via isso na cara dele toda vez que a olhava.

E ele já teve a vida dele, disse a minha mente fria. *Ela, não. Seja como for, ele terá a mesma probabilidade que o lunático lhe deu. Ele não tem de ir.*

Mas ele iria. Às vezes, as coisas que nos são apresentadas como escolhas não são escolhas de jeito nenhum.

Nunca desejei tanto o meu celular há tanto tempo sumido quanto naquela viagem de Dallas a Jodie. O melhor que pude fazer foi uma cabine telefônica num posto de gasolina na SR 109, cerca de um quilômetro depois do outdoor de futebol. Na outra ponta, o telefone tocou três vezes... quatro... cinco...

Quando eu estava prestes a desligar, Deke disse:

— Alô? Alô? — Parecia irritado e sem fôlego.

— Deke? É George.

— Oi, garoto! — Agora a versão dessa noite de Bill Turcotte (daquela peça popular e comprida chamada *O marido homicida*) soou contente em vez de irritada. — Eu estava no meu jardinzinho ao lado da casa. Quase deixei tocar, mas aí...

— Fique quieto e escute. Aconteceu uma coisa péssima. Ainda está acontecendo. Sadie já foi ferida. Talvez muito.

Houve uma breve pausa. Quando voltou a falar, Deke soava mais jovem: como o homem rijo que sem dúvida fora quarenta anos e duas esposas antes. Ou talvez fosse apenas esperança. Naquela noite, esperança e um homem de sessenta e muitos anos eram tudo o que eu tinha.

— Você está falando do marido dela, não é? A culpa é minha. Acho que o vi, mas foi semanas atrás. E o cabelo dele estava muito mais comprido do que na foto do livro de formatura. E de outra cor. Estava quase *laranja*. — Uma pausa momentânea e depois uma expressão que nunca o ouvira dizer. — *Puta que pariu!*

Eu lhe contei o que Clayton queria e o que eu me propunha a fazer. Era um plano bastante simples. O passado se harmoniza? Beleza, que se harmonizasse. Eu sabia que Deke podia ter um enfarte — Turcotte tivera —, mas não ia deixar que isso me detivesse. Eu não deixaria nada me deter. Era Sadie.

Esperei que ele me perguntasse se não era melhor recorrer à polícia, mas é claro que ele sabia que não. Doug Reems, o policial de Jodie, tinha a vista ruim, usava aparelho numa das pernas e era ainda mais velho do que Deke. E Deke também não perguntou por que eu não ligara de Dallas para a polícia estadual. Se perguntasse, eu lhe diria que acreditava que Clayton falava a sério sobre matar Sadie se visse uma única luz piscar. Era verdade, mas não a razão real. Eu mesmo queria cuidar do filho da puta.

Estava zangadíssimo.

— A que horas ele espera que você chegue, George?

— No máximo sete e meia.

— E agora são... quinze para as sete, pelo meu relógio. O que nos dá um fiapo de tempo. A rua atrás da Bee Tree é Apple alguma coisa. Não me lembro direito. É lá que você vai estar?

— Isso. Na casa atrás da casa dela.

— Encontro você lá em cinco minutos.

— Claro, se dirigir feito um lunático. Melhor dez. E leve um adereço, algo que ele consiga ver da janela da sala se olhar para fora. Não sei, talvez...

— Uma terrina serve?

— Serve. Vejo você lá em dez minutos.

Antes que eu desligasse, ele perguntou:

— Você está armado?

— Estou.

A resposta dele foi quase um rosnado de cachorro.

— Ótimo.

6

A rua atrás da casa de Doris Dunning era a travessa Wyemore. A rua atrás da de Sadie era a Apple Blossom. O número 202 da Wyemore estava à venda. O número 140 da Apple Blossom não tinha placa VENDE-SE no jardim, mas estava escura e o gramado malcuidado, cheio de dentes-de-leão. Estacionei na frente e olhei o relógio. Seis e cinquenta.

Dois minutos depois, Deke parou a sua Ranch Wagon atrás do meu Chevy e desceu do carro. Usava jeans, camisa xadrez e gravata fininha. Nas mãos, segurava uma terrina com uma estampa de flor na lateral. A tampa era de vidro e parecia conter uns três ou quatro litros de ensopadinho.

— Deke, nem sei como agrade...

— Não mereço agradecimento, mereço um chute rápido nos fundilhos. No dia em que o vi, ele estava saindo da Western Auto na hora em que eu estava entrando. Tinha de ser Clayton. Era um dia de vento. Uma lufada soprou o cabelo dele para trás e vi aquela entrada na têmpora só por um segundo. Mas o cabelo... comprido e de outra cor... ele estava com roupa de caubói... caramba. — Ele balançou a cabeça. — Estou ficando velho. Se Sadie se machucar, nunca me perdoarei.

— Está se sentindo bem? Sem dor no peito nem nada parecido?

Ele me olhou como se eu estivesse maluco.

— Vamos ficar aqui discutindo a minha saúde ou vamos tentar tirar Sadie da enrascada em que ela está?

— Vamos fazer mais do que tentar. Contorne o quarteirão até a casa dela. Enquanto você faz isso, vou cortar caminho por este quintal, passar pela sebe e entrar pelos fundos da casa de Sadie. — É claro que eu estava pensando na casa dos Dunning na rua Kossuth, mas enquanto falava me lembrei que havia uma sebe no fundo do quintal minúsculo de Sadie. Eu a vira muitas vezes. — Você bate e diz algo alegre. Bem alto para eu escutar. Nisso já estarei na cozinha.

— E se a porta dos fundos estiver trancada?

— Ela guarda a chave debaixo do degrau.

— Tudo bem. — Deke pensou um momento, a testa franzida, e ergueu a cabeça. — Direi "Avon chama, entrega especial de ensopadinho". E erguer a terrina, para ele me ver pela janela da sala, se olhar. Isso serve?

— Serve. Só quero que você o distraia alguns segundos.

— Não atire se houver qualquer possibilidade de atingir Sadie. Agarre o canalha. Vai dar tudo certo. O sujeito que vi era magro como um varapau.

Olhamos um para o outro, meio lúgubres. Esse tipo de plano podia dar certo em *Gunsmoke* ou *Maverick*, mas ali era a vida real. E na vida real os mocinhos — e as mocinhas — às vezes levam um chute na bunda. Ou morrem.

7

O quintal atrás da casa da rua Apple Blossom não era igual ao que ficava atrás da casa dos Dunning, mas havia semelhanças. Por exemplo, havia uma casinha de cachorro, mas sem nenhuma placa escrito FEITA PARA O SEU LULU. Em vez disso, pintadas com mão instável de criança acima da entrada redonda em forma de porta, estavam as palavras CAZA DO BUTCH. E nada de crianças atrás de gostosuras ou travessuras. Estação errada.

No entanto, a sebe parecia igualzinha.

Passei por ela, mal notando os arranhões que os ramos rígidos riscaram nos meus braços. Atravessei o quintal de Sadie correndo agachado e experimentei a porta. Trancada. Tateei debaixo do degrau, com certeza de que a chave teria sumido porque o passado se harmonizava mas era obstinado.

Ela estava lá. Pesquei-a, a pus na fechadura e apliquei uma pressão lenta e crescente. Houve um leve ruído dentro da porta quando a lingueta se soltou. Endureci, esperando um grito de alarme. Não veio nenhum. A luz estava acesa na sala, mas não ouvi vozes. Talvez Sadie já estivesse morta e Clayton, sumido.

Deus, por favor, não.

Mas, assim que abri a porta, o escutei. Ele falava em voz alta e monótona, parecendo Billy James Hargis depois de tomar tranquilizantes. Dizia que ela era uma meretriz, que arruinara a vida dele. Ou talvez fosse da garota que tentara tocá-lo que ele falava. Para Johnny Clayton, eram todas iguais: transmissoras de doenças famintas de sexo. Era preciso impor a lei. E, claro, a vassoura.

Tirei os sapatos e os deixei no linóleo. A luz estava acesa sobre a pia. Verifiquei a minha sombra para me assegurar de que ela não me precederia na porta. Tirei a arma do bolso do paletó esporte e comecei a atravessar a cozinha, na intenção de ficar ao lado da porta da sala até ouvir *Avon chama!* Então entraria correndo.

Só que não foi assim que aconteceu. Quando Deke gritou, não havia alegria nenhuma no grito. Foi um grito de fúria chocada. E não foi diante da porta da frente; foi bem dentro da casa.

— *Meu Deus! Sadie!*

Depois disso, tudo aconteceu muito, muito depressa.

8

Clayton forçara a fechadura da porta da frente, e ela não fechava. Sadie não notou, mas Deke, sim. Em vez de bater, ele a abriu e entrou com a terrina nas mãos. Clayton continuava sentado no pufe com a arma ainda apontada para Sadie, mas deixara a faca no chão ao seu lado. Mais tarde, Deke disse que nem sabia que Clayton tinha uma faca. Duvido que tenha notado a arma. A atenção dele estava fixada em Sadie. A parte de cima do vestido azul estava agora de um marrom lamacento. O braço dela e o lado do sofá onde ele pendia estavam ambos cobertos de sangue. Mas o pior era o rosto dela, voltado para ele. A bochecha esquerda pendia em duas abas, como uma cortina rasgada.

— *Meu Deus! Sadie!* — O grito foi espontâneo, apenas puro choque.

Clayton se virou, o lábio superior torcido numa careta. Ergueu a arma. Vi isso quando irrompi pela porta entre a cozinha e a sala. E vi Sadie estender o pé, chutando o pufe. Clayton disparou, mas a bala foi para o teto. Quando ele tentou se levantar, Deke jogou a terrina. A tampa caiu. Macarrão, carne moída, pimentões e molho de tomate se espalharam num leque. O prato, ainda cheio até mais da metade, bateu no braço direito de Clayton. O ensopadinho se derramou. A arma saiu voando.

Vi o sangue. Vi o rosto arruinado de Sadie. Vi Clayton agachado no tapete manchado de sangue e ergui a minha arma.

— *Não!* — gritou Sadie. — *Não, não, por favor, não!*

Isso limpou a minha cabeça como um tapa. Se eu o matasse, seria submetido à investigação da polícia, por mais justificado que fosse o homicídio. A minha identidade de George Amberson desmoronaria e toda possibilidade que tinha de impedir o assassinato em novembro sumiria. E, na verdade, que justificativa eu tinha? O homem estava desarmado.

Ou assim pensei, porque também não vi a faca. Ela estava escondida pelo pufe virado. Mesmo que estivesse à vista, talvez eu não a enxergasse.

Pus a arma de volta no bolso e o levantei.

— Você não pode me bater! — Voou cuspe dos lábios dele. Os olhos adejaram como os de um homem em convulsão. A urina escorreu; escutei-a pingar no tapete. — Sou doente mental, não sou responsável, não posso ser responsabilizado, tenho um certificado, está no porta-luvas do meu carro, vou lhe mostrar...

O queixume da voz dele, o terror abjeto no seu rosto agora que estava desarmado, o modo como o cabelo tingido de louro-alaranjado pendia em mechas, até o cheiro do ensopadinho... todas essas coisas me enraiveceram. Mas principalmente foi Sadie, encolhida no sofá e encharcada de sangue. O cabelo dela se soltara, e do lado esquerdo pendia num coágulo ao lado do rosto gravemente ferido. Ela usaria a cicatriz no mesmo lugar onde Bobbi Jill usava o fantasma da dela, era claro que sim, o passado se harmoniza, mas o ferimento de Sadie parecia muito, muito pior.

Dei-lhe um tapa no lado direito do rosto, com força suficiente para fazer voar cuspe do lado esquerdo da boca.

— *Seu maluco fodido, esse é pela vassoura!*

Voltei pelo outro lado, dessa vez derrubando cuspe do lado direito da boca e adorando o seu uivo do jeito amargo e infeliz reservado apenas para as piores coisas, aquelas em que o mal é grande demais para ser retribuído. Ou mesmo perdoado.

— *Esse é por Sadie!*

Fechei o punho. Num outro mundo, Deke berrava ao telefone. E esfregava o peito do jeito que Turcotte esfregava o dele? Não. Pelo menos, ainda não. Naquele mesmo outro mundo, Sadie gemia.

— *E esse é por mim!*

Avancei o punho e — eu disse que falaria a verdade, cada pedacinho dela —, quando o nariz dele rachou, o seu grito de dor foi música para os meus ouvidos. Deixei-o ir e ele desmoronou no chão.

Então me virei para Sadie.

Ela tentou sair do sofá e caiu de volta. Tentou erguer os braços para mim, mas também não conseguiu. Eles caíram na bagunça encharcada do vestido. Os olhos começaram a subir e tive certeza de que desmaiaria, mas ela se segurou.

— Você veio — sussurrou. — Ah, Jake, você veio me salvar. Vocês dois vieram.

— Travessa Bee Tree! — gritou Deke ao telefone. — Não, não sei o número, não me lembro, mas vocês vão ver um velho com ensopadinho no sapato do lado de fora, agitando os braços! Depressa! Ela perdeu muito sangue!

— Fique parada — disse eu. — Não tente...

Os olhos dela se arregalaram. Ela olhava por cima do meu ombro.

— Cuidado! Jake, cuidado!

Virei o corpo, remexendo o bolso atrás da arma. Deke também se virou, segurando o fone com ambas as mãos deformadas pela artrite como se fosse um bastão. Mas, embora Clayton tivesse pego a faca que usara para desfigurar Sadie, os seus dias de atacar os outros tinham acabado. Quer dizer, os outros menos ele.

Foi outra cena que eu já representara, esta na avenida Greenville, não muito depois de chegar ao Texas. Não havia Muddy Waters berrando no Rosa do Deserto, mas havia outra mulher gravemente ferida e outro homem sangrando de outro nariz quebrado, a camisa para fora das calças e caindo quase até os joelhos. Segurava uma faca em vez de uma arma de fogo, mas fora isso era igualzinho.

— Não, Clayton! — berrei. — Baixe isso!

Os olhos dele, visíveis entre as mechas de cabelo alaranjado, estavam arregalados quando fitou a mulher tonta que quase desmaiava no sofá.

— É isso o que quer, Sadie? — gritou. — Se é o que você quer, vou lhe dar o que você quer!

Sorrindo desesperado, ele ergueu a faca até a garganta... e cortou.

QUINTA PARTE

22/11/63

CAPÍTULO 23

1

Do *Morning News*, de Dallas, 11 de abril de 1963 (página 1):

ATIRADOR TENTA MATAR WALKER
Eddie Hughes

Um atirador com um fuzil de alta potência tentou matar o general de brigada Edwin A. Walker em sua casa na noite de quarta-feira, segundo a polícia, e, por menos de uma polegada, não acertou o controvertido ex-combatente.

Walker elaborava a sua declaração do imposto de renda às nove da noite quando a bala entrou pela janela dos fundos e se cravou numa parede perto dele.

A polícia disse que, provavelmente, um leve movimento de Walker lhe salvou a vida.

— Alguém tinha mirado com perfeição — disse o detetive Ira Van Cleave. — Quem quer que fosse, sem dúvida pretendia matá-lo.

Walker tirou da manga direita vários fragmentos do revestimento do projétil e ainda extraía do cabelo cacos de vidro e restos da bala quando os repórteres chegaram.

O general declarou que voltara ao lar em Dallas na segunda-feira, depois da primeira palestra de uma série chamada "Operação Cavalgada da Meia-Noite". Ele também contou aos repórteres...

499

Do *Morning News*, de Dallas, 12 de abril de 1963 (página 7):

DOENTE MENTAL FERE EX-ESPOSA E SE MATA
Mack Dugas

(JODIE) Na noite de quarta-feira, o diretor "Deke" Simmons, de 77 anos, chegou tarde demais para salvar Sadie Dunhill de ser ferida, mas a situação poderia ter ficado muito pior para a conhecida bibliotecária de 28 anos da Denholm Consolidated School District.

De acordo com Douglas Reems, policial de Jodie, "se Deke não chegasse quando chegou, é quase certo que a srta. Dunhill fosse assassinada". Quando entrevistado pelos repórteres, Simmons só declarou: "Não quero falar sobre isso, já passou."

De acordo com o policial Reems, Simmons dominou John Clayton, bem mais jovem, e lhe arrancou o pequeno revólver. Clayton, então, puxou a faca com que ferira a ex-esposa e a usou para cortar a própria garganta. Simmons e outro homem, George Amberson, de Dallas, tentaram interromper a hemorragia, sem sucesso. Clayton foi declarado morto na cena do crime.

O sr. Amberson, ex-professor da escola distrital Denholm Consolidated que chegou pouco depois de Clayton ser desarmado, não foi encontrado para entrevistas, mas, na cena do crime, disse ao policial Reems que Clayton, doente mental em tratamento, podia estar vigiando a ex-esposa há meses. A equipe da Denholm Consolidated High School fora avisada e a diretora Ellen Dockerty obteve uma fotografia, mas dizem que Clayton disfarçou a sua aparência.

A srta. Dunhill foi levada de ambulância para o Parkland Memorial Hospital, em Dallas, onde o seu estado foi considerado estável.

2

Eu só consegui vê-la no sábado. Passei a maior parte das horas decorridas até lá na sala de espera, com um livro que não conseguia ler. O que era bom, porque tive muita companhia — a maioria dos professores da DCHS apareceu para ver como Sadie estava, assim como quase uma centena de alunos, os que não tinham carteira de motorista levados a Dallas pelos pais. Muitos ficaram para doar sangue e substituir as bolsas que Sadie usara. Logo a minha pasta estava lotada de cartões de boa recuperação e bilhetes preocupados. Havia flores suficientes para a sala das enfermeiras parecer uma estufa.

Achei que me acostumara a viver no passado, mas ainda assim me choquei com o quarto de Sadie no Parkland quando finalmente me permitiram entrar. Era um quarto individual, quente demais e quase do tamanho de um armário. Não havia banheiro; um feio vaso sanitário que só um anão conseguiria usar com conforto se acocorava no canto, com uma cortina de plástico semiopaco para puxar (e dar semiprivacidade). Em vez de botões para erguer e baixar a cama, havia uma manivela, a tinta branca desgastada por muitas mãos. É claro que não havia monitores mostrando sinais vitais gerados por computador nem televisor para o paciente.

Uma única garrafa de vidro com alguma coisa — talvez soro fisiológico — pendia de uma haste de metal. Um tubo ia dela até as costas da mão esquerda de Sadie, onde desaparecia debaixo de uma atadura volumosa.

Mas não tão volumosa quanto a que se enrolava no lado esquerdo da cabeça. Um feixe de cabelo fora cortado desse lado, dando-lhe uma aparência torta e castigada... e é claro que ela fora castigada. Os médicos tinham deixado uma fenda minúscula para o olho. Esse e o outro do lado não ferido nem enfaixado do rosto se abriram quando ela ouviu os meus passos e, embora estivesse dopada, aqueles olhos registraram um raio momentâneo de terror que me apertou o coração.

Então, cansada, ela virou o rosto para a parede.

— Sadie... querida, sou eu.

— Oi, eu — disse ela, sem se virar.

Toquei-lhe o ombro, que o avental deixara nu, e ela o afastou de mim.

— Por favor, não me olhe.

— Sadie, isso não importa.

Ela se virou para mim. Olhos tristes e carregados de morfina me olharam, um deles espiando por uma vigia de gaze. Uma mancha feia, vermelho-amarelada, escorria pelas ataduras. Supus que sangue e algum tipo de pomada.

— Importa, sim — respondeu ela. — Não é como o que aconteceu com Bobbi Jill. — Ela tentou sorrir. — Sabe como é uma bola de beisebol, todos aqueles pontos vermelhos? É assim que Sadie está agora. Eles sobem, descem e dão a volta toda.

— Vão sumir.

— Você não entende. Ele cortou a minha bochecha toda, até dentro da boca.

— Mas você está viva. E amo você.

— Diga isso quando tirarem as ataduras — disse ela com a voz baça e dopada. — A noiva de Frankenstein vai ficar parecida com Liz Taylor.

Peguei a mão dela.

— Certa vez eu li uma coisa...

— Acho que não estou muito disposta a discussões literárias, Jake.

Ela tentou se virar para longe de novo, mas segurei a mão dela.

— Era um provérbio japonês. "Quando há amor, marcas de varíola são lindas como covinhas." Vou amar o seu rosto, não importa como fique. Porque ele é seu.

Ela começou a chorar, e a segurei até que se acalmou. Na verdade, achei que tinha adormecido, até que disse:

— Sei que a culpa é minha, eu me casei com ele, mas...

— Não é culpa sua, Sadie, você não sabia.

— Eu sabia que havia algo errado com ele. Ainda assim, fui em frente. Acho que foi principalmente porque a minha mãe e o meu pai queriam muito. Eles ainda não vieram, e estou contente. Porque também ponho a culpa neles. É horrível, não é?

— Enquanto estiver distribuindo culpas, guarde uma porção para mim. Vi aquele maldito Plymouth dele pelo menos duas vezes bem na minha frente e talvez mais algumas com o canto do olho.

— Você não precisa se sentir culpado por isso. O detetive da polícia estadual e o *ranger* do Texas que me interrogaram disseram que a mala do carro de Johnny estava cheia de placas. Disseram que provavelmente ele as roubou em postos de gasolina. E tinha um monte de plásticos, como é que você chama...

— Adesivos. — Pensei no que me enganara naquela noite no Candlewood. AVANTE, SOONERS. Cometera o erro de desdenhar a visão repetida do Plymouth branco e vermelho como mais uma harmonia do passado apenas. Eu devia saber que não. Eu teria sabido se metade da minha cabeça não estivesse em Dallas com Lee Oswald e o general Walker. E se a culpa tinha importância, também havia uma porção para Deke. Afinal de contas, ele vira o homem, registrara aquelas depressões na lateral da cabeça.

Deixe para lá, pensei. *Aconteceu. Não pode ser desfeito.*

Na verdade, podia.

— Jake, a polícia sabe que você não é... quem você diz que é?

Afastei o cabelo do lado direito do rosto dela, onde ainda estava comprido.

— Estou bem nesse quesito.

Deke e eu tínhamos sido interrogados pelos mesmos policiais que interrogaram Sadie antes que os médicos a levassem para a sala de operações. O detetive da polícia estadual nos dera uma morna reprimenda sobre homens que assistem a faroeste demais na TV. O *ranger* reforçou, depois apertou a nossa mão e disse: "No lugar dos senhores, eu teria feito exatamente a mesma coisa."

— Deke praticamente me deixou de fora. Ele quer garantir que o conselho escolar não implique com o seu retorno no ano que vem. Para mim, parece inacreditável que ser cortada por um lunático possa provocar demissão devido à torpeza moral, mas Deke acha que é melhor que...

— Não posso voltar. Não vou aguentar os garotos me olhando do jeito que estou agora.

— Sadie, se você soubesse quantos já vieram aqui...

— É muita gentileza, tem muita importância, e são eles mesmos que eu não conseguiria encarar. Não entende? Acho que lidaria bem com os que riem e fazem piadas. Na Geórgia, dei aulas com uma mulher que tinha lábio leporino e aprendi muito com o jeito como ela lidava com a crueldade adolescente. São os outros que acabariam comigo. Os bem-intencionados. Os olhares de solidariedade... e aqueles que não aguentam olhar. — Ela inspirou trêmula e profundamente e depois explodiu: — Também estou *zangada*. Sei que a vida é dura, acho que no fundo *todo mundo* sabe disso, mas por que tem de ser cruel também? Por que tem de *morder*?

Abracei-a. O lado não marcado do rosto estava quente e latejava.

— Não sei, querida.

— Por que não há segunda chance?

Abracei-a. Quando a respiração dela ficou regular, soltei-a e me levantei em silêncio para ir embora. Sem abrir os olhos, ela disse:

— Você me falou que havia algo a que tinha de assistir na noite de quarta-feira. Acho que não era Johnny Clayton cortando a própria garganta, era?

— Não.

— Você perdeu?

Pensei em mentir, não menti.

— Perdi.

Agora os olhos dela se abriram, mas foi uma luta e não ficariam abertos muito tempo.

— Você terá uma segunda chance?

— Não sei. Não importa.

Isso não era verdade. Porque importaria para a esposa e os filhos de John Kennedy; importaria para os seus irmãos; talvez para Martin Luther King;

quase certamente para as dezenas de milhares de jovens americanos que estavam agora no curso secundário e que, se nada mudasse o rumo da história, seriam convidados a vestir a farda, voar para o outro lado do mundo, abrir as bochechas inferiores e se sentar no grande consolo verde que foi o Vietnã.

Ela fechou os olhos. Saí do quarto.

3

Não havia alunos atuais da DCHS no saguão quando saí do elevador, mas havia um casal de ex-alunos. Mike Coslaw e Bobbi Jill Allnut estavam sentados em cadeiras de plástico rígido com revistas não lidas no colo. Mike pulou de pé e apertou a minha mão. De Bobbi Jill, ganhei um abraço bom e forte.

— É muito grave? — perguntou ela. — Quero dizer — ela esfregou a ponta dos dedos na própria cicatriz que sumia —, pode ser consertada?

— Não sei.

— Conversou com o dr. Ellerton? — perguntou Mike. Ellerton, considerado o melhor cirurgião plástico do centro do Texas, era o médico que fizera a sua mágica em Bobbi Jill.

— Esta tarde ele está no hospital fazendo a ronda. Deke, a dona Ellie e eu temos uma consulta marcada daqui a... — conferi o relógio — 20 minutos. Vocês dois querem vir?

— Claro — disse Bobbi Jill. — Sei que ele consegue dar um jeito. Ele é um gênio.

— Então, venham. Vejamos o que o gênio pode fazer.

Mike deve ter lido o meu rosto, porque apertou o meu braço e disse:

— Talvez não seja tão ruim quanto pensa, sr. A.

4

Era pior.

Ellerton nos passou as fotografias — nítidas, lustrosas, em preto e branco, que me fizeram lembrar de Weegee e Diane Arbus. Bobbi Jill levou um susto e virou o rosto. Deke grunhiu baixinho, como se levasse um golpe. A dona Ellie as folheou estoicamente, mas perdeu toda cor, a não ser pelas duas bolas de ruge que chamejavam no rosto.

Nas duas primeiras, a bochecha de Sadie pendia em abas esfarrapadas. Isso eu vira na noite de quarta-feira e estava preparado. Mas não estava preparado para a boca caída de vítima de derrame e a bolsa frouxa de carne sob o olho esquerdo. Elas a deixavam com uma cara de palhaço que me deu vontade de bater a cabeça na mesa da salinha de reuniões de que o médico se apropriara para o nosso encontro. Ou talvez — seria melhor — correr até o necrotério onde jazia Johnny Clayton para surrá-lo mais um pouco.

— Quando os pais dessa moça chegarem hoje à noite — disse Ellerton — terei de ser esperançoso e cheio de tato, porque os pais merecem tato e esperança. — Ele franziu a testa. — Embora fosse de se esperar que viessem antes, dada a gravidade do estado da sra. Clay...

— Srta. Dunhill — disse Ellie, com calma selvageria. — Ela estava legalmente divorciada daquele monstro.

— Sim, claro, obrigado pela correção. Seja como for, vocês são amigos dela e acredito que mereçam menos tato e mais verdade. — Ele olhou friamente uma das fotografias e batucou a bochecha rasgada de Sadie com uma unha curta e limpa. — Isso pode ser melhorado, mas nunca consertado. Não com as técnicas à minha disposição. Talvez daqui a um ano, quando o tecido sarar completamente, eu consiga consertar o pior da assimetria.

As lágrimas começaram a correr pelo rosto de Bobbi Jill. Ela segurou a mão de Mike.

— O dano permanente à sua aparência é infeliz — disse Ellerton —, mas há outros problemas também. O nervo facial foi cortado. Ela terá dificuldade para comer com o lado esquerdo da boca. O olho caído que veem nessas fotografias ficará assim pelo resto da vida, e o duto lacrimal foi parcialmente seccionado. Mas a visão talvez não seja prejudicada. Esperemos que não.

Ele suspirou e abriu as mãos.

— Dada a promessa de técnicas maravilhosas como a microcirurgia e a regeneração nervosa, talvez consigamos fazer mais em casos assim daqui a vinte ou trinta anos. Por enquanto, o máximo que posso dizer é que farei todo o possível para consertar o que for consertável.

Mike falou pela primeira vez. A sua voz estava amarga.

— Uma pena que a gente não esteja em 1990, né?

5

Foi um grupinho calado e desanimado que saiu do hospital naquela tarde. Na entrada do estacionamento, a dona Ellie tocou a minha manga.

— Eu devia ter lhe dado ouvidos, George. Sinto muito, muitíssimo.

— Não sei se faria diferença — disse eu —, mas se quiser me compensar, peça a Freddy Quinlan que me telefone. Ele é o corretor de imóveis que me ajudou quando vim para Jodie. Quero ficar perto de Sadie neste verão, e isso significa que preciso alugar uma casa.

— Você pode ficar comigo — disse Deke. — Tenho muito espaço.

Virei-me para ele.

— Tem certeza?

— Você me faria um favor.

— Gostaria de pagar...

Ele fez um gesto de desdém.

— Você paga em mantimentos. Isso resolve.

Ele e Ellie tinham ido no Ranch Wagon de Deke. Observei-os sair com o carro e depois me arrastei até o meu Chevrolet, que agora, talvez injustamente, parecia um carro que dava azar. Nunca eu quisera menos voltar à rua West Neely, onde sem dúvida ouviria Lee descontar em Marina o seu desapontamento por não ter acertado o general Walker.

— Sr. A.? — Era Mike. Bobbi Jill estava alguns passos atrás, com os braços cruzados com força sob os seios. Parecia fria e infeliz.

— Diga, Mike.

— Quem vai pagar a conta do hospital da srta. Dunhill? E todas aquelas cirurgias de que ele falou? Ela tem seguro?

— Tem. — Mas não chegava nem perto, não para uma coisa daquelas. Pensei nos pais dela, mas o fato de ainda não terem aparecido era preocupante. Não poderiam culpá-la pelo que Clayton fizera... poderiam? Não via como, mas eu viera de um mundo no qual as mulheres, na maior parte, eram tratadas como iguais. Mil novecentos e sessenta e três nunca parecera tanto um país estrangeiro quanto naquele momento.

— Ajudarei o máximo que puder — disse eu, mas quanto seria isso? A minha reserva de dinheiro era suficiente para me sustentar durante mais alguns meses, mas não para pagar meia dúzia de cirurgias de reconstrução facial. Eu não queria voltar à Financeira Fé na avenida Greenville, mas achei que voltaria se precisasse. O Kentucky Derby aconteceria dali a menos de um mês e, de acordo com a seção de corridas das anotações de Al, o vencedor seria Chateaugay, um azarão. Uma aposta de mil poderia produzir sete ou oito mil, suficientes para cuidar da estada de Sadie no hospital e, a preços de 1963, pelo menos algumas cirurgias posteriores.

— Tenho uma ideia — disse Mike, depois olhou por sobre o ombro. Bobbi Jill lhe deu um sorriso encorajador. — Quer dizer, Bobbi Jill e mim, a gente tivemos.

— Bobbi Jill e eu tivemos, Mike. Você não é mais criança, não fale como se fosse.

— Claro, claro, desculpe. Se o senhor puder voltar à lanchonete por uns dez minutos, nós explicamos.

Fui. Tomamos café. Escutei a ideia deles. E concordei. Às vezes, quando o passado se harmoniza, o sábio pigarreia e canta junto.

6

Houve uma baita discussão no apartamento em cima do meu naquela noite. Baby June contribuiu com a sua opinião, berrando a mais não poder. Não me dei ao trabalho de escutar; de qualquer forma, o berreiro seria quase todo em russo. Então, por volta das oito, caiu um silêncio desacostumado. Supus que tinham ido dormir cerca de duas horas mais cedo do que de hábito, e foi um alívio.

Pensava em eu mesmo ir dormir quando o iate do Cadillac dos Mohrenschildt parou no meio-fio. Jeanne deslizou para fora; George pulou do carro com o seu eterno élan de boneco de mola. Ele abriu a porta traseira do lado do motorista e tirou um grande coelho de uma improvável pelúcia roxa. Pela fenda das cortinas, fiquei um instante boquiaberto com isso até que a ficha caiu: o dia seguinte era domingo de Páscoa.

Eles seguiram para a escada externa. Ela andava; George, à frente, trotava. As suas pisadas retumbantes nos degraus decrépitos abalaram o prédio inteiro.

Ouvi vozes espantadas sobre a minha cabeça, abafadas mas claramente questionadoras. Pisadas correram pelo meu teto, fazendo chocalhar a luminária da sala. Será que os Oswald acharam que era a polícia de Dallas chegando para uma prisão? Ou talvez um dos agentes do FBI que tinham vigiado Lee enquanto ele e a família moravam na rua Mercedes? Torci para o coração do canalhinha estar na garganta, sufocando-o.

Houve um alvoroço de batidas à porta no alto da escada e Mohrenschildt gritou jovialmente:

— Abra, Lee! Abra, seu pagão!

A porta se abriu. Pus os fones mas não ouvi nada. Então, bem na hora em que decidia se experimentava o microfone no Tupperware, Lee ou Marina ligou o abajur com o microfone. Funcionava outra vez, pelo menos por enquanto.

— ... para o bebê — dizia Jeanne.

— Ah, obrigada! — disse Marina. — Muito obrigada, Jeanne, muito gentil!

— Não fique aí parado, camarada, nos ofereça alguma coisa para beber! — disse Mohrenschildt. Soava como se já tivesse tomado algumas doses.

— Só tenho chá — respondeu Lee. Ele soava petulante e semidesperto.

— Chá está ótimo. Tenho aqui no bolso algo que vai acordá-lo. — Quase o vi piscar.

Marina e Jeanne passaram a falar russo. Lee e Mohrenschildt, as passadas mais pesadas inconfundíveis, foram na direção da cozinha, onde eu sabia que não os escutaria. As mulheres estavam perto do abajur e as vozes delas encobririam a conversa dos homens.

Então Jeanne, em inglês:

— Ah, céus, isso é uma *arma*?

Tudo parou, inclusive — assim pareceu — o meu coração.

Marina riu. Era um risinho tilintante de coquetel, hahaha, artificial pra diabo.

— Ele perde emprego, não temos dinheiro, e essa pessoa maluca compra espingarda. Eu digo, guarda armário, seu idiota maluco, para não atrapalhar gravidez.

— Só quero praticar tiro ao alvo, só isso — disse Lee. — Eu era muito bom nos fuzileiros. Nunca errava o alvo.

Outro silêncio. Pareceu durar para sempre. Então, a grande risada amistosa de Mohrenschildt ribombou.

— Vamos lá, nem tente enrolar um enrolador. Como foi que errou, Lee?

— Não sei do que está falando.

— Do general Walker, rapaz! Alguém quase espalhou aquele cérebro odiador de negros pela parede do escritório naquela casa dele na Turtle Creek. Quer dizer que não sabia?

— Não tenho lido jornal ultimamente.

— É? — perguntou Jeanne. — O que estou vendo naquele tamborete não é o *Times Herald*?

— Quis dizer que não leio as notícias. Deprimentes demais. Só os quadrinhos e os anúncios de emprego. O Grande Irmão diz: arrume emprego senão o bebê passa fome.

— Então não foi você que errou aquele tiro à queima-roupa, é? — perguntou Mohrenschildt.

Implicando com ele. *Provocando.*

A questão era o porquê. Porque nem nos sonhos mais loucos Mohrenschildt acreditaria que um pobre coitado como Ozzie Coelho era o atirador da noite de quarta-feira... ou porque sabia que era? Talvez porque Jeanne notara a espingarda? Desejei de todo coração que as mulheres não estivessem lá. Se pudesse escutar Lee e o seu peculiar amigo conversarem de homem para homem, as minhas perguntas talvez fossem respondidas. Daquela maneira, eu ainda não podia ter certeza.

— Acha que eu seria maluco a ponto de atirar em alguém com J. Edgar Hoover olhando por cima do meu ombro? — Parecia que Lee tentava entrar no espírito da coisa, Ria com George em vez de Cante com Mitch, mas não fazia um serviço muito bom.

— Ninguém acha que você atirou em alguém — disse Jeanne, com voz calmante. — Basta prometer que, quando a menina começar a andar, você vai arranjar um lugar mais seguro do que o armário para guardar essa sua espingarda.

Marina respondeu a isso em russo, mas eu já dera uma olhada no bebê de vez em quando no jardim lateral e sabia o que ela estava dizendo — que June já andava.

— Junie gostará do lindo presente — disse Lee —, mas não comemoramos a Páscoa. Somos ateus.

Talvez *ele* fosse, mas, de acordo com as anotações de Al — com a ajuda do seu admirador George Bouhe —, Marina batizara June secretamente mais ou menos na época da crise dos mísseis.

— Nós também — disse Mohrenschildt. — É por isso que comemoramos o Coelho de Páscoa! — Ele se aproximara do abajur e a sua gargalhada quase me ensurdeceu.

Eles conversaram mais dez minutos, misturando inglês e russo. Então, Jeanne disse:

— Agora vamos deixar vocês em paz. Acho que tiramos vocês da cama.

— Não, não, estávamos acordados — disse Lee. — Obrigado pela visita.

George disse:

— Logo conversamos, Lee, que tal? Vá ao clube de campo. Organizaremos uma reunião de garçons!

— Claro, claro. — Agora eles se deslocavam na direção da porta.

Mohrenschildt disse outra coisa, mas baixo demais para eu entender mais do que poucas palavras. Podia ser *pegou de volta*. Ou *levou uma volta*, embora eu achasse que essa gíria não era comum nos anos sessenta.

Quando o pegou de volta? Foi o que ele disse? Como se fosse *quando pegou a arma de volta?*

Toquei a fita de novo meia dúzia de vezes, mas com velocidade tão lenta simplesmente não havia como saber. Fiquei acordado muito depois de os Oswald irem dormir; ainda estava acordado às duas da madrugada, quando June chorou um pouco e foi ninada pela mãe de volta à terra dos sonhos. Pensava em Sadie, dormindo o sono inquieto da morfina no Hospital Parkland. O quarto era feio e a cama, estreita, mas eu seria capaz de dormir lá, isso eu tinha certeza.

Pensei em Mohrenschildt, aquele ator maníaco que rasgava camisas. *O que disse, George? O que disse ali no final? Foi* quando o pegou de volta? *Foi* nada digno de nota? *Foi* que isso não lhe dê uma volta? *Ou outra coisa sem nada a ver?*

Finalmente, dormi. E sonhei que estava num parque de diversões com Sadie. Chegamos a uma galeria de tiro ao alvo onde Lee estava com a espingarda enfiada no oco do ombro. O sujeito atrás do balcão era George de Mohrenschildt. Lee deu três tiros e não acertou nenhum.

— Sinto muito, filho — disse Mohrenschildt —, nada de prêmio para quem não acerta o alvo.

Depois, se virou para mim e sorriu.

— Adiante-se, filho, talvez você tenha mais sorte. *Alguém* vai matar o presidente, por que não você?

Acordei assustado com a primeira luz fraca do dia. Em cima de mim, os Oswald continuavam dormindo.

7

A tarde do domingo de Páscoa me encontrou de volta na Dealey Plaza, sentado num banco de praça, olhando o hostil cubo de tijolos do School Book Depository e me perguntando o que fazer em seguida.

Dali a dez dias, Lee deixaria Dallas e iria para Nova Orleans, a sua cidade natal. Arranjaria emprego lubrificando máquinas numa empresa cafeeira e alugaria o apartamento da rua Magazine. Depois de passar cerca de duas semanas com Ruth Paine e os filhos em Irving, Marina e June se juntariam a ele. Eu não os seguiria. Não com Sadie tendo de enfrentar um longo período de recuperação e um futuro incerto.

Eu mataria Lee entre esse domingo de Páscoa e o dia 24? Provavelmente poderia. Depois de perder o emprego na Jaggars-Chiles-Stovall, ele passava a maior parte do tempo no apartamento ou distribuindo folhetos de Tratamento Justo a Cuba no centro de Dallas. De vez em quando, ia à biblioteca pública, onde parecia ter desistido de Ayn Rand e Karl Marx a favor de faroestes de Zane Grey.

Matá-lo na rua ou na biblioteca da rua Young seria uma receita certa para a prisão instantânea, mas se o fizesse no apartamento do andar de cima enquanto Marina estava em Irving ajudando a melhorar o russo de Ruth Paine? Eu poderia bater à porta e enfiar uma bala na cabeça dele quando a abrisse. Serviço feito. Sem risco de errar o alvo à queima-roupa. O problema era o depois. Eu teria de fugir. Se não fugisse, seria a primeira pessoa que a polícia interrogaria. Afinal de contas, eu era o vizinho de baixo.

Eu poderia afirmar que não estava lá quando aconteceu, e talvez comprassem a ideia por algum tempo, mas quanto demoraria até descobrirem que o George Amberson da rua West Neely era o mesmo George Amberson que, pouco tempo antes, estivera presente numa cena de violência na travessa Bee Tree, em Jodie? Isso exigiria verificação, e a verificação logo revelaria que o certificado de professor de George Amberson vinha de uma fábrica de diplomas no Oklahoma e que as referências dele eram falsas. Nesse momento, seria bem provável que me prendessem. A polícia poderia obter um mandado para abrir o meu cofre de depósito se descobrissem que eu o tinha, e provavelmente descobririam. O meu banqueiro, sr. Richard Link, veria o meu nome e/ou foto no jornal e se apresentaria. O que a polícia entenderia das minhas memórias? Que eu tinha motivos para matar Oswald, por mais loucos que fossem.

Não, eu teria de fugir para a toca de coelho, abandonar o Chevy em algum ponto de Oklahoma ou Arkansas e depois pegar um trem ou ônibus. E, se voltasse a 2011, nunca poderia usar a toca de coelho de novo sem provocar um recomeço. Isso significaria deixar Sadie eternamente para trás, sozinha e desfigurada. É claro que ele fugiu de mim, pensaria ela. *Falou bonito sobre cicatrizes de varíola serem lindas como covinhas, mas assim que soube do prognóstico de Ellerton — feia agora, feia para sempre —, fugiu para as montanhas.*

Ela poderia até achar que não era culpa minha. Essa era a possibilidade mais podre de todas.

Mas não. Não. Eu podia pensar numa pior ainda. Suponhamos que eu voltasse a 2011 e descobrisse que, afinal de contas, Kennedy fora assassinado em 22 de novembro? Eu ainda não tinha certeza de que Oswald estava sozinho. Quem era eu para dizer que dez mil teóricos da conspiração estavam errados, ainda mais com base nos poucos fiapos de informação que toda a minha esprei-ta e perseguição tinham reunido?

Talvez eu verificasse a Wikipedia e descobrisse que o atirador estivera na encosta gramada, afinal de contas. Ou no telhado da combinação de cadeia e tribunal na rua Houston, armado com um fuzil de franco-atirador em vez de uma Mannlicher-Carcano comprada pelo correio. Ou escondido num esgoto da rua Elm, observando a aproximação de Kennedy com um periscópio, como afirmavam alguns entusiastas de conspirações mais malucas.

Mohrenschildt era algum tipo de agente da CIA. Até Al Templeton, que tinha quase certeza de que Oswald agira sozinho, admitia isso. Estava conven-cido de que era apenas um agente *menor* que repassava pequenas fofocas da América Central e do Sul para manter na superfície os seus vários negócios com petróleo. Mas e se fosse mais? A CIA detestara Kennedy desde que ele se recusara a mandar soldados americanos para apoiar os combatentes sitiados na baía dos Porcos. O seu trato cauteloso com a crise dos mísseis aprofundara esse ódio; os agentes quiseram usá-la como pretexto para acabar com a guerra fria de uma vez por todas, pois tinham certeza de que a propagandeada "desvanta-gem dos mísseis" era ficção. Podia-se ler muito disso nos jornais diários, às ve-zes nas entrelinhas das notícias, às vezes declarado francamente nos editoriais.

Suponhamos que alguns elementos mais ladinos da CIA tivessem con-vencido George de Mohrenschildt a assumir uma missão muito mais perigosa? Não matar o presidente pessoalmente, mas recrutar indivíduos não muito equilibrados que se dispusessem a fazer o serviço? Mohrenschildt aceitaria uma oferta dessas? Achei que talvez sim. Ele e Jeanne viviam em grande estilo, mas eu não fazia nenhuma ideia de como sustentavam o Cadillac, o clube de campo e a casa imensa na rua Simpson Stuart. Servir de relé, de curto-circuito entre um presidente americano alvejado e um órgão que teoricamente existia para fazer o que ele pedisse... Seria um serviço perigoso, mas se o potencial de lucro fosse suficiente, um homem que vivesse acima dos seus meios talvez se sentisse tentado. E nem precisaria ser pagamento em dinheiro, essa é que era a beleza da coisa. Bastavam aquelas concessões maravilhosas na Venezuela, no Haiti, na República Dominicana. Além disso, esse tipo de trabalho poderia atrair al-guém pomposo e exibido como Mohrenschildt. Ele gostava de ação e não dava a mínima para Kennedy.

Graças a John Clayton, não pude sequer eliminar Mohrenschildt do atentado contra Walker. Foi a espingarda de Oswald, tudo bem, mas suponhamos que Lee se visse incapaz de atirar quando chegou a hora? Achei que seria bem típico do panaca titubear no momento crítico. Dava para ver Mohrenschildt tirando a Carcano das mãos trêmulas de Lee e resmungando entredentes: *Me dê isso, eu mesmo faço.*

Mohrenschildt se sentiria capaz de atirar atrás da lata de lixo que Lee pretendia usar como trincheira de atirador? Uma linha das anotações de Al me levou a pensar que a resposta era sim: *Ganhou campeonato de tiro ao alvo de 1961 no clube de campo.*

Se eu matasse Oswald e Kennedy morresse do mesmo jeito, tudo teria sido à toa. E depois? Enxague e repita? Matar Frank Dunning outra vez? Salvar Carolyn Poulin outra vez? Ir para Dallas outra vez?

Conhecer Sadie outra vez?

Ela não estaria marcada, e isso era bom. Eu saberia como era o maluco do ex-marido, com cabelo pintado e tudo, e dessa vez conseguiria impedi-lo antes que se aproximasse. Bom, também. Mas só pensar em passar por tudo isso já me deixava exausto. Também achava que não conseguiria matar Lee a sangue-frio, pelo menos não com base nas provas circunstanciais que tinha. No caso de Frank Dunning, eu sabia com certeza. Eu vira.

Então... qual seria o próximo passo?

Eram quatro e quinze e decidi que o próximo passo seria visitar Sadie. Parti para o carro estacionado na rua Principal. Na esquina da Houston, logo depois do antigo tribunal, tive a sensação de ser observado e me virei. Não havia ninguém na calçada atrás de mim. Era o depósito de livros didáticos que observava, todas aquelas janelas vazias dando para a rua Elm aonde chegaria a carreata presidencial uns duzentos dias depois daquele domingo de Páscoa.

8

Quando cheguei, serviam o jantar no andar de Sadie: ensopadinho. O cheiro trouxe de volta uma imagem viva do modo como o sangue jorrara sobre a mão e o antebraço de John Clayton antes que caísse no carpete, com a cara misericordiosamente para baixo.

— Olá, sr. Amberson — disse a enfermeira-chefe quando me apresentei. Era uma mulher grisalha de uniforme e gorro branco engomado. Um relógio de bolso estava preso ao busto formidável. Ela me olhava atrás de uma muralha de buquês. — Houve muitos gritos por lá ontem à noite. Só lhe conto isso porque o senhor é o noivo, não é?

— Sou — concordei. Sem dúvida era o que eu queria ser, com ou sem rosto cortado.

A enfermeira se inclinou na minha direção entre dois vasos cheiíssimos. Algumas margaridas roçaram o seu cabelo.

— Veja bem, não costumo fofocar sobre os meus pacientes e ralho com as enfermeiras mais novas que fofocam. Mas o modo como os pais dela a trataram não foi correto. Acho que não posso culpá-los *totalmente* por virem de carona da Geórgia com os pais daquele lunático, mas...

— Espere. Está me dizendo que os Dunhill e os Clayton *vieram no mesmo carro?*

— Acho que foram todos muito amigos em outros tempos, então tudo bem, ótimo, mas dizer a ela, enquanto visitavam a filha, que os seus bons amigos Clayton estavam no andar térreo tirando o corpo do filho do necrotério... — Ela balançou a cabeça. — Papai nem abriu a boca, mas aquela *mulher*...

Ela olhou em volta para se assegurar de que ainda estávamos sozinhos, viu que estávamos e se virou de novo para mim. O rosto simples e campestre estava carrancudo e ofendido.

— Ela nunca *se calava*. Uma pergunta sobre como a filha se sentia e depois foi pobres Clayton isso, pobres Clayton aquilo. A sua srta. Dunhill segurou a língua até a mãe dizer que era uma vergonha eles terem de trocar de igreja outra vez. Aí a moça perdeu a paciência e começou a berrar para eles irem embora.

— Bom para ela — disse eu.

— Ouvi ela gritar: "Querem ver o que o filho dos seus amigos fez comigo?" e, querido, foi aí que comecei a correr. Ela tentava tirar as ataduras. E a mãe... ela se *inclinava para a frente*, sr. Amberson. *Ansiosa*. Queria mesmo ver. Fiz eles saírem e pedi a um dos residentes que desse uma injeção na srta. Dunhill para ela se acalmar. O pai, que mais parecia um ratinho, tentou pedir desculpas pela mulher. "Ela não sabia que ia deixar Sadie nervosa", disse ele. "Pois é", respondi, "e o senhor? O gato comeu a sua língua?" E sabe o que a mulher disse, pouco antes de entrarem no elevador?

Fiz que não.

— Ela disse: "Não pode ter sido culpa dele, pode? Ele sempre brincava no nosso quintal e era um menino tão doce." Dá para acreditar?

Dava. Porque eu achava que já vira a sra. Dunhill, por assim dizer. Na rua West Seventh, correndo atrás do filho mais velho e berrando a plenos pulmões. *Pare, Robert, não ande tão depressa, ainda não acabei com você!*

— O senhor talvez a ache... emocionada demais — disse a enfermeira.

— Só queria que soubesse que há boas razões para isso.

9

Ela não estava emocionada demais. Eu teria preferido que estivesse. Se existe depressão serena, era lá que estava a cabeça de Sadie naquela noite de Páscoa. Pelo menos estava sentada na cadeira, com um prato intocado de ensopadinho à sua frente. Emagrecera; o corpo comprido parecia flutuar na bata branca de hospital que puxou em torno de si quando me viu.

Mas ela sorriu — com o lado do rosto que ainda podia — e virou a bochecha boa para ser beijada.

— Olá, George — é melhor que eu o chame assim, não acha?

— Pode ser. Como está, querida?

— Dizem que estou melhor, mas parece que alguém mergulhou a minha cara em querosene e depois ateou fogo. É porque estão tirando os analgésicos. Deus não queira que eu me vicie neles.

— Se precisar de mais, posso dar um jeito.

Ela fez que não.

— Eles me deixam zonza e preciso pensar. E também tornam mais difícil controlar as emoções. Tive uma baita briga com a minha mãe e o meu pai.

Só havia aquela única cadeira, a menos que a gente contasse o vaso sanitário agachado no canto, e me sentei na cama.

— A enfermeira-chefe me informou. Com base no que ela ouviu, você teve todo o direito de explodir.

— Talvez, mas de que adianta? Mamãe não vai mudar nunca. Vai ficar horas falando que me ter quase a matou, mas não tem sentimentos por ninguém. É falta de tato e é falta de mais uma coisa também. Essa coisa tem nome, mas não consigo lembrar.

— Empatia?

— Isso. E ela tem a língua afiadíssima. Com o passar dos anos, fez o meu pai murchar até virar um toco. Hoje em dia, ele raramente fala.

— Você não precisa vê-los de novo.

— Acho que preciso. — Eu gostava cada vez menos da sua voz calma e distante. — Mamãe diz que vão arrumar o meu antigo quarto e, na verdade, não tenho mais para onde ir.

— O seu lar é em Jodie. E o seu emprego.

— Acho que já conversamos sobre isso. Vou apresentar a minha demissão.

— Não, Sadie, não. Essa é uma péssima ideia.

Ela sorriu o melhor que pôde.

— Você parece a dona Ellie. Que não acreditou quando você disse que Johnny era um perigo. — Ela pensou melhor e acrescentou: — É claro que eu também não. Nunca deixei de ser idiota com ele, não é?

— Você tem uma casa.

— É verdade. E prestações de hipoteca que não posso pagar. Terei de me desfazer dela.

— Eu pago.

Isso ela entendeu. Pareceu chocada.

— Você não tem dinheiro para isso!

— Tenho, sim. — O que era verdade... pelo menos, por enquanto. Além disso, sempre havia o Kentucky Derby e Chateaugay. — Vou me mudar de Dallas e morar com Deke. Ele não quer cobrar aluguel, o que libera bastante dinheiro para pagar a casa.

Uma lágrima se esgueirou até a borda do olho direito e ali tremeu.

— Você não está entendendo. Não posso me virar sozinha, ainda não. E não vou "ser hospedada", a menos que seja em casa, onde mamãe contratará uma enfermeira para ajudar nas partes mais nojentas. Ainda me resta um pouco de orgulho. Não muito, mas um pouco.

— Eu cuidarei de você.

Ela me fitou, os olhos arregalados.

— O quê?

— Você me escutou. E no que me diz respeito, Sadie, pode enfiar o seu orgulho lá onde nunca bate sol. Por acaso, eu amo você. E se você me ama, vai parar de falar tanta bobagem sobre voltar a morar com a víbora da sua mãe.

Ela conseguiu dar um leve sorriso ao ouvir isso e depois ficou ali sentada, calada, as mãos no colo da bata frouxa.

— Você veio ao Texas fazer alguma coisa e não era cuidar de uma bibliotecária escolar boba demais para perceber que corria perigo.

— O meu negócio em Dallas está suspenso.

— *Pode* ficar suspenso?

— Pode. — E assim, simplesmente, foi decidido. Lee iria para Nova Orleans e eu voltaria para Jodie. O passado não parava de brigar comigo e venceria esse assalto. — Você precisa de tempo, Sadie, e tenho tempo. Podemos muito bem passar esse tempo juntos.

— Você não vai me querer. — Ela disse isso com uma voz que era pouco mais do que um sussurro. — Não do jeito que estou agora.

— Mas quero.

Ela me olhou com olhos que temiam ter esperanças mas tinham mesmo assim.

— Por que quereria?

— Porque você é a melhor coisa que já me aconteceu.

O lado bom da boca começou a tremer. A lágrima transbordou na bochecha e foi seguida por outras.

— Se eu não tiver de voltar a Savannah... se eu não tiver de morar com eles... com ela... talvez então eu consiga, não sei, ficar só um pouquinho bem.

Abracei-a.

— Você vai ficar muito melhor do que isso.

— Jake? — A voz dela estava abafada pelas lágrimas. — Você faria algo por mim antes de sair?

— O que, querida?

— Leve embora esse maldito ensopadinho. O cheiro está me enjoando.

10

A enfermeira de ombros de defensor do futebol americano e relógio preso ao peito se chamava Rhonda McGinley, e no dia 18 de abril insistiu em empurrar a cadeira de rodas de Sadie não só até o elevador mas até o meio-fio, onde Deke esperava com a porta do carona da camionete aberta.

— Não quero vê-la aqui de volta, querida — disse a enfermeira McGinley depois que ajudamos Sadie a entrar no carro.

Sadie sorriu distraída e nada disse. Ela estava — para falar com toda a franqueza — doidaça de tudo. O dr. Ellerton fora examinar o seu rosto naquela manhã, um processo dolorosíssimo que exigira analgésicos a mais.

McGinley se virou para mim.

— Ela vai precisar de muito carinho e amor nos próximos meses.

— Farei o possível.

Partimos. Quinze quilômetros ao sul de Dallas, Deke disse:

— Tire isso dela e jogue pela janela. Estou preocupado com esse maldito trânsito.

Sadie adormecera com um cigarro fumegando entre os dedos. Me inclinei sobre o banco e o puxei. Ela gemeu quando fiz isso e disse:

— Ah, não, Johnny, por favor, não.

Olhei os olhos de Deke. Só por um segundo, mas o bastante para eu ver que pensávamos a mesma coisa: *uma longa estrada à frente. Longa estrada.*

11

Fui morar na casa em estilo espanhol de Deke na rua Sam Houston. Pelo menos para consumo público. Na verdade, fui morar com Sadie na travessa Bee Tree, 135. Temi o que encontraríamos quando a ajudássemos a entrar e acho que Sadie também, doidona ou não. Mas a dona Ellie e Jo Peet, do Departamento de Economia Doméstica, tinham recrutado algumas garotas de confiança que, antes da volta de Sadie, passaram um dia inteiro limpando, polindo e esfregando para tirar das paredes todos os vestígios da imundície de Clayton. O tapete da sala fora levado e substituído. O novo era de um cinza industrial, dificilmente uma cor empolgante, mas provavelmente uma boa escolha: coisas cinzentas guardam pouquíssimas lembranças. As roupas mutiladas foram removidas e substituídas por novas.

Sadie nunca disse nada sobre o tapete novo e as roupas diferentes. Pode ser que nem tenha notado.

12

Eu passava os dias lá, preparando refeições, trabalhando no jardinzinho (que adoeceria mas não chegaria a morrer em outro verão escaldante do centro do Texas) e lendo para ela *A casa soturna*. Também nos envolvemos em várias novelas vespertinas: *The Secret Storm*, *Young Doctor Malone*, *From These Roots* e a nossa favorita, *The Edge of Night*.

Ela mudou a divisão do cabelo do centro para a direita, num estilo Veronica Lake que cobriria as cicatrizes piores quando as ataduras fossem finalmente retiradas. Não que isso fosse acontecer logo; a primeira cirurgia reconstrutora — um esforço conjunto envolvendo quatro médicos — estava marcada para 5 de agosto. Ellerton disse que haveria pelo menos mais quatro.

Eu voltava para a casa de Deke depois que Sadie e eu fazíamos a nossa ceia (que ela raramente mais do que tocava), porque as cidades pequenas são cheias de grandes olhos grudados em bocas loquazes. Era melhor que esses grandes olhos vissem o meu carro na casa de Deke depois que o sol se punha. Ao escurecer, eu andava três quilômetros de volta à casa de Sadie, onde dormia no sofá-cama novo até as cinco da manhã. Quase sempre era um descanso interrompido, porque eram raras as noites em que Sadie não me acordava aos gritos e se debatendo para sair de pesadelos. Durante o dia, Johnny Clayton estava morto. Depois de escurecer, ele ainda a perseguia com faca e revólver.

Eu ia até ela e a acalmava o melhor possível. Às vezes, ela ia devagar até a sala comigo e fumava um cigarro antes de arrastar os pés até a cama, sempre puxando o cabelo como proteção sobre o lado ruim do rosto. Não me deixava trocar o curativo. Isso ela fazia sozinha, no banheiro, com a porta fechada.

Depois de um pesadelo especialmente terrível, entrei e a achei em pé ao lado da cama, nua e chorando. Estava absurdamente magra. A camisola se amontoara aos seus pés. Ela me escutou e se virou, um dos braços sobre os seios e a outra mão sobre a virilha. O cabelo caiu de volta sobre o ombro direito, onde era o seu lugar, e vi as cicatrizes inchadas, os pontos grandes, a carne caída e amarrotada sobre o osso malar.

— *Saia!* — gritou ela. — *Não me olhe assim, por que não sai?*

— Sadie, o que é? Por que tirou a camisola? O que aconteceu?

— Molhei a cama, tá? Tenho de trocar a roupa de cama, *então por favor saia e me deixe vestir alguma coisa!*

Fui até os pés da cama, peguei a colcha de retalhos que estava ali dobrada e a envolvi com ela. Quando virei uma das pontas para fora num tipo de gola que escondia a bochecha, ela se acalmou.

— Vá para a sala e tome cuidado para não tropeçar nessa coisa. Fume um cigarro. Eu troco a cama.

— Não, Jake, está suja.

Eu a segurei pelos ombros.

— Isso é o que Clayton diria, e ele está morto. É só um pouco de mijo.

— Tem certeza?

— Tenho. Mas, antes de ir...

Virei para baixo a gola improvisada. Ela se encolheu e fechou os olhos, mas ficou imóvel. Só suportando, mas ainda achei que era um progresso. Beijei a carne pendente que fora a sua bochecha e depois subi de novo a colcha para escondê-la.

— Como pode? — perguntou ela sem abrir os olhos. — É *horrível.*

— Não. É só outra parte sua que eu amo, Sadie. Agora vá para a sala enquanto eu troco os lençóis.

Quando terminei, me ofereci para me deitar com ela até que adormecesse. Ela se encolheu como fizera quando eu baixara a colcha e fez que não.

— Não consigo, Jake. Sinto muito.

De pouquinho em pouquinho, disse a mim mesmo ao voltar a pé para a casa de Deke à primeira luz cinzenta da manhã. *De pouquinho em pouquinho.*

13

Em 24 de abril, disse a Deke que tinha algo que precisava fazer em Dallas e lhe pedi que ficasse com Sadie até eu voltar por volta das nove. Ele concordou com bastante boa vontade e, às cinco horas daquela tarde, eu estava sentado do outro lado do terminal de ônibus Greyhound na rua South Polk, perto do cruzamento da rodovia 77 com a ainda nova I-20, de quatro pistas. Eu lia (ou fingia ler) o último James Bond, *O espião que me amava.*

Às cinco e meia, uma camionete parou no estacionamento ao lado do terminal. Ruth Paine dirigia. Lee desceu, foi até a traseira e abriu a porta de trás. Marina, com June no colo, saiu do banco. Ruth Paine ficou atrás do volante.

Lee tinha apenas duas peças de bagagem: uma sacola de lona verde-oliva e um estojo de espingarda acolchoado, do tipo com alças. Ele as levou para um ônibus Scenicruiser com o motor em marcha lenta. O motorista pegou a sacola e a espingarda e as guardou no compartimento de bagagem aberto depois de uma olhada casual na passagem de Lee.

Este foi até a porta do ônibus, se virou e abraçou a esposa, beijando-a nos dois lados do rosto e depois na boca. Pegou o bebê e sacudiu o seu queixinho. June riu. Lee riu com ela, mas vi lágrimas nos seus olhos. Ele beijou a testa de June, a abraçou, devolveu a filha a Marina e subiu correndo os degraus do ônibus sem olhar para trás.

Marina andou até a camionete, onde Ruth Paine agora estava em pé. June estendeu os braços para a mulher mais velha, que a abraçou com um sorriso. Ficaram ali algum tempo, observando os passageiros embarcarem, depois foram embora.

Fiquei onde estava até o ônibus partir às seis da tarde, bem na hora. O sol que se punha ensanguentado a oeste relampejou pelo letreiro do destino, encobrindo momentaneamente o que estava escrito ali. Depois consegui ler de novo, três palavras que significavam que Lee Harvey Oswald estava fora da minha vida, pelo menos por enquanto:

NEW ORLEANS EXPRESS

Observei o veículo subir a rampa de acesso da I-20 Leste e depois andei dois quarteirões até onde estacionara o carro para voltar a Jodie.

14

O palpitador: aquilo de novo.

Paguei o aluguel de maio do apartamento da rua West Neely, embora precisasse começar a tomar cuidado com os meus dólares e não tivesse nenhuma razão concreta para isso. Tinha apenas a sensação informe mas forte de que deveria manter uma base de operações em Dallas.

Dois dias antes do Kentucky Derby, fui até a avenida Greenville, absolutamente decidido a apostar quinhentos dólares na colocação de Chateaugay. Raciocinei que seria menos memorável do que apostar que o azarão venceria. Estacionei a quatro quarteirões da Financeira Fé e tranquei o carro, precaução necessária naquela parte da cidade mesmo às onze da manhã. Andei rapidamente a princípio, mas depois — novamente sem nenhuma razão concreta — os meus passos começaram a se arrastar.

A meio quarteirão da mesa de apostas disfarçada de financeira constituída, parei completamente. Mais uma vez pude ver o corretor — sem viseira nessa manhã — encostado à porta do estabelecimento fumando um cigarro. Ali em pé, na forte inundação de luz do sol, ladeado pelas sombras intensas da porta, parecia o personagem de um quadro de Edward Hopper. Não havia possibilidade de ele me ver naquele dia, porque fitava um carro estacionado do outro lado da rua. Era um Lincoln cor de creme com placa verde. Acima dos números estavam as palavras SUNSHINE STATE. O que não significava que fosse uma harmonia. Que *certamente* não significava que pertencia a Eduardo Gutierrez, de Tampa, o corretor de apostas que costumava sorrir e dizer *Eis que chega o meu ianqui da Ianquilândia*. Aquele que, quase com certeza, mandara queimar a minha casa à beira-mar.

Assim mesmo, dei meia-volta e andei para o meu carro com os quinhentos que pretendia apostar ainda no bolso.

O palpitador.

CAPÍTULO 24

1

Dada a tendência da história a se repetir, pelo menos à minha volta, ninguém se surpreenderá ao descobrir que o plano de Mike Coslaw para pagar as contas de Sadie era uma reapresentação do *Jodie Jamboree*. Ele disse que conseguiria que os participantes originais reprisassem o papel, desde que marcássemos para o meio do verão, e cumpriu a promessa — quase todos estavam a bordo. Ellie concordou até em repetir a sua robusta apresentação de *Camptown Races* e *Clinch Mountain Breakdown* no banjo, embora afirmasse que os dedos ainda doíam da vez anterior. Escolhemos os dias 12 e 13 de julho, mas por enquanto a questão ainda estava em dúvida.

O primeiro obstáculo a superar era a própria Sadie, que ficou horrorizada com a ideia. Ela a chamou de "aceitar esmola".

— Parece que isso é algo que você aprendeu no colo da sua mãe — comentei.

Ela me olhou com raiva um instante, depois baixou os olhos e começou a puxar o cabelo na direção do lado ruim do rosto.

— E se for? Só por isso está errado?

— Hum, me deixe pensar. Você está falando de uma lição de vida da mulher cuja maior preocupação, ao descobrir que a filha foi mutilada e quase morreu, foi a opinião dos colegas de igreja.

— É degradante — argumentou ela em voz baixa. — Submeter-se à misericórdia da cidade é degradante.

— Você não achou isso quando era Bobbi Jill.

— Você está me forçando, Jake. Não faça isso.

Sentei-me ao lado dela e peguei-lhe a mão. Ela a puxou. Peguei de novo. Dessa vez ela me deixou segurar.

— Sei que não é fácil para você, querida. Mas há uma hora de receber e uma hora de dar. Não sei se está no Livro de Eclesiastes, mas mesmo assim é verdade. O seu seguro de saúde é uma piada. O dr. Ellerton nos deu um desconto nos honorários dele...

— Eu nunca pedi...

— Psiu, Sadie. Por favor. É o chamado serviço *pro bono* e ele quis. Mas há outros cirurgiões envolvidos. A conta das cirurgias será enorme e os meus recursos têm limite.

— Quase preferia que ele tivesse me matado — sussurrou ela.

— Nunca mais diga isso. — Ela se encolheu com a raiva da minha voz, e as lágrimas começaram. Agora só podia chorar com um dos olhos. — Querida, todos querem fazer isso por você. Deixe. Sei que a sua mãe mora na sua cabeça; acho que é assim com a mãe de quase todo mundo; mas você não pode ceder aos caprichos dela neste assunto.

— Esses médicos não podem me consertar. Nunca mais serei como eu fui. Ellerton me falou.

— Eles podem consertar uma boa parte. — O que soava só um pouco melhor do que *eles podem consertar um pouco.*

Ela suspirou.

— Você é mais corajoso do que eu, Jake.

— Você é muito corajosa. Fará isso?

— O Circo de Caridade de Sadie Dunhill. A minha mãe se borraria toda se descobrisse.

— Mais uma razão, eu diria. Mandaremos algumas fotos para ela.

Isso a fez sorrir, mas só por um momento. Sadie acendeu um cigarro com dedos que tremiam de leve e depois começou a alisar o cabelo para o lado do rosto outra vez.

— Eu terei de ir? Para que eles vejam o que os seus dólares estão comprando? Como um porco de raça no balcão de leilões?

— É claro que não. Embora eu duvide que alguém vá desmaiar. A maioria do povo daqui já viu coisa pior. — Como membros do corpo docente numa área de agricultura e pecuária, nós mesmos tínhamos visto coisa pior: Britta Carlson, por exemplo, que ficara muito queimada num incêndio, ou Duffy Hendrickson, cuja mão esquerda parecia um casco depois que o guincho que segurava o motor de um caminhão se soltou na garagem do pai.

— Não estou pronta para esse tipo de inspeção. Acho que nunca estarei.

Torci com todo o coração para que isso não fosse verdade. Os malucos do mundo — os Johnny Clayton, os Lee Harvey Oswald — não poderiam vencer.

Se Deus não melhorasse a situação depois que eles tivessem as suas pequenas vitórias de merda, então caberia às pessoas comuns melhorar. Pelo menos, tinham de tentar. Mas essa não era hora de fazer sermões sobre o assunto.

— Ajudaria se eu dissesse que o próprio dr. Ellerton concordou em participar do espetáculo?

Ela esqueceu o cabelo um instante e me fitou.

— *O quê?*

— Ele quer ser o traseiro de Bertha. — Bertha, o Pônei Dançarino, era uma criação de lona dos garotos do Departamento de Artes. Perambulara durante vários esquetes, mas o seu grande número foi uma dança abanando o rabo ao som de *Back in the Saddle Again*, de Gene Autry. (O rabo era controlado por uma cordinha puxada pela metade traseira da Equipe Bertha.) O povo do interior, pouco famoso pelo senso de humor sofisticado, achou-a hilariante.

Sadie começou a rir. Pude ver que doía, mas ela não conseguiu se segurar. Recostou-se no sofá, uma das palmas apertada no meio da testa como para impedir que o cérebro explodisse.

— Tudo bem! — disse ela quando finalmente conseguiu voltar a falar. — Deixarei você fazer só para assistir a isso. — Depois, me olhou com raiva. — Mas verei durante o ensaio geral. Você não vai me pôr no palco onde todo mundo possa me olhar e cochichar: "Ah, coitadinha dela." Está claro?

— Claríssimo — respondi e a beijei. Esse era um empecilho. O próximo seria convencer o melhor cirurgião plástico de Dallas a ir a Jodie no calor de julho e dar pulinhos debaixo da parte traseira de uma fantasia de lona de quase quinze quilos Porque na verdade eu não o convidara.

Isso acabou não sendo um problema; Ellerton se animou feito criança quando lhe apresentei a ideia.

— Acho que tenho até experiência prática — afirmou ele. — Faz anos que a minha mulher me diz que sou um bundão.

2

O último obstáculo acabou sendo o local. Em meados de junho, na época em que Lee era chutado de um atracadouro de Nova Orleans pelos marinheiros do USS *Wasp* por tentar distribuir os seus folhetos pró-Fidel, Deke foi à casa de Sadie. Beijou-a na bochecha boa (ela afastava o lado ruim do rosto quando alguém ia visitar) e me perguntou se eu gostaria de sair para tomar uma cerveja gelada.

— Vá — disse Sadie. — Vou ficar bem.

Deke nos levou para um lugar duvidoso com ar-condicionado e telhado de chapa chamado Prairie Chicken, quinze quilômetros a oeste da cidade. Era o meio da tarde e o lugar estava vazio, a não ser por dois bebedores solitários no balcão, a vitrola automática escura. Deke me entregou um dólar.

— Eu pago, você pede. Que tal o acordo?

Fui até o bar e peguei duas Buckhorns com colarinho.

— Se eu soubesse que você ia trazer Buckies, eu mesmo teria ido — reclamou Deke. — Moço, esse troço é mijo de cavalo.

— Acontece que eu gosto — respondi. — De qualquer modo, pensei que você bebia em casa. Acho que já ouvi você dizer: "O quociente de idiotas dos bares locais é meio alto demais para o meu gosto."

— Ah, não quero mesmo cerveja nenhuma. — Agora que estávamos longe de Sadie, pude ver que ele estava possesso. — O que quero é dar um soco na cara de Fred Miller e chutar a bunda seca de Jessica Caltrop.

Eu conhecia os nomes e os rostos, embora, tendo sido apenas um humilde escravo assalariado, jamais tivesse conversado de verdade com nenhum deles. Miller e Caltrop eram dois terços do Conselho Escolar do Condado de Denholm.

— Não pare por aí — incentivei. — Enquanto está sedento de sangue, me diga o que quer fazer com Dwight Rawson. Ele não é o terceiro?

— É Rawlings mesmo — confirmou Deke, mal-humorado —, mas ele eu passo. Ele votou a nosso favor.

— Não sei do que você está falando.

— Eles não querem deixar a gente usar a quadra da escola para o *Jamboree*. Mesmo sendo no meio do verão e ela esteja lá, vazia.

— Está brincando? — Sadie me dissera que alguns elementos da cidade poderiam ficar contra ela, e eu não acreditara. O bobo do Jake Epping, ainda agarrado às suas fantasias de ficção científica do século XXI.

— Filho, como eu gostaria de estar. Eles falaram de preocupações com o seguro contra incêndio. Ressaltei que não tiveram nenhuma preocupação com seguros contra incêndio quando foi em benefício de uma aluna que sofrera um acidente, e a tal Caltrop — uma gata velha e seca, é o que ela é — disse: "Claro, Deke, mas foi durante o *ano letivo*." Tudo bem, eles têm as suas preocupações, principalmente sobre como é que um membro do corpo docente teve o rosto cortado pelo maluco com quem se casou. Têm medo de que isso seja mencionado no jornal ou, que Deus não permita, numa das estações de TV de Dallas.

— Que importância isso tem? — perguntei. — Ele... por Cristo, Deke, ele nem era *daqui*! Ele era da *Geórgia*!

— Pra eles, isso não importa. Pra eles, o que importa é que ele morreu aqui, e estão com medo que isso prejudique a imagem da escola. Da cidade. E deles.

Eu me ouvi balir, um som não muito nobre vindo de um homem no ponto alto da vida, mas não pude impedir.

— Isso não faz sentido nenhum!

— Eles a demitiriam, se pudessem, só para se livrar do embaraço. Como não podem, estão torcendo para ela pedir demissão antes que os garotos tenham de olhar o que Clayton fez com o rosto dela. A merda da maldita hipocrisia de cidade pequena no seu melhor aspecto, meu garoto. Quando tinha vinte e poucos anos, Fred Miller costumava aprontar de tudo nos bordéis de Nuevo Laredo duas vezes por mês. Ou mais, se conseguisse arranjar com o pai um adiantamento da mesada. E sei de fonte bem segura que, quando era a simples Jessie Trapp do Rancho Sweetwater, Jessica Caltrop ficou muito gorda aos 16 anos e bem magra uns nove meses depois. Tenho vontade de lhes dizer que a minha memória é ainda mais comprida que os seus malditos narizes, e os deixaria bem sem graça se quisesse. Não precisaria nem me esforçar muito.

— Eles não podem culpar Sadie pela maluquice do ex-marido... podem?

— Cresça, George. Às vezes você age como se tivesse nascido num estábulo. Ou nalgum país onde as pessoas realmente pensam direito. Para eles, tudo é sexo. Para gente como Fred e Jessica, tudo é sempre sexo. Provavelmente acham que Alfalfa e Batatinha de *Os batutinhas* passam o tempo livre transando com Darla atrás do celeiro enquanto Buckwheat dá força. E quando acontece algo assim, a culpa é da mulher. Eles não vão sair por aí dizendo isso, mas no fundo acreditam que os homens são animais e que as mulheres é que não conseguem domá-los, bom, é assim na cabeça deles, filho, é assim na cabeça deles. Eu não vou deixar eles fazerem isso.

— Vai ter de deixar — disse eu. — Senão, a briga vai atingir Sadie. E agora ela está frágil. Isso pode acabar com ela completamente.

— É — comentou ele. Remexeu no bolso do peito para tirar o cachimbo.

— É, eu sei. Só estou desabafando. Ontem, Ellie falou com o pessoal que administra o Grange Hall. Eles deixariam a gente montar o espetáculo lá, e cabem cinquenta pessoas a mais. Por causa do balcão, sabe.

— Então está ótimo — disse eu, aliviado. — A cabeça fria predomina.

— Só tem um problema. Eles querem quatrocentas pratas pelas duas noites. Se eu arranjar duzentas, você consegue arranjar as outras duzentas? Não vai receber nada de volta do que for apurado, né. Vai tudo para o tratamento médico de Sadie.

Eu sabia muito bem o custo do tratamento médico de Sadie; já pagara trezentos dólares para cobrir a parte da internação hospitalar que o seguro de merda não quis pagar. Apesar da boa ação de Ellerton, as outras despesas se acumulariam rapidamente. Quanto a mim, ainda não estava no fundo do poço financeiro, mas ele já era visível.

— George? O que diz?

— Meio a meio — concordei.

— Então tome essa sua cerveja de merda. Quero voltar à cidade.

3

Na saída daquele triste arremedo de estabelecimento onde se servem bebidas, um cartaz colado na vitrine chamou a minha atenção. No alto:

ASSISTA À LUTA DO SÉCULO NA TV DE CIRCUITO FECHADO!
AO VIVO DO MADISON SQUARE GARDEN!
TOM "MARTELO" CASE DE DALLAS CONTRA DICK TIGER!
DALLAS AUDITORIUM
QUINTA-FEIRA, 29 DE AGOSTO
ENTRADAS ANTECIPADAS À VENDA AQUI

Abaixo havia fotos lado a lado de dois brutamontes de peito nu com os punhos enluvados erguidos à moda mais aceita. Um era jovem e sem marcas. O outro sujeito parecia muito mais velho, com o nariz quebrado algumas vezes. Mas foram os nomes que me fizeram parar. Eu os conhecia de algum lugar.

— Nem pense nisso — disse Deke, balançando a cabeça. — Você se divertiria mais assistindo a uma luta entre um pit bull e um cocker spaniel. Um cocker spaniel *velho*.

— É mesmo?

— Tommy Case sempre teve um coração fortíssimo, mas agora é um coração de quarenta anos num corpo de quarenta anos. Ficou barrigudo e mal consegue se mexer. Tiger é jovem e rápido. Será campeão daqui a poucos anos se os empresários não fizerem bobagem. Enquanto isso, lhe arranjam tanques ambulantes como Case para mantê-lo em forma.

Para mim, soou como Rocky Balboa contra Apollo Creed, mas por que não? Às vezes, a vida imita a arte.

Deke disse:

— Agora a gente paga para assistir à TV num auditório. Caramba, quem diria?

— Acho que é a onda do futuro — comentei.

— E provavelmente vai lotar, pelo menos em Dallas, mas isso não muda o fato de Tom Case ser a onda do passado. Tiger vai fazer picadinho dele. Está tudo bem com essa coisa do Grange, George?

— Totalmente.

4

Aquele foi um junho estranho. De um lado, fiquei contentíssimo de ensaiar com o elenco que montara o *Jamboree* original. Foi um déjà-vu do melhor tipo. Do outro, eu me via pensando, com frequência cada vez maior, se alguma vez realmente pretendera tirar Lee Harvey Oswald da equação da história. Não conseguia acreditar que me faltava coragem para isso — eu já matara um homem mau, e a sangue-frio —, mas era inegável que tivera Oswald na mira e o deixara partir. Disse a mim mesmo que era o princípio da incerteza e não a família dele, mas não parava de ver Marina sorrindo e pondo as mãos na frente da barriga. Não parava de me perguntar se ele também não era um fraco. Disse a mim mesmo que ele voltaria em outubro. Então, é claro, me perguntei como isso mudaria a situação. A mulher dele ainda estaria grávida e a janela de incerteza, ainda aberta.

Enquanto isso, havia a lenta recuperação de Sadie para supervisionar, havia contas a pagar, havia formulários de seguro a preencher (a burocracia tão enfurecedora em 1963 quanto em 2011) e aqueles ensaios. O dr. Ellerton só pôde participar de um deles, mas aprendeu depressa e cavalgou a sua parte de Bertha, o Pônei Dançarino, com brio encantador. Depois do ensaio, disse que queria pôr a bordo outro cirurgião, um especialista em rostos do hospital Mass General. Eu lhe disse, com o coração apertado, que parecia uma ótima ideia.

— Vocês podem pagar? — perguntou. — Mark Anderson não é barato.

— Daremos um jeito — respondi.

Convidei Sadie para os ensaios quando a data do espetáculo se aproximou. Ela recusou gentilmente mas com firmeza, apesar da promessa anterior a ir pelo menos ao ensaio geral. Raramente saía de casa e, quando saía, ia apenas até o quintal dos fundos. Não fora à escola nem à cidade desde a noite em que John Clayton cortara o rosto dela e depois a própria garganta.

5

Passei o final da manhã e o início da tarde de 12 de julho no Grange Hall, fazendo um último ensaio técnico. Mike Coslaw, que se instalara no papel de produtor com a mesma naturalidade do papel de comediante de pastelão, me contou que o espetáculo de sábado à noite estava esgotado e que o de sexta estava 90 por cento vendido.

— Na hora chegará gente suficiente para lotar, sr. A. Pode contar com isso. Só espero que Bobbi Jill e eu não erre o bis.

— Bobbi Jill e eu erremos, Mike. E vocês não vão errar.

Tudo isso era bom. Menos bom era passar pelo carro de Ellen Dockerty saindo da travessa Bee Tree ao mesmo tempo em que eu entrava e depois encontrar Sadie sentada junto da janela da sala com lágrimas na bochecha não marcada e um lenço na mão fechada.

— O quê? — perguntei. — O que foi que ela lhe disse?

Sadie me surpreendeu conseguindo sorrir. Era um sorriso torto, mas não sem certo encanto travesso.

— Nada que não fosse verdade. Por favor, não se preocupe. Vou lhe fazer um sanduíche e você pode me contar como foi.

E foi o que fiz. E me preocupei, é claro, mas guardei comigo as minhas preocupações. E também os comentários sobre o tema de diretores intrometidos da escola secundária. Naquela noite, às seis, Sadie me inspecionou, refez o nó da minha gravata e depois espanou fiapos, reais ou imaginários, dos ombros do meu paletó esporte.

— Eu lhe diria para quebrar a perna, mas você pode achar que é sério.

Ela usava jeans velhos e um blusão que camuflava — um pouco, pelo menos — o emagrecimento. Fiquei recordando o vestido lindo que usara no *Jodie Jamboree* original. Um vestido lindo naquela noite com uma moça linda dentro. Isso foi então. Nessa noite, a moça — ainda bonita num dos lados — estaria em casa quando o pano subisse, assistindo a uma reprise de *Rota 66*.

— O que foi? — perguntou ela.

— Gostaria que você estivesse lá, só isso.

Fiquei arrependido assim que falei, mas ficou quase tudo bem. O sorriso dela desbotou e voltou. Do jeito que o sol faz quando passa atrás de uma nuvem que só é pequena.

— *Você* estará lá. O que significa que eu estarei. — Ela me olhou com timidez séria com o único olho que o seu cabelo de Veronica Lake deixava visível. — Se me ama, quero dizer.

— Eu a amo muito.

— É, acho que ama mesmo. — Ela beijou o canto da minha boca. — E amo você. Portanto, não quebre nenhuma perna e agradeça a todos por mim.

— Agradecerei. Não tem medo de ficar aqui sozinha?

— Ficarei bem. — Na verdade essa não era uma resposta à minha pergunta, mas era a melhor que ela podia dar por enquanto.

6

Mike estava certo sobre a lotação. Esgotamos o espetáculo de sexta-feira uma hora inteira antes da estreia. Donald Bellingham, o nosso diretor de palco, baixou as luzes da casa às oito da noite em ponto. Esperava me sentir decepcionado depois do original quase sublime com o final das tortas (que só pretendíamos repetir na noite de sábado, o consenso sendo que só queríamos limpar o palco do Grange Hall — e as duas primeiras fileiras de poltronas — uma única vez), mas essa apresentação foi quase tão boa. Para mim, o ponto alto da comédia foi aquele maldito cavalo dançarino. Em certo momento, a metade dianteira do dr. Ellerton, um enlouquecido e entusiasmadíssimo treinador Borman, quase derrubou Bertha do palco.

O público acreditou que aqueles vinte ou trinta segundos de cambaleio em torno das luzes da ribalta faziam parte do espetáculo e aplaudiu calorosamente a façanha. Eu, que sabia a verdade, me vi preso num paradoxo emocional que provavelmente nunca se repetirá. Estava nos bastidores ao lado de um quase paralítico Donald Bellingham, que ria loucamente enquanto o meu coração aterrorizado cambaleava nos píncaros da minha garganta.

A harmonia da noite veio durante o bis. Mike e Bobbi Jill foram até o centro do palco de mãos dadas. Bobbi Jill encarou a plateia e disse:

— A srta. Dunhill significa muitíssimo para mim, por causa da sua gentileza e da sua caridade cristã. Ela me ajudou quando precisei de ajuda, e me fez querer aprender a fazer o que vamos fazer para vocês agora. Agradecemos a todos por virem aqui hoje e demonstrar a *sua* caridade cristã. Não é, Mike?

— É — respondeu ele. — Vocês todos são o máximo.

Ele olhou para a esquerda do palco. Apontei Donald, curvado sobre o picape com o braço erguido, pronto para colocá-lo no sulco. Dessa vez, o pai de Donald saberia muitíssimo bem que o filho pegara emprestado um dos seus discos de big bands, porque estava na plateia.

Glenn Miller, aquele bombardeiro finado há tanto tempo, começou a tocar *In the Mood*, e no palco, ao ritmo das palmas da plateia, Mike Coslaw e Bobbi Jill Allnut voaram num Lindy a jato muito mais fervente do que eu jamais conseguira, com Sadie ou com Christy. Tudo era juventude, alegria e entusiasmo, e isso o deixou fantástico. Quando vi Mike apertar a mão de Bobbi Jill, dizendo-lhe pelo toque para girar na outra direção e passar debaixo das suas pernas, de repente estava de volta a Derry, observando Bevvie-da-neve e Rique-do-dique.

É tudo a mesma coisa, pensei. *É um eco quase tão perfeito que não dá para saber qual é a voz viva e qual é a voz fantasmagórica que retorna.*

Por um instante tudo ficou claro e, quando isso acontece, a gente vê que o mundo mal existe. Em segredo, todos não sabemos disso? É um mecanismo de gritos e ecos que se equilibra com tanta perfeição fingindo ser rodas e engrenagens, um relógio de sonhos que toca atrás de um vidro de mistério que chamamos de vida. Atrás? Embaixo e em volta? Caos, tempestades. Homens com martelos, homens com facas, homens com armas de fogo. Mulheres que distorcem o que não podem dominar e desdenham o que não conseguem entender. Um universo de perdas e horrores a cercar um único palco iluminado onde os mortais dançam em desafio às trevas.

Mike e Bobbi Jill dançaram no seu tempo, e o seu tempo era 1963, aquela época de cabelo reco, televisores com gabinete e rock de garagem feito em casa. Dançaram num dia em que o presidente Kennedy prometeu assinar um tratado de proibição de testes nucleares e disse aos repórteres que não tinha "intenção de permitir que as nossas forças militares se atolem na política oculta e nos rancores antigos do sudeste da Ásia". Dançaram como Bevvie e Richie tinham dançado, como Sadie e eu tínhamos dançado, e eram belos, e os amei, não pela sua fragilidade, mas por causa dela. Ainda os amo.

Eles terminaram com perfeição, as mãos levantadas, ofegantes e encarando a plateia, que se pôs de pé. Mike lhes deu quarenta segundos inteiros para bater as mãos (é espantoso com que rapidez as luzes da ribalta conseguem transformar um humilde defensor de futebol americano num rematado canastrão) e então pediu silêncio. Finalmente, conseguiu.

— O nosso diretor, sr. George Amberson, quer dizer algumas palavras. Ele investiu muito esforço e criatividade neste espetáculo e espero que vocês lhe deem uma boa saudação.

Subi debaixo de novos aplausos. Apertei a mão de Mike e dei uma beijoca na bochecha de Bobbi Jill. Eles desceram do palco. Ergui as mãos para pedir silêncio e comecei o meu discurso cuidadosamente ensaiado, dizendo a eles que Sadie não poderia estar ali naquela noite mas que eu agradecia a todos em nome dela. Quem fala em público e vale o sal que come sabe se concentrar em integrantes específicos da plateia, e me concentrei num casal na terceira fila que se pareciam muitíssimo com Ma e Pa do quadro *American Gothic*. Eram Fred Miller e Jessica Caltrop, os membros do conselho escolar que nos negaram o uso da quadra da escola com base em que o ataque do ex-marido a Sadie era de mau gosto e devia ser ignorado na medida do possível.

Depois de quatro frases, fui interrompido por arfadas de surpresa. Elas foram seguidas por aplausos — isolados, a princípio, mas logo crescendo numa tempestade. O público ficou em pé de novo. Eu não fazia ideia do que aplaudiam até sentir uma mão leve e hesitante segurar o meu braço abaixo do cotovelo. Virei-me e vi Sadie em pé ao meu lado com o seu vestido vermelho. Ela prendera o cabelo no alto e o segurara com uma fivela cintilante. O rosto, ambos os lados dele, estava completamente visível. Fiquei chocado ao descobrir que, depois de inteiramente revelado, o dano residual não era tão horroroso quanto eu temia. Podia haver aí algum tipo de verdade universal, mas eu estava atordoado demais para investigá-la. Sem dúvida era difícil olhar aquele oco profundo e rasgado e as marcas picotadas dos pontos que sumiam. Também era difícil olhar a carne frouxa e o olho esquerdo aberto e antinatural, que não piscava mais em conjunto com o direito.

Mas ela sorria aquele encantador sorriso unilateral e, aos meus olhos, isso fazia dela Helena de Troia. Abracei-a e ela me abraçou de volta, rindo e chorando. Debaixo do vestido, o corpo dela inteiro latejava como um fio de alta tensão. Quando voltamos a encarar a plateia, todos estavam em pé dando vivas, a não ser Miller e Caltrop. Que olharam em volta, viram que eram os únicos ainda com a bunda sentada e, relutantes, se juntaram aos outros.

— Obrigada — disse Sadie quando silenciaram. — Obrigada a todos, do fundo do meu coração. Agradeço especialmente a Ellen Dockerty, que me disse que, se eu não viesse aqui olhar todos vocês nos olhos, me arrependeria pelo resto da vida. E muitíssimo obrigada, mais que tudo, a...

A mais mínima das hesitações. Tenho certeza de que a plateia não notou, o que fez de mim o único a saber como Sadie chegou perto de dizer a quinhentas pessoas o meu verdadeiro nome.

— ... a George Amberson. Amo você, George.

O que fez a casa cair, é claro. Em tempos sombrios quando até os sábios ficam incertos, as declarações de amor sempre fazem a casa cair.

7

Às dez e meia, Ellen levou Sadie, que estava exausta, para casa. Mike e eu apagamos as luzes do Grange Hall à meia-noite e saímos no beco.

— Vamos à festa de comemoração, sr. A.? Al disse que deixaria a lanchonete aberta até as duas, e abriu alguns barris. Ele não tem licença para isso, mas acho que ninguém vai pôr ele na cadeia.

— Eu não — respondi. — Estou acabado. A gente se vê amanhã à noite, Mike.

Fui até a casa de Deke antes de ir para a minha. Ele estava sentado na varanda, de pijama, fumando o último cachimbo.

— Noite especialíssima — disse ele.

— É.

— Aquela moça tem coragem. Uma montanha de coragem.

— Tem sim.

— Vai ser correto com ela, filho?

— Vou tentar.

Ele fez que sim.

— Ela merece isso, depois do outro. E até agora você está indo bem. — Ele deu uma olhada no meu Chevy. — Provavelmente você pode ir de carro hoje e estacionar bem na frente. Depois desta noite, acho que ninguém na cidade vai achar ruim.

Talvez ele tivesse razão, mas decidi que era melhor prevenir do que remediar e o estacionei, como fizera em tantas outras noites. Precisava de tempo para deixar as minhas emoções se acalmarem. Não parava de vê-la no brilho da ribalta. O vestido vermelho. A curva graciosa do pescoço. A bochecha lisa... e a rasgada.

Quando cheguei à travessa Bee Tree e me fiz entrar, a cama dobrável ainda estava escondida. Fiquei olhando isso, perplexo, sem saber o que pensar. Então, no quarto, Sadie chamou o meu nome — o meu nome verdadeiro. Bem baixinho.

O abajur estava aceso, lançando uma luz suave sobre os ombros nus e um dos lados do seu rosto. Os olhos estavam sérios e luminosos.

— Acho que o seu lugar é aqui — disse ela. — Quero que fique aqui. Você quer?

Tirei a roupa e me deitei ao lado dela. A mão dela se moveu debaixo do lençol, me encontrou e me acariciou.

— Está com fome? Porque tem bolo quatro quartos, se estiver.

— Ah, Sadie, estou morrendo de fome.

— Então, apague a luz.

8

Aquela noite na cama de Sadie foi a melhor da minha vida — não porque fechasse a porta para John Clayton, mas porque abriu a porta de novo para nós.

Quando acabamos de fazer amor, caí no primeiro sono profundo que tivera em meses. Acordei às oito da manhã. O sol já estava alto, os Angels cantavam *My Boyfriend's Back* no rádio da cozinha e eu senti o cheiro de bacon frito. Logo ela me chamaria para a mesa, mas não agora. Ainda não.

Pus as mãos atrás da cabeça e olhei o teto, meio espantado ao perceber como fora estúpido — como fora quase voluntariamente cego — desde o dia em que permitira que Lee embarcasse no ônibus para Nova Orleans sem fazer nada para impedir. Eu precisava mesmo saber se George de Mohrenschildt tivera, em relação à tentativa de assassinato de Edwin Walker, mais responsabilidade além de estimular um homenzinho instável a tentar? Ora, havia realmente um jeito bem mais simples de decidir isso, não havia?

Mohrenschildt sabia, logo eu iria lhe perguntar.

9

Foi a melhor refeição de Sadie desde a noite em que Clayton invadira a sua casa, e eu também me saíra muito bem. Juntos, limpamos meia dúzia de ovos, torradas e bacon. Quando os pratos estavam na pia e ela fumava um cigarro com a segunda xícara de café, eu disse que queria lhe fazer uma pergunta.

— Se for sobre ir ao espetáculo hoje à noite, não sei se consigo duas vezes.

— É outra coisa. Mas, como você mencionou, exatamente o que Ellie lhe disse?

— Que já era hora de parar de sentir pena de mim e voltar ao desfile.

— Foi bem dura.

Sadie puxou o cabelo contra o lado ferido do rosto — aquele gesto automático.

— A dona Ellie não é famosa pelo tato nem pela delicadeza. Se ela me chocou, entrando aqui de repente e me dizendo que era hora de parar de vagabundagem? Chocou, sim. Ela estava com a razão? Estava, sim. — Ela parou de acariciar o cabelo e, de repente, o empurrou para trás com a base da mão. — É assim que vou ser daqui em diante, com alguma melhora, então acho que é melhor me acostumar. Sadie vai descobrir se aquele velho ditado sobre a beleza estar só na superfície é verdadeiro mesmo.

— Era sobre isso que eu queria conversar com você.

— Tudo bem. — Ela soltou fumaça pelas narinas.

— Suponhamos que eu pudesse levar você a um lugar onde os médicos conseguiriam consertar os danos ao seu rosto — não perfeitamente, mas bem melhor do que o dr. Ellerton e a sua equipe conseguiriam. Você iria? Mesmo que soubesse que nunca mais poderíamos voltar para cá?

Ela franziu a testa.

— Estamos falando de hipóteses?

— Na verdade, não.

Ela esmagou o cigarro devagar e deliberadamente, pensando.

— É como a dona Mimi, que foi ao México para tratamentos experimentais de câncer? Porque não acho que...

— Estou falando sobre os Estados Unidos, querida.

— Bom, se é nos Estados Unidos, não entendo por que não poderíamos...

— Eis o resto: talvez eu tenha de ir. Com ou sem você.

— E nunca mais voltar? — Ela parecia alarmada.

— Nunca. Nunca nenhum de nós poderia, por razões que são difíceis de explicar. Acho que você está pensando que estou maluco.

— Sei que não. — Os olhos estavam perturbados, mas ela falou sem hesitar.

— Talvez eu tenha de fazer algo que pareceria muito ruim para os homens da lei. *Não* é ruim, mas ninguém sequer acreditaria.

— Isso... Jake, isso tem algo a ver com aquela coisa que você me falou sobre Adlai Stevenson? O que ele disse sobre o inferno congelar?

— Mais ou menos. Mas eis o problema. Mesmo que eu consiga fazer o que tenho de fazer sem ser pego — e acho que consigo —, isso não muda a sua situação. O seu rosto ainda continuará marcado em grau maior ou menor. Nesse lugar aonde posso levar você, há recursos médicos com que Ellerton só poderia sonhar.

— Mas nunca poderíamos voltar. — Ela não falava comigo; ela tentava arrumar tudo na cabeça.

— Não. — Fora todo o resto, se voltássemos a 9 de setembro de 1958, a versão original de Sadie Dunhill já existiria. Isso dava um nó na cabeça em que eu nem queria pensar.

Ela se levantou e foi até a janela. Ficou lá muito tempo, de costas para mim. Esperei.

— Jake?

— Diga, querida.

— Você pode prever o futuro? Pode, não é?

Não respondi.

Com voz bem baixa, ela perguntou:

— Você veio *do futuro* para cá?

Não respondi.

Ela se virou. O rosto estava muito pálido.

— Veio, Jake?

— Vim. — Foi como se uma pedra de trinta quilos saísse do meu peito. Ao mesmo tempo, fiquei apavorado. Por nós dois, mas principalmente por ela.

— De... de quando?

— Querida, tem certeza de que...

— Tenho. *De quando?*

— Quase quarenta e oito anos.

— Estou... morta?

— Não sei. Não quero saber. Aqui é agora. E aqui somos nós.

Ela pensou nisso. A pele em torno das marcas vermelhas das lesões ficara branquíssima e quis ir até ela, mas tive medo de me mexer. E se ela gritasse e fugisse de mim?

— Por que veio?

— Para impedir que um homem faça uma coisa. Eu o matarei, se for preciso. Quer dizer, se tiver certeza absoluta de que ele merece morrer. Até agora, ainda não consegui isso.

— O que é a coisa?

— Daqui a quatro meses, tenho bastante certeza de que ele vai matar o presidente. Ele vai matar John Ken...

Vi os joelhos dela começarem a ceder, mas ela conseguiu ficar em pé tempo suficiente para eu a pegar antes que caísse.

10

Levei-a para o quarto e fui ao banheiro molhar um pano com água fria. Quando voltei, os olhos dela já estavam abertos. Ela me olhou com uma expressão que não consegui decifrar.

— Eu não devia ter lhe contado.

— Talvez não — disse ela, mas não se encolheu quando me sentei ao seu lado na cama e soltou um suspirinho de prazer quando comecei a acariciar o rosto dela com o pano frio, contornando o lugar ferido, onde todas as sensações, a não ser uma dor surda e profunda, tinham sumido. Quando terminei, ela me olhou solenemente. — Me diga uma coisa que vai acontecer. Acho que, para acreditar em você, você tem de fazer isso. Algo como Adlai Stevenson e o inferno congelando.

— Não posso. Me formei em inglês e não em história americana. Estudei a história do Maine no secundário, era obrigatório, mas não sei quase nada sobre o Texas. Eu não... — Mas percebi que sabia uma coisa. Sabia a última coisa da seção de apostas do caderno de Al Templeton, porque conferira duas vezes. *Para o caso de você precisar de uma última transfusão de dinheiro*, ele escrevera.

— Jake?

— Sei quem vai ganhar uma luta no Madison Square Garden mês que vem. O nome dele é Tom Case e ele vai nocautear Dick Tiger no quinto assalto. Se isso não acontecer, acho que você poderá chamar os homens de jaleco branco. Mas pode guardar isso só entre nós até lá? Muita coisa depende disso.

— Posso. Isso eu posso fazer.

11

Quase esperei que Deke ou a dona Ellie me pegassem pela lapela depois da apresentação da segunda noite, de cara séria, para me dizer que tinham recebido um telefonema de Sadie dizendo que eu perdera a cabeça cheia de amor. Mas isso não aconteceu e, quando voltei à casa de Sadie, havia um bilhete na mesa dizendo *Me acorde se quiser um lanchinho à meia-noite*.

Não era meia-noite, ainda não, e ela não estava dormindo. Os próximos quarenta minutos, mais ou menos, foram muito agradáveis. Depois, no escuro, ela perguntou:

— Não tenho de decidir nada agora, não é?

— Não.

— E não temos de falar sobre isso agora.

— Não.

— Talvez depois da luta. Aquela de que você falou.

— Talvez.

— Acredito em você, Jake. Não sei se sou maluca por isso, mas acredito. E amo você.

— Amo você também.

Os olhos dela brilharam no escuro — o que era amendoado e lindo, o que caíra mas ainda enxergava.

— Não quero que nada lhe aconteça e não quero que você machuque ninguém a não ser que seja absolutamente necessário. E nunca por engano. Nunca jamais. Promete?

— Prometo. — Isso era fácil. Era essa a razão de Lee Oswald ainda estar respirando.

— Vai tomar cuidado?

— Vou. Tomarei todo o...

Ela deteve a minha boca com um beijo.

— Porque não importa de onde você veio, para mim não há futuro sem você. Agora, vamos dormir.

12

Achei que a conversa recomeçaria pela manhã. Eu não fazia ideia do que — querendo dizer quanto — lhe contaria quando contasse, mas no fim não tive de lhe contar nada porque ela não perguntou. Em vez disso, ela me perguntou quanto o Sadie Dunhill Charity Show produzira. Quando lhe respondi que pouco mais de 3 mil dólares, com o conteúdo da caixa de doações no saguão somado à bilheteria, ela jogou a cabeça para trás e soltou uma linda e sonora gargalhada. Três mil não cobririam todas as contas dela, mas valia um milhão só ouvi-la rir... e *não* ouvi-la dizer algo como *Por que se incomodar, se posso simplesmente cuidar disso no futuro?* Porque eu não tinha total certeza de que ela realmente queria ir mesmo, que *realmente* acreditasse, e porque eu não tinha certeza de que queria levá-la.

Queria estar com ela, claro. Pelo mais perto de para sempre que fosse possível. Mas podia ser melhor em 1963... e em todos os anos que Deus ou a Providência nos dessem depois de 1963. *Nós* poderíamos ser melhores. Eu conseguia vê-la perdida em 2011, olhando cada par de calças de cintura baixa e cada tela de computador com espanto e inquietação. Eu nunca bateria nela nem gritaria com ela — não, Sadie não —, mas ela ainda podia se tornar a minha Marina Prusakova, morando num lugar estranho e exilada para sempre da sua terra natal.

13

Havia uma pessoa em Jodie que talvez soubesse como eu poderia aproveitar o último registro de aposta de Al. Era Freddy Quinlan, o corretor de imóveis. Ele organizava em casa um jogo de pôquer semanal, cinco centavos para entrar, vinte e cinco para ficar, e eu fora algumas vezes. Em vários desses jogos ele se gabara do seu talento com apostas em dois campos: futebol americano profissional e o Torneio Estadual de Basquete do Texas. Ele só me recebeu no seu escritório porque, como disse, fazia calor demais para jogar golfe.

— Estamos falando do quê aqui, George? Aposta de tamanho médio ou casa com terreno?

— Estou pensando em quinhentos dólares.

Ele assoviou, depois se recostou na cadeira e cruzou as mãos sobre uma barriguinha ajeitadinha. Eram apenas nove da manhã, mas o ar-condicionado funcionava a toda. Pilhas de folhetos de imóveis ondulavam na exaustão gelada.

— Isso é coisa séria. Se importa de dividir comigo uma boa coisa?

Como ele estava me fazendo um favor — pelo menos, assim o esperava —, contei. As sobrancelhas dele subiram tão alto que correram o risco de encontrar a linha recuada do cabelo.

— Carambola! Por que não joga o seu dinheiro no esgoto?

— Tive um pressentimento, só isso.

— George, ouça o seu papai. A luta de Case com Tiger não é um evento esportivo, é um balão de ensaio para essa nova coisa de circuito fechado da TV. Pode haver algumas lutas boas no resto do programa, mas a principal é uma piada. Tiger terá instruções para levar o pobre velhote durante sete ou oito assaltos e depois vai botar ele pra dormir. A não ser...

Ele se inclinou para a frente. A cadeira fez um *scronc* desagradável nalgum lugar lá embaixo.

— A não ser que você saiba alguma coisa. — Ele se recostou de novo e franziu os lábios. — Mas como poderia? Por Cristo, você mora em Jodie. Mas, se soubesse, você contaria a um amigo, não contaria?

— Não sei de nada — respondi, mentindo descaradamente (e feliz com isso). — É só um pressentimento, mas da última vez que tive um pressentimento forte assim, apostei que os Pirates venceriam os Yankees na Série Mundial e ganhei uma bolada.

— Muito bom, mas você conhece o antigo ditado: até um relógio quebrado marca a hora certa duas vezes por dia.

— Pode me ajudar ou não, Freddy?

Ele me deu um sorriso confortador que dizia que um tolo e o seu dinheiro logo se separariam.

— Tem um sujeito em Dallas que gostaria de aceitar esse tipo de aposta. O nome dele é Akiva Roth. Trabalha na Financeira Fé, na avenida Greenville. Herdou o negócio do pai faz uns cinco ou seis anos. — Ele baixou a voz. —

Dizem que levou um castigo. — Ele baixou a voz ainda mais. — Carlos Marcello.

Isso era exatamente o que eu temia, porque também fora esse o boato sobre Eduardo Gutierrez. Pensei de novo no Lincoln com placa da Flórida estacionado na frente da Financeira Fé.

— Não sei se quero que me vejam indo a um lugar desses. Talvez eu queira voltar a ensinar, e pelo menos dois membros do conselho escolar já se irritaram comigo.

— Você podia tentar Frank Frati, lá em Fort Worth. Ele tem uma casa de penhores. — *Scronc*, fez a cadeira quando ele se inclinou para a frente para olhar melhor a minha cara. — O que foi que eu disse? Ou você engoliu um mosquito?

— Não, não. É só que já conheci um Frati. Que também tinha uma loja de penhores e aceitava apostas.

— Talvez ambos tenham vindo do mesmo clã de poupança e empréstimos da Romênia. Seja como for, ele pode aceitar quinhentos — ainda mais uma aposta furada do jeito que você está falando. Mas não pagará a probabilidade que você merece. É claro que Roth também não, mas seria melhor do que com Frank Frati.

— Mas com Frank eu não terei a ligação com a Quadrilha. Não é?

— Acho que não, mas quem sabe? Corretores de apostas, mesmo em meio expediente, não são famosos por ligações comerciais de alto nível.

— Talvez eu devesse aceitar o seu conselho e guardar o meu dinheiro.

Quinlan ficou horrorizado.

— Não, não, *não*, não faça isso. Aposte que os Bears vencerão o NFC. Desse jeito você ganha uma bolada. Praticamente garanto.

14

Em 22 de julho, disse a Sadie que tinha de resolver algumas coisas em Dallas e que pediria a Deke que ficasse com ela. Ela respondeu que não havia necessidade, que ficaria bem. Recuperava o seu antigo eu. De pouquinho em pouquinho, sim, mas recuperava.

Ela não fez perguntas sobre a natureza do que eu tinha a resolver.

A minha parada inicial foi no First Corn, onde abri o meu cofre de depósito e verifiquei três vezes as anotações de Al para conferir se realmente me lembrava do que achava que lembrava. E, sim, Tom Case seria o inesperado vencedor, nocauteando Dick Tiger no quinto assalto. Al deve ter encontrado a luta na internet, porque muito antes disso já partira de Dallas — e da sensacional década de 60.

— Posso ajudar em mais alguma coisa hoje, sr. Amberson? — perguntou o banqueiro ao me escoltar até a porta.

Bom, você poderia rezar uma pequena oração para o meu velho amigo Al Templeton não ter engolido um monte de bobagens da internet.

— Talvez. Sabe onde posso encontrar uma loja de fantasias? Preciso ser o mágico na festa de aniversário do meu sobrinho.

A secretária do sr. Link, depois de uma rápida olhada nas Páginas Amarelas, me indicou um endereço na rua Young. Lá, consegui comprar o que precisava. Guardei no apartamento da rua West Neely — enquanto eu pagasse o aluguel, ele teria de servir para alguma coisa. Também deixei lá o meu revólver, que pus numa prateleira alta do armário. O microfone, que eu retirara do abajur do andar de cima, foi para o porta-luvas do meu carro, juntamente com o esperto gravadorzinho japonês. Eu me livraria deles em algum lugar no mato quando voltasse a Jodie. Não tinham mais utilidade para mim. O apartamento do andar de cima ainda não fora realugado e a casa tinha um silêncio de assombração.

Antes de sair da rua Neely, dei uma volta pelo quintal lateral cercado onde, apenas três meses antes, Marina tirara fotografias de Lee segurando o fuzil. Não havia nada para ver, apenas terra batida e algumas ervas daninhas. Então, quando me virei para partir, *vi* alguma coisa: um vislumbre vermelho debaixo da escada externa. Era um chocalho de bebê. Peguei-o e guardei no porta-luvas do meu Chevy junto com o microfone, mas, ao contrário do microfone, fiquei com ele. Não sei por quê.

15

A minha próxima parada foi o rancho que se esparramava na rua Simpson Stuart onde George de Mohrenschildt morava com a esposa Jeanne. Assim que o vi, rejeitei-o para a reunião que planejara. De um lado, não dava para ter certeza de que Jeanne estaria ou não em casa e essa conversa específica tinha de ser estritamente de homem para homem. Do outro, não era isolada o bastante. O Paul Quinn College, escola só para negros, ficava ali perto e devia haver cursos de verão. Não havia magotes de garotos, mas vi muitos, alguns a pé, outros de bicicleta. Nada bom para os meus propósitos. Era possível que a nossa discussão fosse barulhenta. Era possível que não fosse, de jeito nenhum, uma discussão — pelo menos no sentido do dicionário.

Algo me chamou a atenção. Estava no gramado da frente dos Mohrenschildt, onde irrigadores lançavam borrifos graciosos no ar e criavam arco-íris que pareciam pequenos a ponto de caber no bolso. Aquele não era ano de eleições, mas no início de abril — mais ou menos na época em que alguém dera um tiro no general Edwin Walker — o representante do Quinto Distrito caíra morto com um enfarte. Haveria uma segunda eleição para a sua cadeira em 6 de agosto.

A placa dizia **ELEJA JENKINS PARA O 5º DISTRITO! ROBERT "ROBBIE" JENKINS, O CAVALEIRO BRANCO DE DALLAS!**

De acordo com os jornais, Jenkins era isso mesmo, um direitista que andava olho no olho com Walker e com o assessor espiritual de Walker, Billy James Hargis. Robbie Jenkins defendia os direitos dos estados, escolas iguais mas separadas e a reinstituição do bloqueio de Cuba da época da crise dos mísseis. A mesma Cuba que Mohrenschildt chamara de "aquela linda ilha". A placa confirmou uma forte sensação que eu já desenvolvera sobre os Mohrenschildt. Ele era um diletante que, no fundo, não tinha nenhuma crença política. Apoiaria quem o divertisse ou lhe pusesse dinheiro no bolso. Lee Oswald não poderia fazer o último — era tão pobre que fazia mendigos parecerem cheios da grana —, mas a sua dedicação sem humor ao socialismo combinada às ambições pessoais grandiosas deram a Mohrenschildt muito da primeira.

Uma dedução parecia óbvia. Lee nunca percorrera o gramado nem sujara os tapetes dessa casa com os seus pés de pobre coitado. Essa era a outra vida de Mohrenschildt... ou uma delas. A minha sensação era de que podia ter várias, mantendo-as todas em compartimentos estanques. Mas isso não respondia à pergunta central: estivera entediado a ponto de acompanhar Lee na missão de assassinar o monstro fascista Edwin Walker? Eu não o conhecia o suficiente nem para tentar adivinhar.

Mas conheceria. O meu coração já se decidira.

16

A placa na vitrine da casa de penhores de Frank Frati dizia BEM-VINDO À CENTRAL DOS VIOLÕES, e havia muitos em exposição: acústicos, elétricos, doze cordas e uma guitarra com dois braços que me fez lembrar algo que vira num vídeo de Mötley Crüe. É claro que havia todos os outros detritos de vidas destruídas — anéis, broches, colares, rádios, pequenos aparelhos. A mulher que me confrontou era magra em vez de gorda, usava calças e uma blusa da Ship N

Shore em vez de um vestido roxo e mocassins, mas o rosto de pedra era o mesmo da mulher que conhecera em Derry, e ouvi as mesmas palavras saírem da minha boca. Pelo menos, o bastante para passar pelo controle de qualidade.

— Eu gostaria de discutir com o sr. Frati uma proposta de negócios bastante vultosa e ligada a esportes.

— É? Quando está em casa com os pés pra cima isso se chama aposta?

— Você é da polícia?

— Claro, sou o chefe Curry, da Polícia de Dallas. Não dá para ver pelos óculos e pelas bochechas caídas?

— Não vejo óculos nem bochechas caídas, madame.

— É porque estou disfarçado. Em que quer apostar no meio do verão, colega? Não há nada para apostar.

— Case-Tiger.

— Em qual?

— Case.

Ela olhou o teto e depois gritou por sobre o ombro.

— É melhor vir aqui, pai, temos um de verdade.

Frank Frati tinha pelo menos o dobro da idade de Chaz Frati, mas a semelhança ainda estava lá. Eram aparentados, claro que eram. Se eu mencionasse que já fizera uma aposta com um sr. Frati em Derry, no Maine, sem dúvida teríamos uma agradável conversinha sobre o tamanho tão pequeno do mundo.

Em vez disso, fui direto à negociação. Poderia apostar quinhentos dólares que Tom Case venceria a luta com Dick Tiger no Madison Square Garden?

— Mas é claro — disse Frati. — O senhor também poderia enfiar um ferro em brasa lá naquele lugar, mas por que faria isso?

A filha deu uma risadinha rápida e viva.

— Que tipo de vantagem eu levaria?

Ele olhou a filha. Ela ergueu as mãos. Dois dedos levantados na esquerda, um na direita.

— Dois para um? Ridículo.

— A vida é ridícula, meu amigo. Vá assistir a uma peça de Ionesco, se não acredita. Recomendo *Vítimas do dever*.

Bom, pelo menos ele não me chamou de primo, como fizera o primo dele de Derry.

— Trabalhe um pouco comigo nisso, Sr. Frati.

Ele pegou um violão acústico Epiphone Hummingbird e começou a afiná-lo. Era assustadoramente rápido.

543

— Então me dê algo para trabalhar ou então vá lá para Dallas. Tem um lugar chamado...

— Conheço o lugar de Dallas. Prefiro Fort Worth. Já morei aqui.

— O fato de ter se mudado mostra mais bom senso do que apostar em Tom Case.

— Que tal Case por nocaute em algum momento dos sete primeiros assaltos? Que vantagem eu teria nisso?

Ele olhou a filha. Dessa vez ela ergueu três dedos na mão esquerda.

— E Case por nocaute nos cinco primeiros assaltos?

Ela deliberou e depois ergueu o quarto dedo. Decidi não forçar mais a barra. Escrevi o meu nome no livro dele e lhe mostrei a carteira de motorista, com o polegar em cima do endereço em Jodie como fizera ao apostar nos Pirates na Financeira Fé quase três anos antes. Depois, entreguei o meu dinheiro, cerca de um quarto de toda a liquidez que me restava, e enfiei o recibo na carteira. Dois mil seriam suficientes para pagar mais algumas despesas de Sadie e me aguentar pelo tempo restante que passaria no Texas. Além disso, eu não queria explorar esse Frati, assim como não quisera explorar Chaz Frati, muito embora ele *tivesse* posto Bill Turcotte atrás de mim.

— Voltarei no dia seguinte ao baile — disse eu. — Prepare o meu dinheiro.

A filha riu e acendeu o cigarro.

— Não foi isso que a moça do coro disse ao arcebispo?

— O seu nome é Marjorie, por acaso? — perguntei.

Ela ficou paralisada com o cigarro na frente do corpo e fumaça escapulindo entre os lábios.

— Como é que sabe? — Ela viu a minha cara e riu. — Na verdade, é Wanda, colega. Espero que aposte melhor do que adivinha nomes.

Na volta para o carro, esperei a mesma coisa.

CAPÍTULO 25

1

Na manhã de 5 de agosto, fiquei com Sadie até a colocarem numa maca e a levarem para a sala de cirurgia. Lá, o dr. Ellerton a esperava, juntamente com médicos suficientes para formar um time de basquete. Os olhos dela brilhavam com os anestésicos pré-operatórios.

— Me deseje boa sorte.

Eu me curvei e a beijei.

— Toda a sorte do mundo.

Passaram-se três horas antes de a levarem de volta para o quarto — o mesmo quarto, o mesmo quadro na parede, o mesmo vaso sanitário agachado e horrível — dormindo profundamente e roncando, o lado esquerdo do rosto coberto com uma atadura nova. Rhonda McGinley, a enfermeira de ombros de jogador de futebol americano, me deixou ficar com ela até que acordasse um pouco, o que era uma grande infração às regras. O horário de visita é mais rigoroso na Terra de Antigamente. Quer dizer, a não ser que a enfermeira-chefe vá com a sua cara.

— Como está? — perguntei, pegando a mão de Sadie.

— Doendo. E com sono.

— Então volte a dormir, querida.

— Talvez da próxima vez... — As palavras acabaram com um *zzzzz* peludo. Os olhos se fecharam, mas ela fez esforço para reabrir. — ... seja melhor. Na sua casa.

Então ela apagou, e fiquei com algo para pensar.

Quando voltei ao balcão das enfermeiras, Rhonda me disse que o dr. Ellerton esperava por mim na lanchonete lá embaixo.

— Vamos ficar com ela aqui hoje à noite e talvez amanhã também — disse ele. — A última coisa que queremos é o aparecimento de algum tipo de infecção. (Pensei nisso depois, é claro; uma daquelas coisas que são engraçadas, mas não muito.)

— Como foi?

— Como esperado, mas o dano causado por Clayton foi gravíssimo. Dependendo da recuperação dela, vou marcar a segunda rodada em novembro ou dezembro. — Ele acendeu um cigarro, soltou a fumaça e disse: — Essa equipe cirúrgica é fantástica e faremos todo o possível... mas há limites.

— É, eu sei. — Eu tinha bastante certeza de que também sabia de outra coisa: não haveria mais cirurgias. Pelo menos, não aqui. Da próxima vez que Sadie entrasse na faca, não seria uma faca. Seria um laser.

Na *minha* casa.

2

As pequenas economias sempre voltam para nos morder a bunda. Eu mandara tirar o telefone do meu apartamento na rua Neely para economizar oito ou dez dólares por mês e agora precisava dele. Mas a quatro quarteirões havia uma loja U-Tote-M com uma cabine telefônica ao lado do freezer de Coca-Cola. Eu tinha o número de Mohrenschildt num pedaço de papel. Enfiei uma moedinha e disquei.

— Residência Mohrenschildt, em que posso ajudar? — Não era a voz de Jeanne. A empregada, provavelmente — de onde *vinha* a grana dos Mohrenschildt?

— Gostaria de falar com George.

— Ele está no escritório, senhor.

Tirei uma caneta do bolso do peito.

— Pode me dar o número?

— Claro, senhor. CHapel 5-6323.

— Obrigado. — Escrevi nas costas da mão.

— O senhor não quer deixar recado caso não consiga falar com ele?

Desliguei. Aquele arrepio me envolvia de novo. Dei-lhe as boas-vindas. Era de clareza fria que eu mais precisava agora.

Pus outra moedinha e, dessa vez, uma secretária me disse que ligara para a Centrex Corporation. Disse a ela que queria falar com o sr. Mohrenschildt. É claro que ela quis saber por quê.

— Diga-lhe que é sobre Jean-Claude Duvalier e Lee Oswald. Diga-lhe que é para o bem dele.

— O seu nome, senhor?

Aqui Puddentane não serviria.

— John Lennon.

— Um momentinho, sr. Lennon, verei se ele pode atender.

Não havia música enlatada, o que, em geral, parecia um aprimoramento. Encostei-me na parede da cabine e fitei a placa que dizia SE FUMA, FAVOR LIGAR O VENTILADOR. Eu não fumava, mas liguei o ventilador mesmo assim. Não adiantou muito.

Houve um clique no meu ouvido, tão alto que me provocou uma careta, e a secretária disse:

— Já está na linha, sr. D.

— Alô! — Aquela voz de ator, estrondosa e jovial. — Alô? Sr. Lennon?

— Alô. Essa ligação é segura?

— O que quer diz... ?? Claro que é. Só um minutinho. Vou fechar a porta.

Houve uma pausa e ele voltou.

— Qual é o assunto?

— Haiti, amigo. E concessões de petróleo.

— Qual é o assunto sobre *monsieur* Duvalier e aquele tal Oswald? — Não havia preocupação na voz, apenas alegre curiosidade.

— Ah, o senhor os conhece bem mais do que isso — provoquei. — Vá em frente e chame-os de Baby Doc e Lee, por que não?

— Estou ocupadíssimo hoje, sr. Lennon. Se não me disser qual é o assunto, acho que terei de...

— Baby Doc pode aprovar as concessões de petróleo no Haiti que você deseja há uns cinco anos. Você sabe disso; ele é o braço direito do pai, ele manda nos *tonton macoute* e é o próximo na linha de sucessão. Ele gosta de você e nós gostamos de você...

Mohrenschildt começou a soar menos como ator e mais como gente de verdade.

— Quando diz *nós*, o senhor quer dizer...

— Nós *todos* o amamos, Mohrenschildt, mas estamos preocupados com a sua ligação com Oswald.

— Jesus, eu mal conheço o sujeito! Não o vejo faz uns seis ou oito meses!

— Você o visitou no domingo de Páscoa. Levou um coelho de pelúcia para a filhinha dele.

Uma pausa muito comprida. E depois:

— Tudo bem, acho que levei. Tinha esquecido.

— Esqueceu também alguém atirando em Edwin Walker?

— O que isso tem a ver *comigo*? Ou com a minha empresa? — Era quase impossível não acreditar no seu ultraje perplexo. Palavra-chave: *quase*.

— Ora, vamos — disse eu. — Você acusou Oswald de ter atirado.

— *Eu estava brincando, droga!*

Dei-lhe duas pausas e disse:

— Sabe para qual empresa eu trabalho, Mohrenschildt? Vou lhe dar uma pista: *não é* a Standard Oil.

Houve silêncio na linha enquanto Mohrenschildt repassava as bobagens que eu cuspira até então. Só que não era bobagem, não totalmente. Eu sabia do coelho de pelúcia e da piada sobre como-é-que-você-errou depois que a esposa avistara o fuzil. A conclusão era claríssima. A minha empresa era A Companhia, e a única pergunta na cabeça de Mohrenschildt naquele momento — eu esperava — era quanto mais tínhamos espionado da sua vida sem dúvida interessante.

— Há um mal-entendido, sr. Lennon.

— Para o seu bem, espero que sim, porque nos parece que você o preparou para dar o tiro. Falando sem parar que Walker é racista e que será o próximo Hitler americano.

— Isso é uma inverdade!

Ignorei.

— Mas essa não é a nossa principal preocupação. A nossa principal preocupação é que o senhor pode ter acompanhado o sr. Oswald na sua missão em 10 de abril passado.

— *Ach, mein Gott!* Isso é loucura!

— Se puder provar isso e se prometer ficar longe do instável sr. Oswald no futuro...

— Ele está em Nova Orleans, pelo amor de Deus!

— Cale a boca — disse eu. — Sabemos onde ele está e o que está fazendo. Distribuindo folhetos de Justiça para Cuba. Se não parar logo, acabará na cadeia. — Acabaria mesmo, em menos de uma semana. O tio Dutz, o tal ligado a Carlos Marcello, pagaria a fiança. — Ele logo voltará a Dallas, mas você não o verá. O seu joguinho acabou.

— Estou lhe dizendo que nunca...

— Aquelas concessões podem ser suas, mas só se conseguir provar que não estava com Oswald em 10 de abril. Você consegue?

— Eu... me deixe pensar. — Houve uma longa pausa. — Consigo. Consigo, acho que consigo.

— Então vamos nos encontrar.

— Quando?

— Hoje à noite. Nove horas. Tenho a quem prestar contas, e ficarão muito chateados comigo se eu lhe der tempo de montar um álibi.

— Venha à minha casa. Mando Jeanne ao cinema com as amigas.

— Tenho outra ideia. E você não vai precisar de instruções para achar. — Eu lhe disse o que pensava.

— Por que lá? — Ele parecia francamente perplexo.

— Basta vir. E se não quiser os Duvalier *père* e *fils* zangadíssimos com você, meu amigo, venha sozinho.

Desliguei.

3

Cheguei de volta ao hospital às seis em ponto e fiquei meia hora com Sadie. A cabeça dela estava limpa de novo e ela afirmou que a dor não era muito forte. Às seis e meia beijei a bochecha boa e lhe disse que tinha de ir.

— O seu negócio? — perguntou ela. — O seu negócio real?

— É.

— Ninguém se machuca a menos que seja absolutamente necessário. Certo?

Fiz que sim.

— E nunca por engano.

— Tome cuidado.

— Como pisar em ovos.

Ela tentou sorrir. O sorriso virou careta quando o lado esquerdo e recém-castigado do rosto puxou para o lado contrário. Os olhos dela espiaram por sobre o meu ombro. Virei-me e vi Deke e Ellie à porta. Tinham vestido as melhores roupas, Deke num terno de verão, gravata estreita e chapéu de caubói urbano, Ellie num vestido de seda rosa-shocking.

— Podemos esperar, se quiserem — disse Ellie.

— Não, entrem. Eu estava de saída. Mas não demorem muito, ela está cansada.

Beijei Sadie duas vezes — lábios secos e testa úmida. Depois, voltei à rua West Neely, onde espalhei os itens que comprara na loja de fantasias e novidades. Trabalhei devagar e atentamente diante do espelho do banheiro, consultando várias vezes as instruções e desejando que Sadie estivesse ali para me ajudar.

Não temia que Mohrenschildt me olhasse e dissesse *já nos vimos antes*; o que eu queria assegurar era que mais tarde ele não reconhecesse "John Lennon". Dependendo da minha verossimilhança, talvez tivesse de voltar a ele. Nesse caso, gostaria de pegá-lo de surpresa.

Colei primeiro o bigode. Era bem farto e me deixou com cara de fora da lei num bangue-bangue de John Ford. Depois veio a maquiagem, que usei no rosto e nas mãos para me dar o bronzeado de um rancheiro. Havia óculos de armação de chifre com lentes sem grau. Pensei rapidamente em tingir o cabelo, mas isso criaria um paralelo com John Clayton que não conseguiria aguentar. Em vez disso, enfiei um boné de beisebol dos San Antonio Bullets. Quando terminei, mal me reconheci no espelho.

— Ninguém se machuca, a menos que tenha absolutamente de acontecer — disse ao estranho no espelho. — E nunca por engano. Está claro?

O estranho fez que sim, mas os olhos atrás dos óculos falsos estavam frios.

A última coisa que fiz antes de sair foi tirar o revólver da prateleira do armário e enfiá-lo no bolso.

4

Cheguei ao estacionamento deserto na ponta da rua Mercedes vinte minutos antes da hora marcada, mas Mohrenschildt já estava lá, o seu vistoso Cadillac enfiado contra os fundos de tijolo do depósito da Montgomery Ward. Isso significava que estava ansioso. Excelente.

Olhei em volta, quase esperando ver as puladoras de corda, mas é claro que já tinham entrado — possivelmente dormindo e sonhando com Carlitos viajando pela França só pra ver a contradança.

Estacionei ao lado do iate de Mohrenschildt, abri a janela, pus a mão esquerda para fora e movi o indicador num gesto de chamamento. Por um instante, Mohrenschildt ficou onde estava, como se inseguro. Depois, saiu. O passo grandioso não estava em evidência. Ele parecia furtivo e assustado. Isso também era excelente. Numa das mãos, tinha uma pasta. Pelo jeito achatado, não havia muita coisa dentro. Torci para não ser apenas um adereço. Se fosse, dançaríamos, e não seria o Lindy Hop.

Ele abriu a porta, inclinou-se e disse:

— Olhe só, você não vai atirar em mim, não é?

— Não — disse eu, torcendo para soar entediado. — Se eu fosse do FBI, talvez você devesse se preocupar com isso, mas não sou e você sabe que não sou. Você já fez negócios conosco.

Rezei a Deus para as anotações de Al estarem certas a esse respeito.

— Esse carro está grampeado? E *você*?

— Se tomar cuidado com o que disser, não terá com que se preocupar, não é? Agora, entre.

Ele entrou e fechou a porta.

— Quanto àquelas concessões...

— Isso você vai discutir outra hora com outras pessoas. Petróleo não é a minha especialidade. A minha especialidade é cuidar de indiscretos, e a sua relação com Oswald tem sido *muito* indiscreta.

— Eu só estava curioso. Eis um homem que consegue desertar para a Rússia e depois *re*desertar para os Estados Unidos. É um caipira semianalfabeto, mas de uma astúcia surpreendente. Além disso... — Ele limpou a garganta. — Um amigo meu quer comer a mulher dele.

— Sabemos disso — disse eu, pensando em Bouhe; simplesmente outro George num desfile aparentemente interminável deles. Como eu ficaria contente de fugir da câmara de eco do passado. — O meu único interesse é assegurar que você não teve nada a ver com aquele atentado fracassado contra Walker.

— Veja isso. Tirei do livro de recordações da minha mulher.

Ele abriu a pasta, removeu a única página de jornal que continha e a passou para mim. Acendi a luz interna do Chevy, torcendo para o meu bronzeado não parecer a maquiagem que era. Por outro lado, quem se importava? A Mohrenschildt, pareceria apenas mais um pouquinho de mistério de capa e espada.

A folha era do *Morning News* de 12 de abril. Eu conhecia a coluna; PELA CIDADE talvez fosse muito mais lida pelos dallasenses do que as notícias nacionais e internacionais. Havia muitos nomes em negrito e muitas fotos mostrando homens e mulheres em roupa de gala. Mohrenschildt usara tinta vermelha para marcar uma legenda na metade inferior. Na foto que a acompanhava, George e Jeanne eram inconfundíveis. Ele estava de fraque e exibia um sorriso que parecia mostrar tantos dentes quanto as teclas de um piano. Jeanne ostentava um profundo sulco entre os seios que a terceira pessoa à mesa parecia inspecionar atentamente. Os três seguravam taças de champanhe.

— Esse é o jornal de *sexta-feira* — disse eu. — O atentado contra Walker foi na quarta.

— Essas notícias do Pela Cidade têm sempre dois dias. Porque são sobre vida noturna, né? Além disso, não olhe só a foto, *leia*, homem. Está bem aí, preto no branco!

Verifiquei, mas soube que ele dizia a verdade assim que vi o nome do outro homem no negrito animadinho do jornal. O eco harmônico foi tão alto quanto um amplificador de guitarra em reverb.

George de Mohrenschildt, rajá local do petróleo, e a esposa **Jeanne** erguem uma taça (ou será que foram doze?) no **Carousel Club** na noite de quarta-feira para comemorar o aniversário da elegantérrima dama. Qual a idade? Os passarinhos não revelam, mas para nós ela parece ter um dia além dos 23 (uau!). Foram recebidos por **Jack Ruby**, o jovial mandachuva do **Carousel**, que mandou buscar uma garrafa da borbulhante e se uniu a eles num brinde. Feliz aniversário, **Jeanne**, e muitos anos de vida!

— O champanhe era um lixo e fiquei de ressaca até as três horas da tarde seguinte, mas valeu a pena se deixar você satisfeito.

Deixou. Também fiquei fascinado.

— Você conhece esse tal de Ruby?

Mohrenschildt fungou — todo o seu esnobismo de barão expresso numa fungada única e rápida com narinas dilatadas.

— Não muito, nem quero. É um judeuzinho maluco que dá bebida de graça à polícia para que olhe para o outro lado quando ele usa os punhos. Coisa que gosta de fazer. Qualquer dia desses o seu mau humor vai lhe causar encrencas. Jeanne gosta das moças que fazem striptease. Elas a deixam excitada. — Ele deu de ombros, como se perguntasse quem consegue entender as mulheres. — Agora você está... — Ele olhou para baixo, viu a arma na minha mão e parou de falar. Os olhos se arregalaram. A língua saiu e lambeu os lábios. Fez um som molhado esquisito quando entrou de volta na boca.

— Se estou satisfeito? É o que ia perguntar? — Cutuquei-o com o cano da arma e tive prazer considerável com o seu susto. Matar muda o homem, isso posso lhe dizer, o deixa mais rude, mas, em minha defesa, se algum homem já mereceu um susto salutar foi esse aí. Em parte, Marguerite era responsável por aquilo em que o filho caçula se transformara, e o próprio Lee tinha bastante responsabilidade (todos aqueles sonhos de glória malformados), mas

Mohrenschildt fizera a sua parte. E será que era alguma trama complicada chocada no fundo das entranhas da CIA? Não. Simplesmente, ir à favela o divertia. A raiva e o desapontamento que assavam no forno aceso da personalidade perturbada de Lee também.

— Por favor — sussurrou Mohrenschildt.

— Estou satisfeito. Mas escute bem, seu saco de vento: você nunca mais vai se encontrar com Lee Oswald. Nunca mais vai falar com ele pelo telefone. E nunca mencionará nem uma palavra desta conversa à sua mulher, à mãe dele, a George Bouhe, a nenhum dos outros emigrados. Entendeu bem?

— Claro. Completamente. Estava mesmo ficando entediado com ele.

— Nem metade do que estou entediado. Se descobrir que falou com Lee, mato você. *Capisce?*

— Claro. E as concessões...?

— Alguém entrará em contato. Agora saia da merda do meu carro.

Foi o que ele fez, a toda. Quando estava atrás do volante do Caddy, estendi de novo a mão esquerda para fora. Em vez de chamar, desta vez usei o indicador para apontar a rua Mercedes. Ele foi.

Fiquei ali sentado mais algum tempo, olhando o recorte de jornal que, na pressa, ele se esquecera de pegar. Os Mohrenschildt e Jack Ruby, erguendo as taças. Seria uma placa indicando uma conspiração, afinal de contas? O pessoal meio maluco que acreditava em coisas como atiradores saindo do esgoto e duplos de Oswald provavelmente achariam que sim, mas eu sabia que não. Era apenas mais uma harmonia. Essa era a Terra de Antigamente, onde tudo ecoava.

Achei que tinha fechado a janela de incerteza de Al Templeton e só deixara uma fresta mínima. Oswald voltaria a Dallas em 3 de outubro. De acordo com as anotações de Al, em meados de outubro seria contratado como trabalhador braçal comum no Texas School Book Depository. Só que isso não aconteceria, porque em algum momento entre o dia 3 e o 16 eu daria fim à sua vida miserável e perigosa.

5

Permitiram que eu tirasse Sadie do hospital na manhã de 7 de agosto. Ela ficou calada na viagem de volta a Jodie. Dava para ver que ainda sentia dor considerável, mas ela descansou a mão companheira na minha coxa durante a maior parte da viagem. Quando entramos na rodovia 77, no grande outdoor dos Denholm Lions, ela disse:

— Volto à escola em setembro.

— Tem certeza?

— Tenho. Se aguentei ficar na frente da cidade inteira no Grange, acho que aguento ficar diante de um monte de garotos na biblioteca da escola. Além disso, acho que vamos precisar do dinheiro. A menos que você tenha alguma fonte de renda que não conheço, deve estar quase falido. Graças a mim.

— Devo ter algum dinheiro entrando no final do mês.

— A luta?

Fiz que sim.

— Bom. E só tenho de escutar os cochichos e risadinhas por pouco tempo, de qualquer maneira. Porque, quando você for, vou com você. — Ela fez uma pausa. — Se ainda for o que quer.

— Sadie, é *tudo* o que quero.

Entramos na rua Principal. Jem Needham acabava a ronda com o caminhão de leite. Bill Gavery punha pães frescos debaixo de um pano branco diante da padaria. De um carro que passava, Jan e Dean cantavam que em Surf City havia duas garotas para cada rapaz.

— Eu vou gostar, Jake? Da sua terra?

— Assim espero, querida.

— É muito diferente?

Sorri.

— Paga-se mais pela gasolina e há mais botões para apertar. Fora isso, é mais ou menos a mesma coisa.

6

Aquele agosto quente foi a coisa mais próxima de lua de mel que já tivemos, e foi uma delícia. Todo fingimento de que eu morava com Deke Simmons voou pela janela, embora eu ainda mantivesse o meu carro na garagem dele durante a noite.

Sadie se recuperou depressa do último insulto à sua carne e, embora o olho caísse e a bochecha ainda tivesse cicatrizes e um profundo afundamento onde Clayton cortara até o interior da boca, a melhora era visível. Ellerton e equipe tinham feito um bom serviço com o que dispunham.

Líamos livros sentados lado a lado no sofá, com o ventilador soprando o cabelo dela — *O grupo* para ela, *Judas, o obscuro* para mim. Fizemos piqueniques no quintal à sombra do seu valorizado pé de pistache chinês e tomamos litros de café gelado. Sadie voltou a reduzir o cigarro. Assistimos a *Rawhide*, *Ben Casey* e *Rota 66*. Certo noite, ela sintonizou *As novas aventuras de Ellery Queen*, mas lhe pedi que trocasse de canal. Disse que não gostava de mistérios.

Antes de dormir, eu passava pomada com todo o cuidado no rosto ferido e depois que íamos para a cama... era bom. Fiquemos assim.

Certo dia, na frente da mercearia, dei com Jessica Caltrop, aquela honrada integrante do conselho escolar. Ela disse que gostaria de conversar comigo um instante sobre o que chamou de "assunto delicado".

— O que poderia ser, srta. Caltrop? — perguntei. — Porque tenho sorvete aqui, e gostaria de chegar em casa antes que derretesse.

Ela me deu um sorriso gelado que manteria o meu sorvete de baunilha firme durante horas.

— A casa seria na travessa Bee Tree, sr. Amberson? Com a pobre srta. Dunhill?

— E por acaso isso é da sua conta?

O sorriso se congelou um pouco mais profundamente.

— Como integrante do conselho escolar, tenho de assegurar que a moralidade do nosso corpo docente seja impecável. Se o senhor e a srta. Dunhill estão morando juntos, para mim isso é motivo de grave preocupação. Os adolescentes são impressionáveis. Imitam o que veem nos adultos.

— A senhorita acha? Depois de uns quinze anos em sala de aula, eu diria que eles observam o comportamento adulto e depois correm o mais depressa possível no sentido contrário.

— Tenho certeza de que teríamos uma discussão esclarecedora sobre as suas opiniões a respeito da psicologia adolescente, sr. Amberson, mas não foi por isso que pedi para conversar com o senhor, por mais pouco à vontade que eu fique. — Ela parecia muito à vontade. — Se está vivendo em pecado com a srta. Dunhill...

— Pecado — comentei. — Ora, que palavra interessante. Jesus disse que aquele que não o tivesse estava livre para atirar a primeira pedra. Ou aquela, acho. A srta. Caltrop não tem pecado?

— Esta discussão não é sobre mim.

— Mas poderia passar a ser. Eu poderia fazer com que fosse. Eu poderia, por exemplo, começar perguntando por aí sobre alguns filhotes que a senhorita andou largando faz tempo.

Ela se encolheu como se levasse um tapa e deu dois passos atrás na direção da parede de tijolos da mercearia. Dei dois passos à frente, os sacos de compras envoltos nos braços.

— Acho isso nojento e ofensivo. Se o senhor ainda estivesse ensinando, eu...

— Tenho certeza que sim, mas não estou, logo a senhorita precisa me escutar com muita atenção. Pelo que sei, a senhorita teve um filho aos 16 anos, quando morava no rancho Sweetwater. Não sei se o pai era um dos seus colegas de escola, um vagabundo ou até o seu próprio pai...

— *Você é nojento!*

Verdade. E às vezes isso é um prazer imenso.

— Não me importa quem foi, mas me importo com Sadie, que tem passado por mais dor e sofrimento do que a senhorita sentiu em toda a sua vida. — Agora ela estava presa contra a parede de tijolos. Erguia para mim os olhos brilhantes de terror. Em outro tempo e lugar, talvez eu sentisse pena dela. Não agora. — Se a senhorita disser uma só palavra sobre Sadie, uma só palavra a quem quer que seja, passará a ser da minha conta descobrir onde aquele seu filho está agora, e espalharei a notícia de uma ponta a outra da cidade. Está me entendendo?

— Saia da minha frente! Me deixe passar!

— *Está me entendendo?*

— Estou! Estou!

— Ótimo. — Dei um passo atrás. — Viva a sua vida, srta. Caltrop. Desconfio que tem sido bem cinzenta desde os seus 16 anos (movimentada, talvez, inspecionar a roupa suja dos outros mantém a pessoa ocupada), mas é sua. E nos deixe viver a nossa.

Ela deslizou para a esquerda pela parede de tijolos, na direção do estacionamento atrás do mercado. Os olhos estavam arregalados. Não saíam de cima de mim.

Dei um sorriso agradável.

— Antes que essa discussão se transforme em algo que nunca aconteceu, quero lhe dar um conselho, mocinha. Vem diretamente do meu coração. Eu a amo e não é bom mexer com um homem apaixonado. Caso se meta na minha vida ou na de Sadie, tentarei ao máximo transformar a senhorita na piranha puritana mais sofrida do Texas. Essa é uma promessa sincera que lhe faço.

Ela correu para o estacionamento. Correu meio sem jeito, como quem há muito tempo não dá passos mais rápidos do que um andar majestoso. Com a saia marrom até a canela, as meias opacas cor de carne e os sensatos sapatos marrons, ela era o espírito do seu tempo. O cabelo se soltava do coque. Não tive dúvidas de que antigamente ela o usava solto, do jeito que os homens gostam de ver o cabelo da mulher, mas fora há muito tempo.

— E tenha um bom-dia! — gritei para ela.

7

Sadie entrou na cozinha enquanto eu guardava tudo na geladeira.

— Você demorou. Estava começando a me preocupar.

— Fiquei de prosa. Sabe como é Jodie. Sempre tem alguém para a gente matar o tempo.

Ela sorriu. O sorriso agora era um pouco mais fácil.

— Você é um doce.

Agradeci a Sadie e lhe disse que ela era um doce. Fiquei me perguntando se Caltrop falaria com Fred Miller, o outro integrante do conselho escolar que se considerava guardião da moral da cidade. Achei que não. Não era só que eu sabia da indiscrição juvenil dela; eu conseguira apavorá-la. Funcionara com Mohrenschildt e funcionara com ela. Assustar os outros é um serviço sujo que alguém tem de fazer.

Sadie atravessou a cozinha e me abraçou.

— O que você diria de um fim de semana nos Bangalôs Candlewood antes do início das aulas? Como nos velhos tempos? Será que é muita saliência de Sadie?

— Bom, aí depende. — Abracei-a. — Estamos falando de um fim de semana sujo?

Ela corou, a não ser em torno da cicatriz. A carne ali continuava branca e brilhante.

— Absolutamente imundo, señor.

— Então, quanto mais cedo, melhor.

8

Na verdade não foi um fim de semana sujo, a menos para quem acredita — como as Jessicas Caltrop do mundo parecem acreditar — que fazer amor é sujo. É verdade que passamos muito tempo na cama. Mas também passamos bastante tempo ao ar livre. Sadie era uma caminhante incansável e havia um vasto campo aberto no flanco de um morro atrás do Candlewood. Era uma revolta de flores selvagens de fim de verão. Passamos quase toda a tarde de sábado lá. Sadie sabia o nome de algumas flores — círio-de-nossa-senhora, cardo-santo, algo chamado sempre-verde —, mas para outras ela apenas balançava a cabeça e se abaixava para sentir os aromas que houvesse para cheirar. Andamos de mãos dadas, com o capim alto se esfregando nos nossos jeans e nuvens grandes e fofas em cima navegando pelo céu alto do Texas. Longas persianas de luz e sombra deslizavam pelo campo. Naquele dia havia uma brisa fresca e nenhum cheiro de refinaria no ar. No alto do morro, nos viramos e olhamos para trás. Os bangalôs eram pequenos e insignificantes na amplidão polvilhada de árvores da pradaria. A estrada era uma fita.

Sadie se sentou, puxou os joelhos até o peito e cruzou os braços em torno das canelas. Sentei-me ao lado dela.

— Quero lhe perguntar uma coisa — disse ela.

— Tudo bem.

— Não é sobre o... sabe, de onde você veio... Isso é mais do que quero pensar por enquanto. É sobre o homem que você veio deter. O que você diz que vai matar o presidente.

Pensei no caso.

— Assunto delicado, querida. Lembra que eu lhe disse que estou perto de uma grande máquina cheia de dentes afiados?

— Lembro...

— Eu disse que não deixaria você ficar perto de mim enquanto eu mexesse com ela. Já disse mais do que queria e, provavelmente, mais do que deveria. Porque o passado não quer ser mudado. Ele luta contra quando a gente tenta. E quanto maior o potencial de mudança, mais ele briga. Não quero que você se machuque.

— Já me machuquei — disse ela, baixinho.

— Está perguntando se a culpa foi minha?

— Não, querido. — Ela pôs a mão no meu rosto. — Não.

— Bom, pode ter sido, pelo menos em parte. Existe uma coisa chamada efeito borboleta... — Havia centenas delas esvoaçando na encosta diante de nós, como para ilustrar aquele mesmo fato.

— Sei o que é — disse ela. — Há um conto de Ray Bradbury sobre isso.

— É mesmo?

— Chama-se *Um som de trovão*. É muito bonito e muito perturbador. Mas, Jake... Johnny era maluco muito antes de você entrar em cena. Eu *larguei* ele muito antes de você entrar em cena. E se você não tivesse aparecido, poderia ser outro homem. Tenho certeza de que não seria tão bom quanto você, mas eu não saberia disso, não é? O tempo é uma árvore com muitos ramos.

— O que quer saber sobre o sujeito, Sadie?

— Principalmente por que você simplesmente não chama a polícia — anonimamente, é claro — e o denuncia.

Puxei uma folha de capim para mastigar enquanto pensava nisso. A primeira coisa a me passar pela cabeça foi algo que Mohrenschildt dissera no estacionamento do Montgomery Ward: *Ele é um caipira semianalfabeto, mas de uma astúcia surpreendente.*

Era uma boa avaliação. Lee escapara da Rússia quando se cansou de lá; teria astúcia suficiente para escapar do Book Depository depois de atirar no presidente, apesar da reação quase imediata da polícia e do Serviço Secreto. É claro que a reação foi rápida; muita gente veria exatamente de onde vinham os tiros.

Lee seria interrogado sob a mira das armas na sala de descanso do segundo andar antes mesmo que a carreata levasse a toda o presidente moribundo para o Hospital Parkland. O policial que fez o interrogatório se lembraria depois que o rapaz fora sensato e convincente. Depois que o capataz Roy Truly se responsabilizou por ele como funcionário, o policial deixaria Ozzie Coelho ir embora e depois correria escada acima para procurar a fonte dos tiros. Era possível acreditar que, não fosse o encontro com o patrulheiro Tippit, Lee passaria dias ou semanas sem ser capturado.

— Sadie, os policiais de Dallas vão chocar o mundo com a sua incompetência. Eu seria maluco se confiasse neles. Podem até nem agir com uma denúncia anônima.

— Mas por quê? Por que não agiriam?

— Agora porque o sujeito nem está no Texas e não pretende voltar. Ele planeja desertar para Cuba.

— *Cuba?* Por que *Cuba*?

Balancei a cabeça.

— Não importa, porque não vai dar certo. Ele voltará a Dallas, mas não com o plano de matar o presidente. Ele nem sequer sabe que Kennedy vem a Dallas. O próprio Kennedy não sabe, porque a viagem ainda não foi marcada.

— Mas *você* sabe.

— Sei.

— Porque na época de onde você veio, tudo isso está nos livros de História.

— Os traços gerais, sim. Consegui os detalhes específicos com o amigo que me mandou aqui. Contarei a história toda a você algum dia, depois que acabar, mas não agora. Não enquanto a máquina com todos aqueles dentes ainda estiver funcionando a todo vapor. O importante é o seguinte: se a polícia interrogar o sujeito em algum momento antes de meados de novembro, ele vai soar completamente inocente, porque é inocente. — Outra daquelas vastas sombras de nuvem rolou sobre nós, fazendo a temperatura cair temporariamente uns cinco graus. — Pelo que sei, ele pode só ter se decidido de vez no momento em que puxou o gatilho.

— Você fala como se já tivesse acontecido — disse ela, com espanto.

— No meu mundo, já aconteceu.

— O que há de importante em meados de novembro?

— No dia 16, o *Morning News* vai contar a Dallas a passeata de Kennedy pela rua Principal. L... o sujeito lerá a notícia e perceberá que os carros passarão bem na frente do lugar onde trabalha. Provavelmente pensará que é uma mensagem de Deus. Ou talvez do fantasma de Karl Marx.

— Onde ele vai trabalhar?

Balancei a cabeça de novo. Não era seguro que ela soubesse. É claro que *nada* disso era seguro. Mas (já disse isso antes, mas vale a pena repetir) que alívio contar pelo menos parte daquilo a alguém.

— Se a polícia falasse com ele, talvez pelo menos ele ficasse com medo de tentar.

Ela tinha razão, mas que risco pavoroso. Eu já correra um risco menor falando com Mohrenschildt, mas ele queria aquelas concessões de petróleo. Além disso, fiz mais do que assustá-lo: eu o deixei se cagando de medo. Achei que ficaria calado. Lee, por outro lado...

Peguei a mão de Sadie.

— Agora posso prever aonde esse homem vai do mesmo modo que posso prever aonde vai o trem, porque não pode sair dos trilhos. Basta eu aparecer, basta eu me meter e tudo sai da rota.

— E se você mesmo falasse com ele?

Uma imagem que era um verdadeiro pesadelo me passou pela cabeça. Vi Lee dizendo à polícia: *Quem me deu a ideia foi um homem chamado George Amberson. Se não fosse por ele, eu nunca teria pensado nisso.*

— Acho que isso também não daria certo.

Com vozinha miúda, ela perguntou:

— Você terá de matá-lo?

Não respondi. O que em si já era uma resposta, claro.

— E você sabe mesmo que isso vai acontecer.

— Sei.

— Assim como sabe que Tom Case vai vencer aquela luta no dia 29.

— Isso.

— Muito embora todo mundo que conhece boxe diga que Tiger vai acabar com ele.

Sorri.

— Você andou lendo a seção de esportes.

— É. Li, sim. — Ela tirou o pedaço de capim da minha boca e pôs na dela. — Nunca fui a uma luta dessas. Você me leva?

— Não é exatamente ao vivo, sabe. É numa tela de TV grande.

— Eu sei. Você me leva?

9

Havia muitas mulheres de boa aparência no Dallas Auditorium na noite da luta, mas Sadie recebeu o seu justo quinhão de olhares admiradores. Ela se arrumara cuidadosamente para a ocasião, mas a maquiagem mais habilidosa conseguiria apenas minimizar os danos ao rosto, nunca escondê-los completamente. O vestido ajudou bastante. Agarrava-se suavemente à linha do corpo e tinha um profundo decote redondo.

O golpe brilhante foi um fedora de feltro que Ellen Dockerty lhe dera quando Sadie lhe contou que eu a convidara a ir à luta comigo. O chapéu era quase igual ao que Ingrid Bergman usa na cena final de *Casablanca*. Com a inclinação despreocupada, dava destaque perfeito ao rosto... e, naturalmente, ficava inclinado para a esquerda, lançando um profundo triângulo de sombra sobre a bochecha ruim. Era melhor do que qualquer maquiagem. Quando ela saiu do quarto para a inspeção, disse-lhe que estava absolutamente fantástica. O ar de alívio no rosto e a faísca empolgada nos olhos indicou que ela sabia que eu fazia mais do que tentar deixá-la se sentindo bem.

Havia muito trânsito no caminho de Dallas e, na hora em que chegamos aos nossos lugares, a terceira das cinco lutas preliminares estava em andamento — um negro grande e um branco maior ainda socando-se devagar enquanto a multidão dava vivas. No piso de madeira polida onde os Dallas Spurs jogavam (mal) durante a temporada de basquete não havia ninguém, a não ser quatro telas enormes. A imagem era fornecida por vários sistemas de projeção atrás das telas e, embora as cores fossem lamacentas, quase rudimentares, a imagem propriamente dita era nítida. Sadie ficou impressionada. Na verdade, eu também.

— Está nervoso? — perguntou ela.

— Estou.

— Muito embora...

— Muito embora. Quando apostei que os Pirates venceriam a Série Mundial em 1960, eu *sabia*. Aqui dependo inteiramente do meu amigo, que pegou isso na internet.

— Que coisa é essa?

— Ficção científica. Como Ray Bradbury.

— Ah... tá bom. — Então ela pôs os dedos entre os lábios e assoviou. — *Ei, ô da cerveja!*

O homem da cerveja, vestido de colete, chapéu de caubói e cinturão com enfeites de prata, nos vendeu duas garrafas de Lone Star (de vidro, não de plástico) com copos de papel enfiados no gargalo. Eu lhe dei um dólar e lhe disse para ficar com o troco.

Sadie pegou a dela, bateu-a na minha e disse:

— Sorte, Jake.

— Se eu precisar, estarei encalacrado.

Ela acendeu um cigarro, acrescentando a sua fumaça ao véu azul que pendia em torno das lâmpadas. Eu estava à direita dela e, de onde me sentava, ela estava perfeita.

Cutuquei o seu ombro e, quando ela se virou, beijei de leve os lábios abertos.

— Garota — disse eu —, sempre teremos Paris.

Ela sorriu.

— A que fica no Texas, talvez.

Um gemido subiu da multidão. O lutador negro acabara de fazer o branco cair de bunda.

10

A luta principal começou às nove e meia. Closes dos lutadores encheram as telas e, quando a câmera se concentrou em Tom Case, o meu coração se apertou. Havia fios brancos no cabelo preto e crespo. As bochechas despencavam. A barriga estava flácida sobre os calções. Mas o pior de tudo eram os olhos um tanto embasbacados, que espiavam dentro de sacos fofos de tecido cicatrizado. Não parecia ter muita certeza de onde estava. A maior parte da plateia de 1.500 pessoas mais ou menos deu vivas — Tom Case era filho da terra, afinal de contas —, mas também ouvi um saudável coro de vaias. Ali sentado, acachapado no banquinho, segurando as cordas com as mãos enluvadas, parecia já ter perdido. Dick Tiger, por outro lado, estava de pé, dando socos no ar e saltitando agilmente nas suas sapatilhas pretas de cano alto.

Sadie se inclinou para mais perto de mim e cochichou:

— Isso não parece muito bom, querido.

Esse foi o eufemismo do século. Parecia terrível.

Lá na frente (onde a tela deveria parecer um penhasco a se erguer com figuras móveis e borradas projetadas nele), vi Akiva Roth conduzir uma boneca vestida de mink com tons de Greta Garbo até um lugar que seria junto ao ringue, caso a luta não fosse numa tela. Diante de mim e Sadie, um gorducho que fumava charuto se virou e disse:

— Pra quem torce, belezura?

— Case! — respondeu Sadie com bravura.

O gorducho fumante de charuto riu.

— Bom, pelo menos você tem coragem. Apostaria dez pratas nele?

— Paga quatro por um? Se Case nocautear o outro?

— Se *Case* nocautear *Tiger*? Madame, trato feito. — Ele estendeu a mão.

Sadie a apertou. Depois, se virou para mim com um sorrisinho desafiador brincando no canto da boca que ainda funcionava.

— Bem ousado — disse eu.

— De jeito nenhum. Tiger vai cair no quinto assalto. Eu consigo prever o futuro.

11

O apresentador, de smoking e meio quilo de tônico capilar, trotou até o centro do ringue, puxou um microfone pendurado num cabo prateado e citou os números dos lutadores numa voz retumbante de dono de circo. O Hino Nacional tocou. Os homens tiraram o chapéu e puseram a mão sobre o coração. Consegui sentir o meu batendo depressa, pelo menos cento e vinte batidas por minuto, talvez mais. O auditório tinha ar-condicionado, mas o suor escorria pela minha nuca e umedecia as minhas axilas.

Uma moça de maiô passou pelo ringue de salto alto, erguendo uma placa com um grande número 1.

Soou o gongo. Tom Case arrastou os pés no ringue com uma expressão resignada no rosto. Dick Tiger pulou alegremente para encontrá-lo, fez uma finta com a mão direita e largou um compacto gancho de esquerda que atingiu Case exatamente aos doze segundos da luta. As plateias — a dali e a outra do Garden, a mais de três mil quilômetros — soltaram um gemido de desagrado. A mão que Sadie descansara na minha coxa pareceu criar garras ao se tensionar e se enterrar.

— Diga àqueles dez para se despedir dos amigos, belezura — disse alegre o gorducho fumante de charuto.

Al, que merda você estava pensando?

Dick Tiger recuou para o seu canto e lá ficou, saltitando despreocupado na ponta dos pés enquanto o juiz começava a contagem, balançando dramaticamente o braço direito para cima e para baixo. No três, Case se mexeu. No cinco, se sentou. No sete, se apoiou no joelho. E no nove, se levantou e ergueu as luvas. O juiz pegou nas mãos o rosto do lutador e lhe fez uma pergunta. Case respondeu. O juiz concordou, acenou para Tiger e recuou.

O tigre, talvez ansioso para chegar ao filé do jantar que o esperava no Sardi's, correu para o massacre. Case não tentou fugir dele — a sua velocidade o deixara para trás havia muito tempo, talvez nalguma luta de cidade pequena, em Moline, Illinois, ou New Haven, Connecticut — mas conseguiu se defender... e entrar em clinch. Isso ele fez muito, descansando a cabeça no ombro de Tiger como um dançarino de tango cansado e batendo as luvas sem força nas costas do outro. A plateia começou a vaiar. Quando soou o gongo e Case se arrastou de volta ao banquinho de cabeça baixa e com os punhos enluvados balançando, vaiaram mais alto.

— Ele é um lixo, belezura — observou o gorducho.

Sadie me olhou ansiosa.

— O que acha?

— Acho que ele conseguiu passar pelo primeiro assalto. — O que eu *realmente* achava era que alguém devia enfiar um garfo na bunda mole de Tom Case, porque para mim ele parecia quase acabado.

A guria de maiô passou de novo, dessa vez segurando um 2. Soou o gongo. Novamente Tiger pulou e Case se arrastou. O meu sujeito continuava a se aproximar para entrar em clinch sempre que possível, mas notei que agora conseguia fugir do gancho de esquerda que o arrasara no primeiro assalto. Tiger trabalhou o estômago do lutador mais velho com golpes de direita que mais pareciam pistões, mas ainda devia haver muito músculo debaixo daquela banha, porque não afetaram muito Case. Em certo momento, Tiger empurrou Case para trás e, com ambas as luvas, fez um gesto de *venha, venha*. A multidão vibrou. Case só o fitou, então Tiger avançou. Case imediatamente entrou em clinch. O público gemeu. O gongo soou.

— A minha avó daria mais trabalho a Tiger — grunhiu o fumante de charutos.

— Talvez — disse Sadie, acendendo o terceiro cigarro da luta —, mas ele ainda está em pé, não está?

— Não por muito tempo, doçura. Na próxima vez em que aqueles ganchos de esquerda passarem, será Case encerrado. — Ele deu uma risadinha.

O terceiro assalto teve mais clinches e arrastar de pés, mas no quarto Case baixou a guarda de leve e Tiger o atingiu com uma barragem de esquerdos e direitos que pôs o público de pé, aos gritos. A namorada de Akiva Roth estava com eles. O sr. Roth manteve o lugar, mas se preocupou o suficiente para segurar a bunda da amiga com a mão direita cheia de anéis.

Case caiu contra as cordas, disparando direitos em Tiger, e um deles passou. Parecia bem fraco, mas vi o suor voar do cabelo do tigre quando ele balançou a cabeça. Havia no seu rosto uma expressão perplexa de de-onde-é-que-veio-*isso*. Então ele avançou de novo e voltou ao trabalho. O sangue começou a escorrer de um corte junto ao olho esquerdo de Case. Antes que Tiger conseguisse aumentar para um jorro o pinga-pinga da lesão, o gongo soou.

— Se me entregar aqueles dez agora, belezura — disse o fumante atarracado de charutos —, você e o seu namorado conseguirão vencer o trânsito.

— Quer saber? — perguntou Sadie. — Lhe dou a chance de desistir e poupar quarenta dólares.

O fumante atarracado de charuto riu.

— Bonita *e* com senso de humor. Se esse helicóptero comprido tratar você mal, doçura, venha para casa comigo.

No canto de Case, o treinador trabalhava freneticamente no olho machucado, espremendo alguma coisa de um tubo e esfregando com a ponta dos dedos. Para mim parecia Super Bonder, só que acho que ainda não tinha sido inventada. Depois, bateu nas costelas de Case com uma toalha molhada. O gongo soou.

Dick Tiger continuou atacando com jabs de direita e ganchos de esquerda. Case se esquivou de um gancho de esquerda e, pela primeira vez na luta, Tiger lançou um *uppercut* de direita na cabeça do mais velho. Case conseguiu recuar o suficiente para que não pegasse diretamente no queixo, mas atingiu a bochecha. A força do golpe distorceu o rosto inteiro numa careta de trem-fantasma. Ele cambaleou para trás. Tiger foi para cima dele. O público estava em pé de novo, berrando por sangue. Nós nos levantamos com o resto. As mãos de Sadie estavam sobre a boca.

Tiger estava com Case preso num dos cantos neutros e o martelava com direitos e esquerdos. Dava para ver Case afrouxar; dava para ver a luz dos seus olhos se reduzir. Mais um gancho de esquerda — ou aquele direto de direita — e ela se apagaria.

— *DERRUBA ELE!* — gritava o gorducho fumante de charuto. — *DERRUBA ELE, DICKY! BOTA ELE NO CHÃO!*

Tiger deu um golpe baixo, sob a linha da cintura. Provavelmente não de propósito, mas o juiz se intrometeu. Enquanto repreendia Tiger pelo golpe baixo, observei Case para ver como usaria esse descanso temporário. Vi surgir no seu rosto algo que reconheci. Vira Lee com a mesma expressão no dia em que dera o maior esporro em Marina por causa do zíper da saia. Surgira quando Marina se voltara contra ele, acusando-o de levar ela e a filha para uma pocilga e depois girando o dedo em torno da orelha num gesto de tá-maluco.

Na mesma hora, aquela luta deixou de ser apenas um caça-níqueis para Tom Case.

O juiz recuou. Tiger avançou, mas desta vez Case se preparou para recebê-lo. O que aconteceu nos próximos vinte segundos foi a coisa mais eletrizante e apavorante que já vi como parte do público. Os dois simplesmente ficaram grudados, batendo um no outro na cara, no peito, nos ombros, no estômago. Não houve ginga, acenos, trabalho de pés. Eram touros no pasto. O nariz de Case quebrou e jorrou sangue. O lábio inferior de Tiger se esmagou contra os dentes e rachou; o sangue escorreu pelos dois lados do queixo, deixando-o parecido com um vampiro depois de uma bela refeição.

Todos no auditório estavam em pé e gritavam. Sadie pulava. O fedora caiu, expondo a bochecha cortada. Ela nem notou. Ninguém mais notou. Nas telas imensas, a Terceira Guerra Mundial estava a todo vapor.

Case baixou a cabeça para dar uma daquelas bazucas de direita e vi Tiger fazer uma careta quando o punho atingiu o osso. Deu um passo atrás e Case disparou um *uppercut* monstruoso. Tiger virou a cabeça para evitar o pior, mas o protetor bucal voou e rolou na lona.

Case avançou, lançando cruzados de direita e esquerda. Não havia arte neles, só poder nu e zangado. Tiger recuou, tropeçou nos próprios pés e caiu. Case ficou de pé acima dele, aparentemente sem saber o que fazer ou, talvez, nem mesmo onde estava. Os sinais frenéticos do treinador lhe chamaram a atenção e ele se arrastou de volta ao seu canto. O juiz começou a contagem.

No quatro, Tiger se apoiou no joelho. No seis, estava em pé. Depois da contagem obrigatória até oito, a luta recomeçou. Olhei o grande relógio no canto da tela e vi que restavam quinze segundos daquele assalto.

Não basta, não é suficiente.

Case avançou devagar. Tiger deu aquele gancho de esquerda devastador. Case jogou a cabeça para o lado e, quando a luva passou voando pelo seu rosto, arremessou a direita. Dessa vez foi o rosto de Dick Tiger que se distorceu, e quando caiu ele não se levantou.

O gorducho olhou os restos esfarrapados do charuto e o jogou no chão.

— Jesus chorou!

— É! — chilreou Sadie, rearrumando o fedora na despreocupada inclinação correta. — Diante de uma pilha de panquecas de amora, e os discípulos disseram que eram as mais gostosas. Agora, pague!

12

Quando chegamos de volta a Jodie, 29 de agosto virara 30 de agosto, mas ambos estávamos excitados demais para dormir. Fizemos amor e depois fomos à cozinha em roupas de baixo e comemos torta.

— Que tal? — perguntei. — O que acha?

— Que nunca mais quero ir a uma luta dessas. Aquilo foi pura sede de sangue. E lá estava eu em pé, gritando com o resto. Por alguns segundos, talvez até um minuto inteiro, quis que Case matasse aquele almofadinha dançarino e cheio de si. Depois mal podia esperar para voltar para cá e pular na cama com você. Agora não teve nada a ver com amor, Jake. Agora foi só *ardor*.

Eu não disse nada. Às vezes não há nada a dizer.

Ela estendeu a mão sobre a mesa, catou uma migalha do meu queixo e a pôs na minha boca.

— Me diga que não é ódio.

— O quê?

— A razão para você achar que tem de deter esse homem sozinho. — Ela me viu começar a abrir a boca e ergueu a mão para me deter. — Ouvi tudo o que você disse, todas as suas razões, mas você tem de me dizer que *são* razões e não só o que vi nos olhos daquele tal de Case quando Tiger o atingiu no calção. Posso amar você se for um homem e posso amar você se for um herói — acho, embora por alguma razão pareça que seria muito mais difícil —, mas acho que não posso amar alguém que faz justiça com as próprias mãos.

Pensei no modo como Lee olhava a esposa quando não estava danado com ela. Pensei na conversa que ouvira quando ele e a filhinha brincavam com a água do banho. Pensei nas lágrimas dele na rodoviária, quando segurara Junie e enfiara o nariz debaixo do seu queixo antes de ir para Nova Orleans.

— Não é ódio — disse eu. — O que sinto por ele é...

Parei. Ela me observava.

— Tristeza por uma vida estragada. Mas a gente também sente pena de um bom cachorro que pega raiva. Isso não impede que a gente o sacrifique.

Ela me olhou nos olhos.

— Quero você de novo. Mas dessa vez tem de ser por amor, sabe? Não porque acabamos de ver dois homens se surrarem e o nosso ganhou.

— Tudo bem — disse eu. — Tudo bem. Isso é bom.

E foi.

13

— Ora, veja só — disse a filha de Frank Frati quando entrei na loja de penhores por volta do meio-dia daquela sexta-feira. — É o *swami* do boxe com sotaque da Nova Inglaterra. — Ela me deu um sorriso purpurinado, depois virou a cabeça e berrou: — *Pa-ai!* É o homem do Tom Case!

Frati veio arrastando os pés.

— Olá, sr. Amberson — disse ele. — Grande como a vida e bonito como Satã numa noite de sábado. Aposto que está sentindo os olhos brilhantes e o rabo felpudo neste lindo dia, não está?

— Claro — respondi. — Por que não? Tive um golpe de sorte.

— E fui eu quem levou o golpe. — Ele puxou um envelope pardo, um pouco maior que o tamanho padrão, do bolso de trás da calça larga de gabardine. — Dois mil. Fique à vontade para contar.

— Está tudo certo — disse eu. — Confio em você.

Ele começou a me passar o envelope e depois puxou-o de volta e batucou com ele o queixo. Os olhos azuis, desbotados mas astutos, me mediram.

— Tem interesse em rolar a aposta? A temporada de futebol americano está chegando, assim como a série de beisebol.

— Não sei bulhufas de futebol, e uma série de Dodgers e Yankees não me interessa muito. Passe para cá.

Ele passou.

— Foi um prazer fazer negócios com você — disse eu, e saí andando. Deu para sentir os olhos dele me seguindo e tive aquela sensação, agora já muito desagradável, de déjà-vu. Não consegui identificar a causa. Entrei no carro, torcendo para nunca mais ter de voltar àquela parte de Fort Worth. Nem à avenida Greenville, em Dallas. Nem fazer outra aposta com outro corretor chamado Frati.

Esses foram os meus três desejos, e todos se realizaram.

14

A minha próxima parada foi o número 214 da rua West Neely. Telefonei ao proprietário e lhe disse que agosto seria o meu último mês. Ele tentou me convencer a ficar, dizendo que bons inquilinos como eu eram difíceis de encontrar. Provavelmente era verdade — a polícia não aparecera nenhuma vez por minha causa, e olha que frequentava bastante o bairro, principalmente nos fins de semana —, mas desconfiei que tinha mais a ver com apartamentos demais e inquilinos de menos. Dallas vivia uma das suas depressões periódicas.

Parei no First Corn no caminho e engordei a minha conta bancária com os dois mil de Frati. Isso foi uma sorte. Mais tarde — muito mais tarde — percebi que, se estivesse com o dinheiro ao chegar à rua Neely, sem dúvida o perderia.

O meu plano era dar uma olhada nos quatro cômodos atrás de algum pertence que eu poderia ter esquecido, dando atenção específica àqueles pontos místicos de atração de lixo debaixo das almofadas do sofá, debaixo da cama e atrás das gavetas da cômoda. E é claro que levaria o meu Police Special. Precisaria dele para cuidar de Lee. Agora eu tinha toda a intenção de matá-lo e o mais cedo possível, assim que voltasse a Dallas. Enquanto isso, não queria deixar para trás nenhum vestígio de George Amberson.

Quando me aproximei da rua Neely, aquela sensação de estar preso na câmara de eco do tempo ficou fortíssima. Não parava de pensar nos dois Frati, um com uma esposa chamada Marjorie, o outro com uma filha chamada Wanda.

Marjorie: *Isso é aposta em língua de gente?*
Wanda: *Quando está em casa com os pés pra cima isso se chama aposta?*
Marjorie: *Sou J. Edgar Hoover, meu filho.*
Wanda: *Sou o chefe Curry, da Polícia de Dallas.*

E daí? Era a harmonia, só isso. A harmonia. Efeito colateral da viagem no tempo.

Ainda assim, um sinal de alarme começou a tocar no fundo da minha cabeça e, quando entrei na rua Neely, ele passou para a frente do cérebro. A história se repete, o passado se harmoniza, e a sensação tinha a ver com isso... mas não *só* com isso. Quando imbiquei na entrada da casa onde Lee fizera o seu plano meia-boca de assassinar Edwin Walker, realmente escutei aquele sinal de alarme. Porque agora estava perto. Agora ele apitava.

Akiva Roth na luta, mas não sozinho. Com ele estava uma bonequinha de óculos de Greta Garbo e estola de mink. Agosto em Dallas dificilmente seria clima para mink, mas o auditório tinha ar-condicionado e, como dizem no meu tempo, às vezes a gente precisa se produzir.

Tire os óculos escuros. Tire a estola. O que resta?

Por um instante, sentado ali no meu carro, escutando o ventilador do motor fazer tique e tuque, ainda não entendi. Então percebi que, caso substituísse a estola de mink por uma blusa da Ship N Shore, teria Wanda Frati.

Chaz Frati, de Derry, pusera Bill Turcotte atrás de mim. Esse pensamento chegara a me passar pela cabeça... mas eu o desdenhara. Má ideia. Quem Frank Frati de Fort Worth pusera atrás de mim? Bom, ele tinha de conhecer Akiva Roth da Financeira Fé; afinal de contas, Roth era namorado da sua filha.

De repente, quis a minha arma, e já.

Saí do Chevy e subi correndo os degraus da varanda, as chaves na mão. Eu remexia nelas quando uma camionete fechada veio rugindo pela esquina da avenida Haines e parou guinchando na frente do 214 com as rodas do lado esquerdo em cima do meio-fio.

Olhei em volta. Não vi ninguém. A rua estava deserta. Nunca há um transeunte para a gente gritar por socorro quando precisa. Muito menos um guarda.

Enfiei a chave certa na fechadura e a girei, pensando em trancá-los do lado de fora — quem quer que fossem *eles* — e chamar a polícia pelo telefone. Estava dentro, sentindo o cheiro do ar quente e viciado do apartamento deserto quando me lembrei que *não havia* telefone.

Homens grandes corriam pelo gramado. Três deles. Um tinha um pedaço de cano que parecia enrolado em alguma coisa.

Não, na verdade havia sujeitos suficientes para jogar bridge. O quarto era Akiva Roth, e não corria. Ele subia a calçada com as mãos no bolso e um sorriso plácido no rosto.

Bati a porta. Girei o ferrolho. Mal terminara quando ela se abriu numa explosão. Corri para o quarto e cheguei ao meio do caminho.

15

Dois capangas de Roth me arrastaram para a cozinha. O terceiro era o do cano. Estava enrolado em tiras de feltro escuro. Vi quando o pousou com cuidado na mesa onde eu fizera muitas boas refeições. Ele calçou luvas amarelas de couro cru.

Roth se inclinou na porta, ainda sorrindo placidamente.

— Eduardo Gutierrez está com sífilis — anunciou. — Já chegou ao cérebro. Em dezoito meses estará morto, mas quer saber? Ele nem liga. Acredita que vai voltar como emirado árabe ou uma merda dessas. Que tal, hem?

Responder a coisas sem sentido — em festas, no transporte público, na fila do cinema — já é bastante arriscado, mas é *muito* difícil saber o que dizer quando a gente está sendo segurado por dois homens, prestes a levar uma surra de um terceiro. Por isso, não disse nada.

— O fato é que você ficou na cabeça dele. Você ganhou apostas que não devia ganhar. Às vezes perdia, mas Eddie G. ficou com essa ideia maluca de que, quando perdia, era de propósito. Entende? Aí você ganhou uma bolada no Derby e ele decidiu, sei lá, que você era um tipo de maluco telepático que conseguia ver o futuro. Sabe que ele queimou a sua casa?

Eu não disse nada.

— *Aí* — continuou Roth —, quando aqueles vermezinhos começaram mesmo a roer o seu cérebro, ele começou a achar que você era um tipo de espírito do mal, um demônio. Mandou a notícia para todo o Sul, Oeste, Meio-Oeste. "Procurem aquele tal de Amberson e acabem com ele. Matem. O sujeito é antinatural. Senti o cheiro dele mas não prestei atenção. Agora olhem para mim, doente e moribundo. E a culpa é dele. Ele é um demônio, um espírito, uma merda dessas." Maluquice, sabia? Parafuso solto.

Eu não disse nada.

— Carmo, acho que o meu amigo Georgie não está ouvindo. Acho que está cochilando. Acorde ele.

O homem de luvas amarelas de couro cru deu um *uppercut* de Tom Case, da altura do quadril até o lado esquerdo do meu rosto. A dor explodiu na minha cabeça e, por alguns momentos, vi tudo daquele lado através de uma névoa escarlate.

— Tudo bem, agora você parece um pouco mais acordado — disse Roth. — Onde é que eu estava? Ah, já sei. Como você virou o fantasma particular de Eddie G. Por causa da sífilis, todos sabemos disso. Se não fosse você, seria algum cachorro doido. Ou uma garota que lhe bateu uma punheta com força demais no drive-in quando ele tinha 16 anos. Às vezes ele não consegue se lembrar do próprio endereço, tem de chamar alguém pra buscar. Triste, né? São aqueles vermezinhos na cabeça dele. Mas todo mundo mima ele, porque Eddie sempre foi um bom sujeito. Sabia contar uma piada, amigo, a gente ria de chorar. Ninguém achava que você fosse de verdade. Aí o fantasma de Eddie G. aparece em Dallas, na minha loja. E o que acontece? O fantasma aposta que os Pirates vão vencer os Yankees, coisa que todo mundo sabe que não vai acontecer, e, dali a sete jogos, e todo mundo sabe que a Série não vai durar.

— Foi só sorte — disse eu. A minha voz soou peluda, porque o lado da minha boca estava inchando. — Uma aposta de impulso.

— Isso é estúpido, e sempre é preciso pagar pela estupidez. Carmo, quebre os joelhos desse filho da puta.

— Não! — berrei. — Não, por favor, não faça isso!

Carmo sorriu como se eu tivesse dito algo engraçadinho, catou na mesa o cano enrolado em feltro e o lançou contra o meu joelho esquerdo. Ouvi algo lá embaixo fazer um som estalado. Como grandes nós dos dedos. A dor foi requintada. Engoli um grito e amoleci contra os homens que me seguravam. Eles me puseram em pé de novo.

Roth ficou à porta, de mão no bolso, sorrindo o seu sorriso plácido e feliz.

— Tudo bem. Legal. Isso vai inchar, aliás. Você nem acreditaria em como vai ficar grande. Mas, ora, você comprou, você pagou, agora é seu. Enquanto isso, os fatos, meu caro, apenas os fatos. — Os imbecis que me seguravam riram.

— O fato é que ninguém vestido como você no dia em que entrou na minha loja faz apostas desse tipo. Para homens vestidos como você, apostas de impulso são de dez dólares, vinte no máximo. Mas os Pirates venceram, isso também é um fato. E estou começando a achar que Eddie G. pode ter razão. Não que você seja um demônio, um espírito nem um maluco com percepção extrassensorial, nada disso, mas quem sabe se você não conhece alguém que sabe de alguma coisa? Por exemplo, que o jogo foi comprado e os Pirates *têm* de vencer em sete jogos?

— Ninguém compra beisebol, Roth. Não desde o Black Sox em 1919. Você faz apostas, devia saber disso.

Ele ergueu as sobrancelhas.

— Você sabe o meu nome! Ora, talvez você *seja* um sujeito com percepção extrassensorial. Mas não tenho o dia inteiro.

Ele deu uma olhada no relógio como se quisesse confirmar. Era grande e volumoso, provavelmente um Rolex.

— Tento ver onde você mora quando vem buscar a grana, mas você põe o polegar sobre o endereço. Tudo bem. Muita gente faz isso. Decido que vou deixar assim. Deveria mandar alguns rapazes rua abaixo para lhe dar uma surra, talvez até matar você para que a mente de Eddie G., o que restou dela, possa descansar? Porque um sujeito aceitou uma probabilidade de merda e me arrancou mil e duzentos? Foda-se, o que os olhos de Eddie G. não viram o coração não sente. Além disso, com você fora do caminho, ele vai simplesmente pensar em outra coisa. Talvez que Henry Ford era o Annie Cristo ou uma merda dessas. Carmo, ele não está escutando de novo e isso *me irrita*.

Carmo lançou o cano contra o meio do meu corpo. Ele me atingiu sob as costelas com força paralisadora. Houve dor, primeiro irregular, depois engolida numa explosão crescente de calor, como uma bola de fogo.

— Dói, não é? — perguntou Carmo. — Deixa a gente do balacobaco.

— Acho que você rompeu alguma coisa — disse eu. Ouvi um som rouco de locomotiva a vapor e percebi que era eu ofegando.

— Tomara mesmo que *sim* — disse Roth. — Eu deixei você ir embora, seu imbecil! Que merda, deixei você ir embora! Esqueci de você! Aí você aparece no Frank, em Fort Worth, para apostar na maldita luta de Case e Tiger. O mesmo modus operandi — aposta grande no azarão e a maior probabilidade que conseguir. Dessa vez você prevê *a merda do assalto exato*. Então eis o que vai acontecer, amigo: você vai me contar o que sabe. Se fizer isso, tiro umas fotos de como você está agora e Eddie G. vai ficar satisfeito. Ele sabe que não pode matar você, porque Carlos lhe disse que não, e Carlos ainda é o único sujeito que ele obedece. Mas se ele vir você fodido... ah, mas você ainda não está bastante fodido. Fode ele mais um pouco, Carmo. Na cara.

Assim, Carmo martelou o meu rosto enquanto os outros dois me seguravam. Quebrou o meu nariz, fechou o meu olho esquerdo, arrancou alguns dentes e rasgou a minha bochecha esquerda. Eu não parava de pensar: *vou desmaiar senão ele me mata, dos dois jeitos a dor sumiria*. Mas não desmaiei, e, em algum momento, Carmo parou. Ofegava e havia manchas vermelhas nas luvas amarelas de couro cru. O sol entrava pelas janelas da cozinha e fazia losangos alegres no linóleo desbotado.

— Assim é melhor — disse Roth. — Vá buscar a Polaroid na camionete, Carmo. Depressa, agora. Quero acabar com isso aqui.

Antes de sair, Carmo descalçou as luvas e as colocou na mesa, ao lado do cano de chumbo. Algumas tiras de feltro tinham se soltado. Estavam encharcadas de sangue. O meu rosto latejava, mas o abdome estava pior. Lá, o calor continuava a se espalhar. Havia algo muito errado por lá.

— Mais uma vez, Amberson. Como sabia que estava combinado? Quem lhe contou? A verdade.

— Foi só palpite. — Tentei dizer a mim mesmo que soava como um homem com um resfriado forte, mas não. Eu soava como um homem que acabara de ser moído de pancada.

Ele pegou o cachimbo e o bateu contra a mão gorducha.

— Quem lhe contou, cara de cu?

— Ninguém. Gutierrez tinha razão. Sou um demônio e os demônios conseguem ver o futuro.

573

— Você está perdendo a chance.

— Wanda é alta demais para você, Roth. E magra demais. Quando você fica em cima dela, deve parecer um sapo tentando trepar com um tronco. Ou talvez...

O rosto plácido dele se enrugou em fúria. Foi uma transformação completa e aconteceu em menos de um segundo. Ele jogou o cachimbo na minha cabeça. Ergui o braço esquerdo e ouvi-o rachar como um galho de bétula sobrecarregado de gelo. Dessa vez, quando amoleci os imbecis me deixaram cair no chão.

— Espertinho de merda, como detesto espertinhos de merda. — Isso parecia vir de uma grande distância. Ou de uma grande altura. Ou ambos. Finalmente me preparava para desmaiar, e muito grato por isso. Mas me restava visão suficiente para ver Carmo voltar com a câmera Polaroid. Era grande e pesada, do tipo em que a lente sai num acordeão.

— Vire ele — disse Roth. — Vamos pegar o lado bom.

Quando os brutamontes obedeceram, Carmo entregou a câmera a Roth e Roth entregou o cano a Carmo. Depois, Roth ergueu a câmera até o rosto e disse:

— Olha o passarinho, seu balde de merda filho da puta. Essa é para Eddie G....

Flash.

— ... outra para a minha coleção pessoal, que ainda não tenho mas agora posso começar...

Flash.

— ... e uma pra você. Pra se lembrar que quando gente séria faz perguntas, é bom responder.

Flash.

Ele puxou a terceira foto da câmera e a jogou na minha direção. Caiu diante da minha mão esquerda... na qual então ele pisou. Ossos se esmagaram. Gemi e puxei a mão ferida para junto do peito. Ele quebrara pelo menos um dedo, talvez até três.

— É bom se lembrar de puxar aquilo em sessenta segundos, senão vai revelar demais. Quer dizer, se estiver acordado.

— Quer lhe perguntar mais alguma coisa, agora que está amaciado? — perguntou Carmo.

— Tá brincando? Dá só uma olhada nele. Ele nem sabe mais o próprio nome. Que se foda. — Ele começou a ir embora e, então, se virou. — Ei, seu merda. Tome uma pra crescer.

Foi então que ele me chutou o lado da cabeça com um sapato que parecia de aço. Foguetes explodiram na minha visão. Então a parte de trás da cabeça bateu no assoalho e fui.

16

Acho que não fiquei desmaiado muito tempo, porque os losangos de luz do sol no linóleo não pareciam ter se mexido. A minha boca tinha gosto de cobre molhado. Cuspi sangue meio coagulado no chão, junto com um pedaço de dente, e tentei me levantar. Tive de me segurar numa das cadeiras da cozinha com a única mão que funcionava, depois na mesa (que quase caiu em cima de mim), mas no geral foi mais fácil do que pensei. A perna esquerda estava dormente e as calças estavam justas na parte de baixo, onde o joelho inchava como prometido, mas achei que poderia ter sido muito pior.

Olhei pela janela para me assegurar de que a camionete tinha ido embora e comecei uma viagem lenta e manquitolante até o quarto. O meu coração dava grandes batidas suaves e sovadas no meu peito. Cada uma delas latejava no meu nariz quebrado e fazia vibrar o lado esquerdo do rosto, onde o osso do zigoma tinha de estar quebrado. A parte de trás da cabeça também latejava. O pescoço estava duro.

Podia ter sido pior, lembrei a mim mesmo enquanto arrastava os pés pelo quarto. *Você está em pé, não está? Pegue a maldita arma, entre no carro, ponha no porta-luvas e vá para o pronto-socorro. No geral você está bem. Provavelmente melhor do que Dick Tiger esta manhã.*

Consegui continuar me dizendo isso até que estendi a mão para a prateleira do armário. Quando fiz isso, primeiro algo puxou na minha barriga... e depois pareceu *rolar*. O calor mal-humorado centralizado no meu lado esquerdo ardeu como brasas quando a gente joga gasolina. Pus a ponta dos dedos na coronha da arma, virei-a, enfiei o polegar na proteção do gatilho e a puxei da prateleira. Ela caiu no chão e pulou no quarto.

Provavelmente, nem carregada. Curvei-me para pegá-la. O joelho esquerdo rangeu e cedeu. Caí, e a dor na barriga subiu de novo. Mas peguei a arma e rolei o cilindro. Estava carregada, afinal de contas. Todas as câmaras. Coloquei-a no bolso e tentei me arrastar de volta para a cozinha, mas o joelho doía demais. E a dor de cabeça estava pior, estendendo tentáculos escuros para fora da sua caverninha na minha nuca.

Consegui chegar à cama me arrastando sobre a barriga. Quando cheguei lá, dei um jeito de me pôr de pé de novo, usando o braço e a perna direitos. A perna esquerda me aguentou, mas eu perdia a flexão do joelho. Tinha de sair de lá depressa.

Eu devia parecer Chester, o ajudante de xerife que mancava em *Gunsmoke*, quando saí do quarto, cruzei a cozinha e saí pela porta da frente, que pendia aberta com lascas em torno da fechadura. Cheguei a pensar *sr. Dillon, sr. Dillon, há encrenca lá em Longbranch!*

Atravessei a varanda, segurei a cerca com o punho direito e me arrastei até a calçada. Eram só quatro passos, mas a dor de cabeça piorava cada vez que dava um deles. Parecia estar perdendo a visão periférica, o que não podia ser bom. Tentei virar a cabeça para ver o meu Chevrolet, mas o pescoço não queria cooperar. Consegui girar o corpo inteiro e, quando avistei o carro, percebi que dirigir seria uma impossibilidade. Até abrir a porta do passageiro e guardar a arma no porta-luvas seria uma impossibilidade: se me curvasse, a dor e o calor no lado do corpo explodiriam de novo.

Consegui tirar o 38 do bolso e voltei à varanda. Segurei o corrimão da escada e larguei a arma debaixo dos degraus. Teria de servir. Endireitei o corpo de novo e segui devagar da entrada até a rua. *Passos de bebê*, disse a mim mesmo. *Passinhos de bebê.*

Dois garotos vieram pedalando nas bicicletas. Tentei lhes dizer que precisava de ajuda, mas a única coisa a sair da minha boca inchada foi um seco som *hhhahhhh*. Eles se entreolharam, pedalaram mais depressa e se desviaram de mim.

Virei para a direita (com o joelho inchado, ir para a esquerda parecia a pior ideia do mundo) e comecei a cambalear pela calçada. A minha visão continuava a se fechar; agora eu parecia espiar pela mira de uma arma ou pela boca de um túnel. Por um momento, isso me fez pensar na chaminé caída na Metalúrgica Kitchener, lá em Derry.

Vá para a avenida Haines, disse a mim mesmo. *Haverá tráfego na avenida Haines. Você tem pelo menos de chegar até lá.*

Mas eu ia na direção da Haines ou me afastava dela? Não conseguia me lembrar. O mundo visível se reduzia a um único círculo nítido com uns quinze centímetros de diâmetro. A minha cabeça rachava; havia um incêndio florestal na minha barriga. Quando caí, pareceu ser em câmera lenta, e a calçada estava tão macia quanto um colchão de plumas.

Antes que eu desmaiasse, algo me cutucou. Algo duro e metálico. Uma voz enferrujada, uns dez ou quinze quilômetros acima de mim, disse:

— Você! *Você*, menino! O que há com você?

Virei a cabeça. Precisei do resto das minhas forças, mas consegui. Assomando sobre mim estava a velha que me chamara de covarde quando me recusei a me intrometer entre Lee e Marina no Dia do Zíper. Deve ter *sido* naquele dia, porque, com ou sem calor de agosto, ela estava usando de novo a camisola de flanela rosa e o casaco acolchoado. Talvez porque eu ainda tivesse boxe no que me restava de cabeça, dessa vez o seu cabelo eriçado me lembrou Don King em vez de Elsa Lanchester. Ela me cutucara com uma das pernas dianteiras do andador.

— Aimeudeus — disse ela. — Quem bateu em você?

Era uma longa história e eu não podia contar. A escuridão se fechava, e fiquei contente porque a dor na minha cabeça estava me matando. *Al pegou câncer de pulmão*, pensei. *Eu peguei Akiva Roth. Seja como for, o jogo acabou. Ozzie vence.*

Não se eu pudesse impedir.

Juntando toda a minha força, falei com o rosto bem acima de mim, a única coisa brilhante que restava na escuridão invasora.

— Ligue... nove-um-um.

— O que é *isso*?

Claro que ela não sabia. Nove-um-um, o número de emergência, ainda não tinha sido inventado. Aguentei o suficiente para tentar de novo.

— Ambulância.

Acho que devo ter repetido, mas não tenho certeza. Foi então que a escuridão me engoliu.

17

Desde então me perguntei se foram garotos que roubaram o meu carro ou os brutamontes de Roth. E quando aconteceu. Seja como for, os ladrões não o destruíram nem bateram; Deke Simmons o recolheu no depósito da polícia uma semana depois. Estava em condições bem melhores do que as minhas.

A viagem no tempo é cheia de ironias.

CAPÍTULO 26

Durante as onze semanas seguintes, mais uma vez levei duas vidas. Havia aquela da qual eu mal sabia — a vida exterior — e a que eu conhecia bem demais. Essa era a interior, na qual eu costumava sonhar com o Homem do Cartão Amarelo.

Na vida exterior, a senhora do andador (Alberta Hitchinson; Sadie a procurou e lhe levou um buquê de flores) ficou ao meu lado na calçada e berrou até que um vizinho saiu, viu a situação e ligou para a ambulância que me levou para Parkland. O médico que me tratou foi Malcolm Perry, que mais tarde trataria tanto de John F. Kennedy quanto de Lee Harvey Oswald quando estavam morrendo. Comigo ele teve mais sorte, embora fosse por pouco.

Eu sofrera dentes quebrados, nariz quebrado, arco zigomático quebrado, joelho esquerdo fraturado, braço esquerdo quebrado, dedos luxados e lesões abdominais. Também sofrera uma lesão cerebral, que foi a que mais preocupou Perry.

Disseram-me que acordei e urrei quando apalparam a minha barriga, mas não tenho lembrança disso. Fui cateterizado e, imediatamente, comecei a mijar o que os anunciadores de boxe chamariam de "clarete". A princípio os meus sinais vitais ficaram estáveis, depois começaram a piorar. Conferiram o meu tipo sanguíneo e me deram quatro bolsas de sangue... que, Sadie me contou mais tarde, os residentes de Jodie compensaram cem vezes mais com uma campanha de doação de sangue no final de setembro. Ela teve de me contar várias vezes, porque eu não parava de me esquecer. Fui preparado para a cirurgia abdominal, mas primeiro uma consulta neurológica e uma punção raquidiana — não havia coisas como tomografias e ressonâncias magnéticas na Terra de Antigamente.

Também me contaram que conversei com duas enfermeiras que me prepararam para a punção. Disse a elas que a minha mulher tinha problemas de bebida. Uma delas disse que isso era muito ruim e me perguntou o nome dela. Eu lhes disse que era um peixe chamado Wanda e dei uma boa gargalhada. Depois, desmaiei de novo.

O meu baço estava destruído. Eles o removeram.

Enquanto eu ainda estava apagado e o meu baço ia sei lá para onde vão os órgãos já sem utilidade mas não absolutamente vitais, fui entregue à Ortopedia. Lá, o meu braço quebrado foi entalado e a perna quebrada, posta no gesso. Muita gente o assinou nas semanas seguintes. Às vezes eu conhecia o nome; em geral, não.

Fui mantido sob sedação, com a cabeça estabilizada e a cama erguida exatos trinta graus. O fenobarbital não era porque eu estivesse consciente (embora às vezes eu murmurasse, como disse Sadie), mas porque tinham medo que de repente eu acordasse e me lesionasse ainda mais. Em essência, Perry e os outros médicos (Ellerton também vinha acompanhar regularmente o meu progresso) tratavam a minha carne machucada como uma bomba que ainda não explodira.

Até hoje, ainda não sei direito o que são hematócrito e hemoglobina, mas os meus começaram a se recuperar e isso agradou a todos. Fizeram outra punção lombar três dias depois. Essa mostrou sinais de sangue velho, e no que diz respeito a punções lombares, velho é melhor do que novo. Indicava que eu sofrera um trauma cerebral significativo, mas eles poderiam abrir mão de abrir um brrr-raco no meu crânio, procedimento arriscado dadas todas as batalhas que o meu organismo travava em outras frentes.

Mas o passado é obstinado e se protege de mudanças. Cinco dias depois de internado, a carne em torno da incisão da esplenectomia começou a ficar vermelha e quente. No dia seguinte, a incisão reabriu e tive febre. O meu estado, que fora baixado de gravíssimo para grave depois da segunda punção, voltou correndo para gravíssimo. De acordo com a minha ficha, eu fiquei "sedado por ordem do dr. Perry e com mínima reação neurológica".

Em 7 de setembro, acordei rapidamente. Ou assim me contaram. Uma mulher, bonita apesar da cicatriz no rosto, e um velho de chapéu de caubói no colo estavam sentados na minha cama.

— Sabe o seu nome? — perguntou a mulher.

— Puddentane — respondi. — Se me perguntar, é o que vou falar.

O sr. Jake George Puddentane Epping-Amberson passou sete semanas em Parkland antes se ser transferido para um centro de reabilitação — um pequeno conjunto habitacional para doentes — na zona norte de Dallas. Durante aquelas sete semanas, tomei antibiótico na veia para a infecção que se instalara onde antes estava o meu baço. A tala do braço quebrado foi substituída por um gesso comprido, que também se encheu de nomes que eu não conhecia. Pouco antes de me mudar para Eden Fallows, o centro de reabilitação, fui promovido a um gesso curto no braço. Mais ou menos nessa época, uma fisioterapeuta começou a torturar o meu joelho para que recuperasse algo parecido com mobilidade. Disseram que gritei muito, mas não me lembro.

Malcolm Perry e o resto da equipe de Parkland salvaram a minha vida, disso não tenho dúvida. Também me deram um presente involuntário e desagradável que perdurou durante a minha estada em Eden Fallows. Foi uma infecção secundária causada pelos antibióticos bombeados no meu organismo para combater a primária. Tenho lembranças enevoadas de vomitar e da impressão de passar dias inteiros com a bunda numa comadre. Lembro de pensar, em certo momento, *tenho de ir à Drogaria Derry falar com o sr. Keene. Preciso de Kaopectate.* Mas quem era o sr. Keene, e onde ficava Derry?

Eles me deixaram sair do hospital quando comecei a segurar a comida lá dentro de novo, mas já estava quase quinze dias em Eden Fallows quando a diarreia parou. Nisso, era quase Halloween. Sadie (geralmente eu me lembrava do nome dela; às vezes me escapava) me trouxe uma cabeça de abóbora de papel. Essa lembrança é claríssima, porque gritei quando vi. Eram os gritos de alguém que esqueceu algo importantíssimo.

— O quê? — perguntou ela. — O que é, querido? Qual é o problema? É Kennedy? Alguma coisa sobre Kennedy?

— *Ele vai matar todo mundo com um martelo!* — gritei para ela. — *Na noite de Halloween! Tenho de impedir!*

— Quem? — Ela pegou as minhas mãos agitadas, o rosto assustado. — Impedir quem?

Mas não consegui me lembrar e adormeci. Dormia muito, e não só por causa da lesão na cabeça que sarava devagar. Estava exausto, era pouco mais do que um fantasma do meu antigo eu. No dia da surra, pesava oitenta e quatro quilos. Quando me tiraram do hospital e me instalaram em Eden Fallows, pesava sessenta e três.

Essa era a vida exterior de Jake Epping, homem que fora muito surrado e depois quase morreu no hospital. A minha vida interior eram trevas, vozes e momentos de compreensão que eram como relâmpagos: me cegavam com o seu brilho e sumiam antes que eu conseguisse mais do que vislumbres da paisagem com a sua luz. Ficava quase o tempo todo perdido, mas de vez em quando eu me achava.

Eu estava com um calor infernal e uma mulher me alimentava lascas de gelo que estavam divinamente frescas. Essa era A MULHER DA CICATRIZ, que às vezes era Sadie.

Eu estava no vaso sanitário no canto do quarto sem ideia nenhuma de como chegara ali, liberando galões de merda ardente e aguada, o lado do corpo coçando e latejando, o joelho aos berros. Lembro-me de desejar que alguém me matasse.

Eu estava tentando sair da cama porque tinha de fazer algo importantíssimo. Parecia que o mundo inteiro dependia de mim para isso. O HOMEM COM CHAPÉU DE CAUBÓI estava lá. Ele me segurou e me ajudou a voltar para a cama antes que eu caísse no chão.

— Ainda não, filho — disse ele. — Você está longe de ter força suficiente.

Eu estava falando — ou tentando falar — com um par de policiais fardados que foram fazer perguntas sobre a surra que eu levara. Um deles tinha no peito uma tira com o nome TIPPIT. Tentei lhe dizer que ele corria perigo. Tentei lhe dizer que se lembrasse de 5 de novembro. Era o mês certo, mas o dia errado. Não consegui me lembrar da data real e, frustrado, comecei a socar a minha cabeça estúpida. Os policiais se entreolharam, estarrecidos. NÃO TIPPIT chamou a enfermeira. Ela veio com o médico, o médico me deu uma injeção e fui embora flutuando.

Eu estava escutando Sadie ler para mim, primeiro *Judas, o obscuro*, depois *Tess of the D'Urbervilles*. Eu conhecia essas histórias e escutá-las de novo era confortador. Em certo momento, durante Tess, lembrei-me de uma coisa.

— Fiz Tessica Caltrop nos deixar em paz.

Sadie ergueu os olhos.

— Quer dizer Jessica? Jessica Caltrop? Foi mesmo? Como? Você se lembra?

Mas não. Sumira.

Eu estava olhando Sadie quando ela ficava em pé junto à minha janelinha, fitando a chuva lá fora e chorando.

Mas na maior parte do tempo, eu estava perdido.

O HOMEM COM CHAPÉU DE CAUBÓI era Deke, mas certa vez achei que era o meu avô, e isso me deixou muito apavorado, porque o vovô Epping estava morto e...

Epping, *esse* era o meu sobrenome. *Agarre-se a isso*, disse a mim mesmo, mas no começo não consegui.

Várias vezes, UMA MULHER IDOSA DE BATOM VERMELHO veio me visitar. Às vezes eu achava que o nome dela era dona Mimi; às vezes, que era dona Ellie; certa vez tive bastante certeza de que era Irene Ryan, que fez a vovó Clampett no filme *A família Buscapé*. Disse a ela que jogara o meu celular num lago.

— Agora ele dorme com os peixes. Ah, como eu queria ter aquele danado de volta.

UM JOVEM CASAL veio. Sadie disse:

— Veja, são Mike e Bobbi Jill.

Eu disse:

— Mike Coleslaw.

O RAPAZ disse:

— Quase, sr. A. — Ele sorriu. Uma lágrima escorreu pela sua bochecha quando ele sorriu.

Mais tarde, quando iam a Eden Fallows, Sadie e Deke se sentavam comigo no sofá. Sadie pegava a minha mão e perguntava:

— Qual é o nome dele, Jake? Você nunca me disse o *nome* dele. Como vamos detê-lo se não soubermos quem é nem onde vai estar?

— Vou acabar com ele — disse eu. Tentei com muita força. Fez a parte de trás da minha cabeça doer, mas tentei com mais força ainda. — Fazer ele parar.

— Você não vai conseguir parar um percevejo sem a nossa ajuda — disse Deke.

Mas Sadie era querida demais e Deke, velho demais. Para começar, ela não deveria ter contado nada a ele. Mas talvez tudo bem, porque na verdade ele não acreditava.

— Se vocês se envolverem, o Homem do Cartão Amarelo vai impedir vocês — disse eu. — Sou o único que ele não pode impedir.

— Quem é o Homem do Cartão Amarelo? — perguntou Sadie, inclinando-se para a frente e segurando as minhas mãos.

— Não lembro, mas ele não pode me impedir porque não sou daqui.

Só que ele *estava* me impedindo. Ou algo estava. O dr. Perry disse que a minha amnésia era rasa e transitória, e tinha razão... mas só até certo ponto. Se tentasse demais lembrar as coisas que mais importavam, a minha cabeça doía ferozmente, o meu andar coxo virava tropeço e a minha visão ficava borrada. O pior de tudo era a tendência a adormecer de repente. Sadie perguntou ao dr. Perry se era narcolepsia. Ele disse que provavelmente não, mas achei que parecia preocupado.

— Ele acorda quando você chama ou sacode?

— Sempre — disse Sadie.

— É mais comum acontecer quando ele fica nervoso porque não consegue se lembrar de alguma coisa?

Sadie concordou que era.

— Então tenho quase certeza de que passará, assim como a amnésia está passando.

Finalmente, de pouquinho em pouquinho, o meu mundo interior começou a se fundir ao exterior. Eu era Jacob Epping, era professor e de algum modo tinha viajado no tempo para impedir o assassinato do presidente Kennedy. A princípio, tentei rejeitar a ideia, mas eu sabia demais sobre os anos vindouros e essas coisas não eram visões. Eram lembranças. Os Rolling Stones, as sessões para o impeachment de Clinton, o World Trade Center em chamas. Christy, a minha ex-esposa perturbada e perturbadora.

Certa noite, quando eu e Sadie assistíamos a *Combat*, me lembrei do que fizera a Frank Dunning.

— Sadie, matei um homem antes de vir para o Texas. Foi num cemitério. Foi preciso. Ele ia assassinar a família inteira.

Ela me olhou de olhos arregalados e boca aberta.

— Desligue a TV — pedi. — O sujeito que faz o sargento Saunders, não consigo me lembrar do nome dele, vai ser decapitado pela pá do helicóptero. Por favor, Sadie, desligue.

Ela desligou e se ajoelhou na minha frente.

— Quem vai matar Kennedy? Onde ele estará quando fizer isso?

Tentei o mais que pude, e não adormeci, mas não consegui me lembrar. Eu fora do Maine para a Flórida, disse eu me lembrava. No Ford Sunliner, um carro maravilhoso. Fora da Flórida para Nova Orleans e, quando saí de Nova Orleans, vim para o Texas. Lembrei ter escutado *Earth Angel* no rádio quando atravessei a fronteira estadual, a 110 por hora na rodovia 20. Me lembrei de uma placa: **BEM-VINDO AO TEXAS**. E um outdoor anunciando CHUR-RASCARIA SONNY'S, 27 MILHAS. Depois disso, um buraco no filme. Do outro lado, surgiam lembranças de morar e dar aulas em Jodie. Lembranças mais vivas de dançar swing com Sadie e me deitar com ela nos Bangalôs Candlewood. Sadie me disse que eu também morara em Fort Worth e Dallas, mas ela não sabia onde; só tinha dois números telefônicos que não funcionavam mais. Eu também não sabia onde, embora achasse que um dos lugares podia ser na rua Cadillac. Ela verificou os mapas urbanos e disse que não havia rua Cadillac em nenhuma das cidades.

Agora eu me lembrava de muitas coisas, mas não do nome do assassino nem de onde estaria quando tentasse. E por que não? Porque o passado escondia isso de mim. O passado obstinado.

— O assassino tem uma filha — disse eu. — Acho que o nome dela é April.

— Jake, vou lhe fazer uma pergunta. Pode deixar você danado, mas como muita coisa depende disso — o destino do mundo, segundo você —, é preciso.

— Fique à vontade. — Eu não conseguia pensar em nada que ela pudesse me perguntar que me deixaria zangado.

— Você está mentindo pra mim?

— Não — respondi. Era verdade. Naquela hora.

— Eu disse a Deke que precisávamos ligar para a polícia. Ele me mostrou uma reportagem do *Morning News* que dizia que já houve duzentas ameaças de morte e denúncias de possíveis assassinos. Ele diz que tanto os direitistas de Dallas e Fort Worth quanto os esquerdistas de San Antonio estão tentando apavorar Kennedy para não vir ao Texas. Diz que a polícia de Dallas está entregando todas as ameaças e denúncias ao FBI e eles não estão fazendo *nada*. Diz que a única pessoa que J. Edgar Hoover detesta mais do que JFK é o seu irmão Bobby.

Eu não dava muita importância a quem J. Edgar Hoover detestava.

— Acredita em mim?

— Acredito — respondeu ela, e suspirou. — Vic Morrow vai morrer mesmo?

Esse era o nome dele, claro.

— Vai.

— Fazendo *Combat*?

— Não, um filme.

Ela caiu em lágrimas.

— Não *morra*, Jake, por favor. Eu só quero que você melhore.

Eu tinha um monte de pesadelos. Os locais variavam — às vezes era uma rua vazia que lembrava a rua Principal de Lisbon Falls, outras era o cemitério onde eu atirara em Frank Dunning, outras era na cozinha de Andy Cullum, o ás do *cribbage* — mas em geral era a lanchonete de Al Templeton. Nós nos sentávamos num compartimento com as fotos do Muro das Celebridades da Cidade olhando para nós. Al estava doente — moribundo —, mas os seus olhos estavam cheios de viva intensidade.

— O Homem do Cartão Amarelo é a personificação do passado obstinado — disse Al. — Sabe disso, não sabe?

Sim, eu sabia.

— Ele achou que você morreria com a surra, mas você não morreu. Ele achou que você morreria com as infecções, mas você não morreu. Agora ele está protegendo essas lembranças, as principais, porque sabe que é a sua última esperança de detê-lo.

— Como pode? Ele morreu.

Al balançou a cabeça.

— Não, esse sou eu.

— Quem é ele? *O que* é ele? E como pode voltar a viver? Ele cortou a própria garganta e o cartão ficou preto! Eu *vi*!

— Não sei, colega. Só sei que ele não pode impedir você se você se recusar a parar. *Você tem de chegar àquelas lembranças.*

— Então me ajude! — berrei e agarrei a garra dura da sua mão. — Me diga o nome do sujeito! É Chapman? Manson? Ambos me lembram alguma coisa, mas nenhum parece certo. Você me meteu nisso, então me ajude!

Nesse momento do sonho, Al abre a boca para me ajudar, mas o Homem do Cartão Amarelo intervém. Se estamos na rua Principal, ele sai da fachada verde ou da Kennebec Fruit. Se é o cemitério, ele se levanta de um túmulo aberto como um zumbi de George Romero. Se é a lanchonete, a porta se escancara. O cartão que usa na fita do fedora é tão preto que parece um buraco retangular no mundo. Está morto e em decomposição. O antigo sobretudo está manchado de mofo. As órbitas são bolas de vermes a se contorcer.

— *Ele não pode lhe contar nada porque é dia de grana dupla!* — grita o Homem do Cartão Amarelo que agora é o Homem do Cartão Preto.

Viro-me de novo para Al, só que Al se tornou um esqueleto com um cigarro preso entre os dentes, e acordo todo suado. Busco as lembranças, mas elas não estão lá.

Deke me trouxe as reportagens de jornal sobre a visita iminente de Kennedy, na esperança de que fizessem alguma coisa se soltar. Não fizeram. Certa vez, enquanto eu estava deitado no sofá (acabara de acordar de um dos meus sonos súbitos), ouvi os dois discutindo de novo sobre chamar a polícia. Deke dizia que denúncias anônimas seriam desconsideradas e se tivessem um nome envolvido nos poriam todos em encrencas.

— Não me importo! — gritou Sadie. — Sei que você acha que ele está maluco, mas e se estiver certo? Como vamos nos sentir se Kennedy voltar de Dallas a Washington num *caixão*?

— Se você chamar a polícia, eles vão se concentrar em Jake, doçura. E, de acordo com você, ele matou um homem na Nova Inglaterra antes de vir para cá.

Sadie, Sadie, gostaria que não tivesse contado isso a ele.

Ela parou de discutir, mas não desistiu. Às vezes, tentava me tirar as coisas de surpresa, do jeito que, supostamente, se pode acabar com os soluços de alguém lhe dando um susto. Não funcionou.

— O que vou fazer com você? — perguntou ela com tristeza.

— Não sei.

— Tente chegar lá de outra maneira. Tente se esgueirar.

— Já tentei. Acho que o sujeito esteve no exército ou nos fuzileiros. — Esfreguei a nuca, onde a dor começava outra vez. — Mas pode ter sido a marinha. Merda, Christy, não sei.

— Sadie, Jake. O meu nome é Sadie.

— Não foi o que eu disse?

Ela balançou a cabeça e tentou sorrir.

No dia 12, terça-feira seguinte ao Dia dos Veteranos, o *Morning News* publicou um longo editorial sobre a visita iminente de Kennedy e o que ela significava para a cidade. "A maioria dos moradores parece disposta a dar as boas-vindas de braços abertos ao presidente jovem e inexperiente", dizia o texto. "A empolgação é grande. É claro que o fato de a sua linda e carismática esposa vir com ele não atrapalha em nada."

— Mais sonhos sobre o Homem do Cartão Amarelo ontem à noite? — perguntou Sadie quando chegou. Ela passara o feriado em Jodie, principalmente para regar as plantas e "salvar as aparências", como dizia.

Fiz que não.

— Querida, você tem ficado aqui muito mais do que em Jodie. Qual é a sua situação no emprego?

— A dona Ellie me pôs em meio expediente. Estou conseguindo, e quando eu for com você... se formos... Acho que terei de ver o que acontece.

O seu olhar se afastou de mim e ela se ocupou acendendo um cigarro. Ao vê-la levar tempo demais arrumando o cigarro na mesa de centro e depois mexendo com os fósforos, percebi uma coisa desanimadora: Sadie também tinha dúvidas. Eu previra um final pacífico para a Crise dos Mísseis, soubera que Dick Tiger ia cair no quinto assalto... mas ela ainda tinha dúvidas. E eu não podia achar ruim. Se a nossa posição se invertesse, eu teria as minhas.

Então ela se animou.

— Mas tenho um substituto excelente, e aposto que você consegue adivinhar quem é.

Sorri.

— É... — Não consegui pegar o nome. Conseguia vê-lo (o rosto envelhecido e bronzeado de sol, o chapéu de caubói, a gravata fininha), mas naquela manhã de terça-feira não conseguia nem chegar perto. A cabeça começou a doer na parte de trás, onde batera no assoalho, mas que assoalho, em que casa? Era uma foda abismal não saber.

Kennedy chegaria em dez dias e eu não conseguia nem lembrar o nome daquela merda daquele velho.

— Tente, Jake.

— *Estou tentando* — respondi. — *Estou tentando*, Sadie!

— Espere um instante. Tive uma ideia.

Ela deixou o cigarro fumegante num dos sulcos do cinzeiro, se levantou, saiu pela porta da frente, fechou-a. Então a abriu e falou numa voz comicamente rouca e profunda, dizendo o que o velho dizia sempre que vinha visitar:

— Como está indo hoje, filho? Se alimentando direitinho?

— Deke — disse eu. — Deke Simmons. Foi casado com a dona Mimi, mas ela morreu no México. Fizemos uma cerimônia em sua memória.

A dor de cabeça sumira. Simples assim.

Sadie bateu palmas e correu para mim. Ganhei um beijo longo e maravilhoso.

— Viu? — disse ela quando se afastou. — Você consegue. Ainda não é tarde demais. Qual é o nome dele, Jake? Qual é o nome daquele pederasta maluco?

Mas não consegui me lembrar.

Em 16 de novembro, o *Times Herald* publicou a rota da carreata de Kennedy. Começaria no Love Field e terminaria no Trade Mart, onde ele falaria ao Dallas Citizens Council e convidados. O propósito nominal desse discurso seria saudar o Centro de Pesquisas de Pós-Graduação e parabenizar Dallas pelo progresso econômico da última década, mas o *Times Herald* teve o prazer de informar aos que ainda não sabiam que a verdadeira razão era pura política. O Texas votara em Kennedy em 1960, mas 1964 parecia duvidoso apesar de na chapa haver um bom filho de Johnson City. Os cínicos ainda chamavam o vice-presidente de "Landslide Lyndon", Lyndon, a avalanche, referência à candidatura ao Senado em 1948, um negócio decididamente suspeito em que venceu por 87 votos. Isso era história antiga, mas a longevidade do apelido dizia muito sobre a postura confusa dos texanos a seu respeito. O serviço de Kennedy — e de Jackie, é claro — era ajudar Landslide Lyndon e John Connally, o governador do Texas, a atiçar os fiéis.

— Veja isso — disse Sadie, traçando a rota com a ponta do dedo. — Quarteirões e quarteirões da rua Principal. Depois a rua Houston. Há prédios altos pelo caminho inteiro. O homem estará na rua Principal? Tem de estar, não acha?

Mal escutei, porque vira outra coisa.

— Veja, Sadie, a carreata vai passar pelo bulevar Turtle Creek!

Os olhos dela se acenderam.

— É lá que vai acontecer?

Balancei a cabeça, em dúvida. Provavelmente não, mas eu sabia *alguma coisa* sobre o bulevar Turtle Creek, e tinha a ver com o homem que eu viera deter. Enquanto pensava nisso, algo flutuou na superfície.

— Ele vai esconder o fuzil e voltar depois para buscá-lo.

— Esconder *onde*?

— Não importa, porque essa parte já aconteceu. Essa parte é o passado. — Cobri o rosto com as mãos porque, de repente, a luz na sala ficou forte demais.

— Agora pare de pensar nisso — disse ela, e afastou a reportagem do jornal. — Relaxe, senão terá outra daquelas suas dores de cabeça e precisará de um daqueles comprimidos. Eles deixam você todo mole.

— É — respondi. — Eu sei.

— Você precisa de um café. Um café forte.

Ela foi à cozinha fazer. Quando voltou, eu ressonava. Dormi quase três horas e poderia ter ficado mais ainda na Terra do Cochilo, mas ela me sacudiu para me acordar.

— Qual é a última coisa de que se lembra sobre vir para Dallas?

— *Não* me lembro.

— Onde ficou? Num hotel? Num motel? Num quarto alugado?

Por um instante, tive uma lembrança enevoada de um pátio e muitas janelas. Um porteiro? Talvez. Então foi embora. A dor de cabeça aumentava de novo.

— Não sei. Só me lembro de atravessar a fronteira estadual na rodovia 20 e ver a placa de uma churrascaria. E isso foi a quilômetros de Dallas.

— Sei disso, mas não precisamos ir tão longe, porque, se estava na 20, você ficou na 20. — Ela deu uma olhada no relógio. — Hoje já está tarde demais, mas amanhã vamos dar um passeio dominical.

— Provavelmente não vai funcionar. — Mas assim mesmo senti uma fagulha de esperança.

Ela passou a noite comigo e, na manhã seguinte, saímos de Dallas pela Honeybee Highway, a estrada da abelha, como dizem os residentes, na direção leste, rumo à Louisiana. Sadie estava no volante do meu Chevy, o que não era problema porque a ignição arrebentada fora substituída. Deke cuidara disso. Ela foi até Terrell, depois entrou na 20 e fez o retorno no estacionamento de terra esburacada de uma igreja ao lado da estrada. Sangue do Redentor, de acordo com o quadro de avisos no gramado desbotado. Abaixo do nome, havia uma mensagem em letras brancas coladas. Devia dizer JÁ LEU A PALAVRA DO ALTÍSSIMO HOJE, mas algumas letras tinham caído, e só restava Á LEU A PALAVRA DO AL ÍSSIMO HOJ.

Ela me olhou com certa ansiedade.

— Consegue me levar de volta, querido?

Eu tinha certeza de que conseguiria. Era uma reta só, e o Chevy era automático. Não precisaria usar a minha perna rija. O único problema era...

— Sadie? — perguntei assim que me instalei atrás do volante pela primeira vez desde agosto e cheguei o banco para trás o mais que pude.

— Sim?

— Se eu adormecer, segure o volante e desligue o motor.

Ela deu um sorriso nervoso.

— Ah, pode crer.

Conferi o trânsito e saí. A princípio não ousei ir muito além de 70, mas era meio-dia de domingo e tínhamos a estrada praticamente só para nós. Comecei a relaxar.

— Limpe a cabeça, Jake. Não tente se lembrar de nada, só deixe acontecer.

— Eu queria estar no meu Sunliner — disse eu.

— Então faça de conta que é o seu Sunliner e deixe ele ir para onde quiser.

— Tudo bem, mas...

— Nem mas, nem meio mas. Está um dia lindo. Você está vindo para um lugar novo e não tem de se preocupar com o assassinato de Kennedy porque ainda vai demorar muito para acontecer. Anos.

Sim, estava um dia lindo. E não, não adormeci, embora estivesse muito cansado — desde a surra que não saía por tanto tempo. A minha cabeça não parava de voltar àquela igrejinha de beira de estrada. Muito provavelmente, uma igreja de negros. Provavelmente cantavam os hinos de um jeito que os brancos nunca cantariam e liam A PALAVRA DO AL ÍSSIMO com muitos aleluias e glórias a Jesus.

Agora estávamos chegando a Dallas. Virei esquerdas e direitas — provavelmente mais direitas, porque o meu braço esquerdo ainda estava fraco e virar para aquele lado doía, mesmo com a direção hidráulica. Logo me perdi nas ruas laterais.

Estou perdido, tudo bem, pensei. *Preciso que alguém me dê instruções, do jeito que aquele garoto fez em Nova Orleans. Para o Hotel Moonstone.*

Só que não era Moonstone, era Monteleone. E o hotel onde eu ficara em Dallas era... era...

Por um instante, achei que sumiria, como até o nome de Sadie fazia às vezes. Mas aí vi o porteiro, e todas aquelas janelas cintilantes dando para a rua Commerce, e aí caiu a ficha.

Eu ficara no Adolphus Hotel. Isso. Porque ficava perto de...

Não vinha. Essa parte ainda estava bloqueada.

— Querido? Tudo bem?

— Tudo — respondi. — Por quê?

— Você quase pulou.

— É a minha perna. Um pouco de cãibra.

— Nada disso parece conhecido?

— Não — respondi. — Nada disso.

Ela suspirou.

— Outra ideia que não dá em nada. Acho que é melhor voltarmos. Quer que eu dirija?

— Talvez seja melhor. — Manquei até o lugar do carona, pensando *Adolphus Hotel. Escreva isso quando chegar de volta a Eden Fallows. Para não esquecer.*

Quando chegamos à pequena casinha de três cômodos, rampas, cama de hospital e corrimões dos dois lados do vaso sanitário, Sadie me disse que eu devia me deitar um pouco.

— E tome um dos seus comprimidos.

Fui para o quarto, tirei os sapatos — um processo lento — e me deitei. Mas não tomei o comprimido. Queria manter a mente limpa. Tinha de mantê-la limpa dali em diante. Kennedy e Dallas estavam a apenas cinco dias.

Você ficou no Adolphus Hotel porque era perto de alguma coisa. O quê?

Bom, era perto da rota da carreata que fora publicada no jornal, o que reduzia as coisas a... caramba, apenas dois mil prédios. Sem falar de todas as estátuas, monumentos e muros atrás dos quais um suposto franco-atirador poderia se esconder. Quantos becos pelo caminho? Dúzias. Quantos viadutos com linha de fogo direta para os pontos de passagem na West Mockingbird, na avenida Lemmon, no bulevar Turtle Creek? A carreata passaria por todas elas. Quantos mais para a Principal e a Houston?

Você precisa se lembrar de quem ele é ou de onde ele vai atirar.

Se eu me lembrasse de uma dessas coisas, me lembraria da outra. Disso eu sabia. Mas a minha cabeça não parava de voltar àquela igreja na rodovia 20, onde fizemos o retorno. Sangue do Redentor na Estrada da Abelha. Muita gente via Kennedy como um redentor. Sem dúvida Al Templeton via. Ele...

Os meus olhos se arregalaram e parei de respirar.

Na sala, o telefone tocou e ouvi Sadie atender, mantendo a voz baixa porque achava que eu estava dormindo.

A PALAVRA DO AL ÍSSIMO.

Recordei o dia em que vira o nome inteiro de Sadie com parte dele bloqueada, e tudo o que dava para ler era "Doris Dun". Essa era uma harmonia da mesma magnitude. Fechei os olhos e visualizei a placa da igreja. Então visualizei a minha mão em cima de ÍSSIMO.

O que restava era A PALAVRA DO AL.

As anotações de Al. *Eu tinha o caderno dele!*

Mas onde? Onde estava?

A porta do quarto se abriu. Sadie olhou para dentro.

— Jake? Está dormindo?

— Não — respondi. — Só deitado em silêncio.

— Lembrou alguma coisa?

— Não — respondi. — Desculpe.

— Ainda há tempo.

— Há. Todo dia me voltam coisas novas.

— Querido, era Deke. Tem um micróbio rondando a escola e ele o pegou com toda a força. Perguntou se posso trabalhar amanhã e terça-feira. Talvez na quarta também.

— Vá — disse eu. — Se você não for, ele tentará ir. E ele não é mais um garotinho. — Na minha cabeça, quatro palavras piscavam como o letreiro de neon de um bar: A PALAVRA DO AL, A PALAVRA DO AL, A PALAVRA DO AL.

Ela se sentou junto de mim na cama.

— Tem certeza?

— Tenho, sim. Muita companhia, também. DAVIN vem amanhã, não se esqueça. — DAVIN era Dallas Area Visiting Nurses, as enfermeiras que faziam visitas domiciliares na área de Dallas. No meu caso, o principal serviço era se assegurar de que eu delirava, o que poderia indicar que o meu cérebro sangrava, afinal de contas.

— Certo. Nove horas. Está no calendário, caso você se esqueça. E o dr. Ellerton...

— Vem almoçar. Disso eu me lembro.

— Ótimo, Jake. Isso é ótimo.

— Ele disse que traria sanduíches. E milk-shakes. Ele quer me engordar.

— Você precisa engordar.

— Mais terapia na quarta. Tortura da perna de manhã, tortura do braço de tarde.

— Não gosto de abandonar você tão perto de... você sabe.

— Se alguma coisa me ocorrer, telefono, Sadie.

Ela pegou a minha mão e se curvou até tão perto que consegui sentir o cheiro do seu perfume e o leve aroma de fumo do seu hálito.

— Jura?

— Juro, claro.

— Volto na quarta à noite o mais tardar. Se Deke não puder trabalhar na quinta, a biblioteca terá de ficar fechada.

— Vai dar tudo certo.

Ela me beijou de leve, começou a sair do quarto e depois se virou.

— Estou quase torcendo para Deke estar certo e tudo isso ser um delírio. Não suporto a ideia de que sabemos e talvez não consigamos impedir. Que podemos estar simplesmente sentados na sala assistindo à televisão quando alguém...

— Vou me lembrar — disse eu.

— Vai mesmo, Jake?

— É preciso.

Ela concordou com a cabeça, mas mesmo com as cortinas fechadas, pude ver a dúvida no rosto dela.

— Ainda podemos cear antes de eu ir. Feche os olhos e deixe aquele comprimido trabalhar. Durma um pouco.

Fechei os olhos, certo de que não dormiria. Tudo bem, porque precisava pensar na Palavra do Al. Dali a pouco, consegui sentir o cheiro de algo cozinhando. Cheirava bem. Quando saí do hospital, ainda vomitando ou cagando de dez em dez minutos, todos os cheiros me enojavam. Agora a situação melhorara.

Comecei a cochilar. Pude ver Al sentado diante de mim num dos compartimentos da lanchonete, o gorro de papel inclinado sobre a sobrancelha esquerda. Fotos de figurões de cidade pequena nos olhavam, mas Harry Dunning não estava mais na parede. Eu o salvara. Talvez na segunda vez o tivesse salvado também do Vietnã. Não havia como saber.

— *Ele ainda está segurando você, não é, colega?* — perguntou Al.

— *É. Ainda está.*

— *Mas agora você está perto.*

— *Não o bastante. Não faço ideia de onde pus aquele maldito caderno seu.*

— *Você o guardou bem trancado num lugar seguro. Isso ajuda?*

Comecei a dizer não e pensei: *A Palavra do Al está trancada. Trancada. Porque...*

Abri os olhos e, pela primeira vez em semanas, um grande sorriso se abriu no meu rosto.

Estava num cofre de depósitos num banco.

A porta se abriu.

— Está com fome? Guardei na estufa.

— Hem?

— Jake, você dormiu mais de duas horas.

Sentei e girei as pernas para o chão.

— Então vamos comer.

CAPÍTULO 27

1

17/11/63 (domingo)

Sadie queria lavar a louça depois da refeição que ela chamava de ceia e eu, de jantar, mas eu lhe disse que fosse fazer a mala. Era pequena e azul, com cantos redondos.

— O seu joelho...

— O meu joelho pode aguentar alguns pratos. Você precisa cair na estrada já, se quiser uma boa noite de sono.

Dez minutos depois a louça estava lavada, a ponta dos meus dedos enrugada e Sadie, à porta. Com a malinha nas mãos e o cabelo cacheando-se em volta do rosto, para mim ela estava mais bonita do que nunca.

— Jake? Me conte uma coisa boa sobre o futuro.

Surpreendentemente, poucas coisas me vieram. Celulares? Não. Atentados suicidas? Provavelmente não. Calotas polares derretendo? Talvez outra hora.

Então, sorri.

— Vou lhe dar duas pelo preço de uma. A guerra fria acabou e o presidente é negro.

Ela começou a sorrir e depois viu que eu não estava brincando. A boca se escancarou.

— Está me dizendo que há um negro na Casa Branca?

— Isso mesmo. Embora na minha época eles prefiram ser chamados de afro-americanos.

— Está falando sério?

— Estou sim.

— Meu Deus!

— Muitíssima gente disse exatamente isso no dia seguinte à eleição.

— Ele... está fazendo um bom trabalho?

— As opiniões variam. Se quer a minha, ele está indo tão bem quanto seria de esperar, dada a complexidade.

— Depois disso, acho que vou voltar a Jodie. — Ela riu, distraída. — Meio tonta.

Ela desceu a rampa, pôs a mala no cubículo que servia de porta-malas do fusquinha e depois me mandou um beijo. Começou a entrar no carro, mas eu não podia deixar que se fosse assim. Não podia correr — o dr. Perry disse que isso só seria possível dali a oito meses, talvez um ano —, mas manquei rampa abaixo o mais depressa possível.

— Espere, Sadie, espere um minuto!

O sr. Kenopensky estava sentado na sua cadeira de rodas na casa ao lado, envolto numa jaqueta e segurando no colo o rádio de pilha Motorola. Na calçada, Norma Whitten fazia o seu caminho lento até a caixa de correio na esquina, usando um par de varas de madeira mais parecidas com bastões de esqui do que com muletas. Ela se virou e acenou para nós, tentando erguer o lado paralisado do rosto num sorriso.

Questionadora, Sadie me olhou no crepúsculo.

— Só queria lhe dizer uma coisa — expliquei. — Queria lhe dizer que você é a melhor coisa que já me aconteceu.

Ela riu e me abraçou.

— Você também, gentil senhor.

Demos um longo beijo e poderíamos ter demorado mais se não fosse o som seco de palmas à nossa direita. O sr. Kenopensky aplaudia.

Sadie se afastou, mas me segurou pelos pulsos.

— Você vai me ligar, não vai? Me mantenha... como é que você diz? No rolo?

— É isso, e manterei. — Eu não tinha a mínima intenção de mantê-la no rolo. Nem Deke nem a polícia.

— Porque você não pode fazer isso sozinho, Jake. Você está fraco demais.

— Sei disso — respondi. Pensando: *É melhor que não.* — Me ligue para eu saber que chegou bem.

Quando o fusquinha virou a esquina e desapareceu, o sr. Kenopensky disse:

— É bom agir direitinho, Amberson. Essa daí é pra guardar.

— Eu sei. — Fiquei no início da entrada de automóveis tempo suficiente para me assegurar de que a srta. Whitten voltava da caixa de correio sem cair.

Ela conseguiu.

Voltei para dentro.

2

A primeira coisa que fiz foi pegar o meu chaveiro em cima da cômoda e examinar as chaves, surpreso de Sadie nunca ter me mostrado todas elas para ver se despertavam a minha memória... mas é claro que ela não podia pensar em tudo. Havia uma dúzia contada. Eu não fazia ideia do que era a maioria delas, embora tivesse bastante certeza de que a Schlage abria a porta da frente da minha casa em... seria Sabattus? Achei que era isso, mas não tinha certeza.

Havia uma chavinha no anel. Estava gravado nela FC e 775. Era a chave de um cofre de depósito, tudo bem, mas qual era o banco? First Commercial? Parecia nome de banco, mas não era isso.

Fechei os olhos e olhei a escuridão. Esperei, quase certo de que o que eu queria viria... e veio. Vi um talão de cheques numa capa de jacaré sintético. Vi a minha mão abri-lo. Foi surpreendentemente fácil. Impresso no primeiro cheque estava não só o meu nome na Terra de Antigamente como o meu último endereço oficial na Terra de Antigamente.

R. W. Neely, 214, apto. 1
Dallas, TX

Pensei: *Foi lá que roubaram o meu carro.*

E pensei: *Oswald. O nome do assassino é Oswald Coelho.*

Não, é claro que não. Ele era um homem, não um personagem de desenho animado. Mas estava perto.

— Vou atrás de você, sr. Coelho — disse. — Ainda vou.

3

O telefone tocou pouco depois das nove e meia. Sadie chegara bem em casa.

— Será que você se lembrou de mais alguma coisa? Sou uma peste, eu sei.

— Nada. E você está muito longe de ser uma peste. — Ela também ficaria muito longe de Oswald Coelho, se eu tivesse algo a ver com isso. Sem falar da mulher dele, cujo nome podia ou não ser Maria, e a filhinha, que eu tinha certeza de se chamar April.

— Você estava brincando comigo sobre isso de haver um negro na Casa Branca, não estava?

Sorri.

— Espere só. Você verá com os seus próprios olhos.

4

18/11/63 (segunda-feira)

As enfermeiras do DAVIN, uma velha e formidável, a outra jovem e bonita, chegaram às nove horas da manhã em ponto. Fizeram o que tinham de fazer. Quando achou que eu fizera careta, me contorcera e gemera o suficiente, a mais velha me entregou um envelope de papel com dois comprimidos dentro.

— Dor.

— Acho que eu não...

— Tome — disse ela, mulher de poucas palavras. — Grátis.

Enfiei-os na boca, bochechei, engoli a água e depois pedi licença para ir ao banheiro. Lá, cuspi os dois. Quando voltei à cozinha, a enfermeira mais velha disse:

— Bom progresso. Não exagere.

— Claro que não.

— Pegaram?

— Como?

— Os imbecis que surraram você.

— Há... ainda não.

— Anda fazendo o que não deve?

Dei-lhe o meu maior sorriso, aquele que Christy costumava dizer que me deixava com cara de apresentador de TV com crack na ideia.

— Não lembro.

5

O dr. Ellerton veio almoçar e trouxe sanduíches imensos de rosbife, batatas fritas crocantes pingando banha e os prometidos milk-shakes. Comi o máximo que consegui, o que foi muito mesmo. O meu apetite estava voltando.

— Mike deu a ideia de fazerem um novo espetáculo de variedades — disse ele. — Dessa vez em seu benefício. No final, o bom senso prevaleceu. Cidades pequenas têm limite para o que podem doar. — Ele acendeu um cigarro, jogou o fósforo no cinzeiro da mesa e inalou com prazer. — Alguma chance de a polícia pegar os bandidos que atacaram você? Soube de alguma coisa?

— Nada, mas duvido. Eles limparam a minha carteira, roubaram o meu carro e fugiram.

— O que estava fazendo naquele lado de Dallas, afinal? Não é exatamente a parte mais elegante da cidade.

Bom, aparentemente eu morava lá.

— Não me lembro. Talvez visitando alguém.

— Tem descansado o suficiente? Não está forçando demais o joelho?

— Não. — Embora desconfiasse que ia forçá-lo bastante em breve.

— Ainda adormece de repente?

— Isso está bem melhor.

— Fantástico. Acho...

O telefone tocou.

— Deve ser Sadie — disse eu. — Ela me liga na hora do almoço.

— Tenho de ir andando, mesmo. É ótimo ver que está engordando, George. Diga olá à moça bonita por mim.

Eu disse. Ela me perguntou se alguma *lembrança pertinente* tinha voltado. Pela expressão cuidadosa, soube que ligava do escritório central da escola — e teria de pagar o interurbano à sra. Coleridge quando terminasse. Além de fazer a contabilidade da DCHS, a sra. Coleridge tinha orelhas compridas.

Disse que não, nenhuma lembrança nova, mas que ia tirar um cochilo e torcia para algo aparecer quando acordasse. Acrescentei que a amava (era bom dizer algo que era a sinceridade de Deus), perguntei por Deke, lhe desejei boa tarde e desliguei. Mas não tirei um cochilo. Peguei as chaves do carro e a pasta e fui para o centro da cidade. Pedi a Deus para ter algo naquela pasta quando voltasse.

6

Dirigi devagar e com cautela, mas mesmo assim o meu joelho doía muito quando entrei no First Corn Bank e apresentei a chave do meu cofre.

O meu gerente saiu da sua sala para me receber, e o nome dele surgiu imediatamente: Richard Link. Os olhos dele se arregalaram de preocupação quando fui cumprimentá-lo mancando.

— O que lhe aconteceu, sr. Amberson?

— Acidente de carro. — Torcendo para que não tivesse visto ou tivesse se esquecido da notinha na página policial do *Morning News*. Eu mesmo não vira, mas fora publicada: Sr. George Amberson, de Jodie, surrado e roubado, foi encontrado inconsciente e levado ao Parkland Hospital. — Estou quase bom.

— *Isso* é bom de se ouvir.

Os cofres de depósito ficavam no porão. Negociei com as escadas uma série de saltitos. Usamos as nossas chaves e Link levou a caixa para mim até um dos cubículos. Colocou-a numa mesinha de canto apenas suficiente para lhe servir de apoio e apontou o botão na parede.

— Toque para chamar Melvin quando acabar. Ele virá ajudar.

Agradeci e, quando ele saiu, puxei a cortina que fechava a entrada do cubículo. Tínhamos destrancado a caixa, mas ela ainda estava fechada. Fitei-a, o coração batendo com força. O futuro de John Kennedy estava ali dentro.

Abri. Em cima havia um maço de notas e um monte de coisas do apartamento da rua Neely, inclusive o meu talão de cheques do First Corn. Embaixo havia um maço de manuscritos preso com dois elásticos. O LOCAL DO CRIME estava datilografado na folha de cima. Sem nome de autor, mas era trabalho meu. Embaixo havia um caderno azul: a Palavra do Al. Segurei-o nas mãos, cheio de uma certeza terrível de que, quando o abrisse, todas as páginas estariam vazias. O Homem do Cartão Amarelo as teria apagado.

Por favor, não.

Abri. Na primeira página, uma fotografia me olhou. Rosto estreito, não muito bonito. Lábios curvados num sorriso que eu conhecia bem — não o tinha visto com os próprios olhos? Era o tipo de sorriso que diz *eu sei o que está acontecendo e você não, tadinho.*

Lee Harvey Oswald. O pobre vira-lata que mudaria o mundo.

7

As lembranças vieram a toda enquanto eu estava ali sentado no cubículo, ofegante.

Ivy e Rosette na rua Mercedes. Sobrenome Templeton, como o de Al.

As puladoras de corda: *O meu pai dirige um sub-ma-ri-no.*

Silent Mike (Holy Mike) da Eletrônica Satélite.

George de Mohrenschildt rasgando a camisa como o Super-Homem.

Billy James Hargis e o general Edwin A. Walker.

Marina Oswald, a bela refém do assassino, em pé à minha porta no 214 da West Neely. *Por favor, desculpa, viu moí marits?*

O Texas School Book Depository.

Sexto andar, janela de sudeste. A que tinha a melhor vista da Dealey Plaza e da rua Elm quando se curvava na direção do trevo.

Comecei a tremer. Segurei os braços com força nos punhos fechados cruzados sobre o peito. Isso fez o esquerdo, quebrado pelo cano enrolado com feltro, doer, mas não me importei. Estava contente. Isso me ligava ao mundo.

Quando o tremor finalmente passou, enfiei o manuscrito inacabado, o precioso caderno azul e tudo o mais na minha pasta. Estendi a mão para o botão que chamaria Melvin e depois dei uma última olhada no fundo da caixa. Lá achei mais dois itens. Um era a aliança barata que eu comprara numa loja de penhores para dar credibilidade à história que contei na Eletrônica Satélite. O outro era o chocalho vermelho de bebê que pertencera à filhinha dos Oswald (June, não April). O chocalho foi para a pasta, o anel para o bolsinho da calça. Eu o jogaria fora no caminho de casa. Se e quando chegasse a hora, Sadie teria outro muito mais bonito.

8

Batidas no vidro. Depois, uma voz.

— ... está bem? O senhor está bem?

Abri os olhos, a princípio sem saber onde estava. Olhei para a esquerda e vi um policial fardado batendo na janela do Chevy do meu lado. Então veio. A meio caminho de Eden Fallows, cansado, exultante e apavorado, tudo ao mesmo tempo, aquela sensação de *vou dormir* entrou na minha cabeça. Parei imediatamente numa vaga próxima. Isso fora por volta das duas da tarde. Agora, pelo jeito da luz que se reduzia, devia ser umas quatro.

Abri a janela e disse:

— Sinto muito, policial. De repente comecei a sentir muito sono, e achei mais seguro estacionar.

Ele fez que sim.

— Claro, claro, o álcool faz isso. Quantas doses tomou antes de entrar no carro?

— Nenhuma. Sofri uma lesão na cabeça alguns meses atrás. — Girei o pescoço para ele ver o lugar onde o cabelo ainda não crescera.

Ele ficou meio convencido, mas mesmo assim pediu que eu bafejasse o seu rosto. Isso completou a outra metade.

— A carteira, por favor — disse ele.

Mostrei-lhe a minha carteira de motorista do Texas.

— Não está pensando em dirigir até Jodie, está?

— Não, policial, só até o norte de Dallas. Estou num centro de reabilitação chamado Eden Fallows.

Eu suava. Torci para que, se ele notasse, atribuísse o suor ao cochilo num carro fechado num dia quentinho de novembro. Também torci, com fervor, para que não pedisse para ver o que havia na pasta no banco ao meu lado. Em 2011, eu poderia me recusar a atender a um pedido desses e dizer que dormir no carro não era crime nenhum. Droga, a vaga não tinha sequer parquímetro. Mas, em 1963, um policial podia simplesmente pegar e examinar. Não acharia drogas, mas *acharia* dinheiro solto, um manuscrito com a palavra crime na capa e um caderno cheio de maluquices delirantes sobre Dallas e JFK. Ele me levaria para a delegacia mais próxima para ser interrogado ou de volta ao hospital para avaliação psiquiátrica? Os Walton levam tempo demais para dizer boa noite?

Ele ficou ali um instante, grande, de rosto corado, um policial de Norman Rockwell que ficaria melhor numa capa do *Saturday Evening Post*. Então me devolveu a carteira.

— Tudo bem, sr. Amberson. Volte a esse tal de Fallows e sugiro que estacione o carro para passar a noite quando chegar lá. O senhor está pálido, com ou sem cochilo.

— É exatamente o que planejo fazer.

Ao me afastar, pude ver pelo retrovisor que ele me observava. Tive certeza de que ia adormecer de novo antes de sair da vista dele. Dessa vez não haveria aviso; eu simplesmente sairia da rua e subiria na calçada, talvez atropelando dois ou três pedestres antes de acabar na vitrine de uma loja de móveis.

Quando finalmente estacionei diante da minha casinha com a rampa que levava à porta da frente, a cabeça doía, os olhos lacrimejavam, o joelho latejava... mas as minhas lembranças de Oswald continuavam firmes e claras. Joguei a pasta na mesa da cozinha e liguei para Sadie.

— Tentei ligar quando voltei da escola, mas você não estava — disse ela. — Fiquei preocupada.

— Estava no vizinho, jogando *cribbage* com o sr. Kenopensky. — Essas mentiras eram necessárias. Eu tinha de me lembrar disso. E tinha de contá-las direito, porque ela me conhecia.

— Ora, isso é bom. — Então, sem pausa nem mudança de voz: — Como ele se chama? Como é o nome do homem?

Lee Oswald. No fim das contas, ela quase me pegou de surpresa.

— Eu... ainda não sei.

— Você hesitou. Eu escutei.

Esperei a acusação, segurando o telefone com tanta força que doeu.

— Dessa vez quase surgiu na sua cabeça, não foi?

— Foi isso mesmo — concordei com cuidado.

Conversamos uns quinze minutos enquanto eu olhava a pasta que continha as anotações de Al. Ela me pediu que ligasse mais tarde. Prometi que sim.

9

Decidi esperar até depois do noticiário do *Huntley-Brinkley Report* para abrir de novo o caderno azul. Achava que não encontraria muita coisa de valor prático nesse momento. As últimas anotações de Al eram apressadas e superficiais; ele nunca esperara que a Missão Oswald demorasse tanto tempo. Nem eu. Chegar ao cretininho desafeiçoado era como viajar numa estrada cheia de galhos caídos, e no final o passado poderia conseguir se proteger, afinal de contas. Mas eu *impedira* Dunning. Isso me deu esperança. Eu tinha vislumbres de um plano que poderia permitir que eu detivesse Oswald sem ir para a prisão nem para a cadeira elétrica em Huntsville. Tinha excelentes razões para querer continuar livre. A melhor de todas estava em Jodie naquela noite, provavelmente servindo canja a Deke Simmons.

Percorri metodicamente o meu pequeno apartamento preparado para inválidos recolhendo coisas. Fora a minha velha máquina de escrever, não queria deixar para trás nenhum vestígio de George Amberson quando partisse. Torcia que fosse apenas na quarta-feira, mas se Sadie dissesse que Deke estava melhor e planejava voltar na noite de terça, eu teria de apressar as coisas. E onde me esconderia até que o meu serviço terminasse? Ótima pergunta.

Um toque de trompete anunciou o noticiário em rede nacional. Chet Huntley apareceu. "Depois de passar o fim de semana na Flórida, onde assistiu ao teste de lançamento de um míssil Polaris e visitou o pai doente, o presidente Kennedy teve uma segunda-feira movimentada e fez cinco discursos em nove horas."

Um helicóptero — o *Marine One* — desceu enquanto a multidão à espera dava vivas. A tomada seguinte mostrava Kennedy se aproximando da multidão atrás de uma barreira improvisada, arrumando o cabelo despenteado com uma das mãos e a gravata com a outra. Ele andava bem à frente do contingente do Serviço Secreto, que corria para acompanhar. Observei, fascinado, ele realmente passar por uma abertura na barreira e mergulhar na massa de gente à espera, apertando mãos à direita e à esquerda. Os agentes que estavam com ele pareciam apavorados enquanto corriam atrás.

— Essa foi a cena em Tampa — continuou Huntley —, onde Kennedy ficou quase dez minutos apertando mãos. Ele assusta os homens cujo serviço é cuidar da sua segurança, mas dá para ver que o público o adora. E ele também, David, pois, apesar de toda a suposta altivez, ele gosta das exigências da política.

Kennedy agora se movia na direção da limusine, ainda apertando mãos e aceitando um ou outro abraço das damas. O carro era um conversível aberto, exatamente igual àquele em que sairia de Love Field para o encontro marcado com a bala de Oswald. Talvez fosse o mesmo. Por um momento, o filme borrado em preto e branco captou um rosto conhecido na multidão. Sentei-me no sofá e observei o presidente dos Estados Unidos apertar a mão do meu ex-corretor de apostas de Tampa.

Não havia como saber se Roth estava certo sobre a sífilis ou se só repetia um boato, mas Eduardo Gutierrez emagrecera muito, o cabelo estava rareando e os olhos pareciam confusos, como se ele não tivesse certeza de onde estava nem mesmo de quem era. Como o contingente do Serviço Secreto de Kennedy, os homens ao seu lado usavam paletós grossos apesar do calor da Flórida. Foi só um vislumbre, e então a imagem mudou para Kennedy partindo no carro aberto que o deixava tão vulnerável, ainda acenando e exibindo o sorriso.

De volta a Huntley, o rosto áspero mostrando agora um sorriso divertido.

— O dia teve *mesmo* um lado engraçado, David. Quando o presidente entrou no salão de baile do International Inn, onde a Câmara de Comércio de Tampa aguardava para ouvi-lo falar... bem, veja você mesmo.

De volta ao filme. Quando Kennedy entrou, acenando para a plateia de pé, um cavalheiro idoso, de chapéu dos Alpes e calções curtos com suspensórios, começou a tocar *Hail to the Chief*, o hino presidencial americano, num acordeão maior do que ele. O presidente fez cara de surpresa e depois ergueu ambas as mãos num gesto amistoso de *caraca*. Pela primeira vez o vi como passara a ver Oswald — como um homem de verdade. Na cara de surpresa e no gesto que se seguiu, vi algo ainda mais bonito do que senso de humor: a apreciação do absurdo essencial da vida.

David Brinkley também sorria.

— Se Kennedy se reeleger, talvez aquele cavalheiro seja convidado para tocar no baile da posse. Provavelmente, a *Polca do barril de cerveja* em vez de *Hail to the Chief*. Enquanto isso, em Genebra...

Desliguei a televisão, voltei ao sofá e abri o caderno de Al. Enquanto folheava até o fim, não parava de ver aquela cara de surpresa. E o sorriso. Senso de humor; noção de absurdo. O homem na janela do sexto andar do depósito de livros não tinha nenhum dos dois. Oswald provara isso várias vezes, e um homem desses não tem nada que mudar a História.

10

Fiquei consternado ao descobrir que cinco das seis últimas páginas do caderno de Al tratavam dos movimentos de Lee em Nova Orleans e do seu esforço infrutífero para chegar a Cuba através do México. Só a última página se concentrava no período anterior ao assassinato, e essas derradeiras anotações eram superficiais. Sem dúvida, Al sabia essa parte da história de cor e, provavelmente, imaginou que, se eu não tivesse pego Oswald até a terceira semana de novembro, seria tarde demais.

> *3/10/63: O de volta ao Texas. Ele e Marina "meio" separados. Ela na casa de Ruth Paine, O quase só aparece no fim de semana. Com um vizinho (Buell Frazier). Ruth arranja emprego para O no Dep. Livros. Ruth chama O de "bom rapaz".*
>
> *O fica em Dallas nos dias úteis. Pensão.*
>
> *17/10/63: O começa a trabalhar no Dep. Carrega livros, descarrega caminhões etc.*
>
> *18/10/63: O faz 24 anos. Ruth e Marina lhe preparam uma festa surpresa. O agradece. Chora.*
>
> *20/10/63: 2ª filha nasce: Audrey Rachel. Ruth leva Marina ao hosp (Parkland) enquanto O trabalha. Fuzil guardado na garagem de Paine, embrulhado em cobertor.*
>
> *O visitado várias vezes por James Hosty, agente do FBI. Atiça a sua paranoia.*
>
> *21/11/63: O vai à casa de Paine. Implora que Marina volte. M recusa. Última gota para O.*
>
> *22/11/63: O deixa todo o seu dinheiro na gaveta para Marina. Aliança também. Vai de Irving para Dep. Livros com Buell Frazier. Leva pacote embrulhado em papel pardo. Buell pergunta o que é. O explica: "Varões de cortina para o apartamento novo." Fuzil Mann-Carc provavelmente desmontado. Buell deixa carro em estacionamento público a 2 quarteirões de Dep. 3 min a pé.*

*11h50: O constrói ninho de atirador no canto SE do 6º andar
com caixas de papelão para se esconder de trabalhadores do outro lado
que põem compensado para novo piso. Almoço. Ninguém lá, só ele.
Todos esperando pres.*

11h55: O monta e carrega Mann-Carc.

12h29: Carreata chega a Dealey Plaza.

12h30: O dá 3 tiros. 3º tiro mata JFK.

A informação que eu mais queria — a localização da pensão de Oswald — não estava nas anotações de Al. Segurei a vontade de jogar o caderno no outro lado da sala. Em vez disso, me levantei, vesti o paletó e saí. Estava quase totalmente escuro, mas uma lua quase cheia subia no céu. Com a sua luz, vi o sr. Kenopensky curvado na cadeira de rodas. O Motorola estava no colo.

Desci a rampa e fui até lá mancando.

— Sr. K.? Tudo bem?

Por um instante ele não respondeu nem sequer se mexeu e tive certeza de que morrera. Depois, ele levantou os olhos e sorriu.

— Só ouvindo música, filho. De noite tocam swing na KMAT, e isso me faz mesmo voltar. Eu dançava lindy e *bunny-hop* como ninguém nos velhos tempos, mesmo que não dê pra ver agora. A lua não tá bonita?

Estava superbonita. Olhamos a lua algum tempo sem falar, e pensei no serviço que tinha de fazer. Talvez não soubesse onde Lee estaria naquela noite, mas sabia onde estava o fuzil: na garagem de Ruth Paine, embrulhado num cobertor. E se eu fosse lá e o pegasse? Talvez nem tivesse de arrombar. Essa era a Terra de Antigamente, onde o povo do interior não costumava trancar a casa, muito menos a garagem.

Só que... e se Al estivesse errado? Afinal de contas, ele já errara sobre o esconderijo da arma no atentado contra Walker. E mesmo que *estivesse* lá...

— No que está pensando, filho? — perguntou o sr. Kenopensky. — Tá com uma cara horrível. Tomara que não seja nenhum problema com a garota.

— Não. — Pelo menos, ainda não. — O senhor dá conselhos?

— Sim, senhor, dou sim. Velhos bobos que não podem mais rodar o laço nem cavalgar em linha só servem pra isso.

— Suponhamos que o senhor soubesse que um homem ia fazer uma coisa ruim. Que o coração dele estava absolutamente decidido. Se o senhor impedisse um homem desses uma vez, convencesse ele a desistir, digamos, acha que ele tentaria de novo ou aquele momento teria passado para sempre?

— É difícil dizer. Está talvez achando que quem marcou o rosto da sua garota vai voltar e tentar terminar o serviço?

— Algo assim.

— Um maluco. — Não era uma pergunta.

— É.

— Homens sãos costumam dar atenção a dicas — disse o sr. Kenopensky. — Os malucos, raramente. Vi isso muitas vezes no meu tempo no mato, antes da luz elétrica e do telefone. A gente avisa, eles voltam. Bate neles, eles atacam de emboscada — primeiro a gente, depois quem eles realmente querem. Joga eles na cadeia, eles esperam a hora de sair. O mais seguro a fazer com malucos é pôr eles na penitenciária por muito tempo. Ou matar eles.

— É o que penso também.

— Não deixe ele voltar para estragar o resto da beleza dela, se é isso o que ele quer. Se gosta dela tanto quanto parece, você tem essa responsabilidade.

E tinha mesmo, embora Clayton não fosse mais problema. Voltei ao meu apartamentinho modular, fiz um café bem forte e me sentei com um bloco de papel. O meu plano agora estava um pouco mais claro e queria começar a esboçar os detalhes.

Em vez disso, rabisquei. E adormeci.

Quando acordei, era quase meio-dia e a minha bochecha doía onde ficara apertada contra o oleado de xadrez que cobria a mesa da cozinha. Olhei o que estava no meu bloco. Não sei se desenhei antes de dormir ou se acordei tempo suficiente para desenhar e não me lembrava.

Era uma arma. Não um fuzil Mannlicher-Carcano, mas uma pistola. A minha pistola. Aquela que eu jogara debaixo dos degraus da varanda da rua West Neely, 214. Provavelmente ainda estava lá. Torci para ainda estar lá.

Eu precisaria dela.

11

19/11/63 (terça-feira)

Sadie me ligou pela manhã e disse que Deke estava um pouco melhor, mas que ela pretendia obrigá-lo a ficar em casa no dia seguinte também.

— Senão ele vai tentar vir e terá uma recaída. Mas vou fazer a mala antes de ir para a escola amanhã de manhã e vou para a sua casa assim que o sexto período terminar.

O sexto período acabava uma e dez. Isso significa que eu tinha de sair de Eden Fallows às quatro da tarde de amanhã, no máximo. Ah, se eu soubesse para onde.

— Estou louco para ver você.

— Você parece duro e esquisito. Está com outra dor de cabeça?

— Uma pequena — disse eu. Era verdade.

— Vá se deitar com um pano úmido em cima dos olhos.

— Pode deixar. — Eu não tinha a mínima intenção de fazer isso.

— Pensou em alguma coisa?

Na verdade, pensara. Pensara que pegar a arma de Lee não bastava. E atirar nele na casa de Ruth Paine não era boa opção. E não só porque eu provavelmente seria pego. Contando os dois filhos de Ruth, havia quatro crianças naquela casa. Talvez eu tentasse se Lee viesse a pé de um ponto de ônibus próximo, mas ele viria de carona com Buell Frazier, o vizinho que lhe arranjara emprego a pedido de Ruth Paine.

— Não — respondi. — Ainda não.

— Pensaremos em alguma coisa. Espere e verá.

12

Cruzei a cidade de carro (ainda devagar, mas com confiança crescente) até a rua West Neely, me perguntando o que faria se o apartamento térreo estivesse ocupado. Comprar uma nova arma, supus... mas o 38 Police Special era o que eu queria, no mínimo porque tivera um igual em Derry e aquela missão fora um sucesso.

De acordo com o apresentador Frank Blair do programa *Today*, Kennedy fora para Miami, recebido por um grande público de cubanos. Alguns erguiam placas dizendo VIVA JFK e outros levavam uma faixa escrito KENNEDY É UM TRAIDOR DA NOSSA CAUSA. Se nada mudasse, restavam a ele setenta e duas horas. Oswald, que tinha apenas um pouco mais, estaria no Book Depository, talvez pondo caixas de papelão num dos elevadores de carga, talvez na sala de descanso tomando café.

Talvez eu conseguisse pegá-lo lá — só entrar andando e acabar com ele —, mas seria agarrado e jogado no chão. Depois de matá-lo, se tivesse sorte. Antes, se não tivesse. Dos dois modos, a próxima vez que eu visse Sadie Dunhill seria atrás de um vidro reforçado com tela de arame. Se tivesse de me entregar para deter Oswald — *sacrificar-me*, em língua de herói —, achei que conseguiria. Mas não queria acabar assim. Queria Sadie e o meu bolo quatro quartos, também.

Havia uma churrasqueira pequena no gramado do número 214 da rua West Neely e uma cadeira de balanço nova na varanda, mas as janelas estavam fechadas e não havia carro na entrada. Estacionei na frente, disse a mim mesmo que a ousadia é bela e subi os degraus. Fiquei onde Marina ficara em 10 de abril quando foi me visitar e bati como batera. Se alguém atendesse à porta, eu seria

Frank Anderson, visitando o bairro em nome da *Encyclopaedia Britannica* (eu era velho demais para *Grit*). Se a dona da casa mostrasse interesse, prometeria voltar no dia seguinte com as minhas amostras.

Ninguém atendeu. Talvez a dona da casa também trabalhasse. Talvez estivesse no outro quarteirão, visitando uma vizinha. Talvez estivesse no quarto que há pouco tempo fora meu, dormindo de ressaca. Para mim, barra limpa, como se diz na Terra de Antigamente. O lugar estava em silêncio, isso era importante, e a calçada, deserta. Nem a sra. Alberta Hitchinson, a sentinela de andador da vizinhança, estava em evidência.

Desci da varanda do meu jeito coxo e cambado, comecei a descer a entrada, me virei como se tivesse esquecido alguma coisa e espiei debaixo dos degraus. O 38 estava lá, meio enterrado em folhas com o cano curto aparecendo. Apoiei-me no joelho bom, catei-o e enfiei no bolso lateral do paletó esporte. Olhei em volta e não vi ninguém observando. Manquei até o carro, pus a arma no porta-luvas e fui embora.

13

Em vez de voltar a Eden Fallows, fui para o centro de Dallas e parei numa loja de equipamento esportivo para comprar um kit de limpeza de armas e uma caixa de munição. A última coisa que eu queria era que o 38 negasse fogo ou explodisse na minha cara.

A próxima parada foi o Adolphus. Não havia quartos disponíveis até a semana que vem, disse o porteiro — todos os hotéis de Dallas estavam lotados para a visita do presidente —, mas, por um dólar de gorjeta, ele teria o máximo prazer de pôr o meu carro no estacionamento do hotel.

— Mas tem de sair às quatro. É quando começam a chegar os hóspedes.

Nisso já era meio-dia. Eram só três ou quatro quarteirões até a Dealey Plaza, mas levei um bom tempo para chegar lá. Estava cansado e a dor de cabeça piorara, apesar de um analgésico Goody's Powder. Os texanos dirigem com a mão na buzina e cada buzinada escavava o meu cérebro. Descansei várias vezes, me encostando na parede dos prédios e me sustentando como uma garça na perna boa. Um motorista de táxi de folga me perguntou se eu estava bem; garanti que estava. Era mentira. Estava confuso e péssimo. Quem tem o joelho ferrado não deveria levar o futuro do mundo nas costas.

Larguei a bunda agradecida no mesmo banco onde me sentara em 1960, poucos dias depois de chegar a Dallas. O olmo que me dera sombra naquele dia chocalhou os galhos nus agora. Estiquei o joelho dolorido, suspirei de alívio e voltei a minha atenção para o feio cubo de tijolo do Book Depository. As janelas que davam para as ruas Houston e Elm cintilavam ao sol gelado da tarde. *Temos um segredo*, diziam. *Seremos famosas, principalmente aquela no canto sudeste do sexto andar. Seremos famosas e você não pode impedir.* Uma sensação estúpida de ameaça cercava o prédio. Seria só eu que pensava assim? Vi várias pessoas atravessarem a Elm para passar pelo outro lado do prédio e achei que não. Lee agora estava dentro daquele cubo, e eu tinha certeza de que pensava em muitas coisas nas quais eu estava pensando. *Será que consigo? Será que* farei? *Será o meu destino?*

Robert não é mais seu irmão, pensei. *Agora o seu irmão sou eu, Lee, o seu irmão em armas. Só que você não sabe.*

Atrás do Depository, no pátio de manobras da ferrovia, uma locomotiva apitou. Um bando de pombos-de-coleira-branca levantou voo. Regiraram momentaneamente acima do anúncio da Hertz no alto do prédio e depois foram embora rumo a Fort Worth.

Se eu o matasse antes do dia 22, Kennedy seria salvo, mas quase com certeza eu acabaria na cadeia ou num hospital psiquiátrico durante vinte ou trinta anos. Mas se eu o matasse *no* dia 22? Talvez enquanto montava a arma?

Esperar até tão perto do fim do jogo seria um risco terrível e que eu tentaria evitar com todas as forças, mas achei que poderia ser feito e que, agora, era a melhor probabilidade. Seria mais seguro com um parceiro para me ajudar no jogo, mas só havia Sadie e eu não a envolveria. Nem mesmo, percebi friamente, se isso significasse que Kennedy teria de morrer ou eu teria de ir para a prisão. Ela já fora bastante ferida.

Comecei a voltar devagar para buscar o carro no hotel. Por cima do ombro, dei uma última olhada no Book Depository. Ele me olhava. Não tive dúvidas. E é claro que terminaria ali, eu fora idiota de imaginar outra coisa. Eu fora atraído por aquela carapaça de tijolos como uma vaca no corredor do matadouro.

14

20/11/63 (quarta-feira)

Acordei de repente ao amanhecer com algum sonho não lembrado, o meu coração batendo com força.

Ela sabe.

Sabe o quê?

Que você está mentindo para ela sobre tudo o que diz que não se lembra.

— Não — disse eu. A minha voz estava rouca de sono.

Sim. Ela tomou o cuidado de dizer que sairia depois do sexto período porque não quer que você saiba que planeja sair muito mais cedo. Ela não quer que você saiba até que ela apareça. Na verdade, ela pode até já estar a caminho. Você estará no meio da sua sessão matutina de fisioterapia, e ela chegará toda alegre.

Não queria acreditar nisso, mas parecia uma conclusão compulsória.

Então para onde eu iria? Sentado ali na cama às primeiras luzes daquela manhã de quarta-feira, isso também parecia uma conclusão compulsória. Era como se o meu subconsciente soubesse o tempo todo. O passado tem ressonância, ele ecoa.

Mas primeiro eu tinha mais uma tarefa a cumprir na minha máquina de escrever usada. Uma tarefa desagradável.

15

20 de novembro de 1963

Querida Sadie,

Andei mentindo para você. Acho que você já desconfia há algum tempo. Acho que planeja chegar cedo hoje. É por isso que não me verá antes da visita de JFK a Dallas depois de amanhã.

Se tudo correr como espero, teremos uma vida longa e feliz num lugar diferente. O começo será estranho para você, mas acho que se acostumará. Vou ajudar. Eu a amo e é por isso que não posso deixar que participe disso.

Por favor, acredite em mim, por favor, tenha paciência, e, por favor, não se surpreenda se ler o meu nome e ver a minha foto nos jornais — se tudo se desenrolar como pretendo, provavelmente isso acontecerá. Acima de tudo, <u>não tente me encontrar</u>.

Todo o meu amor,
Jake.

PS: Queime isso.

16

Embalei a minha vida de George Amberson na mala do meu Chevy rabo de peixe, deixei um bilhete para a fisioterapeuta na porta e fui embora me sentindo pesado e saudoso. Sadie partira de Jodie antes mesmo do que eu pensara — antes do amanhecer. Saí de Eden Fallows às nove. Ela parou o fusca no meio-fio às nove e quinze, leu o bilhete cancelando a terapia e entrou com a chave que eu lhe dera. Encostado no carro da máquina de escrever havia um envelope com o nome dela escrito. Ela o rasgou, leu a carta, sentou-se no sofá diante da televisão vazia e chorou. Ainda chorava quando a terapeuta apareceu... mas queimara o bilhete, como eu pedira.

17

A rua Mercedes estava praticamente silenciosa sob o céu nublado. As puladoras de corda não estavam visíveis — talvez na escola, escutando extasiadas a professora lhes contar tudo sobre a próxima visita do presidente —, mas a placa ALUGA-SE estava novamente presa à cerca dilapidada da varanda, como eu esperara. Havia um telefone. Fui até o estacionamento do depósito da Montgomery Ward e liguei da cabine perto da plataforma de carga. Não tive dúvidas de que o homem que atendeu com um lacônico "Alô, aqui é Merritt" era o mesmo sujeito que alugara o 2.703 a Lee e Marina. Ainda conseguia ver o seu chapéu Stetson e as vistosas botas bordadas.

Disse-lhe o que queria e ele riu com descrença.

— Não alugo por semana. Esse aí é um belo lar, camarada.

— É um lixo — disse eu. — Já estive lá dentro. Eu sei.

— Agora, espere um instante...

— Não senhor, espere *você*. Pago cinquenta pratas para ficar nesse buraco durante o fim de semana. É quase o aluguel de um mês inteiro e você pode pôr a placa de volta na janela na próxima segunda-feira.

— Por que o senhor...

— Porque Kennedy está chegando e todos os hotéis de Dallas e Fort Worth estão lotados. Vim de longe para vê-lo e não pretendo acampar em Fair Park nem na Dealey Plaza.

Ouvi o clique e a chama de um isqueiro enquanto Merritt pensava.

— O tempo está passando — disse eu. — Tique-taque.

— Como se chama, camarada?

— George Amberson. — Eu quase quis ter me mudado sem ligar. Quase fiz isso, mas uma visita da polícia de Fort Worth era a última coisa de que eu precisava. Duvidei que os moradores de uma rua onde às vezes se explodiam galinhas para comemorar feriados dessem a mínima para invasores, mas seguro morreu de velho. Eu não estava mais contornando o castelo de cartas; agora estava morando nele.

— Encontro o senhor aí na frente daqui a meia hora ou quarenta e cinco minutos.

— Estarei lá dentro — disse eu. — Tenho a chave.

Mais silêncio. E depois:

— Onde conseguiu?

Eu não tinha a mínima intenção de envolver Ivy, mesmo que ainda estivesse em Mozelle.

— Com Lee. Lee Oswald. Ele me deu para eu entrar e regar as plantas.

— Aquele zé-ninguém tinha *plantas*?

Desliguei e voltei com o carro para o 2.703. O meu senhorio temporário, talvez motivado pela curiosidade, chegou no seu Chrysler apenas quinze minutos depois. Usava o Stetson e as botas vistosas. Eu estava sentado na sala da frente, escutando os fantasmas briguentos de gente que ainda vivia. Tinham muito a dizer.

Merritt queria me sondar sobre Oswald — era mesmo um maldito comunista? Disse que não, que era um bom garoto da Louisiana que trabalhava num lugar que dava para a carreata do presidente na sexta-feira. Disse que esperava que Lee me deixasse dividir com ele a vista.

— Que Kennedy se foda! — Merritt quase berrou. — *Esse* é comunista, com certeza. Alguém devia dar um tiro naquele filhodaputa e matar ele bem matado.

— Tenha um bom dia — disse eu, abrindo a porta.

Ele saiu, mas não ficou contente. Ali estava um camarada acostumado a ver os inquilinos se encolherem e se prostrarem. Ele se virou na entrada de concreto rachado e esfarelento.

— Deixe o lugar tão bonito quanto encontrou, está ouvindo?

Olhei a sala em volta com o tapete mofado, a massa corrida rachada e uma poltrona quebrada.

— Sem problemas — respondi.

Sentei-me de novo e tentei sintonizar os fantasmas outra vez: Lee e Marina, Marguerite e Mohrenschildt. Em vez disso, caí num dos meus sonos abruptos. Quando acordei, achei que o canto que ouvia devia vir de um sonho evanescente.

— *Carlitos foi à FRANÇA! Só pra ver a CONTRADANÇA!*

Ainda estava lá quando abri os olhos. Fui à janela e olhei. As puladoras de corda estavam um pouco mais altas e mais velhas, mas eram elas, sim, o Trio

Assombro. A do meio estava toda pintada, embora parecesse ser pelo menos quatro anos nova demais para ter acne adolescente. Talvez fosse rubéola.

— *Batendo continência!*

— Pra vossa excelência — murmurei, e entrei no banheiro para lavar o rosto. A água que jorrou da torneira estava enferrujada, mas fria o suficiente para acabar de me acordar. Eu substituíra o relógio quebrado por um Timex barato e vi que eram duas e meia. Não estava com fome mas precisava comer alguma coisa, e fui até a churrascaria do sr. Lee. No caminho de volta, parei numa farmácia para comprar outra caixa de comprimidos contra dor de cabeça. Também comprei dois livrinhos de John D. MacDonald.

As puladoras de corda tinham sumido. A rua Mercedes, geralmente ruidosa, estava estranhamente calada. *Como uma peça antes que o pano suba no último ato*, pensei. Entrei para comer, mas embora as costeletas estivessem cheirosas e macias, acabei vomitando quase tudo.

18

Tentei dormir no quarto do casal, mas lá os fantasmas de Lee e Marina ficavam animados demais. Pouco antes da meia-noite, passei para o quarto menor. As meninas de lápis de cera de Rosette Templeton ainda estavam nas paredes e, de certa forma, achei reconfortantes os seus vestidos iguais (verde-floresta deveria ser o lápis de cera preferido de Rosette) e os grandes sapatos pretos. Achei que essas meninas fariam Sadie sorrir, principalmente a que usava a coroa de Miss América.

— Eu a amo, querida — disse eu, e adormeci.

19

21/11/63 (quinta-feira)

Não quis tomar café da manhã, assim como não quisera jantar na véspera, mas às 11 da manhã eu precisava desesperadamente de um café. Meio litro, se possível. Peguei um dos meus livros novos — *Feche a grande porta*, era o título — e fui até o Happy Egg, na rodovia Braddock. A TV atrás do balcão estava ligada e assisti a uma reportagem sobre a chegada iminente de Kennedy a San Antonio, onde seria recebido por Lyndon e Lady Bird Johnson. Também na festa: o governador John Connally e a esposa, Nellie.

Por trás do filme de Kennedy e da mulher andando na pista da base aérea de Andrews, em Washington, seguindo para o avião presidencial azul e branco, uma correspondente que soava como se fosse mijar nas calças falava sobre o novo penteado "fofo" de Jackie, destacado por uma "garbosa boina preta" e as linhas suaves do seu "chemisier com cinto de Oleg Cassini, costureiro preferido da primeira-dama". Cassini podia mesmo ser o costureiro preferido dela, mas eu sabia que a sra. Kennedy tinha outra roupa embalada no avião. A costureira desse era Coco Chanel. Era de lã rosa, ornado com uma gola preta. E é claro que havia um chapeuzinho rosa para completar. A roupa combinaria bem com as rosas que lhe dariam em Love Field, não muito bem com o sangue que respingaria na saia, nas meias e nos sapatos.

20

Voltei à rua Mercedes e li os meus livros. Esperei o passado obstinado me esmagar como uma mosca incômoda — que o telhado caísse ou um buracão se abrisse e engolisse o 2.703 para dentro do chão. Limpei o meu 38, carreguei-o, depois descarreguei e limpei de novo. Quase torci para desaparecer num dos meus sonos súbitos — pelo menos, faria o tempo passar —, mas isso não aconteceu. Os minutos se arrastaram, transformando-se com relutância numa pilha de horas, cada uma delas levando Kennedy muito mais para perto do cruzamento da Houston com a Elm.

Nada de sonos súbitos hoje, pensei. *Isso acontecerá amanhã. Quando chegar o momento crítico, eu simplesmente cairei na inconsciência. Da próxima vez que abrir os olhos, a façanha terá terminado e o passado terá se protegido.*

Podia acontecer. Sabia que podia. Se acontecesse, eu teria uma decisão a tomar: encontrar Sadie e me casar com ela ou voltar e começar tudo de novo. Ao pensar melhor, descobri que na verdade não havia decisão a tomar. Eu não tinha forças para voltar e recomeçar. De um modo ou de outro, era assim. O último tiro do caçador.

Naquela noite, os Kennedy, Johnson e Connally jantaram em Houston, num evento organizado pela Liga de Cidadãos Latino-Americanos. A culinária era argentina: *ensalada rusa* e o ensopado conhecido como *guiso*. Jackie fez o discurso depois do jantar — em espanhol. Eu comi hambúrguer com fritas para viagem... ou tentei. Depois de algumas mordidas, essa refeição também foi para a lata de lixo nos fundos.

Eu terminara ambos os romances de MacDonald. Pensei em pegar o meu livro inacabado na mala do carro, mas a ideia de lê-lo era enjoativa. Acabei apenas sentado na poltrona meio arrebentada até escurecer. Depois, fui para o quartinho onde Rosette Templeton e June Oswald tinham dormido. Deitei-me de roupa e sapato, usando a almofada da cadeira da sala como travesseiro. Deixara a porta aberta e a luz da sala acesa. Com o seu brilho, dava para ver as meninas de lápis de cera com os vestidos verdes. Soube que passaria o tipo de noite que faz o dia longo que acabara de passar parecer curto; ficaria ali deitado de olhos abertos, os pés pendurados na ponta da cama até quase o chão, até as primeiras luzes de 22 de novembro se infiltrarem pela janela.

Foi longa. Fui torturado por e-ses, deveria-ter-sidos e pensamentos sobre Sadie. Esses foram os piores. A saudade dela e o desejo dela eram tão profundos que pareciam uma doença física. Em certo momento, provavelmente muito depois da meia-noite (eu desistira de olhar o relógio; o movimento lento dos ponteiros era deprimente demais), caí num sono profundo e sem sonhos. Só Deus sabe quanto tempo eu teria dormido na manhã seguinte se não me acordassem. Alguém me sacudia suavemente.

— Vamos, Jake. Abra os olhos.

Fiz o que mandavam, embora quando vi quem estava sentado ao meu lado na cama, a princípio tive certeza de que, afinal de contas, estava sonhando. Tinha de estar. Mas aí estendi a mão, toquei a perna da calça jeans desbotada e senti o tecido sob a palma. O cabelo estava puxado para cima, o rosto quase sem maquiagem, a desfiguração da bochecha esquerda clara e singular. Era Sadie. Ela me encontrara.

CAPÍTULO 28

1

22/11/63 (sexta-feira)

Sentei-me e abracei-a sem sequer pensar. Ela também me abraçou com toda a força. Depois a beijei, provando a sua realidade — os sabores misturados de cigarro e Avon. O batom era mais fraco; no seu nervosismo, ela o mordiscara quase todo. Senti também o cheiro do xampu, do desodorante e o medo oleoso do suor nervoso por trás. Principalmente eu a toquei: quadril e seio e o áspero da cicatriz no rosto. Ela estava ali.

— Que horas são? — O meu fiel Timex tinha parado.

— Oito e quinze.

— Está brincando? Não pode ser!

— Mas é. E não estou surpresa, mesmo que você esteja. Quanto tempo faz desde que dormiu de um jeito que não fosse apenas desmaiar por algumas horas?

Eu ainda tentava aceitar a ideia de que Sadie estava ali, na casa de Fort Worth onde Lee e Marina moraram. Como podia ser? Em nome de Deus, *como*? E não era só isso. Kennedy também estava em Fort Worth, nesse mesmo instante fazendo um discurso para a Câmara de Comércio local no café da manhã do Texas Hotel.

— A minha mala está no carro — disse ela. — Vamos de Fusca para onde formos ou no Chevy? Talvez o Fusca seja melhor. É mais fácil de estacionar. Mesmo assim, talvez tenhamos de pagar muito por uma vaga se não sairmos agora mesmo. Os flanelinhas já estão por aí, agitando bandeiras. Eu vi.

— Sadie... — Balancei a cabeça no esforço de limpá-la e peguei os sapatos. Havia ideias na minha cabeça, muitas, mas regiravam como papel num ciclone e eu não conseguia pegar nenhuma.

— Estou aqui — disse ela.

É. Esse era o problema.

— Você não pode ir comigo. É perigoso demais. Acho que lhe expliquei isso, mas talvez não tenha sido bastante claro. Quando a gente tenta mudar o passado, ele morde. Rasgará a nossa garganta se a gente lhe der uma chance.

— Você foi claro. Mas não pode fazer isso sozinho. Encare a realidade, Jake. Você engordou um pouco, mas ainda está magérrimo. Manca quando anda, e manca *muito*. Tem de parar e deixar o joelho descansar a cada duzentos ou trezentos passos. O que faria se tivesse de correr?

Eu não disse nada. Mas escutava. Dei corda no relógio e acertei a hora enquanto isso.

— E isso não é o pior. Você... aai! O que está fazendo? — Eu agarrara a coxa dela.

— Me certificando de que você é de verdade. Ainda não consigo acreditar direito. — O *Air Force One* pousaria em Love Field em pouco mais de três horas. E alguém daria rosas a Jackie Kennedy. Nas outras paradas no Texas, recebera rosas amarelas, mas o buquê de Dallas seria vermelho.

— Sou de verdade e estou aqui. Me escute, Jake. O pior não é o quanto você ainda está ferido. O pior é o jeito que você tem de dormir de repente. Não pensou nisso?

Eu pensara muito nisso.

— Se o passado é tão malévolo quanto você diz, o que acha que vai acontecer se conseguir se aproximar do homem que está caçando antes que ele puxe o gatilho?

O passado não era exatamente malévolo, essa era a palavra errada, mas entendi o que ela dizia e não tinha argumentos contrários.

— Você não sabe mesmo no que está se metendo.

— Claro que sei. E você está esquecendo algo importantíssimo. — Ela segurou as minhas mãos e olhou os meus olhos. — Não sou só a sua namorada, Jake... se é o que ainda sou para você...

— É exatamente por isso que fico tão apavorado ao ver você aparecer assim.

— Você diz que um homem vai matar o presidente, e tenho razões para acreditar, baseada nas outras coisas que você previu e se realizaram. Até Deke está meio convencido. Ele disse: "Ele sabia que Kennedy viria antes que *Kennedy* soubesse. Sabia o dia e a hora. E sabia que a moça viria junto na viagem." Mas você diz isso como se fosse a única pessoa que se importa. Não é. Deke se importa. Ele estaria aqui se ainda não tivesse 38 graus de febre. E *eu* me importo.

Não votei nele, mas por acaso sou americana, e portanto ele não é apenas *o* presidente, mas o *meu* presidente. Isso lhe soa piegas?

— Não.

— Ótimo. — Os olhos dela brilhavam. — Não tenho a mínima intenção de deixar algum maluco atirar nele e não tenho a mínima intenção de adormecer.

— Sadie...

— Me deixe acabar. Não temos muito tempo, e você precisa apurar os ouvidos. Estão apurados?

— Sissiora.

— Bom. *Você não vai se livrar de mim.* Vou repetir: *não.* Vou com você. Se não me deixar entrar no seu Chevy, sigo você no meu fusca.

— Jesus Cristo — disse eu, sem saber se estava rezando ou praguejando.

— Se um dia nos casarmos, farei o que você quiser, desde que você seja bom para mim. Fui criada na crença de que essa é a tarefa das esposas. — *Ah, as filhas dos anos sessenta*, pensei. — Estou pronta para deixar para trás tudo o que conheço e seguir você até o futuro. Porque amo você e porque acredito que esse futuro de que você fala realmente existe. É provável que eu nunca mais lhe dê outro ultimato, mas este agora eu vou lhe dar. Fará isso comigo ou não fará nada.

Pensei nisso, e com cuidado. Perguntei a mim mesmo se ela falava sério. A resposta era tão visível quanto a cicatriz do seu rosto.

Enquanto isso, Sadie olhava as Meninas de lápis de cera.

— Quem você acha que desenhou isso? Elas são mesmo muito boas.

— Foi Rosette — respondi. — Rosette Templeton. Ela voltou para Mozelle com a mamãe depois que o papai sofreu um acidente.

— E aí você se mudou para cá?

— Não, para a casa em frente. Uma pequena família de sobrenome Oswald se mudou para cá.

— Esse é o sobrenome dele, Jake? Oswald?

— É. Lee Oswald.

— Vou com você?

— Tenho opção?

Ela sorriu e pôs a mão no meu rosto. Até ver aquele sorriso aliviado, não fazia ideia de como ela devia estar assustada quando me acordou.

— Não, querido — respondeu ela. — Não que eu conheça. É por isso que se chama ultimato.

2

Pusemos a mala dela no Chevrolet. Se detivéssemos Oswald (e não fôssemos presos), poderíamos pegar o fusca depois e ela voltaria a Jodie, onde pareceria normal e à vontade na sua entrada de garagem. Se algo desse errado — se fracassássemos, ou se conseguíssemos mas fôssemos procurados pelo assassinato de Lee —, simplesmente teríamos de sair correndo. Poderíamos correr mais depressa e chegar mais longe e de forma mais anônima num Chevy V-8 do que num fusquinha Volkswagen.

Ela viu a arma quando a pus no bolso de dentro do paletó esporte e disse:

— Não. Bolso de fora.

Ergui as sobrancelhas.

— Onde eu possa pegar se você se cansar de repente e resolver tirar uma soneca.

Descemos a calçada, Sadie com a bolsa jogada por sobre o ombro. Tinham previsto chuva, mas a mim parecia que os meteorologistas receberiam cartão vermelho nessa. O céu estava clareando.

Antes que Sadie entrasse no lado do carona, uma voz falou atrás de mim.

— É a sua namorada, moço?

Eu me virei. Era a puladora de corda com acne. Só que não era acne, não era rubéola e não precisei perguntar por que ela não estava na escola. Era catapora.

— É, sim.

— Ela é bonita. A não ser pelo — ela fez um *guique* que, de forma grotesca, chegava a ser encantador — rosto.

Sadie sorriu. A minha admiração pela sua coragem simples continuava a aumentar... e nunca diminuiu.

— Qual é o seu nome, querida?

— Sadie — disse a puladora de corda. — Sadie Van Owen. E o seu?

— Bom, você não vai acreditar, mas é Sadie também.

A menina a olhou com um cinismo desconfiado que era puro Riot Grrrl da rua Mercedes.

— Não, não é!

— É, sim. Sadie Dunhill. — Ela se virou para mim. — Uma bela coincidência, não concorda, George?

Não concordava, na verdade, e não tinha tempo para discutir o caso.

— Preciso lhe perguntar uma coisa, srta. Sadie Van Owen. Sabe onde fica o ponto de ônibus da rua Winscott, não sabe?

— Claro. — Ela ergueu os olhos como se perguntasse *pensa que eu sou burra?* — Ei, vocês já tiveram catapora?

Sadie fez que sim.

— Eu também — disse eu —, portanto tudo bem nesse quesito. Sabe que ônibus vai para o centro de Dallas?

— O número Três.

— E com que frequência passa o Três?

— Acho que de meia em meia hora, mas pode ser de 15 em 15 minutos. Por que quer o ônibus se você tem carro? Se vocês têm *dois* carros?

Dava para saber pela cara da Sadie Grande que ela também queria saber.

— Tenho as minhas razões. E, aliás, o meu pai dirige um submarino.

Sadie Van Owen deu um sorriso imenso.

— Conhece esse?

— Há anos — respondi. — Entre, Sadie. Temos de ir. — Conferi o relógio novo. Faltavam vinte para as nove.

3

— Me diga por que se interessou pelos ônibus — pediu Sadie.

— Primeiro me diga como me achou.

— Quando cheguei a Eden Fallows e você tinha ido embora, queimei o bilhete como me pediu e depois fui falar com o velho da casa ao lado.

— O sr. Kenopensky.

— Isso. Ele não sabia de nada. Nisso a terapeuta já estava sentada nos seus degraus. Não gostou de descobrir que você saíra. Disse que trocara de horário com Doreen para Doreen ver Kennedy hoje.

O ponto de ônibus da rua Winscott ficava à frente. Desacelerei para ver se havia um horário no pequeno abrigo junto ao poste, mas não. Parei numa vaga a uns cem metros do ponto.

— O que está fazendo?

— Arranjando uma apólice de seguro. Se não aparecer um ônibus até as nove, vamos embora. Termine a história.

— Liguei para os hotéis do centro de Dallas, mas ninguém sequer quis falar comigo. Estão todos ocupados demais. Depois liguei para Deke, e ele chamou a polícia. Ele lhes contou que tinha informações confiáveis de que alguém daria um tiro no presidente.

Eu estava vigiando o ônibus pelo retrovisor, mas com isso, chocado, olhei para Sadie. Ainda assim, senti uma admiração relutante por Deke. Não fazia ideia de quanto ele acreditava no que Sadie lhe contara, mas mesmo assim correu o risco.

— O que aconteceu? Ele deu o nome dele?

— Não teve oportunidade. Bateram o telefone na cara dele. Acho que foi aí que realmente comecei a acreditar em você sobre o modo como o passado se protege. É o que tudo isso é pra você, não é? Só um livro de História vivo.

— Não é mais.

Lá vinha um ônibus lento, verde e amarelo. A placa que indicava o destino dizia 3 RUA PRINCIPAL DALLAS 3. Parou e as portas da frente e de trás se abriram nas suas dobradiças em sanfona. Duas ou três pessoas embarcaram, mas não havia como encontrar lugar; quando o ônibus passou por nós devagar, vi que estavam todos ocupados. Avistei uma mulher com uma fila de broches de Kennedy presa no chapéu. Ela acenou alegremente para mim e, embora os nossos olhos só se cruzassem um segundo, consegui sentir a sua empolgação, o seu prazer e a sua expectativa.

Engrenei o Chevy e segui o ônibus. Na traseira, parcialmente obscurecida pelos arrotos de exaustão marrom, uma garota Clairol com sorriso radiante proclamava que, se só tivesse uma vida, queria vivê-la loura. Sadie agitou a mão de um jeito teatral.

— Argh! Recue! Isso fede!

— Uma crítica e tanto, vinda de uma garota do tipo um maço por dia — comentei, mas ela tinha razão, o fedor de diesel era horrível. Recuei. Não havia necessidade de ficar grudado agora que eu sabia que Sadie Pula-Corda acertara o número. Provavelmente também acertara o intervalo. Os ônibus deviam passar de meia em meia hora nos dias comuns, mas esse não era um dia comum.

— Chorei um pouco, porque achei que você fora embora para sempre. Temi por você, mas também odiei você.

Isso dava para entender e ainda achava que fizera o que era certo, e achei melhor não dizer nada.

— Liguei de novo para Deke. Ele me perguntou se você dissera alguma coisa sobre algum outro esconderijo, talvez em Dallas, mas provavelmente em Fort Worth. Eu disse que não me lembrava de você dizer nada específico. Ele disse que provavelmente teria sido enquanto você estava no hospital, todo confuso. Pediu que eu pensasse bem. Como se eu não estivesse pensando. Voltei à casa do sr. Kenopensky, para ver se talvez você não tivesse lhe dito alguma coisa. Nisso já era quase hora da ceia e escurecia. Ele disse que não, mas nessa hora o filho chegou com um jantar de rosbife e me convidou para comer com eles. O sr. K. começou a falar — ele conta histórias de todo tipo sobre os velhos tempos...

— Eu sei. — À frente, o ônibus entrou para a esquerda no bulevar Vickery. Fiz sinal e segui, mas mantendo distância suficiente para não termos de comer diesel. — Já ouvi pelo menos três dúzias. Do tipo sangue na sela.

— Escutar as histórias dele foi a melhor coisa que eu poderia ter feito, porque parei de vasculhar o cérebro por algum tempo, e às vezes, quando a gente relaxa, as coisas se soltam e flutuam até a superfície da mente. Enquanto eu voltava para a sua casinha, lembrei de repente que você disse que morou algum tempo na rua Cadillac. Só que você sabia que não era bem isso.

— Ai, meu Deus. Disso eu me esqueci.

— Foi a minha última chance. Liguei para Deke outra vez. Ele não tinha nenhum mapa detalhado da cidade, mas sabia que havia mapas melhores na biblioteca da escola. Ele foi até lá, provavelmente pondo os bofes para fora de tanto tossir, ele ainda está bem doente, pegou os mapas e me ligou do escritório. Achou uma avenida Ford em Dallas, um parque Chrysler e várias ruas Dodge. Mas nada disso tinha cara de Cadillac, se é que você me entende. Então ele achou a rua Mercedes em Fort Worth. Quis ir para lá na mesma hora, mas ele me disse que seria muito mais provável avistar você ou o seu carro se eu esperasse amanhecer.

Ela me agarrou o braço. A mão estava fria.

— A noite mais longa da minha vida, seu problemático. Mal preguei o olho.

— Eu compensei, embora só tivesse dormido de madrugada. Se você não viesse, eu podia dormir durante todo o maldito assassinato.

Que tal *isso* como final horrível?

— A rua Mercedes tem vários *quarteirões*. Dirigi, dirigi. Aí pude ver o fim no estacionamento de um prédio grande que parece os fundos de uma loja de departamentos.

— Quase. É um depósito da Montgomery Ward.

— E nem sinal de você. Nem dá para explicar como fiquei deprimida. *Então...* — Ela sorriu. Era radiante, apesar da cicatriz. — Então vi aquele Chevy vermelho com os rabos de peixe patetas que lembram as sobrancelhas de uma mulher. Grande como um anúncio de neon. Gritei e bati no painel do meu fusquinha até a minha mão doer. E agora aqui est...

Houve um estrondo grave e esmagador vindo da frente direita do Chevy e, de repente, seguíamos na direção de um poste de luz. Houve uma série de pancadas duras debaixo do carro. Girei o volante. Estava enjoativamente solto nas minhas mãos, mas consegui desviar o bastante para não bater de frente no poste. Em vez disso, o lado de Sadie raspou nele, soltando um guincho medonho de metal contra metal. A porta dela curvou para dentro e eu a puxei para mim no banco. Paramos com o capô pendurado sobre a calçada e o carro inclinado para a direita. *Isso não foi só um pneu furado*, pensei. *Foi uma filha da puta de uma lesão fatal.*

Sadie me olhou, espantada. Ri. Como já observado, às vezes não há mais nada a fazer.

— Bem-vinda ao passado, Sadie — disse eu. — É assim que vivemos por aqui.

4

Ela não conseguiu sair pelo lado dela; seria preciso um pé de cabra para abrir a porta do passageiro. Ela deslizou pelo restante do banco e saiu pela minha. Algumas pessoas observavam, não muitas.

— Caramba, o que aconteceu? — perguntou uma mulher que empurrava um carrinho de bebê.

Isso ficou óbvio quando fui até a frente do carro. A roda da frente direita se soltara. Jazia a uns seis metros de nós, no final de uma vala que se curvava no asfalto. A ponta quebrada do eixo cintilava ao sol.

— Roda quebrada — respondi à mulher com o carrinho.

— Nossa! — disse ela.

— O que faremos? — perguntou Sadie em voz baixa.

— Temos um seguro; basta cobrar. O ponto de ônibus mais próximo.

— A minha mala...

É, pensei, *e o caderno de Al. Os meus manuscritos — o romance de merda que não importa e as memórias que importam. Mais o meu dinheiro disponível.* Dei uma olhada no relógio. Nove e quinze. No Texas Hotel, Jackie estaria vestindo o conjunto rosa. Depois de mais uma hora de política, mais ou menos, a carreata partiria para a Base Aérea Carswell, onde o grande avião estava estacionado. Dada a distância entre Fort Worth e Dallas, os pilotos mal teriam tempo de recolher o trem de pouso.

Tentei pensar.

— Querem usar o meu telefone para ligar para alguém? — perguntou a mulher com o carrinho. — A minha casa fica ali do outro lado. — Ela nos examinou e percebeu que eu mancava e que Sadie tinha uma cicatriz. — Vocês se machucaram?

— Estamos bem — disse eu. Peguei o braço de Sadie. — A senhora poderia ligar para uma oficina e pedir que reboquem o carro? Sei que é pedir muito, mas estamos com uma pressa terrível.

— Eu *disse* a ele que aquela roda estava bamba — disse Sadie. Ela despejava o seu sotaque da Geórgia. — Ainda bem que a gente não estava na estrada. — *Istraaaada*.

— Há um posto Esso a dois quarteirões daqui. — Ela apontou para o norte. — Acho que posso ir com o bebê até lá...

— Ah, isso seria maravilhoso, madame — disse Sadie. Abriu a bolsa, tirou a carteira e puxou uma nota de vinte. — Dê isso a eles por conta. Desculpe lhe pedir uma coisa dessas, mas acho que morro se não vir Kennedy. — Isso fez a mulher do carrinho sorrir.

— Céus, isso paga *dois* reboques. Se a senhora tiver um papel na bolsa, posso redigir um recibo...

— Tudo bem — disse eu. — Confiamos na senhora. Mas talvez seja bom eu deixar um bilhete no limpador de para-brisa.

Sadie me olhava, questionadora... mas também me estendia uma caneta e um bloquinho com um garoto vesgo desenhado na capa. SONO ESCOLAR, dizia debaixo do sorriso ondulado. AH, QUE COCHILINHO BOM.

Muita coisa dependia daquele bilhete, mas não havia tempo de pensar nas palavras. Rabisquei depressa e o dobrei debaixo do limpador de para-brisa. Um instante depois, viramos a esquina e sumimos.

5

— Jake? Você está bem?

— Estou. E você?

— Fui atingida pela porta e provavelmente machuquei o ombro, mas fora isso, estou. Se tivéssemos batido naquele poste, provavelmente não estaria. Nem você. Para quem era o bilhete?

— Sei lá, para quem rebocar o Chevy. — E pedi a Deus para o sr. Seilá fazer o que o bilhete pedia. — A gente se preocupa com essa parte quando voltar.

Se a gente voltasse.

O próximo ponto de ônibus ficava no meio do quarteirão. Três negras, duas brancas e um hispânico estavam em pé junto ao poste, uma mistura racial tão equilibrada que pareciam candidatos para o elenco de *Law and Order SVU*. Ficamos junto deles. Eu me sentei no banco debaixo do telhadinho ao lado de uma sexta mulher, uma senhora afro-americana cujas proporções heroicas estavam embaladas num uniforme de rayon branco que praticamente gritava Faxineira de Brancos Ricos. No peito, ela usava um broche que dizia SEMPRE COM JFK EM 64.

— Perna ruim, moço? — ela me perguntou.

— É. — Eu tinha quatro saquinhos de pó contra dor de cabeça no bolso do meu paletó esporte. Enfiei a mão ao lado da arma, peguei dois, rasguei o alto e despejei tudo na boca.

— Tomar isso assim vai acabar com o seu rim — disse ela.

— Eu sei. Mas tenho de manter essa perna andando tempo suficiente para ver o presidente.

Ela deu um grande sorriso.

— Será que ouvi *isso*?

Sadie estava em pé no meio-fio, olhando ansiosa a rua atrás do Número Três.

— Os ônibus estão devagar hoje — disse a faxineira —, mas já, já passa um. Não vou perder Kennedy, não *mesmo*!

Deu nove e meia e nada do ônibus, mas a dor no meu joelho caíra para um latejado surdo. Deus abençoe Goody's Powder.

Sadie se aproximou.

— Jake, talvez a gente devesse...

— Lá vem o Três — disse a faxineira e se levantou. Era uma senhora extraordinária, escura como ébano, pelo menos dois centímetros mais alta do que Sadie, cabelo alisado e lustroso. — Oba, vou arranjar um lugar bem ali na Dealey Plaza. Tem sanduíches na bolsa. Será que ele me escuta quando eu gritar?

— Aposto que sim — disse eu.

Ela riu.

— É melhor acreditar que sim! Ele e Jackie, os dois!

O ônibus estava cheio, mas o pessoal do ponto embarcou assim mesmo. Sadie e eu éramos os últimos, e o motorista, que parecia tão estressado quanto um corretor de ações na Sexta-Feira Negra, ergueu a mão.

— Não dá mais! Está lotado! Está que nem sardinha em lata! Esperem o próximo!

Sadie me lançou um olhar angustiado, mas antes que eu dissesse alguma coisa a grande senhora se intrometeu em nosso nome.

— Nada disso, eles vão embarcar sim. O homem tá com a perna machucada, e a moça tem lá os seus problemas, como você pode ver muito bem. Além disso, ela é magra e ele é mais magro ainda. Você vai deixar eles subirem senão eu ponho *você* pra fora e eu mesmo dirijo esse ônibus. Sei fazer isso muito bem. Aprendi no caminhão do meu pai.

O motorista do ônibus a olhou assomando acima dele, depois ergueu os olhos, deu um suspiro e acenou para embarcarmos. Quando enfiei a mão no bolso atrás de moedas para enfiar na caixa da passagem, ele a cobriu com a mão carnuda.

— Esqueça a passagem, basta ficarem atrás da linha branca. Se conseguirem. — Ele balançou a cabeça. — Não entendo por que não puseram uma dúzia de ônibus extras hoje. — Ele puxou a manivela cromada. As portas se fecharam na proa e na popa. Os freios a ar se soltaram com um suspiro e lá fomos nós, devagar e sempre.

O meu anjo da guarda não terminara. Começou a passar sermão em dois operários, um preto, o outro branco, sentados atrás do motorista com as marmitas no colo.

— Levantem-se e deem lugar para essa senhora e esse cavalheiro, agora! Não dá pra ver que ele tá com a perna ruim? E mesmo assim vai ver Kennedy!

— Madame, tudo bem — disse eu.

Ela nem ligou.

— Andem, levantem, vocês não têm educação?

Eles se levantaram, abrindo caminho com os cotovelos na multidão amontoada no corredor. O operário negro deu um olhar irritado para a faxineira.

— Mil, novecentos e sessenta e três e eu *ainda* tenho de dar o meu lugar a um branco.

— Ah, tadinho — disse o amigo branco.

O negro deu uma boa olhada no meu rosto. Não sei o que viu, mas apontou os lugares agora vagos.

— Sente-se antes que caia, Jackson.

Eu me sentei junto à janela. Sadie murmurou um agradecimento e se sentou ao meu lado. O ônibus avançava lentamente como um elefante velho que ainda consegue galopar se lhe derem tempo suficiente. A faxineira assomava protetora junto a nós, segurando uma alça e balançando o quadril nas curvas. Havia muito dela para balançar. Olhei o relógio de novo. Os ponteiros pareciam pular rumo às dez da manhã; logo pulariam sobre elas.

Sadie se inclinou mais para perto de mim, o cabelo fazendo cócegas no meu rosto e no meu pescoço.

— Aonde vamos e o que faremos quando chegarmos lá?

Queria me virar para ela, mas mantive os olhos bem à frente, procurando problemas. Procurando o próximo golpe. Estávamos agora na rua West Division, que também era a rodovia 180. Logo chegaríamos a Arlington, futuro lar dos Texas Rangers de George W. Bush. Se tudo desse certo, estaríamos no limite da cidade de Dallas às dez e meia, duas horas antes de Oswald enfiar o primeiro cartucho no maldito fuzil italiano. Só que, quando a gente tenta mudar o passado, as coisas raramente dão certo.

— Basta me seguir — disse eu. — E não relaxe.

6

Passamos ao sul de Irving, onde agora a mulher de Lee se recuperava do parto da segunda filha havia apenas um mês. O trânsito estava lento e fedorento. Metade dos passageiros no nosso ônibus lotado fumava. Lá fora (onde o ar, presumivelmente, estava um pouco mais limpo), as ruas estavam lotadas de tráfego que chegava. Vimos um carro com AMAMOS VOCÊ JACKIE escrito com sabão no para-brisa traseiro e outro com FORA DO TEXAS SEU RATO COMUNA no mesmo lugar. O ônibus guinava e balançava. Havia aglomerações cada vez maiores de gente nos pontos; eles sacudiam o punho fechado quando o nosso ônibus lotado se recusava sequer a desacelerar.

Às dez e quinze chegamos ao bulevar Harry Hines e passamos por uma placa que indicava o caminho para Love Field. O acidente ocorreu três minutos depois. Eu vinha torcendo para não acontecer, mas estava de olho, à espera, e quando o caminhão de lixo furou o sinal vermelho no cruzamento da Hines com a avenida Inwood, pelo menos eu estava meio preparado. Já vira um assim, a caminho do cemitério Longview, em Derry.

Agarrei a nuca de Sadie e empurrei a cabeça dela na direção do colo.

— *Abaixe!*

Um segundo depois, fomos lançados contra a divisória entre o banco do motorista e a área dos passageiros. Vidros se quebraram. O metal gritou. Os que estavam em pé foram lançados à frente num coágulo aos berros de membros ondulantes, bolsas e chapéus baratos desalojados. O operário branco que dissera *Ah, tadinho* estava dobrado sobre a máquina de passagens que ficava no início do corredor. A grande faxineira simplesmente desaparecera, enterrada debaixo de uma avalanche humana.

O nariz de Sadie sangrava e havia um hematoma inchado subindo como massa de pão sob o olho direito. O motorista estava esparramado de lado atrás do volante. O largo para-brisa se estilhaçara e a visão fronteira da rua se fora, substituída por metal florido de ferrugem. Deu para ler **BRAS PÚBLICAS DE DALL**. O fedor do asfalto candente que o caminhão carregava era espesso.

Virei Sadie para mim.

— Você está bem? Está consciente?

— Estou bem, só meio abalada. Se você não tivesse gritado naquela hora, eu não estaria.

Havia gemidos e gritos de dor na pilha na frente do ônibus. Um homem de braço quebrado se desvencilhou do monte e sacudiu o motorista, que rolou do banco. Havia uma cunha de vidro saindo do centro da testa.

— Ah, Cristo! — disse o homem de braço quebrado. — Acho que ele está mortinho da silva!

Sadie foi até o sujeito que atingira a máquina de passagens e o ajudou a voltar para onde estávamos sentados. Estava pálido e gemia. Achei que tinha enfiado o saco no poste; era a altura certinha. O amigo negro me ajudou a pôr a faxineira em pé, mas se ela não estivesse totalmente consciente e capaz de nos ajudar, acho que não conseguiríamos muita coisa. Eram mais de 130 quilos de mulher em cima das pernas. Ela sangrava bastante da têmpora, e aquele uniforme específico nunca mais teria muita utilidade. Perguntei se ela estava bem.

— Acho que sim, mas a minha cabeça levou uma surra dos infernos. Caramba!

Atrás de nós, o ônibus era um alvoroço. Logo, logo haveria um estouro da boiada. Fiquei na frente de Sadie e mandei que pusesse os braços na minha cintura. Dada a condição do meu joelho, provavelmente eu é que deveria segurá-la, mas instinto é instinto.

— Precisamos tirar essa gente do ônibus — disse eu ao operário negro. — Puxe a alavanca.

Ele tentou, mas ela não se mexeu.

— Emperrou!

Achei que era bobagem; achei que o passado a mantinha fechada. Também não podia ajudá-lo a puxar. Eu só tinha um braço bom. A faxineira, um lado do uniforme agora ensopado de sangue, passou por mim com um empurrão e quase me derrubou. Senti os braços de Sadie se soltarem num solavanco, mas ela se segurou de novo. O chapéu da faxineira caíra de lado e a gaze do véu estava gotejada de sangue. O efeito era grotescamente decorativo, como minúsculas frutinhas de azevinho. Ela repôs o chapéu no ângulo adequado e depois segurou a alavanca cromada com o operário negro.

— Vou contar até três e depois vamos puxar esse troço — disse ela. — Pronto?

Ele fez que sim.

— Um... dois... *três!*

Eles puxaram... ou melhor, ela puxou, e com força suficiente para abrir a costura do vestido debaixo de um dos braços. As portas se escancararam. De trás de nós, vieram débeis vivas.

— Obrigad... — começou Sadie, mas eu já avançava.

— Depressa. Antes que nos pisoteiem. Não me largue. — Fomos os primeiros a sair do ônibus. Virei Sadie na direção de Dallas. — Vamos.

— Jake, essa gente precisa de ajuda!

— E tenho certeza de que está a caminho. Não olhe para trás. Olhe para a frente, porque é de onde virá o próximo problema.

— Quanto problema? Quanto mais?

— Tudo o que o passado puder lançar contra nós — respondi.

7

Levamos vinte minutos para percorrer quatro quarteirões desde o lugar onde o nosso ônibus número Três viera a falecer. Dava para sentir o joelho inchar. Ele pulsava a cada batida do coração. Chegamos a um banco e Sadie me mandou sentar.

— Não há tempo.

— Sente-se, moço. — Ela me deu um empurrão inesperado e caí sentado no banco, que tinha no encosto o anúncio de uma funerária local. Sadie fez que sim rapidamente, como fazem as mulheres ao terminar uma tarefa complicada, depois pisou no bulevar Harry Hines, abrindo a bolsa ao mesmo tempo e remexendo lá dentro. O latejamento do joelho foi temporariamente suspenso quando o meu coração pulou até a garganta e lá ficou.

Um carro se desviou dela, buzinando. Ela escapou por menos de 30 centímetros. O motorista sacudiu o punho fechado ao prosseguir pelo quarteirão e depois ergueu o dedo do meio para completar. Quando berrei para que voltasse, ela nem olhou na minha direção. Puxou a carteira enquanto os carros passavam velozes, soprando o cabelo para trás do rosto marcado. Ela estava tão fria quanto uma manhã de primavera. Pegou o que queria, largou a carteira de volta na bolsa e depois ergueu uma nota verde bem acima da cabeça. Parecia uma líder de torcida do secundário antes de um jogo importante.

— *Cinquenta dólares!* — gritava ela. — *Cinquenta dólares por uma carona até Dallas! Rua Principal! Rua Principal! Tenho de ver Kennedy! Cinquenta dólares!*

Isso não vai dar certo, pensei. *A única coisa que vai acontecer é ela ser atropelada pelo passado obst...*

Um Studebaker enferrujado parou gritando diante dela. O motor batia e retinia. Havia um buraco vazio onde antes ficava um dos faróis. Um homem de calças largas e camiseta regata desceu. Na cabeça (e puxado até as orelhas) havia um chapéu de caubói de feltro verde com uma pena índia na faixa. Ele sorria. O sorriso exibia a falta de pelo menos seis dentes. Dei uma olhada e pensei: *Aí vem encrenca.*

— Dona, você é maluca — disse o caubói do Studebaker.

— Quer cinquenta dólares ou não? Basta nos levar a Dallas.

O homem franziu os olhos para a nota, tão despreocupado com os carros que buzinavam e se desviavam quanto a própria Sadie. Ele tirou o chapéu, bateu-o na calça que pendia dos quadris e depois o pôs de volta no lugar, puxando novamente até que a aba pousasse no alto das orelhas de abano.

— Dona, isso aí não é cinquenta, é dez.

— O resto está na minha carteira.

— Então por que eu não pego ela? — Ele agarrou a grande bolsa e segurou uma das alças. Desci o meio-fio, mas achei que ele a tomaria e sumiria antes que eu chegasse até ela. E se eu *realmente* chegasse até ela, ele provavelmente me daria uma surra. Embora magro, ainda era mais pesado do que eu. E tinha dois braços bons.

Sadie não largou. Puxada em sentidos opostos, a bolsa se escancarou como uma boca em agonia. Ela enfiou a mão livre lá dentro e tirou uma faca de açougueiro que me pareceu conhecida. Com ela, Sadie abriu o antebraço dele. O corte começava acima do punho e terminava na dobra suja da parte interna do cotovelo. Ele gritou de dor e surpresa, largou a alça e recuou, fitando-a.

— Sua piranha maluca, você me cortou!

Ele correu para a porta aberta do carro, que ainda tentava se surrar até a morte. Sadie avançou e esfaqueou o ar na frente do rosto dele. O cabelo dela caíra nos olhos. Os lábios eram uma linha implacável. O sangue do braço ferido do caubói do Studebaker tamborilou no asfalto. Os carros continuavam a passar. Incrivelmente, ouvi alguém berrar: "*Mostre a ele, dona!*"

O caubói do Studebaker recuou para a calçada, os olhos nunca abandonando a faca. Sem me olhar, Sadie disse:

— É com você, Jake.

Por um segundo não entendi, depois me lembrei do 38. Tirei-o do bolso e o apontei para ele.

— Está vendo isso, Tex? Está carregado.

— Você é tão maluco quanto ela. — Agora ele segurava o braço contra o peito, marcando de sangue a camiseta. Sadie deu a volta correndo para o lado do passageiro do Studebaker e abriu a porta. Ela me olhou por sobre o teto e fez um gesto impaciente de chamada com uma das mãos. Eu não acreditava que poderia amá-la mais, mas naquele momento vi que estava errado.

— Você devia ter aceitado o dinheiro ou continuado a dirigir — disse eu. — Agora quero ver se sabe correr. Faça isso imediatamente senão ponho uma bala na sua perna e aí você não consegue mais.

— Você é um canalha filho da puta — disse ele.

— Sou, sim. E você é um ladrão filho da puta que logo terá um buraco de bala. — Engatilhei a arma. O caubói do Studebaker não me pôs à prova. Virou-se e correu para oeste pela Hines de cabeça baixa, segurando o braço, praguejando e derramando uma trilha de sangue.

— Só pare quando chegar a Love! — berrei atrás dele. — São quase cinco quilômetros nessa direção que você vai! Diga alô ao presidente!

— Entre, Jake. Vamos sair daqui antes que a polícia chegue.

Entrei atrás do volante do Studebaker, fazendo uma careta quando o joelho inchado protestou. O câmbio era manual, o que significava que eu teria de usar a perna ruim na embreagem. Cheguei o banco para trás o mais que pude, escutando o monte de lixo atrás estalar e se esmagar, e partimos.

— Aquela faca — disse eu. — É...?

— A que Johnny usou para me cortar, isso. O xerife Jones a devolveu depois do inquérito. Achou que era minha e talvez tivesse razão. Mas não da minha casa na Bee Tree. Tenho quase certeza que Johnny a trouxe com ele da nossa casa em Savannah. Estou com ela na bolsa desde então. Porque queria algo para me proteger, só por prevenção... — Os olhos dela se encheram d'água. — E este é um caso desses, não é? É um baita caso desses.

— Guarde de volta na bolsa. — Pisei na embreagem, que estava horrivelmente dura, e consegui passar a segunda marcha do Studebaker. O carro cheirava como um galinheiro que tivesse ficado uns dez anos sem ter sido limpo.

— Vai sujar tudo de sangue aqui dentro.

— Guarde assim mesmo. Você não pode andar por aí brandindo uma faca, ainda mais quando o presidente vem à cidade. Querida, aquilo foi mais do que corajoso.

Ela guardou a faca e depois começou a limpar os olhos com os punhos fechados, como uma menininha que ralasse o joelho.

— Que horas são?

— Dez para as onze. Kennedy pousa em Love Field daqui a quarenta minutos.

— Tudo está contra nós — disse ela. — Não é?

Dei uma olhada nela e disse:

— Agora você entende.

8

Chegamos à rua North Pearl antes que o motor do Studebaker pifasse. Subiu vapor do capô. Algo metálico bateu na rua. Sadie gritou de frustração, bateu na coxa com o punho fechado e usou várias palavras feias, mas fiquei quase aliviado. Pelo menos não teria mais de lutar com a embreagem. Pus a alavanca de marcha em ponto morto e deixei o carro fumegante rolar até a lateral da rua. Ele descansou diante de um beco com NÃO FECHE PASSAGEM pintado no paralelepípedo, mas esse crime específico me parecia menor do que um ataque com uma arma fatal e um roubo de carro.

Saí e manquei até o meio-fio, onde Sadie já estava.

— Que horas agora? — perguntou ela.

— Onze e vinte.

— Até onde temos de ir?

— O Texas School Book Depository fica na esquina da Houston com a Elm. Quatro quilômetros e meio. Talvez mais. — As palavras mal saíram da minha boca e ouvimos o rugir dos motores de um jato vindo atrás de nós. Olhamos para cima e vimos o *Air Force One* na rota de descida.

Sadie afastou cansada o cabelo do rosto.

— O que vamos fazer?

— Agora, vamos andar — respondi.

— Ponha o braço nos meus ombros. Deixe que eu leve parte do peso.

— Não preciso fazer isso, querida.

Mas, um quarteirão depois, precisei.

9

Chegamos perto do cruzamento da North Pearl com a avenida Ross às onze e meia, bem na hora em que o 707 de Kennedy estaria parando perto da recepção oficial... que incluía, é claro, a mulher com o buquê de rosas. A esquina à frente era dominada pela catedral do Santuário de Guadalupe. Nos degraus, debaixo de uma estátua da santa de braços abertos, estava um homem sentado com muletas de madeira de um lado e uma panela esmaltada do outro. Encostado na panela havia um cartaz dizendo SOU ALEIJADO! POR FAVOR DÊ O QUE PUDER SEJA UM BOM SAMARIANO DEUS AMA VOCÊ.

— Onde estão as *suas* muletas, Jake?

— Em Eden Fallows, no armário do quarto.

— Você esqueceu as suas *muletas*?

As mulheres são boas em perguntas retóricas, não são?

— Não tenho usado muito ultimamente. Em pequenas distâncias, estou quase bom. — Isso soava marginalmente melhor do que admitir que o principal na minha cabeça fora sumir do pequeno povoado de reabilitação antes que Sadie chegasse.

— Bom, um par delas seria muito útil agora.

Ela correu à frente com rapidez invejável e falou com o mendigo nos degraus da igreja. Quando cheguei mancando, ela pechinchava com ele.

— Um par de muletas como esse custa nove dólares e você quer cinquenta por *uma só*?

— Preciso de uma, pelo menos, para voltar para casa — disse ele com sensatez. — E parece que o seu amigo precisa de uma para chegar *a qualquer lugar*.

— E toda essa história de Deus ama você, seja um bom samaritano?

— Ora — disse o mendigo, esfregando pensativo o queixo barbado —, Deus ama você, mas eu sou apenas um pobre aleijado. Se não gosta dos meus termos, faça como o fariseu e passe pelo outro lado. É o que eu faria.

— Não duvido. E se eu simplesmente as furtasse, sua coisa gananciosa?

— Acho que conseguiria, mas aí Deus não amaria mais você — disse ele, e caiu na gargalhada. Era um som extraordinariamente alegre para um homem tão aleijado. Ele ia melhor no quesito dentário do que o caubói do Studebaker, mas não muito melhor.

— Dê o dinheiro a ele — disse eu. — Só preciso de uma.

— Ah, eu vou lhe dar o dinheiro. Só detesto que me fodam.

— Dona, isso é uma vergonha para a população masculina do planeta Terra, se me permite dizer.

— Olhe lá o que diz — disse eu. — Você está falando da minha noiva. — Agora eram onze e quarenta.

O mendigo nem ligou para mim. Olhava a carteira de Sadie.

— Tem sangue nela. Você se cortou fazendo a barba?

— Não se candidate ainda ao programa de Ed Sullivan, querido, você não é nenhum Alan King. — Sadie tirou a nota de dez que mostrara no trânsito mais duas de vinte. — Tome — disse ela, e ele as pegou. — Estou falida. Satisfeito?

— Você ajudou um pobre aleijado — disse o mendigo. — *Você* é que devia estar satisfeita.

— Pois não estou! — gritou Sadie. — E tomara que os seus malditos olhos caiam dessa sua cabeça feia!

O mendigo me deu uma olhada filosófica de homem para homem.

— Melhor levar ela pra casa, Zé Contente, acho que ela vai começar aqueles dias dela.

Pus a muleta debaixo do braço direito — quem tem sorte com os ossos acha que a gente usa uma muleta única no lado machucado, mas não é assim — e peguei o cotovelo de Sadie com a mão esquerda.

— Vamos. Não há tempo.

Enquanto nos afastávamos, Sadie deu um tapa na bunda vestida de jeans, olhou para trás por sobre o ombro e gritou:

— Aqui, ó!

O mendigo respondeu:

— Traga de volta e chegue aqui pertinho, querida, cuido dela de graça!

10

Descemos a North Pearl andando... ou melhor, Sadie andou e eu manquitolei. Era cem vezes melhor com a muleta, mas não havia como chegarmos ao cruzamento de Houston e Elm antes de meio-dia e meia.

À nossa frente havia um andaime. A calçada seguia debaixo dele. Desviei Sadie para a rua.

— Jake, por que *diabos*...

— Porque vai cair em cima da gente. Pode acreditar.

— Precisamos de uma carona. Precisamos *mesmo*... Jake? Por que está parando?

Parei porque a vida é uma canção e o passado se harmoniza. Em geral, essas harmonias nada significavam (ou assim eu pensava na época), mas de vez em quando o intrépido visitante da Terra de Antigamente pode utilizar alguma. Rezei com toda a força para que fosse uma dessas vezes.

Estacionado na esquina da North Pearl com a San Jacinto, estava um conversível Ford Sunliner 1954. O meu fora vermelho e esse era azul-noite, mas ainda assim... talvez...

Fui depressa até ele e experimentei a porta do passageiro. Trancada. É claro. Às vezes a gente tem sorte, mas totalmente de graça? Nunca.

— Vai fazer ligação direta?

Eu não fazia ideia de como era isso e desconfiava que provavelmente era mais difícil do que parecia em seriados como *Bourbon Street Beat*. Mas eu sabia levantar a muleta e bater várias vezes o apoio da axila na janela até o vidro quebrar com um desenho de teia de aranha e afundar. Ninguém nos olhou porque não havia ninguém na calçada. Toda a ação acontecia a sudeste. Dali podíamos ouvir o rugido de ondas da multidão que agora se reunia na rua Principal na expectativa da chegada do presidente Kennedy.

O vidro de segurança cedeu. Inverti a muleta e usei a ponta de borracha para empurrá-lo para dentro. Um de nós teria de se sentar atrás. Se desse certo, quer dizer. Em Derry, eu mandara fazer uma cópia da chave da ignição do Sunliner e a colara no fundo do porta-luvas, debaixo dos documentos do carro. Talvez esse sujeito tivesse feito o mesmo. Talvez essa harmonia específica chegasse até aí. A probabilidade era tênue... mas a probabilidade de Sadie me encontrar na rua Mercedes fora tão tênue que daria para ler o jornal através dela, e aquela dera certo. Apertei com o polegar o botão cromado do porta-luvas desse Sunliner e comecei a tatear lá dentro.

Harmonize, seu filho da puta. Harmonize, por favor. Me dê uma ajudinha só desta vez.

— Jake? Por que acha qu...

Os meus dedos encontraram uma coisa e tirei uma latinha de Sucrets. Quando a abri, achei não uma chave, mas quatro. Não sabia o que as outras três abririam, mas não tive dúvidas sobre a que eu queria. Seria capaz de encontrá-la no escuro, só pelo formato.

Cara, eu amava aquele carro.

— Bingo — disse eu, e quase caí quando ela me abraçou. — Você dirige, querida. Eu me sento atrás para descansar o joelho.

11

Eu sabia que não devia tentar a rua Principal; estaria bloqueada com cavaletes e carros da polícia.

— Pegue a Pacific até onde der. Depois, use ruas secundárias. Basta manter o barulho da multidão à esquerda e acho que vai dar certo.

— Quanto tempo temos?

— Meia hora. — Na verdade eram vinte e cinco minutos, mas achei que meia hora soava mais confortador. Além disso, não queria que ela tentasse nenhuma manobra arriscada dirigindo e sofresse um acidente. Ainda tínhamos tempo — teoricamente, pelo menos —, mas mais um desastre e seria o fim.

Ela não tentou nenhuma manobra arriscada, mas dirigiu com destemor. Demos com uma árvore caída bloqueando uma das ruas (é claro que sim), e ela subiu no meio-fio e passou pela calçada. Chegamos até o cruzamento da rua North Record com a Havermill. De lá não pudemos mais avançar, porque os dois últimos quarteirões da Havermill, até o ponto onde cruzava com a Elm, não existiam mais. Tinham se transformado em estacionamento. Um flanelinha com uma bandeira alaranjada nos acenou para avançarmos.

— Cinco pratas — disse. — Dois minutos de caminhada até a Principal, vocês têm bastante tempo. — Embora desse uma olhada duvidosa na minha muleta quando disse isso.

— Estou mesmo falida — disse Sadie. — Não estava mentindo.

Puxei a carteira e dei 5 ao homem.

— Ponha atrás do Chrysler — disse ele. Estacione bem direitinho.

Sadie lhe jogou as chaves.

— Você estaciona bem direitinho. Vamos, querido.

— Ei, por aí não! — berrou o flanelinha. — Aí é a Elm! Vocês têm de ir para a Principal! É por lá que ele vem!

— Sabemos o que estamos fazendo! — gritou Sadie. Torci para ela estar certa. Avançamos entre os carros amontoados, Sadie à frente. Eu jogava e me contorcia com a muleta, tentando evitar retrovisores externos e acompanhá-la. Agora dava para ouvir locomotivas e vagões de carga clangorosos no pátio de manobras atrás do Book Depository.

— Jake, estamos deixando uma pista com um quilômetro de largura.

— Eu sei. Tenho um plano. — Um exagero gigantesco, mas soava bem.

Saímos na Elm e apontei o prédio do outro lado da rua, dois quarteirões mais abaixo.

— Lá. É onde ele está.

Ela olhou o cubo vermelho acocorado com as janelas a espreitar e depois me virou o rosto consternado, de olhos arregalados. Observei, com algo parecido com interesse clínico, que a pele do pescoço dela estava toda arrepiada.

— Jake, é *horrível!*

— Eu sei.

— Mas... o que há de *errado* nele?

— Tudo. Sadie, temos de correr. Estamos quase na hora.

12

Atravessamos a Elm na diagonal, eu manquitolando atrás, quase correndo. A maior parte da multidão estava na rua Principal, mas havia mais gente enchendo a Dealey Plaza e formando filas ao longo da Elm, na frente do Book Depository. Lotavam o meio-fio até o viaduto. Moças sentavam-se nos ombros dos namorados. Crianças que logo poderiam estar gritando em pânico sujavam alegres o rosto com sorvete. Vi um homem vendendo raspadinha de gelo e uma mulher com um imenso penteado bufante mascateando fotos de um dólar de Jack e Jackie em roupa de gala.

Quando chegamos à sombra do Depository, eu suava, o meu sovaco berrava com a pressão constante da muleta e o joelho esquerdo parecia amarrado com um cinto apertado. Eu mal conseguia dobrá-lo. Ergui os olhos e vi funcionários do Depository olhando por algumas janelas. Não dava para ver ninguém na janela do canto sudeste do sexto andar, mas Lee estaria lá.

Olhei o relógio. Meio-dia e vinte. Dava para acompanhar o avanço da carreata pelo ribombo que aumentava na parte baixa da rua Principal.

Sadie experimentou a porta e me deu um olhar angustiado.

— Trancada!

Lá dentro, vi um negro de boina com aba inclinada num ângulo elegante. Fumava um cigarro. Al fora ótimo com a marginália no seu caderno, e perto do fim — escritos ao acaso, quase rabiscados — registrara o nome de vários colegas de Lee. Não me esforçara para estudá-los porque não vira que uso terreno teriam para mim. Ao lado de um desses nomes — o que pertencia ao sujeito de boina, eu não tinha dúvidas —, Al escrevera: *Primeiro de quem suspeitaram (provavelmente pq negro)*. Era um nome incomum, mas nem assim eu conseguia me lembrar, fosse porque Roth e os seus capangas tinham-no surrado até sair da minha cabeça (junto com montes de outras coisas) ou porque, para começar, eu não prestara atenção suficiente.

Ou só porque o passado era obstinado. E que importância tinha? Simplesmente não vinha. O nome não estava em lugar nenhum.

Sadie socou a porta. O negro de boina ficou olhando, impassível. Deu um trago no cigarro e depois acenou para ela com as costas da mão: *vá embora, dona, vá embora.*

— *Jake, pense em alguma coisa! POR FAVOR!*

Meio-dia e vinte e um.

Um nome incomum, claro, mas por que era incomum? Fiquei surpreso ao descobrir que era algo que eu realmente sabia.

— Porque era de mulher — disse eu.

Sadie se virou para mim. O rosto estava corado, a não ser na cicatriz, que se destacava numa confusão branca.

— O quê?

De repente, comecei a bater no vidro.

— Bonnie! — gritei. — Ei, Bonnie Ray! Deixe a gente entrar! A gente conhece Lee! Lee! LEE OSWALD!

Ele registrou o nome e atravessou o saguão num passo lento de enlouquecer.

— Não sabia que o magrelo daquele filhodamãe tinha amigos — disse Bonnie Ray Williams ao abrir a porta e depois recuar quando entramos correndo. — Deve estar na sala de descanso, esperando o presidente com o resto do...

— Me escute — disse eu. — Não sou amigo dele e ele não está na sala de descanso. Ele está no sexto andar. Acho que quer atirar no presidente Kennedy.

O grandalhão riu alegremente. Jogou o cigarro no chão e o esmagou com a bota.

— Aquele mijão não tem coragem de afogar gatinhos num saco. Ele só sabe se sentar no canto e ler *livros.*

— Estou lhe dizendo...

— Vou subir até o segundo. Se quiserem vir comigo, tudo bem, acho. Mas não falem mais bobagens sobre Leela. É assim que a gente chama ele, Leela. Atirar no presidente! Qual! — Ele acenou com a mão e saiu andando.

Pensei: *Você pertence a Derry, Bonnie Ray. Eles se especializam em não ver o que está bem na frente deles.*

— Escada — disse eu a Sadie.

— O elevador seria...

O fim de toda oportunidade que poderia nos restar, é o que seria.

— Vai parar entre os andares. *Escada.*

Peguei a mão dela e a puxei na sua direção. A escada era uma garganta estreita com degraus de madeira corcovados por anos de tráfego. Havia um corrimão enferrujado à esquerda. No primeiro degrau, Sadie se virou para mim.

— Me dê a arma.

— Não.

— Você nunca chegará a tempo. Eu chegarei. *Me dê a arma.*

Quase cedi. Não que eu achasse que merecia ficar com ela; agora que o momento do verdadeiro divisor de águas chegara, não importava quem detivesse Oswald, desde que fosse feito. Mas estávamos apenas a um passo do rugido da máquina do passado, e seria o meu fim se eu me arriscasse a deixar Sadie dar aquele último passo na minha frente para ser sugada pelas suas correias e lâminas giratórias.

Sorri, me inclinei e a beijei.

— Você não me pega — disse eu, e comecei a subir. Por sobre o ombro, gritei: — Se eu dormir, ele é todo seu!

13

— Vocês são malucos — ouvi Bonnie Ray Williams dizer num tom de voz levemente admoestador. Depois veio o barulho leve de passos quando Sadie me seguiu. Eu estava com a muleta à direita — não mais apoiado nela, mas quase *pulando* sobre ela — e segurava o corrimão à esquerda. A arma no bolso do paletó esporte balançava e batia no meu quadril. O joelho berrava. Deixei que gritasse.

Quando cheguei ao patamar do segundo andar, furtei uma olhada no relógio. Era meio-dia e vinte e cinco. Não; vinte e seis. Dava para ouvir o rugido da multidão ainda a se aproximar, uma onda prestes a se quebrar. A carreata passara pelos cruzamentos da Principal com a Ervay, com a Akard, com a Field. Em dois minutos, três, no máximo, chegaria à rua Houston, viraria à direita e passaria pelo antigo tribunal de Dallas a 25 quilômetros por hora. A partir daquele ponto, o presidente dos Estados Unidos seria um alvo fácil. Na mira 4x instalada na Mannlicher-Carcano, os Kennedy e os Connally pareceriam tão grandes quanto os atores na tela do Lisbon Drive-In. Mas Lee esperaria mais um pouco. Ele não era suicida; queria escapar. Se atirasse cedo demais, a equipe de segurança no automóvel à frente da carreata veria o relâmpago da arma e atiraria de volta. Ele esperaria até aquele carro e a limusine presidencial fazerem o ângulo para entrar na Elm à esquerda. Não apenas um franco-atirador; uma merda de um atirador pelas costas.

Eu ainda tinha três minutos.

Ou talvez apenas dois e meio.

Ataquei a escada entre o segundo e o terceiro andares, ignorando a dor no joelho, forçando-me a subir como um maratonista perto do final de uma longa corrida. O que, é claro, eu era.

Abaixo de nós, escutei Bonnie Ray berrar alguma coisa que tinha *maluco* e *diz que Leela vai atirar.*

Até eu chegar à metade da escada do terceiro andar, sentira Sadie bater nas minhas costas como um corredor que instasse o cavalo a correr mais, mas aí ela ficou um pouco para trás. Escutei-a ofegar e pensei: *cigarros demais, querida.* O meu joelho não doía mais; a dor fora temporariamente enterrada num jorro de adrenalina. Mantive a perna esquerda o mais reta possível, deixando a muleta fazer o trabalho pesado.

A curva. Até o quarto andar. Agora eu também ofegava, e a escada parecia mais íngreme. Como uma montanha. O apoio no alto da muleta do mendigo estava escorregadio de suor. O meu coração pulava; os ouvidos retiniam com o som dos vivas da multidão lá embaixo. O olho da imaginação se abriu e pude ver a carreata que se aproximava: o carro da segurança, depois a limusine presidencial com as motocicletas Harley-Davidson do Departamento de Polícia de Dallas ao lado, os policiais usando capacetes brancos presos ao queixo e óculos escuros.

Outra curva. A muleta escorregando, depois se firmando. Para o alto de novo. A muleta batendo. Agora eu sentia o cheiro doce de serragem da reforma do sexto andar: operários substituíam por novas as tábuas velhas do assoalho. Mas não no lado de Lee. Lee tinha o lado sudeste só para si.

Cheguei ao patamar do quinto andar e fiz a última curva, a boca aberta para inspirar, a camisa um trapo encharcado contra o peito ofegante. Suor ardente entrou nos meus olhos e pisquei para expulsá-lo.

Três caixas de livros carimbadas com ESTRADAS PARA TODA PARTE e LEITORES DE 4º E 5º ANO bloqueavam a escada para o sexto andar. Apoiei-me na perna direita e bati a ponta da muleta numa delas, fazendo-a girar para longe. Atrás de mim, podia ouvir Sadie, agora entre o quarto e o quinto andares. Logo, parecia que eu acertara ao ficar com a arma, mas quem saberia? A julgar pela minha experiência, saber que somos o principal responsável por mudar o futuro nos faz correr mais depressa.

Enfiei-me pela fenda que criara. Para isso, tive de pôr o meu peso todo por um segundo sobre a perna esquerda. Ela deu um uivo de dor. Gemi e me agarrei no corrimão para não cair para a frente na escada. Olhei o relógio. Dizia meio-dia e vinte e oito, mas e se estivesse atrasado? A multidão rugia.

— Jake... pelo amor de Deus, depressa... — Sadie, ainda na escada, antes do patamar do quinto andar.

Parti pelo último lance, e o som da multidão começou a sumir num grande silêncio. Quando cheguei ao topo, só havia o raspar da minha respiração e as marteladas ardentes do meu coração superexigido.

14

O sexto andar do Texas School Book Depository era um quadrado ensombrecido salpicado de ilhas de caixas de livros empilhadas. As luzes do teto estavam acesas onde o assoalho era substituído. Estavam apagadas no lado onde Lee Harvey Oswald planejava fazer a história dali a cem segundos ou menos. Sete janelas davam para a rua Elm, as cinco do meio grandes e semicirculares, as das pontas quadradas. O sexto andar estava escuro perto da escada, mas cheio de luz nebulosa na área que dava para a rua Elm. Graças à serragem flutuante da reforma do assoalho, os raios de sol que se inclinavam pelas janelas pareciam grossos a ponto de cortar. No entanto, o raio que entrava pela janela do canto sudeste fora bloqueado por uma barricada de caixas de livros empilhadas. O ninho do franco-atirador ficava no lado oposto ao meu, numa diagonal que ia de noroeste a sudeste.

Atrás da barricada, à luz do sol, um homem armado estava à janela. Estava inclinado, olhando para fora. A janela estava aberta. Uma leve brisa fazia o seu cabelo e o colarinho da camisa ondular. Ele começou a erguer o fuzil.

Saí numa corrida bamboleante, num slalom pelas pilhas de caixas, enfiando a mão no bolso do casaco para pegar o 38.

— *Lee!* — berrei. — *Pare, seu filho da puta!*

Ele virou a cabeça e me fitou boquiaberto, os olhos arregalados. Por um momento, ele foi apenas Lee — o sujeito que rira e brincara com Junie no banho, aquele que às vezes abraçava a esposa e lhe beijava o rosto virado para cima — e depois a boca fina e um tanto afetada se enrugou numa careta que mostrava os dentes superiores. Quando isso aconteceu, ele se transformou em algo monstruoso. Duvido que você acredite, mas juro que é verdade. Ele parou de ser um homem e se tornou o fantasma demoníaco que perseguiria os Estados Unidos daquele dia em diante, pervertendo o seu poder e estragando todas as boas intenções.

Se eu deixasse.

O ruído da multidão aumentou de novo, milhares de pessoas aplaudindo e dando vivas e gritando a mais não poder. Escutei e Lee também. Ele sabia o que isso significava: agora ou nunca. Girou de volta para a janela e apoiou no ombro a coronha do fuzil.

Eu tinha a pistola, a mesma que usara para matar Frank Dunning. Não apenas *parecida*; naquele momento, era a mesma arma. Pensei assim naquele momento e penso assim agora. O cão tentou se prender no forro do bolso, mas puxei o 38, ouvindo o tecido se rasgar.

Atirei. O meu tiro foi para o alto e só explodiu lascas do alto da moldura da janela, mas bastou para salvar a vida de John Kennedy. Oswald deu um tranco com o som do tiro e o projétil de 10 gramas do Mannlicher-Carcano foi para o alto, estilhaçando uma janela do tribunal do condado.

Houve gritos e berros perplexos abaixo de nós. Lee se virou de novo para mim, o rosto uma máscara de fúria, ódio e desapontamento. Ergueu o fuzil outra vez, e agora não miraria no presidente dos Estados Unidos. Ele engatilhou o ferrolho — *claque-claque* — e atirei nele de novo. Embora estivesse a três quartos do caminho no salão, a menos de oito metros, errei de novo. Vi a lateral da camisa dele se torcer, mas foi tudo.

A minha muleta bateu numa pilha de caixas. Cambaleei para a esquerda, agitando a mão com a arma para me equilibrar, mas não houve oportunidade. Só por um instante, pensei em como, no dia em que a conhecera, Sadie literalmente caíra nos meus braços. Sabia que isso ia acontecer. A história não se repete, mas se harmoniza, e o que costuma fazer é a música do diabo. Dessa vez, fui eu que tropecei, e essa foi a diferença fundamental.

Não a ouvia mais na escada... mas ainda podia ouvir os seus passos rápidos.

— *Sadie, abaixe-se!* — gritei, mas o grito se perdeu com o latido do fuzil de Oswald.

Ouvi a bala passar por cima de mim. Ouvi ela gritar.

Então houve mais tiros, dessa vez vindos de fora. A limusine presidencial acelerara, indo na direção do viaduto a toda velocidade, os três casais lá dentro mergulhando e se abraçando. Mas o carro da segurança parara do outro lado da rua Elm, perto da Dealey Plaza. Os policiais das motocicletas tinham parado no meio da rua, e pelo menos quatro dúzias de pessoas agiam como observadores de artilharia, apontando a janela do sexto andar onde um homem magro de camisa azul era claramente visível.

Ouvi um tamborilado de pancadas, um som como de granizo caindo na lama. Eram as balas que erraram a janela e atingiram os tijolos acima dela ou dos dois lados. Muitas não erraram. Vi a camisa de Lee se inflar como se um vento tivesse começado a soprar dentro dela — um vento vermelho que abriu buracos no tecido: um acima do mamilo direito, um no esterno, um terceiro onde seria o umbigo. Um quarto rasgou o pescoço. Ele dançou feito boneca na luz nebulosa e cheia de serragem, e aquela careta terrível nunca saiu do seu rosto. No final não era um homem, estou lhe dizendo; era outra coisa. Aquilo que entra em nós quando damos ouvidos aos nossos piores anjos.

Uma bala acertou em cheio uma das lâmpadas do teto, estilhaçou o bulbo e o fez balançar. Então uma bala arrancou o topo da cabeça do candidato a assassino, assim como uma das balas de Lee arrancara o topo da cabeça de Kennedy no mundo de onde eu vinha. Ele desmoronou em cima da sua barricada de caixas, derrubando-as no chão.

Gritos lá embaixo. Alguém berrava "O homem caiu, eu vi ele cair!".

Passos correndo, subindo. Joguei o 38 girando rumo ao corpo de Lee. Tive apenas presença de espírito suficiente para saber que seria muito surrado, talvez até morto pelos homens que subiam a escada se me encontrassem com uma arma nas mãos. Comecei a me levantar, mas o joelho não me sustentava mais. Provavelmente isso também era bom. Talvez eu não fosse visível da rua Elm, mas se fosse eles atirariam em *mim*. Assim, me arrastei até onde estava Sadie, apoiando o peso nas mãos e puxando a perna esquerda atrás de mim como uma âncora.

A frente da blusa dela estava encharcada de sangue, mas pude ver o buraco. Ficava bem no meio do peito, pouco acima da subida dos seios. Mais sangue escorria da boca. Ela sufocava. Pus os braços debaixo dela e a ergui. Os olhos dela nunca deixaram os meus. Estavam brilhantes nas sombras nebulosas.

— Jake. — A voz raspava.

— Não, querida, não fale.

Mas ela nem deu atenção — quando é que dera?

— Jake, o presidente!

— Salvo. — Na verdade eu não o vira inteiro quando a limusine disparou, mas vira Lee dar um tranco quando deu o seu único tiro na rua, e isso me bastava. E eu diria a Sadie que ele estava salvo mesmo que não estivesse.

Os olhos dela se fecharam, depois reabriram. As passadas agora estavam muito próximas, virando no patamar do quinto andar e partindo pelo último lance de escada. Lá embaixo, a multidão berrava excitada e confusa.

— Jake.

— O quê, querida?

Ela sorriu.

— Como dançamos!

Quando Bonnie Ray e os outros chegaram, eu estava sentado no chão com ela no colo. Eles passaram por mim correndo. Quantos, não sei. Quatro, talvez. Ou oito. Ou uma dúzia. Nem me dei ao trabalho de olhar. Eu a segurava, ninando a cabeça junto ao meu peito, deixando o sangue dela encharcar a minha camisa. Morta. A minha Sadie. Ela caíra na máquina, afinal de contas.

Nunca fui homem de chorar, mas quase todos os homens que perdem a mulher que amam chorariam, não acha? Sim. Mas eu, não. Porque sabia o que tinha de ser feito.

SEXTA PARTE

O HOMEM DO CARTÃO VERDE

CAPÍTULO 29

1

Não fui exatamente preso, mas me detiveram e me levaram para a delegacia de polícia de Dallas numa radiopatrulha. No último quarteirão do caminho, houve quem batesse nas janelas — alguns deles repórteres, a maioria cidadãos comuns — e espiasse lá dentro. De um jeito clínico e distante, me perguntei se talvez seria arrastado do carro e linchado por tentar assassinar o presidente. Não importava. O que mais me preocupava era a camisa manchada de sangue. Queria tirá-la; também queria usá-la para sempre. Era sangue de Sadie.

Nenhum dos policiais do banco da frente me fez perguntas. Acho que alguém mandou que não fizessem. Se *tivessem* perguntado, eu não responderia. Estava pensando. Conseguia porque a frieza se insinuava de novo sobre mim. Vesti-a como uma armadura. Eu podia consertar isso. Eu *consertaria* isso. Mas antes precisava de algumas conversas.

2

Puseram-me numa sala branca como gelo. Havia uma mesa e três cadeiras. Sentei-me numa delas. Do lado de fora, telefones tocavam e um telex matraqueava. Gente andava de um lado para o outro falando alto, às vezes gritando, às vezes rindo. O riso tinha um tom histérico. Era como os homens riem quando sabem que escaparam por pouco. Se desviaram da bala, por assim dizer. Talvez Edwin Walker tivesse rido assim na noite de 10 de abril, enquanto falava com repórteres e tirava cacos de vidro do cabelo.

Os mesmos dois policiais que me levaram do Book Depository me revistaram e pegaram as minhas coisas. Perguntei se podia ficar com os dois últimos saquinhos de Goody's. Os dois policiais conferenciaram, depois os abriram e os despejaram na mesa, gravada com iniciais e marcada por queimaduras de cigarro. Um deles umedeceu o dedo, provou o pó e fez que sim.

— Quer água?

— Não. — Recolhi o pó na palma da mão e o despejei na boca. Era amargo. Por mim, tudo bem.

Um dos policiais saiu. O outro pediu a minha camisa ensanguentada, que tirei com relutância e entreguei. Então apontei para ele.

— Sei que é uma prova, mas trate-a com respeito. O sangue que está nela saiu da mulher que eu amava. Pode não ser muita coisa para você, mas também é da mulher que ajudou a impedir o assassinato do presidente Kennedy, e isso deveria ser.

— Só queremos descobrir o tipo sanguíneo.

— Ótimo. Mas ponha na minha lista de pertences pessoais. Quero ela de volta.

— Claro.

O policial que saíra voltou com uma camiseta branca lisa. Parecia a que Oswald usava — ou *teria* usado — na foto oficial tirada pouco depois da sua prisão no Texas Theatre.

3

Cheguei à pequena salinha de interrogatório à uma e vinte. Cerca de uma hora depois (não sei dizer exatamente porque não havia relógio e o meu Timex novo fora tirado com o resto dos meus pertences pessoais), os mesmos dois uniformes me trouxeram companhia. Um velho conhecido, na verdade: o dr. Malcolm Perry, carregando uma grande maleta preta de médico do interior. Olhei-o com leve espanto. Estava ali na delegacia me visitando porque não tinha de estar no Parkland Hospital, retirando pedacinhos de bala e estilhaços de osso do cérebro de John Kennedy. O rio da História já entrava num novo curso.

— Olá, dr. Perry.

Ele cumprimentou com a cabeça.

— Sr. Amberson.

A última vez que me vira, me chamara de George. Se eu tivesse alguma dúvida de que era suspeito, isso a confirmaria. Mas não. Já passara por isso e sabia o que aconteceria. Bonnie Ray Williams já lhes teria contado o suficiente.

— Entendo que voltou a machucar o joelho.

— Infelizmente, sim.

— Vamos dar uma olhada.

Ele tentou puxar para cima a perna esquerda da calça e não conseguiu. A articulação estava inchada demais. Quando pegou uma tesoura, ambos os policiais deram um passo à frente e puxaram a arma, mantendo-a apontada para o chão com o dedo fora da proteção do gatilho. O dr. Perry os olhou com leve espanto e depois cortou a perna da minha calça pela costura. Olhou, tocou, pegou uma seringa hipodérmica e tirou fluido. Trinquei os dentes e esperei que acabasse. Depois ele remexeu na bolsa, tirou uma atadura elástica e enrolou o joelho bem apertado. Isso deu algum alívio.

— Posso lhe dar algo para a dor, se esses policiais não fizerem objeção.

Não fizeram, mas eu fiz. A hora mais importante da minha vida — e da de Sadie — estava bem à frente. Não queria remédios nublando o meu cérebro quando ela chegasse.

— Tem Goody's Headache Powder?

Perry franziu o nariz como se sentisse mau cheiro.

— Tenho aspirina Bayer e Emprin. Emprin é um pouco mais forte.

— Então quero esse. E, dr. Perry...

Ele ergueu os olhos da maleta.

— Sadie e eu não fizemos nada errado. Ela deu a vida pelo seu país... e eu daria a minha por ela. Só que não tive a chance.

— Se assim for, permita-me primeiro lhe agradecer. Em nome do país inteiro.

— O presidente, onde ele está agora? O senhor sabe?

O dr. Perry olhou os policiais, as sobrancelhas erguidas numa pergunta. Eles se entreolharam e um deles disse:

— Foi para Austin discursar num jantar, como estava marcado. Não sei se é louco de coragem ou simplesmente estúpido.

Talvez, pensei, *o* Air Force One *caia e mate Kennedy e todos a bordo. Talvez ele tenha um enfarte ou um derrame fatal. Talvez algum outro vilão de titica exploda a sua bela cabeça.* O passado obstinado trabalharia contra o que fora mudado como trabalhava contra o agente da mudança? Eu não sabia. Nem dava muita importância. Eu fizera a minha parte. O que aconteceria com Kennedy a partir desse momento estava fora das minhas mãos.

— Ouvi no rádio que Jackie não está com ele — disse Perry baixinho. — Ele a mandou na frente para o rancho do vice-presidente em Johnson City. Vai se encontrar com ela lá para passar o fim de semana, como planejado. Se o que diz é verdade, George...

— Acho que basta, doutor — disse um dos policiais. Sem dúvida bastava para mim; para Mal Perry, eu voltara a ser George.

O dr. Perry, que tinha o seu quinhão de arrogância médica, o ignorou.

— Se o que diz é verdade, vejo uma viagem a Washington no seu futuro. E, muito provavelmente, uma cerimônia de entrega de medalhas no Rose Garden.

Depois que ele saiu, fiquei sozinho de novo. Só que nem tanto; Sadie também estava lá. *Como dançamos*, dissera ela pouco antes de partir deste mundo. Eu podia fechar os olhos e vê-la na fila com as outras garotas, sacudindo os ombros e fazendo o Madison. Nessa lembrança ela sorria, o cabelo voava e o rosto estava perfeito. As técnicas cirúrgicas de 2011 poderiam ajudar muito a consertar o que John Clayton fizera com aquele rosto, mas achei que eu tinha uma técnica ainda melhor. Quer dizer, se tivesse a oportunidade de usá-la.

4

Deixaram que eu ficasse de molho no meu próprio caldo doloroso durante duas horas antes que a porta da sala de interrogatório voltasse a se abrir. Dois homens entraram. O que tinha cara de bassê debaixo de um chapéu Stetson branco se apresentou como capitão Will Fritz da polícia de Dallas. Trazia uma pasta — mas não a *minha* pasta, então tudo bem.

O outro sujeito tinha maxilares pesados, compleição de bebedor e cabelo curto e escuro que brilhava de tônico capilar. Os olhos eram argutos, inquisitivos e um pouco preocupados. Do bolso interno do paletó do terno, tirou uma carteira de identidade e a abriu.

— James Hosty, sr. Amberson. Federal Bureau of Investigation.

Você tem boas razões para estar preocupado, pensei. *Estava encarregado de vigiar Lee, não estava, agente Hosty?*

— Gostaria de lhe fazer algumas perguntas, sr. Amberson — disse Will Fritz.

— É — respondi. — E eu gostaria de sair daqui. Quem salva o presidente dos Estados Unidos não costuma ser tratado como criminoso.

— Vamos, vamos — disse o agente Hosty. — Mandamos vir o médico, não mandamos? E não um médico qualquer; o *seu* médico.

— Façam as suas perguntas — disse eu.

E se preparem para dançar.

5

Fritz abriu a pasta e tirou um saco plástico com uma etiqueta de prova colada. Lá dentro estava o meu 38.

— Encontramos isso caído junto à barricada de caixas montada por Oswald, sr. Amberson. Acha que era dele?

— Não, esse é um Police Special. É meu. Lee tinha um 38, mas era um modelo Victory. Se não estava no corpo dele, provavelmente o senhor o encontrará onde quer que estivesse morando.

Fritz e Hosty se entreolharam, surpresos, e voltaram a me olhar.

— Então admite que conhecia Oswald — disse Fritz.

— Conhecia, mas não muito bem. Não sabia onde estava morando, senão teria ido lá.

— Acontece — disse Hosty — que ele alugou um quarto na rua Beckley. Registrou-se com o nome O. H. Lee. Parece que tinha outra alcunha também. Alek Hidell. Ele a usava para receber correspondência.

— A mulher e as filhas não estavam com ele? — perguntei.

Hosty sorriu. Isso espalhou os maxilares cerca de quinhentos metros para cada lado.

— Quem está fazendo perguntas aqui, sr. Amberson?

— Nós dois — respondi. — Arrisquei a vida para salvar o presidente e a minha noiva perdeu a *dela*, por isso acho que tenho o direito de fazer perguntas.

Então esperei para ver até que ponto endureceriam. Se endurecessem de verdade, acreditavam mesmo que eu estava envolvido. Caso contrário, não, mas queriam ter certeza. Acabou sendo algo no meio.

Fritz usou um dedo rombudo para girar o saco com a arma dentro.

— Vou lhe dizer o que pode ter acontecido, sr. Amberson. Não digo que *aconteceu*, mas o senhor terá de nos convencer do contrário.

— Há-há. Já ligou para os pais de Sadie? Eles moram em Savannah. O senhor também deveria ligar para Deacon Simmons e Ellen Dockerty, em

Jodie. Eram como pais substitutos para ela. — Pensei melhor. — Para nós dois, na verdade. Eu ia pedir a Deke que fosse meu padrinho de casamento.

Fritz não deu atenção a isso.

— O que pode ter acontecido é que você e a sua namorada estavam nisso junto com Oswald. E talvez no final tenham se acovardado.

A popularíssima teoria da conspiração. Todo lar deveria ter uma delas.

— Talvez tenham percebido no último instante que se preparavam para atirar no homem mais poderoso do mundo inteiro — disse Hosty. — Tiveram um instante de clareza. Aí, vocês o detiveram. Se assim foi, você terá bastante clemência.

É. Clemência que consistiria em quarenta, talvez até cinquenta anos na penitenciária de Leavenworth comendo cheeseburger em vez da morte numa cadeira elétrica do Texas.

— Então por que não estávamos lá com ele, agente Hosty? Em vez de surrar a porta para nos deixarem entrar?

Hosty deu de ombros. *Explique você.*

— E se estávamos tramando um assassinato, você deve ter me visto com ele. Por que sei que estava com ele sob vigilância pelo menos parcial. — Me inclinei para a frente. — Por que *você* não o impediu, Hosty? Esse serviço era *seu.*

Ele recuou como se eu tivesse erguido o punho para ele. Os maxilares se avermelharam.

Pelo menos por alguns instantes, o meu pesar enrijeceu num tipo de prazer malvado.

— O FBI estava de olho nele porque desertou para a Rússia, voltou a desertar para os Estados Unidos e depois tentou desertar para Cuba. Ele passou meses distribuindo panfletos pró-Fidel nas esquinas antes desse espetáculo de horror de hoje.

— Como sabe de tudo isso? — rugiu Hosty.

— Porque ele me contou. E aí, o que acontece? O presidente que tentou tudo que conseguiu imaginar para derrubar Castro do seu poleiro vem a Dallas. Como trabalhava no Book Depository, Lee tinha um lugar privilegiado para ver o desfile. Você sabia disso e não fez nada.

Fritz fitava Hosty com algo parecido com horror. Tenho certeza de que Hosty se arrependia do fato de o policial de Dallas estar na sala, mas o que poderia fazer? Era a delegacia de Fritz.

— Não o consideramos uma ameaça — disse Hosty rigidamente.

— Bom, *esse* claramente foi um erro. O que estava no bilhete que ele lhe deu, Hosty? Sei que Lee foi à sua sala e lhe deixou um bilhete quando disseram que você não estava, mas ele não quis me contar o que escreveu. Ele só deu aquele seu sorrisinho de foda-se. Estamos conversando sobre o homem que matou a mulher que eu amava e acho que mereço saber. Ele disse que faria alguma coisa que levaria o mundo a se levantar e prestar atenção? Aposto que sim.

— Não foi nada disso!

— Ora, então me mostre o bilhete. Agora é minha vez de desafiar.

— Toda comunicação com o sr. Oswald é assunto do Bureau.

— Acho que você *não pode* mostrar. Aposto como já virou cinza no vaso sanitário da sua sala, por ordem do sr. Hoover.

Se ainda não virara, viraria. Isso estava nas anotações de Al.

— Se você é tão inocente assim — disse Fritz —, conte como conheceu Oswald e por que estava armado.

— E por que a dama tinha uma faca de açougueiro coberta de sangue — acrescentou Hosty.

Isso me enfureceu.

— A dama tinha sangue em tudo! — berrei. — Na roupa, nos sapatos, na bolsa! O filho da puta lhe deu um tiro no peito, será que não notou?

Fritz:

— Acalme-se, sr. Amberson. Ninguém está acusando o senhor de nada. — Subtexto: *Ainda.*

Inspirei fundo.

— Conversaram com o dr. Perry? Vocês o mandaram me examinar e cuidar do meu joelho, logo devem ter conversado. O que significa que sabem que levei uma surra e quase morri em agosto passado. O homem que ordenou a surra e participou dela é um corretor de apostas chamado Akiva Roth. Acho que ele não queria me ferir tanto quanto feriu, mas é provável que eu tenha sido impertinente e ele tenha se irritado. Não me lembro. Tem muita coisa que não consigo lembrar desde aquele dia.

— Por que não foi à polícia depois que isso aconteceu?

— Porque eu estava em coma, detetive Fritz. Quando saí do coma, não me lembrava. *Quando* me lembrei — pelo menos de uma parte — recordei que Roth disse que estava ligado a um corretor de Tampa com quem eu fizera negócios e com um mafioso de Nova Orleans chamado Carlos Marcello. Isso fez com que parecesse arriscado procurar a polícia.

— Está dizendo que o Departamento de Polícia de Dallas é corrupto?

Eu não sabia se a raiva de Fritz era real ou fingida e não dava a mínima.

— Estou dizendo que assisto a *Os intocáveis* e sei que a Máfia não gosta de covardes. Comprei uma arma para a minha proteção pessoal, como é direito meu de acordo com a Segunda Emenda da Constituição, e passei a levar ela comigo. — Apontei o saquinho de provas. — Essa arma.

Hosty:

— Onde a comprou?

— Não me lembro.

Fritz:

— A sua amnésia é muito conveniente, não é? Como coisa de novela, *The Secret Storm* ou *As the World Turns*.

— Falem com Perry — repeti. — E deem outra olhada no meu joelho. A lesão voltou porque subi correndo seis lances de escada para salvar a vida do presidente. E isso direi à imprensa. E também direi que a minha recompensa por cumprir o meu dever de cidadão americano foi um interrogatório numa salinha quente sem sequer um copo d'água.

— Quer água? — perguntou Fritz, e compreendi que tudo poderia dar certo se eu não desse nenhum passo errado. O presidente escapara por um triz do assassinato. Esses dois homens, sem falar de Jesse Curry, o chefe de polícia de Dallas, sofreriam uma enorme pressão para apresentar um herói. Como Sadie estava morta, era eu que tinham.

— Não — respondi —, mas uma Coca-Cola seria bem legal.

6

Enquanto esperava pela minha Coca, pensei em Sadie dizendo *Estamos deixando uma pista com um quilômetro de largura*. Era verdade. Mas talvez eu conseguisse fazer isso funcionar a meu favor. Quer dizer, se um certo motorista de reboque de um certo posto Esso de Fort Worth tivesse feito o que o bilhete no limpador de para-brisa do Chevrolet pedira.

Fritz acendeu um cigarro e jogou o maço para mim. Fiz que não e ele o pegou de volta.

— Conte como o conheceu — disse ele.

Eu disse que conhecera Lee na rua Mercedes e que tínhamos desenvolvido boas relações. Eu escutava os seus discursos sobre os males dos Estados Unidos fascistas e imperialistas e sobre o maravilhoso Estado socialista que surgiria em Cuba. Ele dizia que Cuba era o ideal. A Rússia fora dominada por burocratas sem valor, e por isso fora embora de lá. Em Cuba havia o Tio Fidel. Lee não veio me dizer que o Tio Fidel podia andar sobre as águas, mas insinuou.

— Achava que era maluco, mas gostava da família dele. — Isso era verdade. Eu *gostava* da família dele e *achava* que era maluco.

— Para começar, como um educador profissional como o senhor foi morar no lixo daquela área de Fort Worth? — perguntou Fritz.

— Eu tentava escrever um romance. Descobri que não conseguiria se continuasse a dar aulas na escola. A rua Mercedes era um depósito de lixo, mas era barata. Achei que o livro levaria pelo menos um ano, e isso significava que eu teria de esticar a minha poupança. Quando ficava deprimido com a vizinhança, tentava fingir que morava num sótão da Rive Gauche.

Fritz:

— A poupança incluía dinheiro ganho em apostas com corretores?

Eu:

— Nessa vou citar a Quinta Emenda.

Com isso, Will Fritz realmente riu.

Hosty:

— Então conheceu Oswald e ficou amigo dele.

— *Relativamente* amigo. A gente não vira amigo íntimo de malucos. Pelo menos, não eu.

— Continue.

Lee e a família se mudaram; eu fiquei. Então, um dia, do nada, recebi um telefonema dele para dizer que ele e Marina estavam morando na rua Elsbeth, em Dallas. Que era um bairro melhor e que o aluguel era barato e abundante. Eu disse a Fritz e Hosty que nessa época já me cansara da rua Mercedes e fui a Dallas, almocei com Lee no balcão da Woolworth's e depois dei uma volta pelo bairro. Aluguei o apartamento térreo da rua West Neely, 214, e quando o apartamento do andar de cima vagou, contei a Lee. Meio que devolvendo o favor.

— A mulher dele não gostava de morar na Elsbeth — disse eu. — O prédio da rua West Neely ficava pertinho da esquina e era muito melhor. E eles se mudaram.

Eu não fazia ideia da atenção com que confeririam a história, da correção da cronologia nem do que Marina lhes contaria, mas nada disso tinha importância para mim. Eu só precisava de tempo. Uma história que fosse apenas meio plausível podia servir, principalmente porque o agente Hosty tinha boas razões para me tratar com luvas de pelica. Se eu contasse o que sabia sobre a sua relação com Oswald, ele poderia passar o resto da carreira congelando a bunda lá em Fargo.

— Então aconteceu uma coisa que deixou as minhas orelhas em pé. Foi em abril passado. Bem perto da Páscoa. Eu estava sentado à mesa da cozinha trabalhando no meu livro quando um carro bacana, um Cadillac, acho, parou e duas pessoas desceram. Um homem e uma mulher. Bem-vestidos. Tinham um boneco de pelúcia para Junie. Ela é...

Fritz:

— Sabemos quem é June Oswald.

— Eles subiram a escada, e escutei o sujeito — tinha um sotaque meio alemão e um vozeirão retumbante —, escutei ele dizer *Lee, como é que você errou?*

Hosty se inclinou para a frente, os olhos o mais arregalados que podiam ficar naquele rosto carnudo.

— *O quê?*

— Você me escutou. Aí dei uma olhada no jornal, e adivinhe só? Alguém dera um tiro num general reformado quatro ou cinco dias antes. Um direitista dos grandes. Bem o tipo de sujeito que Lee odiava.

— O que você fez?

— Nada. Sabia que ele tinha uma pistola, ele me mostrou um dia, mas o jornal dizia que o sujeito que atirara em Walker usara um fuzil. Além disso, na época quase toda a minha atenção estava voltada para a minha namorada. Você perguntou por que ela levava uma faca na bolsa. A resposta é simples: vivia apavorada. Também foi atacada, só que não pelo sr. Roth. Foi o ex-marido. Ele lhe desfigurou muito a beleza.

— Vimos a cicatriz — disse Hosty —, e sentimos muito pela sua perda, Amberson.

— Obrigado. — *Não parece que sente o bastante*, pensei. — A faca que ela levava era a mesma que o ex... o nome dele era John Clayton... usou nela. Ela a levava para todo lado. — Pensei nela dizendo: *Só por prevenção.* Pensei nela dizendo: *É um baita caso desses.*

Cobri o rosto com as mãos um minuto. Eles esperaram. Deixei-as cair no colo e continuei numa voz sem entonação, como a do personagem Joe Friday. Somente os fatos, madame.

— Mantive o apartamento na West Neely, mas passei quase todo o verão em Jodie, cuidando de Sadie. Praticamente desisti da ideia do livro, estava pensando a voltar a trabalhar na Denholm Consolidated. Então dei com Akiva Roth e os seus capangas. Acabei eu mesmo no hospital. Quando me deixaram sair, fui para um centro de reabilitação chamado Eden Fallows.

— Conheço — disse Fritz. — Uma mistura de moradia e hospital.

— Isso, e Sadie era a minha assistente-chefe. Cuidei dela depois que o marido a cortou; ela cuidou de mim depois que Roth e os colegas me surraram. A coisa funciona assim. Há... não sei... um tipo de harmonia.

— Tudo acontece por uma razão — disse Hosty solenemente e, por um momento, tive vontade de me jogar por sobre a mesa e dar um soco no rosto corado e carnudo dele. Mas não porque estivesse errado. Na minha humilde opinião, tudo *realmente* acontece por alguma razão, mas *gostamos* da razão? Raramente.

— Quase no final de outubro, o dr. Perry me deu permissão de dirigir um pouco. — Essa era uma mentira deslavada, mas talvez demorassem para conferir com Perry... e se investissem em mim como o autêntico Herói Americano, talvez nem conferissem. — Fui para Dallas na terça-feira desta semana para visitar o prédio de apartamentos da West Neely. Quase por capricho. Queria ver se o lugar traria de volta mais alguma lembrança.

Eu fora mesmo à West Neely, mas para pegar a arma debaixo da varanda.

— Depois, decidi almoçar no Woolworth's, como nos velhos tempos. E quem vejo no balcão? Lee, comendo um sanduíche de pão de centeio com atum. Sentei-me e lhe perguntei como ia a vida, e foi então que ele me contou que o FBI andava importunando ele e a esposa. Ele disse: "Vou ensinar esses canalhas a não foderem comigo, George. Se estiver assistindo à TV na tarde de sexta, talvez você veja alguma coisa."

— Caramba — exclamou Fritz. — Você ligou isso à visita do presidente?

— Não naquela hora. Nunca acompanhei os movimentos de Kennedy tão de perto assim; sou republicano. — Duas mentiras pelo preço de uma. — Além disso, Lee logo passou para o seu assunto favorito.

Hosty:

— Cuba.

— Isso. Cuba e viva Fidel. Ele nem perguntou por que eu estava mancando. Estava totalmente envolvido com as coisas dele, entende? Mas Lee era assim mesmo. Comprei um pudim de leite para ele — cara, o do Woolworth's é bom, e só custa 25 centavos — e lhe perguntei onde estava trabalhando. Ele disse que no Book Depository, na rua Elm. Disse isso com um grande sorriso, como se descarregar caminhões e levar caixas de um lado para o outro fosse a melhor coisa do mundo.

Continuei dizendo que não ligara muito para o que ele falava porque a minha perna doía e começava a sentir uma das minhas dores de cabeça. Voltei para casa em Eden Fallows e tirei um cochilo. Mas, quando acordei, aquela coisa de como-você-errou do tal alemão me veio à cabeça. Liguei a TV e estavam falando sobre a visita do presidente. Disse que foi aí que comecei a me preocupar. Revirei a pilha de jornais na sala, achei a rota da carreata e vi que passava bem na frente do Book Depository.

— Fiquei cozinhando isso durante a quarta-feira toda. — Agora eles estavam inclinados sobre a mesa, bebendo cada palavra. Hosty fazia anotações sem olhar o bloco. Fiquei me perguntando se ele conseguiria ler aquilo depois. — Eu me dizia: *Ele podia estar falando sério*. Depois dizia: *Não, Lee é muito trovão pra pouca chuva*. Ia e vinha desse jeito. Ontem de manhã liguei para Sadie, contei a ela a história toda e lhe perguntei o que achava. Ela ligou para Deke — Deke Simmons, o homem que era o seu pai substituto — e me ligou de volta. Disse que eu devia avisar à polícia.

— Não quero aumentar a sua dor, filho, mas se tivesse feito isso a sua namorada ainda estaria viva — disse Fritz.

— Espere. Você ainda não ouviu a história toda. — Nem eu, é claro; estava inventando bons pedaços enquanto contava. — Disse a ela e Deke que nada de polícia, porque se fosse inocente Lee ficaria encalacrado. É preciso entender que o sujeito mal se aguentava. A rua Mercedes era um depósito de lixo e a West Neely era só um pouco melhor, mas para mim, tudo bem — sou solteiro e tinha o meu livro para trabalhar. E mais algum dinheiro no banco. Mas Lee... ele tinha uma esposa bonita e duas filhas, a segunda recém-nascida, e mal conseguia pagar um teto para elas. Não era mau sujeito...

Nisso, tive vontade de verificar o meu nariz para ver se não estava crescendo.

— ... mas era um fodido classe A, desculpem a boca suja. Com as suas ideias malucas, era difícil parar num emprego. Ele dizia que, quando arranjava algum, o FBI ia lá e atrapalhava tudo. Disse que foi assim no emprego da gráfica.

— Isso é bobagem — disse Hosty. — O rapaz culpava todo mundo pelos problemas que ele mesmo criava. Mas concordamos em algumas coisas, Amberson. Ele era um fodido classe A, e eu tinha muita pena da mulher e das filhas. Muita pena mesmo.

— É? Que bom. Ainda assim, ele tinha emprego e eu não queria ser a causa da sua perda se só estivesse contando vantagem... que era coisa em que ele se especializara. Disse a Sadie que iria até o Book Depository amanhã — hoje, quer dizer — só para verificar. Ela disse que iria comigo. Eu disse que não, se Lee tivesse mesmo enlouquecido e fosse realmente fazer alguma coisa, ela correria perigo.

— Ele *parecia* ter enlouquecido quando almoçou com ele? — perguntou Fritz.

— Não, frio como um pepino, mas ele era sempre assim. — Inclinei-me na direção dele. — Quero que escute essa parte com muita atenção, detetive

Fritz. Eu sabia que ela pretendia ir comigo, não importava o que eu dissesse. Deu para ouvir isso na voz dela. Então saí correndo dali o mais depressa possível. Fiz isso para proteger Sadie. Só por prevenção.

É um baita caso desses, sussurrou a Sadie na minha cabeça. Ela viveria lá até que eu voltasse a vê-la em carne e osso. Jurei que voltaria de qualquer jeito.

— Pensei em dormir num hotel, mas estavam todos lotados. Então me lembrei da rua Mercedes. Eu entregara a chave do número 2.706, onde morara, mas ainda tinha a chave do 2.703, do outro lado da rua, onde Lee tinha morado. Ele me deu para eu entrar e regar as plantas.

Hosty:

— Ele tinha *plantas*?

A minha atenção ainda estava fixa em Will Fritz.

— Sadie se alarmou quando descobriu que eu fora embora de Eden Fallows. Deke também. Então ele ligou para a polícia. Não uma vez só, várias vezes. Em todas elas, o policial que atendeu lhe disse que parasse de bobagens e desligou. Não sei se alguém se deu ao trabalho de registrar esses telefonemas, mas Deke lhe contará, e ele não tem razão para mentir.

Agora era Fritz que corava.

— Se você soubesse quantas ameaças de morte recebemos...

— Tenho certeza. E de muitos homens. Só não venha me dizer que, se tivéssemos chamado a polícia, Sadie ainda estaria viva. Não venha me dizer isso, certo?

Ele não disse nada.

— Como ela o encontrou? — perguntou Hosty.

Sobre isso eu não tinha de mentir, e não menti. Mas em seguida perguntariam sobre a ida da rua Mercedes em Fort Worth até o Book Depository em Dallas. Essa era a parte da minha história mais cheia de perigos. Não estava preocupado com o caubói do Studebaker; Sadie o cortara, mas só depois que ele tentara lhe roubar a bolsa. O carro estava nas últimas e eu tinha a sensação de que o caubói nem deve ter dado queixa de que fora roubado. É claro que tínhamos roubado mais um, mas dada a urgência da nossa missão, sem dúvida a polícia não correria atrás da questão. A imprensa a crucificaria se tentasse. O que me preocupava era o Chevrolet vermelho, aquele com rabos de peixe parecidos com sobrancelhas de mulher. O porta-malas com duas malas dentro podia ser explicado; já tínhamos passado fins de semana sujos nos Bangalôs Candlewood. Mas se dessem uma olhada no caderno de Al Templeton... Nem quis pensar nisso.

Houve uma batidinha de leve na porta da sala de interrogatório, e um dos policiais que me trouxera para a delegacia enfiou a cabeça lá dentro. Atrás do volante do carro-patrulha, e enquanto ele e o colega examinavam os meus pertences, parecera perigoso, o rosto de pedra, uma farda azul saída diretamente de um filme policial. Agora, inseguro e de olhos arregalados de empolgação, vi que não tinha mais de 23 anos e ainda convivia com um resto de acne adolescente. Atrás dele, pude ver um monte de gente, alguns de uniforme, outros não, espichando o pescoço para me olhar. Fritz e Hosty se viraram com impaciência para o intruso recém-chegado.

— Senhores, sinto muito interromper, mas é um telefonema para o sr. Amberson.

A cor voltou com toda a força ao papo de Hosty.

— Filho, estamos fazendo um interrogatório. Não me importa, nem que seja um telefonema do presidente dos Estados Unidos.

O policial engoliu em seco. O seu pomo de adão subiu e desceu como um macaco numa vara.

— Há, senhores... *é* o presidente dos Estados Unidos.

Parecia que eles se importavam, afinal de contas.

7

Eles me levaram pelo corredor até a sala do chefe Curry. Fritz me segurava um dos braços e Hosty, o outro. Com os dois sustentando uns trinta quilos do meu peso, eu mal mancava. Havia repórteres, câmeras de TV e refletores imensos que deviam fazer a temperatura subir até uns 40 graus. Essas pessoas, um passo acima dos paparazzi, não tinham o que fazer numa delegacia depois de uma tentativa de homicídio, mas não fiquei surpreso. Noutra linha do tempo, tinham se amontoado depois da prisão de Oswald e ninguém os pusera para fora. Até onde eu sabia, ninguém sequer sugerira isso.

Hosty e Fritz, o rosto pétreo, forçaram caminho pelo amontoado. Lançaram-se perguntas a eles e a mim. Hosty berrou:

— O sr. Amberson fará uma declaração depois de ser minuciosamente interrogado pelas autoridades!

— *Quando?* — gritou alguém.

— Amanhã, depois de amanhã, talvez na semana que vem!

Houve gemidos. Fizeram Hosty sorrir.

— Talvez *mês* que vem. Agora ele está com o presidente Kennedy esperando na linha, portanto *recuem*!

Eles recuaram, tagarelando como gralhas.

O único aparelho para refrescar a sala do chefe Curry era um ventilador em cima da estante, mas o ar em movimento parecia uma bênção depois da sala de interrogatório e do micro-ondas da mídia no corredor. Havia um grande telefone preto sobre o mata-borrão. Ao lado, uma pasta com LEE H. OSWALD escrito em letras de imprensa na etiqueta. Era fina.

Peguei o telefone.

— Alô?

A voz anasalada da Nova Inglaterra que respondeu fez a minha coluna se arrepiar. Era um homem que agora estaria jazendo na mesa do necrotério, se não fôssemos eu e Sadie.

— Senhor Amberson? Aqui fala Jack Kennedy. Eu... há... compreendo que eu e a minha esposa lhe devemos... há... a nossa vida. Também compreendo que o senhor perdeu alguém de quem gostava muito. — *Muito* saiu *muinto*, do jeito que eu crescera ouvindo.

— Ela se chamava Sadie Dunhill, sr. presidente. Oswald lhe deu um tiro.

— Sinto muito pela... há... sua perda, sr. Amberson. Posso chamá-lo... há... de George?

— Como quiser. — Pensando: *Essa conversa não está acontecendo. É um sonho.*

— O seu país lhe dará uma grande manifestação de gratidão... e a você uma grande manifestação de condolências, tenho certeza. Permita que eu... há... seja o primeiro a oferecer ambas.

— Obrigado, sr. presidente. — A minha garganta se fechava e mal consegui falar acima de um sussurro. Vi os olhos dela, tão brilhantes quando morria nos meus braços. *Jake, como dançamos.* Presidentes se preocupam com coisas assim? Será que sabem delas? Talvez os melhores saibam. Talvez por isso estejam lá.

— Há... há... mais alguém que deseja lhe agradecer, George. A minha esposa não está aqui agora, mas ela... há... pretende lhe telefonar hoje à noite.

— Sr. presidente, não sei direito onde estarei hoje à noite.

— Ela o encontrará. Ela é muito... há... determinada quando quer agradecer a alguém. Agora me diga, George, como está *você*?

Eu lhe disse que estava bem, mas não estava. Ele prometeu me receber na Casa Branca em breve, e agradeci, mas achava que não haveria nenhuma visita à Casa Branca. Durante toda aquela conversa de sonho, enquanto o ventilador soprava o meu rosto suado e o vidro granitado da parte de cima da porta do chefe Curry brilhava com a luz sobrenatural dos refletores de TV lá fora, duas palavras pulsavam no meu cérebro.

Estou salvo. Estou salvo. Estou salvo.

O presidente dos Estados Unidos ligara de Austin para me agradecer por salvar a sua vida, e eu estava salvo. Podia fazer o que precisava fazer.

8

Cinco minutos depois de concluir a conversa surrealista com John Fitzgerald Kennedy, Hosty e Fritz me levaram às pressas pela escada dos fundos até a garagem onde Oswald teria levado um tiro de Jack Ruby. Então ela estivera lotada com a expectativa da transferência do assassino para a penitenciária do condado. Agora estava tão vazia que os nossos passos ecoavam. Os meus acompanhantes me levaram para o Adolphus Hotel e não me surpreendi ao me ver no mesmo quarto que ocupara quando chegara a Dallas. Tudo que vai, volta, dizem, e embora eu nunca fosse capaz de imaginar quem seriam os misteriosos sábios que tudo diziam, sem dúvida estavam certos no caso das viagens no tempo.

Fritz me disse que os policiais postados no corredor e lá embaixo no saguão eram estritamente para a minha própria proteção e para manter a imprensa a distância. (Há-há.) Depois, apertou a minha mão. O agente Hosty também apertou a minha mão, e quando o fez, senti um quadrado de papel dobrado passar da palma dele para a minha.

— Descanse um pouco — disse ele. — Você merece.

Quando se foram, desdobrei o quadradinho. Era uma folha do seu bloco de anotações. Ele escrevera três frases, provavelmente enquanto eu falava com Jack Kennedy.

O telefone está grampeado. Encontro você às nove da noite. Queime isso e jogue as cinzas no vaso sanitário.

Queimei o bilhete como Sadie queimara o meu, depois peguei o telefone e desenrosquei o bocal. Lá dentro, agarrado aos fios, havia um pequeno cilindro azul do tamanho de uma pilha AA. Achei divertido ver que o texto escrito nele estava em japonês — me fez pensar no meu velho amigo Silent Mike.

Soltei-o, guardei-o no bolso, rosqueei o bocal de volta e disquei 0. Houve uma pausa muito longa da telefonista depois que disse o meu nome. Estava prestes a desligar e tentar de novo quando ela começou a chorar e balbuciar agradecimentos por salvar o presidente. Se pudesse fazer alguma coisa, disse ela, se alguém no *hotel* pudesse fazer alguma coisa, eu só precisava ligar, o nome dela era Marie, ela faria *qualquer coisa* para me agradecer.

— Pois pode começar fazendo uma ligação para Jodie — disse eu, e lhe dei o número de Deke.

— Claro, sr. Amberson. Deus o abençoe, senhor. Vou fazer a ligação.

O telefone tocou duas vezes e Deke atendeu. A voz estava pesada e gutural, como se o resfriado tivesse piorado.

— Se for outro maldito repórter...

— Não é, Deke. Sou eu. George. — Fiz uma pausa. — Jake.

— Ah, Jake — disse ele, lamentoso, e depois começou a chorar. Esperei, segurando o fone com tanta força que a minha mão doeu. As minhas têmporas pulsavam. O dia morria, mas a luz que entrava pelas janelas ainda era clara demais. A distância, ouvi um ribombo de trovão. Finalmente, ele disse: — Você está bem?

— Estou. Mas Sadie...

— Eu sei. Está nos noticiários. Escutei enquanto ia para Fort Worth.

Então a mulher com o carrinho de bebê e o motorista do reboque do posto Esso tinham feito o que eu torcera para fazerem. Graças a Deus por isso. Não que parecesse muito importante enquanto eu ouvia esse velho de coração partido tentar controlar as lágrimas.

— Deke... acha que a culpa é minha? Entenderia se achar.

— Não — disse ele, finalmente. — Ellie também não. Quando Sadie se decidia por uma coisa, ia até o fim. E, Jake, se estava na rua Mercedes, em Fort Worth, fui eu quem lhe disse como encontrar você.

— Eu estava lá.

— O filho da puta atirou nela? No noticiário, foi o que disseram.

— Atirou. Ele queria atirar em mim, mas a minha perna ruim... Tropecei numa caixa ou coisa parecida e caí. Ela estava bem atrás de mim.

— Cristo. — A voz dele se fortaleceu um pouco. — Mas ela morreu fazendo o que era certo. É a isso que vou me agarrar. É a isso que você também tem de se agarrar.

— Sem ela, eu nunca teria chegado lá. Se você pudesse ter visto... como ela foi determinada... como foi corajosa...

— Cristo — repetiu ele. Saiu num suspiro. Ele parecia velho, velhíssimo. — Era tudo verdade. Tudo o que você disse. E tudo o que *ela* disse sobre você. Você é mesmo do futuro, não é?

Como fiquei contente de estar com o grampo no bolso. Duvidei que tivessem tempo de plantar outros grampos no quarto propriamente dito, mas ainda fechei as mãos junto ao bocal e baixei a voz.

— Nem uma palavra sobre isso à polícia nem aos repórteres.

— Bom Deus, não! — Ele pareceu indignado com a ideia. — Você nunca mais respiraria em liberdade!

— Você foi até lá pegar a nossa bagagem no porta-malas do Chevy? Mesmo depois...

— Pode apostar. Sabia que era importante, porque assim que ouvi a notícia soube que suspeitariam de você.

— Acho que vai dar tudo certo — disse eu —, mas você tem de abrir a minha pasta e... você tem incinerador?

— Tenho, atrás da garagem.

— Na pasta há um caderno azul. Ponha no incinerador e queime. Fará isso por mim? — *E por Sadie. Ambos dependemos de você.*

— Farei. Farei. Jake, sinto tanto pela sua perda.

— E eu pela sua. Sua e da srta. Ellie.

— Não é justo! — ele explodiu. — Não me importa que ele *seja* o presidente, não é justo!

— Não — disse eu. — Não é. Mas Deke... não era só o presidente. São todas as coisas ruins que aconteceriam se ele morresse.

— Acho que nisso terei de acreditar em você. Mas é difícil.

— Eu sei.

Fariam uma cerimônia em memória de Sadie na escola, como tinham feito pela srta. Mimi? É claro que fariam. As redes de TV mandariam equipes com câmeras e não haveria um único par de olhos secos nos Estados Unidos. Mas, quando o espetáculo acabasse, Sadie ainda estaria morta.

A menos que eu mudasse isso. Isso significaria passar por tudo outra vez, mas por Sadie eu o faria. Mesmo que ela me olhasse na festa onde a conheci e decidisse que eu era velho demais para ela (embora eu fosse fazer o possível para mudar a ideia dela a esse respeito). Havia até um lado bom: agora que eu sabia que Lee realmente fora o único atirador, não teria de esperar tanto para despachar o coitado.

— Jake? Ainda está aí?

— Estou. E lembre-se de me chamar de George quando falar sobre mim, tudo bem?

— Sem problemas. Posso estar velho, mas o meu cérebro ainda funciona bastante bem. Vou vê-lo de novo?

Não se o agente Hosty me disser o que quero ouvir, pensei.

— Se não nos virmos, é porque está tudo dando certo.

— Tudo bem. Jake... George... ela... ela disse alguma coisa no final?

Eu não ia lhe contar quais tinham sido as suas últimas palavras, isso era particular, mas podia lhe dar alguma coisa. Ele contaria a Ellie, que contaria a todos os amigos de Sadie em Jodie. Ela tivera muitos.

— Perguntou se o presidente estava salvo. Quando lhe disse que sim, ela fechou os olhos e se foi.

Deke começou a chorar de novo. O meu rosto pulsava. As lágrimas seriam um alívio, mas os meus olhos estavam secos como pedras.

— Adeus — disse eu. — Adeus, velho amigo.

Desliguei suavemente e fiquei sentado imóvel por um bom tempo, observando a luz do pôr do sol de Dallas cair vermelha pela janela. *À noite céu vermelho, prazer de marinheiro*, dizia o velho ditado... mas ouvi outro ribombo de trovão. Cinco minutos depois, quando consegui me controlar, peguei o telefone desgrampeado e liguei 0 mais uma vez. Disse a Marie que ia me deitar e pedi que me acordassem às oito. Também lhe pedi que pusesse um "não perturbe" no telefone até lá.

— Ah, isso já foi feito — disse ela, empolgada. — Nenhuma chamada encaminhada para o seu quarto, ordem do chefe de polícia. — A voz dela baixou um ponto. — Ele era maluco, sr. Amberson? Quer dizer, *devia* ser, mas parecia?

Lembrei-me dos olhos decepcionados e do esgar demoníaco.

— Ah, claro — disse eu. — Parecia, sim. Oito horas, Marie. Nada até lá.

Desliguei antes que ela dissesse alguma coisa. Então, descalcei os sapatos (livrar-me do esquerdo foi um processo lento e doloroso), me deitei e pus o braço sobre os olhos. Vi Sadie dançando o Madison. Vi Sadie me dizendo entre, gentil senhor, gosta de bolo quatro quartos? Vi-a nos meus braços, os brilhantes olhos moribundos erguidos para o meu rosto.

Pensei na toca de coelho e que toda vez que era usada havia um recomeço do zero.

Finalmente, dormi.

9

A batida de Hosty veio prontamente às nove. Abri a porta e ele entrou. Trazia uma pasta (mas não a *minha* pasta, então ainda estava tudo bem). Na outra havia uma garrafa de champanhe das boas, Moët et Chandon, com uma fita vermelha, azul e branca amarrada no gargalo. Parecia cansadíssimo.

— Amberson — disse ele.

— Hosty — respondi.

Ele fechou a porta e depois apontou o telefone. Tirei o grampo do bolso e o mostrei. Ele fez que sim.

— Não há outros? — perguntei.

— Não. Esse aí é do Departamento de Polícia de Dallas, e agora o caso é nosso. Ordens diretas de Hoover. Se alguém lhe perguntar sobre o grampo, você mesmo encontrou.

— Tudo bem.

Ele ergueu o champanhe.

— Com os cumprimentos da gerência. Insistiram que eu trouxesse. Gostaria de brindar ao presidente dos Estados Unidos?

Considerando que a minha linda Sadie agora jazia numa mesa do necrotério do condado, eu não tinha o mínimo interesse em brindar a nada. Eu conseguira e o sucesso tinha sabor de cinza na minha boca.

— Não.

— Nem eu, mas estou contente por ele estar vivo. Quer saber um segredo?

— Claro.

— Votei nele. Devo ser o único agente de todo o Bureau que votou nele.

Eu não disse nada.

Hosty sentou-se numa das duas poltronas do quarto e deu um longo suspiro de alívio. Pôs a pasta entre os pés e virou a garrafa para ver o rótulo.

— Mil, novecentos e cinquenta e oito. Os apreciadores de vinho provavelmente saberiam se foi um bom ano, mas sou mais da cerveja.

— Eu também.

— Então vai gostar da Lone Star que guardaram para você lá embaixo. Há um engradado e uma carta emoldurada que lhe promete um engradado por mês pelo resto da vida. Mais champanhe, também. Vi pelo menos uma dúzia de garrafas. Todo mundo, da Câmara de Comércio de Dallas até a Comissão de Turismo da cidade, mandou. Você tem uma televisão Zenith em cores ainda na caixa, um anel de ouro maciço com uma imagem do presidente da joalheria Calloway's, um vale-compras de três ternos novos da Dallas Menswear e todo tipo de coisa, inclusive a chave da cidade. A gerência separou um quarto do primeiro andar para a sua pilhagem e aposto que amanhã de manhã terão de separar outro. E a comida! Tem gente trazendo bolos, tortas, timbales, carne assada, frango no espeto e comida mexicana suficiente para cinco anos de diarreia. Estamos mandando todo mundo embora, e eles detestam ter de ir, isso posso lhe dizer. Tem mulheres lá na frente do hotel que... bom, vamos dizer apenas que o próprio Jack Kennedy ficaria com inveja, e ele é um dom-juan lendário. Se soubesse o que há nos arquivos do diretor sobre a vida sexual daquele sujeito, você não acreditaria.

— A minha capacidade de acreditar pode surpreender.

— Dallas ama você, Amberson. Com os diabos, o país inteiro ama você. — Ele riu. O riso se transformou em tosse. Quando passou, ele acendeu um cigarro. Depois, olhou o relógio. — Às nove e sete, horário de Washington, da noite de 22 de novembro de 1963, você é o mininho mais querido dos Estados Unidos.

— E você, Hosty? Você me ama? E o diretor Hoover?

Ele pousou o cigarro no cinzeiro depois de uma única tragada, se inclinou para a frente e me espetou com os olhos. Estavam profundamente incrustados em dobras de carne, e estavam cansados, mas ainda assim eram muito brilhantes e atentos.

— Olhe para mim, Amberson. Bem nos olhos. Depois me diga se você estava nisso com Oswald ou não. E é bom que seja verdade, porque sei ver mentiras.

Dados os seus deslizes óbvios no trato de Oswald, não acreditei nisso, mas acreditei que *ele* acreditava. Assim, fitei o seu olhar e disse:

— Não estava.

Por um momento, ele nada disse. Depois suspirou, recostou-se e pegou o cigarro.

— Não. Não estava. — Ele expeliu fumaça pelas narinas. — Então para quem você trabalha? A CIA? Os russos, talvez? Não me parece, mas o diretor acredita que os russos adorariam queimar um agente bem escondido para impedir um assassinato que poderia provocar um incidente internacional. Talvez até a Terceira Guerra Mundial. Ainda mais quando o povo descobrir a época que Oswald passou na Rússia. — Ele disse *Rúúúússia*, como o televangelista Hargis fazia nas suas transmissões. Talvez no entender de Hosty fosse uma piada.

— Não trabalho para ninguém — disse eu. — Sou apenas um sujeito comum, Hosty.

Ele apontou o cigarro para mim.

— Guarde bem essa ideia. — Ele desafivelou a pasta de couro e tirou uma de papelão ainda mais fina do que a de Oswald que eu espiara na sala de Curry. Essa seria minha e engrossaria... mas não tão depressa quanto no século XXI, movido a computadores.

— Antes de Dallas, você esteve na Flórida. Na cidade de Sunset Point.

— Isso.

— Deu aulas como professor-substituto no sistema escolar de Sarasota.

— Correto.

— Antes disso, acreditamos que passou algum tempo em... Derren? Derren, no Maine?

— Derry.

— Onde fez exatamente o quê?

— Onde comecei o meu livro.

— Hã-hã, e antes disso?

— Aqui e ali, por toda parte.

— Quanto sabe dos meus contatos com Oswald, Amberson?

Fiquei calado.

— Não seja tão tímido. Aqui estamos só nós, meninas.

— O suficiente para provocar problemas para você e para o seu diretor.

— A não ser...

— Vamos dizer assim: o volume de problemas que causarei será diretamente proporcional ao volume de problemas que vocês me causarão.

— Seria justo dizer que, na questão de criar problemas, você inventará o que não sabe absolutamente... para prejuízo nosso?

Não disse nada.

Ele falou como se conversasse consigo mesmo:

— Não me surpreende que estivesse escrevendo um livro. Deveria ter continuado, Amberson. Provavelmente seria um sucesso. Porque você é bom pra cacete nisso de inventar, tenho de admitir. Você foi bastante plausível hoje à tarde. E sabe coisas que não era para saber, o que nos leva a acreditar que você está longe de ser um cidadão comum. Vamos lá, quem botou você nisso? Foi Angleton, da Firma? Foi, não é? Um canalha escorregadio e cultivador de rosas, isso é o que ele é.

— Sou só eu — respondi — e provavelmente sei menos do que você pensa. Mas, sim, sei o suficiente para deixar mal o Bureau. Que Lee me disse que foi contar a *você* que ia matar Kennedy, por exemplo.

Hosty apagou o cigarro com força suficiente para fazer subir um chafariz de fagulhas. Alguns pousaram nas costas da mão, mas ele não demonstrou sentir.

— Isso é uma mentira de merda!

— Eu sei — respondi. — E vou contar com a cara mais limpa do mundo. Se você me obrigar. A ideia de se livrar de mim já apareceu, Hosty?

— Me poupe dessa coisa de quadrinhos. Não matamos ninguém.

— Diga isso aos irmãos Diem lá no Vietnã.

Ele me olhava do jeito que alguém olharia um camundongo aparentemente inofensivo que mordesse de repente. E com dentes grandes.

— Como sabe que os Estados Unidos tiveram *alguma coisa* a ver com os irmãos Diem? De acordo com o que li nos jornais, estamos com as mãos limpas.

— Não vamos fugir do assunto. O caso é que agora sou popular demais para ser morto. Ou estou errado?

— Ninguém quer matar você, Amberson. E ninguém quer abrir buracos na sua história. — Ele latiu uma risada sem alegria. — Se começarmos a fazer isso, a coisa toda se desfaz. Ela é bem fininha.

— Romance instantâneo era a especialidade dela — disse eu.

— Hem?

— H. H. Munro. Também conhecida como Saki. O conto se chama *A janela aberta*. Procure. Quando se trata de criar bobagens no calor do momento, é muito instrutivo.

Ele me examinou, os olhinhos astutos preocupados.

— Não entendo mesmo você. Isso me preocupa. — A oeste, na direção de Midland, onde os poços de petróleo batucam sem parar e as chamas do gás obscurecem as estrelas, mais trovões ribombavam.

— O que quer de mim? — perguntei.

— Acho que, quando investigamos você um pouco além de Derren ou Derry ou seja lá o que for, encontramos... nada. Como se você saísse do nada.

Isso era tão perto da verdade que quase me tirou o fôlego.

— Queremos é que você volte ao nada de onde veio. A imprensa marrom vai inventar as especulações horríveis e teorias da conspiração de sempre, mas podemos lhe garantir que você sairá dessa com ótima reputação. Se é que isso lhe importa, claro. Marina Oswald sustentará a sua história ponto por ponto.

— Você já falou com ela, suponho.

— Supôs certo. Ela sabe que será deportada se não jogar direitinho. Os cavalheiros da imprensa não deram uma boa olhada em você; as fotos que sairão nos jornais de amanhã serão pouco mais do que borrões.

Sabia que ele tinha razão. Só fora exposto às câmeras naquela rápida caminhada pelo corredor até a sala do chefe Curry, e Fritz e Hosty, ambos grandes, me levavam debaixo do braço, bloqueando a linha de visão das melhores fotos. Eu também mantivera a cabeça baixa porque as luzes eram fortes demais. Havia muitas fotos minhas em Jodie, até um retrato no livro do ano em que eu dera aulas em horário integral, mas nessa época pré-jpeg e até pré-fax, só na terça ou quarta da outra semana elas seriam encontradas e publicadas.

— Eis uma história para você — disse Hosty. — Você gosta de histórias, não gosta? Coisas como essa tal *Janela aberta*?

— Sou professor de inglês. Adoro histórias.

— Esse sujeito, George Amberson, está tão cheio de pesar pela perda da namorada...

— Noiva.

— Noiva, isso, melhor ainda. Está tão pesaroso que larga tudo e simplesmente some. Não quer nem saber de publicidade, champanhe grátis, medalhas do presidente ou chuvas de papel picado. Ele só quer sumir e chorar a sua perda em particular. É o tipo de história de que os americanos gostam. Veem isso na TV o tempo todo. Em vez de "A janela aberta", se chama "O herói modesto". E há esse agente do FBI que se dispõe a apoiar cada palavra e até ler uma declaração deixada por você. Que tal?

Parecia maná dos céus, mas mantive o rosto inflexível.

— Vocês devem ter uma certeza e tanto de que consigo desaparecer.

— Temos.

— E fala a sério quando diz que não vou desaparecer no fundo do rio Trinity por ordem do diretor?

— Não, nada disso. — Ele sorriu. Devia ser tranquilizador, mas me fez lembrar de uma velha história do meu tempo de adolescente: *Não se preocupe, você não vai engravidar, tive caxumba com 14 anos.*

— Porque posso ter uma pequena apólice de seguro, agente Hosty.

Uma pálpebra se contorceu. Foi o único sinal de que a ideia o angustiava.

— Achamos que consegue desaparecer porque acreditamos... digamos apenas que você pode pedir ajuda assim que sair de Dallas.

— Nada de entrevista coletiva?

— É a última coisa que queremos.

Ele abriu a pasta outra vez. Dela, tirou um bloco de papel ofício amarelo. Passou-o para mim, com uma caneta do bolso do peito.

— Escreva-me uma carta, Amberson. Eu e Fritz a encontraremos amanhã de manhã quando viermos buscar você, mas pode endereçar a "Quem interessar possa". Faça que seja boa. Faça que seja *genial*. Consegue isso, não consegue?

— Claro — respondi. — Romance instantâneo é a minha especialidade.

Ele sorriu sem humor e pegou a garrafa de champanhe.

— Acho que vou experimentar um pouco disso enquanto você romanceia. Nada para você, afinal de contas. Você terá uma noite movimentada. Quilômetros a percorrer antes de dormir e tudo o mais.

10

Escrevi cuidadosamente, mas não levou muito tempo. Num caso desses (não que em toda a história do mundo tivesse havido um caso exatamente igual a esse), achei que mais curto era melhor. Mantive a ideia do Herói Modesto de Hosty o tempo todo na cabeça. Fiquei muito contente por ter tido a oportunidade de dormir algumas horas. O descanso que conseguira fora eivado de sonhos malignos, mas a minha cabeça estava relativamente limpa.

Quando terminei, Hosty estava no terceiro copo de espumante. Tirara da pasta vários itens e os pusera na mesinha de café. Entreguei-lhe o bloco e ele começou a ler o que eu escrevera. Lá fora o trovão ribombou de novo e relâmpagos iluminaram brevemente o céu noturno, mas achei que a tempestade ainda estava distante.

Enquanto ele lia, examinei as coisas na mesinha do café. Lá estava o meu Timex, único item que, por alguma razão, não fora devolvido com o resto dos meus pertences quando saí da delegacia. Havia um par de óculos com aro de chifre. Peguei-os e experimentei. As lentes eram de vidro plano. Havia uma chave com haste oca em vez de serrilha. Um envelope que parecia conter umas mil pratas em notas usadas de vinte e cinquenta. Uma rede de cabelo. E um uniforme branco com duas peças — calça e blusão. O pano de algodão parecia tão fininho quanto Hosty afirmara que era a minha história.

— Essa carta é boa — disse Hosty, baixando o bloco. — Você parece meio triste, como Richard Kimble em *O fugitivo*. Assiste esse?

Eu vira a versão para o cinema com Tommy Lee Jones, mas não parecia a hora certa de citar isso.

— Não.

— Você será um fugitivo, tudo bem, mas só da imprensa e de um público americano que vai querer saber tudo a seu respeito, do tipo de suco que toma de manhã até o número da cueca. Você é uma história de interesse humano, Amberson, mas não é caso de polícia. Não matou a namorada; sequer atirou em Oswald.

— Tentei. Se não tivesse errado, ela ainda estaria viva.

— Nessa questão, você não teve muita culpa. É um salão bem grande lá, e os 38 não têm muita precisão a distância.

Verdade. Era preciso chegar a quinze metros. Assim me afirmaram, e mais de uma vez. Mas não disse nada. Achei que o meu breve relacionamento com o agente especial James Hosty estava quase terminado. Basicamente, mal conseguia esperar.

— Você está limpo. Só precisa ir a algum lugar onde o seu pessoal possa buscá-lo e levá-lo voando para a fantasmagórica Terra do Nunca. Isso você consegue?

No meu caso, a Terra do Nunca era uma toca de coelho que me transportaria para quarenta e oito anos no futuro. Supondo que a toca de coelho ainda estivesse lá.

— Acredito que sim.

— É melhor que consiga, porque se tentar nos prejudicar isso vai recair sobre o seu duplo. O sr. Hoover... digamos apenas que o diretor não é homem de perdoar.

— Me explique como é que vou sair do hotel.

— Você vai vestir essa roupa branca da cozinha, vai pôr os óculos e a rede. A chave liga o elevador de serviço. Vai levar você para o B-1. Você atravessa direto a cozinha e sai pela porta dos fundos. Tá me acompanhando?

— Estou.

— Tem um carro do Bureau à sua espera. Entre no banco de trás. Não fale com o motorista. Não é serviço de limusine. Você vai para a rodoviária. O motorista pode lhe dar uma das seguintes passagens: Tampa às onze e quarenta, Little Rock às onze e cinquenta ou Albuquerque à meia-noite e vinte. Não quero saber qual. Tudo o que *você* precisa saber é que aí acaba a nossa associação. A sua responsabilidade de ficar fora das vistas passa a ser só sua. E de para quem você trabalha, é claro.

— É claro.

O telefone tocou.

— Se for algum repórter espertinho que deu um jeito de passar, livre-se dele — disse Hosty. — E se disser uma palavra sobre a minha presença aqui, corto a sua garganta.

Achei que ele estava brincando, mas não tive certeza. Peguei o telefone.

— Não sei quem está falando, mas estou muito cansado e...

A voz aspirada do outro lado disse que não se demoraria. Para Hosty, fiz com os lábios *Jackie Kennedy*. Ele concordou e se serviu de um pouco mais do meu champanhe. Virei-me como se mostrar a Hosty as minhas costas pudesse impedir que ele ouvisse a conversa.

— sra. Kennedy, a senhora não precisava telefonar — disse eu —, mas assim mesmo me sinto honrado de falar com a senhora.

— Queria lhe agradecer pelo que fez — disse ela. — Sei que o meu marido já lhe agradeceu em nosso nome mas... sr. Amberson... — A primeira-dama começou a chorar. — Queria lhe agradecer em nome dos nossos filhos, que hoje puderam dar boa-noite à mãe e ao pai pelo telefone.

Caroline e John-John. Nunca tinham passado pela minha cabeça até aquele momento.

— sra. Kennedy, eu é que lhe agradeço.

— Soube que a moça que morreu se tornaria sua esposa.

— Isso mesmo.

— O senhor deve estar de coração partido. Por favor, aceite as minhas condolências. Não são suficientes, eu sei, mas é só o que tenho a oferecer.

— Obrigado.

— Se eu pudesse mudar a situação... se de algum modo pudesse fazer o relógio voltar...

Não, pensei. *Esse serviço é meu, dona Jackie.*

— Entendo. Obrigado.

Conversamos mais um pouco. Esse telefonema foi muito mais difícil do que o outro com Kennedy na delegacia. Em parte porque aquele parecera um sonho e esse não, mas acho que foi principalmente o medo residual que ouvi na voz de Jacqueline Kennedy. Ela parecia mesmo entender como tinham escapado por um fio. Não percebi isso no marido. Ele parecia acreditar que a Providência o tornara sortudo, abençoado, talvez até imortal. No final da conversa, lembro-me de ter lhe pedido que fizesse o marido parar de andar em carros abertos pelo resto do mandato.

Ela disse que eu podia contar com isso e me agradeceu novamente. Agradeci a ela mais uma vez e desliguei. Quando me virei, vi que o quarto era só meu. Em algum momento, enquanto conversava com Jacqueline Kennedy, Hosty saíra. Só o que restava dele eram duas guimbas no cinzeiro, um copo meio vazio de champanhe e outro bilhete rabiscado, ao lado do bloco de papel ofício amarelo com a minha carta a-quem-interessar-possa.

Livre-se do grampo antes de ir para a rodoviária, dizia. E embaixo: *Boa sorte, Amberson. Sinto muito pela sua perda. H.*

Talvez sentisse, mas isso é fácil, não é? Sentir muito é muito fácil.

11

Vesti o disfarce de auxiliar de cozinha e desci até o B-1 num elevador que cheirava a canja, molho de churrasco e Jack Daniel's. Quando as portas se abriram, andei rapidamente pela cozinha cheirosa e enfumaçada. Acho que ninguém sequer me olhou.

Saí num beco onde um par de bebuns vasculhava uma lata de lixo. Eles não me olharam, embora erguessem os olhos quando um relâmpago horizontal clareou momentaneamente o céu. Um sedã Ford comum estava em marcha lenta na boca do beco. Entrei no banco de trás e partimos. O homem atrás do volante só disse uma coisa antes de parar na rodoviária Greyhound:

— Parece que vai chover.

Ele me ofereceu as três passagens como uma mão de pôquer. Peguei a de Little Rock. Tinha cerca de uma hora. Entrei na loja de presentes e comprei uma mala barata. Se tudo corresse bem, depois teria algo a pôr dentro dela. Não precisaria de muito; tinha todo tipo de roupa na minha casa em Sabattus e, embora aquele domicílio específico estivesse a quase cinquenta anos no futuro, eu achava que estaria lá em menos de uma semana. Um paradoxo que Einstein adoraria e que nunca passara pela minha mente triste e cansada é que, dado o efeito borboleta, era quase certo que não fosse mais minha. Se existisse.

Também comprei um jornal, uma edição extra do *Slimes Herald*. Havia uma única foto, talvez tirada por um profissional, mais provavelmente por algum transeunte de sorte. Mostrava Kennedy curvado sobre a mulher com quem eu falara há pouco tempo, a mulher que não teria manchas de sangue no tailleur rosa quando finalmente o despisse esta noite.

John F. Kennedy protege a esposa com o corpo enquanto a limusine presidencial se afasta às pressas de uma quase catástrofe nacional, dizia a legenda. Acima da foto, uma manchete em corpo trinta e seis. Havia espaço, porque era só uma palavra:

SALVO!

Abri a página 2 e dei com outra foto. Essa era de Sadie, parecendo absurdamente jovem, absurdamente linda. Sorria. *Tenho a vida inteira pela frente*, dizia o sorriso.

Sentado numa das cadeiras de ripas de madeira enquanto viajantes noturnos jorravam à minha volta e bebês choravam e soldados com sacos cilíndricos riam e homens de negócios engraxavam os sapatos e os alto-falantes no teto anunciavam chegadas e partidas, dobrei cuidadosamente o papel-jornal em torno das bordas daquela foto para que eu pudesse removê-la da página sem rasgar o rosto dela. Quando isso foi feito, olhei-a durante muito tempo e depois a dobrei e guardei na carteira. O resto do jornal, joguei fora. Não havia nada nele que eu quisesse ler.

O embarque no ônibus de Little Rock foi chamado às onze e vinte, e me juntei à multidão que se amontoava na porta certa. Além dos óculos falsos, não tentei esconder o rosto, mas ninguém me olhou com interesse específico; eu era apenas mais uma célula na corrente sanguínea da América em Trânsito, nenhuma mais importante do que a outra.

Mudei a vida de vocês hoje, pensei enquanto observava os que estavam presentes na virada do dia, mas não havia triunfo nem assombro na ideia; parecia não haver nenhuma carga emocional, nem positiva, nem negativa.

Entrei no ônibus e me sentei nos fundos. Havia muitos sujeitos fardados à minha frente, talvez indo para a base da Força Aérea em Little Rock. Se não fosse o que tínhamos feito naquele dia, alguns morreriam no Vietnã. Outros voltariam para casa aleijados. E agora? Quem saberia?

O ônibus partiu. Quando saímos de Dallas, a trovoada era mais forte e os relâmpagos, mais luminosos, mas ainda não havia chuva. Quando chegamos a Sulphur Springs, a tempestade ameaçadora estava atrás de nós e as estrelas tinham saído às dezenas de milhares, brilhantes como lasquinhas de gelo e duas vezes mais frias. Olhei-as algum tempo, depois me recostei, fechei os olhos e escutei os pneus do Grande Galgo comerem a Interstate 30.

Sadie, cantavam os pneus. *Sadie, Sadie, Sadie.*

Finalmente, um pouco depois das duas da manhã, dormi.

12

Em Little Rock, comprei passagem para o ônibus do meio-dia para Pittsburgh, com uma única parada em Indianápolis. Tomei o café da manhã na lanchonete ao lado de um velho que comia com um rádio portátil diante dele na mesa. Era grande e coberto de botões brilhantes. A principal reportagem ainda era a tentativa de assassinato, é claro... e Sadie. Sadie era notícia importantíssima. Teria uma cerimônia fúnebre com honras de Estado e seria enterrada no cemitério nacional de Arlington. Especulava-se que o próprio JFK faria o elogio fúnebre. Como assunto paralelo, George Amberson, o noivo da srta. Dunhill, também de Jodie, Texas, tivera uma entrevista coletiva à imprensa marcada para as dez da manhã que fora adiada para o fim da tarde — sem explicações. Hosty me dava o máximo espaço possível para fugir. Bom para mim. Para ele também, é claro. E para o seu precioso diretor.

"O presidente e os seus heroicos salvadores não são a única notícia que vem do Texas esta manhã", disse o rádio do velho vaqueiro, e parei com a xícara de café preto suspensa a meio caminho entre o pires e os lábios. Houve um formigamento azedo na minha boca que eu passara a reconhecer. Um psicólogo talvez chamasse de *presque vu* — a sensação que às vezes se tem de que algo extraordinário está para acontecer —, mas o meu nome para aquilo era muito mais humilde: harmonia.

"Pouco depois de uma da madrugada, no ponto máximo de uma tempestade, um terrível tornado passou por Fort Worth e destruiu um depósito da Montgomery Ward e uma dúzia de casas. Há dois mortos e quatro desaparecidos."

Que duas daquelas casas eram o 2.703 e o 2.706 da rua Mercedes eu não tinha dúvida; um vento zangado as apagara como a uma equação errada.

CAPÍTULO 30

1

Desci do meu último Greyhound na rodoviária da avenida Minot, em Auburn, no Maine, pouco depois do meio-dia de 26 de novembro. Após mais de oitenta horas viajando quase sem parar, aliviadas apenas por curtos intervalos de sono, eu me sentia como uma invenção imaginária minha. Fazia frio. Deus limpava a garganta e, de um céu cinza sujo, cuspia uma neve casual. Eu comprara calças jeans e duas camisas de cambraia azul mescla para substituir o branco-cozinha, mas essas roupas não bastavam. Eu esquecera o tempo do Maine durante a minha estada no Texas, mas o meu corpo recordou apressado e começou a tremer. A minha primeira parada foi a Louie's for Men, onde encontrei um casaco forrado de pelo de ovelha do meu tamanho e o levei até o vendedor.

Ele baixou o seu exemplar do *Lewiston Sun* para me atender, e vi a minha foto — é, aquela do livro do ano da DCHS — na primeira página. ONDE ESTÁ GEORGE AMBERSON?, perguntava a manchete. O vendedor registrou a venda e me rabiscou uma notinha. Cutuquei a minha foto.

— O que acha que aconteceu com esse sujeito?

O vendedor me olhou e deu de ombros.

— Ele não quer publicidade e acho que está certo. Amo demais a minha mulher e, se ela morresse de repente, não ia querer ninguém tirando a minha foto pro jornal nem pondo a minha fuça chorosa na TV. E você?

— Não — respondi —, acho que não.

— Se eu fosse esse sujeito, só apareceria de novo em 1970. Deixava o tumulto amainar. Que tal um belo gorro para combinar com o casaco? Tenho uns de flanela que chegaram ontem mesmo. A proteção das orelhas é boa e grossa.

Então, comprei um gorro para combinar com o casaco novo. Depois, manquei dois quarteirões de volta à rodoviária, balançando a mala na ponta do meu braço bom. Parte minha queria ir a Lisbon Falls naquele exato minuto e me assegurar de que a toca de coelho ainda estava lá. Mas, se estivesse, eu a usaria, não seria capaz de resistir, e depois de cinco anos na Terra de Antigamente, a minha parte racional sabia que eu não estava pronto para a força total do ataque daquela que, na minha cabeça, se tornara a Terra do Depois. Precisava primeiro de descanso. Descanso de verdade, não cochilar numa poltrona de ônibus enquanto crianças pequenas choravam e homens meio bêbados riam.

Havia quatro ou cinco táxis parados no meio-fio, na neve que agora regirava em vez de apenas ser cuspida. Entrei no da frente, apreciando o sopro quente do aquecedor. O motorista se virou, um sujeito gordo com um emblema dizendo UNIFORME APROVADO no boné surrado. Era um estranho total para mim, mas eu sabia que, quando ligasse o rádio, estaria sintonizado na WJAB de Portland, e quando tirasse o cigarro do bolso da camisa, seriam Lucky Strikes. O que vai, volta.

— Pra onde, chefe?

Eu lhe disse que me levasse ao Tamarack Motor Court, na 196.

— É pra já.

Ele ligou o rádio e pegou os Miracles cantando *Mickey's Monkey*.

— Ah, essas danças modernas! — resmungou, pegando o maço de cigarros. — Só fazem ensinar os garotos a rebolar e se sacudir.

— Dançar é viver — disse eu.

2

A recepcionista era outra, mas me deu o mesmo quarto. É claro que daria. A diária era um pouco mais cara e a velha TV fora substituída por outra mais nova, mas o mesmo letreiro estava encostado à antena em cima: *NÃO USE "PAPEL-ALUMÍNIO!"* A recepção ainda era uma merda. Não havia noticiários, só novelas.

Desliguei. Pus na porta a placa NÃO PERTURBE. Fechei as cortinas. Depois me despi e me enfiei na cama, na qual, sem contar uma ida onírica ao banheiro para aliviar a bexiga, dormi 12 horas. Quando acordei, estava no meio da noite, faltava luz e um forte vento noroeste soprava lá fora. Uma brilhante lua crescente subia alta no céu. Peguei no armário o segundo cobertor e dormi mais cinco horas.

Quando acordei, a aurora iluminava o Tamarack Motor Court com os tons e sombras claros de uma fotografia da *National Geographic*. Havia gelo nos carros estacionados diante de algumas unidades e dava para ver a minha respiração. Experimentei o telefone, sem esperar nada, mas um rapaz na recepção atendeu prontamente, embora ainda soasse semiadormecido. Claro, disse ele, os telefones funcionavam e ele teria o máximo prazer de me chamar um táxi; aonde eu queria ir?

Lisbon Falls, respondi. Esquina da Principal com a Estrada Velha de Lewiston.

— A Fruit? — perguntou ele.

Eu estivera longe tanto tempo que por um instante não entendi. Então a ficha caiu.

— Isso mesmo. A Kennebec Fruit.

Voltando pra casa, disse a mim mesmo. *Que Deus me ajude, estou voltando pra casa.*

Só que estava errado: 2011 não era casa e eu só ficaria lá pouco tempo — isto é, supondo que conseguisse chegar lá. Talvez minutos, apenas. Agora, Jodie era casa. Ou seria, quando Sadie chegasse lá. Sadie, a virgem. Sadie, com as pernas compridas, o cabelo comprido e a tendência a tropeçar em tudo que estivesse no caminho... só que, no momento crítico, fora eu que caíra.

Sadie, com o rosto sem marcas.

Ela era casa.

3

O motorista de táxi daquela manhã era uma cinquentona de compleição sólida, envolta numa velha parca preta, e o boné que usava era do Red Sox em vez de ter uma insígnia dizendo UNIFORME APROVADO. Quando entramos à esquerda na 196, na direção de Lisbon Falls, ela perguntou:

— Já ouviu a notícia? Aposto que não... tá sem luz pra lá, né?

— Que notícia? — perguntei, embora uma certeza assustadora já se insinuasse nos meus ossos. Kennedy estava morto. Eu não sabia se fora um acidente, um enfarte ou um homicídio, afinal de contas, mas estava morto. O passado era obstinado e Kennedy estava morto.

— Terremoto em Los Angeles. — Ela pronunciou *Las Angeliis*. — Tem anos que todo mundo fala que a Califórnia ia acabar caindo no oceano, e sei lá, parece que tinham razão. — Ela balançou a cabeça. — Não vou dizer que é por causa do jeito frouxo que eles vivem, aquelas estrelas de cinema e tal, mas sou uma boa batista e não vou dizer que não é.

Agora passávamos pelo Lisbon Drive-In. FECHADO DURANTE O INVERNO, dizia o letreiro. ESPERAMOS VOCÊ COM MUITO MAIS EM 64!

— Foi muito grave?

— Estão dizendo que tem sete mil mortos, mas quando a gente escuta um número desses já sabe que vai subir. A maioria das malditas pontes caiu, as estradas estão destruídas e tem fogo por toda parte. Parece que a parte da cidade onde moram os negros se queimou todinha. Warts! (Verrugas!) Isso lá é nome de bairro? Quer dizer, mesmo um bairro de gente preta? Verrugas! Humpf!

Não respondi. Pensava em Trapos, o nosso filhote quando eu tinha 9 anos e ainda morava no Wisconsin. Eu podia brincar com ele no quintal de manhã antes que o ônibus da escola chegasse. Estava ensinando ele a sentar, buscar, rolar, coisas assim, e ele estava aprendendo — cachorrinho esperto! Eu gostava muito dele.

Quando o ônibus chegava, eu tinha de fechar o portão do quintal antes de correr para embarcar. Trapos sempre se deitava no degrau da cozinha. A minha mãe o chamava e lhe servia o café da manhã depois que voltava de levar o meu pai à estação ferroviária local. Eu sempre me lembrava de fechar o portão — ou pelo menos não me lembro de ter *esquecido* de fechar —, mas um dia, quando voltei da escola, a minha mãe me disse que Trapos morrera. Fora para a rua e um caminhão de entrega o atropelara. Ela nunca me repreendeu com a boca, nenhuma vez, mas me repreendeu com os olhos. Porque *ela* também amava Trapos.

— Eu o fechei como sempre — disse eu, entre lágrimas, e, como já disse, acredito que fechei. Talvez porque sempre *tivesse* fechado. Naquela noite, eu e papai o enterramos no quintal. *Provavelmente não é permitido*, disse papai, *mas não conto a ninguém se você não contar.*

Fiquei muito, muito tempo acordado naquela noite, perseguido pelo que não conseguia lembrar e apavorado com o que poderia ter feito. Sem falar em culpa. Aquela culpa ficou muito tempo comigo, um ano ou mais. Se eu tivesse me lembrado com certeza, de um modo ou de outro, tenho certeza de que ela teria me deixado mais depressa. Mas não conseguia. Tinha fechado o portão ou não? Várias vezes eu direcionava a mente para a última manhã do meu cachorrinho e não conseguia me lembrar de nada com clareza, a não ser de agitar a sua tira de couro e gritar: "Busca, Trapos, busca!"

Foi assim na viagem de táxi até Lisbon Falls. Primeiro tentei me dizer que sempre *houvera* um terremoto no final de novembro de 1963. Era apenas um daqueles factoides — como a tentativa de assassinar Edwin Walker — que eu esquecera. Como dissera a Al Templeton, eu me formara em inglês, não em história.

Não dava certo. Se um terremoto daqueles tivesse acontecido nos Estados Unidos em que eu vivera antes de descer pela toca de coelho, eu teria sabido. Houve desastres muito maiores — o tsunami no oceano Índico em 2004 matara mais de duzentas mil pessoas —, mas sete mil era um número grande para os Estados Unidos, mais do dobro das baixas ocorridas em 11 de Setembro.

Depois me perguntei como o que eu fizera em Dallas poderia ter causado o que essa mulher robusta afirmara ter acontecido em Los Angeles. A única resposta que encontrei foi o efeito borboleta, mas como poderia acontecer *tão depressa*? Sem chance. De jeito nenhum. Não havia nenhuma série concebível de causas e efeitos entre os dois eventos.

Ainda assim, uma parte lá no fundo da minha cabeça sussurrou: *Você fez isso. Você causou a morte de Trapos porque deixou o portão do quintal aberto ou não o fechou direito... e causou isso. Você e Al vieram com um blá-blá-blá muito nobre sobre salvar milhares de vidas no Vietnã, mas essa é a sua primeira contribuição real à Nova História: 7 mil mortos em Los Angeles.*

Simplesmente não podia ser. Mesmo que fosse...

Não há lado ruim, dissera Al. Se der merda, basta voltar e consertar. Fácil como apagar um palavrão do quadro-neg...

— Moço? — disse a motorista. — Chegamos. — Ela se virou para me olhar com curiosidade. — Já estamos aqui há quase três minutos. Mas é um pouco cedo para compras. Tem certeza de que é aqui que o senhor quer ficar?

Eu só sabia que era ali que eu *tinha* de ficar. Paguei o que estava no taxímetro, acrescentei uma gorjeta generosa (afinal de contas, era dinheiro do FBI), desejei-lhe um bom dia e desci.

4

Lisbon Falls estava fedorenta como sempre, mas pelo menos havia luz; o sinal luminoso do cruzamento piscava ao balançar com o vento noroeste. A Kennebec Fruit estava às escuras, a vitrine da frente ainda vazia de maçãs, laranjas e bananas que ali seriam exibidas mais tarde. A placa pendurada na porta da frente verde dizia ABRIMOS ÀS 10 HORAS. Alguns carros andavam pela rua Principal e alguns pedestres passavam correndo com a gola do casaco erguida. No entanto, do outro lado da rua, a fábrica Worumbo funcionava a toda. Dava para ouvir o *chont-HUUCH, chont-HUUCH* dos teares, mesmo de onde eu estava. Então ouvi outra coisa: alguém me chamava, embora não por nenhum dos meus nomes.

— Jimla! Ei, Jimla!

Virei-me para a fábrica, pensando: *Ele voltou. O Homem do Cartão Amarelo voltou dos mortos, que nem o presidente Kennedy.*

Só que não era o Homem do Cartão Amarelo, assim como o motorista do táxi que me pegara na rodoviária não era o mesmo que me levara de Lisbon Falls para o Tamarack Motor Court em 1958. Só que os dois motoristas eram *quase* iguais, porque o passado se harmoniza, e o homem do outro lado da rua se parecia com o que me pedira um dólar porque era dia de grana dupla na fachada verde. Era muito mais novo que o Homem do Cartão Amarelo e o seu sobretudo preto estava mais novo e mais limpo... mas era *quase* o mesmo casaco.

— Jimla! Venha cá! — Ele acenou. O vento agitou a bainha do sobretudo; fez a placa à esquerda dele balançar na corrente do mesmo jeito que o sinal luminoso balançava no seu fio. Mas eu ainda conseguia ler: **PASSAGEM PROIBIDA ALÉM DESTE PONTO ATÉ CONSERTO DO CANO DE ESGOTO**.

Cinco anos, pensei, *e esse ridículo cano de esgoto anda está rompido.*

— Jimla! Não me faça ir até aí buscá-lo!

Provavelmente ele poderia; o seu antecessor suicida fora capaz de chegar até a fachada verde. Mas tive certeza de que, se eu mancasse pela Estrada Velha de Lewiston com velocidade suficiente, essa nova versão teria pouca chance. Talvez conseguisse me seguir até o supermercado Red & White, onde Al comprava a sua carne; mas se eu chegasse ao Chevron do Titus ou ao Alegre Elefante Branco, poderia dar meia-volta e lhe mostrar a língua. Ele estava preso perto da toca de coelho. Caso contrário, eu o teria visto em Dallas. Disso eu tinha tanta certeza quanto de que a gravidade impede a gente de flutuar para o espaço.

Como se quisesse confirmar, ele gritou:

— Jimla, *por favor*! — O desespero que vi no seu rosto era como o vento: tênue, mas de certo modo implacável.

Olhei o trânsito dos dois lados, não vi nada e atravessei a rua até onde ele estava. Quando me aproximei, vi mais duas diferenças. Como o antecessor, ele usava um chapéu fedora, só que limpo em vez de imundo. E, como o antecessor, um cartão colorido saía da faixa do chapéu como um passe de repórter à moda antiga. Só que esse não era amarelo, alaranjado nem preto.

Era verde.

5

— Graças a Deus — disse ele. Pegou uma das minhas mãos nas dele e a apertou. A carne das palmas dele estava quase tão fria quanto o ar. Afastei-me dele, mas com gentileza. Não senti perigo nele, só aquele desespero tênue e insistente. Embora em si isso pudesse ser perigoso; podia ser tão afiado quanto a lâmina da faca que John Clayton usara no rosto de Sadie.

— Quem é você? — perguntei. — E por que me chama de Jimla? Jim LaDue está muito longe daqui, moço.

— Não sei quem é Jim LaDue — disse o Homem do Cartão Verde. — Fiquei afastado da sua corda o máximo...

Ele parou. O rosto se contorceu. O lado das mãos subiu até as têmporas e pressionou ali, como se quisesse manter os miolos lá dentro. Mas foi o cartão preso na faixa do chapéu que mais me atraiu a atenção. A cor não estava inteiramente fixa. Por um instante ela regirou e oscilou, me fazendo lembrar o protetor de tela que toma conta do meu computador depois de uns quinze minutos ocioso. O verde espiralou num amarelo-canário claro. Então, quando ele baixou as mãos devagar, voltou a ser verde. Mas talvez um verde menos vivo do que quando o vi pela primeira vez.

— Fiquei longe da sua corda o máximo possível — disse o homem de sobretudo preto —, mas não foi *totalmente* possível. Além disso, agora há *muitas* cordas. Graças a você e ao seu amigo cozinheiro, há muito *lixo*.

— Não entendo nada disso — disse eu, mas não era bem verdade. Eu conseguia pelo menos imaginar o que era o cartão que esse homem (e o seu antecessor cachaceiro) usava. Era como os crachás usados por quem trabalhava em usinas nucleares. Só que, em vez de medir a radiação, os cartões monitoravam... o quê? A sanidade? Verde, todos os parafusos no lugar. Amarelo, alguns começavam a se soltar. Alaranjado, chamem os homens de branco. E quando o cartão ficava preto...

O Homem do Cartão Verde me observava com atenção. Do outro lado da rua, parecia não ter mais de 30 anos. Ali, parecia mais próximo dos 45. Só que, quando a gente chegava perto a ponto de olhar os olhos dele, parecia mais velho do que as eras e não muito certo da cabeça.

— Você é um tipo de guardião? Toma conta da toca de coelho?

Ele sorriu... ou tentou.

— Era assim que o seu amigo dizia. — Do bolso, ele tirou um maço de cigarros. Não tinha rótulo. Era algo que eu nunca vira, nem na Terra de Antigamente nem na Terra do Depois.

— Essa é a única?

Ele puxou um isqueiro, pôs as mãos em concha para evitar que o vento apagasse a chama e acendeu a ponta do cigarro. O cheiro era doce, mais parecido com maconha do que com tabaco. Mas não era maconha. Embora ele nunca tenha dito, acho que era algo medicinal. Talvez não muito diferente do meu pozinho Goody's contra dor de cabeça.

— Há algumas. Pense num copo de refrigerante largado e esquecido.

— Tudo bem...

— Dois ou três dias depois, todo o gás se foi, mas ainda restam algumas bolhas. O que você chama de toca de coelho não é nenhuma toca. É uma bolha. Quanto a tomar conta... não. Não mesmo. Seria legal, mas há muito pouco que possamos fazer que não piore a situação. Esse é o problema de viajar no tempo, Jimla.

— O meu nome é Jake.

— Ótimo. O que fazemos, Jake, é observar. Às vezes avisamos. Como Kyle tentou avisar o seu amigo cozinheiro.

Então o maluco tinha nome. Um nome perfeitamente normal. Kyle, pelo amor de Deus. Isso piorou a situação, porque os deixou mais reais.

— Ele *nunca* tentou avisar Al! Ele só pedia um dólar para comprar vinho barato!

O Homem do Cartão Verde tragou o cigarro e olhou o concreto rachado, franzindo a testa como se houvesse algo escrito lá. *Chont-HUUCH, chont--HUUCH*, disseram os teares.

— No começo, tentou sim — disse ele. — Do jeito dele. O seu amigo ficou empolgado demais com o mundo novo que encontrara para prestar atenção. E naquela época Kyle já estava cambaleando. É um... como vocês dizem? Um risco ocupacional. O que fazemos provoca enorme pressão mental. Sabe por quê?

Fiz que não.

— Pense um instante. Quantas pequenas explorações e viagens de compras o seu amigo cozinheiro fez *antes* de ter a ideia de ir a Dallas impedir Oswald? Cinquenta? Cem? Duzentas?

Tentei me lembrar de quanto tempo a lanchonete do Al ficara no terreno da fábrica e não consegui.

— Provavelmente até mais do que isso.

— E o que ele lhe disse? Que toda viagem era a primeira vez?

— Isso. Um recomeço do zero.

Ele deu um riso cansado.

— Claro que sim. Todos acreditam no que veem. Ainda assim, ele deveria saber. *Você* deveria saber. Cada viagem cria a sua própria corda, e quando há cordas suficientes, elas se embaralham. Será que passou pela cabeça do seu amigo por que podia comprar a mesma carne várias vezes? Ou por que as coisas que levava de 1958 nunca sumiam quando fazia a viagem seguinte?

— Eu lhe perguntei isso. Ele não sabia, então deixou pra lá.

Ele começou a sorrir, mas o sorriso virou careta. O verde começou a desbotar mais uma vez no cartão preso no chapéu. Ele deu uma tragada profunda no cigarro de cheiro doce. A cor voltou e se firmou.

— É, ignorava o óbvio. É o que todos fazemos. Mesmo depois que a sanidade começou a cambalear, é claro que Kyle sabia que as idas àquela loja de bebidas pioravam a sua situação, mas mesmo assim continuou. Não posso condená-lo; tenho certeza de que o vinho aliviava a dor. Principalmente no final. Toda situação poderia ter sido melhor se ele não conseguisse chegar à loja de bebidas; se ela ficasse fora do círculo, mas não ficava. E, na verdade, quem poderia saber? Não há culpa aqui, Jake. Nenhuma condenação.

Isso era bom de escutar, mas só porque significava que podíamos conversar sobre esse tema lunático como homens quase racionais. Não que os sentimentos dele tivessem muita importância para mim, de qualquer modo; eu ainda tinha de fazer o que tinha de fazer.

— Como você se chama?

— Zack Lang. De Seattle, originalmente.

— Seattle *quando*?

— Essa é uma pergunta sem relevância para a atual discussão.

— Faz mal a você estar aqui, não faz?

— Faz. A minha sanidade não vai durar muito tempo se eu não voltar. E os efeitos residuais ficarão comigo para sempre. Alta taxa de suicídio entre nós, Jake. Altíssima. Os homens — e *somos* homens, não seres sobrenaturais nem de outro planeta, se for o que você está pensando — não são feitos para manter na cabeça múltiplas cordas da realidade. Não é como usar a imaginação. Não tem nada a ver com isso. É claro que temos treinamento, mas ainda dá para sentir essa coisa nos comendo. Como ácido.

— Então cada viagem *não é* um recomeço do zero.

— É e não é. Elas deixam *resíduos*. Toda vez que o seu amigo cozinheiro...

— O nome dele era Al.

— Isso, suponho que eu já sabia, mas a minha memória começou a se desfazer. É como doença de Alzheimer, só que *não é* Alzheimer. É porque o cérebro não consegue conciliar todas essas finas camadas de realidade. As cordas criam imagens múltiplas do futuro. Algumas são nítidas, a maioria é nebulosa. Provavelmente foi por isso que Kyle achou que o seu nome era Jimla. Deve ter escutado esse nome numa das cordas.

Ele não o escutou, pensei. *Ele o viu em algum tipo de Cordorama. Num outdoor no Texas. Talvez até através dos meus olhos.*

— Você não sabe a sorte que tem, Jake. Para você, viajar no tempo é simples.

Nem tão *simples assim*, pensei.

— *Houve* paradoxos — disse eu. — De todo tipo. Não houve?

— Não, esse não é o nome certo. São *resíduos*. Eu não acabei de lhe dizer? — Ele parecia francamente não ter certeza. — Eles engripam a máquina. Finalmente, chega uma hora em que a máquina simplesmente... para.

Pensei no motor que explodira no Studebaker que eu e Sadie roubamos.

— Comprar carne várias vezes em 1958 não era muito ruim — disse Zack Lang. — Ah, provocava problemas mais à frente, mas era suportável. Então começaram as *grandes* mudanças. Salvar Kennedy foi a maior de todas.

Tentei falar e não consegui.

— Está começando a entender?

Não inteiramente, mas dava para ver o contorno geral, que me deixou absolutamente apavorado. O futuro estava nas cordas. Como um títere. Bom Deus.

— O terremoto... Eu o causei *mesmo*. Quando salvei Kennedy, eu... o quê? Rompi o contínuo espaço-tempo? — Isso devia ter soado estúpido, mas não. Soou seriíssimo. A minha cabeça começou a latejar.

— Você precisa voltar agora, Jake. — Ele falava suavemente. — Precisa voltar e ver exatamente o que fez. O que todo o seu trabalho duro e, sem dúvida, bem-intencionado produziu.

Eu não disse nada. Tinha me preocupado com a volta, mas agora também tinha medo. Haverá frase mais agourenta do que *precisa ver exatamente o que fez*? Não consegui pensar em nenhuma.

— Vá. Dê uma olhada. Fique um pouco. Mas só um pouco. Se não for endireitado logo, haverá uma catástrofe.

— De que tamanho?

Ele falou com calma.

— Pode destruir tudo.

— O mundo? O sistema solar? — Tive de encostar a mão na lateral do barracão de secagem para me manter de pé. — A galáxia? O universo?

— Mais do que isso. — Ele fez uma pausa, querendo se assegurar de que eu entendera. O cartão no chapéu espiralou, ficou amarelo, espiralou de volta para o verde. — A própria realidade.

6

Andei até a corrente. A placa que dizia **PASSAGEM PROIBIDA ALÉM DESTE PONTO ATÉ CONSERTO DO CANO DE ESGOTO** guinchava no vento. Olhei de novo para Zack Lang, aquele viajante sabe-se lá de quando. Ele me olhou sem expressão, a bainha do sobretudo preto adejando em torno das canelas.

— Lang! As harmonias! Eu provoquei todas elas. Não foi?

Ele pode ter feito que sim. Não tenho certeza.

O passado combatia a mudança porque ela era destrutiva para o futuro. A mudança criava...

Pensei num antigo anúncio das fitas Memorex. Mostrava um copo de cristal se esfacelando com vibrações sonoras. Por pura harmonia.

— E a cada mudança que eu conseguia fazer, essas harmonias aumentavam. *Esse* é o verdadeiro perigo, não é? A merda dessas harmonias.

Nenhuma resposta. Talvez soubesse e tivesse esquecido; talvez nunca tivesse sabido.

Calma, disse a mim mesmo... como dissera cinco anos antes, quando os primeiros fios grisalhos ainda não tinham aparecido no meu cabelo. *É só ir com calma.*

Passei debaixo da corrente, o joelho esquerdo dando gritinhos, depois parei um segundo com a alta lateral verde do barracão de secagem à minha esquerda. Dessa vez, não havia pedaço de concreto para marcar o lugar onde começava a escada invisível. A que distância da corrente ficava? Não conseguia me lembrar.

Andei devagar, devagar, os sapatos se arrastando no concreto rachado. *Chont-HUUCH, chont-HUUCH*, diziam os teares... e então, quando dei o sexto passo e o sétimo, o som mudou para *muito-LONGE, muito-LONGE*. Dei outro passo. Mais outro. Logo chegaria ao fim do barracão de secagem e estaria no pátio mais além. Sumira. A bolha explodira.

Dei mais um passo e, embora não houvesse degrau, por um instante vi o meu sapato em dupla exposição. Ele estava no concreto, mas também estava num linóleo verde sujo. Dei outro passo e eu era uma dupla exposição. A maior parte do meu corpo estava em pé ao lado do barracão de secagem da fábrica Worumbo no final de novembro de 1963, mas parte minha estava em outro lugar que não era a despensa do Al's Diner.

E se eu não saísse no Maine, nem mesmo na Terra, mas em alguma outra dimensão estranha? Algum lugar com um céu vermelho maluco e um ar que envenenaria os meus pulmões e faria o meu coração parar?

Olhei para trás de novo. Lang estava lá com o casaco açoitado pelo vento. Ainda não havia expressão nenhuma no seu rosto. *Você está por sua conta e risco*, parecia dizer o rosto vazio. *Não posso obrigá-lo a fazer nada.*

Era verdade, mas a menos que eu passasse pela toca de coelho rumo à Terra do Depois, não seria capaz de voltar à Terra de Antigamente. E Sadie ficaria morta para sempre.

Fechei os olhos e consegui dar mais um passo. De repente, senti um leve cheiro de amônia e algum outro mais desagradável. Depois de atravessar o país nos fundos de um monte de ônibus Greyhound, aquele segundo cheiro era inconfundível. Era o aroma nada cativante de um banheiro minúsculo que precisava de muito mais do que aromatizador de ambiente Glade na parede para adoçá-lo.

De olhos fechados, dei mais um passo e ouvi aquele estranho som estalado dentro da cabeça. Abri os olhos. Estava num banheiro pequeno e imundo. Não havia vaso sanitário; fora removido, deixando apenas a sombra suja da base. Um desodorizante velho para mictório, que da cor azul vivo de funcionamento desbotara para um cinza apático, jazia no canto. Formigas marchavam de um lado para o outro em cima dele. O canto onde eu saíra estava fechado por caixas de papelão cheias de garrafas e latas vazias. Lembrou-me o ninho de atirador de Lee.

Empurrei algumas caixas e abri caminho para o pequeno cômodo. Parti para a porta e depois reempilhei as caixas. Não fazia sentido facilitar que alguém tropeçasse na toca de coelho por engano. Então, saí de volta em 2011.

7

Estava escuro na última vez que entrara na toca de coelho, então é claro que estava escuro agora, porque era apenas dois minutos depois. Mas muita coisa mudara naqueles dois minutos. Dava para ver até na escuridão. Em algum momento dos últimos quarenta e oito anos, a fábrica pegara fogo. Só restavam algumas paredes enegrecidas, uma chaminé caída (que me lembrou, inevitavelmente, aquela que eu vira no terreno da Metalúrgica Kitchener, em Derry) e várias pilhas de escombros. Não havia sinal de Your Maine Snuggery, L. L. Bean Express nem nenhuma outra loja chique. Ali estava uma fábrica em ruínas às margens do Androscoggin. Nada mais.

Na noite de junho em que eu partira rumo aos cinco anos da minha missão de salvar Kennedy, a temperatura era agradavelmente amena. Agora estava um calor de rachar. Tirei o casaco forrado de pelo de ovelha que comprara em Auburn e o joguei no banheiro malcheiroso. Quando fechei a porta de novo, vi a placa: **BANHEIRO ENGUIÇADO! SEM VASO!!! CANO DE ESGOTO ROMPIDO!!!**

Presidentes jovens e bonitos morriam e presidentes jovens e bonitos viviam, mulheres jovens e bonitas viviam e depois morriam, mas aparentemente o cano de esgoto rompido debaixo do pátio da antiga fábrica Worumbo era eterno.

A corrente também estava lá. Andei até ela pelo flanco do velho e sujo edifício de cimento que substituíra o barracão de secagem. Quando passei debaixo da corrente e dei a volta até a frente do prédio, vi uma loja de conveniência abandonada chamada Quik-Flash. As vitrines estavam quebradas e todas as prateleiras tinham sido removidas. O lugar era apenas uma casca onde uma luz de emergência, a bateria quase esgotada, zumbia como uma mosca moribunda contra uma vidraça no inverno. Havia pichações pintadas com tinta spray nos restos de assoalho e luz apenas suficiente para ler: SAIA DA CIDADE SEU PAQUISTANÊS FILHO DA MÃE.

Atravessei o concreto quebrado do pátio. O terreno onde antes os operários estacionavam sumira. Nada fora construído ali; era apenas um retângulo vazio cheio de garrafas quebradas, peças de quebra-cabeça de asfalto velho e touceiras inermes de capim cortado. Camisinhas usadas pendiam de algumas como antigas serpentinas. Ergui os olhos para as estrelas e não vi nenhuma. O céu estava coberto de nuvens baixas, finas apenas o suficiente para permitir que um pouco de luar vago se insinuasse. O sinal luminoso do cruzamento da rua Principal com a rodovia 196 (antes conhecida como Estrada Velha de Lewiston) fora substituído em algum momento por um semáforo, mas estava apagado. Tudo bem; não havia tráfego em nenhuma direção.

A Fruit sumira. Havia um buraco de porão onde existira. Do outro lado, onde em 1958 ficava a fachada verde e em 2011 deveria haver um banco, estava algo chamado Cooperativa de Alimentos da Província do Maine. Só que as janelas também estavam quebradas, e toda mercadoria que pudesse haver lá dentro sumira há muito tempo. O lugar estava tão estripado quanto o Quik-Flash.

A meio caminho do cruzamento deserto, um som alto, rasgado e aquoso me deixou paralisado. A única coisa que eu podia imaginar fazendo um barulho daqueles era algum tipo de exótico avião de gelo, derretendo ao romper a barreira do som. O chão debaixo dos meus pés tremeu brevemente. Um alarme de carro arrotou e parou. Cães latiram e depois se calaram, um a um.

Terremoto em Las Angeliis, pensei. *Sete mil mortos.*

Faróis se derramaram pela rodovia 196 e me apressei rumo à outra calçada. O veículo era um onibusinho quadrado com ROTATÓRIA escrito no letreiro iluminado do destino. Isso fez um sino soar baixinho, não sei por quê. Alguma harmonia, suponho. No teto do ônibus havia vários aparelhos giratórios que se pareciam com ventiladores. Turbinas de vento, talvez? Seria possível? Não havia som de motor de combustão, só um leve zumbido elétrico. Observei até o crescente largo da única luz de ré sumir de vista.

Tudo bem, então os motores a gasolina foram eliminados nessa versão do futuro — essa *corda*, para usar o termo de Zack Lang. Isso era bom, não era?

Talvez, mas o ar tinha um jeito pesado e meio morto quando eu o puxava para o pulmão, e havia um tipo de sensação olfativa posterior que me lembrou o cheiro do transformador do meu trem elétrico quando, ainda menino, eu o forçava demais. *Hora de desligar e deixar descansar um pouco*, dizia o meu pai.

Havia algumas lojas na rua Principal que pareciam estar meio funcionando, mas a maioria era um monte de escombros. A calçada estava rachada e cheia de lixo. Vi meia dúzia de carros estacionados, todos híbridos de gasolina e eletricidade ou equipados com os aparelhos giratórios no teto. Um deles era um Honda Zephyr; outro era um Takuro Spirit; um terceiro, um Ford Breeze. Pareciam velhos e alguns tinham sido depredados. Todos tinham adesivos cor-de-rosa no para-brisa com letras pretas grandes o suficiente para ler mesmo na penumbra: **PROVÍNCIA DO MAINE ADESIVO "A" MOSTRE SEMPRE O TALÃO DE RACIONAMENTO**.

Uma gangue de garotos estava à toa no outro lado da rua, rindo e conversando.

— Ei! — gritei para eles. — A biblioteca ainda está aberta?

Eles me olharam. Vi o piscar de vaga-lume dos cigarros... só que o cheiro que me chegou era maconha, quase com certeza.

— Vá se foder! — berrou um deles.

Outro se virou, baixou as calças, me mostrou a bunda.

— Se achar algum livro por lá, é todo seu!

Houve risos generalizados e eles saíram andando, falando em voz baixa e olhando para trás.

Não me importava que me mostrassem a bunda — não era a primeira vez — mas não gostei dos olhares, muito menos da voz baixa. Podia haver algo conspiratório lá. Jake Epping não acreditava muito nisso, mas George Amberson, sim; George passara por poucas e boas, e foi George que se abaixou, pegou dois pedaços de concreto do tamanho de punhos e os enfiou no bolso, só para dar sorte. Jake achou que era bobagem, mas não fez objeção.

Um quarteirão mais acima, o bairro comercial (do jeito que era) acabou de repente. Vi uma mulher idosa andando com pressa e dando olhares nervosos nos garotos, que agora estavam um pouco mais acima, do outro lado da Principal. Ela usava lenço e algo que parecia um respirador, do tipo que gente com doença pulmonar obstrutiva crônica ou enfisema avançado costuma usar.

— A senhora sabe se a biblioteca...

— Me deixe em paz! — Os olhos dela eram arregalados e medrosos. A lua brilhou rapidamente por uma fenda nas nuvens e vi que o rosto dela estava coberto de feridas. A que estava abaixo do olho direito parecia ter comido até o osso. — Tenho documentos que dizem que posso sair, tem selo do Conselho, portanto me deixe em paz! Vou visitar a minha irmã! Aqueles garotos já são bastante ruins, e logo vão começar a aprontar. Se me tocar, toco o zumbidor e um guarda vai aparecer!

De certo modo, duvidei disso.

— Senhora, só quero saber se a biblioteca ainda...

— Está fechada há anos e todos os livros sumiram! Agora fazem Reuniões de Ódio por lá. Me deixe em paz, já disse, senão chamo o guarda!

Ela saiu às pressas, olhando por sobre o ombro de tantos em tantos segundos para se certificar de que eu não ia atrás dela. Deixei que a distância entre nós fosse suficiente para que se sentisse confortável e depois continuei subindo a rua Principal. O meu joelho se recuperava um pouco do esforço de subir escadas no Book Depository, mas eu ainda mancava e mancaria por um bom tempo. Havia luz acesa atrás de cortinas fechadas em algumas casas, mas tive bastante certeza de que não era produzida pela Central Maine Power. Eram lampiões a gás, em alguns casos lampiões de querosene. A maioria das casas estava escura. Algumas eram ruínas carbonizadas. Havia uma suástica nazista numa das ruínas e as palavras RATO JUDEU pintadas com spray em outra.

Aqueles garotos já são bastante ruins, e logo vão começar a aprontar.

E... ela dissera mesmo Reuniões de Ódio?

Diante de uma das poucas casas que pareciam em bom estado — era uma mansão comparada à maioria delas — vi uma vara longa para amarrar cavalos, como nos filmes de faroeste. E cavalos de verdade tinham sido amarrados ali.

Quando o céu clareou em outro daqueles espasmos difusos, vi os círculos de bosta, alguns frescos. A entrada tinha portão. A lua se encobrira de novo e não consegui ler a placa nas barras de ferro, mas não precisava ler para saber que dizia CAIA FORA.

Agora, lá na frente, ouvi alguém enunciar uma única palavra:

— Boceta!

Não soava jovem, como um dos meninos selvagens, e vinha do meu lado da rua, não do deles. O sujeito parecia irritadíssimo. Também parecia falar sozinho. Andei na direção da voz.

— *Filho da puta!* — gritou a voz, exasperada. — Cu de merda!

Ele devia estar um quarteirão mais acima. Antes de chegar lá, ouvi um barulho alto e metálico e a voz masculina gritou:

— Saiam daqui! Seus malditos filhosdaputa de nariz escorrendo! Saiam daqui antes que eu puxe a pistola!

Risos zombeteiros saudaram a frase. Eram os maconheiros aprontadores, e a voz que respondeu pertencia sem dúvida àquele que me mostrara a bunda.

— A única pistola que você tem é a que está aí dentro das calças, e aposto que o cano está bem mole!

Mais risos. Foram seguidos por um alto *spannng* metálico.

— Seus fodidos, vocês quebraram um dos meus raios! — Quando o homem gritou com eles de novo, a voz tinha um quê de medo relutante. — Não, não, fiquem do seu maldito lado!

As nuvens se abriram. A lua espiou. Com a sua luz incerta, vi um velho numa cadeira de rodas. Estava a meio caminho de uma das ruas que cruzavam a Principal — Goddard, se o nome não tivesse mudado. Uma das rodas estava presa num buraco, fazendo a cadeira se inclinar feito bêbada para a esquerda. Os meninos se cruzavam na frente dele. O garoto que mandara eu me foder segurava uma atiradeira com uma pedra de bom tamanho. Isso explicava os barulhos.

— Tem alguma granavelha, vovô? Aliás, tem grananova ou comida em lata?

— Não! Se não têm decência para me tirar desse buraco onde caí, pelo menos vão embora e me deixem em paz!

Mas eles estavam aprontando, e isso não fariam. Iam roubar-lhe a merdinha que por acaso tivesse, talvez surrá-lo, derrubá-lo com certeza.

Jake e George se uniram e ambos se enfureceram.

A atenção dos aprontadores estava fixa no velhote da cadeira de rodas e eles não me viram cruzar em diagonal na direção deles — assim como eu cruzara o sexto andar do School Book Depository. O braço esquerdo ainda não estava muito bom, mas o direito estava ótimo, fortalecido por três meses de fisioterapia, primeiro em Parkland, depois em Eden Fallows. E eu ainda tinha um pouco da pontaria que me fizera ocupar a terceira base no time de beisebol da escola secundária. Lancei o primeiro pedaço de concreto a nove metros de distância e peguei o Homem Bunda no centro do peito. Ele gritou de dor e surpresa. Todos os meninos — eram cinco — se viraram para mim. Quando o fizeram, vi que o rosto deles estava tão desfigurado quanto o da mulher assustada. O que tinha a atiradeira, o jovem Senhor Foda-se, era o pior. Só havia um buraco onde deveria estar o nariz.

Transferi o segundo pedaço de concreto da mão esquerda para a direita e o joguei no garoto mais alto, que usava calças enormes e largas com a cintura puxada até quase o esterno. Ele ergueu o braço para se defender. O concreto o atingiu, derrubando na rua o baseado que segurava. Ele deu uma olhada no meu rosto, girou e saiu correndo. O Homem Bunda o seguiu. Restavam três.

— *Vá pra cima deles, filho!* — guinchou o velho na cadeira de rodas. — *Eles merecem, por Cristo!*

Eu tinha certeza que sim, mas eram mais numerosos e a minha munição acabara. Quando se lida com adolescentes, a única maneira possível de vencer numa situação dessas é não demonstrar medo, só genuína ofensa adulta. A gente simplesmente continua avançando, e foi o que fiz. Com a mão direita, segurei o jovem Senhor Foda-se pela frente da camiseta esfarrapada e, com a esquerda, arranquei a atiradeira da sua mão. Ele me fitou de olhos arregalados e não resistiu.

— Seu titica — disse eu, pondo o rosto bem perto do dele, sem ligar para o nariz que não existia. Ele cheirava a suor, fumaça de baseado e profunda sujeira. — Que titica você tem na cabeça para perseguir um velho numa cadeira de rodas?

— Quem é vo...

— Charlie Fodido Chaplin. Fui à França só pra ver a contradança. Agora caiam fora daqui.

— Me devolva a minha...

Eu sabia o que ele queria e bati com ela no centro da testa dele. Fez uma das feridas sangrar e deve ter doído pra diabo, porque os olhos dele se encheram de lágrimas. Isso me deu nojo e me deixou com pena, mas tentei não demonstrar nenhum dos dois.

— Não vai receber nada, seu titica, a não ser a chance de cair fora daqui antes que eu arranque as bolas inúteis do seu saco doente e enfie as duas no buraco onde ficava o seu nariz. Uma chance só. Aproveite. — Inspirei fundo e berrei na cara dele, num jorro de barulho e cuspe: — *Fora!*

Observei a fuga deles, sentindo vergonha e exultação em partes quase iguais. O velho Jake fora ótimo para aquietar salas de aula turbulentas nas tardes de sexta-feira antes das férias, mas era até aí que ia o seu talento. Mas o novo Jake era meio George. E George passara por poucas e boas.

Detrás de mim veio um forte ataque de tosse. Pensei em Al Templeton. Quando parou, o velho disse:

— Colega, eu mijaria cinco anos de pedras do rim só para ver esses panacas desprezíveis porem sebo nas canelas desse jeito. Não sei quem você é, mas ainda tenho um pouco de Glenfiddich na minha despensa — o verdadeiro — e se você me tirar desse maldito buraco na rua e me empurrar até em casa, divido com você.

A lua sumira de novo, mas quando voltou pelas nuvens esfarrapadas vi o seu rosto. Ele tinha barba branca e comprida e uma cânula enfiada no nariz, mas, mesmo cinco anos depois, não tive dificuldade nenhuma de reconhecer o homem que me pusera nessa confusão.

— Olá, Harry — disse eu.

CAPÍTULO 31

1

Ele ainda morava na rua Goddard. Empurrei-o pela rampa até a varanda, onde ele tirou um molho de chaves assustador. Precisava delas. A porta da frente tinha nada menos do que quatro fechaduras.

— Alugada ou própria?

— Ah, é toda minha — disse ele. — No estado.

— Que bom. — Antes, era alugada.

— Você ainda não me contou como é que sabe o meu nome.

— Primeiro vamos àquele drinque. Acho que estou precisando.

A porta se abriu para uma sala que ocupava toda a metade da frente da casa. Ele me disse ôa, como se eu fosse um cavalo, e acendeu um lampião a gás. Com a luz vi mobília do tipo chamado de "velha mas em condições de uso". Havia um lindo tapete trançado no chão. Nenhum diploma do supletivo de inglês — e, é claro, nenhuma redação emoldurada chamada "O dia que mudou a minha vida" —, mas havia muitos ícones católicos e muitas fotos. Foi sem surpresa que reconheci algumas pessoas. Afinal de contas, eu as conhecera.

— Tranque a porta aí atrás, pode ser?

Eu nos isolei da escura e perturbadora Lisbon Falls e passei os dois ferrolhos.

— O outro ferrolho também, se não se importa.

Girei-o e escutei um pesado *clanque*. Enquanto isso, Harry rodava pela sala e acendia o mesmo tipo de lampião de querosene de manga comprida que eu me lembrava vagamente de ter visto na casa da minha avó Sarie. Era uma luz melhor para a sala do que o lampião a gás, e quando apaguei a sua luz branca e quente, Harry Dunning aprovou com a cabeça.

— Como se chama, senhor? O meu nome o senhor já sabe.

— Jake Epping. Acho que não se lembra desse nome, não é?

Ele pensou um pouco e balançou a cabeça.

— Deveria?

— Provavelmente, não.

Ele estendeu a mão. Tremia de leve com alguma paralisia incipiente.

— Aperto a sua mão mesmo assim. Aquilo poderia ter acabado mal.

Apertei a sua mão alegremente. Olá, novo amigo. Olá, velho amigo.

— Tudo bem, agora que cuidamos daquilo podemos beber de consciência limpa. Vou buscar aquele *single malt*. — Ele partiu para a cozinha, rolando as rodas com braços um pouco trêmulos mas ainda fortes. A cadeira tinha um motorzinho, mas não funcionava ou ele poupava a bateria. Ele me olhou por sobre o ombro. — Você não é perigoso, é? Quer dizer, para mim?

— Para você, não, Harry. — Sorri. — Sou o seu anjo da guarda.

— Isso é esquisito pra caralho — disse ele. — Mas, hoje em dia, o que não é? — Ele entrou na cozinha. Logo, mais luzes brilharam. Luz caseira, amarelo-alaranjada. Aqui, tudo parecia caseiro. Mas lá fora... no mundo...

Que diabos eu fizera exatamente?

2

— A que vamos beber? — perguntei quando estávamos com os copos na mão.

— A tempos melhores do que este. Está bom para o senhor, sr. Epping?

— Muito bom. E me chame de Jake.

Brindamos. Bebemos. Eu não me lembrava da última vez que bebera algo mais forte do que cerveja Lone Star. O uísque parecia mel fervente.

— Sem eletricidade? — perguntei, olhando os lampiões. Ele baixara todos eles, possivelmente para economizar querosene.

Harry fez uma cara azeda.

— Você não é daqui, não é?

Pergunta que já ouvira de Frank Anicetti, na Fruit. Na minha primeiríssima viagem ao passado. Naquela época, mentira. Não queria fazer isso agora.

— Não sei direito como responder, Harry.

Ele deu de ombros.

— Dizem que recebemos energia três dias por semana, e este deveria ser um desses dias, mas a luz caiu por volta das seis da tarde. Acredito na Province Electric como acredito em Papai Noel.

Enquanto pensava nisso, me lembrei dos adesivos nos carros.

— Há quanto tempo o Maine faz parte do Canadá?

Ele me deu um olhar de você-está-maluco-cara, mas pude ver que achava divertido. A estranheza e também a realidade daquilo. Gostaria de saber quando ele conversara de verdade com alguém pela última vez.

— Desde 2005. Alguém bateu na sua cabeça ou o quê?

— Para dizer a verdade, bateu. — Fui até a cadeira de rodas, me apoiei no joelho que ainda se dobrava de boa vontade e sem dor e lhe mostrei o lugar nas costas da cabeça onde o cabelo nunca voltara a crescer. — Levei uma surra e tanto há alguns meses...

— É, vi você mancar quando correu para aqueles garotos.

— ... e agora há muita coisa de que não me lembro.

De repente, o chão tremeu debaixo de nós. A chama dos lampiões de querosene tremulou. As fotos nas paredes chocalharam e um Jesus de gesso de sessenta centímetros de altura, com os braços abertos, fez um passeio irrequieto rumo à borda da prateleira sobre a lareira. Parecia alguém que pensava em suicídio e, dado o atual estado de coisas que eu observara, não lhe tirava a razão.

— Pipoqueira — disse Harry objetivamente quando o tremor passou. — Delas você se lembra, não é?

— Não. — Levantei-me, fui até a lareira e empurrei Jesus de volta para junto da sua Santa Mãe.

— Obrigado. Já perdi metade dos malditos discípulos da prateleira do quarto, e choro por cada um deles. Eram da minha mãe. Pipoqueiras são tremores de terra. Temos vários, mas a maioria dos grandes terremotos acontece no Meio-Oeste ou lá na Califórnia. Na Europa e na China também, é claro.

— O pessoal já está atracando os barcos em Idaho? — Eu ainda estava junto à lareira, agora olhando as fotos emolduradas.

— Ainda não chegou a esse ponto, mas... você sabe que quatro ilhas japonesas sumiram, não sabe?

Olhei-o consternado.

— Não.

— Três eram pequenas, mas Hokaido sumiu também. Afundou no maldito oceano quatro anos atrás, como se estivesse num elevador. Os cientistas dizem que tem algo a ver com a crosta terrestre. — Ele acrescentou objetivamente: — Dizem que, se isso não parar, vai acabar com o planeta por volta de 2080. Então o sistema solar terá *dois* cinturões de asteroides.

Tomei o resto do meu uísque num só gole, e as lágrimas de crocodilo do álcool duplicaram momentaneamente a minha visão. Quando a sala se solidificou de novo, apontei uma foto de Harry com uns 50 anos. Ainda estava na cadeira de rodas, mas parecia forte e saudável, pelo menos da cintura para cima; as calças do terno ondulavam sobre as pernas diminutas. Junto dele estava uma mulher com um vestido rosa que me lembrou o tailleur de Jackie Kennedy em 22/11/63. Recordei a minha mãe dizer que nunca devia chamar de "comum" o rosto de uma mulher que não fosse bonita; segundo ela, melhor seria um "rosto bom". Essa mulher tinha um rosto bom.

— Sua mulher?

— É. Essa foto foi tirada no aniversário de vinte e cinco anos de casados. Ela morreu dois anos depois. Tem muito disso acontecendo. Os políticos vão dizer que as bombas atômicas fizeram isso — vinte e oito ou vinte e nove foram trocadas desde o Inferno de Hanói em 1969... Eles juram até ficarem de cara azul, mas todo mundo sabe que as feridas e o câncer só começaram a piorar mesmo depois que Vermont Yankee pegou a Síndrome da China. Isso aconteceu depois de anos de protestos contra o lugar. "Ah", diziam, "não haverá grandes terremotos em Vermont, não aqui, no Reino de Deus, só os tremorezinhos e as pipoqueiras de sempre". Pois é. Veja só o que aconteceu.

— Está dizendo que um reator explodiu em Vermont?

— Espalhou radiação sobre a Nova Inglaterra inteira e o sul de Quebec.

— Quando?

— Jake, você está gozando com a minha cara?

— Claro que não.

— Dezenove de junho de 1999.

— Sinto muito pela sua esposa.

— Obrigado, filho. Era uma boa mulher. Uma mulher adorável. Não merecia o que lhe aconteceu. — Ele passou o braço devagar por sobre os olhos. — Faz muito tempo que não falo dela, mas também faz muito tempo que não tenho ninguém com quem *conversar*. Posso lhe servir mais um pouco desse suco de alegria?

Ergui os dedos só um pouquinho separados. Não pretendia ficar ali muito tempo; tinha de absorver depressa toda essa história falsificada, toda essa *escuridão*. Tinha muita coisa a fazer e uma das mais importantes era trazer de volta à vida a minha mulher adorável. Isso significaria outro papinho com o Homem do Cartão Verde. Não queria estar calibrado nessa hora, mas mais um pouquinho não faria mal. Eu precisava. As emoções pareciam paralisadas, o que talvez fosse bom, porque a cabeça rodopiava.

— Ficou paralítico na Ofensiva de Tet? — Pensando: *É claro que sim, mas poderia ter sido pior; na última rodada, você morreu.*

Os olhos dele ficaram vazios um instante, depois o rosto clareou.

— Pensando bem, acho que *era* Tet. A gente chamou de o Grande Fode Tudo de Saigon, em 1967. O helicóptero onde eu estava caiu. Tive sorte. A maioria dos que estavam a bordo morreu. Alguns eram diplomatas, outros só garotos.

— Tet de 1967 — disse eu. — Não de 1968.

— Isso mesmo. Você nem devia ter nascido, mas sem dúvida leu a respeito nos livros de História.

— Não.

Deixei que servisse um pouco mais de uísque no meu copo — só o suficiente para cobrir o fundo — e disse:

— Sei que o presidente Kennedy quase foi assassinado em novembro de 1963. Depois disso, não sei mais nada.

Ele balançou a cabeça.

— É a amnésia mais engraçada que já vi.

— Kennedy foi reeleito?

— Contra Goldwater? Pode apostar o cu que foi.

— Ele manteve Johnson como vice?

— Claro. Kennedy precisava do Texas. E conseguiu. O governador Connally trabalhou feito escravo por ele naquela eleição, por mais que desprezasse a Nova Fronteira de Kennedy. Ficou conhecida como Endosso da Vergonha. Por causa do que quase aconteceu em Dallas naquele dia. Tem certeza de que não sabe disso? Nunca aprendeu nada disso na escola?

— Você viveu isso, Harry. Então me conte.

— Não me importo — disse ele. — Puxe uma pedra, filho. Pare de olhar essas fotos. Se não sabe que Kennedy se reelegeu em 1964, claro que não pode conhecer ninguém da minha família.

Ah, Harry, pensei.

3

Quando eu era pequeno — 4, talvez até 3 anos — um tio bêbado me contou a história de Chapeuzinho Vermelho. Não a que está nos livros de contos de fadas comuns, mas a versão proibida para menores, cheia de gritos, sangue e o barulho surdo do machado do lenhador. A minha lembrança de ouvi-la está viva até hoje, mas só alguns detalhes permanecem: os dentes nus do lobo num sorriso faiscante, por exemplo, e a vovó encharcada de sangue renascendo da barriga aberta do lobo. Esse é o meu jeito de dizer que, se está esperando *A concisa história alternativa do mundo contada por Harry Dunning a Jake Epping*, pode esquecer. Não foi apenas o horror de descobrir como tudo dera errado, erradíssimo. Foi a necessidade de voltar e ajeitar a situação.

Mas algumas coisas se destacam. A busca mundial de George Amberson, por exemplo. Nenhuma alegria aí — George sumira tão bem quanto o juiz Crater, aquele famoso, que desaparecera em 1930 e nunca fora encontrado —, mas nos quarenta e oito anos depois da tentativa de assassinato em Dallas, Amberson se tornara um personagem quase mítico. Salvador ou parte da conspiração? Houve verdadeiras convenções para discutir o assunto, e, ao ouvir Harry contar essa parte, foi impossível para mim não pensar em todas as teorias da conspiração que brotaram em torno da versão de Lee que conseguira o que queria. Como sabemos, alunos, o passado se harmoniza.

Kennedy esperava vencer Barry Goldwater com vantagem em 1964, mas venceu por menos de quarenta votos no Congresso, margem que só os fanáticos do Partido Democrata acharam respeitável. No início do segundo mandato, enfureceu as forças armadas e os eleitores de direita ao declarar que o Vietnã do Norte era "um perigo menor para a nossa democracia do que a desigualdade racial nas escolas e cidades". Não retirou inteiramente os soldados americanos, mas eles ficaram restritos a Saigon e a um anel em torno da chamada — surpresa, surpresa — Zona Verde. Em vez de injetar grande quantidade de soldados, o segundo governo Kennedy injetou grande quantidade de dinheiro. Esse é o Jeito Americano.

A grande reforma dos direitos civis da década de 60 nunca aconteceu. Kennedy não era nenhum Lyndon Johnson, que, como vice-presidente, não tinha poderes para ajudá-lo. Os republicanos e os *dixiecratas* postergaram a votação cento e dez dias; um deles chegou a cair morto no chão e virou herói da direita. Quando finalmente cedeu, Kennedy fez uma observação improvisada que o perseguiria até a morte em 1983: "Os Estados Unidos brancos encheram a casa de material combustível; agora ela pegará fogo."

Em seguida, vieram as revoltas raciais. Enquanto Kennedy se preocupava com elas, o exército norte-vietnamita invadiu Saigon — e o homem que me pusera naquilo ficou paralítico numa queda de helicóptero no convés de um porta-aviões americano. A opinião pública começou a ficar muito contrária a JFK.

Um mês depois da queda de Saigon, Martin Luther King foi assassinado em Chicago. O assassino era um agente renegado do FBI chamado Dwight Holly. Antes de ser morto, ele afirmou ter dado o tiro por ordem de Hoover. Chicago se incendiou. E também mais uma dúzia de cidades americanas.

George Wallace foi eleito presidente. Nisso, os terremotos começaram a sério. Wallace não podia fazer nada quanto a eles e decidiu bombardear Chicago para pacificá-la. Harry disse que isso foi em junho de 1969. Um ano depois, o presidente Wallace deu um ultimato a Ho Chi Minh: torne Saigon uma cidade livre como Berlim ou veja Hanói se transformar numa cidade morta como Hiroxima. O tio Ho se recusou. Se achou que Wallace blefava, se enganou. Hanói virou uma nuvem radiativa em 9 de agosto de 1969, vinte e quatro anos depois do dia em que Harry Truman jogou a bomba Fat Man em Nagasaki. O vice-presidente Curtis LeMay encarregou-se pessoalmente da missão. Num discurso ao país, Wallace disse que era a vontade de Deus. A maioria dos americanos concordou. O nível de aprovação de Wallace era alto, mas havia pelo menos um sujeito que não o aprovava. O nome era Arthur Bremer e, em 15 de maio de 1972, matou Wallace com um tiro durante a campanha da reeleição num shopping center de Laurel, no estado de Maryland.

— Com que tipo de arma?

— Acho que foi um revólver 38.

Com certeza. Talvez um Police Special, mas provavelmente um modelo Victory, o mesmo tipo de arma que tirara a vida do policial Tippit em outra corda do tempo.

Foi aí que comecei a perder o fio da meada. Que o pensamento *Tenho de ajeitar isso, ajeitar isso, ajeitar isso* começou a martelar na minha cabeça como um gongo.

Hubert Humphrey se tornou presidente em 1972. Os terremotos aumentaram. A taxa mundial de suicídios disparou. Surgiram fundamentalismos de todo tipo. O terrorismo fomentado por extremistas religiosos prosperou com eles. A Índia e o Paquistão entraram em guerra; floriram mais nuvens em formato de cogumelo. Bombaim nunca virou Mumbai. Virou cinza radiativa num vento canceroso.

O mesmo com Karachi. Só quando a Rússia, a China e os Estados Unidos prometeram bombardear ambos os países até voltarem à Idade da Pedra as hostilidades cessaram.

Em 1976, Humphrey perdeu para Ronald Reagan numa avalanche de costa a costa; o corcunda não venceu nem no seu estado natal de Minnesota.

Duas mil pessoas se suicidaram juntas em Jonestown, na Guiana.

Em novembro de 1979, estudantes iranianos invadiram a embaixada americana em Teerã e fizeram não 66, mas mais de duzentos reféns. Cabeças rolaram na TV iraniana. Reagan aprendera o suficiente no Inferno de Hanói para manter as bombas nucleares nos arsenais e silos de mísseis, mas mandou *beaucoup* soldados. É claro que os reféns restantes foram massacrados e um grupo terrorista emergente que se autointitulava A Base — ou, em árabe, Al-Qaeda — começou a plantar minas em beiras de estrada aqui, ali e acolá.

— O homem sabia discursar como um filho da puta, mas não entendia nada sobre o islamismo militante — disse Harry.

Os Beatles voltaram a se reunir e fizeram um Concerto da Paz. Um terrorista suicida na multidão detonou o colete a matou trezentos espectadores. Paul McCartney ficou cego.

O Oriente Médio explodiu em chamas pouco depois.

A Rússia desmoronou.

Um grupo, provavelmente fanáticos russos linha-dura exilados, começou a vender armas nucleares a grupos terroristas, inclusive à Base.

— Em 1994 — disse Harry com a sua voz seca —, os campos petrolíferos de lá mais pareciam vidro preto. Do tipo que brilha no escuro. Mas, desde então, o terrorismo praticamente se extinguiu. Alguém explodiu uma mala nuclear em Miami dois anos atrás, mas não funcionou muito bem. Quer dizer, ainda vão se passar sessenta ou oitenta anos para alguém poder fazer festa em South Beach, e é claro que o golfo do México virou uma sopa morta, mas só dez mil pessoas morreram de envenenamento por radiação. Mas isso não era mais problema nosso. O Maine votou para se tornar parte do Canadá, e Clinton ficou contente de se livrar de nós.

— Bill Clinton é presidente?

— Céus, não. Ele estava bem cotado para candidato em 2004, mas morreu de enfarte na convenção. A mulher ocupou a vaga. *Ela* é o presidente.

— Está fazendo um bom trabalho?

Harry abanou com a mão.

— Nada mau... mas não dá para governar terremotos. E é isso que vai acabar conosco no final.

Lá em cima, veio de novo aquele som alto, rasgado e aquoso. Ergui os olhos. Harry, não.

— O que foi isso? — perguntei.

— Filho — disse ele —, parece que ninguém sabe. Os cientistas discutem, mas nesse caso acho que os pregadores é que devem ter descoberto. Dizem que é Deus se preparando para rasgar todas as obras das Suas mãos, do mesmo jeito que Sansão derrubou o templo dos filisteus. — Ele tomou o resto do uísque. Um pouco de cor florira nas suas bochechas... que, até onde eu podia ver, estava sem feridas de radiação. — E nisso, acho que podem estar certos.

— Cristo todo-poderoso — disse eu.

Ele me olhou diretamente.

— Ouviu história suficiente, filho?

Suficiente para uma vida inteira.

4

— Tenho de ir — disse eu. — Você vai ficar bem?

— Até não ficar mais. Igual a todo mundo. — Ele me olhou com atenção. — Jake, de onde você caiu? E por que diabos acho que o conheço?

— Talvez porque a gente sempre conhece o nosso anjo da guarda?

— Bobagem.

Eu queria ir embora. Em termos gerais, achei que a minha vida depois do próximo recomeço seria muito mais simples. Mas primeiro, porque esse era um bom homem que sofrera muito nas suas três encarnações, me aproximei de novo da lareira e peguei uma das fotos emolduradas.

— Cuidado com isso — disse Harry, irritado. — É a minha família.

— Eu sei. — Eu a pus nas suas mãos nodosas e manchadas pela idade, uma foto em preto e branco que, pelo jeito levemente desfocado da imagem, fora tirada com uma câmera instantânea Kodak. — Foi o seu pai quem tirou? Pergunto porque só ele não aparece.

Ele me olhou, curioso, depois baixou os olhos para a foto.

— Não — disse ele. — Foi tirada por uma vizinha no verão de 1958. O meu pai e a minha mãe estavam separados nessa época.

Eu me perguntei se a vizinha não seria aquela que eu vira fumando um cigarro enquanto alternava lavar o carro e molhar o cão da família. De certo modo, tinha certeza de que fora. Lá longe, na minha mente, como um som que se ouve subindo de um poço profundo, veio o canto das vozes das puladoras de corda: *o meu pai dirige um sub-ma-ri-no.*

— Ele tinha problemas com bebida. Naquela época isso não era muita coisa, muitos homens bebiam demais e ficavam debaixo do mesmo teto que as esposas, mas ele ficava mau quando bebia.

— Aposto que sim — disse eu.

Ele me olhou de novo, mais atentamente, e sorriu. A maioria dos dentes tinha sumido, mas o sorriso ainda era bastante agradável.

— Duvido que saiba do que está falando. Que idade você tem, Jake?

— Quarenta. — Embora tivesse certeza de que parecia mais velho naquela noite.

— O que significa que nasceu em 1971.

Na verdade fora em 1976, mas não havia como dizer isso sem discutir os cinco anos sumidos que tinham caído pela toca de coelho, como Alice no País das Maravilhas.

— Quase — disse eu. — Aquela foto foi tirada na casa da rua Kossuth. — Falado à moda de Derry: *Cossut*.

Cutuquei Ellen, em pé à esquerda da mãe, pensando na versão adulta com quem falara ao telefone — digamos, Ellen 2.0. Pensando também — era inevitável — em Ellen Dockerty, a versão harmônica que eu conhecera em Jodie.

— Não dá para dizer pela foto, mas ela era ruiva como uma cenoura, não era? Uma Lucille Ball tamanho caçula.

Harry nada disse, só abriu a boca.

— Ela virou comediante? Ou outra coisa? Rádio ou televisão?

— Ela faz um programa como DJ na CBC da província do Maine — disse ele, baixinho. — Mas como...

— Aqui está Troy... e Arthur, também chamado de Tugga... e aqui está você, abraçado pela sua mãe. — Sorri. — Do jeito que Deus planejou. — *Ah, se pudesse ficar assim. Ah, se pudesse.*

— *Eu... você...*

— O seu pai foi assassinado, não foi?

— Foi. — A cânula se desviara do nariz e ele a arrumou, a mão se mexendo devagar, como a mão de um homem que sonha de olhos abertos. — Levou um tiro no cemitério Longview quando punha flores no túmulo dos pais. Alguns meses depois desta foto. A polícia prendeu um homem chamado Bill Turcotte...

Ui. Eu não sabia disso.

— ... mas ele tinha um ótimo álibi e finalmente tiveram de soltá-lo. Nunca pegaram o assassino. — Ele segurou uma das minhas mãos. — Moço... filho... Jake... isso é maluquice, mas... foi você que matou o meu pai?

— Não seja bobo. — Peguei a foto e a pendurei de volta na parede. — Só nasci em 1971, lembra?

5

Andei devagar pela rua Principal de volta à fábrica em ruínas e à abandonada loja de conveniência Quik-Flash que ficava diante dela. Andei de cabeça baixa sem procurar Sem Nariz, Homem Bunda nem o resto do seu alegre bando.

Achei que, se ainda estivessem na vizinhança, ficariam longe de mim. Pensariam que eu era maluco. Provavelmente era.

Somos todos malucos aqui foi o que o Gato de Cheshire dissera a Alice. Depois, sumira. Isto é, a não ser pelo sorriso. Pelo que me lembro, o sorriso ficou mais um pouco.

Agora eu entendia melhor. Não tudo, duvido que até os Homens dos Cartões entendessem tudo (e depois de passarem algum tempo no serviço, não entendiam quase nada), mas isso ainda não me ajudava na decisão que tinha de tomar.

Quando passei debaixo da corrente, algo explodiu a distância. Não me assustou. Imaginei que houvesse muitas explosões agora. Quando todos começam a perder a esperança, tem de haver explosões.

Entrei no banheiro nos fundos da loja de conveniência e quase tropecei no meu casaco de pelo de ovelha. Chutei-o de lado — não precisaria dele aonde ia — e andei devagar até a pilha de caixas que tanto se parecia com o ninho de Lee. Maldita harmonia.

Removi o suficiente delas para chegar ao canto e depois as empilhei com cuidado atrás de mim. Avancei passinho a passinho, pensando mais uma vez no jeito como a gente se sente no alto de uma escada na total escuridão. Mas dessa vez não havia degrau, só aquela duplicação esquisita. Avancei, observei a parte inferior do meu corpo cintilar e fechei os olhos.

Mais um passo. E outro. Agora eu sentia calor nas pernas. Mais dois passos e a luz do sol transformou em vermelho o preto atrás das pálpebras. Dei mais um passo e ouvi o *pop* dentro da cabeça. Quando ele passou, escutei o *chont-HUUCH, chont-HUUCH* dos teares.

Abri os olhos. O fedor do banheiro sujo e abandonado fora substituído pelo fedor de uma fábrica de tecidos funcionando a todo vapor num ano em que a Agência de Proteção Ambiental não existia. Havia cimento rachado sob os pés em vez de linóleo descascado. À minha esquerda, estavam os grandes latões de metal cheios de restos de tecido e cobertos de aniagem. À direita, o barracão de secagem. Eram onze horas e cinquenta e oito minutos da manhã de 9 de setembro de 1958. Harry Dunning era de novo um menininho. Carolyn Poulin estava no quinto ano da LHS, talvez escutando o professor, talvez devaneando sobre algum menino ou sobre a caçada com o pai dali a alguns meses. Sadie Dunhill, ainda não casada com o Sr. Quem Tem Vassoura Tem Tudo, morava na Geórgia. Lee Harvey Oswald estava no mar da China Meridional com a sua unidade dos fuzileiros. E John F. Kennedy era o jovem senador de Massachusetts, tendo sonhos presidenciais.

Eu estava de volta.

6

Andei até a corrente e passei debaixo dela. Do outro lado, fiquei absolutamente imóvel um instante, ensaiando o que faria. Então andei até o fim do barracão de secagem. Depois do canto, encostado à parede, estava o Homem do Cartão Verde. Só que o cartão de Zack Lang não era mais verde. Virara um tom lamacento de ocre, a meio caminho entre verde e amarelo. O sobretudo fora de estação estava empoeirado e o fedora antes elegante tinha um ar surrado, derrotado, até. As bochechas, antes bem-barbeadas, estavam agora por fazer... e alguns pelos eram brancos. Os olhos estavam injetados. Ele ainda não tinha bebido — pelo menos não consegui sentir o cheiro —, mas achei que logo beberia. Afinal de contas, a fachada verde ficava dentro do seu pequeno círculo de operação, e segurar na cabeça todas aquelas cordas do tempo tinha de doer. Passados múltiplos já era bastante ruim, mas somar múltiplos futuros? Qualquer um recorreria à bebida se houvesse bebida disponível.

Eu passara uma hora em 2011. Talvez um pouco mais. Quanto tempo fora para *ele*? Eu não sabia. Eu não *queria* saber.

— Graças a Deus — disse ele... como dissera antes. Mas, quando mais uma vez estendeu as mãos para pegar a minha, recuei. As unhas dele estavam compridas e pretas de sujeira. Os dedos tremiam. Eram as mãos, o casaco, o chapéu e o cartão na faixa do chapéu, de um bebum-em-formação.

— Sabe o que tem de fazer — disse ele.

— Sei o que você *quer* que eu faça.

— Querer não tem nada a ver com isso. Você tem de voltar mais uma vez. Se tudo correr bem, sairá na lanchonete. Logo ela será demolida e, quando isso acontecer, a bolha que provocou toda essa loucura explodirá. É um milagre ter durado tanto tempo. *Você tem de fechar o círculo.*

Ele estendeu as mãos para mim de novo. Dessa vez, fiz mais do que recuar; me virei e corri para o estacionamento. Ele correu atrás de mim. Por causa do meu joelho ruim, foi mais difícil do que poderia ter sido. Dava para escutá-lo logo atrás de mim quando passei pelo Plymouth Fury que era a reprodução do carro que eu vira e desdenhara certa noite no pátio dos Bangalôs Candlewood. Então cheguei ao cruzamento da Principal com a Estrada Velha de Lewiston. Do outro lado, o eterno roqueiro rebelde estava com uma bota apoiada na lateral da Fruit.

Corri pelos trilhos, com medo de que a minha perna ruim me traísse no cascalho, mas foi Lang quem tropeçou e caiu. Eu o escutei gritar — um grasnido desesperado e solitário — e senti por ele um instante de pena. Serviço duro, o dele. Mas não deixei que a pena me desacelerasse. Os imperativos do amor são cruéis.

O ônibus Lewiston Express estava chegando. Dei uma guinada pelo cruzamento e o motorista de ônibus buzinou para mim. Pensei noutro ônibus, lotado de gente que ia ver o presidente. E a senhora do presidente, é claro, aquela com o tailleur rosa. Rosas postas entre eles no banco. Não amarelas, vermelhas.

— *Jimla, volte!*

Estava certo. Afinal de contas, eu era o Jimla, o monstro do pesadelo de Rosette Templeton. Passei mancando pela Kennebec Fruit, agora bem à frente do Homem do Cartão Ocre. Essa era uma corrida que eu venceria. Eu era Jake Epping, professor de escola secundária; eu era George Amberson, candidato a romancista; eu era o Jimla, que punha o mundo inteiro em perigo a cada passo que dava.

Mesmo assim, continuei correndo.

Pensei em Sadie, alta, fresca, linda, e continuei correndo. Sadie, que tinha propensão a acidentes e tropeçaria num homem mau chamado John Clayton. Nele, machucaria mais do que as canelas. *O mundo bem perdido para o amor* — foi Dryden ou Pope?

Parei junto ao posto Chevron do Titus, ofegante. Do outro lado da rua, o beatnik proprietário do Alegre Elefante Branco fumava o seu cachimbo e me observava. O Homem do Cartão Ocre parou na entrada do beco atrás da Kennebec Fruit. Aparentemente, era o máximo aonde podia ir naquela direção.

Ele estendeu as mãos para mim, o que era ruim. Depois, caiu de joelhos e cruzou as mãos diante do corpo, o que era muito pior.

— *Por favor, não faça isso! Você já sabe o custo!*

Eu sabia e ainda assim continuei correndo. Havia uma cabine telefônica na esquina, logo depois da igreja de São José. Fechei-me lá dentro, consultei o catálogo, pus uma moedinha.

Quando o táxi veio, o motorista fumava Luckies e o rádio estava sintonizado na WJAB.

A história se repete.

ANOTAÇÕES FINAIS

30/9/58

Enfiei-me no quarto 7 do Tamarack Motor Court.

Paguei com dinheiro de uma carteira de avestruz que me foi dada por um velho amigo. O dinheiro, como a carne comprada no supermercado Red & White e as camisas compradas na Mason's Menswear, fica. Se cada viagem realmente *fosse* um recomeço do zero, essas coisas não ficariam, mas não é e elas ficam. O dinheiro não era de Al, mas pelo menos o agente Hosty me deixara fugir, o que pode vir a ser uma coisa boa para o mundo.

Ou não. Não sei.

Amanhã será 1º de outubro. Em Derry, os garotos Dunning mal podem esperar o Halloween e já planejam as fantasias. Ellen, aquela gracinha ruiva e bonitinha, planeja ir de Princesa Summerfall Winterspring. Nunca terá a oportunidade. Se eu fosse a Derry hoje, poderia matar Frank Dunning e salvar o Halloween dela, mas não vou. E não vou a Durham salvar Carolyn Poulin da bala perdida de Andy Cullum. A questão é: irei a Jodie? Não posso salvar Kennedy, isso está fora de questão, mas a história futura do mundo seria tão frágil que não permitiria a dois professores da escola secundária se conhecer e se apaixonar? Casar, dançar com músicas dos Beatles como *I Want to Hold Your Hand*, levar vidas irrelevantes?

Não sei, não sei.

Ela pode não querer nada comigo. Não teremos mais 35 e 28 anos; dessa vez, eu terei 42 ou 43. Pareço até mais velho. Mas acredito no amor, sabe; o amor é uma mágica singularmente portátil. Não acho que esteja escrito nas estrelas, mas *acredito* que sangue chama sangue e mente chama mente e coração chama coração.

Sadie dançando o Madison, a cor alta nas faces, rindo. Sadie me dizendo para lamber a sua boca de novo.

Sadie me perguntando se gostaria de entrar e comer bolo quatro quartos. Um homem e uma mulher. É coisa demais a pedir?

Não sei, não sei.

O que fiz aqui, perguntará você, agora que pus de lado as minhas asas de anjo da guarda? Escrevi. Tenho uma caneta-tinteiro — aquela que me foi dada por Mike e Bobbi Jill, você se lembra deles — e subi a rua até um mercado onde comprei dez cartuchos. A tinta é preta, o que combina com o meu estado de espírito. Também comprei duas dúzias de blocos grossos de papel ofício e enchi todos, menos o último. Perto do mercado há uma loja Western Auto, onde comprei uma pá e um baú de aço, do tipo com fechadura de segredo. O custo total das minhas compras foi de 17 dólares e 19 centavos. Esses itens bastam para tornar o mundo escuro e imundo? O que acontecerá com o vendedor cuja rota decretada mudou — apenas pela nossa breve transação — em relação ao que seria sem ela?

Não sei, mas *disso* eu sei: certa vez dei a um jogador de futebol escolar a oportunidade de brilhar como ator e a sua namorada ficou desfigurada. Você pode dizer que não fui responsável, mas sabemos que não é assim, não sabemos? A borboleta abre as suas asas.

Durante três semanas, escrevi o dia inteiro, todos os dias. Doze horas em alguns dias. Quatorze em outros. A caneta correndo, correndo. A minha mão doía. Eu a deixava de molho e escrevia mais um pouco. Em algumas noites fui ao Lisbon Drive-In, onde cobram preço especial para pedestres: trinta centavos. Sentava-me nas cadeiras de armar diante do bar, junto ao parquinho infantil. Assisti novamente a *O mercador de almas*. Assisti a *A ponte do rio Kwai* e *Ao sul do Pacífico*. Assisti ao PROGRAMA DUPLO HORRORÍFICO que consistia de *A mosca* e *A bolha assassina*. E me perguntei o que estava alterando. Se matasse um inseto, me perguntava o que mudaria dali a dez anos. Ou vinte. Ou quarenta.

Não sei, não sei.

Eis outra coisa que *sei*. O passado é obstinado pela mesma razão que o casco da tartaruga é obstinado: porque a carne viva dentro dele é tenra e indefesa.

E mais uma coisa. As múltiplas opções e possibilidades da vida cotidiana são a música conforme a qual dançamos. São como as cordas de um violão. Basta tangê-las para criar um som agradável. Uma harmonia. Mas aí comece a acrescentar cordas. Dez cordas, cem cordas, mil, um milhão. Porque elas se multiplicam! Harry não sabia o que era aquele som rasgado e aquoso, mas tenho quase certeza que sei: era o som de harmonia demais criada por cordas demais.

Cante um dó agudo com voz suficientemente alta e, sem dúvida alguma, conseguirá estilhaçar um fino cristal. Toque no seu aparelho de som os harmônicos agudos certos com volume suficiente e estilhaçará vidraças. Segue-se (pelo menos para mim) que, se pusermos cordas suficientes no instrumento do tempo, podemos estilhaçar a realidade.

Mas o recomeço é *quase* do zero a cada vez. Claro, deixa resíduos. O Homem do Cartão Ocre assim disse e acredito nele. Mas se eu não fizer nenhuma mudança *grande*... se eu não fizer nada além de ir a Jodie e reencontrar Sadie pela primeira vez... se por acaso nos apaixonarmos...

Quero que isso aconteça e acho que provavelmente aconteceria. Sangue chama sangue, coração chama coração. Ela vai querer filhos. E, aliás, eu também. Digo a mim mesmo que um filho a mais ou a menos também não fará diferença. Ou não *muita* diferença. Ou dois. Até três. (Afinal de contas, esta é a Era das Famílias Grandes.) Viveremos discretamente. Não criaremos ondas.

Só que cada filho é uma onda.

Cada respiração nossa é uma onda.

Você tem de voltar uma última vez, disse o Homem do Cartão Ocre. *Você tem de fechar o círculo. Querer não tem nada a ver com isso.*

Posso realmente pensar em pôr o mundo em risco — talvez a própria realidade — pela mulher que amo? Isso faz a insanidade de Lee parecer trivial.

O homem com o cartão enfiado na aba do chapéu espera por mim ao lado do barracão de secagem. Consigo senti-lo lá. Talvez não esteja mandando ondas telepáticas, mas com certeza parece que sim. *Volte. Você não tem de ser o Jimla. Não é tarde demais para ser Jake outra vez. Ser o mocinho, o anjo da guarda. Não importa salvar o presidente; salve o mundo. Faça isso enquanto ainda é tempo.*

É.

Farei.

Provavelmente farei.

Amanhã.

Amanhã será bastante cedo, não será?

1/10/58

Ainda aqui no Tamarack. Ainda escrevendo.

A minha incerteza sobre Clayton é a pior. Era em Clayton que pensava ao atarraxar o último cartucho na minha fiel caneta-tinteiro e é nele que estou pensando agora. Se soubesse que ela estaria a salvo, acho que conseguiria deixá-la em paz. John Clayton ainda aparecerá na casa de Sadie na travessa Bee Tree se eu me subtrair da equação? Talvez nos ver juntos tenha sido o que o fez passar para o outro lado. Mas ele a seguiu até o Texas *antes mesmo* que soubesse de nós, e se o fizer de novo, dessa vez pode cortar a garganta dela em vez do rosto. Deke e eu não estaríamos lá para impedi-lo, com certeza.

Só que talvez ele *soubesse* de nós. Sadie pode ter escrito a alguma amiga em Savannah, que pode ter contado a alguma amiga, e a notícia de que Sadie andava saindo com alguém — alguém que não conhecia os imperativos da vassoura — podia finalmente ter chegado ao ex. Se nada disso acontecesse porque eu não estava lá, Sadie ficaria bem.

A dama ou o tigre?

Não sei, não sei.

O tempo está se transformando em outono.

6/10/58

Fui ao drive-in ontem à noite. Para eles, é o último fim de semana. Na segunda-feira, porão uma placa dizendo FECHADO PARA A TEMPORA-DA e acrescentarão algo como DUAS VEZES MELHOR EM 59! O último programa consistia de dois curtas, um desenho animado do Pernalonga e outro par de filmes de horror, *Macabro* e *Força diabólica*. Ocupei a cadeira de armar de sempre e assisti a *Macabro* sem ver o filme. Estava com frio. Tinha dinheiro para comprar um casaco, mas agora temo comprar muita coisa. Não paro de pensar nas mudanças que poderia provocar.

Quando o primeiro filme terminou, entrei no bar mesmo assim. Queria um café quente. (Pensando *Isso não pode mudar muita coisa*, pensando também *Como é que você sabe?*) Quando saí, só havia na pracinha uma criança que apenas um mês atrás ainda estaria de férias. Era uma menina com uma jaqueta jeans e calça vermelho vivo. Pulava corda. Parecia Rosette Templeton.

— Desci pela rua, a rua tinha lama — cantava ela. — Bati o dedão, o dedão ficou com sangue. Você tá aqui? Conte *um, dois, três, quatro*! O meu amor tem *pé de pato*!

Não consegui ficar. Tremia demais.

Talvez os poetas possam matar o mundo por amor, não sujeitinhos ordinários como eu. Amanhã, supondo que a toca de coelho ainda esteja lá, vou voltar. Mas antes de ir...

Café não foi a única coisa que comprei naquele bar.

7/10/58

O baú de aço da Western Auto está na cama, aberto. A pá está no armário (o que a faxineira pensou, não faço ideia). A tinta do último cartucho está acabando, mas tudo bem; mais duas ou três páginas me levarão ao final. Porei o manuscrito no baú e o enterrarei perto do laguinho onde, certa vez, joguei fora o celular. Vou enterrá-lo bem fundo naquele solo escuro e macio. Talvez algum dia alguém o ache. Talvez seja você. Isto é, se *houver* um futuro e se *houver* você. Isso é algo que logo descobrirei.

Digo a mim mesmo (com esperança, com medo) que as minhas três semanas no Tamarack não podem ter mudado muito; Al passou quatro anos no passado e voltou a um presente intacto... embora eu admita que fiquei curioso sobre a sua possível relação com o holocausto do World Trade Center ou o grande terremoto japonês. Digo a mim mesmo que não há ligação... mas ainda gostaria de saber.

Também tenho de lhe contar que não considero mais 2011 como o presente. Philip Nolan era o Homem Sem Pátria; sou o Homem Sem Referência de Tempo. Desconfio que sempre serei. Mesmo que 2011 ainda exista, serei um estrangeiro de visita.

Ao meu lado na escrivaninha há um cartão-postal com uma foto de carros estacionados diante de uma grande tela. É o único tipo de cartão-postal que vendem no bar do Lisbon Drive-In. Escrevi a mensagem e escrevi o endereço: Sr. Deacon Simmons, Jodie High School, Jodie, Texas. Comecei a escrever Denholm Consolidated High School, mas a JHS só se tornaria DCHS no ano que vem ou no seguinte.

A mensagem diz: *Caro Deke: Quando a sua nova bibliotecária chegar, cuide dela. Ela precisará de um anjo da guarda, principalmente em abril de 1963. Por favor, acredite em mim.*

Não, Jake, ouço o Homem do Cartão Ocre sussurrar. *Se John Clayton tem de matá-la e não a matar, haverá mudanças... e, como você viu com os próprios olhos, as mudanças nunca são para melhor. Por melhores que forem as suas intenções.*

Mas é Sadie!, digo a ele, e, embora nunca tenha sido homem de chorar, agora as lágrimas começam a vir. Elas doem, elas ardem. *É Sadie e eu a amo! Como posso ficar parado se ele pode matá-la?*

A resposta é tão obstinada quanto o próprio passado: *Feche o círculo.*

Assim, rasgo o cartão-postal em pedacinhos, coloco-os no cinzeiro do quarto, ponho fogo neles. Não há alarme contra fumaça para berrar ao mundo o que fiz. Só há o som rascante dos meus soluços. É como se eu a matasse com as minhas próprias mãos. Logo enterrarei o meu baú de aço com o manuscrito dentro e depois voltarei a Lisbon Falls, onde sem dúvida o Homem do Cartão Ocre ficará contentíssimo de me ver. Não chamarei um táxi; pretendo fazer o caminho todo a pé, sob as estrelas. Acho que quero me despedir. Os corações não se partem de verdade. Ah, se pudessem.

Agora não vou a lugar nenhum a não ser a cama, onde deitarei no travesseiro o meu rosto molhado e rezarei a um Deus no qual não consigo acreditar direito para que mande a Sadie um anjo da guarda para que ela viva. E ame. E dance.

Adeus, Sadie.

Você nunca me conheceu, mas amo você, querida.

CIDADÃO DO SÉCULO (2012)

1

Imagino que agora o Lar do Famoso Gordobúrguer se foi, substituído por uma L. L. Bean Express, mas não sei com certeza; é algo que nunca me dei ao trabalho de verificar na internet. Só sei é que ainda estava lá quando voltei de todas as minhas aventuras. E o mundo em volta também.

Pelo menos até agora.

Não sei nada sobre o Bean Express porque aquele foi o meu último dia em Lisbon Falls. Voltei à minha casa em Sabattus, recuperei o sono, depois fiz duas malas, peguei o meu gato e fui para o Sul. Parei para abastecer numa cidadezinha de Massachusetts chamada Westborough e decidi que parecia suficientemente boa para um homem sem esperanças nem expectativas específicas na vida.

Passei aquela primeira noite no Westborough Hampton Inn. Havia Wi-Fi. Acessei a internet — o coração batendo com tanta força que fez pontinhos voarem pelo meu campo de visão — e entrei no site do *Morning News*, de Dallas. Depois de digitar o número do meu cartão de crédito (processo que exigiu várias tentativas por causa dos dedos trêmulos), consegui acessar os arquivos. A história de um agressor desconhecido que dera um tiro em Edwin Walker estava lá, em 11 de abril de 1963, mas nada sobre Sadie em 12 de abril. Nada na semana seguinte, nem na que veio depois. Continuei caçando.

Encontrei a reportagem que procurava no número de 30 de abril.

2

DOENTE MENTAL FERE EX-ESPOSA E SE MATA
Ernie Calvert

(JODIE) Deacon "Deke" Simmons, de 77 anos, e Ellen Dockerty, diretora do distrito escolar consolidado de Denholm, chegaram tarde demais na noite de domingo para evitar que Sadie Dunhill fosse gravemente ferida, mas a situação poderia ter ficado muito pior para a conhecida bibliotecária da escola, de 28 anos.

De acordo com Douglas Reems, policial de Jodie, "se Deke e Ellie não chegassem quando chegaram, é quase certo que a srta. Dunhill seria assassinada".

Os dois educadores levavam um timbale de atum e um pudim de pão. Nenhum dos dois quis falar sobre a intervenção heroica. Simmons só declarou: "Gostaria que tivéssemos chegado lá mais cedo."

De acordo com o policial Reems, Simmons dominou John Clayton, de Savannah, Geórgia, muito mais jovem, depois que a srta. Dockerty lhe jogou o timbale e o distraiu. Simmons lhe arrancou um revólver pequeno. Clayton, então, puxou a faca com que ferira o rosto da ex-esposa e a usou para cortar a própria garganta. Simmons e a srta. Dockerty tentaram impedir a hemorragia, mas não conseguiram. Clayton foi declarado morto no local.

A srta. Dockerty disse ao policial Reems que Clayton devia estar perseguindo a ex-mulher havia meses. O pessoal da Denholm Consolidated fora avisado de que o ex-marido da srta. Dunhill podia ser perigoso e a própria srta. Dunhill entregara uma fotografia de Clayton, mas a diretora Dockerty afirmou que ele disfarçara a aparência.

A srta. Dunhill foi levada de ambulância para o Parkland Memorial Hospital, em Dunhill, onde o seu estado foi considerado estável.

3

Nunca homem de chorar, esse sou eu, mas compensei naquela noite. Naquela noite chorei até adormecer e, pela primeira vez em muitíssimo tempo, o meu sono foi profundo e restaurador.

Viva.

Ela estava viva.

Marcada para a vida inteira — ah, claro, sem dúvida — mas viva. Viva, viva, viva.

4

O mundo ainda estava lá e ainda se harmonizava... ou talvez eu *fizesse* com que se harmonizasse. Quando nós mesmos fazemos essa harmonia, acho que a chamamos de hábito. Arranjei emprego de professor-substituto no sistema escolar de Westborough, depois passei para o horário integral. Não me surpreendi ao ver que o diretor da escola secundária local era um maluco por futebol americano chamado Borman... como um certo treinador alegre que eu conhecera em outro lugar. Mantive contato com os velhos amigos de Lisbon Falls por algum tempo, depois não mais. *C'est la vie.*

Verifiquei novamente os arquivos do *Morning News* de Dallas e descobri uma notinha no número de 29 de maio de 1963: BIBLIOTECÁRIA DE JODIE SAI DO HOSPITAL. Era curta e pouquíssimo informativa. Nada sobre o seu estado, nada sobre os seus planos futuros. E nenhuma foto. Notinhas enterradas na página 20, entre anúncios de mobília barata e oportunidade de vendas de porta em porta, nunca têm foto. É um dos grandes truísmos da vida, assim como o telefone que sempre toca quando a gente está sentado no vaso ou tomando banho.

No ano seguinte à minha volta à Terra de Agora, houve alguns sites e alguns temas de busca dos quais mantive distância. Fiquei tentado? É claro. Mas a rede é uma espada de dois gumes. Para cada consolo que achamos — como descobrir que a mulher que amamos sobreviveu ao ex-marido maluco — há duas com poder de ferir. Quem procura notícias de um certo alguém pode descobrir que aquele alguém morreu num acidente. Ou de câncer de pulmão por fumar demais. Ou se suicidou, no caso desse alguém específico mais provavelmente com uma combinação de bebida e soníferos.

Sadie sozinha, sem ninguém para acordá-la a tapa e colocá-la no chuveiro frio. Se isso acontecera, eu não queria saber.

Usei a internet para preparar as minhas aulas, usei-a para verificar os novos filmes e, uma ou duas vezes por semana, para assistir aos mais recentes vídeos virais. O que não fiz foi procurar notícias de Sadie.

Supus que, se Jodie tivesse jornal, eu talvez ficasse ainda mais tentado, mas não tinha na época e com certeza não tinha agora, quando aquela mesma internet estrangulava aos poucos a mídia impressa. Além disso, há um velho ditado: *não olheis pela fechadura para não vos envergonhardes.* Será que já houve na história humana um buraco de fechadura maior do que a internet?

Ela sobreviveu a Clayton. Seria melhor, disse a mim mesmo, deixar que o meu conhecimento sobre Sadie terminasse aí.

5

Poderia ter terminado caso eu não recebesse a transferência de uma aluna para a minha turma de inglês avançado. Isso foi em abril de 2012; pode ter sido até em 10 de abril, quadragésimo nono aniversário da tentativa de assassinato de Edwin Walker. O nome dela era Erin Tolliver e a família se mudara para Westborough vinda de Kileen, no Texas.

Esse nome eu conhecia bem. Kileen, onde eu comprara camisinhas de um farmacêutico com um horrível sorriso sabido. *Não faça nada contra a lei, filho*, me aconselhara. Kileen, onde Sadie e eu tínhamos passado muitas noites doces nos Bangalôs Candlewood.

Kileen, que tivera um jornal chamado *The Weekly Gazette*.

Durante a segunda semana de aula dela — nisso a minha aluna nova do curso avançado fizera várias novas amigas, fascinara vários garotos e se acomodava otimamente —, perguntei a Erin se *The Weekly Gazette* ainda era publicado. O rosto dela se iluminou.

— Já esteve em Kileen, sr. Epping?

— Estive lá muito tempo atrás — respondi... numa declaração que não faria a agulha de um detector de mentiras se mover nem um pouquinho.

— Ainda existe. Mamãe costumava dizer que só o comprava para embrulhar peixe.

— Ainda há a coluna "Fatos de Jodie"?

— Há uma coluna de "Fatos" para cada cidadezinha ao sul de Dallas — disse Erin com uma risadinha. — Aposto que o senhor consegue encontrá-lo na internet se quiser, sr. Epping. *Tudo* está na internet.

Ela estava certíssima quanto a isso e me segurei exatamente uma semana. Às vezes, o buraco da fechadura é tentador demais.

6

A minha intenção era simples: eu visitaria o arquivo (supondo que *The Weekly Gazette* o tivesse) e procuraria o nome de Sadie. Era contra o bom senso, mas, sem querer, Erin Tolliver remexera sentimentos que tinham começado a se acomodar e eu sabia que não conseguiria descansar de novo a menos que verificasse. Na verdade, o arquivo foi desnecessário. Encontrei o que procurava não na coluna "Fatos de Jodie", mas na primeira página do número atual.

JODIE ELEGE "CIDADÃ DO SÉCULO" NA COMEMORAÇÃO DO CENTENÁRIO EM JULHO, dizia a manchete. E a foto debaixo da manchete... ela estava com 80 anos, mas alguns rostos a gente não esquece. O fotógrafo pode ter sugerido que ela virasse a cabeça para esconder o lado esquerdo, mas Sadie olhava a câmera de frente. E por que não? Agora a cicatriz era velha, o ferimento causado por um homem com muitos anos no túmulo. Achei que dava caráter ao rosto dela, mas é claro que eu era tendencioso. Para olhos amorosos, até cicatrizes de varíola são bonitas.

No final de junho, quando as aulas acabaram, fiz a mala e parti de novo para o Texas.

7

Crepúsculo de uma noite de verão na cidade de Jodie, no Texas. Está um pouco maior do que era em 1963, mas não muito. Há uma fábrica de caixas na parte da cidade onde Sadie Dunhill morava antigamente, na travessa Bee Tree. A barbearia fechou e o posto de gasolina Cities Service onde certa vez abasteci o meu Sunliner hoje é um 7-Eleven. Há um Subway onde Al Stevens vendia Prongbúrgueres e Fritas Mesquita.

Os discursos em comemoração ao centenário de Jodie terminaram. O da mulher escolhida Cidadã do Século pela Sociedade Histórica e pela Câmara Municipal foi encantadoramente curto; o do prefeito, verborrágico mas informativo. Soube que Sadie cumprira um mandato como prefeita e quatro mandatos como deputada estadual no Texas, mas isso foi só o começo. Houve o seu trabalho de caridade, o esforço incansável para melhorar a qualidade da educação na DCHS e o ano sabático para trabalhar como voluntária em Nova Orleans depois do Katrina. Houve o programa da Biblioteca Estadual do Texas para estudantes cegos, uma campanha para melhorar os serviços hospitalares para veteranos e o esforço incansável (e constante, mesmo aos 80 anos) para oferecer melhor serviço estadual aos indigentes mentalmente enfermos. Em 1996, ofereceram-lhe a oportunidade de concorrer ao Congresso americano, mas ela recusou, dizendo que tinha muito a fazer na sua comunidade.

Nunca voltou a se casar. Nunca saiu de Jodie. Ainda é alta, o corpo não curvado pela osteoporose. E ainda é bonita, o cabelo branco e comprido descendo pelas costas quase até a cintura.

Agora os discursos terminaram e a rua Principal foi fechada. Uma faixa em cada ponta dos dois quarteirões do setor comercial proclama:

BAILE DE RUA DAS SETE À MEIA-NOITE!
VENHAM TODOS!

Sadie está cercada de gente que quer cumprimentá-la — alguns dos quais acho que ainda reconheço — e ando até a plataforma do DJ, na frente de onde havia uma Western Auto e hoje há uma Walgreens. O sujeito que mexe com discos e CDs é um sessentão de cabelo ralo e grisalho com uma pança considerável, mas eu reconheceria aqueles óculos quadrados de aro rosa em qualquer lugar.

— Olá, Donald — disse eu. — Vejo que você continua mandando bem no som.

Donald Bellingham ergue os olhos e sorri.

— Nunca saio de casa sem ele. Eu o conheço?

— Não — respondo —, a minha mãe. Em sessenta e poucos ela esteve num baile animado por você. Disse que você furtava os discos de big bands do seu pai.

Ele sorri.

— É, levei muita bronca por causa disso. Quem era a sua mãe?

— Andrea Robertson — respondo, escolhendo um nome ao acaso. Andrea era a minha melhor aluna do segundo período de Literatura Americana.

— Claro, me lembro dela. — O sorriso vago diz que não.

— Acho que você ainda não tem nenhum daqueles discos velhos, não é?

— Céus, não, há muito tempo. Mas tenho todo tipo de coisa das big bands em CD. Estou achando que vem um pedido por aí...

— Na verdade, vem mesmo. Mas é meio especial.

Ele ri.

— Todos são.

Digo-lhe o que quero, e Donald, ansioso como sempre para agradar, concorda. Quando volto na direção do fim do quarteirão, onde a mulher que vim ver é servida de ponche pelo prefeito, Donald me chama.

— Não sei o seu nome.

— Amberson — lhe digo por sobre o ombro. — George Amberson.

— E quer às oito e quinze?

— Em ponto. O tempo é a essência, Donald. Vamos torcer para que coopere.

Cinco minutos depois, Donald Bellingham põe fogo em Jodie com *At the Hop* e os dançarinos enchem a rua sob o pôr do sol do Texas.

8

Às oito e dez, Donald toca uma música lenta de Alan Jackson para que até os adultos possam dançar. Sadie fica sozinha pela primeira vez desde que os discursos terminaram, e me aproximo dela. O meu coração bate tão forte que parece sacudir o meu corpo inteiro.

— Srta. Dunhill?

Ela se vira, sorrindo e olhando um pouco para cima. Ela é alta, mas sou mais alto. Sempre fui.

— Sim?

— Eu me chamo George Amberson. Quero lhe dizer que admiro muito a senhora e todo o bom trabalho que tem feito.

O sorriso dela fica um pouco mais curioso.

— Obrigada, senhor. Não o reconheço, mas o nome me parece familiar. O senhor é de Jodie?

Não posso mais viajar no tempo e com certeza não leio pensamentos, mas mesmo assim sei o que ela está pensando. *Escuto esse nome nos meus sonhos.*

— Sou e não sou. — E, antes que ela possa investigar mais: — Posso lhe perguntar o que despertou o seu interesse pelo serviço público?

O sorriso dela agora é apenas um fantasma que se demora nos cantos da boca.

— E o senhor quer saber por quê?

— Foi o assassinato? O assassinato de Kennedy?

— Ora... Acho que foi, de certo modo. Gosto de achar que eu me envolveria no grande mundo lá de fora de qualquer maneira, mas acho que começou ali. Deixou essa parte do Texas com... — A mão esquerda dela se ergue involuntariamente na direção do rosto e cai de novo. — ... uma cicatriz e tanto. Sr. Amberson, de onde o conheço? Porque eu o *conheço*, disso tenho certeza.

— Posso lhe fazer outra pergunta?

Ela me olha com perplexidade crescente. Dou uma espiada no relógio. Oito e quatorze. Quase na hora. A menos que Donald esqueça, é claro... e acho que não esquecerá. Para citar alguma velha canção dos anos cinquenta, algumas coisas têm de acontecer.

— O baile de maria cebola, lá em 1961. Quem a ajudou quando a mãe do treinador Borman quebrou a bacia? A senhora se lembra?

A boca de Sadie se abre e se fecha devagar. O prefeito e a esposa se aproximam, nos veem em profunda conversação e se afastam. Estamos aqui na nossa pequena cápsula pessoal: só Jake e Sadie. Do jeito que foi há muito, muito tempo.

— Don Haggarty — diz ela. — Foi como organizar um baile com o idiota da aldeia. Sr. Amberson...

Mas, antes que ela termine, Donald Bellingham fala pelos oito alto-falantes, bem na hora:

— Tudo bem, Jodie, eis um sucesso do passado, sumido das rádios mas não do coração, só o melhor e a pedido!

Então lá vem, aquela suave introdução dos metais de uma banda há muito sumida:

Bá-dá-dá... bá-dá-da-di-dum...

— Ai, meu Deus, *In the Mood* — diz Sadie. — Eu dançava o *lindy* com essa música.

Estendo a mão.

— Venha. Vamos dançar.

Ela ri, balançando a cabeça.

— Os meus dias de swing ficaram muito para trás, sr. Amberson.

— Mas a senhora não é velha demais para valsar. Como Donald costumava dizer antigamente: "Fora do assento, pés ao vento." E me chame de George. Por favor.

Na rua, casais dançam o jitterbug. Alguns até tentam o *lindy-hop*, mas nenhum consegue dançar o swing do jeito que Sadie e eu dançávamos naquela época. Não chegam nem perto.

Ela pega a minha mão como uma mulher num sonho. Ela *está* num sonho, eu também. Como todos os sonhos doces, será breve... mas a brevidade *cria* doçura, não é? É, acho que sim. Porque quando o tempo passa, a gente nunca o recupera.

Luzes festivas pendem sobre a rua, amarelas, vermelhas e verdes. Sadie tropeça na cadeira de alguém, mas estou preparado e a seguro facilmente pelo braço.

— Desculpe, sou desastrada — diz ela.

— Sempre foi, Sadie. Uma das suas características mais encantadoras.

Antes que ela pergunte alguma coisa, passo o braço pela cintura dela. Ela passa o dela pela minha, ainda erguendo os olhos para mim. As luzes patinam pelo seu rosto e brilham nos seus olhos. Nos damos as mãos, os dedos se cruzando naturalmente, e para mim os anos caem como um casaco pesado e apertado demais. Naquele momento, torço por uma coisa mais do que tudo: que ela não estivesse ocupada demais para encontrar pelo menos um bom homem, um que descartasse de uma vez por todas a merda da vassoura de John Clayton.

Ela fala com voz quase baixa demais para ser ouvida acima da música, mas a escuto — sempre escutei.

— Quem *é* você, George?

— Alguém que você conheceu em outra vida, querida.

Então a música nos leva, a música manda os anos embora, e dançamos.

2 de janeiro de 2009 — 18 de dezembro de 2010
Sarasota, Flórida
Lovell, Maine

POSFÁCIO

Meio século se passou desde que John Kennedy foi assassinado em Dallas, mas duas perguntas permanecem: foi realmente Lee Oswald quem puxou o gatilho e, se foi, agiu sozinho? Nada do que escrevi em *22/11/63* responderá a essas perguntas, porque a viagem no tempo é apenas um faz de conta interessante. Mas se você, como eu, gostaria de saber por que essas perguntas permanecem, acho que posso lhe dar uma resposta satisfatória em duas palavras: Karen Carlin. Não apenas uma nota de rodapé da história, mas a nota de rodapé de uma nota de rodapé. Ainda assim...

Jack Ruby possuía uma boate de striptease em Dallas chamada Carousel Club. Carlin, cujo *nom du burlesque* era Little Lynn, dançava lá. Na noite seguinte ao assassinato, Ruby recebeu um telefonema da srta. Carlin, a quem faltavam 25 dólares para completar o aluguel de dezembro e que precisava desesperadamente de um empréstimo para não ser despejada. Ele ajudaria?

Jack Ruby, que tinha outras coisas em que pensar, lhe mostrou o seu lado grosseiro (na verdade, parece que era o único lado de Sparky Jack, o Jack Faiscante de Dallas, parecia ter). Ele ficou consternado porque o presidente que reverenciava fora morto na sua cidade natal e comentou várias vezes com amigos e parentes como isso era terrível para a sra. Kennedy e os filhos. Ruby ficou tristíssimo com a ideia de Jackie ter de retornar a Dallas para o julgamento de Oswald. A viúva se tornaria um espetáculo nacional, disse. O seu pesar seria usado para vender tabloides.

A menos, é claro, que Lee Oswald sofresse um caso grave de morte.

No Departamento de Polícia de Dallas, todos conheciam Jack, pelo menos de leve. Ele e a "esposa" — era como ele chamava Sheba, a pequena dachshund — eram visitantes frequentes do DPD. Ele distribuía entradas grátis das suas boates e, quando os policiais apareciam por lá, servia-lhes drinques grátis. Assim, ninguém lhe deu muita atenção quando ele apareceu na delegacia no sábado, 23 de novembro. Quando Oswald foi apresentado à imprensa, proclamou a sua inocência e exibiu o olho roxo, Ruby estava lá. Tinha uma arma (é, outro 38, esse um Colt Cobra) e pretendia realmente matar Oswald com ele. Mas a sala estava lotada; Ruby foi empurrado para os fundos; então, Oswald sumiu.

E Jack Ruby desistiu.

No final da manhã de domingo, ele foi à agência da Western Union a cerca de um quarteirão do DPD e mandou a "Little Lynn" uma ordem de pagamento de 25 dólares. Depois, andou até a delegacia. Achava que Oswald já tinha sido transferido para a Penitenciária do Condado de Dallas e se surpreendeu ao ver uma multidão reunida na frente. Havia repórteres, camionetes de noticiários e os embasbacados de sempre. A transferência não acontecera na hora marcada.

Ruby estava armado e se esgueirou até a garagem da polícia. Nenhum problema nisso. Alguns policiais chegaram a dizer oi e Ruby respondeu com oi. Oswald ainda estava lá em cima. Na última hora, pedira aos carcereiros para vestir um suéter porque a camisa estava furada. O atraso para pegar o suéter foi de menos de três minutos, mas bastou; a vida muda de repente. Ruby deu um tiro no abdome de Oswald. Quando uma pilha de policiais caiu em cima de Sparky Jack, ele conseguiu gritar: "Ei, gente, sou Jack Ruby! Vocês todos me conhecem!"

O assassino morreu no Hospital Parkland pouco depois, sem dar declaração. Graças a uma stripper que precisava de 25 pratas e de um exibicionista que queria vestir um suéter, Oswald nunca foi julgado pelo seu crime e nunca teve oportunidade de confessar. A sua última declaração sobre o seu papel nos fatos de 22/11/63 foi "sou um bode expiatório". As discussões resultantes sobre a verdade ou não do que dizia não pararam mais.

No início do romance, Al, o amigo de Jake Epping, calcula em 95 por cento a probabilidade de Oswald ter sido um atirador solitário. Depois de ler uma pilha quase da minha altura de livros e artigos sobre o assunto, eu calcularia a probabilidade em 98 por cento, talvez até 99 por cento. Afinal, todos os relatos, inclusive os escritos por teóricos da conspiração, contam a mesma história americana simples: ali estava um perigoso viciadinho em fama que se viu no lugar certo para ter sorte. Era pequena a probabilidade de acontecer exatinho como aconteceu? Era. A probabilidade de ganhar na loteria também é, mas todo dia alguém ganha um prêmio.

Provavelmente as fontes mais úteis que li na preparação para escrever este romance tenham sido *Case Closed*, de Gerald Posner; *Legend*, de Edward Jay Epstein (maluquices tipo Robert Ludlum, mas divertidas); *A história de Lee Oswald*, de Norman Mailer; e *Mrs. Paine's Garage*, de Thomas Mallon. Este último traz uma análise brilhante dos teóricos da conspiração e da sua necessidade de encontrar ordem num fato que foi quase aleatório. O de Mailer também é extraordinário. Ele diz que entrou no projeto (que inclui entrevistas extensas com russos que conheceram Lee e Marina em Minsk) acreditando que Oswald fora vítima de uma conspiração, mas no final passou a acreditar, com relutância, que a velha e enfadonha Comissão Warren estava certa: Oswald agiu sozinho.

É dificílimo para uma pessoa sensata acreditar em outra coisa. A Navalha de Occam: a explicação mais simples geralmente está certa.

Também fiquei profundamente impressionado — e comovido, e abalado — ao reler *Morte de um presidente*, de William Manchester. Ele está erradíssimo sobre algumas coisas, é dado a voos de prosa rocambolesca (por exemplo, diz que Marina Oswald tinha "olhos de lince"), a sua análise dos motivos de Oswald é superficial e hostil, mas a obra imensa, publicada apenas quatro anos depois daquela terrível hora do almoço em Dallas, é a mais próxima da época do assassinato, escrita quando a maioria dos participantes ainda estava viva e as suas lembranças, ainda nítidas. Armado com a aprovação condicional de Jacqueline Kennedy ao projeto, todos falaram com Manchester, e, embora o seu relato do que aconteceu depois seja inchado, a narrativa dos fatos de 22/11 é arrepiante e viva, um filme de Zapruder em palavras.

Bom... *quase* todo mundo falou com ele. Marina Oswald não falou e o consequente tratamento duro que Manchester lhe dá pode ter algo a ver com isso. Marina (ainda viva enquanto escrevo) estava de olho na sua grande oportunidade depois do ato covarde do marido, e quem poderia condená-la? Os que quiserem ler as suas lembranças as encontrarão em *Marina and Lee*, de Priscilla Johnson McMillan. Confio pouquíssimo no que ela diz (a menos que corroborada por outras fontes), mas louvo — com certa relutância, é verdade — a sua capacidade de sobrevivência.

Tentei escrever esse livro pela primeira vez lá em 1972. Abandonei o projeto porque a pesquisa que envolveria parecia assustadora demais para um homem que dava aulas em horário integral. Houve outra razão: mesmo nove anos depois do fato, a ferida ainda estava fresca demais. Fico contente de ter esperado. Quando finalmente decidi ir em frente, foi natural para mim pedir ajuda ao meu velho amigo Russ Dorr na pesquisa. Ele foi um sistema de apoio esplêndido para outro livro longo, *Sob a redoma*, e mais uma vez esteve à altura da situação. Escrevo este posfácio cercado de um monte de material de pesquisa, dos quais os mais valiosos são os vídeos que Russ fez durante as nossas exaustivas (e cansativas) viagens a Dallas e a pilha de trinta centímetros de e-mails que chegaram em resposta às minhas perguntas sobre tudo, da Série Mundial de 1958 aos aparelhos de escuta de meados do século. Foi Russ que localizou a casa de Edwin Walker, que por acaso estava na rota da carreata de

22/11 (o passado se harmoniza), e foi Russ que, depois de muito procurar em vários arquivos de Dallas, encontrou o provável endereço em 1963 daquele homem peculiaríssimo, George de Mohrenschildt. E, aliás, onde *estava* exatamente o sr. Mohrenschildt na noite de 10 de abril de 1963? Provavelmente não no Carousel Club; mas, se tinha um álibi para a tentativa de assassinato do general, não consegui encontrá-lo.

Detesto entediar o leitor com o meu discurso de Oscar — fico irritadíssimo com escritores que fazem isso —, mas mesmo assim preciso tirar o chapéu para algumas outras pessoas. O Grande Número Um é Gary Mack, curador do Museu do Sexto Andar, em Dallas. Ele respondeu a bilhões de perguntas, às vezes duas ou três vezes até que a informação entrasse na minha cabeça-dura. A visita ao Texas School Book Depository foi uma triste necessidade que ele aliviou com o seu humor considerável e o conhecimento enciclopédico.

Também tenho de agradecer a Nicola Longford, diretor-executivo do Museu do Sexto Andar, e a Megan Bryant, diretora de coleções e propriedade intelectual. Brian Collins e Rachel Howell trabalham no Departamento de História da Biblioteca Pública de Dallas e me deram acesso a filmes antigos (alguns muito hilariantes) que mostram como era a cidade entre 1960 e 1963. Susan Richards, pesquisadora da Sociedade Histórica de Dallas, também contribuiu, assim como Amy Brumfield, David Reynolds e a equipe do Adolphus Hotel. Martin Nobles, antigo morador de Dallas, carregou Russ e mim pela cidade. Ele nos levou ao Texas Theatre, hoje fechado mas ainda em pé, onde Oswald foi capturado, à antiga residência de Edwin Walker, à avenida Greenville (não tão horrível quanto já foi o bairro de bares e bordéis de Fort Worth) e à rua Mercedes, onde o 2.703 não existe mais. A casa realmente foi derrubada por um tornado... embora não em 1963. E mais uma tirada de chapéu para Mike "Silent Mike" McEachern que doou o seu nome com propósitos caritativos.

Quero agradecer a Doris Kearns Goodwin e ao marido Dick Goodwin, ex-ajudante de ordens de Kennedy, por responder às minhas perguntas sobre o que de pior poderia acontecer caso o presidente sobrevivesse. George Wallace como 37º presidente foi ideia deles... mas quanto mais pensava nisso, mais plausível ficava. O romancista Joe Hill, meu filho, destacou várias consequências da viagem no tempo em que eu não tinha pensado. Ele também imaginou um final novo e melhor. Joe, você é o máximo.

E quero agradecer à minha mulher, a minha primeira leitora preferida e a crítica mais dura e justa. Ardente partidária de Kennedy, ela o viu em pessoa um pouco antes da morte e nunca mais esqueceu. Oposicionista a vida inteira, Tabitha (o que não me surpreende e não deve surpreender o leitor) está do lado dos teóricos da conspiração.

Errei alguma coisa aqui? Pode apostar. Mudei as coisas para se ajustarem ao curso da minha história? Com certeza. Como exemplo, é verdade que Lee e Marina foram a uma festa de boas-vindas dada por George Bouhe, com o comparecimento da maioria dos emigrados russos da área, e é verdade que Lee detestava e se ressentia com esses burgueses de classe média que tinham dado as costas à Mãe Rússia, mas a festa aconteceu três semanas depois do que está no meu livro. E, embora seja verdade que Lee, Marina e a bebê June tenham morado no apartamento de cima da rua West Neely, 214, não faço ideia de quem — ou se alguém — morava no apartamento de baixo. Mas foi esse que visitei (pagando vinte pratas pelo privilégio), e pareceu uma vergonha não usar a planta do lugar. E que lugarzinho desesperador aquele.

No entanto, em geral me ative à verdade.

Alguns reclamarão que fui excessivamente duro com a cidade de Dallas. Peço licença para divergir. No mínimo, a narrativa de Jake Epping na primeira pessoa me permitiu ir bem manso com ela, pelo menos do jeito que era em 1963. No dia em que Kennedy pousou em Love Field, Dallas era um lugar odioso. Bandeiras confederadas eram hasteadas de cabeça para cima; as americanas, de cabeça para baixo. Alguns espectadores no aeroporto levavam placas dizendo AJUDEM JFK A ELIMINAR A DEMOCRACIA. Pouco tempo antes daquele dia de novembro, tanto Adlai Stevenson quanto Lady Bird Johnson, esposa do vice-presidente, foram submetidos a uma chuva de cusparadas dos eleitores da cidade. Quem cuspiu na sra. Johnson foram donas de casa de classe média.

Hoje está melhor, mas na rua Principal ainda se veem cartazes dizendo NÃO SE PERMITEM ARMAS NO BAR. Isso é um posfácio, não um editorial, mas tenho opiniões arraigadas sobre o assunto, principalmente dado o clima atual do meu país. Quem quiser saber a que ponto pode chegar o extremismo político, que assista ao filme de Zapruder. Observe com atenção o quadro 313, onde a cabeça de Kennedy explode.

Antes de terminar, quero agradecer a mais uma pessoa: ao falecido Jack Finney, que foi um dos maiores fantasistas e contadores de histórias americanos. Além de *Os invasores de corpos*, ele escreveu *Time and Again*, que, na humilde opinião deste escritor, é *a* grande história sobre viagens no tempo. A princípio, quis lhe dedicar este livro, mas em junho do ano passado uma netinha adorável chegou à nossa família e Zelda levou a honra.

Jack, tenho certeza de que você entenderia.

Stephen King
Bangor, Maine

1ª EDIÇÃO [2013] 13 reimpressões

ESTA OBRA FOI COMPOSTA EM ADOBE GARAMOND PELA ABREU'S SYSTEM
E IMPRESSA EM OFSETE PELA GEOGRÁFICA SOBRE PAPEL PÓLEN DA
SUZANO S.A. PARA A EDITORA SCHWARCZ EM JUNHO DE 2025

A marca FSC® é a garantia de que a madeira utilizada na fabricação do papel deste livro provém de florestas que foram gerenciadas de maneira ambientalmente correta, socialmente justa e economicamente viável, além de outras fontes de origem controlada.